DAN BROWN, współczesny pisarz amerykański, syn profesora matematyki wyróżnionego Nagrodą Prezydencką, jest absolwentem Amherst College i Phillips Exeter Academy. Przez kilka lat wykładał literaturę angielską i scenopisarstwo. Zainteresowanie dziedziną łamania kodów zainspirowało go do napisania powieści **Cyfrowa Twierdza** (1998), która szybko znalazła się na czołowej pozycji wśród bestsellerów internetowych. Kolejne książki, **Anioły i demony** (2000) i **Zwodniczy punkt** (2001), zostały doskonale przyjęte przez czytelników. Wszelkie rekordy popularności pobił czwarty tytuł pisarza — thriller **Kod Leonarda Da Vinci** — fenomen wydawniczy na skalę bezprecedensową w ostatnim dwudziestoleciu! Dzięki niemu Dan Brown błyskawicznie awansował na pozycję światowego twórcy # 1 w gatunku literatury sensacyjnej. Sprzedaż książki, która od chwili publikacji w marcu 2003 utrzymuje się nieprzerwanie na pierwszej pozycji wszystkich rankingów wydawniczych, osiągnęła na świecie 35 mln egzemplarzy. Columbia Pictures zapłaciła 6 mln dolarów za prawa filmowe. Przygotowywaną na maj 2006 roku ekranizację wyreżyseruje Ron Howard (zdobywca Oscara za „Piękny umysł"); główne role zagrają Tom Hanks, Jean Reno i Audrey Tautou. Pisarz pracuje nad kolejną powieścią — kontynuacją „Kodu" zatytułowaną prawdopodobnie *The Solomon Key*.

Polecamy książki Dana Browna

ANIOŁY I DEMONY

CYFROWA TWIERDZA

KOD LEONARDA DA VINCI

KOD LEONARDA DA VINCI:
SPECJALNE WYDANIE ILUSTROWANE

KOD LEONARDA DA VINCI:
WYDANIE AUDIO / 10 CD

ZWODNICZY PUNKT

Wkrótce

ANIOŁY I DEMONY:
SPECJALNE WYDANIE ILUSTROWANE

KOD LEONARDA DA VINCI II: KLUCZ SALOMONA

Strona internetowa Dana Browna:
www.danbrown.com

Dan
BROWN
Anioły i demony

Z angielskiego przełożyła
BOŻENA JÓŹWIAK

WARSZAWA 2005

Tytuł oryginału:
ANGELS AND DEMONS

Copyright © Dan Brown 2000
All rights reserved
Copyright © for the Polish edition by Wydawnictwo Sonia Draga
& Wydawnictwo Albatros Andrzej Kuryłowicz 2003

Redakcja: Dorota Kaczor/Barbara Nowak
Zdjęcie na okładce: *Pieta* Michała Anioła, Watykan, Rzym
Projekt graficzny okładki: Andrzej Kuryłowicz

ISBN 83-89779-00-5
(Sonia Draga)
ISBN 83-7359-237-7
(Albatros)

Dystrybucja
f k Firma Księgarska Jacek Olesiejuk
Kolejowa 15/17, 01-217 Warszawa
tel./fax (22)-631-4832, (22)-632-9155, (22)-535-0557
www.olesiejuk.pl/www.oramus.pl

Wydawnictwo L & L/Dział Handlowy
Kościuszki 38/3, 80-445 Gdańsk
tel. (58)-520-3557, fax (58)-344-1338

Sprzedaż wysyłkowa
Internetowe księgarnie wysyłkowe:
www.merlin.pl
www.ksiazki.wp.pl
www.vivid.pl

WYDAWNICTWO SONIA DRAGA
Pl. Grunwaldzki 8-10, 40-950 Katowice
www.soniadraga.pl
WYDAWNICTWO ALBATROS ANDRZEJ KURYŁOWICZ
skr. poczt. 55, 02-792 Warszawa 78

Wydanie XVI (XIII w tej edycji)
Skład: Laguna
Druk: OpolGraf S.A., Opole

DLA BLYTHE...

Podziękowania

Mam dług wdzięczności wobec Emily Bestler, Jasona Kaufmana, Bena Kaplana oraz pracowników wydawnictwa Pocket Books za ich wiarę w to przedsięwzięcie.

Wobec Jake'a Elwella, mojego przyjaciela i agenta, za jego entuzjazm i niesłabnący wysiłek.

Wobec legendarnego George'a Wiesera za przekonanie mnie do pisania powieści.

Wobec mojego drogiego przyjaciela Irva Sittlera za zorganizowanie mi audiencji u papieża, zapoznanie z zakątkami Watykanu, które niewielu widziało, oraz dostarczenie niezapomnianych wspomnień z Rzymu.

Wobec Johna Langdona, jednego z najbardziej pomysłowych i utalentowanych żyjących artystów, który cudownie sprostał postawionemu przeze mnie, niemal niewykonalnemu zadaniu i stworzył ambigramy dla celów tej powieści.

Wobec Stana Plantona, dyrektora biblioteki Ohio University-Chillicothe, za to, że stał się moim najlepszym źródłem informacji na niezliczone tematy.

Wobec Sylvii Cavazzini za łaskawe oprowadzenie mnie po tajemnym *Passetto*.

Oraz wobec najlepszych rodziców, jakich można mieć, Dicka i Connie Brownów... za wszystko.

Podziękowania dla CERN-u, Henry'ego Becketta, Bretta Trottera, Papieskiej Akademii Nauk, Brookhaven Institute, FermiLab Library, Olgi Wieser, Dona Ulscha z National Security Institute, Caroline H. Thompson z Uniwersytetu Walijskiego, Kathryn Gerhard i Omara Al Kindi, Johna Pike'a i Federation of American Scientists, Heimlicha Viserholdera, Corinny i Davisa Hammondów, Aizaz Ali, Galileo Project of Rice University, Julie Lynn i Charliego Ryana z Mockingbird Pictures, Gary'ego

7

Goldsteina, Dave'a (Vilasa) Arnolda i Andry Crawford, Global Fraternal Network, Phillips Exeter Academy Library, Jima Barringtona, Johna Maiera, wyjątkowo uprzejmego spojrzenia Margie Wachtel, alt.masonic.members, Alana Wooleya, Wystawy Manuskryptów Watykańskich w Bibliotece Kongresu, Lisy Callamaro i Agencji Callamaro, Jona A. Stowella, Muzeum Watykańskiego, Aldo Baggii, Noaha Alireza, Harriet Walker, Charlesa Terry'ego, Micron Electronics, Mindy Homan, Nancy i Dicka Curtinów, Thomasa D. Nadeau, NuvoMedia and Rocket Ebooks, Franka i Sylvii Kennedych, Rzymskiej Izby Turystycznej, Maestro Gregory'ego Browna, Vala Browna, Wernera Brandesa, Paula Krupina z Direct Contact, Paula Starka, Toma Kinga z Computalk Network, Sandy i Jerry'ego Nolanów, Lindy George — guru Internetu, Narodowej Akademii Sztuki w Rzymie, fizyka i pisarza Steve'a Howe'a, Roberta Westona, księgarni przy Water Street w Exeter w stanie New Hampshire oraz Obserwatorium Watykańskiego.

FAKTY

W największym światowym centrum badawczym, czyli Europejskim Ośrodku Badań Jądrowych (CERN — Conseil Européen pour la Recherche Nucléaire) z siedzibą w Genewie, udało się ostatnio wyprodukować pierwsze cząsteczki antymaterii. Antymateria jest identyczna z materią, poza tym że składa się z cząsteczek, których ładunek elektryczny ma znak przeciwny w stosunku do cząsteczek zwykłej materii.

Antymateria jest najpotężniejszym ze znanych źródeł energii. Można z niej otrzymywać energię ze stuprocentową sprawnością, podczas gdy sprawność przy rozszczepieniu jądrowym wynosi 1,5 procent. Ponadto nie powstaje przy tym żadne szkodliwe promieniowanie ani zanieczyszczenia. Jedna kropla antymaterii mogłaby zaspokoić całodzienne zapotrzebowanie energetyczne Nowego Jorku. Istnieje jednak pewien problem...

Antymateria jest wysoce niestabilna. Jej zetknięcie z materią wywołuje natychmiastową anihilację. Jeden gram antymaterii ma w sobie taką samą energię jak bomba atomowa o mocy dwudziestu kiloton, czyli taka, jaką zrzucono na Hiroszimę.

Do niedawna antymaterię produkowano tylko w ilościach symbolicznych (rzędu kilku atomów). Jednak obecnie CERN dokonał przełomu w badaniach i liczy, że dzięki nowemu deceleratorowi antyprotonów będzie mógł ją wytwarzać w znacznie większych ilościach.

Pozostaje jednak pytanie, czy ta wysoce nietrwała substancja zbawi świat, czy raczej zostanie wykorzystana do stworzenia najgroźniejszej broni w dziejach ludzkości.

Od autora

Wszystkie wymienione dzieła sztuki, grobowce, tunele oraz elementy architektury rzymskiej istnieją naprawdę i znajdują się w miejscach opisanych w książce.

Bractwo iluminatów również nie jest dziełem wyobraźni autora.

Współczesny Rzym

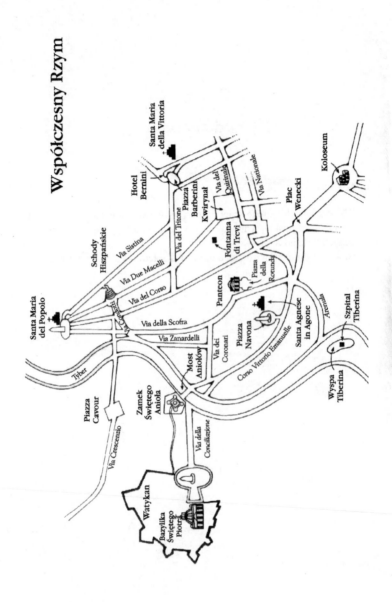

Watykan

1. Bazylika św. Piotra
2. Plac św. Piotra
3. Kaplica Sykstyńska
4. Dziedziniec Borgiów
5. Gabinet papieża
6. Muzea Watykańskie
7. Pomieszczenia gwardii szwajcarskiej

8. Lądowisko helikopterów
9. Ogrody Watykańskie
10. Passetto
11. Dziedziniec Belvedere
12. Poczta Główna
13. Papieska sala audiencyjna
14. Pałac Papieski

Prolog

Fizyk Leonardo Vetra poczuł swąd przypalanego ciała. Własnego. Spojrzał z przerażeniem na pochylającą się nad nim ciemną postać.

— Czego chcesz?!

— *La chiave* — odparł chrapliwy głos. — Hasło.

— Ale... ja nie...

Napastnik ponownie przycisnął do jego piersi biały, rozżarzony przedmiot, wbijając go jeszcze głębiej. Rozległ się syk palącego się ciała.

— Nie ma żadnego hasła! — krzyknął Vetra pod wpływem straszliwego bólu. Czuł, że powoli odpływa w nieświadomość.

Postać przeszyła go wzrokiem pełnym nienawiści.

— *Ne avevo paura.* Tego się obawiałem.

Vetra walczył usilnie o zachowanie przytomności, ale stopniowo ogarniała go ciemność. Jedyną pociechą było dla niego przekonanie, że napastnikowi nie uda się zdobyć tego, po co przyszedł. Jednak chwilę później postać wyciągnęła nóż i przysunęła do jego twarzy. Ostrze zawisło na moment, ustawiając się z chirurgiczną precyzją.

— Na miłość boską! — krzyknął Vetra, ale już było za późno.

Rozdział 1

Młoda kobieta stojąca wysoko na stopniach piramidy w Gizie roześmiała się i zawołała:

— Robercie, pospiesz się! Jednak trzeba było wyjść za kogoś młodszego! — Jej uśmiech był naprawdę czarujący.

Robił, co mógł, aby dotrzymać jej kroku, ale nogi miał jak z kamienia.

— Poczekaj — błagał. — Proszę...

Oczy mu się zamgliły, w uszach słyszał dudnienie. Muszę ją dogonić! Jednak kiedy ponownie spojrzał w górę, kobiety już tam nie było. Jej miejsce zajął stary mężczyzna z próchniejącymi zębami. Wpatrywał się w niego, wyginając usta w smutnym grymasie. Potem wydał z siebie bolesny krzyk, który poniósł się daleko przez pustynię.

Robert Langdon ze wzdrygnięciem gwałtownie obudził się ze snu. Telefon stojący przy łóżku dzwonił nieustępliwie. Oszołomiony, podniósł słuchawkę.

— Tak?

— Szukam Roberta Langdona — odezwał się męski głos.

Langdon usiadł na pustym łóżku i próbował zebrać myśli.

— Mówi... Robert Langdon. — Zerknął na elektroniczny budzik. Była piąta osiemnaście rano.

— Muszę natychmiast się z panem zobaczyć.

— Z kim rozmawiam?

— Nazywam się Maximilian Kohler. Jestem fizykiem zajmującym się cząstkami elementarnymi.

— Kim? — Langdon nie potrafił się skupić. — Jest pan pewien, że dodzwonił się do właściwego Langdona?

— Jest pan profesorem ikonologii religijnej na Uniwersytecie Harvarda. Napisał pan trzy książki na temat symboliki i...

— Czy pan wie, która jest godzina?

— Przepraszam bardzo, ale mam coś, co musi pan zobaczyć.

Nie mogę o tym rozmawiać przez telefon.

Langdon nie zdołał powstrzymać jęku. To już się nieraz zdarzało. Jednym z niebezpieczeństw wiążących się z napisaniem książki o symbolice religijnej okazały się telefony od fanatyków, którzy żądali od niego potwierdzania autentyczności znaków zesłanych im przez Boga. W ubiegłym miesiącu striptizerka z Oklahomy obiecała mu seks, jakiego w życiu nie doświadczył, jeśli przyleci do niej i zweryfikuje autentyczność śladu w kształcie krzyża, który w tajemniczy sposób pojawił się na jej prześcieradle. Langdon nazwał go sobie „Całunem z Tulsy".

— Skąd pan ma mój numer? — spytał, starając się być uprzejmy pomimo tak wczesnej pory.

— Z Internetu. Był na stronie poświęconej pańskiej książce.

Langdon zmarszczył brwi. Był całkowicie przekonany, że nie podał tam numeru domowego telefonu. Jego rozmówca najwyraźniej kłamał.

— Muszę się z panem spotkać — nalegał mężczyzna. — Dobrze panu zapłacę.

Langdona zaczęła ogarniać złość.

— Przykro mi, ale naprawdę...

— Jeśli od razu pan wyjedzie, może pan tu być przed...

— Nigdzie się nie wybieram! Jest piąta rano! — Odłożył słuchawkę i opadł z powrotem na łóżko. Przymknąwszy oczy, próbował ponownie zasnąć. Bezskutecznie. Senny koszmar nieubłaganie powracał. W końcu niechętnie włożył szlafrok i zszedł na dół.

Przeszedł boso do kuchni przez swój pusty wiktoriański dom w Massachusetts i przygotował zwyczajowe lekarstwo na bezsenność — kubek gorącego nesquika. Przez wykuszowe okno wpadał do pokoju blask kwietniowego księżyca, malując plamy na orientalnych dywanach. Koledzy Langdona często żartowali, że jego lokum wygląda bardziej na muzeum antropologiczne niż dom. Półki wypełniały przedmioty o charakterze religijnym, pochodzące z całego świata, takich jak *ekuaba* z Ghany, złoty krzyż z Hiszpanii, cykladzki bożek z wybrzeża Morza Egejskiego, a nawet rzadki tkany *boccus* z Borneo, symbol wiecznej młodości tamtejszych wojowników.

Siedząc na mosiężnej skrzyni Maharishiego i delektując się ciepłem czekolady, dostrzegł w oknie swoje odbicie. Obraz był zdeformowany i blady... jak duch. Starzejący się duch, pomyślał, brutalnie zmuszony do przypomnienia sobie, że jego młody duch mieszka w śmiertelnym ciele.

Langdon nie był może uderzająco przystojny, ale w wieku czterdziestu pięciu lat prezentował typ — jak to nazywały jego koleżanki — „pociągającego uczonego": przebłyski siwizny w gęstych brązowych włosach, błękitne oczy o badawczym spojrzeniu, urzekająco głęboki głos i szeroki, beztroski uśmiech uniwersyteckiego sportowca. W szkole średniej i podczas studiów należał do szkolnej reprezentacji pływackiej i do dziś zachował sylwetkę zawodnika. Dobrze umięśnione, mające ponad sto osiemdziesiąt centymetrów wzrostu ciało utrzymywał w świetnej kondycji, przepływając codziennie pięćdziesiąt długości w uniwersyteckim basenie.

Dla przyjaciół stanowił pewnego rodzaju zagadkę. Postrzegali go jako człowieka należącego jednocześnie do dwóch światów. W weekendy przechadzał się w dżinsach po dziedzińcu uniwersyteckim i wdawał się ze studentami w pogawędki na temat grafiki komputerowej czy historii religii. Innym razem można go było zobaczyć na zdjęciach w eleganckich czasopismach poświęconych sztuce, jak ubrany w tweedowy garnitur i żakardową kamizelkę uczestniczy w otwarciu jakiejś wystawy muzealnej, zaproszony do wygłoszenia wykładu.

Langdon był ostrym i wymagającym wykładowcą, lecz jednocześnie człowiekiem, który doskonale umiał się bawić. Oddawał się wypoczynkowi z tak zaraźliwym fanatyzmem, że zyskał sobie tym nawet uznanie studentów. W kampusie nosił przezwisko Delfin, co odnosiło się zarówno do jego przyjaznego charakteru, jak i do legendarnej umiejętności nurkowania, która umożliwiała mu wyprowadzenie w pole całej drużyny przeciwników w meczu piłki wodnej.

Kiedy tak siedział zamyślony, nieobecnym wzrokiem wpatrując się w ciemność, ciszę domu zakłócił kolejny dzwonek, tym razem faksu. Będąc zbyt wyczerpany, żeby się złościć, zdobył się na niewesoły chichot.

Lud boży, pomyślał. Dwa tysiące lat czekają na swojego mesjasza i nadal są wytrwali jak cholera.

Ze znużeniem odniósł pusty kubek do kuchni i powoli przeszedł do wyłożonego dębową boazerią gabinetu. Faks został już wydrukowany i leżał na tacy. Z westchnieniem podniósł kartkę i rzucił na nią okiem.

Natychmiast poczuł, że robi mu się słabo.

Na kartce widniało zdjęcie zwłok mężczyzny. Ciało było rozebrane do naga, a jego głowę wykręcono całkowicie do tyłu. Na piersi ofiary widać było straszliwe oparzenie. Tego człowieka po prostu napiętnowano... wypalono mu na ciele jedno słowo. Langdon dobrze je znał. Bardzo dobrze. Z niedowierzaniem wpatrywał się w ozdobne litery.

— *Illuminati* — przeczytał. — Iluminaci — wyjąkał z trudem, czując, jak wali mu serce. To niemożliwe...

Powoli, obawiając się tego, co za chwilę zobaczy, obrócił kartkę o sto osiemdziesiąt stopni. Spojrzał ponownie.

Nie mógł złapać oddechu. Miał wrażenie, jakby uderzyła w niego ciężarówka. Niemal nie wierząc własnym oczom, znów obrócił faks, przeczytał napis w normalnym położeniu i do góry nogami.

— Iluminaci — wyszeptał.

Opadł na krzesło. Siedział przez chwilę, mając w głowie całkowity zamęt. W końcu jego wzrok przyciągnęło pulsowanie czerwonej lampki na faksie. Człowiek, który wysłał to zdjęcie, jeszcze się nie rozłączył... czekał, żeby porozmawiać. Langdon przez dłuższą chwilę przyglądał się mrugającemu światełku.

Potem drżącą ręką podniósł słuchawkę.

Rozdział 2

— Czy teraz mnie pan wysłucha? — zapytał męski głos, kiedy Langdon w końcu się odezwał.

— Tak, z pewnością. Może pan się wytłumaczy, do cholery!

— Usiłowałem to zrobić wcześniej. — Głos brzmiał sucho, mechanicznie. — Jestem fizykiem. Kieruję laboratorium badawczym. Mieliśmy tu morderstwo, a na zdjęciu widzi pan zwłoki.

— Jak pan mnie znalazł? — Langdon nie mógł się skupić. Jego umysł chciał się uwolnić od tego, co przed chwilą zobaczył.

— Już panu mówiłem, w Internecie. Na stronie prezentującej pańską książkę *Sztuka bractwa iluminatów*.

Langdon usiłował zebrać myśli. Książka była praktycznie nieznana w szerokich kręgach literackich, ale w sieci doczekała się sporej grupy entuzjastów. Jednak jego rozmówca i tak mijał się z prawdą.

— Na tej stronie nie podano informacji, jak się ze mną kontaktować. Jestem tego pewien.

— Mam tu w laboratorium ludzi doskonale radzących sobie z wydobywaniem informacji o użytkownikach z WWW.

Langdon nie bardzo mu wierzył.

— Wygląda na to, że wasze laboratorium sporo wie o Światowej Pajęczynie.

— Oczywiście — odparował mężczyzna. — Myśmy ją wynaleźli.

Coś w jego głosie przekonało Langdona, że to nie żart.

— Muszę się z panem spotkać — nalegał rozmówca. — To nie jest sprawa na telefon. Moje laboratorium jest tylko o godzinę lotu od Bostonu.

Langdon stał w półmroku gabinetu i uważnie przyglądał się

trzymanemu w ręku faksowi. Widok napisu dosłownie go obezwładniał. Było to prawdopodobnie największe odkrycie epigraficzne stulecia, dziesięć lat jego badań potwierdzone jednym symbolem.

— To pilne — naciskał głos.

Langdon jednak nie potrafił oderwać wzroku od napisu. *Illuminati*, czytał w kółko. Jego praca opierała się na symbolicznych odpowiednikach skamielin — starożytnych dokumentach i historycznych pogłoskach. Tymczasem to, co widział, pochodziło z czasów współczesnych. To teraźniejszość. Czuł się jak paleontolog, który nagle stanął oko w oko z żywym dinozaurem.

— Pozwoliłem sobie wysłać po pana samolot — kontynuował jego rozmówca. — Będzie w Bostonie za dwadzieścia minut.

Langdon poczuł nagłą suchość w ustach. Godzinny lot...

— Proszę wybaczyć, że tak się z tym pospieszyłem, ale potrzebuję pana tutaj.

Langdon ponownie spojrzał na faks — potwierdzenie starodawnego mitu czarno na białym. Implikacje pojawienia się tego napisu były przerażające. Z roztargnieniem wyjrzał przez okno. Przez gałązki brzóz w jego ogrodzie przesączały się już pierwsze blaski świtu, ale dzisiejszego ranka wszystko wydawało mu się trochę inne niż zwykle. Czując dziwne pomieszanie lęku z radością, zrozumiał, że nie ma wyboru.

— Wygrał pan — odezwał się. — Proszę mi powiedzieć, gdzie będzie czekał samolot.

Rozdział 3

Tysiące kilometrów od jego domu toczyła się rozmowa dwóch mężczyzn. Do spotkania doszło w mrocznej średniowiecznej komnacie o kamiennych ścianach.

— *Benvenuto* — odezwał się gospodarz. Siedział w cieniu, tak że nie było go widać. — Udało się?

— *Si* — odparła ciemna postać. — *Perfettamente.* — Jego głos był równie twardy jak kamienne ściany.

— I nie będzie najmniejszych wątpliwości, kto za to odpowiada?

— Żadnych.

— Doskonale. Masz to, o co prosiłem?

Czarne oczy zabójcy rozbłysły. Wyjął ciężkie elektroniczne urządzenie i położył je na stole.

Mężczyzna schowany w cieniu sprawiał wrażenie zadowolonego.

— Dobrze się spisałeś.

— Służenie bractwu to zaszczyt — odparł zabójca.

— Wkrótce rozpoczyna się faza druga. Odpocznij trochę. Dziś w nocy zmienimy świat.

Rozdział 4

Saab 900S Langdona przedostał się przez tunel Callahana i wynurzył po wschodniej stronie Boston Harbor w pobliżu wejścia na lotnisko Logana. Langdon sprawdził otrzymane wskazówki, odnalazł Aviation Road i skręcił w lewo, mijając budynek linii lotniczych Eastern. W odległości mniej więcej trzystu metrów, patrząc wzdłuż drogi dojazdowej, majaczył w półmroku hangar. Kiedy podjechał bliżej, zobaczył wymalowaną na ścianie dużą czwórkę. Langdon zaparkował koło niego i wysiadł.

Zza hangaru wyszedł pucołowaty mężczyzna w niebieskim mundurze pilota.

— Robert Langdon? — zawołał pytającym tonem. Jego głos brzmiał przyjaźnie i słychać w nim było akcent, którego Langdon nie potrafił zidentyfikować.

— To ja — odparł, zamykając samochód.

— Doskonale się zgraliśmy — zauważył mężczyzna. — Właśnie wylądowałem. Proszę pójść za mną.

Kiedy okrążali budynek, Langdon poczuł niepokój. Nie był przyzwyczajony do tajemniczych rozmów telefonicznych i sekretnych schadzek z nieznajomymi. Nie wiedząc, co go czeka, ubrał się w to, co nosił zazwyczaj na wykłady — spodnie z grubej bawełny, golf i tweedową marynarkę. Idąc, pomyślał o schowanym w kieszeni marynarki faksie, wciąż nie mogąc uwierzyć w to, co w nim zobaczył.

Pilot wyczuł jego niepokój.

— Chyba latanie nie jest dla pana problemem?

— Absolutnie nie — odparł Langdon. Problemem są dla mnie zwłoki z wypalonym napisem. Latanie mogę znieść.

Mężczyzna poprowadził go wzdłuż całej długości hangaru, po czym okrążyli narożnik i wyszli na pas startowy.

Langdon stanął jak wryty i ze zdumieniem wpatrzył się w stojącą tam maszynę.

— Tym mamy lecieć?

Mężczyzna uśmiechnął się.

— Podoba się?

— Podoba? A co to, u diabła, jest?

Maszyna była ogromna, podobna nieco do wahadłowca kosmicznego, tyle że górna część została jakby ścięta na płasko. Stojąc na pasie startowym, przypominała ogromny klin. W pierwszym odruchu Langdon pomyślał, że śni. Ten pojazd wydawał się równie zdolny do lotu jak buick. Skrzydeł praktycznie nie miał, tylko dwa krótkie stateczniki z tyłu kadłuba. Z tylnej części wyrastały jeszcze dwie płetwy grzbietowe, a resztę samolotu stanowił kadłub długości około sześćdziesięciu metrów, całkowicie pozbawiony okien.

— Dwieście pięćdziesiąt ton, kiedy jest zatankowany do pełna — poinformował go dumnie pilot, jak ojciec przechwalający się swym nowo narodzonym dzieckiem. — Napędzany ciekłym wodorem. Powłokę stanowi struktura tytanowa wzmocniona włóknami krzemowo-węglowymi. Stosunek ciągu do masy wynosi dwadzieścia do jednego, podczas gdy w większości odrzutowców jest to siedem do jednego. Naszemu dyrektorowi musi cholernie zależeć na spotkaniu z panem. Zazwyczaj nie wysyła naszego beniaminka.

— To lata? — wykrztusił Langdon.

Pilot tylko się uśmiechnął.

— Pewno. — Poprowadził go w stronę samolotu. — Wygląda trochę zaskakująco, wiem, ale lepiej niech pan się zacznie przyzwyczajać. Za jakieś pięć lat wszędzie będą takie cuda. To HSCT, Szybki Transport Cywilny. Nasze laboratorium jest jedną z pierwszych instytucji, które posiadają coś takiego.

Musi to być niezłe laboratorium, pomyślał Langdon.

— To, co pan widzi, to prototyp boeinga X33 — wyjaśniał dalej pilot — ale jest jeszcze wiele innych: odrzutowiec NASP, czyli National Aero Space Plane, rosyjski Scramjet, brytyjski HOTOL. To nasza przyszłość, tyle że trochę potrwa, zanim się rozpowszechni w sektorze publicznym. W każdym razie wkrótce będzie można pożegnać tradycyjne odrzutowce.

Langdon skierował niepewne spojrzenie na maszynę.

— Ja chyba jednak wolę normalne samoloty.

Pilot wskazał mu ręką schodki.

— Tędy, proszę, panie Langdon. I proszę patrzeć pod nogi.

Kilka minut później Langdon siedział już w pustej kabinie. Pilot przypiął go pasem w pierwszym rzędzie foteli i zniknął w przedniej części maszyny.

Sama kabina wyglądała dość zaskakująco — jak w normalnym szerokokadłubowym liniowcu. Różnica polegała na tym, że nie było okien, co wprawiło go w lekki niepokój. Przez całe życie cierpiał na łagodną odmianę klaustrofobii, będącą następstwem pewnego zdarzenia z dzieciństwa, z którym jego psychika nie do końca sobie poradziła.

Niechęć do zamkniętej przestrzeni nie przeszkadzała mu normalnie funkcjonować, jednak zawsze powodowała u niego frustrację. Objawiała się w bardzo subtelny sposób. Na przykład, unikał sportów rozgrywanych w salach, takich jak racquetball czy squash, i z radością zapłacił małą fortunę za swój przestronny wiktoriański dom z wysokimi sufitami, choć mógł skorzystać z niedrogiego lokum oferowanego przez uniwersytet. Podejrzewał nawet, że jego zainteresowanie sztuką w latach dziecięcych pobudziły duże, otwarte przestrzenie w muzeach.

Silniki pod nim nagle z rykiem zbudziły się do życia, przyprawiając o drżenie cały kadłub. Langdon przełknął z wysiłkiem ślinę i czekał. Czuł, że samolot zaczął kołować. Z głośników nad głową dobiegły go ciche dźwięki muzyki country.

Telefon wiszący na ścianie odezwał się dwukrotnie. Podniósł słuchawkę.

— Tak?

— Wygodnie panu?

— Nie.

— Proszę się odprężyć. Za godzinę będziemy na miejscu.

— A gdzie dokładnie jest to miejsce? — spytał Langdon, który uświadomił sobie, że nie ma pojęcia, dokąd się wybiera.

— W Genewie — odparł pilot, zwiększając ciąg silników. — Laboratorium jest w Genewie.

— W Genewie — powtórzył Langdon, czując nieznaczną ulgę. — Na północy stanu Nowy Jork. Mam rodzinę w pobliżu jeziora Seneca. Nie miałem pojęcia, że w Genewie jest laboratorium fizyczne.

— Nie w Genewie w stanie Nowy Jork, panie Langdon — roześmiał się pilot. — W Genewie w Szwajcarii.

Chwilę trwało, zanim to do niego dotarło.

— W Szwajcarii? — Poczuł przyspieszone bicie serca. — Przecież pan mówił, że laboratorium jest o godzinę drogi stąd!

— Bo jest. — Rozległ się chichot. — Ten samolot osiąga prędkość piętnastu machów.

Rozdział 5

Na jednej z ruchliwych europejskich ulic zabójca lawirował wśród tłumu. Był potężnym mężczyzną, ciemnym i silnie zbudowanym, a przy tym zaskakująco zwinnym. Nadal jeszcze czuł napięcie w mięśniach po emocjonującym spotkaniu, które przed chwilą odbył.

Dobrze poszło, stwierdził w duchu. Wprawdzie jego pracodawca nie pokazał mu twarzy, ale zabójca czuł się zaszczycony, że mógł przebywać w jego towarzystwie. Czy naprawdę minęło zaledwie piętnaście dni od chwili, gdy zleceniodawca nawiązał z nim kontakt? Nadal pamiętał każde słowo z tamtej rozmowy...

— Nazywam się Janus — przedstawił się człowiek, który do niego zadzwonił. — Łączy nas pewnego rodzaju powinowactwo. Mamy wspólnego wroga. Słyszałem, że pańskie umiejętności są do wynajęcia.

— To zależy, kogo pan reprezentuje — odparł płatny zabójca.

Rozmówca powiedział mu.

— Czy to ma być żart?

— Jak rozumiem, słyszał pan o nas.

— Oczywiście. Przecież to bractwo jest legendarne.

— A jednak wątpi pan, że mówię prawdę.

— Wszyscy wiedzą, że bracia zniknęli już z powierzchni ziemi.

— To tylko podstęp. Najniebezpieczniejszy wróg to taki, którego nikt się nie obawia.

Zabójca nadal nie dowierzał.

— To znaczy, że bractwo w dalszym ciągu istnieje?

— W podziemiu głębszym niż kiedykolwiek. Nasze wpływy przenikają wszystko... nawet świętą fortecę najbardziej zaprzysięgłego wroga.

— Niemożliwe. Oni są nie do ruszenia.

— Nasze wpływy sięgają bardzo daleko.

— Nikt nie sięga aż tak daleko.

— Wkrótce pan uwierzy. Już dokonano niepodważalnej demonstracji potęgi bractwa. Pojedynczy akt zdrady, a jednocześnie dowód.

— Co zrobiliście?

Rozmówca zaspokoił jego ciekawość.

Oczy zabójcy rozszerzyły się z niedowierzaniem.

— To niemożliwe do wykonania.

Następnego dnia gazety na całym świecie ukazały się z takimi samymi nagłówkami. Zabójca uwierzył.

Teraz, piętnaście dni później, jego wiara umocniła się do tego stopnia, że nie pozostało miejsca na najmniejsze wątpliwości. Bractwo trwa, pomyślał. Dziś w nocy wyjdzie z podziemia, by pokazać swoją moc.

Kiedy tak szedł ulicami, jego czarne oczy błyszczały oczekiwaniem tego, co ma nastąpić. Jedno z najgroźniejszych i najbardziej tajnych stowarzyszeń, jakie kiedykolwiek istniały na świecie, powołało go do służby. Mądrze wybrali, pomyślał. Znany był bowiem ze swej dyskrecji, z którą równać się mogło tylko idealne dotrzymywanie terminów wykonania zadań.

Jak dotąd dobrze im służył. Dokonał zleconego morderstwa i dostarczył Janusowi przedmiot, o który ten prosił. Reszta zależy od Janusa, który musi użyć swoich wpływów, żeby umieścić to urządzenie tam, gdzie trzeba.

Umieścić...

Zastanawiał się, jakim cudem uda mu się tego dokonać. Niewątpliwie musi mieć powiązania wewnątrz. Najwyraźniej zakres wpływów bractwa jest nieograniczony.

Janus, pomyślał. Niewątpliwie pseudonim. Ciekawe, czy to odniesienie do rzymskiego boga o dwóch twarzach... czy do księżyca Saturna? Zresztą nie miało to najmniejszego znaczenia. Janus posiadał nieograniczoną władzę. Już to udowodnił.

Idąc dalej, zabójca wyobrażał sobie, że przodkowie uśmiechają się do niego z niebios. Dziś toczył ich wojnę, walczył z tym samym wrogiem, którego oni starali się pokonać od setek lat, począwszy od jedenastego wieku... kiedy to armie krzyżowców po raz pierwszy najechały ich ziemie, gwałcąc i zabijając, ogłaszając, że są nieczyści, i bezczeszcząc ich świątynie i bogów.

Jego przodkowie stworzyli wówczas niewielką, lecz śmiertelnie niebezpieczną armię do obrony swoich terytoriów. Wkrótce armia stała się sławna — doświadczeni wojownicy przemierzali kraj, zabijając wszystkich wrogów, których udało im się wytropić. Znani byli nie tylko z brutalnych zabójstw, lecz również ze sposobu czczenia swych zwycięstw. Wprawiali się wówczas w stan narkotycznego oszołomienia, a narkotykiem, który stosowali, był *hashish*.

Z czasem, gdy opowieści o nich coraz bardziej się rozprzestrzeniały, zaczęto ich nazywać jednym słowem — *Hassassin*, co dosłownie oznacza „miłośnik haszyszu". Słowo *Hassassin* stało się synonimem śmierci w większości języków. Nadal jest używane, tyle że podobnie jak sztuka zabijania, zdążyło przez ten czas wyewoluować i na przykład we współczesnym angielskim brzmi *assassin*, czyli zabójca.

Rozdział 6

Dokładnie po sześćdziesięciu czterech minutach Robert Langdon z niedowierzaniem zszedł po schodkach na zalaną słońcem płytę lotniska. Odczuwał lekkie mdłości. Rześki wietrzyk poruszał klapami jego tweedowej marynarki. Cudownie było znów znaleźć się na otwartej przestrzeni. Wszędzie wokół lotniska widział bujną zieleń wspinającą się aż po pokryte śniegiem wierzchołki gór. To na pewno sen. Lada chwila się obudzę.

— Witamy w Szwajcarii — wykrzyknął pilot.

Langdon spojrzał na zegarek. Pokazywał siedem po siódmej.

— Właśnie przebył pan sześć stref czasowych — wyjaśnił pilot. — Tutaj jest kilka minut po pierwszej.

Langdon przestawił zegarek.

— Jak się pan czuje?

Pomasował żołądek.

— Jakbym się najadł styropianu.

Pilot skinął głową.

— Choroba wysokościowa. Lecieliśmy na wysokości dwudziestu kilometrów. Tam człowiek jest o trzydzieści procent lżejszy. Szczęście, że mieliśmy do wykonania tylko taki żabi skok. Gdybym miał lecieć do Tokio, musielibyśmy się wznieść na ponad sto kilometrów. To dopiero wywraca wnętrzności.

Langdon nieznacznie skinął głową i uznał, że w takim razie miał szczęście. Biorąc pod uwagę okoliczności, lot był zadziwiająco zwyczajny. Oprócz wtłaczającego go w fotel przyspieszenia podczas startu podróż była typowa — od czasu do czasu niewielka turbulencja, kilka razy zmiana ciśnienia, gdy się wznosili, ale nic takiego, co by wskazywało, że pędzą z oszałamiającą prędkością ponad siedemnastu tysięcy kilometrów na godzinę.

31

Grupa mechaników wybiegła na pas, żeby zająć się maszyną. Pilot natomiast zaprowadził Langdona do czarnego peugeota znajdującego się na parkingu za wieżą kontrolną. Chwilę później pędzili szosą biegnącą dnem doliny. W oddali pojawiła się słabo jeszcze widoczna grupa budynków. Po obu stronach drogi rozciągały się porośnięte trawą łąki, które przy tej szybkości wyglądały jak rozmazany pas.

Langdon z niedowierzaniem patrzył, jak wskazówka szybkościomierza waha się w okolicy stu siedemdziesięciu kilometrów na godzinę. Czy ten facet ma obsesję prędkości?

— Mamy pięć kilometrów do laboratorium — wyjaśnił pilot. — Zawiozę tam pana w dwie minuty.

Langdon na próżno szukał pasa bezpieczeństwa. Czy nie lepiej, żeby to trwało trzy minuty i dojechalibyśmy żywi?

Samochód pędził dalej.

— Lubisz Rebę? — spytał pilot, wciskając kasetę do magnetofonu.

Kobiecy głos zaczął śpiewać: „To tylko strach przed samotnością...".

Czego tu się bać, pomyślał Langdon z roztargnieniem. Koleżanki nieraz mu dokuczały, że jego kolekcja dzieł sztuki to tylko łatwa do przejrzenia próba wypełnienia pustego domu, który, ich zdaniem, niezmiernie by zyskał na obecności kobiety. Śmiał się z ich docinków, przypominając im, że ma już w życiu trzy miłości — symbolizm, piłkę wodną i stan kawalerski. Ten ostatni daje mu wolność podróżowania po świecie, spania tak długo, jak ma ochotę, i delektowania się spokojnymi wieczorami w domu, z brandy i dobrą książką.

— Mamy tu coś w rodzaju małego miasta — odezwał się pilot, wyrywając go z zamyślenia. — Nie tylko laboratoria. Są supermarkety, jest szpital i nawet kino.

Langdon kiwnął obojętnie głową i przyjrzał się licznym budynkom, które przed nimi wyrosły.

— Poza tym — dodał pilot — mamy też największą maszynę na świecie.

— Naprawdę? — Langdon przebiegł wzrokiem po okolicy.

— Tam jej pan nie zobaczy — roześmiał się jego rozmówca. — Jest schowana sześć pięter pod powierzchnią ziemi.

Langdon nie zdążył spytać o nic więcej. Kierowca bez najmniejszego ostrzeżenia wcisnął hamulce i samochód ślizgał się przez chwilę, by w końcu stanąć przed wzmocnioną budką strażniczą.

Przed nimi widniał napis SÉCURITÉ. ARRETEZ. Langdon poczuł nagły przypływ paniki, gdyż w końcu uświadomił sobie, gdzie się znalazł.

— Boże! Nie zabrałem paszportu!

— Paszporty są tu zbędne — zapewnił go pilot. — Mamy stałe uzgodnienia z rządem szwajcarskim.

Osłupiały Langdon patrzył, jak jego kierowca podaje strażnikowi swój identyfikator, a ten przesuwa go przez elektroniczne urządzenie potwierdzające tożsamość. Maszyna błysnęła zielonym światłem.

— Nazwisko pasażera?

— Robert Langdon.

— Czyj gość?

— Dyrektora.

Strażnik uniósł brwi. Odwrócił się i sprawdził wydruk komputerowy, porównując go z danymi na ekranie. Potem ponownie obrócił się do okna.

— Miłego pobytu, panie Langdon.

Samochód ponownie wystrzelił do przodu i przebył jeszcze około dwustu metrów wokół dużego ronda prowadzącego do głównego wejścia ośrodka. Dalej widać było prostopadłościenny, supernowoczesny budynek ze szkła i stali. Langdon był zachwycony uderzającą prostotą projektu. Zawsze ogromnie interesował się architekturą.

— Szklana Katedra — poinformował go pilot.

— Kościół?

— Nie, u licha. Kościół to jedyne, czego tu nie mamy. W tym miejscu to fizyka jest religią. Może pan do woli używać imienia Bożego nadaremno — roześmiał się — ale biada, jeśli obrazi pan jakieś kwarki albo mezony.

Langdon siedział oszołomiony, podczas gdy kierowca błyskawicznie przejechał przez bramę i zatrzymał się przed szklanym budynkiem. Kwarki i mezony? Nie ma kontroli granicznej? Samolot o szybkości piętnastu machów? Kim, u diabła, są ci ludzie? Odpowiedzi udzielił mu napis wyryty na granitowej płycie przy wejściu:

CERN
Conseil Européen pour la
Recherche Nucléaire

— Badania jądrowe? — spytał Langdon.

Kierowca nie odpowiedział. Pochylony do przodu, manipulował przy magnetofonie kasetowym.

— Tu pan wysiada. Dyrektor spotka się z panem przy głównym wejściu.

Langdon zauważył, że z budynku wyjeżdża mężczyzna na wózku inwalidzkim. Mógł mieć trochę po sześćdziesiątce. Był bardzo chudy i całkowicie łysy, z ostro zarysowaną szczęką. Miał na sobie biały laboratoryjny kitel i eleganckie buty na nogach opartych mocno o podnóżek wózka. Nawet z pewnej odległości jego oczy wydawały się pozbawione życia — wyglądały jak dwa szare kamienie.

— Czy to on? — spytał Langdon.

Kierowca podniósł wzrok.

— Niech mnie licho! — Obrócił się i spojrzał na niego złowieszczo. — O wilku mowa...

Langdon, nie bardzo wiedząc, czego się spodziewać, wysiadł z samochodu.

Mężczyzna na wózku podjechał do nich i podał mu wilgotną rękę.

— Pan Langdon? Rozmawialiśmy przez telefon. Nazywam się Maximilian Kohler.

Rozdział 7

Maximilian Kohler, dyrektor naczelny CERN-u, zyskał sobie za plecami przydomek *König* — Król. Wyrażał on jednak nie tyle szacunek, ile strach przed człowiekiem, który rządził swym królestwem z tronu inwalidzkiego wózka. Niewielu ludzi znało go osobiście, ale przerażająca historia o tym, jak stał się inwalidą, była powszechnie znana w CERN-ie i trudno byłoby znaleźć kogoś, kto miałby mu za złe zgorzknienie... lub jego całkowite oddanie nauce.

Langdon przebywał w towarzystwie Kohlera zaledwie od kilku minut, ale już zdążył wyczuć, że to człowiek, który ma zwyczaj utrzymywać dystans. Teraz musiał prawie biec, żeby nadążyć za elektrycznym wózkiem dyrektora zmierzającym bezgłośnie ku głównemu wejściu. Nigdy wcześniej nie widział takiego wózka — wyposażonego w cały zestaw urządzeń elektronicznych, w tym wieloliniowy telefon, system przywołujący, ekran komputerowy, a nawet małą, odczepianą kamerę wideo. Ruchome centrum dowodzenia Króla Kohlera.

Langdon wszedł przez mechanicznie otwierane drzwi do ogromnego głównego holu.

Szklana Katedra, pomyślał, podnosząc wzrok ku niebu.

Nad jego głową dach z niebieskawego szkła lśnił w popołudniowym słońcu. Wpadające przez niego promienie tworzyły w powietrzu geometryczne wzory, nadając wnętrzu atmosferę przepychu. Podłużne cienie wyglądały jak żyły na wyłożonych białymi płytkami ścianach i marmurowych posadzkach. Powietrze było sterylnie czyste. Przed sobą widział naukowców spieszących w różne strony, a ich kroki odbijały się echem w przestronnym holu.

— Tędy proszę, panie Langdon. — Głos gospodarza brzmiał,

jakby wydobywał się z komputera: sztywny i precyzyjny, podobnie jak ostre rysy twarzy. Kohler zakaszlał i wytarł usta białą chusteczką, wpatrując się jednocześnie martwymi szarymi oczami w Langdona. — Proszę się pospieszyć. — Jego wózek inwalidzki sprawiał wrażenie, jakby skakał po wyłożonej płytkami posadzce.

Langdon szedł za nim, mijając po drodze niezliczone korytarze odchodzące od głównego atrium. W każdym z nich widać było ludzi. Dostrzegając Kohlera, patrzyli na nich zaskoczeni, jakby się zastanawiali, kim musi być Langdon, żeby zasłużyć sobie na takie towarzystwo.

— Wstyd mi się przyznać — zaryzykował uwagę Langdon, starając się nawiązać rozmowę — ale nigdy nie słyszałem o CERN-ie.

— Wcale mnie to nie dziwi — odparł Kohler ostrym, autorytatywnym tonem. — Większość Amerykanów nie postrzega Europy jako lidera w dziedzinie badań naukowych. Traktują nas wyłącznie jako rejon, gdzie można dokonywać oryginalnych zakupów. Dość dziwne, jeśli zważyć na pochodzenie takich ludzi, jak Einstein, Galileusz czy Newton.

Langdon nie bardzo wiedział, co ma odpowiedzieć. Wyciągnął zatem z kieszeni otrzymany od gospodarza faks.

— Ten człowiek na fotografii... czy mógłby pan...

Kohler przerwał mu ruchem ręki.

— Proszę, nie tutaj. Właśnie pana do niego prowadzę. — Wyciągnął dłoń. — Lepiej to wezmę.

Langdon wręczył mu kartkę i w milczeniu ruszył dalej.

Po chwili skręcili w lewo i znaleźli się w szerokim korytarzu ozdobionym licznymi nagrodami i dyplomami. Szczególnie duża tablica znajdowała się tuż przy wejściu i Langdon zwolnił, żeby przeczytać wyryty w brązie napis:

NAGRODA ARS ELECTRONICA
za innowacje kulturalne w epoce cyfrowej
przyznana Timowi Bernersowi Lee i CERN
za wynalezienie technologii WWW

A niech mnie licho, pomyślał. Ten facet nie żartował. Langdon zawsze sądził, że WWW jest wynalazkiem amerykańskim. No, ale w końcu jego wiedza na ten temat ograniczała się do witryny poświęconej jego książce oraz przeszukiwania od czasu do czasu zasobów sieciowych Luwru i Prado.

— Internet — odezwał się Kohler, ponownie kasząc i wycierając usta — miał swój początek tutaj, jako system umożliwiający współpracę tutejszych komputerów. Dzięki niemu naukowcy z różnych działów mogli codziennie wymieniać się informacjami na temat dokonanych odkryć. Oczywiście, całemu światu się wydaje, że WWW to amerykańska technologia.

Langdon podążał za nim korytarzem.

— To dlaczego nikt tego nie sprostuje?

Kohler wzruszył ramionami, wyrażając brak zainteresowania tą kwestią.

— To tylko drobne nieporozumienie na temat mało znaczącej koncepcji. CERN to coś bez porównania ważniejszego niż światowa sieć komputerów. Nasi naukowcy niemal codziennie są autorami cudów.

Langdon rzucił mu pytające spojrzenie.

— Cudów? — Z całą pewnością słowo „cud" nie było używane przez naukowców zajmujących się naukami ścisłymi na Harvardzie. Rezerwowano je raczej dla Wydziału Teologicznego.

— Pański głos brzmi sceptycznie — zauważył Kohler. — Sądziłem, że zajmuje się pan symboliką religijną. Nie wierzy pan w cuda?

— Nie jestem co do nich przekonany — odparł. Szczególnie jeśli chodzi o te dokonujące się w laboratoriach naukowych.

— Może rzeczywiście użyłem niewłaściwego słowa. Po prostu starałem się mówić pańskim językiem.

— Moim językiem? — Langdon poczuł się nieswojo. — Nie chciałbym pana rozczarować, ale ja badam symbole religijne. Jestem naukowcem, a nie księdzem.

Kohler nagle zwolnił i odwrócił się do niego, a jego spojrzenie odrobinę złagodniało.

— Oczywiście. Jakież to było uproszczenie z mojej strony. Nie trzeba mieć raka, żeby analizować jego symptomy.

Langdon nigdy nie słyszał, aby ktoś ujął to w podobny sposób. Kiedy ruszali dalej, Kohler skinął z zadowoleniem głową.

— Myślę, że doskonale się będziemy rozumieli, panie Langdon. Jednak Langdon jakoś w to wątpił.

W miarę jak się posuwali, do Langdona zaczęło dobiegać coraz głośniejsze dudnienie. Hałas potężniał z każdym krokiem, wzmocniony dodatkowo odbiciem od ścian. Dochodził najwyraźniej ze znajdującego się przed nimi końca korytarza.

— Co to jest? — zapytał wreszcie, zmuszony krzyczeć. Miał wrażenie, że zbliżają się do czynnego wulkanu.

— Komora swobodnego spadania — odparł Kohler, którego tubalny głos bez trudu pokonał hałas. Jednak niczego dalej nie wyjaśniał.

A jego gość nie pytał. Był już wyczerpany, Maximilian Kohler zaś najwyraźniej nie pretendował do nagrody za gościnność. Langdon przypomniał sobie, dlaczego się tu znalazł. Iluminaci. Gdzieś w tym ogromnym laboratorium znajdowało się ciało... ciało naznaczone symbolem, który chciał zobaczyć. I po to właśnie przeleciał prawie pięć tysięcy kilometrów.

Kiedy zbliżyli się do załomu korytarza, dudnienie stało się niemal ogłuszające i w całym ciele czuł wibracje podłogi. Skręcili, a wówczas po prawej stronie ujrzał galerię widokową. W wygiętej koliście ścianie zamontowane były cztery wysokie okna o grubych szybach. Langdon zatrzymał się i zajrzał przez jedno z nich.

Zdarzyło mu się w życiu widzieć różne dziwne rzeczy, ale ta była najbardziej niezwykła. Zamrugał kilkakrotnie oczyma, niepewny, czy to nie halucynacje. Patrzył właśnie na ogromną kulistą komorę, w której unosili się ludzie, zupełnie jakby ich ciała nic nie ważyły. Było ich troje. Jedna z osób pomachała do niego i zrobiła salto w powietrzu.

Boże, pomyślał, jestem w krainie Oz.

Posadzka tego pomieszczenia przypominała ogromny arkusz siatki ogrodzeniowej o heksagonalnych oczkach. Pod nią widać było metaliczny połysk ogromnego wiatraka.

— Komora swobodnego spadania — oznajmił Kohler, zatrzymując się, żeby na niego zaczekać. — Swobodne spadanie w zamkniętym pomieszczeniu. Pomaga rozładować stres. To pionowy tunel aerodynamiczny.

Langdon nadal przyglądał się temu ze zdumieniem. Jedna z unoszących się osób, tęga kobieta, podpłynęła do okna. Rzucały nią prądy powietrzne, ale patrzyła na niego z uśmiechem i przesłała mu znak uniesionych w górę kciuków. Uśmiechnął się lekko i odwzajemnił gest, zastanawiając się, czy ma ona pojęcie, że w starożytności był to symbol falliczny oznaczający męskość.

Zwrócił uwagę, że tylko ta kobieta miała coś przypominającego miniaturowy spadochron. Wydymający się nad nią płat tkaniny wyglądał jak zabawka.

— Do czego jej ten maleńki spadochron? — spytał Kohlera. — Przecież on nie ma nawet metra średnicy.

— Tarcie — wyjaśnił jego gospodarz. — Zmniejsza jej własności aerodynamiczne, dzięki czemu wentylator może ją unieść. — Ruszył dalej. — Materiał o powierzchni ośmiu dziesiątych metra kwadratowego zmniejsza szybkość spadania o prawie dwadzieścia procent.

Langdon skinął obojętnie głową.

Nie mógł wówczas wiedzieć, że jeszcze tej nocy w kraju oddalonym o setki kilometrów od laboratorium ta wiedza uratuje mu życie.

Rozdział 8

Kiedy wyszli tylnym wyjściem z głównego budynku CERN-u prosto w ostre szwajcarskie słońce, Langdon poczuł się, jakby go przeniesiono z powrotem do domu. Rozciągający się przed nim widok do złudzenia przypominał kampus któregoś z dobrych uniwersytetów amerykańskich.

Porośnięte trawą zbocze schodziło tarasami ku rozległemu terenowi, gdzie kępy klonów dodawały uroku dziedzińcom ograniczonym budynkami z cegły i chodnikami. Uczenie wyglądające osoby z naręczami książek wchodziły do budynków lub z nich wychodziły. Jakby dla podkreślenia uczelnianej atmosfery, dwóch długowłosych hippisów rzucało do siebie latającym talerzem, słuchając jednocześnie Czwartej Symfonii Mahlera dobiegającej z otwartego okna.

— To nasze budynki mieszkalne — wyjaśnił Kohler, zjeżdżając szybko ścieżką. — Jest tu ponad trzy tysiące fizyków. CERN zatrudnia ponad połowę światowych specjalistów od fizyki cząstek, najgenialniejsze umysły. Niemcy, Japończycy, Włosi, Holendrzy, długo by można wymieniać. Nasi fizycy reprezentują ponad pięćset uniwersytetów i sześćdziesiąt narodowości.

Langdon słuchał tego wszystkiego ze zdumieniem.

— A jak się porozumiewają?

— Po angielsku, oczywiście. To uniwersalny język nauki.

Zawsze słyszał, że to matematyka jest uniwersalnym językiem nauki, ale był zbyt zmęczony, by się sprzeczać. Podążał zatem dalej za swym przewodnikiem.

W połowie drogi na dół przebiegł obok nich młody mężczyzna w koszulce z napisem NIE MA SŁAWY BEZ GUT-u.

Zdziwiony Langdon podążył za nim wzrokiem.

— A cóż to jest GUT *?

— Jednolita teoria pola. Teoria łącząca oddziaływanie elektryczne, magnetyczne i grawitacyjne.

— Rozumiem — odparł, chociaż nie rozumiał absolutnie niczego.

— Czy słyszał pan o fizyce cząstek elementarnych, panie Langdon?

Wzruszył ramionami.

— Znam się trochę na fizyce ogólnej: spadanie ciał, tego typu rzeczy. — Lata skoków do wody nauczyły go głębokiego szacunku dla przerażającej mocy przyspieszenia grawitacyjnego. — Fizyka cząstek zajmuje się badaniem atomów, tak?

Kohler potrząsnął przecząco głową.

— W porównaniu do tego, czym my się zajmujemy, atomy są wielkie jak planety. Nas interesuje jądro atomu, zaledwie jedna dziesięciotysięczna część całości. — Znowu zakaszlał, jakby był chory. — Pracownicy CERN-u szukają odpowiedzi na te same pytania, które ludzkość zadaje sobie od zarania dziejów. Skąd się wzięliśmy? Z czego powstaliśmy?

— I te odpowiedzi można znaleźć w laboratorium fizycznym?

— Zdaje się, że to pana zdumiewa.

— Oczywiście. Wydaje mi się, że to pytania raczej duchowej natury.

— Panie Langdon, wszystkie pytania były kiedyś natury duchowej. Od początku naszych dziejów duchowość i religię wykorzystywano do wypełnienia luk, z którymi nauka nie potrafiła sobie poradzić. Wschód i zachód Słońca przypisywano niegdyś Heliosowi i jego ognistemu rydwanowi. Trzęsienia ziemi i fale pływowe tłumaczono gniewem Posejdona. Nauka udowodniła, że ci bogowie byli tylko fałszywymi bożkami. Wkrótce wszyscy bogowie okażą się tym samym. Nauka dostarczyła odpowiedzi na niemal wszystkie pytania, jakie człowiek potrafił zadać. Zostało już tylko kilka i te mają charakter ezoteryczny. Skąd pochodzimy? Co tu robimy? Jaki jest sens życia i wszechświata?

Langdon poczuł rozbawienie.

— I na te pytania CERN usiłuje odpowiedzieć?

— Poprawka. To są pytania, na które właśnie odpowiadamy.

Langdon zamilkł i już bez słowa podążał za swoim gospodarzem, lawirującym pomiędzy budynkami. W pewnej chwili nad ich

---

* GUT — (ang.) General Unified Theory.

głowami rozległ się świst i tuż przed nimi wylądował latający talerz. Kohler zignorował go i ruszył dalej.

Z przeciwnej strony dziedzińca dobiegło ich wołanie:

— S'il vous plaît!

Langdon spojrzał w tamtym kierunku. Zobaczył, że macha do niego starszy, siwowłosy mężczyzna w bluzie z napisem COLLEGE PARIS. Podniósł talerz z ziemi i zręcznie go odrzucił. Mężczyzna złapał go na jeden palec, kilkakrotnie podrzucił i dopiero potem cisnął przez ramię do swojego partnera.

— Merci! — zawołał do Langdona.

— Gratulacje — odezwał się Kohler, gdy Langdon wreszcie go dogonił. — Właśnie pan zagrał z laureatem Nagrody Nobla Georges'em Charpakiem, wynalazcą wielodrutowej komory proporcjonalnej.

Langdon skinął głową. Mój szczęśliwy dzień.

Minęły jeszcze trzy minuty, zanim doszli do celu — dużego, zadbanego budynku stojącego w otoczeniu osik. W porównaniu do innych wydawał się luksusowy. Na umieszczonym przed nim kamieniu wyryto napis BUDYNEK C.

Ależ się wysilili, pomyślał Langdon.

Jednak pomimo nieciekawej nazwy, sam budynek odpowiadał jego architektonicznym upodobaniom. Był konserwatywny i solidny. Zbudowany z czerwonej cegły, z ozdobną balustradą i obramowany starannie przyciętymi, symetrycznymi żywopłotami. Kiedy podążali kamienną ścieżką w kierunku drzwi wejściowych, przeszli przez bramę utworzoną przez dwie marmurowe kolumny. Na jednej z nich ktoś przykleił karteczkę z napisem:

TA KOLUMNA JEST JOŃSKA

Czy to ma być graffiti fizyków? — zastanawiał się Langdon, przyglądając się kolumnie i chichocząc w duchu.

— Miło widzieć, że nawet błyskotliwi fizycy popełniają błędy. Kohler spojrzał uważnie.

— Co pan ma na myśli?

— Ten, kto napisał tę karteczkę, pomylił się. To nie jest kolumna jońska. Kolumny jońskie mają równy przekrój na całej długości, a ta się zwęża. To kolumna dorycka... grecki odpowiednik. Częsty błąd.

— To miał być żart, panie Langdon — wyjaśnił mu gospodarz

bez uśmiechu. — Jońska ma oznaczać, że zawiera jony: elektrycznie naładowane cząstki. Znajdują się w większości przedmiotów.

Langdon obejrzał się na kolumnę i jęknął.

Nadal jeszcze czuł się głupio, gdy wysiadał z windy na ostatnim piętrze budynku C. Poszedł za Kohlerem ładnie urządzonym korytarzem, którego wystrój nieco go zaskoczył — wiśniowa sofa, porcelanowy wazon na podłodze i ozdobnie toczona stolarka.

— Pragniemy, aby nasi zatrudnieni na stałe naukowcy czuli się wygodnie — wyjaśnił Kohler.

Na to wygląda, pomyślał Langdon.

— Zatem mężczyzna, którego widziałem na zdjęciu, tu właśnie mieszkał? Był jednym z ważniejszych pracowników?

— Właśnie. Nie przyszedł dziś rano na umówione ze mną spotkanie i nie odpowiadał, gdy dzwoniłem na jego pager. Przyszedłem tu, żeby go poszukać, i znalazłem go martwego w salonie.

Langdona przebiegł dreszcz, gdy uświadomił sobie, że za chwilę ujrzy zwłoki. Jego żołądek nigdy nie był zbyt odporny, jeśli chodziło o tego typu sprawy. Odkrył w sobie tę słabość jeszcze jako student akademii sztuk pięknych, gdy wykładowca oznajmił, iż Leonardo da Vinci poznał tak doskonale budowę ludzkiego ciała dzięki ekshumowaniu zmarłych i dokonywaniu sekcji ich mięśni.

Kohler zaprowadził go na koniec korytarza, gdzie znajdowały się tylko jedne drzwi.

— Można by rzec: apartament dla VIPów — oznajmił i wytarł sobie pot z czoła.

Langdon spojrzał na wizytówkę na dębowych drzwiach i przeczytał:

LEONARDO VETRA

— Leonardo Vetra skończyłby w przyszłym tygodniu pięćdziesiąt osiem lat — poinformował go Kohler. — Był jednym z najwybitniejszych naukowców naszych czasów. Jego śmierć stanowi niepowetowaną stratę dla nauki.

Przez chwilę Langdonowi wydawało się, że widzi cień emocji na kamiennej twarzy Kohlera, ale to wrażenie szybko minęło. Dyrektor sięgnął do kieszeni i wyciągnął duży pęk kluczy, wśród których zaczął szukać właściwego.

Nagle Langdon uświadomił sobie, że coś tu jest nie w porządku. Budynek był opustoszały.

— Gdzie są wszyscy? — spytał. Za chwilę mieli się znaleźć na miejscu zbrodni, a nie było tu żadnego ruchu.

43

— Mieszkańcy są w swoich laboratoriach — wyjaśnił jego gospodarz, znajdując w końcu klucz.

— Mam na myśli policję — uściślił. — Czy już odjechali?

Ręka Kohlera znieruchomiała w połowie drogi do zamka.

— Policję?

— Policję. Przysłał mi pan faks informujący o morderstwie. Przecież musiał pan wezwać policję.

— Bynajmniej.

— Co?

Szare oczy Kohlera spojrzały na niego ostro.

— Sytuacja jest bardzo skomplikowana, panie Langdon.

Langdon poczuł przypływ lęku.

— Ale... przecież z pewnością ktoś jeszcze o tym wie!

— Tak. Adoptowana córka Leonarda. Ona też jest fizykiem i tu pracuje. Mają wspólne laboratorium. Są partnerami. W minionym tygodniu panna Vetra wyjechała, aby wykonać badania w terenie. Powiadomiłem ją o śmierci ojca i już tu jedzie.

— Ale ten człowiek został zamordo...

— Odbędzie się oficjalne śledztwo — oznajmił stanowczym głosem Kohler — ale w odpowiednim czasie. Z pewnością obejmie ono przeszukanie laboratorium Vetry, które on i córka uważali za swoje najbardziej prywatne miejsce. Dlatego poczekam, dopóki panna Vetra nie przyjedzie. Uważam, że jestem jej winien choć tę odrobinę dyskrecji. — Przekręcił klucz w zamku.

Kiedy drzwi się otworzyły, wydobył się zza nich z sykiem podmuch lodowatego powietrza i uderzył Langdona w twarz. Cofnął się, nie wierząc własnym oczom. Za progiem znajdował się pokój jakby nie z tej planety — pogrążony w gęstej białej mgle, która wirowała smugami wokół mebli.

— Co do...? — zająknął się.

— Freonowy system chłodzący — wyjaśnił Kohler. — Obniżyłem temperaturę w mieszkaniu, żeby ciało zachowało się w dobrym stanie.

Langdon zapiął guziki marynarki w ochronie przed zimnem. Jestem w krainie Oz, pomyślał, tyle że zapomniałem swoich magicznych pantofli.

Rozdział 9

Ciało na podłodze stanowiło odrażający widok. Leonardo Vetra leżał na plecach, zupełnie nagi, a jego skóra przybrała niebiesko-szary kolor. Głowa była całkowicie odwrócona do tyłu, tak że nie można było dostrzec twarzy. W miejscu złamania karku kości przebiły skórę. Mężczyzna leżał w zamarzniętej kałuży własnego moczu, a włosy wokół pomarszczonych genitaliów miał pokryte szronem.

Langdon skierował wzrok na pierś ofiary, walcząc z ogarniającą go falą mdłości. Wprawdzie zdążył już dziesiątki razy przyjrzeć się symetrycznej ranie na fotografii, jednak w naturze robiła bez porównania silniejsze wrażenie. Na obrzmiałym, przypalonym ciele rysował się idealnie odciśnięty symbol.

Langdon zastanawiał się, czy dreszcz przeszywający jego ciało to skutek chłodu czy uświadomienia sobie znaczenia tego, co widzi.

Serce mu waliło, gdy obchodził ciało, żeby przeczytać napis do góry nogami i ponownie przekonać się o jego doskonałej symetrii. Teraz, kiedy na niego patrzył, jego istnienie wydawało mu się jeszcze bardziej niemożliwe niż przedtem.

— Panie Langdon?

On jednak nie słyszał. Był teraz w innym świecie... swoim

świecie, swoim żywiole, gdzie historia, mity i fakty zderzały się ze sobą... a jego zmysły były tym całkowicie pochłonięte.

— Panie Langdon? — Kohler wpatrywał się w niego wyczekująco.

Langdon nie podniósł na niego wzroku. Był teraz całkowicie zaabsorbowany tym, co zobaczył.

— Co pan już wie?

— Tylko to, co zdążyłem przeczytać na pańskiej stronie internetowej. *Illuminati* oznacza „oświeceni". To nazwa pewnego dawnego bractwa.

Langdon przytaknął skinieniem głowy.

— Zetknął się pan już wcześniej z tą nazwą?

— Nie, dopóki nie ujrzałem jej wypalonej na ciele pana Vetry.

— I wtedy zaczął pan szukać w Internecie?

— Tak.

— I z pewnością, kiedy wprowadził pan to słowo, pojawiły się setki odnośników.

— Tysiące — poprawił go Kohler. — Jednak w pańskiej witrynie znalazłem powiązania z Harvardem, Oksfordem i znanym wydawcą, a ponadto listę publikacji dotyczących tego tematu. Jako naukowiec przekonałem się, że informacja jest tyle warta, co jej źródło. Pańskie referencje wydawały się wiarygodne.

Langdon nie odrywał wzroku od ciała.

Kohler nie powiedział już nic więcej, tylko wpatrywał się w niego, najwyraźniej czekając, aż udzieli mu jakichś wyjaśnień na temat tego, co widzą.

Langdon podniósł w końcu wzrok i rozejrzał się po mroźnym pokoju.

— Może porozmawiamy o tym w cieplejszym miejscu?

— Tu będzie doskonale. — Kohler jakby nie odczuwał zimna. — Porozmawiamy tutaj.

Langdon zmarszczył brwi. Historia bractwa iluminatów była skomplikowana. Zamarznę tu na śmierć, zanim mu to wyjaśnię. Ponownie spojrzał na wypalone piętno i poczuł nowy przypływ zdumienia pomieszanego z lękiem.

Symbol bractwa iluminatów stał się legendarny we współczesnej symbolice, jednak żaden z naukowców nigdy go nie widział w rzeczywistości. Dawne dokumenty opisywały go jako *ambigram*. *Ambo* to po łacinie „oba", toteż nazwa ta oznaczała, że można go czytać z obu stron. Jednak choć ambigramy były dość popularne w symbolice — przykładem może być swastyka, yin yang, gwiazda Dawida, zwykły krzyż — to wydawało się zupełnie niemożliwe napisanie wyrazu w taki sposób, żeby stał się ambigramem. Współcześni badacze symbolizmu od lat próbowali przekształcić wyraz *Illuminati* w idealnie symetryczny symbol, ale bez skutku. W związku z tym większość z nich doszła do wniosku, że jego istnienie było tylko legendą.

— Kim zatem są iluminaci? — naciskał Kohler.

Właśnie, pomyślał Langdon, kim są? Po czym rozpoczął swą opowieść.

— Od zarania dziejów istniał głęboki rozdźwięk pomiędzy nauką a religią. Uczeni, którzy otwarcie mówili o swoich odkryciach, tacy jak Kopernik...

— Byli mordowani — wtrącił się Kohler. — Mordowani przez Kościół za ujawnianie prawd naukowych. Religia zawsze prześladowała naukę.

— Tak. Jednak w szesnastym wieku powstała w Rzymie grupa, która próbowała walczyć z Kościołem. Niektórzy z najbardziej oświeconych ludzi we Włoszech — fizycy, matematycy, astronomowie — zaczęli organizować tajne spotkania, na których krytykowali niezgodne z rzeczywistością nauki Kościoła. Obawiali się, że nieprzejednana postawa przedstawicieli Kościoła uniemożliwi rozwój nauki. Założyli pierwszy na świecie naukowy sztab ekspertów i nadali sobie nazwę „oświeceni".

— *Illuminati*.

— Tak. Najwybitniejsze umysły Europy... całkowicie oddane poszukiwaniu naukowej prawdy.

Kohler słuchał w milczeniu.

— Oczywiście iluminaci byli bezlitośnie prześladowani przez Kościół katolicki. Dla zachowania bezpieczeństwa musieli przestrzegać skomplikowanych rytuałów. Wkrótce w podziemnych kręgach naukowych rozprzestrzeniła się wieść o ich istnieniu i zaczęli się do nich przyłączać uczeni z całej Europy. Członkowie bractwa zbierali się regularnie w Rzymie w swojej supertajnej siedzibie, której nadali nazwę Kościół Oświecenia.

Kohler zakaszlał i zmienił pozycję na wózku.

— Wielu członków bractwa — ciągnął Langdon — chciało zwalczać tyranię Kościoła za pomocą aktów przemocy, ale człowiek, który cieszył się wśród nich największym szacunkiem, zdołał im to wyperswadować. Był pacyfistą i jednym z najsłynniejszych uczonych.

Langdon był pewien, że Kohler wie, o kogo chodzi. Nawet ludzie niemający z nauką nic wspólnego znali nazwisko tego nieszczęsnego astronoma, który został aresztowany i niemal stracony przez Kościół, gdy ogłosił, że to Słońce, a nie Ziemia, stanowi środek Układu Słonecznego. Mimo że wyniki jego badań były niepodważalne, został surowo ukarany przez Kościół za twierdzenie, że Bóg nie umieścił ludzkości w centrum wszechświata.

— Nazywał się Galileo Galilei.

Kohler spojrzał na niego.

— Galileusz?

— Tak, Galileusz należał do iluminatów. Jednocześnie był gorliwym katolikiem. Starał się doprowadzić do złagodzenia stanowiska Kościoła wobec nauki, głosząc, że ta ostatnia nie tylko nie zaprzecza istnieniu Boga, lecz nawet je potwierdza. Napisał kiedyś, że kiedy obserwuje przez teleskop ruch planet, słyszy głos Boga w muzyce sfer. Utrzymywał również, że nauka i religia nie są wrogami, tylko sojusznikami, dwoma różnymi językami opowiadającymi tę samą historię... historię o symetrii i równowadze, niebie i piekle, nocy i dniu, gorącu i zimnie, Bogu i szatanie. Zarówno nauka, jak i religia radują się stworzoną przez Boga symetrią... niekończącym się zmaganiem jasności i ciemności. — Langdon urwał i zaczął przytupywać nogami, żeby je rozgrzać.

Kohler siedział nieporuszony na wózku i tylko na niego patrzył.

— Niestety — dodał Langdon — Kościół wcale nie pragnął zjednoczenia nauki i religii.

— Oczywiście, że nie — przerwał mu gospodarz. — Takie zjednoczenie odebrałoby Kościołowi możliwość uzurpowania sobie roli jedynego pośrednika, dzięki któremu człowiek może zrozumieć Boga. Zatem Kościół osądził Galileusza jako heretyka, uznał go za winnego i skazał na stały areszt domowy. Znam historię nauki, panie Langdon. Jednak to było wieki temu. Co to ma wspólnego z Leonardem Vetrą?

Pytanie za milion dolarów. Langdon przeszedł do sedna opowieści.

— Aresztowanie Galileusza wywołało wrzenie wśród członków bractwa. Popełniono pewne błędy i Kościołowi udało się zidentyfikować czterech członków, których pojmano i przesłuchiwano. Jednak uczeni ci niczego nie zdradzili, nawet kiedy ich torturowano.

— Torturowano?

Langdon skinął głową.

— Przypalano ich rozżarzonym żelazem. Wypalano na piersi znak krzyża.

Oczy Kohlera rozszerzyły się. Dyrektor rzucił niepewne spojrzenie na ciało Vetry.

— Potem tę czwórkę brutalnie zamordowano, a ich ciała porzucono na ulicach Rzymu jako ostrzeżenie dla tych, którzy chcieliby wstąpić do bractwa. Pozostali iluminaci, czując, że Kościół depcze im po piętach, uciekli z Włoch.

Langdon przerwał na chwilę, porządkując myśli, żeby jasno przedstawić dalszy ciąg historii. Spojrzał Kohlerowi prosto w oczy.

— Iluminaci zeszli do głębokiego podziemia, a tam zaczęli się kontaktować z innymi grupami uchodzącymi przed prześladowaniami katolików — mistykami, alchemikami, okultystami, muzułmanami, żydami. Bractwo przyjmowało nowych członków i z biegiem lat zmieniło nieco swój charakter. Pojawili się nowi iluminaci, mroczniejsi i zdecydowanie antychrześcijańscy. Rośli w siłę, odprawiali tajemnicze rytuały, pod groźbą śmierci strzegli tajemnicy i przysięgali, że pewnego dnia znowu powstaną i zemszczą się na Kościele katolickim. W końcu stali się tak silni, że Kościół uznał ich za najniebezpieczniejszy ruch antychrześcijański na świecie. Wówczas Watykan potępił bractwo i uznał je za *Shaitana*.

— *Shaitana?*

— To nazwa wywodząca się z islamu. Oznacza przeciwnika... przeciwnika Boga. Kościół wybrał islamskie określenie, gdyż był to według nich brudny język. — Zawahał się. — Od nazwy *shaitan* wywodzi się słowo szatan.

Na twarzy Kohlera pojawił się niepokój.

Głos Langdona był teraz bardzo ponury.

— Panie Kohler, nie mam pojęcia, jak ten znak pojawił się na piersi tego człowieka... ani dlaczego... ale patrzy pan na od dawna zaginiony symbol najstarszego i najpotężniejszego kultu szatana.

Rozdział 10

Uliczka była wąska i opustoszała. Asasyn szedł teraz szybkim krokiem, a czarne oczy błyszczały mu wyrazem oczekiwania. Kiedy zbliżał się do celu, w myślach zabrzmiały mu pożegnalne słowa Janusa: „Wkrótce rozpoczyna się faza druga. Odpocznij trochę". Uśmiechnął się z wyższością. Nie spał całą noc, ale sen był ostatnią rzeczą, jaka go interesowała. Sen jest dobry dla słabeuszy. On jest wojownikiem, podobnie jak jego przodkowie, a członkowie jego ludu nie zasypiali po rozpoczęciu bitwy. Ta bitwa niewątpliwie już się zaczęła, a jemu przypadła zaszczytna rola. Teraz miał dwie godziny na uczczenie swojego zwycięstwa, zanim powróci do pracy.

Spać? Są przecież znacznie lepsze sposoby, żeby się odprężyć...

Zamiłowanie do hedonistycznych przyjemności niewątpliwie odziedziczył po swych przodkach, tyle że oni delektowali się haszyszem, a on wolał inne rozkosze. Był zbyt dumny ze swojego ciała — dobrze umięśnionej, zabójczej maszyny — by niszczyć je narkotykami. Znalazł sobie mniej niebezpieczne uzależnienie... zdrowszą i bardziej satysfakcjonującą nagrodę.

Czując znajomy dreszczyk oczekiwania, ruszył jeszcze szybciej. W końcu stanął przed niczym niewyróżniającymi się drzwiami i nacisnął dzwonek. Ktoś odsunął wizjer, przez który przyjrzała mu się badawczo para brązowych łagodnych oczu. Drzwi się otworzyły.

— Witamy — odezwała się dobrze ubrana kobieta. Zaprowadziła go do eleganckiego saloniku o przytłumionym oświetleniu. W powietrzu unosił się zapach drogich perfum i piżma. — Proszę. — Wręczyła mu album z fotografiami. — Kiedy pan się zdecyduje, proszę po mnie zadzwonić. — Następnie zostawiła go samego.

Asasyn uśmiechnął się do siebie.

Siedząc na pluszowej sofie z albumem na kolanach, poczuł ukłucie zmysłowego pożądania. Wprawdzie jego pobratymcy nie świętowali Bożego Narodzenia, ale wyobrażał sobie, że tak musi czuć się dziecko siedzące przed stosem świątecznych prezentów, gdy za chwilę ma sprawdzić, jakie cuda znajdują się w środku. Otworzył album i zaczął przyglądać się zdjęciom. Miał przed sobą całe bogactwo seksualnych fantazji.

Marisa. Włoska bogini. Ognista. Młoda Sophia Loren.

Sachiko. Japońska gejsza. Gibka. Niewątpliwie uzdolniona.

Kanara. Oszałamiająca czarna wizja. Umięśniona. Egzotyczna.

Dwukrotnie przejrzał album i w końcu dokonał wyboru. Wdusił przycisk na stojącym obok stoliku. W chwilę później pojawiła się ta sama kobieta, która go powitała. Wskazał, kogo wybrał. Uśmiechnęła się.

— Proszę za mną.

Po omówieniu spraw finansowych przeprowadziła dyskretną rozmowę przez telefon. Poczekała kilka minut, po czym weszła z nim po kręconych marmurowych schodach, które zaprowadziły ich do luksusowo urządzonego korytarza.

— To te złote drzwi na końcu — poinformowała go. — Ma pan kosztowny gust.

No, pewnie, pomyślał. Jestem koneserem.

Przemierzył korytarz krokiem pantery szykującej się do upragnionego posiłku. Dotarł do drzwi i uśmiechnął się do siebie. Były już otwarte... zapraszały go do środka. Pchnął je i bezszelestnie się otworzyły.

Kiedy zobaczył dziewczynę, wiedział, że dobrze wybrał. Czekała na niego dokładnie tak, jak prosił... leżała naga na plecach, z rękami przywiązanymi grubym aksamitnym sznurem do poręczy łóżka.

Przeszedł przez pokój i przebiegł ciemnymi palcami po jej gładkim brzuchu. Wczoraj w nocy zabiłem, powiedział sobie w duchu, a ty jesteś moją nagrodą.

Rozdział 11

— Szatana? — Kohler wytarł usta i poruszył się niespokojnie. — To jest symbol satanistycznego kultu?

Langdon spacerował po mroźnym pokoju, żeby się rozgrzać.

— Iluminaci byli satanistami, ale nie we współczesnym rozumieniu tego słowa.

Szybko wyjaśnił, że dla większości ludzi sataniści to potwory oddające cześć diabłu, gdy tymczasem, historycznie rzecz biorąc, byli to wykształceni ludzie, którzy przeciwstawiali się Kościołowi. *Shaitan.* Pogłoski na temat składania ofiar ze zwierząt, praktykowania czarnej magii czy rytuałów związanych z pentagramem były kłamstwami rozpowszechnianymi przez Kościół w celu zniszczenia dobrego imienia przeciwnika. Z czasem wrogowie Kościoła, pragnący naśladować iluminatów, zaczęli wierzyć w te kłamstwa i wprowadzać je w życie. Tak narodził się współczesny satanizm.

Kohler przerwał mu chrząknięciem.

— Wszystko to zamierzchła historia. Ja chciałbym wiedzieć, jak ten symbol znalazł się tutaj.

Langdon zaczerpnął głęboko powietrza.

— Sam symbol powstał w szesnastym wieku, stworzony przez anonimowego artystę z bractwa iluminatów jako hołd dla Galileusza i jego umiłowania symetrii. Stał się swego rodzaju świętym logo bractwa. Trzymano go jednak w tajemnicy. Podobno miał zostać ujawniony, gdy iluminaci nabiorą dość siły, by wyjść z podziemia i zrealizować swój ostateczny cel.

Kohler był zaniepokojony.

— Zatem ten symbol oznacza, że iluminaci wychodzą z podziemia?

Langdon zmarszczył czoło.

— To raczej niemożliwe. Historia bractwa ma jeszcze jeden rozdział, którego nie zdążyłem opowiedzieć.

— Proszę więc mnie oświecić. — Głos Kohlera brzmiał teraz donośniej.

Langdon zatarł dłonie, porządkując w myślach to, co wiedział na temat iluminatów.

— Iluminaci przetrwali — wyjaśnił. — Kiedy uciekli z Włoch, podróżowali po Europie, szukając bezpiecznego miejsca, gdzie mogliby się na nowo zorganizować. Zostali wówczas przyjęci przez inne tajne stowarzyszenie... bractwo bogatych bawarskich kamieniarzy nazywanych wolnomularzami.

Na twarzy Kohlera pojawił się wyraz zaskoczenia.

— Masonów?

Langdon skinął głową. Nie zdziwiło go, że jego gospodarz słyszał o tym stowarzyszeniu. Wolnomularze skupiali obecnie ponad pięć milionów członków na całym świecie, z tego połowa mieszkała w Stanach Zjednoczonych, a ponad milion w Europie.

— Przecież masoni z pewnością nie są satanistami — zaprotestował Kohler, a w jego głosie pojawiło się niedowierzanie.

— Oczywiście, że nie. Masoni padli ofiarą własnej życzliwości. Kiedy w osiemnastym wieku przyjęli pod swoje skrzydła naukowców uciekających przed prześladowaniami, stali się nieświadomie fasadą, za którą działali iluminaci. Ci ostatni rośli w ich szeregach w siłę, stopniowo zajmując coraz wyższe stanowiska w lożach. W tym czasie po cichu odtwarzali swoje naukowe bractwo... tajne stowarzyszenie głęboko ukryte pod przykrywką innego tajnego stowarzyszenia. Następnie wykorzystali ogólnoświatowe kontakty wolnomularzy, żeby rozpowszechnić swoje wpływy.

Langdon odetchnął zimnym powietrzem, po czym kontynuował.

— Najważniejszym celem i zobowiązaniem iluminatów było zmiecenie katolicyzmu z powierzchni ziemi. Byli przekonani, że największym zagrożeniem dla ludzkości są dogmaty rozpowszechniane przez Kościół. Obawiali się, że zasady wiary spowodują zahamowanie postępu nauki, a ludzkość zostanie skazana na ignorancję i bezsensowne święte wojny.

— To właśnie dziś obserwujemy.

Langdon zmarszczył czoło. Kohler miał rację. Rzeczywiście święte wojny nadal się toczą. „Mój Bóg jest lepszy od twojego". Wygląda na to, że dalej istnieje ścisły związek pomiędzy ortodoksyjną wiarą a dużą liczbą ofiar.

— Proszę kontynuować — ponaglił go Kohler.

Langdon przez chwilę zbierał myśli.

— Iluminaci urośli w siłę w Europie, po czym zainteresowali się Stanami Zjednoczonymi, młodym państwem, którego wielu przywódców należało do masonerii, jak choćby George Washington i Ben Franklin. Byli to uczciwi, bogobojni ludzie, którzy nie zdawali sobie sprawy, że wolnomularze stanowią bastion iluminatów. Ci ostatni wykorzystali swoje wpływy i uczestniczyli w zakładaniu banków, uniwersytetów i zakładów przemysłowych, które miały finansować realizację ich najwyższego celu. — Langdon przerwał na chwilę. — Było nim stworzenie jednego światowego państwa: świeckiego Nowego Porządku Świata.

Kohler siedział bez ruchu.

— Nowego Porządku Świata — powtórzył Langdon — opartego na oświeceniu naukowym. Nazwali to doktryną lucyfera. Według nauki Kościoła lucyfer to diabeł, natomiast bractwo utrzymywało, że rolę lucyfera należy rozumieć zgodnie z dosłownym łacińskim znaczeniem tej nazwy, czyli „niosący światło". Innymi słowy, „Iluminator".

Kohler westchnął i odezwał się niezwykle poważnym tonem:

— Panie Langdon, proszę usiąść.

Usiadł zatem bardzo ostrożnie na oszronionym krześle.

Kohler podjechał wózkiem bliżej.

— Nie jestem pewien, czy zrozumiałem wszystko, co mi pan opowiedział, ale wiem jedno. Leonardo Vetra był niezwykle cenny dla CERN-u, a ponadto był moim przyjacielem. Potrzebna mi pańska pomoc, żeby odnaleźć iluminatów.

Langdon nie wiedział, co odpowiedzieć.

— Odnaleźć iluminatów? — On chyba żartuje. — Obawiam się, że to zupełnie niemożliwe.

Kohler zmarszczył brwi.

— Jak to niemożliwe? Chyba nie...

— Panie Kohler — Langdon pochylił się w stronę gospodarza, nie bardzo wiedząc, co zrobić, aby ten dobrze go zrozumiał — jeszcze nie skończyłem swojej opowieści. Wbrew pozorom jest wysoce nieprawdopodobne, żeby ten symbol wypalili iluminaci. Już od ponad pół wieku nie natrafiono na żadne dowody ich istnienia i większość naukowców jest zgodna, że bractwo nie istnieje od lat.

Odpowiedziała mu cisza. Kohler wpatrywał się w mgłę wypełniającą pokój, a na jego twarzy malował się wyraz ni to oszołomienia, ni to gniewu. W końcu powiedział:

— Jak, u diabła, może mi pan opowiadać, że to stowarzyszenie już nie istnieje, skoro jego nazwa została wypalona na tym człowieku?

Langdon zadawał sobie to pytanie przez cały ranek. Pojawienie się ambigramu iluminatów było rzeczywiście zdumiewającym wydarzeniem. Jakaż to będzie gratka dla osób zajmujących się symboliką. Jednak Langdon był naukowcem i rozumiał, że obecność symbolu jeszcze o niczym nie świadczy.

— Symbole — wyjaśnił teraz gospodarzowi — w żaden sposób nie potwierdzają obecności swoich twórców.

— A dlaczegoż to?

— Dlatego, że kiedy ruchy takie jak iluminaci przestają istnieć, ich symbole pozostają... i mogą zostać przejęte przez inne grupy. To się nazywa transferencja i zdarza się bardzo często. Na przykład naziści przejęli swastykę od Hindusów, chrześcijanie krzyż od Egipcjan...

— Dziś rano — przerwał mu Kohler — kiedy wpisałem do wyszukiwarki słowo „Illuminati", znalazła mi tysiące aktualnych stron. Najwyraźniej mnóstwo ludzi sądzi, że ta grupa nadal działa.

— Miłośnicy spisków — odparł Langdon. Zawsze go irytowały niezliczone teorie spiskowe cieszące się ogromnym powodzeniem w masowej kulturze. Media były złaknione apokaliptycznych nagłówków, a różni samozwańczy znawcy nadal zarabiali na histerii towarzyszącej nadejściu nowego milenium, opowiadając, że iluminaci istnieją i działają, organizując swój Nowy Porządek Świata. Ostatnio *New York Times* prezentował dziwaczne masońskie powiązania niezliczonych słynnych osób, między innymi Arthura Conan Doyle'a, księcia Kentu, Petera Sellersa, Irvinga Berlina, księcia Filipa, Louisa Armstronga i wielu dobrze znanych współczesnych bankowców i przemysłowców.

Kohler wskazał gniewnym gestem na ciało Vetry.

— Biorąc pod uwagę ten dowód, powiedziałbym, że te teorie konspiracyjne mogą być słuszne.

— Wiem, jak to wygląda — powiedział Langdon najbardziej dyplomatycznie, jak potrafił — a jednak znacznie bardziej prawdopodobnym wyjaśnieniem jest to, że inna organizacja przywłaszczyła sobie symbol iluminatów i używa go do własnych celów.

— Jakich celów? Czego ma dowodzić to morderstwo?

Dobre pytanie, pomyślał Langdon. On również nie potrafił sobie wyobrazić, jakim cudem ktoś mógłby odnaleźć symbol iluminatów po czterystu latach.

— Mogę tylko powiedzieć, że gdyby nawet iluminaci nadal działali... a jestem właściwie pewien, że tak nie jest... w żadnym wypadku nie byliby zamieszani w śmierć Leonarda Vetry.

— Nie?

— Nie. Wprawdzie ich celem było zniszczenie chrześcijaństwa, ale nie posługiwali się aktami terroru, tylko metodami politycznymi i finansowymi. Ponadto kierowali się surowym kodeksem moralnym, określającym, kogo należy traktować jako wroga. Ludzi nauki traktowali z najwyższym poważaniem, toteż nie mogliby zabić kolegi naukowca, jakim był Vetra.

Kohler obdarzył go lodowatym spojrzeniem.

— Chyba zapomniałem wspomnieć, że Leonardo Vetra w żadnym razie nie był normalnym naukowcem.

Langdon powoli wypuścił powietrze, starając się zachować cierpliwość.

— Panie Kohler, jestem przekonany, że Leonardo Vetra był genialny pod wieloma względami, ale fakt pozostaje...

Kohler bez słowa odwrócił wózek w przeciwnym kierunku i pospiesznie wyjechał z pokoju, zostawiając wzdłuż korytarza ślad w postaci smug mgiełki.

Na miłość boską, jęknął w duchu Langdon i ruszył w ślad za nim. Znalazł go koło niewielkiej wnęki w końcu korytarza.

— To gabinet Leonarda — wyjaśnił gospodarz, wskazując na przesuwane drzwi. — Może kiedy go pan zobaczy, spojrzy pan na całą sprawę z innego punktu widzenia. — Z zakłopotaniem chrząknął i uniósł się nieco na wózku, a wtedy drzwi stanęły otworem.

Kiedy Langdon zajrzał do środka, poczuł na ciele gęsią skórkę. O Matko święta, pomyślał.

Rozdział 12

W innym kraju młody strażnik siedział cierpliwie przed potężną baterią monitorów. Patrzył na zmieniające się przed nim obrazy przekazywane na żywo z setek bezprzewodowych kamer wideo obserwujących rozległy kompleks. Niekończąca się procesja widoków.

Urządzony z przepychem korytarz.

Prywatny gabinet.

Ogromna kuchnia.

Obserwując ekrany, starał się odpędzać od siebie pokusę myślenia o innych sprawach. Już niedługo koniec jego zmiany, a on nadal jest czujny. Służba jest zaszczytem. Kiedyś otrzyma za to najwyższą nagrodę.

Właśnie kiedy myśli zaczynały mu odpływać, zaalarmował go obraz na jednym z ekranów. Nagle, w odruchu tak błyskawicznym, że nawet jego samego to zdumiało, jego ręka wystrzeliła naprzód i uderzyła w przycisk na pulpicie sterującym. Obraz przed nim znieruchomiał.

Z napięciem pochylił się ku ekranowi, żeby lepiej widzieć. Napis na ekranie informował, że jest to obraz przekazywany z kamery numer 86, która powinna monitorować korytarz.

Jednak obraz na ekranie zdecydowanie nie był korytarzem.

Rozdział 13

Langdon ze zdumieniem przyglądał się wnętrzu gabinetu Vetry. — Co to jest? — Pomimo przyjemnego ciepła panującego w pokoju przekraczał jego próg z drżeniem. Kohler nie odezwał się, tylko wjechał w ślad za nim do gabinetu. Langdon obrzucił wzrokiem pokój, nie mając najmniejszego pojęcia, co o tym myśleć. Znajdowała się tu najdziwniejsza mieszanina wytworów rąk ludzkich, jaką kiedykolwiek widział. Na przeciwległej ścianie, nadając ton wystrojowi całego pokoju, wisiał ogromny drewniany krucyfiks, pochodzący, zdaniem Langdona, z czternastowiecznej Hiszpanii. Nad krucyfiksem zwisał z sufitu ruchomy model planet Układu Słonecznego. Po jego lewej stronie znajdował się obraz olejny, przedstawiający Matkę Boską, a obok niego laminowany okresowy układ pierwiastków. Na bocznej ścianie dwa mosiężne krucyfiksy wisiały po obu stronach plakatu z Albertem Einsteinem i jego słynnym cytatem: BÓG NIE GRA W KOŚCI ZE WSZECH-ŚWIATEM.

Wszedł głębiej do pokoju, rozglądając się wokół z zaskoczeniem. Oprawna w skórę Biblia leżała na biurku Vetry obok plastykowego modelu atomu Bohra i miniaturowej repliki *Mojżesza* Michała Anioła.

Tu rzeczywiście można mówić o eklektyzmie, zauważył w duchu. W pomieszczeniu panowało przyjemne ciepło, ale coś w jego wystroju przyprawiało go o dreszcze. Czuł się tak, jakby obserwował zderzenie dwóch filozoficznych tytanów... niepokojący chaos stworzony przez przeciwstawne siły. Przyjrzał się tytułom książek na regale:

BOSKA CZĄSTKA
TAO FIZYKI
BÓG: DOWODY ISTNIENIA *

Na jednej z podpórek do książek wyryto cytat:

„PRAWDZIWA NAUKA ODKRYWA BOGA
CZEKAJĄCEGO ZA KAŻDYMI DRZWIAMI"
— PIUS XII

— Leonardo był księdzem katolickim — wyjaśnił Kohler.
Langdon odwrócił się do niego:
— Księdzem? Czy nie mówił pan, że fizykiem?
— Jednym i drugim. Przecież i przed nim byli ludzie zajmujący
się i nauką, i religią. Leonardo uważał fizykę za „boskie prawo
natury". Twierdził, że ręka Boga widoczna jest w otaczającym nas
porządku natury. Miał nadzieję, że dzięki nauce udowodni istnienie
Boga wątpiącym masom. Nazywał siebie teofizykiem.
Teofizykiem? Dla Langdona brzmiało to jak oksymoron.
— W ramach fizyki cząstek — wyjaśnił Kohler — dokonano
ostatnio pewnych wstrząsających odkryć, odkryć niosących ze
sobą duchowe implikacje. Wiele z nich zawdzięczamy Leonardowi.
Langdon przyglądał się dyrektorowi CERN-u, starając się oswoić
z dziwacznym otoczeniem.
— Duchowość i fizyka? — Jego życie zawodowe upłynęło na
badaniu historii religii i niejednokrotnie stykał się z twierdzeniem,
że nauka i religia od początku były jak olej i woda... najgorsi
wrogowie... dwie rzeczy niemożliwe do połączenia.
— Vetra należał do najwybitniejszych fizyków cząstek — tłumaczył dalej Kohler. — Zaczynał scalać naukę i religię... wykazując, że uzupełniają się nawzajem w całkowicie nieprzewidziany
sposób. To, czym się zajmował, nazwał Nową Fizyką. — Kohler
wyciągnął z półki książkę i podał ją Langdonowi.
Langdon przyjrzał się okładce. *Bóg, cuda i Nowa fizyka* — Leonardo Vetra.
— Jest to wąska dziedzina — ciągnął Kohler — lecz daje nowe

* Leon Lederman, *Boska cząstka*, Prószyński i S-ka, 1996, Fritjof Capra,
Tao fizyki, „Nomos", 1994, Patrick Glynn, *God: Evidence* — ta książka nie ma
polskiego wydania, jednak ze względów stylistycznych podano w tekście tytuł
po polsku.

odpowiedzi na odwieczne pytania, pytania o pochodzenie wszechświata oraz siły, które rządzą nami wszystkimi. Leonardo uważał, że jego badania mogą nawrócić miliony ludzi na bardziej duchowe życie. W ubiegłym roku niezbicie udowodnił istnienie siły, która jednoczy nas wszystkich. Dokładnie rzecz biorąc, zademonstrował, że wszyscy jesteśmy fizycznie połączeni... że cząsteczki w moim ciele przeplatają się z cząsteczkami w pańskim... że istnieje jedna siła działająca w nas wszystkich.

Langdon poczuł zakłopotanie. A moc Boga niech nas wszystkich zjednoczy.

— Chce pan powiedzieć, że Vetra znalazł sposób, jak wykazać, iż cząstki są powiązane?

— Niezbity dowód. W najnowszym „Scientific American" okrzyknięto Nową Fizykę pewniejszą drogą do Boga niż sama religia.

Argument był celny. Langdon odruchowo zaczął rozmyślać o antyreligijnych iluminatach. Niechętnie zmusił się do chwilowego rozważenia niemożliwego. Jeśli iluminaci nadal działają, to czy zabiliby Leonarda, żeby uniemożliwić mu dotarcie z religijnym przesłaniem do mas? Natychmiast jednak odrzucił tę myśl. Bzdura! Iluminaci to już zamierzchła historia! Wszyscy naukowcy o tym wiedzą!

— Vetra miał wielu wrogów w świecie nauki — kontynuował Kohler. — Wielu naukowych purystów nim pogardzało. Nawet tutaj, w CERN-ie. Uważali, że stosowanie metod fizyki analitycznej do poparcia zasad religijnych jest zdradą nauki.

— Ale czy w dzisiejszych czasach naukowcy nie zmienili nieco swojego stosunku do Kościoła?

Kohler prychnął pogardliwie.

— A dlaczego mielibyśmy to zrobić? Wprawdzie Kościół już nie pali nas na stosach, ale jeśli pan sądzi, że daje większą swobodę nauce, to proszę sobie zadać pytanie, dlaczego w połowie szkół w pańskim kraju nadal obowiązuje zakaz nauczania o ewolucji. Albo niech pan pomyśli o amerykańskiej Koalicji Chrześcijańskiej, najbardziej wpływowym lobby na świecie, działającym przeciwko postępowi nauki. Walka pomiędzy nauką a religią nadal wrze, panie Langdon, tyle że przeniosła się z pól bitewnych do szkół.

Langdon uświadomił sobie, że Kohler ma rację. Nie dalej jak w ubiegłym tygodniu przedstawiciele harwardzkiej Szkoły Teologicznej wmaszerowali do budynku Wydziału Biologicznego, aby zaprotestować przeciw nauczaniu inżynierii genetycznej na studiach magisterskich. Dyrektor Instytutu Biologii, słynny ornitolog Richard Aaronian, broniąc programu nauczania, wywiesił z okna swojego gabinetu ogromny transparent. Przedstawiał on chrześcijańską „rybę" z czterema małymi stópkami, co według Aaroniana było hołdem dla afrykańskich ryb dwudysznych, które ewoluowały tak, by dostosować się do życia w okresie suszy. Pod rybą, zamiast słowa „Jezus", umieścił manifestacyjnie napis DARWIN!

Nagle rozległ się ostry, piszczący dźwięk. Podniósł wzrok. Zobaczył, że Kohler sięga ku rzędowi urządzeń elektronicznych na swoim wózku, wyjmuje z uchwytu pager i odczytuje wiadomość.

— O, świetnie. To córka Vetry. Panna Vetra właśnie się zbliża do lądowiska śmigłowców. Tam się z nią spotkamy. Sądzę, że lepiej, aby tu nie przychodziła i nie widziała ojca w takim stanie.

Langdon całkowicie się z nim zgadzał. To byłby wstrząs, jakiego żadne dziecko nie powinno przeżywać.

— Poproszę pannę Vetra, żeby wyjaśniła nam, na czym polega projekt, nad którym z ojcem pracowali. Może to rzuci jakieś światło na motywy morderstwa.

— Myśli pan, że Vetra został zabity z powodu swojej pracy?

— To całkiem możliwe. Wspominał, że zajmuje się czymś przełomowym. Nic więcej mi nie powiedział. Zachowywał się bardzo tajemniczo, jeśli chodzi o ten ostatni program badawczy. Miał prywatne laboratorium i chciał być odizolowany od innych, na co chętnie się zgodziłem, ze względu na jego geniusz. W ostatnim okresie zużywał bardzo dużo energii elektrycznej, ale postanowiłem go o to nie pytać. — Kohler odwrócił się w kierunku drzwi gabinetu. — Jest jednak jeszcze jedna rzecz, której musi się pan dowiedzieć, zanim opuścimy jego mieszkanie.

Langdon wcale nie był pewien, czy chce to usłyszeć.

— Morderca ukradł Vetrze pewną rzecz.

— Rzecz?

— Proszę za mną.

Dyrektor podjechał z powrotem do wypełnionego mgłą salonu. Langdon ruszył za nim, nie wiedząc, czego się spodziewać. Kohler zatrzymał się tuż przy zwłokach, po czym skinął na Langdona, żeby się zbliżył. Podszedł zatem z ociąganiem i natychmiast do jego nozdrzy dotarł zapach uryny, powodujący dławienie w gardle.

— Proszę spojrzeć na jego twarz.

Na twarz? — zdziwił się w duchu. Przecież mówiłeś, że coś ukradziono.

Przyklęknął niechętnie przy zwłokach. Nie mógł jednak dojrzeć twarzy, gdyż głowa była obrócona o sto osiemdziesiąt stopni.

Kohler, walcząc ze swoim kalectwem, schylił się z wysiłkiem i zaczął ostrożnie odwracać zamrożoną głowę. Z głośnym trzaskiem dała się odkręcić na tyle, że można było dostrzec wykrzywioną w agonii twarz. Przytrzymał ją tak przez chwilę.

— Słodki Jezu! — wykrzyknął Langdon i cofnął się, potykając. Twarz Vetry była pokryta krwią. Jedno orzechowe oko patrzyło martwo prosto na niego. Drugi oczodół był porozrywany i pusty. — Ukradli mu oko?

Rozdział 14

Langdon wyszedł z budynku C, szczęśliwy, że nie musi już przebywać w mieszkaniu Vetry. Blask słońca pomógł mu wyrzucić z myśli natrętny obraz pustego oczodołu.

— Tędy, proszę — zwrócił się do niego Kohler, skręcając gwałtownie na wiodącą w górę stromą ścieżkę. Jego wózek inwalidzki z łatwością nabierał prędkości. — Panna Vetra będzie tu lada chwila.

Langdon przyspieszył kroku, żeby się z nim zrównać.

— No i cóż? — zapytał Kohler — Czy nadal pan wątpi w udział iluminatów?

Langdon nie miał najmniejszego pojęcia, co o tym wszystkim sądzić. Religijne zaangażowanie Vetry niewątpliwie dawało do myślenia, jednak nie mógł się zmusić do zlekceważenia jakichkolwiek naukowych dowodów, na które się dotąd natknął. Poza tym, było jeszcze oko...

— Nadal utrzymuję — odezwał się w końcu z większą mocą, niż zamierzał — że iluminaci nie są zamieszani w tę zbrodnię. Najlepszym dowodem jest to brakujące oko.

— Co takiego?

— Bezsensowne okaleczenie — wyjaśnił Langdon — jest zupełnie... zupełnie nie pasuje do ich stylu działania. Specjaliści zajmujący się ruchami religijnymi twierdzą, że niepotrzebnych okaleczeń dokonują niedoświadczone, mające marginalne znaczenie sekty: fanatycy dopuszczający się przypadkowych aktów terroryzmu. Natomiast iluminaci działali zawsze w bardziej celowy sposób.

— Celowy? Wyjęcie z chirurgiczną precyzją czyjegoś oka nie jest celowe?

— Nie stanowi jasnego przesłania. Nie służy wyższemu celowi. Kohler zatrzymał wózek, choć byli tuż u szczytu wzgórza.

— Panie Langdon, proszę mi wierzyć, że to brakujące oko naprawdę służy wyższemu celowi... znacznie wyższemu.

Kiedy przechodzili przez trawiaste zbocze, usłyszeli nadlatujący śmigłowiec. Po chwili ujrzeli maszynę zbliżającą się od strony doliny. Pilot wykonał ostry skręt, po czym helikopter zawisnął tuż nad namalowanym na trawie lądowiskiem. Langdon patrzył na to, ale czuł się jakby odizolowany. Miał całkowity mętlik w myślach i zastanawiał się, czy dobrze przespana noc pomogłaby mu to wszystko uporządkować. Jednak jakoś w to wątpił.

Kiedy płozy dotknęły ziemi, pilot wyskoczył i zaczął wyładowywać bagaże. Był tego cały stos — worki żeglarskie, winylowe torby do przechowywania mokrych rzeczy, butle do nurkowania oraz całe skrzynie czegoś, co wyglądało na wysoce specjalistyczny sprzęt do nurkowania.

Langdona zaskoczył ten widok.

— To sprzęt panny Vetra? — zawołał do Kohlera, przekrzykując hałas silników.

Ten skinął głową i odkrzyknął:

— Prowadziła badania biologiczne w Basenie Iberyjskim.

— Przecież pan mówił, że jest fizykiem!

— Bo jest. Jest biofizykiem. Bada zjawiska fizyczne związane z funkcjonowaniem organizmów żywych. Jej praca wiąże się ściśle z badaniami ojca w dziedzinie fizyki cząstek. Ostatnio obaliła jedną z podstawowych teorii Einsteina, wykorzystując atomowo synchronizowane kamery do obserwacji ławicy tuńczyków.

Langdon przyjrzał się twarzy swojego gospodarza, żeby sprawdzić, czy nie żartuje. Einstein i ławica tuńczyków? Zaczynał się zastanawiać, czy kosmiczny samolot nie zawiózł go przez pomyłkę na niewłaściwą planetę.

W chwilę później ze śmigłowca wyszła Vittoria Vetra. Robert Langdon uświadomił sobie, że najwyraźniej jest to dzień niekończących się niespodzianek. Dziewczyna, którą ujrzał, ubrana w biały top bez rękawów i szorty khaki, w najmniejszym stopniu nie wyglądała na pogrążonego w książkach fizyka. Była wysoka, gibka i pełna wdzięku. Jej skóra miała oliwkowy odcień, a długie czarne włosy powiewały w podmuchu wytwarzanym przez wirnik. Twarz wyraźnie zdradzała włoskie pochodzenie. Choć nie była klasycznie piękna, to w jej pełnych, prostych rysach nawet z odległości niemal dwudziestu metrów widoczna była surowa zmysłowość. Kiedy pod uderzeniem prądu powietrza ubranie przylgnęło jej do ciała, uwydatniła się szczupła sylwetka i drobne piersi.

— Panna Vetra jest kobietą o ogromnej sile wewnętrznej — odezwał się Kohler, być może wyczuwając zainteresowanie Langdona. — Całymi miesiącami pracuje w niebezpiecznych systemach ekologicznych. Ściśle przestrzega diety wegetariańskiej i jest naszym miejscowym guru w dziedzinie hatha-jogi.

Hatha-joga? — zamyślił się Langdon. Starożytna buddyjska sztuka medytacji połączonej z ćwiczeniami fizycznymi wydała mu się dziwną specjalnością fizyka, który w dodatku był adoptowanym dzieckiem katolickiego księdza.

Przyglądał się podchodzącej do nich Vittorii. Widać było, że płakała, a w głębokim spojrzeniu czarnych oczu malowały się emocje, których nie potrafił zidentyfikować. Szła jednak energicznie i pewnie. Zauważył, że miała silne, opalone nogi.

— Vittorio — powitał ją Kohler. — Moje najszczersze kondolencje. To okropna strata dla nauki... dla nas wszystkich tutaj, w CERN-ie.

Vittoria podziękowała mu skinieniem głowy. Kiedy się odezwała, jej gardłowy głos z silnym akcentem brzmiał spokojnie.

— Czy wiesz już, kto to zrobił?

— Pracujemy nad tym.

— Nazywam się Vittoria Vetra — zwróciła się do Langdona, wyciągając szczupłą dłoń. — Pan, jak przypuszczam, jest z Interpolu?

Langdon ujął jej rękę i natychmiast urzekła go głębia jej spojrzenia.

— Robert Langdon. — Nie bardzo wiedział, co jeszcze powiedzieć.

— Pan Langdon nie jest z policji — wyjaśnił Kohler. — Jest historykiem ze Stanów Zjednoczonych. Przyjechał tu, żeby nam pomóc ustalić, kto jest odpowiedzialny za tę zbrodnię.

Na twarzy Vittorii odmalowała się niepewność.

— A co z policją?

Kohler głośno westchnął, ale nie odpowiedział.

— Gdzie jest ciało ojca? — pytała dalej.

— Zajmują się nim.

Langdona zaskoczyło to niewinne kłamstwo.

— Chcę go zobaczyć — oświadczyła dziewczyna.

— Vittorio — zaczął jej tłumaczyć Kohler. — Twój ojciec

został brutalnie zamordowany. Lepiej dla ciebie, jeśli zapamiętasz go takim, jakim był.

Dziewczyna zaczęła mu odpowiadać, ale jej przerwano.

— Hej, Vittorio — odezwały się z oddali głosy. — Witamy w domu!

Odwróciła się. Kilkoro naukowców przechodzących w pobliżu lądowiska pomachało do niej wesoło.

— Udało ci się podważyć jeszcze jakąś teorię Einsteina? — zawołał jeden z nich.

Ktoś inny dodał:

— Twój tata musi być dumny!

Vittoria pomachała im z zakłopotaniem, kiedy przechodzili. Potem z wyrazem zdenerwowania na twarzy odwróciła się do Kohlera.

— Nikt jeszcze nie wie?

— Uznałem, że dyskrecja jest sprawą najwyższej wagi.

— Nie powiedziałeś kolegom, że mój ojciec został zamordowany? — W jej głosie brzmiał teraz gniew.

Kohler natychmiast przybrał ostrzejszy ton.

— Może nie przyszło pani na myśl, panno Vetra, że kiedy tylko zgłoszę morderstwo pani ojca, na terenie CERN-u rozpocznie się dochodzenie. Z pewnością obejmie ono również dokładne zbadanie jego laboratorium. Zawsze starałem się szanować prywatność pani ojca. Powiedział mi tylko dwie rzeczy o prowadzonych teraz pracach. Po pierwsze, że mogą one przynieść CERN-owi miliony franków z licencji w najbliższym dziesięcioleciu. Po drugie, że rezultaty nie nadają się jeszcze do publicznej prezentacji, ponieważ technologia jest nadal niebezpieczna. Biorąc pod uwagę te dwie sprawy, wolałbym, żeby obcy nie węszyli po jego laboratorium, gdyż mogliby albo skraść jego pracę, albo stracić życie, a wówczas odpowiedzialnością zostanie obciążony CERN. Czy wyraziłem się jasno?

Vittoria wpatrywała się w niego bez słowa. Langdon wyczuwał u niej niechętny szacunek dla Kohlera i akceptację jego argumentów.

— Zanim zgłosimy cokolwiek władzom — ciągnął dyrektor — muszę się dowiedzieć, nad czym pracowaliście. Chciałbym, żeby zabrała nas pani do waszego laboratorium.

— Laboratorium nie ma tu nic do rzeczy — odparła Vittoria. — Nikt nie wiedział, co robimy. Niemożliwe, żeby nasz eksperyment miał coś wspólnego z tym morderstwem.

Kohler odetchnął z trudem.

— Dowody wskazują na co innego.

— Dowody? Jakie dowody?

Langdon też się nad tym zastanawiał.

Kohler po raz kolejny wytarł usta chusteczką.

— Po prostu musisz mi zaufać.

Płonące spojrzenie Vittorii wyraźnie wskazywało, że nie ma zamiaru.

Rozdział 15

Langdon podążał w milczeniu za Vittorią i Kohlerem, którzy kierowali się z powrotem do głównego atrium, gdzie rozpoczęła się jego dziwaczna wizyta. Dziewczyna poruszała się płynnie i sprawnie, co niewątpliwie było skutkiem elastyczności i umiejętności panowania nad własnym ciałem, nabytych podczas ćwiczenia jogi. Słyszał, że oddycha powoli i równomiernie, jakby starała się wyzbyć gniewu.

Pragnął jej coś powiedzieć, wyrazić swoje współczucie. On też doświadczył kiedyś uczucia ogromnej pustki po nagłej stracie ojca. Pamiętał głównie pogrzeb odbywający się w ponury, deszczowy dzień. Było to dwa dni po jego dwunastych urodzinach. W domu pełno było mężczyzn w szarych garniturach — kolegów ojca z biura, którzy zbyt mocno ściskali mu dłoń. Wszyscy mamrotali „serce" i „stres". Mama żartowała przez łzy, że zawsze mogła śledzić na bieżąco sytuację na giełdzie, gdyż wystarczyło, że trzymała ojca za rękę; jego puls był źródłem informacji.

Pewnego razu, gdy ojciec jeszcze żył, Langdon słyszał, jak mama błaga go, żeby „zwolnił trochę i miał czas wąchać róże". Tamtego roku kupił ojcu na Boże Narodzenie małą różę z dmuchanego szkła. Była to najpiękniejsza rzecz, jaką kiedykolwiek widział... a kiedy padało na nią słońce, rzucała na ścianę taką cudowną tęczę.

— Jest śliczna — powiedział ojciec, kiedy otworzył prezent, i pocałował Roberta w czoło. — Znajdźmy dla niej bezpieczne miejsce. — Potem umieścił ją ostrożnie na wysokiej, zakurzonej półce w najciemniejszym kącie salonu. Kilka dni później Langdon przystawił sobie stołek, wziął różę i odniósł ją do sklepu. Ojciec nigdy nie zauważył, że zniknęła.

Z zamyślenia wyrwał go sygnał dochodzący od strony windy. Vittoria i Kohler właśnie wsiadali, lecz on zawahał się przed otwartymi drzwiami.

— Czy coś się stało? — spytał Kohler, raczej ze zniecierpliwieniem niż troską.

— Nie, nic — odparł i zmusił się, by wejść do ciasnej kabiny. Korzystał z windy tylko wówczas, gdy było to konieczne. Znacznie bardziej odpowiadała mu otwarta przestrzeń schodów.

— Laboratorium doktor Vetry jest pod ziemią — poinformował go dyrektor.

Pięknie, pomyślał, i przełożył nogę nad szczeliną, czując lodowaty podmuch wiejący z głębi szybu. Drzwi się zamknęły i kabina zaczęła zjeżdżać.

— Sześć pięter — poinformował go Kohler obojętnie, jak automat.

Langdon natychmiast ujrzał oczyma wyobraźni czarną pustkę szybu. Chcąc odpędzić tę wizję, skierował wzrok na wyświetlacz pięter, ale z zaskoczeniem stwierdził, że pokazuje on tylko dwa poziomy — PARTER i LHC *.

— Co oznacza LHC? — spytał, starając się, by w jego głosie nie było słychać zdenerwowania.

— Wielki Zderzacz Hadronowy — odparł Kohler. — Akcelerator cząstek.

Akcelerator cząstek? Langdon mgliście przypominał sobie to określenie. Po raz pierwszy usłyszał je podczas kolacji z kilkoma kolegami w Dunster House w Cambridge. Ich kolega Bob Brownell, fizyk, przyszedł pewnego wieczoru na kolację bardzo zdenerwowany i wykrzyknął:

— Te sukinsyny go utrąciły!

— Co utrąciły? — spytali chórem.

— SSC **!

— Co takiego?

— Superzderzacz Nadprzewodzący!

Ktoś wzruszył ramionami.

— Nie wiedziałem, że Harvard go buduje.

— Nie Harvard — wykrzyknął Bob. — Stany Zjednoczone! To miał być największy na świecie akcelerator cząstek! Jedno z naj-

---

* LHC — (ang.) *Large Hardon Collider*.
** SSC — (ang.) *Superconducting Super Collider*.

większych przedsięwzięć naukowych stulecia! Wpakowali w to dwa miliardy dolarów, a teraz Kongres wszystko przerwał! Cholerni zacofańcy!

Kiedy Brownell w końcu się uspokoił, wyjaśnił, że akcelerator to ogromny tunel w kształcie okręgu, w którym przyspieszane są cząstki subatomowe. Błyskawiczne włączanie i wyłączanie rozmieszczonych w tunelu magnesów powoduje „popychanie" cząstek wokół niego, dopóki nie osiągną ogromnych prędkości. Maksymalnie przyspieszone cząstki okrążają akcelerator z szybkością ponad 290 000 kilometrów na sekundę.

— Ale to przecież niemal prędkość światła! — wykrzyknął jeden z profesorów.

— Masz cholerną rację — odparł Brownell. Potem tłumaczył dalej, że dzięki przyspieszeniu cząstek poruszających się w tunelu w przeciwnych kierunkach i doprowadzeniu do ich zderzenia naukowcy rozbijają je na części składowe i mogą wówczas rzucić okiem na najbardziej podstawowe składniki budowy materii. — Akceleratory — oświadczył — mają decydujące znaczenie dla przyszłości nauki. Zderzanie cząstek to klucz do zrozumienia elementów składowych wszechświata.

Słowa te nie zrobiły jednak specjalnego wrażenia na harwardzkim etatowym poecie, spokojnym człowieku nazwiskiem Charles Pratt.

— Dla mnie — odezwał się niespodziewanie — to wszystko brzmi jak neandertalskie podejście do nauki... zupełnie jakby rozbijać jeden zegarek o drugi, żeby sprawdzić, co mają w środku.

Brownell rzucił widelec na stół i wybiegł z sali.

Zatem CERN ma akcelerator cząstek, rozmyślał Langdon, gdy winda zjeżdżała na dół. Tunel do rozbijania cząstek. Ciekawe, dlaczego umieścili ją pod ziemią.

Kiedy winda się zatrzymała, poczuł ulgę, że ma wreszcie pod stopami stabilny grunt. Jednak jego radość skończyła się wraz z rozsunięciem się drzwi. Okazało się wówczas, że znów znalazł się w całkowicie obcym świecie.

W prawo i w lewo biegły przejścia, których końca nie było widać. Znajdowały się one w gładkim betonowym tunelu, tak szerokim, że zmieściłaby się w nim ogromna ciężarówka. Tu, gdzie stali, korytarz był jasno oświetlony, ale dalej panowały kompletne ciemności, z których nadlatywał wilgotny powiew. W nieprzyjemny sposób przypominał, że znajdują się obecnie głęboko pod ziemią. Langdon niemal czuł ciężar piasku i skał. Przez chwilę znów miał dziewięć lat... ten mrok zmuszał go do cofnięcia się w czasie... cofnięcia do pięciu godzin przytłaczającej ciemności, która do dziś go prześladowała. Zacisnął pięści i odpędził od siebie to wspomnienie.

Vittoria wysiadła z windy w milczeniu i bez wahania ruszyła w ciemność, nie oglądając się na nich. W miarę jak szła, nad jej głową zapalały się kolejne świetlówki rozjaśniające drogę. Efekt wydawał się Langdonowi bardzo niepokojący — zupełnie jakby tunel był żywy i przewidywał każdy jej ruch. Ruszył wraz z Kohlerem za dziewczyną, a światła za ich plecami automatycznie gasły.

— Czy ten akcelerator cząstek jest gdzieś tutaj? — spytał.

— O, tam — Kohler wskazał mu błyszczącą chromową rurę biegnącą wzdłuż wewnętrznej ściany.

Langdon spojrzał na nią niepewnie.

— To ma być akcelerator? — Wcale nie wyglądała jak to, co sobie wyobrażał. Rura zupełnie prosta, miała niecały metr średnicy w przekroju i ciągnęła się przez cały widoczny odcinek tunelu, a następnie znikała w ciemności. Wygląda raczej jak bardzo nowoczesny kanał ściekowy, pomyślał, a głośno powiedział: — Sądziłem, że akceleratory są okrągłe.

— Ten właśnie jest okrągły — wyjaśnił Kohler. — Wydaje się prosty, ale to złudzenie optyczne. Obwód tego tunelu jest tak duży, że krzywizna jest niezauważalna, jak krzywizna Ziemi.

Langdon ponownie się zdumiał. To jest okrąg?

— Ale... on musi być ogromny!

— LHC jest największą maszyną na świecie.

Nie mógł w to uwierzyć. Wprawdzie kierowca mówił mu o ogromnym urządzeniu znajdującym się pod ziemią, lecz...

— Ma średnicę niemal ośmiu kilometrów... zatem obwód wynosi około dwudziestu siedmiu kilometrów.

Langdonowi zakręciło się w głowie.

— Dwadzieścia siedem kilometrów? — Wpatrzył się niedowierzająco w dyrektora, a następnie odwrócił się i spojrzał w ciemną czeluść. — Ten tunel ciągnie się przez dwadzieścia siedem kilometrów?

Kohler skinął potakująco głową.

— Ma idealnie kolisty kształt. Sięga aż do Francji. Tam zakręca i dochodzi z powrotem tutaj. Przyspieszane cząstki okrążają go ponad dziesięć tysięcy razy na sekundę, zanim zostaną zderzone.

Langdon poczuł słabość w nogach.

— Chce pan powiedzieć, że CERN wykopał miliony ton ziemi tylko po to, żeby rozbić maleńkie cząstki?

Kohler wzruszył ramionami.

— Czasem, żeby odnaleźć prawdę, trzeba poruszyć góry.

Rozdział 16

Setki kilometrów od CERN-u ze słuchawki radiotelefonu dobiegł skrzeczący głos:
— No, to jestem w tym korytarzu.
Pracownik obserwujący monitory przełączył radiotelefon na mikrofon.
— Poszukaj kamery 86. Powinna być na przeciwległym końcu.
Przez dłuższą chwilę panowała cisza. Człowiek czekający przed ekranami zaczął się lekko pocić. Wreszcie radio znów się odezwało.
— Nie ma tu kamery, ale widzę miejsce, gdzie była zamontowana. Ktoś musiał ją zabrać.
Technik westchnął ciężko.
— Dzięki. Mógłbyś jeszcze chwilę zaczekać?
Uważniej przyjrzał się znajdującej się przed nim baterii ekranów. Duża część kompleksu była otwarta dla publiczności i zdarzało się już, że kamery ginęły, ukradzione przez szukających pamiątek dowcipnisiów. Jednak, jak tylko je wynoszono poza teren kompleksu, sygnał zanikał i ekran robił się czarny. Tymczasem teraz na ekranie nadal było widać idealnie wyraźny przekaz z kamery numer 86.
— Jeśli ją skradziono, to jakim cudem nadal mamy sygnał? — zastanawiał się. Wiedział, oczywiście, że istnieje tylko jedno wytłumaczenie. Urządzenie nadal znajdowało się na terenie kompleksu, tyle że ktoś je przeniósł w inne miejsce. Ale kto? I dlaczego?
Jeszcze przez dłuższą chwilę przyglądał się obrazowi na monitorze. W końcu znów wziął do ręki radiotelefon.
— Czy przy tej klatce schodowej są jakieś szafy? Może kredens albo ciemna wnęka?
W głosie, który mu odpowiedział, brzmiało zdziwienie.

— Nie. A dlaczego?

Technik zmarszczył czoło.

— Mniejsza o to. Dzięki za pomoc. — Wyłączył radiotelefon i wydął usta.

Biorąc pod uwagę niewielkie rozmiary kamery i to, że była bezprzewodowa, należało założyć, że może się znajdować gdziekolwiek na tym pilnie strzeżonym terenie, gdzie trzydzieści dwa ciasno stłoczone budynki zajmowały obszar o promieniu ośmiuset metrów. Jedyną wskazówką było to, że kamerę umieszczono w jakimś ciemnym miejscu. Tyle że niewiele mu to dawało, gdyż na terenie kompleksu znajdowało się mnóstwo takich miejsc — były tam składziki, kanały grzewcze, szopy z narzędziami ogrodniczymi, szafy w sypialniach, a nawet labirynt podziemnych tuneli. W takich warunkach poszukiwania zaginionej kamery mogły trwać tygodniami.

Ale to najmniejszy z moich problemów, pomyślał.

W tej chwili znacznie bardziej niepokoiła go inna kwestia. Spojrzał ponownie na obraz transmitowany przez zaginioną kamerę. Na ekranie widoczne było nowoczesne urządzenie, z jakim nigdy dotąd się nie zetknął. Obserwował teraz umieszczony u jego podstawy mrugający wyświetlacz elektroniczny.

Wprawdzie strażnik przeszedł gruntowne przeszkolenie przygotowujące go do działania w trudnych sytuacjach, ale i tak czuł, że serce bije mu szybciej. Ostro nakazał sobie spokój. Musi być jakieś wyjaśnienie. Przedmiot wydawał się zbyt mały, by mógł stanowić istotne zagrożenie. Jednak, mimo wszystko, jego obecność na terenie kompleksu była niepokojąca. Bardzo niepokojąca.

I to akurat dzisiaj, pomyślał.

Dla jego pracodawcy bezpieczeństwo było zawsze sprawą pierwszej wagi, ale właśnie dzisiaj, bardziej niż kiedykolwiek w ciągu minionych dwunastu lat, miało najwyższe znaczenie. Wpatrywał się w przedmiot jeszcze przez dłuższy czas i miał wrażenie, że słyszy pomruki nadciągającej burzy.

W końcu, pocąc się ze zdenerwowania, zadzwonił do przełożonego.

Rozdział 17

Niewiele dzieci może powiedzieć, że pamiętają dzień, kiedy poznały swojego ojca. Tymczasem Vittoria Vetra mogła. Miała wówczas osiem lat i mieszkała w Orfanotrofio di Siena, katolickim sierocińcu w pobliżu Florencji. Mieszkała tam przez całe życie, gdyż rodzice porzucili ją tak wcześnie, że nawet ich nie pamiętała. Tego dnia padało. Siostry już dwukrotnie wołały ją na obiad, ale jak zawsze udawała, że nie słyszy. Leżała na podwórku, wpatrując się w spadające krople... czując, jak rozbijają się na jej skórze... i starała się zgadnąć, gdzie spadnie następna. Siostry ponownie ją zawołały, strasząc, że zapalenie płuc potrafi nawet tak uparte dziecko wyleczyć z zainteresowania naturą.

Nie słyszę was, pomyślała.

Była już przemoczona na wylot, kiedy z budynku wyszedł do niej młody ksiądz. Nie znała go. Nigdy wcześniej go tu nie widziała. Spodziewała się, że ją złapie i siłą zaprowadzi do środka, jednak tak się nie stało. Ku jej zdziwieniu położył się obok niej, a jego sutanna natychmiast nasiąkła wodą z kałuży.

— Słyszałem, że zadajesz mnóstwo pytań — stwierdził.

Vittoria nachmurzyła się.

— A czy to coś złego?

Roześmiał się.

— Widać, że mówiły prawdę.

— A co ty tu robisz?

— To samo, co ty... zastanawiam się, dlaczego krople deszczu spadają na ziemię.

— Ja się nad tym nie zastanawiam! Już to wiem!

Ksiądz rzucił jej zdumione spojrzenie.

— Naprawdę?

— Siostra Franciszka twierdzi, że deszcz to łzy aniołów, które spadają, aby zmyć nasze grzechy.

— O! — wykrzyknął rozbawiony. — A więc to wyjaśnia całą sprawę.

— Wcale nie — odparowała. — Krople spadają, ponieważ wszystko spada! Wszystko spada! Nie tylko deszcz!

Ksiądz podrapał się po głowie z zaskoczonym wyrazem twarzy.

— Wiesz co, młoda damo, masz rację. Rzeczywiście wszystko spada. Pewnie z powodu grawitacji.

— Czego?

Rzucił jej zdziwione spojrzenie.

— Nie słyszałaś o grawitacji?

— Nie.

— To niedobrze — wzruszył ze smutkiem ramionami. — Grawitacja stanowi odpowiedź na wiele pytań.

Vittoria usiadła.

— Co to jest grawitacja? Powiedz mi!

Ksiądz mrugnął do niej.

— To może opowiem ci przy obiedzie?

Tym młodym księdzem był Leonardo Vetra. Wprawdzie podczas studiów fizycznych zdobywał liczne nagrody, lecz poczuł powołanie i wstąpił do seminarium duchownego. Leonardo i Vittoria stali się niezwykłą parą przyjaciół w świecie sióstr zakonnych i przepisów, gdzie obydwoje czuli się samotni. Vittoria potrafiła rozbawić Leonarda, a on wziął ją pod swoje skrzydła i uczył, że nawet takie piękne rzeczy, jak tęcza czy rzeki, mają swoje wyjaśnienie. Opowiadał jej o świetle, gwiazdach, planetach i całej naturze — z punktu widzenia zarówno religii, jak i nauki. Vittoria, dzięki ciekawości i wrodzonej inteligencji, była bardzo pojętną uczennicą. Leonardo opiekował się nią jak córką.

Vittoria była z nim szczęśliwa. Nigdy dotąd nie zaznała radości z posiadania ojca. Inni dorośli dawali jej klapsy, gdy zadawała pytania, a Leonardo potrafił całymi godzinami przesiadywać z nią przy książkach. Pytał nawet, co ona sądzi o różnych sprawach. Vittoria modliła się, żeby został z nią na zawsze. Niestety, pewnego dnia spełnił się jej najgorszy koszmar — ojciec Leonardo przyszedł jej powiedzieć, że wyjeżdża z sierocińca.

— Przenoszę się do Szwajcarii — oznajmił. — Otrzymałem stypendium na Uniwersytecie Genewskim. Będę studiował fizykę.

— Fizykę! — krzyknęła Vittoria. — Sądziłam, że kochasz Boga!

— Kocham Go, i to bardzo mocno. Dlatego właśnie chcę

studiować jego boskie zasady. Prawa fizyki są kanwą, którą Bóg przygotował, by na niej tworzyć swoje arcydzieło.

Vittoria poczuła się zdruzgotana. Jednak ojciec Leonardo miał dla niej jeszcze inne wieści. Okazało się, że rozmawiał ze swoimi przełożonymi, którzy zgodzili się, żeby ją adoptował.

— Czy chcesz, żebym cię adoptował? — spytał.

— A co to znaczy adoptował?

Wówczas jej wytłumaczył.

Vittoria ściskała go przez pięć minut, a z oczu płynęły jej łzy radości.

— O, tak! Tak!

Leonardo uprzedził ją, że musi na pewien czas wyjechać i przygotować dla nich dom w Szwajcarii, i obiecał, że przyśle po nią za pół roku. Był to najdłuższy okres oczekiwania w jej życiu, ale ojciec Leonardo dotrzymał słowa. Na pięć dni przed swoimi dziewiątymi urodzinami Vittoria przeniosła się do Genewy. W ciągu dnia chodziła do międzynarodowej szkoły, a wieczorami uczył ją ojciec.

Trzy lata później Leonardo Vetra otrzymał propozycję pracy w CERN-ie. Vittoria przeniosła się wraz z ojcem do cudownej krainy, o jakiej nie śniła, nawet będąc dzieckiem.

Teraz szła odrętwiała tunelem LHC, dostrzegając od czasu do czasu swoje zniekształcone odbicie w błyszczącej powierzchni i całą sobą czując nieobecność ojca. Zazwyczaj żyła w stanie głębokiego spokoju, w harmonii z otaczającym ją światem. Jednak teraz nagle wszystko wydało jej się bez sensu. Trzy ostatnie godziny pamiętała jak przez mgłę.

Gdy zadzwonił Kohler, na Balearach była dziesiąta rano. „Twój ojciec został zamordowany. Wracaj natychmiast do domu". Pomimo upału panującego na pokładzie łodzi do nurkowania, poczuła przeszywający ją lodowaty dreszcz. Wyprany z emocji ton Kohlera zranił ją równie mocno, jak sama wiadomość.

No i wróciła... ale właściwie do czego? CERN, który był jej światem, od kiedy skończyła dwanaście lat, stał się nagle obcy. Jej ojciec, człowiek, który sprawił, że to miejsce wydawało się krainą czarów, odszedł.

Oddychaj głęboko, nakazała sobie, ale nie potrafiła się uspokoić. W myślach kłębiło jej się coraz więcej pytań. Kto zabił ojca? Dlaczego? Kim jest ten amerykański „specjalista"? Dlaczego Kohler tak nalegał, żeby zobaczyć laboratorium?

Dyrektor powiedział, że są dowody, iż morderstwo ojca miało związek z bieżącymi badaniami. Jakie dowody? Nikt nie wiedział, nad czym pracujemy! A nawet gdyby ktoś to odkrył, czemu mieliby ojca zabijać?

Idąc w kierunku ich wspólnego laboratorium, uświadomiła sobie nagle, że za chwilę ujawni największe osiągnięcie Leonarda, a jego przy tym nie będzie. Całkiem inaczej wyobrażała sobie ten moment. Myślała, że ojciec zaprosi do laboratorium najwybitniejszych naukowców z CERN-u i zaprezentuje im swoje odkrycie, ciesząc się wyrazem respektu i podziwu na ich twarzach. Potem z ojcowską dumą wyjaśni im, że to jeden z pomysłów Vittorii pomógł mu zrealizować swoje zamierzenia... że jego córka miała istotny udział w tym przełomowym dokonaniu. Poczuła nagle dławienie w gardle. Ojciec i ja mieliśmy razem cieszyć się tą chwilą. Tymczasem jest sama. Nie ma kolegów. Nie ma rozradowanych twarzy. Tylko obcy Amerykanin i Maximilian Kohler.

Maximilian Kohler. *Der König.*

Nawet będąc dzieckiem, nie lubiła tego człowieka. Wprawdzie w końcu zaczęła szanować jego niezwykły intelekt, lecz jego lodowate zachowanie wydawało jej się nieludzkie... było całkowitym zaprzeczeniem ciepła, którym emanował ojciec. Kohler poświęcił się nauce ze względu na jej nieskazitelną logikę, podczas gdy dla ojca była duchowym cudem. Jednak, co zadziwiające, obaj ci mężczyźni milcząco szanowali się nawzajem. Jak ktoś jej kiedyś wyjaśnił, „geniusz akceptuje drugiego geniusza bezwarunkowo".

Geniusz, pomyślała. Mój ojciec... tato. Nie żyje.

Do laboratorium Leonarda Vetry prowadził długi, sterylny korytarz wyłożony białymi płytkami. Langdon miał wrażenie, że wchodzi do podziemnego zakładu dla umysłowo chorych. Ściany korytarza zdobiły dziesiątki oprawionych w ramki biało-czarnych obrazków. Jednak chociaż przez całe zawodowe życie studiował rozmaite wizerunki, te zupełnie nic mu nie mówiły. Wyglądały jak negatywy chaotycznie rozmieszczonych smug i spiral. Sztuka nowoczesna? — zastanawiał się. Jackson Pollock na amfetaminie?

— Wykresy torów cząstek elementarnych — wyjaśniła Vittoria, która najwyraźniej dostrzegła jego zainteresowanie. — Komputerowy wizerunek zderzeń cząstek. To jest cząstka Z — pokazała mu delikatny ślad, niemal niewidoczny w całej gmatwaninie. — Mój ojciec odkrył ją pięć lat temu. Czysta energia. Kto wie, czy to nie najmniejszy element budowy materii. Materia nie jest niczym więcej niż uwięzioną energią.

Materia jest energią? Langdon przechylił głowę na bok. Brzmi zupełnie w stylu zen. Spojrzał na wąską smugę na fotografii i pomyślał, co też powiedzą jego koledzy z Wydziału Fizyki na Harvardzie, kiedy im oznajmi, że spędził weekend, wałęsając się w okolicy Wielkiego Zderzacza Hadronowego i podziwiając cząstki Z.

— Vittorio — odezwał się Kohler, gdy zbliżali się do imponujących stalowych drzwi laboratorium. — Powinienem ci wspomnieć, że byłem tu dziś rano w poszukiwaniu twojego ojca.

Vittoria zarumieniła się lekko.

— Tak?

— Tak. I wyobraź sobie moje zdumienie, gdy zauważyłem, że zastąpił on standardowy zamek szyfrowy CERN-u czymś innym. — Wskazał na skomplikowane urządzenie elektroniczne zamontowane koło drzwi.

— Przepraszam — odparła. — Wiesz, jak był przeczulony na punkcie prywatności. Nie chciał, by ktokolwiek poza nami dwojgiem miał do tego dostęp.

— W porządku. Otwórz drzwi.

Vittoria stała nieruchomo przez dłuższą chwilę. Potem wzięła głęboki oddech i podeszła do urządzenia na ścianie.

Langdon zupełnie nie był przygotowany na to, co wydarzyło się później.

Dziewczyna zbliżyła się do urządzenia i starannie ustawiła się prawym okiem na wprost wystającej soczewki wyglądającej jak teleskop. Potem wdusiła przycisk. Wewnątrz mechanizmu coś pstryknęło i pojawiła się wiązka światła, która przez chwilę skanowała jej oko, zupełnie jak kopiarka.

— To skanowanie siatkówki — wyjaśniła. — Niezawodne zabezpieczenie. Autoryzowane są tylko dwa wzory siatkówek, ojca i moja.

Rober Langdon stał jak sparaliżowany, gdy uświadomił sobie przerażającą prawdę. W jego myślach ponownie pojawił się widok zakrwawionej twarzy Leonarda Vetry z jednym orzechowym okiem i pustym oczodołem. Starał się wyrzucić z myśli nieubłaganie nasuwający się wniosek, lecz wówczas dostrzegł na białych płytkach pod skanerem drobne kropelki czerwieni. Zaschnięta krew.

Na szczęście Vittoria nic nie zauważyła.

Stalowe drzwi odsunęły się i weszła do środka.

Kohler utkwił w Langdonie twarde spojrzenie, które zdawało się mówić: „Tak jak powiedziałem... brakujące oko służy wyższym celom".

Rozdział 18

Kobieta miała związane ręce, a jej nadgarstki opuchły i zsiniały tam, gdzie sznur otarł skórę. Asasyn o mahoniowej skórze leżał obok niej, zaspokojony, i podziwiał swoją nagą zdobycz. Zastanawiał się, czy nie udaje drzemki, chcąc w ten żałosny sposób uniknąć świadczenia mu dalszych usług.

Było mu to obojętne. Odebrał już zadowalającą nagrodę, więc czując błogą satysfakcję, usiadł na łóżku.

W jego kraju kobiety są tylko własnością, narzędziami służącymi do dawania przyjemności. Dobytkiem, którym handluje się jak bydłem. Ale rozumieją, gdzie ich miejsce. Jednak tutaj, w Europie, kobiety udają, że są silne i niezależne, co go bawi i podnieca. Nieodmiennie sprawia mu przyjemność zmuszanie ich do fizycznej uległości.

Teraz, pomimo zadowolenia, które odczuwał jeszcze w lędźwiach, poczuł, że budzi się w nim inne pragnienie. Ubiegłej nocy zabił, zabił i okaleczył, a dla niego zabijanie było jak heroina... za każdym razem odczuwał tylko chwilową satysfakcję, a potem głód był jeszcze większy. Radosne podniecenie zniknęło i powróciło pożądanie.

Przyjrzał się kobiecie śpiącej u jego boku. Kiedy przesuwał dłonią po jej szyi, poczuł podniecenie na myśl, że może w jednej chwili przerwać jej życie. Czy to by miało jakieś znaczenie? Przecież to tylko istota niższego gatunku, której zadaniem jest służyć i dostarczać przyjemności. Objął silną dłonią jej gardło i przez chwilę cieszył się delikatnym pulsowaniem pod palcami. Potem, zwalczając pokusę, odsunął rękę. Miał zadanie do wykonania. Służył przecież znacznie wyższej sprawie, przy której jego pragnienia wydawały się nieistotne.

Wstając z łóżka, rozkoszował się myślą o zaszczycie, jakim było czekające go zadanie. Nadal nie mógł wyjść z podziwu nad wpływami, jakimi dysponował Janus i jego starodawne bractwo. Zadziwiające, że wybrali właśnie jego. Jakimś cudem dowiedzieli się o jego nienawiści... i umiejętnościach. Jak, pozostanie ich tajemnicą. Trzeba przyznać, że mają bardzo szeroki zasięg. Teraz powierzyli mu najwyższy zaszczyt. Będzie ich rękami i głosem. Zabójcą i posłańcem na ich usługach. Kimś, kogo jego lud nazywa *Malak alhaq* — Aniołem Prawdy.

Rozdział 19

Laboratorium Vetry było szalenie futurystyczne.

Wszechobecna biel oraz rzędy komputerów i specjalistycznej aparatury elektronicznej pod wszystkimi ścianami nasuwały skojarzenie z salą operacyjną. Langdon zastanawiał się, jakie tajemnice musiałyby się tu kryć, żeby usprawiedliwić wyjęcie człowiekowi oka.

Na twarzy Kohlera malował się wyraz niepokoju, a jego oczy wędrowały dookoła w poszukiwaniu śladów intruza. Jednak laboratorium było puste. Vittoria weszła za nimi powoli... jakby to miejsce stało się obcym terenem od chwili, kiedy zabrakło jej ojca.

Spojrzenie Langdona natychmiast skierowało się ku środkowi sali, gdzie z podłogi wyrastała grupa krótkich filarów. Kilkanaście kolumn z polerowanej stali wyglądało jak miniaturowe Stonehenge, tworząc krąg na środku pokoju. Filary miały niecały metr długości i przypominały mu postumenty służące w muzeach do prezentacji cennych klejnotów. Jednak najwyraźniej ich przeznaczenie było inne, gdyż na każdym z nich stał przezroczysty pojemnik o grubych ściankach, wielkości puszki na piłki tenisowe. Wszystkie wyglądały na puste.

Wyraz twarzy Kohlera wskazywał, że również jest zaskoczony tym widokiem. Najwyraźniej jednak postanowił to na razie zignorować. Odwrócił się do Vittorii.

— Czy coś skradziono?

— Skradziono? Jak? Skaner siatkówki pozwala tu wejść tylko nam.

— Czy mógłbyś się rozejrzeć?

Vittoria westchnęła i przez chwilę przyglądała się badawczo otoczeniu. Wzruszyła ramionami.

— Wszystko wygląda tak, jak mój ojciec zawsze zostawia. Uporządkowany chaos.

Langdon wyczuł, że Kohler rozważa stojące przed nim możliwości i zastanawia się, do jakiego stopnia naciskać na Vittorię... ile jej powiedzieć. Jednak najwyraźniej postanowił na razie porzucić ten temat. Podjechał wózkiem ku środkowi pokoju i przyjrzał się badawczo dziwnym, pozornie pustym pojemnikom.

— Tajemnice — odezwał się w końcu — to luksus, na który nie możemy już sobie pozwolić.

Vittoria przytaknęła mu ruchem głowy, a na jej twarzy odmalowało się wzburzenie, jakby nagle zalała ją lawina wspomnień.

Daj jej chwilkę, pomyślał Langdon.

Vittoria przymknęła oczy i odetchnęła głośno, jakby przygotowując się do tego, co zamierza ujawnić. Potem odetchnęła ponownie. I jeszcze raz. I jeszcze...

Obserwujący ją Langdon zaniepokoił się nagle. Czy nic jej nie jest? Spojrzał na Kohlera, który siedział nieporuszony i najwyraźniej miał już wcześniej okazję obserwować ten rytuał. Dopiero po dziesięciu sekundach Vittoria otworzyła oczy.

Langdon nie mógł wprost uwierzyć w jej metamorfozę. Vittoria Vetra uległa całkowitej przemianie. Jej pełne usta zwiotczały, ramiona opadły, a oczy nabrały miękkiego, uległego wyrazu. Zupełnie jakby przestawiła każdy mięsień w swym ciele, żeby zaakceptować powstałą sytuację. Oburzenie i gniew zostały zdławione przez głęboki, kamienny chłód.

— Od czego by tu zacząć... — odezwała się spokojnie.

— Od początku — odparł Kohler. — Opowiedz nam o eksperymencie ojca.

— Życiowym marzeniem ojca było skorygowanie nauki za pomocą religii — stwierdziła Vittoria. — Miał nadzieję udowodnić, że nauka i religia są dziedzinami, które można całkowicie ze sobą pogodzić. To tylko dwa różne podejścia do poszukiwania tej samej prawdy. — Przerwała, jakby trudno jej było uwierzyć w to, co za chwilę powie. — A ostatnio... ojciec wymyślił sposób, jak to zrobić.

Kohler siedział w milczeniu.

— Opracował eksperyment, który miał rozwiązać jeden z największych konfliktów w historii nauki i religii.

Langdon zastanawiał się, jaki konflikt mogła mieć na myśli. Tyle ich było.

— Kreacjonizm — oświadczyła Vittoria. — Spór o to, jak powstał wszechświat.

Aha, pomyślał Langdon. TEN spór.

— Oczywiście Biblia stwierdza, że Bóg stworzył wszechświat — wyjaśniła. — Bóg powiedział: „Niechaj się stanie światłość!" i wszystko, co widzimy, pojawiło się z próżni. Niestety, jedna z podstawowych zasad fizyki głosi, że nie można stworzyć materii z niczego.

Langdon czytał o tym pacie. Pomysł, że Bóg stworzył coś z niczego, był całkowicie sprzeczny z uznanymi prawami współczesnej fizyki, toteż uczeni twierdzili, że pod względem naukowym Księga Rodzaju jest absurdem.

— Panie Langdon — odezwała się Vittoria, obracając się ku niemu. — Przypuszczam, że znana jest panu teoria Wielkiego Wybuchu.

— Tak jakby — Langdon wzruszył ramionami. Wiedział, że Wielki Wybuch jest akceptowanym przez naukę wyjaśnieniem powstania wszechświata. Niedokładnie to rozumiał, ale zgodnie z tą teorią, punkt o niezmiernie dużej gęstości energii eksplodował, rozszerzając się we wszystkie strony i tworząc wszechświat. Albo coś w tym rodzaju.

— Kiedy Kościół katolicki — mówiła dalej Vittoria — po raz pierwszy przedstawił teorię Wielkiego Wybuchu w tysiąc dziewięćset dwudziestym siódmym roku...

— Co takiego? — przerwał jej Langdon, który nie zdołał się powstrzymać. — Mówi pani, że Wielki Wybuch to była teoria katolicka?

Vittorię najwyraźniej zdziwiło jego pytanie.

— Oczywiście. Przedstawiona przez katolickiego mnicha Georges'a Lemaître'a w tysiąc dziewięćset dwudziestym siódmym roku.

— Ale ja myślałem... — zawahał się. — Czy tej teorii nie ogłosił czasem Edwin Hubble, astronom z Harvardu?

Kohler rzucił mu lodowate spojrzenie.

— Znowu ta amerykańska arogancja naukowa. Hubble opublikował swoją teorię w tysiąc dziewięćset dwudziestym dziewiątym roku, dwa lata po Lemaître.

Langdon spojrzał na niego gniewnie. Ale jest teleskop Hubble'a, proszę pana. Nigdy nie słyszałem o żadnym teleskopie Lemaître'a.

— Pan Kohler ma rację — wtrąciła się Vittoria. — To była koncepcja Lemaître'a. Hubble tylko ją potwierdził, dostarczając niepodważalnych dowodów, że Wielki Wybuch był prawdopodobny z naukowego punktu widzenia.

— Aha — mruknął Langdon, zastanawiając się, czy miłośnicy

Hubble'a z Wydziału Astronomii Uniwersytetu Harvarda kiedykolwiek wspomnieli na swoich wykładach o Lemaître.

— Kiedy Lemaître po raz pierwszy przedstawił teorię Wielkiego Wybuchu — powróciła do swego wywodu Vittoria — uczeni uznali ją za absurdalną, twierdząc, że zgodnie z wiedzą naukową materii nie można stworzyć z niczego. Zatem kiedy Hubble wstrząsnął światem, wykazując naukowo, że teoria Wielkiego Wybuchu jest słuszna, Kościół proklamował swoje zwycięstwo i uznał to za dowód, że Biblia również zawiera prawdę naukową. Boską prawdę.

Langdon kiwnął głową i skupił się na jej wywodach.

— Oczywiście, uczonym nie spodobało się, że Kościół wykorzystuje ich odkrycia do propagowania religii, toteż natychmiast przedstawili matematyczną interpretację tej teorii, usunęli wszelkie podteksty religijne i zaczęli rościć sobie do niej wyłączne prawo. Jednak na nieszczęście dla nauki, te równania posiadają bardzo istotny słaby punkt, który Kościół chętnie wytyka.

Kohler chrząknął.

— Osobliwość pierwotną. — Wypowiedział te słowa takim tonem, jakby były zmorą jego życia.

— Właśnie, osobliwość — potwierdziła Vittoria. — Dokładny moment stworzenia. Godzina zero. — Spojrzała na Langdona. — Nawet obecnie nauka nie potrafi uchwycić pierwszego momentu stworzenia. Nasze równania całkiem nieźle wyjaśniają wczesny okres istnienia wszechświata, ale kiedy się cofamy w czasie, przybliżając do chwili zerowej, nasza matematyka zawodzi i wszystko staje się bez znaczenia.

— Właśnie — potwierdził Kohler zirytowanym tonem — a Kościół przedstawia ten brak jako dowód, że Bóg musiał mieć swój udział w stworzeniu. Przejdź już do rzeczy.

Spojrzenie Vittorii przybrało nieobecny wyraz.

— Rzecz w tym, że mój ojciec zawsze wierzył w związek Boga z Wielkim Wybuchem. Wprawdzie nauka nie potrafiła pojąć boskiego momentu stworzenia, ale on był przekonany, że pewnego dnia to się zmieni. — Wskazała ze smutkiem na sentencję przypiętą nad stanowiskiem pracy Vetry. — Tata stale mi tym wymachiwał przed oczami, ilekroć nachodziły mnie wątpliwości.

Langdon odczytał napis:

NAUKA I RELIGIA NIE POZOSTAJĄ W SPRZECZNOŚCI.
NAUKA JEST PO PROSTU ZBYT MŁODA,
ŻEBY TO ZROZUMIEĆ.

— Tata chciał podnieść naukę na wyższy poziom — ciągnęła Vittoria — i doprowadzić do tego, żeby potwierdzała istnienie Boga. — Z melancholijnym wyrazem twarzy przeczesała ręką długie włosy. — Zabrał się do czegoś, o czym żaden inny naukowiec nawet nie pomyślał. Do czegoś, do czego inni nie mieli nawet możliwości technologicznych. — Przerwała, jakby zastanawiając się, jak wyrazić to, o co jej chodzi. — Opracował eksperyment, którego celem było udowodnienie, że zdarzenia opisane w Księdze Rodzaju były możliwe.

Udowodnić Księgę Rodzaju? — pomyślał ze zdumieniem Langdon. Niechaj się stanie światłość? Materia z niczego?

Kohler przeszył martwym spojrzeniem pokój.

— Słucham?

— Mój ojciec stworzył wszechświat... całkowicie z niczego.

Kohler odwrócił gwałtownie głowę.

— Co takiego?

— Dokładniej mówiąc, odtworzył Wielki Wybuch.

Dyrektor sprawiał wrażenie, jakby miał za chwilę zerwać się na nogi.

Langdon całkowicie się pogubił. Stworzenie świata? Odtworzenie Wielkiego Wybuchu?

— Oczywiście, zrobił to na o wiele mniejszą skalę — wyjaśniła Vittoria i zaczęła mówić szybciej. — Proces był niezwykle prosty. Ojciec przyspieszył dwie ultrawąskie wiązki cząstek poruszające się w tunelu akceleratora w przeciwnych kierunkach. Gdy osiągnęły ogromne prędkości, zderzył je czołowo, kondensując całą ich energię w jednym punkcie. Nastąpiło gigantyczne „zagęszczenie" energii. — Zaczęła wyrzucać z siebie ciąg wielkości i jednostek, na co dyrektor coraz szerzej otwierał oczy.

Langdon starał się nadążyć myślami za tym, co słyszy. Zatem Leonardo Vetra przeprowadzał symulację punktu skondensowanej energii, z jakiego podobno rozprzestrzenił się wszechświat.

— Rezultat — opowiadała dalej Vittoria — okazał się zdumiewający. Kiedy to zostanie opublikowane, wstrząśnie podstawami współczesnej fizyki. — Mówiła teraz powoli, jakby napawając się wagą przekazywanych informacji. — Ni stąd, ni zowąd w akceleratorze, w tym punkcie, gdzie skupiła się energia, zaczęły się pojawiać cząsteczki materii... znikąd.

Kohler siedział nieporuszony i tylko w milczeniu wbijał w nią wzrok.

— Materii — powtórzyła Vittoria. — Powstającej z niczego. Niesamowity pokaz subatomowych fajerwerków. Miniaturowy wszechświat rodzący się do życia. Ojciec udowodnił nie tylko, że materię można stworzyć z niczego, lecz również, że Wielki Wybuch i stworzenie świata można wytłumaczyć dzięki zaakceptowaniu istnienia ogromnego źródła energii.

— Masz na myśli Boga? — zażądał uściślenia Kohler.

— Boga, Buddę, Moc Jahwe, punkt osobliwy, punkt koncentracji. Nazwijcie to sobie, jak chcecie, ale rezultat jest ten sam. Nauka i religia potwierdzają tę samą prawdę: czysta energia jest ojcem stworzenia.

Kiedy Kohler w końcu się odezwał, jego głos brzmiał ponuro.

— Vittorio, nie bardzo to rozumiem. Z tego, co mówisz, wynikałoby, że twój ojciec stworzył materię... z niczego?

— Tak. — Dziewczyna wskazała na pojemniki. — A tam jest dowód. W tych pojemnikach są próbki materii, którą stworzył.

Kohler zakaszlał i ruszył w kierunku przejrzystych puszek, jak ostrożne zwierzę okrążające miejsce, w którym wyczuwa coś niedobrego.

— Najwyraźniej coś mi umknęło — odezwał się. — Przecież nikt nie uwierzy, że to są cząstki akurat tej materii, którą twój ojciec stworzył. Może to być dowolna materia, wzięta skądkolwiek.

— Prawdę mówiąc — odparła pewnym głosem Vittoria — nie może. Te cząstki są wyjątkowe. Ten rodzaj materii nie istnieje na Ziemi... i w związku z tym musiała zostać stworzona.

Kohler spochmurniał.

— Vittorio, co masz na myśli, mówiąc o rodzaju materii? Przecież jest tylko jeden rodzaj materii i... — urwał nagle.

Na twarzy dziewczyny pojawił się wyraz triumfu.

— Przecież sam pan prowadził wykłady na ten temat, dyrektorze. Wszechświat zawiera dwa rodzaje materii. To fakt naukowy. — Odwróciła się do Langdona. — Panie Langdon, co Biblia mówi o stworzeniu świata? Co Bóg stworzył?

Langdon poczuł się niezręcznie, gdyż nie wiedział, co to ma wspólnego z tematem rozmowy.

— Hmm, Bóg stworzył... światło i ciemność, niebo i piekło...

— Właśnie — przerwała mu dziewczyna. — Stwarzał parami przeciwieństwa. Tworzył symetrię. Idealną równowagę. — Odwróciła się do Kohlera. — Dyrektorze, nauka twierdzi to samo, co religia, że każda rzecz we wszechświecie stworzona w wyniku Wielkiego Wybuchu ma swoje przeciwieństwo.

— Łącznie z samą materią — szepnął Kohler, jakby do siebie.

Vittoria skinęła głową.

— A kiedy mój ojciec przeprowadzał ten eksperyment, powstały oczywiście dwa rodzaje materii.

87

Langdon zastanawiał się, co to ma znaczyć. Leonardo Vetra stworzył przeciwieństwo materii?

Kohler sprawiał wrażenie rozgniewanego.

— Substancja, o której mówisz, istnieje gdzieś we wszechświecie. Z pewnością nie na Ziemi. A pewnie nawet nie w naszej galaktyce.

— No, właśnie — odparowała. — Dlatego właśnie to jest dowód, że cząstki w tych pojemnikach musiały zostać stworzone.

Twarz Kohlera stwardniała.

— Vittorio, chyba nie twierdzisz, że te pojemniki zawierają próbki?

— Właśnie to chcę powiedzieć. — Spojrzała z dumą na pojemniki. — Dyrektorze, patrzy pan na pierwsze w świecie próbki antymaterii.

Rozdział 20

Faza druga, pomyślał Asasyn, zagłębiając się w mrok korytarza.

Pochodnia, którą niósł w ręce, była niepotrzebna. Wiedział o tym, ale wziął ją dla efektu. Efekt był najważniejszy. Zdążył się już nauczyć, że strach jest jego sprzymierzeńcem. Strach obezwładnia szybciej niż jakikolwiek oręż wojenny.

W tunelu nie było lustra, w którym mógłby podziwiać swoje przebranie, ale widział po cieniu wydymającej się sutanny, że prezentuje się idealnie. Wtopienie się w otoczenie było częścią planu... częścią tego opartego na deprawacji spisku. W najdziwaczniejszych marzeniach nigdy nie wyobrażał sobie, że mógłby odgrywać taką rolę.

Jeszcze dwa tygodnie temu uznałby zadanie czekające go na końcu tego tunelu za niemożliwe do wykonania. Samobójczą misję. Wejście nago do jaskini lwa. Jednak Janus zmienił definicję tego, co niemożliwe.

Przez te dwa tygodnie Janus zdradził mu wiele sekretów... a ten tunel był jednym z nich. Mimo że taki stary, swobodnie można było nim przejść.

Zbliżając się do przeciwnika, rozmyślał, czy czekające go w środku zadanie będzie tak łatwe, jak obiecał Janus. Zleceniodawca zapewnił go, że ktoś w środku poczyni niezbędne przygotowania. Ktoś w środku. Niewiarygodne. Im dłużej się nad tym zastanawiał, tym bardziej upewniał się w przekonaniu, że to dziecinna zabawa.

Wahad... tintain... thalatha... arbaa — mówił do siebie po arabsku, zbliżając się do końca tunelu. Jeden... dwa... trzy... cztery...

Rozdział 21

— Wygląda na to, że słyszał pan o antymaterii, panie Langdon? — Vittoria przyglądała mu się badawczo. Jej ciemna skóra tworzyła ostry kontrast z bielą laboratorium.

Langdon podniósł wzrok. Nie wiedział, co odpowiedzieć.

— Tak. Hmm... można tak powiedzieć.

Na jej ustach pojawił się cień uśmiechu.

— Oglądał pan *Star Trek*.

Zarumienił się.

— No, cóż, moi studenci lubią... — Zmarszczył brwi. — Czy to nie antymateria napędza *USS Enterprise*?

Kiwnęła potakująco głową.

— Dobra fantastyka naukowa musi wywodzić się z nauki.

— Zatem antymateria naprawdę istnieje?

— Oczywiście. To fakt stwierdzony w naturze. Wszystko ma swoje przeciwieństwo. Protony mają elektrony, kwarki górne mają kwarki dolne. Na poziomie subatomowym panuje kosmiczna symetria. Antymateria jest *jin* dla *jang* materii. Równoważy równanie fizyczne.

Langdonowi przyszła na myśl wiara w dualizm prezentowana przez Galileusza.

— Od tysiąc dziewięćset osiemnastego roku naukowcy wiedzą — ciągnęła Vittoria — że podczas Wielkiego Wybuchu powstały dwa rodzaje materii. Jeden z nich to materia obecna na Ziemi, ta, z której składają się skały, ludzie i drzewa. Drugi to jej przeciwieństwo: identyczne z materią, poza tym że ładunki cząstek są przeciwne.

W tym momencie do rozmowy wtrącił się Kohler, którego głos brzmiał niepewnie, jakby dobiegał zza mgły.

— Ale przecież istnieją olbrzymie przeszkody natury technologicznej, jeśli chodzi o przechowywanie antymaterii. Jak ją wyizolowaliście?

— Ojciec zbudował aparaturę próżniową o odwróconej polaryzacji do wyciągania pozytronów z akceleratora, zanim ulegną zniszczeniu.

— Przecież to urządzenie zasysałoby również materię. Nie dałoby się rozdzielić cząstek.

— Zastosował pola magnetyczne. Wiązka materii odchylała się w prawo, a antymaterii w lewo. One mają przeciwną polaryzację.

Od tej chwili mur wątpliwości Kohlera zaczął najwyraźniej pękać. Podniósł na Vittorię wzrok pełen zdumienia, ale kiedy się odezwał, dopadł go atak kaszlu.

— Niesa... mo... wite — wykrztusił i wytarł usta — ale jednak... — Najwyraźniej jego umysł jeszcze się opierał. — Jednak nawet jeśli próżnia spełniła swoją rolę, to te pojemniki są wykonane z materii. Antymaterii nie można przechowywać w takim pojemniku, gdyż natychmiast weszłaby w reakcję...

— Próbka nie styka się z pojemnikiem — przerwała mu Vittoria, która najwyraźniej spodziewała się tego pytania. — Unosi się. Te puszki są pułapkami antymaterii, ponieważ dosłownie więżą ją w środku, zawieszoną w bezpiecznej odległości od ścianek i dna.

— Zawieszoną? Ale w jaki sposób?

— Pomiędzy dwoma przecinającymi się polami magnetycznymi. Proszę spojrzeć.

Przeszła przez salę i wyciągnęła duży przyrząd elektroniczny. Langdonowi skojarzył się on z miotaczem promieni z kreskówek — szeroka jak armata lufa z lunetą celowniczą na górze i kłębowiskiem elektroniki zwisającym poniżej. Vittoria nastawiła celownik na jeden z pojemników, zajrzała w okular i dostroiła widok kilkoma pokrętłami. Potem odsunęła się na bok, zachęcając Kohlera, żeby spojrzał.

Ten jednak zawahał się, skonsternowany.

— Zgromadziliście widoczną ilość?

— Pięć tysięcy nanogramów — wyjaśniła Vittoria. — Ciekła plazma zawierająca miliony pozytronów.

— Miliony? Ale przecież dotychczas wykrywano zaledwie pojedyncze cząstki.

— Ksenon — oświadczyła. — Wstrzykiwał strumień ksenonu w rozpędzoną wiązkę cząstek, odrywając w ten sposób elektrony.

Nalegał, żeby zachować tę metodę w całkowitej tajemnicy, w każdym razie wymagała ona jednoczesnego wstrzykiwania swobodnych elektronów do akceleratora.

Langdon już całkowicie się zagubił i zastanawiał się, w jakim języku oni rozmawiają.

Kohler przez chwilę nic nie mówił, tylko jeszcze bardziej zmarszczył czoło. Nagle odetchnął płytko i zwiesił się na wózku, jakby trafiony kulą.

— Technicznie rzecz biorąc, dałoby to...

Vittoria skinęła głową.

— Tak. Mnóstwo tego.

Kohler przeniósł spojrzenie na znajdujący się przed nim pojemnik. Z wyrazem niepewności na twarzy uniósł się na wózku i przyłożył oko do okularu. Patrzył przez dłuższy czas bez słowa. Kiedy w końcu ponownie opadł na wózek, czoło miał pokryte potem. Bruzdy na jego twarzy wygładziły się, a kiedy się odezwał, niemal szeptał.

— Mój Boże... naprawdę tego dokonaliście.

— Mój ojciec tego dokonał.

— Ja... nie wiem, co powiedzieć.

Vittoria odwróciła się do Langdona.

— Chciałby pan spojrzeć? — Wskazała urządzenie.

Nie bardzo wiedząc, czego się spodziewać, podszedł bliżej. Z odległości pół metra pojemnik wydawał się pusty. Cokolwiek znajdowało się w środku, było nieskończenie małe. Przyłożył oko do okularu i przez chwilę czekał, aż obraz się wyostrzy.

Potem to zobaczył.

Lśniąca kulka podobnej do rtęci cieczy nie znajdowała się na dnie puszki, tak jak się spodziewał, lecz unosiła się mniej więcej w jej środku. Obracała się w przestrzeni, jakby podtrzymywana jakąś czarodziejską siłą. Przez jej powierzchnię przebiegały metaliczne fale. Langdonowi przypomniał się film, w którym oglądał zachowanie się kropli wody przy zerowej sile grawitacji. Chociaż zdawał sobie sprawę, że kulka jest mikroskopijna, widział wszelkie wybrzuszenia i rowki zmieniające się, gdy kulka plazmy obracała się powoli w zawieszeniu.

— Ona... się unosi — odezwał się wreszcie.

— Całe szczęście — odparła Vittoria. — Antymateria jest wysoce niestabilna. W sensie energetycznym jest lustrzanym odbiciem materii, toteż jeśli się zetkną, natychmiast nawzajem się unicestwiają. Oczywiście odizolowanie antymaterii od materii jest sporym problemem, gdyż na Ziemi wszystko składa się z materii.

Próbki trzeba przechowywać tak, żeby się z niczym nie stykały, nawet z powietrzem.

Langdon słuchał tego ze zdumieniem. To się dopiero nazywa praca w próżni.

— A te pułapki antymaterii — przerwał Kohler, z wyrazem osłupienia na twarzy, wodząc bladym palcem po podstawie jednej z nich. — To projekt twojego ojca?

— Prawdę mówiąc, mój.

Kohler podniósł na nią wzrok.

Głos Vittorii brzmiał skromnie.

— Kiedy ojciec stworzył pierwsze cząsteczki antymaterii, miał problem z tym, jak je przechować. Zaproponowałam wówczas to właśnie rozwiązanie. Hermetyczna nanokompozytowa obudowa z elektromagnesami o przeciwnej polaryzacji na obu końcach.

— Wygląda na to, że udzielił ci się geniusz twojego ojca.

— No, niezupełnie. Zapożyczyłam ten pomysł z natury. Żeglarz portugalski* łapie ryby w pułapkę swoich nici parzydełkowych. Tę samą zasadę zastosowałam tutaj. Każda puszka ma dwa elektromagnesy, po jednym na każdym końcu. Ich przeciwnie spolaryzowane pola magnetyczne przecinają się w środku pojemnika i utrzymują antymaterię zawieszoną w próżni.

Langdon ponownie przyjrzał się pojemnikowi. Antymateria, która niczego nie dotyka, ponieważ unosi się w próżni. Kohler miał rację — to było genialne.

— A gdzie jest źródło zasilania magnesów? — spytał dyrektor.

— W kolumnie pod pułapką — wyjaśniła Vittoria. — Puszki są wkręcone w gniazda, z których są nieustannie doładowywane, tak że magnesy przez cały czas działają.

— A gdyby pole magnetyczne zniknęło?

— To oczywiście antymateria opadłaby na dno i doszłoby do anihilacji.

— Anihilacji? — Langdonowi nie podobało się brzmienie tego słowa.

Vittoria jednak nie okazywała zaniepokojenia.

— Tak. Kiedy antymateria styka się z materią, obie natychmiast ulegają zniszczeniu. Ten proces nazywa się w fizyce anihilacją.

— Aha — Langdon skinął głową.

— To najprostsza reakcja w naturze. Cząstka materii oraz

---

* Żeglarz portugalski — odmiana jamochłonów, najprymitywniejszych zwierząt tkankowych.

cząstka antymaterii po zetknięciu się ze sobą uwalniają dwie nowe cząstki zwane fotonami. Praktycznie rzecz biorąc, foton to maleńka porcja światła.

Langdon czytał kiedyś o fotonach — cząstkach światła — najczystszej formie energii. Powstrzymał się od pytania na temat wykorzystania przez kapitana Kirka torped fotonowych przeciwko Klingonom.

— Zatem, kiedy antymateria opadnie, zobaczymy mały rozbłysk światła?

— Zależy, co pan uważa za mały. — Vittoria wzruszyła ramionami. — Zresztą, mogę to zademonstrować. — Zaczęła odkręcać puszkę od doładowującego ją filara.

Kohler krzyknął z przerażenia i rzucił się naprzód, odtrącając jej ręce.

— Vittorio! Zwariowałaś?

Rozdział 22

Niewiarygodne, ale Kohler stał przez chwilę wyprostowany, kołysząc się na wychudzonych nogach. Twarz miał białą ze strachu.

— Vittorio! Nie możesz wyjmować tej pułapki!

Langdona zdumiał ten atak paniki.

— Pięć tysięcy nanogramów! Jeśli przestanie działać pole magnetyczne...

— Dyrektorze, to zupełnie bezpieczne — zapewniła go dziewczyna. — Każda pułapka ma zabezpieczenie na wypadek uszkodzenia układu zasilającego. Dzięki baterii podtrzymującej próbka pozostaje zawieszona, nawet kiedy wyjmę pojemnik z gniazda.

Kohler nadal miał niepewny wyraz twarzy. W końcu z wahaniem opadł z powrotem na wózek.

— Baterie włączają się automatycznie — wyjaśniała dalej Vittoria — kiedy wyjmujemy pułapkę ze źródła zasilania. Działają przez dwadzieścia cztery godziny. To coś w rodzaju zapasowego kanistra z benzyną. — Odwróciła się do Langdona, jakby wyczuwając jego niepewność. — Antymateria posiada pewne zadziwiające właściwości, które sprawiają, że może być bardzo niebezpieczna. Dziesięć miligramów tej substancji, czyli ilość równa objętościowo ziarnku piasku, kryje w sobie tyle energii, co około dwustu ton metrycznych konwencjonalnego paliwa rakietowego.

Langdon znów poczuł, że kręci mu się od tego wszystkiego w głowie.

— To źródło energii przyszłości. Tysiące razy potężniejsze od energii jądrowej. Stuprocentowa wydajność. Żadnych produktów ubocznych, promieniowania czy zanieczyszczeń. Kilka gramów może dostarczać energii dużemu miastu przez tydzień.

Gramów? Langdon niepewnie odsunął się od kolumny.

— Spokojnie. Te próbki to zaledwie milionowe części grama. Stosunkowo niegroźne. — Ponownie wyciągnęła rękę ku pojemnikowi i zaczęła go odkręcać.

Kohler skrzywił się, ale tym razem nie przeszkadzał. Kiedy pułapka oddzieliła się od podstawy, rozległ się ostry pisk i włączył się niewielki wyświetlacz diodowy znajdujący się tuż przy podstawie puszki. Mrugały na nim czerwone cyferki, odliczające czas od dwudziestu czterech godzin w dół.

24:00:00...
23:59:59...
23:59:58...

Langdon przyglądał się przez chwilę licznikowi i doszedł do wniosku, że niepokojąco przypomina mu to bombę zegarową.

— Bateria będzie działała przez pełne dwadzieścia cztery godziny — wyjaśniała Vittoria. — Można ją doładować, jeśli ponownie wkręci się pułapkę w cokół. Jest ona pomyślana jako zabezpieczenie, ale poza tym umożliwia transport pojemnika.

— Transport? — spytał wstrząśnięty Kohler. — Wynosicie to z laboratorium?

— Oczywiście, że nie. Ale dzięki bateriom możemy poddawać próbki badaniom.

Vittoria zaprowadziła Kohlera i Langdona na przeciwległy koniec sali. Odsunęła zasłonę, za którą ujrzeli szybę, a dalej ogromne pomieszczenie. Jego ściany, posadzka i sufit były całkowicie wyłożone stalowymi płytami. Langdonowi przypominało to zbiornik tankowca, którym kiedyś płynął do Papui-Nowej Gwinei, gdzie studiował rysunki, jakimi rdzenni mieszkańcy zdobią swoje ciała.

— To komora do anihilacji — oświadczyła Vittoria

Kohler spojrzał na nią.

— Chcesz powiedzieć, że prowadzicie obserwacje anihilacji?

— Ojca fascynował Wielki Wybuch... taka ogromna ilość energii z tak niewielkiej drobiny materii. — Wysunęła znajdującą się pod szybą stalową szufladę, włożyła do niej pojemnik z antymaterią i wsunęła ją z powrotem. Potem pociągnęła za znajdującą się pod nią dźwignię. Po chwili pułapka pojawiła się po drugiej stronie szyby i potoczyła łagodnym łukiem w pobliże środka pomieszczenia.

Vittoria uśmiechnęła się z wysiłkiem.

— Za chwilę po raz pierwszy w życiu obejrzycie panowie anihilację antymaterii w zetknięciu z materią. Kilka milionowych części grama. Stosunkowo niewielka ilość.

Langdon przyglądał się puszce z antymaterią leżącej samotnie na posadzce ogromnej komory. Kohler również obrócił się w kierunku szyby z wyrazem niepewności na twarzy.

— Normalnie musielibyśmy czekać dwadzieścia cztery godziny, dopóki nie skończą się baterie — wyjaśniła Vittoria — ale pod podłogą tego pomieszczenia znajdują się magnesy, które zniwelują działanie pułapki utrzymującej próbkę w zawieszeniu. A kiedy antymateria zetknie się z materią...

— Anihilacja — wyszeptał Kohler.

— Jeszcze jedno — dodała Vittoria. — Podczas tej reakcji wydziela się czysta energia. Jest to stuprocentowa przemiana masy w fotony, dlatego proszę nie patrzyć bezpośrednio na próbkę i osłonić oczy.

Langdon był ostrożnym człowiekiem, lecz uznał, że dziewczyna stara się przesadnie dramatycznie przedstawić sytuację. Nie patrzyć bezpośrednio na pojemnik? Przecież znajdował się w odległości około trzydziestu metrów od nich za niezwykle grubą ścianą z przydymionego pleksiglasu. Na dodatek ilość znajdującej się w nim substancji była tak mikroskopijna, że nawet jej nie było widać. Osłonić oczy? Ile energii może taka odrobinka...

Vittoria nacisnęła przycisk.

W jednej chwili Langdona oślepiło. W pojemniku pojawił się jaskrawy rozbłysk, który eksplodował, wysyłając falę uderzeniową światła we wszystkich kierunkach. Langdon usłyszał, jak z siłą huraganu uderza w znajdującą się przed nim szybę. Zatoczył się do tyłu, gdy detonacja wstrząsnęła stropem pomieszczenia. Światło płonęło przez chwilę, po czym zaczęło się zbiegać z powrotem ku środkowi, jakby samo się absorbowało i w końcu zmieniło się w niewielką plamkę, która po chwili zniknęła. Langdon mrugał bolącymi oczami, powoli odzyskując zdolność widzenia. Zerknął w głąb komory. Pojemnik, który leżał przedtem na podłodze, zniknął. Wyparował. Nie pozostało po nim ani śladu.

Patrzył przed siebie olśniony.

— Wielki Boże.

Vittoria pokiwała ze smutkiem głową.

— To właśnie powiedział mój ojciec.

Rozdział 23

Kohler wpatrywał się w komorę anihilacyjną z wyrazem kompletnego oszołomienia spektaklem, którego przed chwilą był świadkiem. Robert Langdon stał obok niego jeszcze bardziej osłupiały.

— Chcę zobaczyć ojca — zażądała Vittoria. — Pokazałam wam już laboratorium, a teraz chcę zobaczyć ojca.

Kohler odwrócił się powoli od szyby, najwyraźniej wcale jej nie słysząc.

— Dlaczego czekaliście tak długo, Vittorio? Trzeba było natychmiast powiedzieć mi o tym odkryciu.

Vittoria wpatrzyła się w niego. Ile mam podać powodów?

— Dyrektorze, możemy sprzeczać się o to później. Teraz chcę zobaczyć ojca.

— Czy zdajesz sobie sprawę, z jakimi skutkami może się wiązać ta technologia?

— Oczywiście — odparowała. — Dochody dla CERN-u. Duże dochody. A teraz chcę...

— Czy dlatego utrzymywaliście to w tajemnicy? — przerwał jej Kohler. — Obawialiście się, że zarząd i ja będziemy głosować za sprzedażą licencji?

— To powinno być objęte licencją. — Vittoria poczuła, że daje się wciągnąć w sprzeczkę. — Wytwarzanie antymaterii jest bardzo ważną technologią. Jednak jest to jeszcze technologia niebezpieczna. Ojciec i ja chcieliśmy mieć czas na dopracowanie wszystkich procedur, tak żeby gwarantowały bezpieczeństwo.

— Innymi słowy, nie ufaliście, że wśród członków zarządu ostrożność naukowców przeważy nad chciwością.

Vittorię zaskoczył obojętny ton Kohlera.

— Były jeszcze inne kwestie — dodała. — Ojciec chciał mieć czas, by zaprezentować antymaterię w odpowiednim świetle.

— To znaczy?

A co niby ma znaczyć?

— Materia z energii? Coś z niczego? Przecież to praktycznie dowód, że zdarzenia opisane w Księdze Rodzaju są możliwe z naukowego punktu widzenia.

— Czyli nie chciał, aby religijne implikacje jego odkrycia padły ofiarą komercji?

— W pewnym sensie.

— A ty?

Jak na ironię, Vittoria martwiła się o coś zupełnie innego. Jej zdaniem komercyjne podejście było niezbędne, żeby antymateria odniosła sukces jako nowe źródło energii. Mimo że, obiektywnie patrząc, technologia ta miała ogromne zalety — stuprocentową wydajność i brak zanieczyszczeń — to ujawniona zbyt wcześnie, mogła paść ofiarą polityki i niewłaściwej promocji, co spotkało energię jądrową i słoneczną. Energię jądrową zastosowano na szeroką skalę, zanim stała się bezpieczna, i zakończyło się to katastrofami. Z kolei energia słoneczna została spopularyzowana, zanim stała się wydajna, i ludzie stracili pieniądze. Obie zyskały sobie złą sławę i przegrały już na początku.

— Mój cel — odezwała się głośno — był nieco mniej wzniosły niż zjednoczenie nauki z religią.

— Środowisko — domyślił się Kohler.

— Nieograniczone zasoby energii. Żadnego rabunkowego wydobycia. Żadnych zanieczyszczeń ani promieniowania. Technologia oparta na antymaterii mogłaby uratować naszą planetę.

— Albo ją zniszczyć — odparował Kohler. — Zależy kto i do czego ją wykorzysta. — Vittoria poczuła bijący od niego chłód. — Kto jeszcze o tym wiedział?

— Nikt — odparła. — Przecież już mówiłam.

— To jak sądzisz, dlaczego twój ojciec został zamordowany?

Poczuła, jak napinają się jej mięśnie.

— Nie mam pojęcia. Miał wrogów w CERN-ie, sam pan wie, ale to nie mogło mieć nic wspólnego z antymaterią. Przysięgliśmy sobie zachować odkrycie w tajemnicy jeszcze przez kilka miesięcy, aż będziemy gotowi.

— I jesteś pewna, że ojciec nie złamał tej przysięgi?

Vittoria poczuła, że ogarnia ją wściekłość.

— Ojciec dotrzymywał znacznie trudniejszych przysiąg niż ta!

— A ty nikomu nie powiedziałaś?

— Oczywiście, że nie!

Kohler westchnął ciężko. Milczał przez chwilę, jakby zastanawiał się nad doborem słów.

— Przypuśćmy, że ktoś jednak się o tym dowiedział i zyskał dostęp do laboratorium. Jak sądzisz, czego by szukał? Czy twój ojciec trzymał tu jakieś notatki? Dokumentację tych procesów?

— Dyrektorze, okazałam chyba dostateczną cierpliwość. Teraz ja chciałabym uzyskać kilka odpowiedzi. Stale pan mówi o włamaniu, a przecież widział pan urządzenie skanujące siatkówkę. Ojciec przywiązywał ogromną wagę do bezpieczeństwa i zachowania tajemnicy.

— Potraktuj to pytanie jako mój kaprys — warknął Kohler, wprawiając ją w zdumienie. — Co mogłoby zginąć?

— Nie mam pojęcia. — Ze złością rozejrzała się po laboratorium. Żadna z próbek antymaterii nie zginęła. Miejsce pracy ojca wyglądało jak zwykle. — Nikt tu nie wchodził — stwierdziła. — Tu na górze wszystko wygląda, jak należy.

Na twarzy Kohlera pojawił się wyraz zaskoczenia.

— Tu na górze?

Vittorii te słowa wyrwały się odruchowo.

— Tak, w górnym laboratorium.

— Korzystacie też z dolnego?

— Jako magazynu.

Kohler podjechał do niej wózkiem, znów zanosząc się kaszlem.

— Używacie komory przeznaczonej na niebezpieczne materiały do magazynowania? Czego?

Niebezpiecznych materiałów, a czegóż by? Vittoria traciła już cierpliwość.

— Antymaterii.

Kohler podparł się rękami i uniósł na wózku.

— To znaczy, że są jeszcze inne próbki? Czemu, do diabła, mi tego nie powiedziałaś?

— Właśnie powiedziałam. A przedtem raczej nie miałam okazji!

— Musimy je sprawdzić — oświadczył Kohler. — Natychmiast.

— Ją — poprawiła go Vittoria. — Tam jest tylko jedna. I z pewnością wszystko z nią w porządku. Nikt nigdy nie...

— Tylko jedna? — przerwał jej dyrektor. — To dlaczego nie znajduje się tutaj?

— Ojciec wolał, żeby znajdowała się pod warstwą skał, dla większego bezpieczeństwa. Jest większa niż pozostałe.

Kohler i Langdon wymienili za jej plecami zaalarmowane spojrzenia, po czym dyrektor ponownie zwrócił się do dziewczyny:

— Stworzyliście próbkę większą niż pięćset nanogramów?

— To było konieczne — broniła się Vittoria. — Musieliśmy udowodnić, że bez trudu przekroczymy próg opłacalności. — Dobrze zdawała sobie sprawę, że problemem w przypadku nowych paliw jest zawsze stosunek kosztów do zysków. Budowanie platformy wiertniczej dla wydobycia paru baryłek ropy byłoby bez sensu. Jednak jeśli ta sama platforma przy stosunkowo niewielkich dodatkowych kosztach pozwoliłaby uzyskać miliony baryłek, wówczas warto inwestować. Z antymaterią sytuacja wygląda tak samo. Zasilając dwadzieścia siedem kilometrów elektromagnesów, żeby uzyskać mikroskopijną próbkę antymaterii, zużyłoby się więcej energii, niż można by było otrzymać z produktu. Do udowodnienia, że antymateria jest wydajna, a jej wykorzystanie realne, potrzebna była znacznie większa ilość.

Wprawdzie ojciec był przeciwny wyprodukowaniu takiej dużej próbki, ale Vittoria nie ustępowała. Tłumaczyła mu, że jeśli antymateria ma zostać potraktowana poważnie, muszą udowodnić dwie rzeczy. Po pierwsze, że można ją produkować w opłacalnych ilościach. Po drugie, że otrzymaną substancję można bezpiecznie przechowywać. W końcu wygrała i ojciec, choć bez przekonania, zgodził się na jej propozycję. Jednak zastrzegł sobie, że antymateria będzie przechowywana w komorze do składowania niebezpiecznych substancji — niedużym, wykutym w granicie pomieszczeniu znajdującym się o dalsze dwadzieścia pięć metrów pod ziemią. Istnienie tej próbki miało pozostać ich tajemnicą i tylko oni dwoje mieli mieć do niej dostęp.

— Vittorio? — nalegał Kohler pełnym napięcia głosem. — Jak duża jest ta porcja antymaterii?

Vittoria poczuła złośliwe zadowolenie. Wiedziała, że ta liczba porazi nawet wielkiego Maximiliana Kohlera. Wyobraziła sobie znajdującą się pod nimi próbkę. Niesamowity widok. Zawieszona w pułapce magnetycznej kulka antymaterii widoczna gołym okiem. Nie żadne mikroskopijnych rozmiarów ziarnko, tylko kropla wielkości śrutu.

Wzięła głęboki oddech.

— Jedna czwarta grama.

Twarz dyrektora zbladła jak papier.

— Co?! — Zaniósł się gwałtownym kaszlem. — Ćwierć grama? Przecież to moc... niemal pięciu kiloton!

Kilotony. Vittoria nie znosiła tego słowa. Nigdy nie używali go z ojcem. Kilotona równa jest sile wybuchu tysiąca ton metrycznych trotylu. Kilotony służyły do określania siły uzbrojenia. Ładunków wybuchowych głowic jądrowych. Siły destrukcyjnej. Ona z ojcem mówili o elektronowoltach i dżulach — miarach konstruktywnej energii.

— Taka ilość antymaterii może dosłownie unicestwić wszystko w promieniu niemal kilometra! — krzyknął Kohler.

— Tak, gdyby cała od razu uległa anihilacji — odparowała Vittoria — ale nikt tego nigdy nie zrobi!

— Chyba że ktoś nie będzie się na tym znał. Albo zawiedzie źródło zasilania! — Kohler jechał już w kierunku windy.

— Dlatego właśnie ojciec trzymał to tam na dole, w komorze z zasilaniem awaryjnym i dodatkowym systemem bezpieczeństwa.

Kohler odwrócił się do niej z wyrazem nadziei na twarzy.

— Zastosowaliście tam dodatkowe zabezpieczenia?

— Tak. Drugi skaner siatkówki.

W odpowiedzi rzucił tylko trzy słowa.

— Na dół. Natychmiast.

Winda towarowa opadała jak kamień.

Kolejne dwadzieścia pięć metrów w głąb ziemi.

Vittoria była pewna, że wyczuwa u obu mężczyzn strach. Na beznamiętnej zazwyczaj twarzy Kohlera malowało się napięcie. *Wiem*, pomyślała, *że próbka jest ogromna, ale środki ostrożności, które zastosowaliśmy...*

Winda się zatrzymała.

Vittoria zaczekała, aż otworzą się drzwi, po czym poprowadziła towarzyszy słabo oświetlonym korytarzem. Kończył się on ogromnymi stalowymi drzwiami, przy których znajdowało się urządzenie skanujące siatkówkę, takie samo, jak na górze. Podeszła do niego i starannie zgrała położenie oka z soczewką.

Cofnęła się. Coś było nie w porządku. Soczewka, zazwyczaj nieskazitelnie czysta, była teraz opryskana... pomazana czymś, co wyglądało jak... krew? Nie wiedząc, co o tym myśleć, obróciła się ku mężczyznom. Wówczas dostrzegła, że ich twarze są woskowo białe i obaj wpatrują się w podłogę koło jej stóp.

Podążyła wzrokiem za ich spojrzeniem.

— Nie! — krzyknął Langdon, próbując ją powstrzymać, ale było już za późno.

Jej wzrok padł na przedmiot leżący na podłodze. Wydał jej się całkowicie obcy, a jednocześnie niezwykle znajomy.

Trwało to tylko chwilę.

Potem, wydając z siebie okrzyk przerażenia, uświadomiła sobie, co widzi. Wpatrywało się w nią z podłogi oko, rzucone tam jak śmieć. Wszędzie rozpoznałaby ten orzechowy odcień.

Rozdział 24

Technik z ochrony wstrzymał oddech, gdy dowódca nachylił się nad jego ramieniem i przyglądał uważnie znajdującej się przed nimi ścianie monitorów. Minęła minuta.

Można się było spodziewać, że będzie milczał, powiedział sobie technik. Jego dowódca był człowiekiem ściśle trzymającym się protokołu. Nie powierzono by mu dowodzenia jednymi z najbardziej elitarnych jednostek ochrony na świecie, gdyby najpierw mówił, a potem myślał.

Tylko co o tym myśli?

Widoczny na monitorze przedmiot, nad którym się zastanawiali, był pewnego rodzaju pojemnikiem o przejrzystych ściankach. W tym nie było nic dziwnego, natomiast resztę trudno było pojąć.

Wewnątrz pojemnika widoczna była niewielka kropla metalicznej cieczy, unosząca się jakimś cudem w powietrzu. Kropelka pojawiała się i znikała w świetle mrugającej na czerwono diody wyświetlacza, na którym nieuchronnie trwało odliczanie. Na ten widok strażnikowi ciarki przechodziły po skórze.

— Możesz wyostrzyć kontrast? — wyrwał go z zamyślenia głos przełożonego.

Posłusznie zrobił, co mu kazano, i obraz na ekranie stał się wyraźniejszy. Komendant pochylił się do przodu, dokładniej przyglądając się szczegółowi przy podstawie pojemnika, który dopiero teraz stał się widoczny.

Technik również tam spojrzał. Tuż koło wyświetlacza widniał jakiś skrót. W rozbłyskach światła można było dojrzeć cztery wielkie litery.

— Zostań tu — polecił mu komendant. — Nic nikomu nie mów. Ja się tym zajmę.

Rozdział 25

Komora do przechowywania niebezpiecznych materiałów. Pięćdziesiąt metrów pod ziemią.

Vittoria zatoczyła się do przodu, niemal wpadając na skaner. Poczuła, że Amerykanin doskakuje do niej, łapie ją i podtrzymuje. Na podłodze, tuż przy jej stopach, nadal leżało oko jej ojca i patrzyło prosto na nią. Miała wrażenie, że całe powietrze uciekło jej z płuc. Wycięli mu oko! Cały świat wirował. Kohler podjechał bliżej i coś mówił. Langdon delikatnie nią pokierował, tak że jak we śnie stwierdziła nagle, że wpatruje się w skaner siatkówki. Mechanizm zapiszczał i drzwi się rozsunęły.

Pomimo straszliwego widoku oka ojca, przeszywającego bólem jej serce, czuła, że w środku czeka coś równie przerażającego. Kiedy zdołała skoncentrować wzrok na wnętrzu pomieszczenia, przekonała się, że rozpoczął się następny rozdział tego koszmaru.

Pojedynczy cokół zasilający był pusty.

Pojemnik z antymaterią zniknął. Wycięli ojcu oko, żeby to ukraść. Skutki tego czynu trudno jej było w tej chwili ogarnąć umysłem. Cały plan spalił na panewce. Próbka mająca pomóc udowodnić, że antymateria jest wydajnym i praktycznym źródłem energii, została skradziona. Ale przecież nikt nawet nie wiedział o jej istnieniu! Nie sposób jednak zaprzeczać faktom. Ktoś się dowiedział. Ale kto? Nawet Kohler, który podobno wiedział o wszystkim, co się dzieje w CERN-ie, najwyraźniej nie miał pojęcia o ich projekcie.

Ojciec nie żył. Zamordowany z powodu swojego geniuszu.

Ból ściskał jej serce, ale jednocześnie do głosu zaczęło dochodzić jeszcze jedno uczucie. O wiele gorsze. Wprost druzgocące. Było to poczucie winy. Nieustępliwe, niemożliwe do opanowania poczucie winy. Przecież to właśnie ona namówiła ojca, żeby stworzył tę porcję antymaterii. Wbrew jego przekonaniu. A teraz został z tego powodu zamordowany.

Ćwierć grama...

Antymateria, jak każde inne osiągnięcie technologiczne — ogień, proch strzelniczy czy silnik spalinowy — w nieodpowiednich rękach mogła spowodować katastrofalne skutki. Była to zabójcza broń. O wielkiej mocy, a przy tym niemożliwa do powstrzymania. W pojemniku wyjętym z gniazda zasilającego trwało właśnie nieubłagane odliczanie.

A kiedy czas się skończy...

Oślepiający blask. Huraganowy ryk. Samozapłon. Po prostu błysk... i pusty krater. Ogromny pusty krater.

Kiedy wyobraziła sobie, że talent jej ojca, człowieka łagodnego i spokojnego, zostaje wykorzystany jako narzędzie zniszczenia, poczuła się, jakby sączono jej w żyły truciznę. Antymateria była wymarzoną bronią dla terrorystów. Nie miała metalowych części, które mogłyby zostać wykryte przez detektory metalu, ani zapachu, który mogłyby wytropić psy, ani też zapalnika, który można by rozbroić, gdyby władzom udało się zlokalizować pojemnik. Odliczanie już się zaczęło...

Langdon nie miał pojęcia, co jeszcze mógłby zrobić. Wyjął chusteczkę i nakrył nią oko Leonarda Vetry. Vittoria stała teraz w wejściu do pustej komory z wyrazem smutku i paniki na twarzy. Chciał ponownie do niej podejść, ale przeszkodził mu Kohler.

— Panie Langdon? — Twarz miał bez wyrazu. Gestem dłoni pokazał mu, żeby wraz z nim oddalił się poza zasięg słuchu dziewczyny. Langdon niechętnie ruszył za nim, zostawiając Vittorię samej sobie. — Jest pan specjalistą — odezwał się szeptem dyrektor. — Chciałbym wiedzieć, co ci cholerni iluminaci zamierzają zrobić ze skradzioną antymaterią.

Langdon starał się skupić. Pomimo całego szaleństwa, z jakim się tu zetknął, uważał, że przedtem słusznie zareagował na rewelacje o iluminatach. Było to naukowo uzasadnione odrzucenie hipotezy. Kohler jednak nie rezygnował z całkowicie nieprawdopodobnych domysłów.

— Iluminaci już nie istnieją, panie Kohler. Nadal się przy tym upieram. To morderstwo mógł popełnić każdy, może nawet inny pracownik CERN-u, który dowiedział się o przełomowym dokonaniu pana Vetry i uznał, że te doświadczenia są zbyt niebezpieczne, żeby je kontynuować.

Na twarzy Kohlera pojawiło się zdumienie.

— Pan sądzi, że to była zbrodnia sumienia? Absurd. Temu, kto zabił Leonarda, zależało na jednej rzeczy: zdobyciu antymaterii. I z pewnością ma co do niej plany.

— Ma pan na myśli terroryzm.

— Oczywiście.

— Ale iluminaci nie byli terrorystami.

— Niech pan to powie Leonardowi Vetrze.

Langdona uderzyła słuszność tego stwierdzenia. Vetra rzeczywiście został naznaczony symbolem bractwa. Skąd on się wziął? Święty symbol iluminatów był zbyt trudny do odtworzenia, żeby ktoś wykorzystał go do mistyfikacji i skierowania podejrzeń na niewłaściwy trop. Musi istnieć inne wyjaśnienie.

Ponownie zmusił się do rozważań nad niemożliwym. Jeśli iluminaci nadal działają i jeśli ukradli antymaterię, to jakie mogliby mieć plany? Jego umysł odpowiedział natychmiast, a Langdon równie szybko odrzucił tę odpowiedź. To prawda, że mają oczywistego wroga, ale trudno sobie wyobrazić, żeby podjęli przeciw niemu atak terrorystyczny na tak wielką skalę. To byłoby całkowicie niezgodne z charakterem tego stowarzyszenia. Owszem, iluminaci zabijali już wcześniej, ale pojedynczych ludzi, starannie wybrane cele. Masowa zagłada byłaby dla nich czymś zbyt mało subtelnym. Nagle uderzyła go pewna myśl. Z drugiej strony, w takim czynie kryłaby się jakaś majestatyczna głębia — antymateria, najwyższe osiągnięcie naukowe, wykorzystana do obrócenia w parę...

Nie chciał dopuścić do siebie tej absurdalnej myśli.

— Jednak istnieje — odezwał się nagle — logiczne wyjaśnienie inne niż terroryzm.

Kohler wpatrywał się w niego, najwyraźniej czekając na ciąg dalszy.

Langdon próbował uporządkować myśli. Iluminaci zawsze posiadali ogromne wpływy, ale dzięki środkom finansowym. Kontrolowali banki, mieli zapasy złota w sztabach. Twierdzono nawet, że w ich posiadaniu znajduje się najcenniejszy klejnot na świecie — Diament Iluminatów, ogromnych rozmiarów diament bez skazy.

— Pieniądze — powiedział wreszcie. — Być może antymaterię skradziono dla korzyści finansowych.

— Dla pieniędzy? — Kohler nie wyglądał na przekonanego. — A gdzie można sprzedać kroplę antymaterii?

— Nie chodzi o tę konkretną próbkę — zaoponował Langdon — tylko o technologię. Technologia otrzymywania antymaterii musi być warta fortunę. Może ktoś ukradł tę próbkę, by wykonać analizy i odkryć technologię?

— Szpiegostwo przemysłowe? Ale baterie w tym pojemniku wyczerpią się po dwudziestu czterech godzinach. W tym czasie nie są w stanie niczego odkryć, choćby wyszli z siebie.

— Mogą je doładować. Mogą zbudować taki sam cokół z zasilaniem, jak macie w CERN-ie.

— W ciągu dwudziestu czterech godzin? Nawet gdyby ukradli schematy, to skonstruowanie takich urządzeń zajmie miesiące, a nie godziny.

— On ma rację — rozległ się słaby głos Vittorii.

Obydwaj mężczyźni odwrócili się w jej kierunku. Szła ku nim krokiem równie niepewnym jak jej głos.

— On ma rację. Nikt nie zdołałby odtworzyć zasilacza na czas. Sam interfejs zająłby tygodnie. Filtry strumienia, cewki wykonawcze, rdzenie stabilizujące moc, a wszystko skalibrowane do właściwego poziomu energii danego pomieszczenia.

Langdon zmarszczył brwi. Dotarło do niego, że pułapka antymaterii to nie jest coś, co można po prostu podłączyć do gniazdka w ścianie. Po wyniesieniu z CERN-u pojemnik rozpoczął dwudziestoczterogodzinną podróż ku unicestwieniu.

W tej sytuacji pozostawała tylko jedna, niezwykle niepokojąca możliwość.

— Musimy zadzwonić do Interpolu — odezwała się Vittoria. Sama słyszała, że jej głos brzmi dziwnie chłodno. — Trzeba zadzwonić do odpowiednich władz. Natychmiast.

Kohler potrząsnął głową.

— W żadnym wypadku.

— Nie? Jak to nie?

— Ty i twój ojciec postawiliście mnie w niezwykle trudnej sytuacji.

— Dyrektorze, potrzebujemy pomocy. Musimy odnaleźć ten pojemnik i dostarczyć go z powrotem tutaj, zanim dojdzie do nieszczęścia. Spoczywa na nas ogromna odpowiedzialność!

— Przede wszystkim musimy myśleć — odparł Kohler znacznie ostrzejszym tonem. — Ta sytuacja może mieć niezwykle poważne reperkusje dla CERN-u.

— Martwi się pan o reputację CERN-u? Czy pan zdaje sobie sprawę, co może zrobić taka ilość antymaterii w terenie zabudowanym? Promień eksplozji wyniesie niemal kilometr. To dziewięć miejskich kwartałów!

— Szkoda, że nie pomyśleliście o tym, zanim wyprodukowaliście tę próbkę.

Vittoria poczuła się, jakby ktoś wbił jej nóż w plecy.

— Ale... zastosowaliśmy wszelkie środki ostrożności.

— Najwyraźniej niedostateczne.

— Przecież nikt nie wiedział o istnieniu antymaterii. — Natychmiast uświadomiła sobie, że jej argument jest bezsensowny. Ktoś niewątpliwie wiedział. Ktoś to odkrył.

Vittoria nikomu nie powiedziała. Zostawały zatem dwie możliwości. Ojciec mógł dopuścić kogoś do tajemnicy, nic jej o tym nie mówiąc — ale to przecież właśnie on zaprzysiągł ich oboje do zachowania tego w sekrecie. W takim razie musieli być w jakiś sposób obserwowani lub podsłuchiwani. Może telefon komórkowy? Kiedy podróżowała, rozmawiała z nim kilkakrotnie przez telefon. Czyżby powiedzieli wówczas zbyt wiele? To możliwe. Pozostawała również poczta elektroniczna. Ale przecież byli dyskretni... chyba. System bezpieczeństwa CERN-u? Czy ich monitorowano? Uświadomiła sobie jednak, że to nie ma teraz żadnego znaczenia. Co się stało, to się nie odstanie. Mój ojciec nie żyje.

Ta myśl zmobilizowała ją do działania. Wyjęła telefon komórkowy z kieszeni szortów.

Kohler błyskawicznie do niej podjechał. Zanosił się kaszlem, a oczy błyszczały mu gniewem.

— Do kogo dzwonisz?

— Do naszej centrali telefonicznej. Połączą nas z Interpolem.

— Zastanów się! — Kohler prawie się dławił. — Czy naprawdę jesteś taka naiwna? Ten pojemnik może w tej chwili być w dowolnym miejscu na świecie. Żadna agencja wywiadowcza nie zdoła odnaleźć go na czas.

— To będziemy tu siedzieć bezczynnie? — Vittoria czuła się niezręcznie, przeciwstawiając się choremu dyrektorowi, ale zachowywał się obecnie na tyle nierozsądnie, że miała wrażenie, iż go wcale nie zna.

— Postąpimy inteligentnie — odparł. — Nie wystawimy reputacji CERN-u na szwank, wzywając władze, które i tak w niczym nam nie pomogą. Na pewno jeszcze nie teraz... i nie bez przemyślenia sprawy.

Vittoria zdawała sobie sprawę, że w argumentach Kohlera kryje się pewna logika, ale wiedziała również, że logika, z samej swej definicji, nie ma nic wspólnego z odpowiedzialnością moralną. Jej

109

ojciec przez całe życie przykładał ogromną wagę do odpowiedzialności moralnej — uważnego podejścia do nauki, rozliczania się z własnych postępków, wiary we wrodzoną dobroć człowieka. Vittoria także w to wierzyła, ale postrzegała te sprawy w kategoriach *karmy*. Odwróciła się od Kohlera i zdecydowanie otworzyła telefon.

— Nie możesz tego zrobić — oświadczył dyrektor.

— Tylko spróbuj mnie powstrzymać.

Kohler nie wykonał najmniejszego ruchu.

Już po chwili zrozumiała dlaczego. Tak głęboko pod ziemią jej telefon nie miał zasięgu.

Zirytowana, ruszyła szybkim krokiem ku windzie.

Rozdział 26

Zabójca zatrzymał się na końcu kamiennego tunelu. Pochodnia nadal jasno płonęła, a wydzielany przez nią dym mieszał się z zapachem mchu i zatęchłego powietrza. Otaczała go kompletna cisza. Metalowe drzwi blokujące przejście wyglądały na równie stare, jak sam tunel, jednak — chociaż zardzewiałe — nadal sprawiały solidne wrażenie. Czekał spokojnie w ciemności. Już prawie czas. Janus obiecał mu, że ktoś otworzy te drzwi od środka. Ciekawe, kto jest tym zdrajcą. Mógłby czekać pod nimi całą noc, gdyby to było potrzebne, by wykonać zadanie, ale był pewien, że to nie będzie konieczne. Pracował dla bardzo zdeterminowanego człowieka.

Po kilku minutach, dokładnie o wyznaczonej godzinie, po drugiej stronie drzwi rozległ się głośny brzęk ciężkich kluczy. Metal zgrzytnął o metal, gdy ktoś przystąpił do otwierania trzech wielkich zamków. Skrzypiały przeraźliwie, jakby nikt nie ruszał ich od wieków. W końcu wszystkie, jeden po drugim, zostały otwarte.

Zapanowała cisza.

Asasyn odczekał cierpliwie pięć minut, tak jak mu polecono. Potem, czując przypływ adrenaliny w żyłach, pchnął metalową płytę. Ogromne drzwi stanęły otworem.

Rozdział 27

— Vittorio, nie pozwolę ci na to! — W miarę jak winda wznosiła się w górę, Kohler oddychał z coraz większym trudem. Vittoria starała się go nie słyszeć. Rozpaczliwie pragnęła znaleźć schronienie, coś znajomego i bliskiego w tym miejscu, które już nie wydawało się jej domem. Wiedziała, że już nigdy nim nie będzie. Teraz jednak musiała zapomnieć o bólu i działać. Dostać się do telefonu.

Robert Langdon stał obok niej i jak zwykle milczał. Przestała już się zastanawiać, kim on jest. Specjalista? Trudno o bardziej ogólne określenie. „Przyjechał tu, żeby nam pomóc ustalić, kto jest odpowiedzialny za tę zbrodnię". Do tej pory absolutnie w niczym im nie pomógł. Jego uprzejmość i serdeczność wyglądały na szczere, ale niewątpliwie coś przed nią ukrywał. Obaj ukrywali.

Kohler znów ją zaatakował.

— Jako dyrektor CERN-u jestem odpowiedzialny za przyszłość nauki. Jeśli rozdmuchasz to do rozmiarów międzynarodowego incydentu i CERN ucierpi...

— Przyszłość nauki? — Vittoria ruszyła na niego z furią. — Naprawdę zamierza pan wykręcić się od odpowiedzialności i nie przyznać się, że ta antymateria pochodziła z CERN-u? Chce pan zignorować fakt, że przez nas życie wielu ludzi znalazło się w niebezpieczeństwie?

— Nie przez nas — odparował Kohler. — Przez ciebie. Przez ciebie i twojego ojca.

Vittoria odwróciła wzrok.

— A jeśli już mowa o zagrożeniu życia — ciągnął Kohler — to tu właśnie chodzi o życie. Sama wiesz, że zastosowanie antymaterii może mieć ogromne znaczenie dla życia na tej planecie. Jeżeli ten skandal zniszczy CERN, wszyscy na tym stracą. Przyszłość ludzkości jest w rękach takich placówek jak CERN, i ludzi takich jak ty i twój ojciec, którzy pracują, by rozwiązać problemy przyszłości.

Vittoria już wcześniej miała okazję słyszeć wykład Kohlera na temat „nauki jako boga", i nigdy to do niej nie przemawiało. To właśnie nauka spowodowała co najmniej połowę problemów, które próbowała rozwiązać. „Postęp" to największa złośliwość Matki Ziemi.

— Rozwój nauki zawsze niesie ze sobą pewne ryzyko — argumentował Kohler. — Zawsze tak było. Czy chodziło o programy badań kosmicznych, badania genetyczne czy medycynę, wszędzie popełniano błędy. Jednak nauka musi przetrwać swoje własne pomyłki, za każdą cenę. Dla dobra wszystkich.

Vittoria nie mogła się nadziwić, że dyrektor potrafi z takim naukowym dystansem rozważać kwestie moralne. Jego intelekt najwyraźniej był oddzielony lodową barierą od duszy.

— Zatem sądzi pan, że CERN ma tak niesłychane znaczenie dla przyszłości Ziemi, iż powinniśmy być zwolnieni z moralnej odpowiedzialności?

— Nie dyskutuj ze mną o moralności. To wy przekroczyliście pewną linię, produkując tę próbkę, i naraziliście cały ośrodek na niebezpieczeństwo. Ja staram się tylko chronić posady trzech tysięcy zatrudnionych tu naukowców oraz reputację twojego ojca. Ty również powinnaś o nim pomyśleć. Człowiek jego pokroju nie zasłużył sobie na to, by pozostać w pamięci świata jako twórca broni masowej zagłady.

Vittoria poczuła, że pocisk osiągnął cel. To ja przekonałam ojca do wyprodukowania tej próbki. To wszystko moja wina!

Kiedy otworzyły się drzwi windy, Kohler jeszcze cały czas mówił. Vittoria wyszła na zewnątrz i natychmiast wyciągnęła telefon, żeby znowu spróbować się połączyć.

Jednak nadal był głuchy. Cholera! Ruszyła w kierunku drzwi.

— Vittorio, poczekaj! — Głos dyrektora brzmiał teraz astmatycznie. — Zwolnij. Musimy porozmawiać.

— Basta di parlare!

— Pomyśl o ojcu — nalegał Kohler. — Co on by zrobił w tej sytuacji.

Nie zwolniła kroku.

— Vittorio, nie byłem wobec ciebie zupełnie szczery.

Poczuła ciężar w nogach.

113

— Nie wiem, co sobie myślałem — wyjaśniał dalej. — Chyba po prostu starałem się ciebie chronić. Powiedz mi tylko, co chcesz zrobić. Musimy współpracować.

Vittoria zatrzymała się w połowie laboratorium, ale nie odwróciła się w jego stronę.

— Chcę znaleźć antymaterię i chcę się dowiedzieć, kto zabił mojego ojca. — Czekała na jego odpowiedź.

Kohler westchnął.

— Vittorio, my już wiemy, kto zabił twojego ojca. Bardzo mi przykro.

Teraz się odwróciła.

— Co takiego?

— Nie wiedziałem, jak ci to powiedzieć. To dość skomplikowana...

— Wiecie, kto zabił ojca?

— W pewnym sensie wiemy. Zabójca zostawił coś w rodzaju wizytówki. Dlatego właśnie sprowadziłem tu pana Langdona. Specjalizuje się on w badaniach grupy, która przyznaje się do tego czynu.

— Grupa? Organizacja terrorystyczna?

— Vittorio, przecież ukradli ćwierć grama antymaterii.

Dziewczyna przyjrzała się Langdonowi stojącemu po drugiej stronie sali. Wszystko zaczynało powoli do siebie pasować. To wyjaśnia w pewnej mierze te tajemnice. Ciekawe, że wcześniej o tym nie pomyślała. Czyli jednak Kohler wezwał odpowiednie władze. Teraz wydawało się to oczywiste. Robert Langdon był Amerykaninem — schludnym, konserwatywnym i wyraźnie bardzo bystrym. Kim innym mógłby być? Powinna była się domyślić od początku. Obracając się ku niemu, poczuła nowy przypływ nadziei.

— Panie Langdon, chcę się dowiedzieć, kto zabił mojego ojca. Chcę też wiedzieć, czy pańska agencja potrafi odnaleźć antymaterię.

— Moja agencja? — odparł wzburzonym tonem.

— Zakładam, że jest pan z amerykańskiej agencji wywiadowczej.

— Prawdę mówiąc... nie.

Kohler uznał, że pora się wtrącić.

— Pan Langdon jest profesorem historii sztuki na Uniwersytecie Harvarda.

Vittoria poczuła się, jakby ją oblano kublem lodowatej wody.

— Wykładowca historii sztuki?

— Jest specjalistą w zakresie symboliki religijnej — westchnął Kohler. — Vittorio, uważamy, że twojego ojca zabiła sekta satanistyczna.

Wprawdzie jego słowa docierały do niej, ale nie potrafiła ich zrozumieć. Sekta satanistyczna.

— Grupa, która przyznała się do tego zabójstwa, nazywa siebie iluminatami.

Przez chwilę przenosiła wzrok z jednego na drugiego, zastanawiając się, czy to ma być jakiś niezdrowy żart.

— Iluminaci? Tak jak bawarscy iluminaci?

Kohler był zaskoczony.

— Słyszałaś o nich?

Vittoria czuła, że łzy rozczarowania gromadzą jej się tuż pod powiekami.

— Bawarscy iluminaci: Nowy Porządek Świata. Gra komputerowa Steve'a Jacksona. Połowa tutejszych techników gra w nią przez Internet. — Głos jej się załamał. — Ale nie rozumiem...

Kohler rzucił Langdonowi niepewne spojrzenie.

Ten skinął głową.

— Zgadza się. Popularna gra. Starożytne bractwo przejmuje władzę nad światem. Na poły historyczna. Nie wiedziałem, że jest znana również w Europie.

Vittoria nie posiadała się ze zdumienia.

— O czym wy mówicie? Iluminaci? To gra komputerowa!

— Vittorio — przerwał jej Kohler — iluminaci to grupa, która twierdzi, że jest odpowiedzialna za śmierć twojego ojca.

Musiała zebrać resztki sił, żeby powstrzymać się od płaczu. Próbowała się zmusić do zachowania spokoju i logicznej oceny sytuacji. Jednak im bardziej się skupiała na tym, co jej mówiono, tym mniej rozumiała. Jej ojciec został zamordowany. Zawiódł system bezpieczeństwa CERN-u. Gdzieś na świecie znajdowała się bomba odliczająca czas do wybuchu, za którą ona ponosiła odpowiedzialność. A dyrektor sprowadził nauczyciela historii sztuki, żeby im pomógł odnaleźć mityczne bractwo satanistów.

Poczuła nagle, że jest zupełnie sama. Odwróciła się, żeby odejść, ale Kohler odciął jej drogę. Sięgnął po coś do kieszeni i wyciągnął zmiętą kartkę papieru, którą jej wręczył.

Kiedy jej wzrok padł na znajdujące się tam zdjęcie, zachwiała się z przerażenia.

— Naznaczyli go — odezwał się Kohler. — Wypalili mu na piersi swój znak.

Rozdział 28

Sekretarka Sylvie Baudeloque była już w stanie paniki. Spacerowała nerwowym krokiem przed drzwiami pustego gabinetu dyrektora. Gdzie on, u diabła, jest? Co mam zrobić? To naprawdę dziwaczny dzień. Oczywiście, pracując dla Maximiliana Kohlera, zawsze należało liczyć się z tym, że zdarzy się coś niezwykłego, ale dziś szef przeszedł samego siebie.

— Znajdź mi Leonarda Vetrę! — zażądał, gdy Sylvie zjawiła się rano w pracy.

Posłusznie poszła zatelefonować, potem zadzwoniła na pager, a w końcu wysłała mu wezwanie pocztą elektroniczną.

I nic.

Wówczas Kohler wyjechał zirytowany z gabinetu, zapewne, żeby samemu go poszukać. Kiedy wrócił kilka godzin później, zdecydowanie nie wyglądał najlepiej. Co prawda, nigdy nie wyglądał dobrze, ale dziś jeszcze gorzej niż zazwyczaj. Zamknął się w gabinecie i słyszała, że gdzieś telefonuje, rozmawia, wysyła faks. Potem znów wyjechał i od tej pory go nie widziała.

Postanowiła to zignorować, jako kolejny przykład jego dziwacznych zachowań, ale kiedy nie wrócił w porze zastrzyków, zaczęła się niepokoić. Zdrowie dyrektora było w tak złym stanie, że musiał regularnie brać leki, a ilekroć zlekceważył tę konieczność, skutki były opłakane — zaburzenia oddychania, ataki kaszlu — i powodowały zaniepokojenie personelu szpitalnego. Czasem Sylvie myślała sobie, że Maximilian Kohler chyba pragnie śmierci.

Zastanawiała się, czy nie zadzwonić na jego pager, aby mu przypomnieć o zastrzykach, ale już się przekonała, że litość jest ciosem dla jego dumy. Kiedy w ubiegłym tygodniu pewien będący z wizytą w ośrodku naukowiec okazywał mu przesadne współczucie, dyrektor tak się zdenerwował, że zdołał jakoś podnieść się na nogi i uderzył go w głowę podkładką do notesu. Król Kohler potrafił się wykazać zadziwiającą zwinnością, gdy był *pisé*.

Jednak w tej chwili troska Sylvie o zdrowie dyrektora ustąpiła przed znacznie bardziej palącym problemem. Kilka minut temu połączył się z nią operator z centrali telefonicznej CERN-u, który z wielkim wzburzeniem oznajmił, że ma pilną rozmowę do dyrektora.

— Nie ma go — odparła.

Wówczas powiedział jej, kto dzwoni.

— Żartujesz sobie, prawda? — roześmiała się. Jednak kiedy go słuchała, jej twarz nabierała wyrazu niedowierzania. — A identyfikacja osoby telefonującej potwierdza... — Zmarszczyła brwi. — Rozumiem. W porządku. Czy mógłbyś spytać... — Westchnęła. — Nie. W porządku. Poproś, żeby się nie rozłączał. Zaraz ustalę, gdzie jest dyrektor. Tak, rozumiem. Pospieszę się.

Niestety, nigdzie nie udało jej się odnaleźć Kohlera. Trzykrotnie telefonowała na jego komórkę i za każdym razem słyszała: „Abonent, z którym chcesz się połączyć, znajduje się poza zasięgiem". Poza zasięgiem? Jak bardzo mógł się oddalić? Zadzwoniła zatem na pager. Próbowała dwukrotnie, ale nie było odpowiedzi. To zupełnie do niego niepodobne. Nawet wysłała wiadomość elektroniczną na jego przenośny komputer. Też nic. Zupełnie jakby się zapadł pod ziemię.

Co w takim razie mam zrobić? zastanawiała się teraz.

Poza osobistym przeszukaniem całego ośrodka pozostawał jej tylko jeden sposób zwrócenia uwagi dyrektora. Nie będzie z tego zadowolony, ale dzwoniący nie był osobą, której dyrektor powinien kazać na siebie czekać. Nie był też chyba w odpowiednim nastroju do tego, by usłyszeć, że Kohlera nie można znaleźć.

W końcu podjęła decyzję, choć sama była zaskoczona własną śmiałością. Weszła do gabinetu szefa i podeszła do metalowej skrzynki na ścianie za jego biurkiem. Otworzyła pokrywę, przyjrzała się przyciskom i odszukała właściwy.

Potem odetchnęła głęboko i chwyciła za mikrofon.

Rozdział 29

Vittoria nawet nie pamiętała, jak dotarli do głównej windy, ale teraz byli już w środku i jechali w górę. Kohler znajdował się za jej plecami i bardzo ciężko oddychał. Zmartwione spojrzenie Langdona przesuwało się po niej jak duch. Zdążył już wyjąć jej z ręki faks i schować go do kieszeni własnej marynarki, tak żeby go nie widziała, ale ten obraz na zawsze wrył jej się w pamięć. Kiedy winda się wznosiła, miała wrażenie, że pogrąża się w czarnym wirze. Tato! W myślach wyciągała do niego rękę. Przez chwilę, w oazie swych wspomnień, była znowu razem z nim. Miała dziewięć lat i staczała się ze wzgórza porośniętego szarotkami, a nad jej głową wirowało szwajcarskie słońce.

Tato! Tato!

Leonardo Vetra, rozpromieniony, śmiał się gdzieś za jej plecami.

— O co chodzi, aniołku?

— Tato! — chichotała, ciaśniej przytulając się do niego. — Zapytaj mnie, co jest materią.

— Kotku, a czy ty w ogóle wiesz, co to jest materia?

— Po prostu mnie zapytaj!

Wzruszył ramionami.

— Co to jest materia?

— Wszystko jest materią! — wykrzyknęła triumfalnie. — Skały! Drzewa! Atomy! Nawet mrówkojady! Wszystko jest materią!

Roześmiał się.

— Mój mały Einstein.

Zmarszczyła brwi.

— Ma głupie włosy. Widziałam jego zdjęcie.

— Ale za to mądrą głowę. Mówiłem ci, co udowodnił, prawda?

Jej oczy rozszerzyły się w żartobliwym przerażeniu.

— Tato! Nie! Obiecałeś!

— E równa się em ce kwadrat! — Połaskotał ją. — E równa się em ce kwadrat!

— Żadnej matematyki! Mówiłam ci, że jej nienawidzę!

— Całe szczęście, że jej nie znosisz, gdyż dziewczynkom nawet nie wolno zajmować się matematyką.

Vittoria znieruchomiała.

— Nie?

— Oczywiście, że nie. Wszyscy o tym wiedzą. Dziewczynki bawią się lalkami, a chłopcy zajmują się matematyką. Żadnej matematyki dla dziewczynek. W zasadzie nawet nie wolno mi rozmawiać z małymi dziewczynkami o matematyce.

— Co? Ale to niesprawiedliwe!

— Zasady są zasadami. Absolutnie żadnej matematyki dla małych dziewczynek.

Twarz Vittorii przybrała przerażony wyraz.

— Ale lalki są nudne!

— Przykro mi — odparł. — Mógłbym ci opowiedzieć o matematyce, ale gdyby mnie przyłapali... — Rozejrzał się nerwowo po okolicznych pustych wzgórzach.

Vittoria podążyła wzrokiem za jego spojrzeniem.

— W porządku — szepnęła — to powiedz mi cichutko.

Szarpnięcie windy wyrwało ją gwałtownie z zamyślenia. Otworzyła oczy. Ojciec zniknął.

Znowu dopadła ją rzeczywistość, ściskając serce lodowatą obręczą. Spojrzała na Langdona. Szczera troska w jego oczach nasunęła jej na myśl skojarzenie z aniołem stróżem, szczególnie w porównaniu z chłodem roztaczanym przez Kohlera.

Jednak po chwili już tylko jedna myśl nieubłaganie kołatała jej w głowie z niesłabnącą siłą.

Gdzie jest antymateria?

Za chwilę miała poznać przerażającą odpowiedź.

Rozdział 30

„Maximilian Kohler jest uprzejmie proszony o natychmiastowy kontakt ze swoim biurem".

Jaskrawe słońce oślepiło Langdona, gdy drzwi windy rozsunęły się w głównym atrium. Zanim przebrzmiało echo rozlegającego się z głośników komunikatu, odezwały się wszystkie urządzenia zamontowane na wózku inwalidzkim Kohlera. Pager, telefon i skrzynka odbiorcza poczty elektronicznej sygnalizowały, że mają dla niego wiadomości. Kohler popatrzył oszołomiony na migające światełka.

„Dyrektorze Kohler. Proszę zadzwonić do swojego biura".

Dźwięk własnego nazwiska dobiegający z głośnika najwyraźniej zaskoczył Kohlera.

Popatrzył w górę ze złością, która jednak niemal natychmiast przerodziła się w niepokój. Zarówno Langdon, jak i Vittoria przechwycili jego spojrzenie. Cała trójka znieruchomiała na chwilę i w tym momencie panujące między nimi napięcie jakby zostało wymazane i zastąpione przez jednoczące ich przeczucie katastrofy.

Kohler wyjął telefon komórkowy z uchwytu. Wybrał numer i zwalczył kolejny atak kaszlu. Vittoria i Langdon czekali.

— Mówi... dyrektor Kohler — odezwał się świszczącym głosem. — Tak? Byłem pod ziemią, poza zasięgiem. — Przez chwilę słuchał i widzieli, jak rozszerzają mu się oczy. — Kto? Tak, przełącz. — Chwila ciszy. — Halo? Mówi Maximilian Kohler, dyrektor CERN-u. Z kim rozmawiam?

Vittoria i Langdon obserwowali go w milczeniu, gdy słuchał rozmówcy.

— Nie powinniśmy rozmawiać o tym przez telefon — powiedział w końcu. — Natychmiast tam przyjeżdżam. — Znowu zaczął kaszleć. — Proszę na mnie czekać... na lotnisku Leonarda da Vinci. Za czterdzieści minut. — Z trudem łapał oddech i po chwili dopadł go kolejny atak kaszlu, tak że ledwie udało mu się wykrztusić dalsze słowa: — Proszę natychmiast ustalić, gdzie jest pojemnik... już jadę. — Wyłączył telefon.

Vittoria podbiegła do niego, ale nie mógł już mówić. Szybko wyciągnęła swój telefon i wybrała numer znajdującego się na terenie ośrodka szpitala. Langdon czuł się jak statek płynący na skraju sztormu, miotany falą, ale na marginesie wydarzeń.

„Proszę na mnie czekać... na lotnisku Leonarda da Vinci", kołatały mu w głowie słowa Kohlera.

Niewyraźne cienie, które przez cały ranek dręczyły jego umysł, w jednej chwili przerodziły się w ostry obraz. Kiedy stał kompletnie zagubiony, poczuł nagle, jak coś się przed nim otwiera... zupełnie jakby właśnie została przełamana jakaś mistyczna bariera. Ambigram. Zamordowany ksiądz naukowiec. Antymateria. A teraz... cel. Lotnisko Leonarda da Vinci mogło oznaczać tylko jedno. W chwili olśnienia Langdon zrozumiał, że właśnie przekroczył pewien próg. Uwierzył.

Pięć kiloton. Niechaj się stanie światłość.

Przez hol biegli ku nim dwaj sanitariusze w białych fartuchach. Uklękli przy Kohlerze i nałożyli mu na twarz maskę tlenową. Przechodzący przez atrium naukowcy zatrzymywali się i stali w pewnej odległości.

Kohler wykonał dwa głębokie wdechy, odsunął maskę i nadal ciężko oddychając, poszukał wzrokiem Langdona i Vittorii.

— Rzym — powiedział.

— Rzym? — dopytywała się Vittoria. — Antymateria jest w Rzymie? Kto dzwonił?

Kohler miał wykrzywioną twarz i załzawione oczy.

— Szwajcarska... — Zakrztusił się, a sanitariusze ponownie przyłożyli mu maskę do twarzy. Kiedy już mieli go zabierać, Kohler wyciągnął rękę i ścisnął Langdona za ramię.

Ten skinął głową. Wiedział, o co mu chodzi.

— Jedźcie... — dobiegł go jeszcze świszczący głos spod maski. — Jedźcie... zadzwońcie... — W tym momencie sanitariusze ruszyli.

Vittoria stała jak przymurowana do podłogi, patrząc w ślad za wózkiem. Potem odwróciła się do Langdona.

— Do Rzymu? Ale... o co chodziło z tą Szwajcarią?

Langdon położył jej dłoń na ramieniu i wyszeptał:

— Szwajcarska gwardia papieska. Armia watykańska.

Rozdział 31

Samolot kosmiczny X33 wystartował z rykiem silników i skręcił na południe w kierunku Rzymu. Znajdujący się na jego pokładzie Langdon siedział w milczeniu. Prawie nic nie pamiętał z wcześniejszych piętnastu minut. Teraz, kiedy skończył opowiadać Vittorii o iluminatach oraz ich przysiędze skierowanej przeciwko Watykanowi, zaczęła do niego docierać powaga sytuacji, w jakiej się znalazł.

Co ja, u diabła, robię? Trzeba było wracać do domu, gdy miałem jeszcze szansę. Jednak w głębi ducha dobrze wiedział, że nigdy nie miał takiej szansy.

Rozwaga podpowiadała mu, wręcz krzyczała, żeby natychmiast wracał do Bostonu. Niemniej zaskoczenie, które przeżywał jako naukowiec, skłaniało go do postępowania wbrew rozsądkowi. Cała jego dotychczasowa wiedza, na której opierał przekonanie, że iluminaci już dawno przestali istnieć, zaczynała wyglądać jak doskonały kamuflaż. Jakaś część jego umysłu domagała się dowodów. Potwierdzenia. Poza tym była jeszcze kwestia sumienia. Skoro Kohler był w takim złym stanie, nie mógł pozostawić Vittorii samej sobie. A jeśli jego wiedza o bractwie mogła jej pomóc, miał moralny obowiązek jechać razem z nią.

Jednak chodziło o coś jeszcze. Wprawdzie wstyd mu było się do tego przyznać, ale kiedy dowiedział się o miejscu przechowywania antymaterii, przerażenie, które go w pierwszej chwili ogarnęło, dotyczyło nie tylko losu ludzi w Watykanie, ale również czegoś więcej.

Sztuki.

Największa na świecie kolekcja dzieł sztuki spoczywała obecnie na bombie zegarowej. W Muzeach Watykańskich znajdowało się sześćdziesiąt tysięcy bezcennych eksponatów w tysiąc czterystu siedmiu salach — Michał Anioł, Leonardo da Vinci, Botticelli. Zastanawiał się nawet przez chwilę, czy w razie konieczności jest możliwe ewakuowanie tych dzieł. Wiedział jednak, że te rozważania są bez sensu. Wiele z nich to rzeźby ważące po kilka ton.

Nie mówiąc już o tym, że wśród największych skarbów są również perły architektury — Kaplica Sykstyńska, Bazylika Świętego Piotra, słynne spiralne schody Michała Anioła prowadzące do *Musei Vaticani* — bezcenne testamenty ludzkiego twórczego geniuszu. Langdon był ciekaw, ile czasu pozostało do wybuchu pojemnika.

— Dziękuję, że pan ze mną jedzie — odezwała się cichym głosem Vittoria.

Podniósł wzrok, wyrwany z zamyślenia. Siedziała po drugiej stronie przejścia między siedzeniami. Nawet w ostrym świetle lamp fluorescencyjnych emanowała opanowaniem, niemal magnetyczną integralnością. Jej oddech stał się teraz głębszy, jakby obudził się w niej instynkt samoobrony... pragnienie sprawiedliwości i ukarania winnych, podsycane miłością córki do ojca.

Vittoria nie miała nawet czasu się przebrać i była tylko w szortach i bluzce bez rękawów. W chłodnym wnętrzu kabiny jej śniade nogi pokryły się gęsią skórką. Na ten widok Langdon odruchowo zdjął marynarkę i zaproponował, żeby ją włożyła.

— Amerykańska rycerskość? — zażartowała, oczami wyrażając podziękowanie.

Samolotem nagle zakołysało, gdy wpadł w turbulencję, a Langdon poczuł ukłucie lęku. Pozbawiona okien kabina wydała mu się okropnie ciasna, więc próbował sobie wyobrazić, że znajduje się na otwartej przestrzeni. Po chwili uświadomił sobie kryjącą się w tej metodzie ironię. Przecież był na otwartej przestrzeni, kiedy to się zdarzyło. Przytłaczająca ciemność. Starał się wyrzucić to wspomnienie z myśli. Stara historia.

Vittoria przez cały czas go obserwowała i w końcu spytała:

— Czy wierzy pan w Boga, panie Langdon?

To pytanie go zaskoczyło. Powaga w jej głosie była nawet bardziej rozbrajająca niż sama treść pytania. Czy wierzę w Boga? Liczył na jakieś lżejsze tematy w czasie tej podróży.

Duchowy paradoks. Tak mówią o mnie przyjaciele. Chociaż od lat zajmował się badaniami religii, nie był człowiekiem religijnym. Czuł szacunek wobec mocy wiary, dobroczynności kościołów i siły, jaką religia dawała tak wielu ludziom... jednak konieczność odłożenia na bok intelektualnych wątpliwości, co musiałby zrobić,

123

jeśli prawdziwie zamierzał „wierzyć", okazywała się zawsze zbyt wielką przeszkodą dla jego akademickiego umysłu.

— Chciałbym wierzyć — usłyszał własny głos.

— To dlaczego pan nie wierzy? — W głosie Vittorii nie było osądu ani prowokacji.

Zaśmiał się krótko.

— No, cóż, to nie takie proste. Żeby posiadać wiarę, trzeba wierzyć w rzeczy niemożliwe do sprawdzenia, zaakceptować istnienie cudów, niepokalanego poczęcia i boskiej interwencji. Poza tym są jeszcze kodeksy postępowania. Czy weźmiemy pod uwagę Biblię, Koran czy Torę... wszędzie znajdziemy podobne wymagania i podobne kary. Według nich, kto nie żyje zgodnie z odpowiednimi zasadami, pójdzie do piekła. Nie potrafię wyobrazić sobie Boga, który by w taki sposób rządził.

— Przypuszczam, że nie pozwala pan swoim studentom tak bezwstydnie uchylać się od odpowiedzi na pytania.

Jej uwaga całkowicie go zaskoczyła.

— Słucham?

— Panie Langdon, nie pytałam pana, czy wierzy pan w to, co ludzie mówią o Bogu. Pytałam, czy wierzy pan w Boga. To jest różnica. Pismo Święte to opowieści... legendy i fakty historyczne opisujące ludzkie dążenie do zrozumienia własnej potrzeby nadania życiu znaczenia. Nie proszę pana o wyrażenie opinii na temat literatury, tylko pytam, czy wierzy pan w Boga. Kiedy leży pan pod niebem usianym gwiazdami, czy ma pan poczucie świętości, czy czuje pan w głębi serca, że patrzy pan na dzieło Boga?

Langdon zastanawiał się przez dłuższą chwilę.

— Jestem zbyt wścibska — przeprosiła go.

— Nie, ja tylko...

— Z pewnością dyskutuje pan o kwestiach wiary ze swoimi studentami.

— Nieustannie.

— I zapewne odgrywa pan rolę adwokata diabła, podsycając dyskusję.

Langdon nie mógł powstrzymać uśmiechu.

— Pani też musi być nauczycielką.

— Nie, ale uczyłam się od mistrza. Mój ojciec potrafiłby kłócić się nawet o to, że wstęga Möbiusa ma dwie strony.

Roześmiał się, przypominając sobie skręconą papierową obręcz, która teoretycznie ma tylko jedną stronę. Po raz pierwszy widział taki jednostronny kształt w dziele M. C. Eschera.

— Czy mogę panią o coś spytać, panno Vetra?

— Proszę mówić do mnie: Vittorio. Kiedy słyszę „panno Vetra", czuję się bardzo stara.

Langdon westchnął w duchu, zdając sobie nagle sprawę z własnego wieku.

— Dobrze, Vittorio. Ja mam na imię Robert.

— Miałeś pytanie.

— Tak. A co ty sądzisz o religii jako naukowiec i córka katolickiego księdza?

Zastanowiła się przez chwilę, odsuwając kosmyk włosów z oczu.

— Religia przypomina język lub ubiór. Pociągają nas zazwyczaj te praktyki, w których byliśmy wychowywani. W końcu jednak wszyscy dochodzimy do tego samego. Mianowicie, że życie ma sens i że jesteśmy wdzięczni za istnienie siły, która nas stworzyła.

Langdona zainteresowało jej podejście.

— Zatem twierdzisz, że to, czy jesteśmy chrześcijanami, czy muzułmanami, zależy po prostu od tego, gdzie się urodziliśmy?

— Przecież to oczywiste. Wystarczy się przyjrzeć rozproszeniu religii na świecie.

— Zatem wiara jest sprawą przypadku?

— Nie. Wiara jest uniwersalna. Tylko nasze konkretne metody jej rozumienia są arbitralne. Niektórzy z nas modlą się do Jezusa, inni pielgrzymują do Mekki, a jeszcze inni badają cząstki subatomowe. W sumie jednak wszyscy szukamy prawdy, czegoś potężniejszego od nas samych.

Langdon pomyślał, że chciałby, aby jego studenci potrafili tak jasno wyrażać swoje myśli. Do licha, sam też chciałby to umieć.

— A Bóg? — zapytał. — Czy wierzysz w Boga?

Vittoria milczała przez dłuższą chwilę.

— Nauka mówi mi, że Bóg musi istnieć. Mój umysł twierdzi, że nigdy Go nie zrozumiem. A serce mi podpowiada, że wcale nie powinnam.

Trudno to nazwać zwięzłą odpowiedzią, pomyślał. A głośno spytał:

— Zatem uważasz istnienie Boga za fakt, ale jednocześnie sądzisz, że nigdy Go nie zrozumiemy.

— Jej — poprawiła go z uśmiechem. — Wasi rdzenni Amerykanie mają rację.

Zaśmiał się.

— Matka Ziemia.

— Gaja. Nasza planeta jest organizmem, a my wszyscy komórkami o różnych zadaniach. Jednak wszyscy jesteśmy spleceni ze sobą, służymy sobie nawzajem i służymy całości.

Kiedy na nią patrzył, poczuł, że budzi się w nim uczucie, którego już dawno nie doświadczył. Jej oczy były tak czarująco przejrzyste... a głos taki czysty. Wydała mu się bardzo pociągająca.

— Panie Langdon, chciałabym zadać panu jeszcze jedno pytanie.

— Robercie — poprawił ją. — „Pan Langdon" sprawia, że czuję się staro. Jestem stary!

— Jeśli mogę spytać, Robercie, jak to się stało, że zainteresowałeś się iluminatami?

Zastanowił się przez chwilę.

— Prawdę mówiąc, z powodu pieniędzy.

Na twarzy Vittorii pojawił się wyraz rozczarowania.

— Pieniędzy? To znaczy za konsultacje?

Roześmiał się, gdy sobie uświadomił, jak można było odczytać jego słowa.

— Nie. Pieniędzy jako waluty. — Sięgnął do kieszeni spodni i wyciągnął jednodolarowy banknot. — Zainteresowałem się tym bractwem, kiedy dowiedziałem się, że na walucie amerykańskiej znajdują się ich symbole.

Vittoria zmrużyła oczy, najwyraźniej zastanawiając się, czy sobie z niej nie żartuje.

Wręczył jej banknot.

— Spójrz na rewers. Widzisz Wielką Pieczęć po lewej stronie?

Odwróciła banknot.

— Masz na myśli piramidę?

— Tak. Czy wiesz, co wspólnego ma piramida z historią Stanów Zjednoczonych?

Zamiast odpowiedzi wzruszyła ramionami.

— Właśnie. Absolutnie nic.

— Zatem dlaczego stanowi centralny symbol waszej pieczęci państwowej?

— To właśnie zagadka historii — odparł Langdon. — Piramida jest symbolem okultystycznym, przedstawiającym dążenie w górę, w kierunku źródła najwyższego oświecenia. Widzisz, co znajduje się nad nią?

Vittoria przyjrzała się uważnie banknotowi.

— Oko w trójkącie.

— To się nazywa Wszystkowidzące Oko. Miałaś okazję gdzieś jeszcze widzieć coś takiego?

Zastanawiała się przez chwilę.

— Tak, ale nie jestem pewna...

— Znajduje się w herbach wszystkich lóż masońskich na całym świecie.

126

— To symbol masoński?

— W gruncie rzeczy był to symbol iluminatów, którzy nazywali go „świecącą deltą". Było to wezwanie do oświeconej zmiany. Oko symbolizuje prezentowaną przez iluminatów zdolność obserwowania i infiltrowania wszystkiego, natomiast świecący trójkąt to symbol oświecenia. Ponadto trójkąt jest grecką literą „delta", oznaczającą w matematyce...

— Zmianę. Przejście.

Uśmiechnął się.

— Zapomniałem, że rozmawiam z naukowcem.

— Zatem chcesz powiedzieć, że Wielka Pieczęć Stanów Zjednoczonych jest wezwaniem do oświecenia, do obejmujących wszystko zmian?

— Niektórzy nazwaliby to Nowym Porządkiem Świata.

Zdumiona Vittoria ponownie przyjrzała się banknotowi.

— Pod piramidą jest napis *Novus... Ordo...*

— *Novus Ordo Seculorum* — powiedział Langdon. — Nowy Porządek Sekularny.

— Sekularny w sensie niereligijny?

— Tak. Ten zwrot nie tylko wyraźnie przedstawia cele iluminatów, lecz również bezczelnie zaprzecza znajdującemu się pod nim napisowi „W Bogu pokładamy nadzieję".

— Ale jakim cudem wszystkie te symbole znalazły się na najważniejszej walucie świata?

— Większość naukowców sądzi, że za sprawą wiceprezydenta Henry'ego Wallace'a. Był wysokiej rangi masonem i niewątpliwie miał powiązania z iluminatami, choć nikt nie wie, czy był jednym z nich, czy tylko uległ ich wpływom. W każdym razie przekonał prezydenta do tego projektu Wielkiej Pieczęci.

— Jak? Dlaczego prezydent miałby się zgodzić...

— Prezydentem był wówczas Franklin Delano Roosevelt. Wallace powiedział mu po prostu, że *Novus Ordo Seculorum* oznacza Nowy Ład.

Jednak Vittoria podeszła do tego sceptycznie.

— A przy Roosevelcie nie było nikogo, kto przeanalizowałby te symbole przed zatwierdzeniem pieczęci?

— Nie było takiej potrzeby. On i Wallace byli jak bracia.

— Bracia?

— Sprawdź w swoich książkach historycznych — uśmiechnął się Langdon. — Doskonale wiadomo, że Franklin Delano Roosevelt również był masonem.

Rozdział 32

Langdon wstrzymał oddech, gdy X33 skręcił ku lotnisku Leonarda da Vinci. Vittoria siedziała z zamkniętymi oczami, jakby starała się zapanować nad sytuacją. Samolot dotknął ziemi i zaczął kołować w kierunku prywatnego hangaru.

— Przepraszam, że lot był taki powolny — odezwał się pilot, który właśnie wyłonił się z kokpitu. — Nie mogłem jej rozpędzić ze względu na przepisy o dopuszczalnym poziomie hałasu nad terenami zamieszkanymi.

Langdon spojrzał na zegarek. Lecieli trzydzieści siedem minut.

Pilot odsunął zewnętrzne drzwi.

— Czy ktoś mi powie, co się dzieje?

Ani Vittoria, ani Langdon nie odpowiedzieli.

— W porządku — stwierdził, przeciągając się. — Zostanę w kokpicie z klimatyzacją i muzyką. Tylko ja i Garth.

Wyszli z hangaru prosto w blask popołudniowego słońca. Langdon nie wkładał marynarki, tylko narzucił ją sobie na ramiona, a Vittoria obróciła twarz ku niebu i oddychała głęboko, jakby promienie słońca przekazywały jej jakąś mistyczną, odnawiającą energię.

Langdon trochę jej zazdrościł, gdyż sam zdążył się już spocić.

— Nie jesteś trochę za stary na komiksy? — odezwała się dziewczyna, nie otwierając oczu.

— Słucham?

— Twój zegarek. Widziałam w samolocie.

Zarumienił się lekko. Przyzwyczaił się już, że musi bronić swojego zegarka. Był to prezent, który otrzymał w dzieciństwie od

128

rodziców, z limitowanej serii zegarków z Myszką Miki dla kolekcjonerów. Pomimo że Miki miała dziwacznie wygięte ramiona, które służyły jako wskazówki, był to jedyny zegarek, jaki kiedykolwiek nosił. Był wodoodporny i świecił w ciemności, a więc idealnie nadawał się do treningów w basenie i wieczornych przechadzek po kampusie. Kiedy studenci dokuczali mu na temat braku gustu, odpowiadał, że nosi ten zegarek jako codzienne przypomnienie, by zachować młodość w sercu.

— Jest szósta — oznajmił.

Vittoria skinęła głową, nadal nie otwierając oczu.

— Chyba po nas lecą.

Langdon usłyszał dobiegający z pewnej odległości świst i od razu poczuł ściskanie w żołądku. Od północy nadlatywał helikopter, przemykający nisko nad pasami startowymi. Dotychczas tylko raz leciał śmigłowcem, gdy w andyjskiej Palpa Valley chciał obejrzeć rysunki wykonane na skałach Nazca, i wcale mu się nie podobało to doświadczenie. Latające pudełko od butów. Po poranku spędzonym w kosmicznym samolocie miał nadzieję, że Watykan przyśle po nich samochód.

Najwyraźniej nie.

Helikopter zwolnił nad ich głowami, na chwilę zawisł nieruchomo, po czym opadł na pas startowy przed nimi. Był pomalowany na biało, a na bocznej ścianie znajdował się herb przedstawiający dwa klucze i tiarę. Znał go dobrze, gdyż była to oficjalna pieczęć Watykanu — święty symbol Stolicy Apostolskiej i „świętej siedziby" rządu.

— Święty helikopter — mruknął do siebie, obserwując, jak maszyna ląduje. Zapomniał, że Watykan ma coś takiego, gdyż papież lata tym na lotnisko, na spotkania i do swojej letniej rezydencji w Castel Gandolfo. Langdon z pewnością wolałby skorzystać z samochodu.

Pilot wyskoczył z kokpitu i ruszył w ich kierunku.

Na jego widok również Vittoria okazała zaniepokojenie.

— To ma być nasz pilot?

Langdon w pełni się z nią solidaryzował.

— Lecieć albo nie lecieć. Oto jest pytanie.

Pilot wyglądał jak przebrany do odegrania roli w szekspirowskim dramacie. Miał na sobie żakiet, bufiaste pantalony i getry wykonane z materiału w jaskrawe niebieskie i czerwono-żółte pasy. Jego buty przypominały czarne kapcie. Na dodatek głowę zdobił mu czarny filcowy beret.

— To tradycyjny mundur gwardzistów szwajcarskich — wyjaśnił Langdon. — Zaprojektowany przez samego Michała Anioła. — Kiedy pilot podszedł bliżej, dodał: — Przyznaję, że nie należy do jego najlepszych dzieł.

Jednak musieli przyznać, że jeśli pominąć krzykliwy strój, pilot prezentował się prawdziwie po wojskowemu. Szedł ku nim sztywnym, pełnym godności krokiem, wyróżniającym amerykańską piechotę morską. Langdon czytał też, jak rygorystyczne warunki trzeba spełnić, żeby się dostać do tej elitarnej jednostki. Chętni do służby w gwardii szwajcarskiej muszą się rekrutować z jednego z czterech katolickich szwajcarskich kantonów, być kawalerami między dziewiętnastym a trzydziestym rokiem życia, mieć co najmniej sto sześćdziesiąt osiem centymetrów wzrostu i przejść szkolenie w armii szwajcarskiej. Jest to jednostka, której zazdroszczą Watykanowi inne rządy; najbardziej oddane i nieubłagane siły bezpieczeństwa na świecie.

— Jesteście z CERN-u? — spytał gwardzista, gdy podszedł bliżej.

— Tak — odparł Langdon.

— Błyskawicznie przylecieliście — zauważył, rzucając zdziwione spojrzenie na ich samolot. Potem zwrócił się do Vittorii:

— Czy ma pani jakieś inne ubrania?

— Słucham?

Wskazał na jej nogi.

— W obrębie Watykanu nie wolno chodzić w szortach.

Langdon również spojrzał na jej nogi. Zupełnie o tym zapomniał. W Watykanie istniał ścisły zakaz pokazywania nóg powyżej kolan, dotyczący zarówno kobiet, jak i mężczyzn. Miał to być wyraz szacunku dla świętości tego miasta.

— To wszystko, co mam — odparła dziewczyna. — Wyjeżdżaliśmy w wielkim pośpiechu.

Gwardzista skinął głową, lecz wyraźnie było widać niezadowolenie na jego twarzy. Potem zwrócił się do Langdona:

— Czy ma pan przy sobie jakąś broń?

Broń? pomyślał Langdon. Nie mam przy sobie nawet bielizny na zmianę. Potrząsnął przecząco głową.

Mężczyzna przykucnął przy jego stopach i zaczął go systematycznie sprawdzać, zaczynając od skarpetek. Ufny facet, pomyślał Langdon. Silne ręce strażnika przesuwały się w górę po jego nogach, zbliżając się krępująco blisko do krocza. Potem nadeszła pora na klatkę piersiową i ramiona. Po upewnieniu się, że Langdon jest „czysty", gwardzista skierował wzrok na dziewczynę.

Vittoria rzuciła mu piorunujące spojrzenie.

— Niech pan się nie waży mnie dotknąć.

Teraz z kolei strażnik obrzucił ją wzrokiem, który miał ją zastraszyć, ale ona nawet nie mrugnęła.

— Co to jest? — spytał, wskazując wybrzuszenie w kieszeni jej szortów.

Sięgnęła do kieszeni i wręczyła mu płaski telefon komórkowy. Wziął go, włączył, poczekał, czy odezwie się sygnał, a upewniwszy się, że to rzeczywiście telefon, oddał jej go z powrotem. Vittoria wsunęła go ponownie do kieszeni.

— Proszę się obrócić — polecił.

Wykonała polecenie, rozkładając ręce na boki i wykonując pełen obrót pod bacznym spojrzeniem strażnika. Langdon sam zdążył zaobserwować, że dopasowane szorty i bluzka dziewczyny nie wybrzuszają się nigdzie, gdzie nie powinny. Najwyraźniej strażnik doszedł do tego samego wniosku.

— Dziękuję. Proszę za mną.

Wirnik helikoptera był przez cały czas włączony. Kiedy podeszli, Vittoria pierwsza wsiadła do kabiny, nawet specjalnie się nie schylając, gdy przechodziła pod wirującymi śmigłami. Langdon zatrzymał się na chwilę.

— Żadnych szans na samochód? — zwrócił się na poły żartobliwie do gwardzisty, który właśnie się sadowił w fotelu pilota.

Nie doczekał się odpowiedzi.

Zdawał sobie sprawę, że biorąc pod uwagę styl jazdy rzymskich kierowców, helikopter jest zapewne bezpieczniejszy. Wziął zatem głęboki oddech i, ostrożnie schylając się, wsiadł do maszyny.

Zanim wystartowali, Vittoria zawołała do pilota:

— Czy udało wam się odnaleźć pojemnik?

Mężczyzna spojrzał na nią przez ramię z zaskoczeniem na twarzy.

— Co takiego?

— Pojemnik. Przecież dzwoniliście do CERN-u w sprawie naszego pojemnika?

Strażnik wzruszył ramionami.

— Nie mam pojęcia, o czym pani mówi. Jesteśmy dziś bardzo zajęci. Komendant polecił mi was przywieźć. Nic więcej nie wiem.

Vittoria i Langdon wymienili zaniepokojone spojrzenia.

— Proszę zapiąć pasy — polecił pilot, gdy silnik zwiększył obroty.

Langdon zrobił, co mu kazano, ale miał wrażenie, że niewielka kabina jeszcze bardziej się kurczy. Potem maszyna z rykiem poderwała się w górę i skręciła ostro na północ, w kierunku Rzymu.

Rzym... *caput mundi*, gdzie niegdyś rządził Juliusz Cezar, gdzie ukrzyżowano świętego Piotra. Kolebka współczesnej cywilizacji. A w samym jej środku... tykająca bomba.

Rozdział 33

Z powietrza Rzym wyglądał jak ogromny labirynt starożytnych ulic wijących się wokół budynków, fontann i rozsypujących się ruin.

Helikopter leciał nisko, przedzierając się na północny zachód przez gęstą warstwę smogu produkowanego przez leżące pod nimi, zatłoczone miasto. Langdon przyglądał się motorowerom, autokarom i zastępom miniaturowych fiatów, okrążającym ronda i rozjeżdżającym się we wszystkich kierunkach. *Koyaanisqatsi*, pomyślał, przypominając sobie określenie Indian Hopi na „życie pozbawione równowagi".

Vittoria siedziała w milczeniu na fotelu przed nim.

Śmigłowiec ostro się przechylił.

Langdon poczuł, jak żołądek podchodzi mu do gardła, i czym prędzej spojrzał dalej przed siebie. Jego wzrok natknął się na ruiny rzymskiego Koloseum. Nieraz myślał sobie, że to doskonały przykład ironii dziejów. Obecnie traktowane jest jako symbol rozwoju ludzkiej kultury i cywilizacji, a przecież zbudowano je jako stadion, na którym odbywały się setki barbarzyńskich rozrywek. Głodne lwy rozrywały na strzępy jeńców, zastępy niewolników walczyły ze sobą aż do śmierci, dokonywano zbiorowych gwałtów na kobietach przywożonych z odległych egzotycznych krajów, a także publicznych egzekucji i kastracji. Zabawne, że właśnie Koloseum posłużyło jako wzorzec harwardzkiego Soldier Field — boiska do gry w futbol. A może właśnie był to idealny wybór, gdyż na tym boisku każdej jesieni odżywają starożytne barbarzyńskie tradycje — tłumy kibiców domagają się rozlewu krwi, gdy Harvard pokonuje Yale.

Kiedy helikopter skręcił na północ, Langdon przyjrzał się Forum

Romanum — sercu przedchrześcijańskiego Rzymu. Niszczejące kolumny wyglądały jak poprzewracane nagrobki na cmentarzu, którego jakimś cudem nie wchłonęła otaczająca metropolia. Na zachodzie płynął Tyber opasujący miasto ogromnym łukiem. Nawet z tej wysokości widać było, że rzeka jest bardzo głęboka. Rwący nurt miał brązowy kolor i niósł ze sobą pianę i szlam po ostatnich ulewnych deszczach.

— Teraz już prosto — oznajmił pilot, wznosząc wyżej maszynę. Vittoria i Langdon wyjrzeli przez okno i wówczas ją dostrzegli. Z mgły wynurzała się ogromna kopuła Bazyliki Świętego Piotra.

— Trzeba przyznać, że to się Michałowi Aniołowi udało — zauważył Langdon.

Nigdy wcześniej nie widział bazyliki z lotu ptaka. Marmurowa fasada płonęła ogniem w popołudniowym słońcu. Ozdobiona stu czterdziestoma posągami świętych, męczenników i aniołów, budowla zajmowała obszar szerokości dwóch boisk futbolowych i długości aż sześciu. Ogromne wnętrze świątyni mogło pomieścić jednocześnie sześćdziesiąt tysięcy wiernych, czyli ponad sto razy więcej, niż liczyła ludność Watykanu, najmniejszego państwa na świecie.

A jednak, co niesamowite, nawet budynek tej wielkości nie przytłaczał rozciągającego się przed nim placu. Wyłożony granitem plac Świętego Piotra zadziwiał ilością otwartej przestrzeni w tak ciasno zabudowanym mieście jak Rzym. Ogromny owalny plac ograniczały dwieście osiemdziesiąt cztery kolumny ustawione w formie czterech koncentrycznych łuków, odchodzących od głównego wejścia do bazyliki... architektoniczna *trompel'oiel*, zastosowana, by zwiększyć wrażenie wspaniałości placu.

Wpatrując się w majestatyczną świątynię, zastanawiał się, co pomyślałby o niej święty Piotr, gdyby mógł ją zobaczyć. Poniósł makabryczną śmierć, powieszony na krzyżu do góry nogami w tym właśnie miejscu. Teraz spoczywał w najświętszym z grobowców, pochowany pięć pięter pod ziemią, bezpośrednio poniżej kopuły bazyliki.

— Watykan — oznajmił pilot, nie siląc się na grzeczny ton.

Langdon spojrzał na piętrzące się przed nim kamienne bastiony — niemożliwe do pokonania fortyfikacje otaczające cały kompleks... zadziwiająco ziemska ochrona świata duchowej tajemnicy, władzy i sekretów.

— Spójrz — zawołała nagle Vittoria, chwytając go za ramię. Wymachiwała gwałtownie ręką w kierunku placu Świętego Piotra, znajdującego się bezpośrednio pod nimi. Langdon przysunął twarz do szyby i wyjrzał.

— O, tam — pokazała.

Tylna część placu wyglądała jak parking, zastawiona kilkunastoma furgonetkami. Z dachu każdego samochodu zwracała się ku niebu ogromna antena satelitarna. Na talerzach anten widniały znajome nazwy:

TELEVISOR EUROPEA
VIDEO ITALIA
BBC
UNITED PRESS INTERNATIONAL

Nie bardzo wiedział, co o tym myśleć. Czyżby wieść o antymaterii już się rozniosła?

Na twarzy Vittorii pojawiło się napięcie.

— Dlaczego są tu dziennikarze? Co się dzieje?

Pilot odwrócił się i rzucił jej dziwne spojrzenie.

— Jak to, co się dzieje? Nie wiecie?

— Nie — odparła ostrym tonem.

— *Il Conclave* — wyjaśnił. — Rozpocznie się za jakąś godzinę. Cały świat to obserwuje.

Il Conclave.

Słowa te dźwięczały przez dłuższą chwilę w uszach Langdona, zanim w końcu do niego dotarło, co oznaczają. *Il Conclave.* Konklawe. Jak mógł o tym zapomnieć? Przecież słuchał o tym niedawno w wiadomościach.

Piętnaście dni temu zmarł nagle papież, którego pełen sukcesów pontyfikat trwał dwanaście lat. Wszystkie gazety na świecie rozpisywały się o śmiertelnym udarze mózgu, którego doznał podczas snu. Wiele osób twierdziło nawet, że ta niespodziewana śmierć jest podejrzana. Zgodnie z uświęconą tradycją, po piętnastu dniach zbierało się w Watykanie konklawe, podczas którego stu sześćdziesięciu pięciu kardynałów z całego świata — najpotężniejszych ludzi Kościoła katolickiego — miało wybrać nowego papieża.

Są tu dzisiaj kardynałowie z całego świata, rozmyślał Langdon, gdy helikopter przelatywał nad Bazyliką Świętego Piotra. Pod nimi rozciągał się wewnętrzny świat Watykanu. Cała struktura władzy Kościoła katolickiego siedzi w tej chwili na bombie zegarowej.

Rozdział 34

Kardynał Mortati podniósł wzrok na bogato zdobione sklepienie Kaplicy Sykstyńskiej i próbował choć przez chwilę oddać się spokojnej refleksji. Od pokrytych freskami ścian odbijały się głosy kardynałów reprezentujących katolików całego świata. Mężczyźni kręcili się po oświetlonej świecami świątyni, szepcąc z podnieceniem i naradzając się w rozmaitych językach, przy czym najczęściej słyszało się angielski, włoski i hiszpański.

Zazwyczaj kaplicę majestatycznie oświetlały długie, kolorowe promienie wpadającego przez witraże słońca, które przecinały ciemność jak blask z niebios — ale nie dzisiaj. Zgodnie ze zwyczajem wszystkie okna zakryto czarnym aksamitem, by zachować obrady w pełnej tajemnicy. Dzięki temu żadna z osób przebywających w środku nie mogła wysyłać sygnałów i kontaktować się ze światem zewnętrznym. W efekcie w kaplicy panowała głęboka ciemność, rozjaśniona tylko płomykami świec... migocącym blaskiem, który jakby oczyszczał każdego, kogo dosięgnął, i sprawiał, że wszyscy wyglądali na uduchowionych... jak święci.

Jakiż przywilej mnie spotkał, rozmyślał Mortati, że mogę pokierować tym uświęconym zgromadzeniem. Kardynałowie, którzy ukończyli osiemdziesiąt lat, nie mogli zostać wybrani i nie uczestniczyli w konklawe, jednak Mortati, który miał lat siedemdziesiąt dziewięć, był tu najstarszy i został wyznaczony do czuwania nad przebiegiem konklawe.

Zgodnie z tradycją kardynałowie zbierali się w kaplicy na dwie godziny przed rozpoczęciem konklawe, żeby porozmawiać z dawno niewidzianymi przyjaciółmi i przeprowadzić końcowe dyskusje. O dziewiętnastej przybędzie kamerling zmarłego papieża, wygłosi modlitwę na otwarcie, po czym wyjdzie. Następnie gwardia szwajcarska zapieczętuje drzwi, zamykając wszystkich kardynałów w środku. Wówczas rozpocznie się najstarszy i trzymany w największej tajemnicy rytuał. Kardynałowie nie będą mogli opuścić kaplicy, dopóki nie zdecydują, który spośród nich zostanie następnym papieżem. Konklawe. Nawet ta nazwa kojarzyła się z tajemnicą, gdyż *con clave* znaczy dosłownie „zamknięty na klucz". Kardynałom nie wolno utrzymywać jakiegokolwiek kontaktu ze światem zewnętrznym. Zabronione jest korzystanie z telefonów, przekazywanie wiadomości czy szepty przez drzwi. Na wynik obrad Kolegium Kardynalskiego nie mogło mieć wpływu nic pochodzącego z zewnętrznego świata. W tym celu kardynałowie musieli przestrzegać zasady *Solum Deum prae oculis...* Tylko Bóg przed ich oczyma.

Oczywiście, za ścianami kaplicy media czekały i obserwowały, spekulując, który z kardynałów będzie przewodził miliardowi katolików na całym świecie. Konklawe towarzyszyła atmosfera przesycona polityką, a na przestrzeni dziejów dochodziło czasem do gorszących wydarzeń. Za świętymi murami zdarzały się walki na pięści, próby otrucia, a nawet morderstwa. To zamierzchła historia, pomyślał Mortati. Dzisiejsze konklawe będzie zgodne, przyjemne, a przede wszystkim... krótkie.

A przynajmniej tak mu się przedtem wydawało.

Teraz jednak pojawił się niespodziewany problem. Nie wiedzieć czemu, w kaplicy nie stawiło się czterech kardynałów. Mortati wiedział, że wszystkie wejścia do Watykanu są strzeżone, a nieobecni kardynałowie nie mogli zbytnio się oddalić, ale mimo wszystko czuł z tego powodu zdenerwowanie, gdyż do otwierającej konklawe modlitwy pozostała niecała godzina. W końcu brakująca czwórka to nie byli zwyczajni kardynałowie. To byli ci kardynałowie.

Wybrana czwórka.

Jako przewodniczący konklawe, Mortati powiadomił już gwardię szwajcarską o zniknięciu kardynałów. Teraz mógł tylko czekać na odpowiedź. Pozostali zebrani również dostrzegli ich nieobecność. Coraz częściej słychać było zaniepokojone szepty. Ze wszystkich kardynałów, właśnie ta czwórka powinna pojawić się punktualnie! Kardynał Mortati zaczynał się obawiać, że mimo wszystko może to być długi wieczór.

Nie miał nawet pojęcia jak długi.

Rozdział 35

Watykańskie lądowisko dla helikopterów, ze względów bezpieczeństwa i ochrony przed hałasem, znajduje się na północno-zachodnim krańcu Watykanu, najdalej jak to możliwe od Bazyliki Świętego Piotra.

— *Terra firma* — oznajmił pilot, kiedy wylądowali. Wysiadł i otworzył przed Langdonem i Vittorią przesuwane drzwi.

Langdon wysiadł z maszyny i odwrócił się, żeby pomóc dziewczynie, ale zdążyła już zeskoczyć bez wysiłku na ziemię. Każdy mięsień jej ciała zdawał się podporządkowany jednemu celowi — odnalezieniu antymaterii, zanim dojdzie do katastrofy.

Po zasłonięciu okien kabiny odbijającym światło brezentem pilot zaprowadził ich do dużego elektrycznego wózka golfowego, czekającego w pobliżu lądowiska. Ruszyli bezgłośnie wzdłuż zachodniej granicy kraju — kilkunastometrowej wysokości muru obronnego, o grubości, która pozwoliła mu oprzeć się nawet atakowi czołgów. Wzdłuż muru, co pięćdziesiąt metrów, rozstawieni byli strażnicy z gwardii szwajcarskiej, obserwujący teren. Wózek skręcił gwałtownie w prawo w Viale del Osservatorio. Koło zakrętu ujrzeli drogowskazy kierujące zwiedzających we wszystkie strony:

PALAZZO DEL GOVERNATORE
COLLEGIO ETIOPICO
BASILICA DI SAN PIETRO
CAPELLA SISTINA

Przyspieszyli na dobrze utrzymanej drodze, wiodącej obok kwadratowego budynku z napisem RADIO VATICANA. Langdon uświadomił sobie, że tu właśnie znajduje się ośrodek przygotowujący programy mające najwięcej odbiorców na świecie — *Radio Vaticana*, przekazujące słowo Boże milionom słuchaczy na świecie.

— *Attenzione!* — zawołał pilot, skręcając gwałtownie w rondo. Kiedy je objeżdżali, Langdon ledwo mógł uwierzyć, że naprawdę widzi to, co ukazało się jego oczom. *Giardini Vaticani*, pomyślał. W samym sercu Watykanu. Dalej, bezpośrednio przed nimi, widać było tyły Bazyliki Świętego Piotra, co zapewne niewielu turystów miało okazję oglądać. Surowy budynek Governatore, w którym mieści się administracja watykańska, pozostał już za nimi. Natomiast przed nimi po lewej stronie widać było masywną, prostopadłościenną budowlę wchodzącą w skład Muzeów Watykańskich. Niestety, tym razem nie będzie czasu na zwiedzanie muzeów.

— Gdzie się wszyscy podziali? — odezwała się nagle Vittoria, obserwująca dotąd w milczeniu opustoszałe chodniki i trawniki.

Gwardzista spojrzał na swój czarny, wojskowy chronograf, który nieco dziwnie się prezentował pod bufiastym rękawem.

— Kardynałowie znajdują się w Kaplicy Sykstyńskiej. Konklawe ma się zacząć za niecałą godzinę.

Langdon skinął głową, mgliście przypominając sobie, że kardynałowie zbierają się w kaplicy na dwie godziny przed rozpoczęciem konklawe, żeby mieć czas na spokojne rozmyślania i spotkanie z kardynałami z innych zakątków świata. Umożliwiało to odnowienie dawnych znajomości i wpływało łagodząco na atmosferę wyborów.

— A co z resztą mieszkańców i pracowników?

— Ze względów bezpieczeństwa i poufności musieli opuścić miasto na czas do zakończenia konklawe.

— A kiedy się ono zakończy?

Gwardzista wzruszył ramionami.

— Bóg jeden wie. — Jego słowa zabrzmiały dziwnie dosłownie.

Po zaparkowaniu wózka na szerokim trawniku za Bazyliką Świętego Piotra strażnik poprowadził ich w górę kamiennej skarpy na wyłożony marmurem plac na tyłach świątyni. Ruszyli przez plac i znaleźli się przy tylnym murze bazyliki, wzdłuż którego przeszli przez trójkątny dziedziniec, przecięli Via del Belvedere i minęli ciąg ciasno skupionych budynków. Studiując historię sztuki, Langdon poznał na tyle język włoski, że domyślił się treści napisów na drogowskazach kierujących do Wydawnictwa Watykańskiego, Pracowni Konserwacji Gobelinów, urzędu pocztowego i kościoła św. Anny. Przeszli jeszcze przez kolejny niewielki plac i znaleźli się u celu.

Siedziba dowództwa gwardii szwajcarskiej znajdowała się w przysadzistym, kamiennym budynku, sąsiadującym z Il Corpo di Vigilanza, dokładnie na północny wschód od Bazyliki Świętego Piotra. Po każdej stronie wejścia stał strażnik, nieruchomy jak kamienny posąg.

Langdon musiał przyznać, że teraz już nie wydawali mu się tacy zabawni. Wprawdzie ich stroje były dokładnie takie same jak pilota, ale trzymali ponadto tradycyjne „watykańskie długie miecze" — dwuipółmetrowe halabardy z ostrym jak brzytwa ostrzem — którymi podobno pozbawili życia niejednego muzułmanina, broniąc chrześcijańskich krzyżowców w piętnastym wieku.

Kiedy Langdon i Vittoria podeszli bliżej, strażnicy zrobili krok do przodu i skrzyżowali halabardy, zagradzając im przejście. Jeden spojrzał niepewnie na pilota.

— *I pantaloni* — powiedział, wskazując na szorty dziewczyny.

— *Il commandante vuole vederli subito* — odparł ich przewodnik i dał znak, żeby ich przepuścili.

Strażnicy spojrzeli na nich z niezadowoleniem i niechętnie wycofali się na swoje stanowiska.

W środku panował chłód. Wnętrze zupełnie nie wyglądało na pomieszczenia administracyjne sił bezpieczeństwa. W bogato zdobionych i wspaniale umeblowanych korytarzach wisiały obrazy, które, zdaniem Langdona, z radością wystawiłoby każde muzeum na świecie.

Pilot wskazał im strome schody.

— Na dół, proszę.

Zaczęli zatem schodzić po stopniach z białego marmuru pomiędzy stojącymi po obu stronach rzeźbami nagich mężczyzn. Każdy posąg miał nałożony listek figowy jaśniejszy niż reszta ciała.

Wielka kastracja, pomyślał Langdon.

Była to jedna z największych katastrof, jakie spotkały sztukę renesansu. W 1857 roku papież Pius IX uznał, że dokładne odzwierciedlenie męskiej budowy w rzeźbach może pobudzić żądzę, toteż wziął dłuto i młotek i osobiście pozbawił genitaliów wszystkie męskie posągi w obrębie Watykanu. Okaleczył prace Michała Anioła, Bramantego i Berniniego. Figowe listki umieszczono później, żeby zamaskować uszkodzenia. Pozbawił męskości setki posągów i Langdon nieraz się zastanawiał, czy gdzieś nie stoi ogromna skrzynia pełna kamiennych penisów.

— Tutaj — oznajmił gwardzista, przerywając jego rozmyślania.

Zeszli już na dół i stanęli przed zamykającymi korytarz ciężkimi, stalowymi drzwiami. Strażnik wprowadził kod i drzwi się otworzyły.

Przekroczyli próg i znaleźli się w samym środku ogromnego zamieszania.

Rozdział 36

Ośrodek dowodzenia gwardii szwajcarskiej.

Langdon zatrzymał się tuż za drzwiami i przyjrzał z zainteresowaniem panującemu tu zderzeniu epok. Mieszanka kultur. Pomieszczenie to było bogato zdobioną renesansową biblioteką z intarsjowanymi regałami na książki, orientalnymi dywanami i kolorowymi gobelinami... a jednocześnie wypełniały je zaawansowane urządzenia techniczne — szeregi komputerów, faksy, elektroniczne plany Watykanu oraz telewizory nastawione na stację CNN. Mężczyźni w kolorowych bufiastych spodniach gorączkowo stukali w klawiatury komputerów i wsłuchiwali się z napięciem w dźwięki płynące z futurystycznie wyglądających słuchawek.

— Proszę tu zaczekać — polecił strażnik.

Zatem czekali, podczas gdy ich przewodnik podszedł do stojącego po drugiej stronie pokoju wyjątkowo wysokiego, szczupłego mężczyzny w granatowym mundurze. Mężczyzna rozmawiał akurat przez telefon komórkowy, a stał przy tym tak wyprężony, że niemal wyginał się do tyłu. Strażnik coś do niego powiedział, a on spojrzał na Vittorię i Langdona. Skinął im głową, po czym odwrócił się plecami i kontynuował rozmowę telefoniczną.

Strażnik znów się przy nich pojawił.

— Komendant Olivetti podejdzie do państwa za chwilę.

— Dziękujemy.

Gwardzista odszedł, kierując się ku schodom.

Langdon przyjrzał się komendantowi i uświadomił sobie, że jest on naczelnym dowódcą sił zbrojnych całego kraju. Obydwoje z Vittorią czekali, obserwując rozgrywające się przed nimi wydarzenia. Jaskrawo ubrani gwardziści kręcili się bardzo czymś zaaferowani, wykrzykując po włosku polecenia.

— *Continua cercando!* — wołał jeden z nich do telefonu.
— *Probasti il museo?* — pytał inny.
Langdon nie musiał znać biegle włoskiego, żeby zrozumieć, iż trwają tu intensywne poszukiwania. To go ucieszyło. Gorzej natomiast, że najwyraźniej nie znaleźli jeszcze antymaterii.
— Dobrze się czujesz? — spytał Vittorię.
Wzruszyła ramionami i obdarzyła go zmęczonym uśmiechem. Kiedy komendant w końcu wyłączył telefon i ruszył w ich stronę, wydawało się, że rośnie z każdym krokiem. Langdon sam był wysoki, toteż nieczęsto musiał spoglądać w górę na innych, jednak tym razem było to konieczne. Wyczuł od razu, że komendant jest człowiekiem, który przetrwał niejedną burzę. Twarz Olivettiego była czerstwa i zahartowana, ciemne włosy miał ścięte krótko, po wojskowemu, a oczy błyszczały twardą determinacją, osiągniętą dzięki latom intensywnego szkolenia. Poruszał się ze sztywną precyzją, a niewielka słuchawka ukryta dyskretnie za uchem upodabniała go do amerykańskiego agenta wywiadu.
Komendant zwrócił się do nich po angielsku, jednak wyraźnie było słychać obcy akcent. Jego głos brzmiał zaskakująco cicho, jak na tak dużego mężczyznę, lecz słowa były odmierzane z wojskową precyzją.
— Dzień dobry. Nazywam się Olivetti. Jestem *Commandante Principale* gwardii szwajcarskiej. To ja dzwoniłem do waszego dyrektora.
Vittoria podniosła wzrok.
— Dziękujemy, że nas pan przyjął.
Komendant nie odpowiedział, tylko ruchem ręki pokazał im, żeby za nim poszli. Przeprowadził ich pomiędzy szeregami urządzeń elektronicznych do drzwi znajdujących się w bocznej ścianie pomieszczenia.
— Proszę wejść — powiedział, przytrzymując im drzwi.
Posłuchali go i znaleźli się w zaciemnionym pokoju nadzoru, zdominowanym przez ścianę monitorów, na których pokazywały się serie czarno-białych obrazów całego kompleksu. Przed monitorami siedział młody strażnik, wpatrujący się intensywnie w zmieniające się sceny.
— *Esci* — odezwał się Olivetti.
Gwardzista wstał i wyszedł.
Komendant podszedł do jednego z ekranów i wskazał go palcem. Potem zwrócił się do gości:
— Ten obraz pochodzi ze zdalnie sterowanej kamery ukrytej gdzieś w Watykanie. Chciałbym usłyszeć wyjaśnienie.

Langdon i Vittoria przyjrzeli się ekranowi, po czym jednocześnie głęboko wciągnęli powietrze. Obraz był idealny. Nie mogli mieć żadnych wątpliwości. Widzieli przed sobą CERN-owski pojemnik z antymaterią. Wewnątrz niego unosiła się złowieszczo błyszcząca kropelka metalicznej cieczy, oświetlana rytmicznymi rozbłyskami diod wyświetlacza. Co ciekawe, wokół pojemnika panowała niemal zupełna ciemność, tak jakby umieszczono go w szafie lub zaciemnionym pokoju. W górnej części monitora błyskał napis PRZEKAZ NA ŻYWO — KAMERA NR 86.

Vittoria spojrzała na wyświetlacz, żeby sprawdzić, ile czasu im pozostało.

— Niecałe sześć godzin — szepnęła do Langdona, z wyrazem napięcia na twarzy.

Langdon zerknął na zegarek.

— Zatem mamy czas do... — Urwał, czując ściskanie w żołądku.

— Północy — dokończyła załamana.

Północ, pomyślał Langdon. Mają zmysł dramatyczny. Ktokolwiek ukradł ten pojemnik, starannie wybrał porę. Ogarnęło go złowieszcze przeczucie, gdy uświadomił sobie, że znajduje się dokładnie w centrum wybuchu.

Szept Olivettiego zabrzmiał jak syk:

— Czy to własność waszego ośrodka?

Vittoria skinęła potakująco głową.

— Tak. Ten pojemnik został nam ukradziony. Zawiera wyjątkowo wybuchową substancję o nazwie antymateria.

Na komendancie nie zrobiło to wrażenia.

— Panno Vetra, całkiem dobrze znam się na materiałach wybuchowych, a nigdy nie słyszałem o antymaterii.

— To nowa technologia. Musimy natychmiast zlokalizować pojemnik lub ewakuować Watykan.

Olivetti zamknął powoli oczy, a po chwili je otworzył, jakby ponowne skupienie wzroku na Vittorii mogło zmienić treść jej słów.

— Ewakuować? Czy pani zdaje sobie sprawę, co tu się dziś odbywa?

— Tak, proszę pana. Życie kardynałów znalazło się w niebezpieczeństwie. Mamy niecałe sześć godzin. Czy udało się poczynić jakieś postępy w poszukiwaniach pojemnika?

Olivetti potrząsnął przecząco głową.

— Nawet nie zaczęliśmy jeszcze szukać.

Vittoria myślała, że się udławi.

— Co takiego? Ale przecież słyszeliśmy strażników, jak rozmawiali o poszukiwaniach...

— Szukają, owszem — odparł Olivetti — ale nie waszego pojemnika. Chodzi o coś innego, co was nie dotyczy.

— Jeszcze nawet nie zaczęliście szukać pojemnika? — Głos Vittorii się załamał.

Źrenice komendanta się zwęziły, ale twarz miał zupełnie bez wyrazu.

— Panno Vetra, pozwoli pani, że coś wyjaśnię. Dyrektor waszego ośrodka nie chciał podać mi przez telefon żadnych szczegółów na temat tego przedmiotu. Powiedział tylko, że muszę go natychmiast odnaleźć. Jesteśmy teraz wyjątkowo zajęci i nie mogę pozwolić sobie na luksus odkomenderowania ludzi do tej sprawy, dopóki nie poznam faktów.

— W tym momencie jest ważny tylko jeden fakt — odparła Vittoria. — Mianowicie, że za sześć godzin to urządzenie zmiecie z powierzchni ziemi cały ten kompleks.

Olivetti stał nieporuszony.

— Panno Vetra, musi pani o czymś wiedzieć. — Jego głos pobrzmiewał teraz tonem wyższości. — Pomimo archaicznego wyglądu Watykanu każde prowadzące do niego wejście, czy to prywatne, czy publiczne, jest wyposażone w najnowocześniejsze urządzenia kontrolne. Gdyby ktoś próbował wnieść do środka jakikolwiek rodzaj zapalnika, zostałoby to natychmiast wykryte. Mamy skanery izotopów radioaktywnych, filtry węchowe projektu amerykańskiej DEA*, które umożliwiają wykrycie nawet śladowych chemicznych oznak obecności materiałów łatwopalnych i trucizn. Ponadto stosujemy najnowocześniejsze wykrywacze metalu i skanery rentgenowskie.

— Imponujące — skwitowała Vittoria równie chłodno. — Niestety, antymateria nie jest radioaktywna, śladem jej obecności jest czysty wodór, a pojemnik jest plastykowy. Żadne z waszych urządzeń go nie wykryje.

— Ale przecież ma zasilanie. — Olivetti wskazał mrugające diody. — Nawet najmniejszy ślad niklu czy kadmu zostanie zarejestrowany...

— Baterie są również plastykowe.

Cierpliwość komendanta najwyraźniej się wyczerpywała.

— Plastykowe baterie?

— Elektrolit z żelu polimerowego z teflonem.

---

* DEA — (ang.) *Drug Enforcement Administration* — Wydział Antynarkotykowy.

Olivetti pochylił się ku niej, jakby chciał podkreślić własną przewagę wzrostu.

— Signorina, odbieramy tu dziesiątki gróźb zamachów bombowych miesięcznie. Osobiście szkolę wszystkich gwardzistów w dziedzinie nowoczesnych materiałów wybuchowych. Doskonale zdaję sobie sprawę, że nie ma substancji wybuchowej o takiej mocy, żeby dokonać opisywanych przez panią zniszczeń, chyba że mówimy o głowicy nuklearnej z rdzeniem paliwowym wielkości piłki baseballowej.

Vittoria zmierzyła go palącym spojrzeniem.

— Natura posiada wiele tajemnic, które dopiero zostaną odkryte.

Komendant przysunął się bliżej.

— Czy mógłbym spytać, kim dokładnie pani jest? Jakie stanowisko zajmuje pani w CERN-ie?

— Jestem wysokiej rangi członkiem personelu badawczego, a obecnie zostałam oddelegowana do Watykanu w celu współpracy w rozwiązaniu tego kryzysu.

— Przepraszam za nieuprzejmość, ale jeśli rzeczywiście mamy do czynienia z kryzysem, to dlaczego rozmawiam z panią, a nie z pani dyrektorem? A poza tym, dlaczego okazuje pani lekceważenie, przybywając do Watykanu w krótkich spodniach?

Langdon jęknął. W głowie mu się nie mieściło, że w takich okolicznościach ten człowiek przejmował się etykietą dotyczącą ubioru. Z drugiej strony, skoro kamienne penisy mogły wzbudzić wśród mieszkańców Watykanu pożądliwe myśli, to Vittoria Vetra w szortach była niewątpliwym zagrożeniem dla bezpieczeństwa narodowego.

— Komendancie Olivetti — wtrącił głośno, starając się rozładować sytuację, gdyż dziewczyna wyglądała, jakby sama miała za chwilę eksplodować. — Nazywam się Robert Langdon. Jestem profesorem studiów religijnych w Stanach Zjednoczonych i nie jestem związany z CERN-em. Miałem okazję obejrzeć pokaz wybuchu antymaterii i mogę zaświadczyć, że jest ona wyjątkowo niebezpieczna. Mamy powody sądzić, że została umieszczona w obrębie Watykanu przez ruch antyreligijny, którego celem jest zakłócenie konklawe.

Olivetti odwrócił się i teraz jego zmierzył gniewnym spojrzeniem.

— Mam tu kobietę w szortach, która opowiada, że kropelka cieczy wysadzi w powietrze cały Watykan, i amerykańskiego profesora twierdzącego, że staliśmy się celem jakiegoś ruchu antyreligijnego. Czego dokładnie po mnie oczekujecie?

— Proszę znaleźć pojemnik — odezwała się Vittoria. — Natychmiast.

— Niewykonalne. To urządzenie może się znajdować wszędzie. Watykan jest ogromny.

— Wasze kamery nie mają odbiornika GPS?

— Zazwyczaj nikt ich nie kradnie. Potrzeba by wielu dni, żeby odnaleźć tę kamerę.

— Nie mamy dni — oznajmiła twardo. — Mamy sześć godzin.

— Sześć godzin do czego, panno Vetra? — Olivetti nagle podniósł głos. Wskazał obraz na ekranie. — Aż skończy się odliczanie na tym wyświetlaczu? Aż Watykan zniknie z powierzchni ziemi? Proszę mi wierzyć, nie lubię ludzi, którzy majstrują przy moim systemie bezpieczeństwa, i niechętnie odnoszę się do mechanicznych gadżetów w tajemniczy sposób pojawiających się w tych murach. Naprawdę jestem zaniepokojony. Na tym polega moja praca, żeby się przejmować takimi rzeczami. Jednak to, co mi pani opowiada, jest nie do przyjęcia.

Langdon wtrącił się, zanim zdołał się powstrzymać:

— Słyszał pan o iluminatach?

Lodowa fasada komendanta zaczęła pękać. Jego oczy zrobiły się białe, jak u rekina, który zamierza zaatakować.

— Ostrzegam pana. Nie mam na to czasu.

— A więc jednak pan słyszał?

Komendant spiorunował go wzrokiem.

— Jestem zaprzysiężonym obrońcą Kościoła katolickiego. Oczywiście, że słyszałem o iluminatach. Słyszałem też, że zaprzestali działalności już dawno temu.

Langdon sięgnął do kieszeni i wyjął faks ze zdjęciem napiętnowanego ciała Leonarda Vetry. Wręczył go komendantowi.

— Zajmuję się nimi w swojej pracy naukowej — wyjaśnił w czasie, gdy Olivetti przyglądał się zdjęciu. — Mnie również bardzo trudno jest przyjąć do wiadomości fakt, że iluminaci nadal działają. Jednak pojawienie się tego symbolu w połączeniu z dobrze znanym sprzysiężeniem przeciwko Watykanowi sprawiło, że zmieniłem zdanie.

— Głupi dowcip zrobiony za pomocą wygenerowanego komputerowo obrazu — stwierdził komendant, oddając mu kartkę.

Langdon wpatrzył się w niego z niedowierzaniem.

— Dowcip? Proszę spojrzeć na tę symetrię. Kto jak kto, ale pan powinien zdawać sobie sprawę z autentyczności...

— Właśnie tego wam brakuje. Autentyczności. Być może panna Vetra nie wspomniała panu, ale naukowcy z CERN-u od lat krytykują politykę Watykanu. Regularnie zwracają się do nas, żebyśmy odwołali teorię kreacjonizmu, oficjalnie przeprosili Galileusza i Kopernika i wycofali się z krytyki niebezpiecznych lub nieetycznych badań naukowych. Który scenariusz wydaje się państwu bardziej prawdopodobny: że czterystuletni kult satanistyczny wychynął ponownie na powierzchnię, mając w swym posiadaniu broń masowej zagłady, czy że jakiś dowcipniś z CERN-u stara się zakłócić święte konklawe doskonale przygotowaną mistyfikacją?

— To zdjęcie — oznajmiła Vittoria głosem kipiącym wściekłością — przedstawia mojego ojca. Zamordowanego. Naprawdę pan sądzi, że mogłabym robić takie żarty?

— Nie wiem, panno Vetra. Natomiast wiem z całą pewnością, że jeżeli nie otrzymam jakichś sensownych odpowiedzi, nie mam zamiaru wszczynać alarmu. Moim obowiązkiem są czujność i dyskrecja... żeby inni mogli spokojnie się zajmować sprawami duchowymi. A już szczególnie dzisiaj.

— To proszę chociaż przesunąć termin konklawe — odezwał się Langdon.

— Przesunąć konklawe? — Twarz komendanta wyrażała niedowierzanie. — Cóż za arogancja! Konklawe to nie amerykański mecz baseballu, który odwołujecie z powodu deszczu. Jest to święta uroczystość przebiegająca zgodnie ze ściśle ustalonymi przepisami. Nieważne, że miliard katolików na świecie czeka na nowego duchowego przywódcę. Nie ma też znaczenia, że na placu czekają media z całego świata. Konklawe rządzi się uświęconym protokołem, niepodlegającym modyfikacjom. Od tysiąc sto siedemdziesiątego dziewiątego roku konklawe przetrwały trzęsienia ziemi, głód i zarazę. Proszę mi wierzyć, że nie zostanie odwołane z powodu zamordowania naukowca i pojawienia się kropelki Bóg wie czego.

— Proszę mnie zaprowadzić do osoby, która tu rządzi — zażądała nagle Vittoria.

Olivetti spiorunował ją wzrokiem.

— Ma ją pani przed sobą.

— Nie — upierała się. — Do kogoś z duchowieństwa.

Widać było, jak nabrzmiewają żyły na skroniach komendanta.

— Duchownych nie ma. Poza gwardią szwajcarską w Watykanie pozostało obecnie tylko Kolegium Kardynałów. A oni znajdują się w Kaplicy Sykstyńskiej.

— A co z kamerlingiem? — spytał obojętnym tonem Langdon.

— Kim?

— Kamerlingiem zmarłego papieża — powtórzył Langdon, starając się sam siebie utwierdzić w przekonaniu, że dobrze pamięta. Przypomniał sobie, że kiedyś czytał o dziwnych przepisach dotyczących rządów Watykanem po śmierci papieża. Jeśli dobrze pamiętał, w trakcie wakatu papieskiego całkowitą władzę przejmował przejściowo tzw. kamerling — którym mianowano tym razem osobistego sekretarza zmarłego papieża. Jego obowiązkiem było również zwołanie konklawe i czuwanie nad jego przygotowaniem oraz nad tym, by nic go nie zakłóciło, dopóki kardynałowie nie wybiorą nowego Ojca Świętego. — Wydaje mi się, że to kamerling posiada w tej chwili najwyższą władzę.

— *Il camerlengo?* — Olivetti wyraźnie się zirytował. — Kamerling jest tylko księdzem. Nie ma nawet święceń biskupich.

— Ale jest tu obecny, a pan mu podlega.

Komendant założył ręce na piersi.

— Panie Langdon, to prawda, że zgodnie z watykańskim prawem w czasie konklawe kamerling przejmuje najwyższą władzę administracyjną. Jednak dzieje się tak tylko dlatego, że może dopilnować bezstronności wyborów, gdyż sam nie ma prawa zostać papieżem. To tak, jakby zmarł wasz prezydent, a jeden z jego doradców zasiadł tymczasowo w Gabinecie Owalnym. Kamerling jest młody, a jego znajomość spraw bezpieczeństwa, a także wielu innych, jest bardzo ograniczona. Praktycznie rzecz biorąc, to ja tu wszystkim kieruję.

— Proszę nas do niego zaprowadzić — odparła Vittoria.

— To niemożliwe. Konklawe rozpoczyna się za czterdzieści minut. Kamerling przebywa teraz w gabinecie papieża, gdzie się przygotowuje do tego wydarzenia. Nie mam zamiaru zakłócać mu spokoju sprawami bezpieczeństwa.

Vittoria nie zdążyła mu odpowiedzieć, gdyż przeszkodziło jej pukanie do drzwi. Olivetti otworzył.

Ich oczom ukazał się gwardzista w pełnym umundurowaniu, wskazujący na swój zegarek.

— *É l'ora, commandante.*

Olivetti sprawdził godzinę na własnym zegarku i skinął głową. Ponownie odwrócił się do Langdona i Vittorii, jak sędzia ważący w myślach ich losy.

— Proszę za mną — polecił. Wyprowadził ich z pomieszczenia z monitorami i przeszedł wraz z nimi na drugi koniec centrum dowodzenia, gdzie znajdował się niewielki oszklony kantorek. — To mój gabinet — wyjaśnił. Wprowadził ich do środka. Pokój był nieciekawy. Znajdowało się w nim zarzucone papierami biurko, szafki na akta, składane krzesła i dystrybutor wody pitnej. — Wracam za dziesięć minut. Proponuję państwu, żebyście wykorzystali ten czas na przemyślenie, co zamierzacie dalej robić.

Vittoria gwałtownie odwróciła się w jego stronę.

— Nie może pan tak sobie wyjść! Ten pojemnik jest...

— Nie mam na to czasu — odparł zirytowany. — Może powinienem was tu zatrzymać do zakończenia konklawe, bo wówczas będę miał czas.

— *Signore* — ponaglił go strażnik, ponownie wskazując na zegarek. — *Spazzare la Capella.*

Olivetti kiwnął głową i ruszył ku wyjściu.

— *Spazzare la Capella?* — powtórzyła gniewnie Vittoria. — Wychodzi pan, żeby zamieść kaplicę?

Komendant odwrócił się i przeszył ją wzrokiem.

— Przeczesujemy kaplicę w poszukiwaniu urządzeń podsłuchowych, panno Vetra. Chodzi o zachowanie tajemnicy. — Wskazał na jej nogi. — Pani zapewne i tak tego nie zrozumie.

Z hukiem zamknął drzwi, wprawiając w drżenie grube szyby. Płynnym ruchem wyjął klucz, włożył go do zamka i przekręcił. Usłyszeli trzask solidnej zapadki.

— Idiota! — wrzasnęła Vittoria. — Nie może pan nas tu trzymać!

Langdon zauważył, że komendant mówi coś do jednego z gwardzistów, który w odpowiedzi kiwa głową. Kiedy Olivetti opuścił salę, strażnik ustawił się po drugiej stronie szklanej ściany kantorka, zwrócony twarzą ku nim, z rękami skrzyżowanymi na piersi i wielkim pistoletem na biodrze.

No, to pięknie, pomyślał Langdon. Wprost cudownie.

Rozdział 37

Vittoria rzuciła gwardziście groźne spojrzenie, a on odpowiedział jej tym samym, jednak kolorowy strój zadawał kłam groźnej aurze, jaką roztaczał. *Che fiasco*, pomyślała. Zostaliśmy zakładnikami uzbrojonego mężczyzny w piżamie.

Langdon pogrążył się w milczeniu, więc miała nadzieję, że korzysta teraz ze swojego harwardzkiego mózgu, żeby ich z tego wyciągnąć. Niestety, sądząc po wyrazie jego twarzy, był bardziej wstrząśnięty niż zamyślony. Żałowała, że do tego stopnia został w to wciągnięty.

W pierwszym odruchu chciała wyciągnąć telefon komórkowy i zadzwonić do Kohlera, ale szybko zrozumiała, że to bez sensu. Po pierwsze, strażnik pewnie by wszedł i zabrał jej komórkę. Poza tym, jeśli niedyspozycja dyrektora trwała tak długo jak zazwyczaj, nie był jeszcze zdolny do działania. Zresztą to bez znaczenia... W tej chwili Olivetti nikomu nie uwierzy.

Przypomnij sobie! — powiedziała do siebie. Przypomnij sobie rozwiązanie tego problemu!

Była to sztuczka buddyjskich filozofów. Zamiast zmuszać umysł do znalezienia drogi wyjścia z pozornie nierozwiązywalnej sytuacji, prosiła go tylko, żeby sobie ją przypomniał. Założenie, że kiedyś znało się odpowiedź, wywoływało nastawienie, że odpowiedź musi istnieć... co pozwalało uniknąć paraliżującego poczucia bezradności. Vittoria często stosowała tę metodę do rozwiązywania dylematów naukowych, które, zdaniem większości ludzi, nie miały rozwiązania.

Jednak w tej chwili sztuczka z przypominaniem nic jej nie dała. Zaczęła więc rozważać, jakie ma opcje... jakie potrzeby. Musi kogoś ostrzec. Ktoś w Watykanie musi potraktować ją poważnie. Ale kto? Kamerling? Jak? Znajdowała się w szklanej budce z jednym wyjściem.

Narzędzia, przypomniała sobie. Zawsze są jakieś narzędzia. Oceń ponownie swoje otoczenie.

Odruchowo opuściła ramiona, spuściła wzrok i wykonała trzy głębokie oddechy. Poczuła, jak tętno jej się uspokaja, a mięśnie odprężają. Panika, która paraliżowała jej myśli, ustąpiła. W porządku, pomyślała. Uwolnij umysł. Co w tej sytuacji jest pozytywnego? Czym dysponuję?

Kiedy zdołała się uspokoić, jej analityczny umysł stanowił wielką siłę. Po kilku sekundach uświadomiła sobie, że właśnie dzięki uwięzieniu mogą znaleźć drogę wyjścia z tej sytuacji.

— Zadzwonię — odezwała się nagle.

Langdon podniósł wzrok.

— Nawet chciałem ci poradzić, żeby zadzwonić do Kohlera, ale...

— Nie do Kohlera. Do kogoś innego.

— Do kogo?

— Do kamerlinga.

Popatrzył na nią zdezorientowany.

— Zamierzasz dzwonić do kamerlinga? Ale jak?

— Olivetti powiedział, że kamerling jest w gabinecie papieża.

— No, dobrze. A znasz prywatny numer papieża?

— Nie. Ale nie będę dzwonić ze swojego telefonu. — Wskazała ruchem głowy zestaw nowoczesnych urządzeń telefonicznych na biurku komendanta. Pełno w nim było przycisków umożliwiających połączenie bez wybierania numeru. — Dowódca sił bezpieczeństwa musi mieć bezpośrednie połączenie z papieżem.

— Ma też tego wielkoluda z bronią, stojącego o dwa metry od nas.

— Ale my jesteśmy zamknięci.

— Prawdę mówiąc, zdaję sobie z tego sprawę.

— Chodzi mi o to, że oddzielają go od nas zamknięte drzwi. To prywatny gabinet Olivettiego, więc wątpię, żeby ktoś jeszcze miał do niego klucz.

Langdon spojrzał na strażnika.

— To szkło nie jest zbyt grube, a pistolet spory.

— No, i co z tego? Zastrzeli mnie za użycie telefonu?

— A któż to może wiedzieć! To naprawdę dziwaczne miejsce, a to, co tu się dzieje...

— Albo zadzwonimy — odparła Vittoria — albo spędzimy

152

następne pięć godzin i czterdzieści osiem minut w watykańskim więzieniu. Przynajmniej będziemy mieli miejsca w pierwszym rzędzie, kiedy to wszystko wybuchnie.

Langdon pobladł.

— Strażnik na pewno sprowadzi Olivettiego, jak tylko podniesiesz słuchawkę. Poza tym, tu jest ze dwadzieścia przycisków bez żadnych napisów. Masz zamiar wypróbowywać je po kolei i liczyć na szczęście?

— Wcale nie. — Vittoria podeszła do telefonu. — Tylko ten. — Podniosła słuchawkę i nacisnęła górny przycisk. — Numer jeden. Założę się o jeden z tych twoich dolarów ze znakiem iluminatów, że to połączenie z gabinetem papieża. Co innego mogłoby mieć największe znaczenie dla komendanta gwardii szwajcarskiej?

Langdon nie zdążył jej odpowiedzieć. Strażnik na zewnątrz zaczął stukać w szybę rękojeścią pistoletu. Pokazywał na migi, żeby odłożyła słuchawkę.

Vittoria mrugnęła do niego, co wyraźnie go rozwścieczyło.

Langdon odsunął się od drzwi i obrócił w stronę dziewczyny.

— Kto wie, czy nie masz racji, bo ten facet nie jest zachwycony.

— Cholera! — wykrzyknęła. — Nagranie.

— Nagranie? Papież ma automatyczną sekretarkę?

— To nie był gabinet papieża — odparła, odkładając słuchawkę. — To było cholerne menu tutejszej stołówki.

Langdon uśmiechnął się blado do gwardzisty, który wpatrywał się w nich gniewnym spojrzeniem, jednocześnie przywołując przez krótkofalówkę komendanta.

Rozdział 38

Watykańska centrala telefoniczna znajduje się w Ufficio di Communicazione, w niewielkim pomieszczeniu za pocztą. Ośmioliniowa centrala Corelco 141 obsługuje dziennie ponad dwa tysiące połączeń, w większości przekierowywanych do automatycznego systemu informacyjnego.

Tego wieczoru dyżur miał tylko jeden operator, który siedział spokojnie, popijając herbatę z kofeiną. Odczuwał dumę, że należy do nielicznych pracowników zatrudnionych w Watykanie, którym pozwolono tu dziś pozostać. Oczywiście, radość mąciła mu nieco obecność gwardzistów krążących za drzwiami. Eskorta do łazienki, pomyślał. Ileż poniżeń trzeba ścierpieć dla świętego konklawe.

Na szczęście tego wieczoru nie było zbyt wielu telefonów. A może wcale nie na szczęście, zastanowił się. W ciągu ostatnich lat wyraźnie zmalało zainteresowanie świata wydarzeniami w Watykanie. Znacznie rzadziej dzwoniono z prasy, a nawet spadła liczba telefonów od wariatów. Biuro prasowe liczyło, że dzisiejsze wydarzenie będzie miało bardziej uroczystą oprawę w mediach. Jednak, chociaż na placu Świętego Piotra widać było sporo wozów telewizyjnych, to niestety, przysłały je głównie stacje włoskie i europejskie. Sieci o zasięgu światowym była zaledwie garstka, a i te z pewnością przysłały swoich *giornalisti secondari*.

Operator chwycił kubek i zaczął się zastanawiać, jak długo potrwa to wydarzenie. Pewnie do północy, zawyrokował. W obecnych czasach większość osób dobrze poinformowanych wiedziała, kto prawdopodobnie zostanie papieżem, jeszcze na długo przedtem, nim zwołano konklawe. W tej sytuacji było ono raczej kilkugodzinnym rytuałem niż rzeczywistymi wyborami. Oczywiście, jakaś wynikła w ostatniej chwili rozbieżność zdań mogła przedłużyć je do świtu... albo i bardziej. W 1831 roku konklawe trwało pięćdziesiąt pięć dni. Ale nie dzisiejsze, powiedział sobie. Słyszał plotki, że tym razem bardzo szybko pojawi się biały dym.

Rozmyślania przerwał mu sygnał pochodzący z wewnętrznej linii. Spojrzał na mrugającą czerwoną lampkę i podrapał się po głowie. Dziwne. Wewnętrzny zero. Któż stąd mógłby dzwonić dziś wieczorem do centrali? Kto w ogóle jeszcze tu jest?

— Città del Vaticano, prego? — odezwał się, podnosząc słuchawkę.

Głos, który w niej usłyszał, mówił szybko po włosku. Akcent przypominał mu wymowę gwardzistów — płynny włoski z naleciałością szwajcarskiego francuskiego. Jednak jego rozmówca z całą pewnością nie należał do gwardii szwajcarskiej.

Kiedy dobiegł go kobiecy głos, wyprostował się nagle, omal nie rozlewając herbaty. Sprawdził ponownie, z jakim numerem rozmawia. Jednak się nie mylił. Numer wewnętrzny. Dzwoniono z kompleksu. To musi być jakaś pomyłka, pomyślał. Kobieta w środku Watykanu... dzisiejszego wieczoru?

Tymczasem kobieta mówiła bardzo szybko i ze złością. Operator dostatecznie długo pracował na tym stanowisku, żeby potrafić rozpoznać, kiedy ma do czynienia z *pazzo*. To z pewnością nie była wariatka. Mówiła naglącym tonem, ale rozsądnie. Jasno tłumaczyła, o co jej chodzi. Z rosnącym zdumieniem słuchał jej prośby.

— *Il camerlengo?* — spytał, nadal usiłując ustalić, skąd jest ta rozmowa. — Chyba nie mogę połączyć... tak, zdaję sobie sprawę, że przebywa w gabinecie papieża, ale... kim pani właściwie jest?... i chce pani go ostrzec przed... — Słuchał coraz bardziej zdenerwowany. Wszyscy są w niebezpieczeństwie? Jakim cudem? I skąd ona dzwoni? — Chyba powinienem skontaktować się z gwardią... — urwał. — Mówi pani, że skąd pani dzwoni? Skąd?

Słuchał wstrząśnięty, po czym podjął decyzję.

— Proszę zaczekać. — Odłożył słuchawkę, zanim zdążyła odpowiedzieć, i połączył się z bezpośrednim numerem komendanta Olivettiego. Niemożliwe, żeby ta kobieta była naprawdę...

Natychmiast podniesiono słuchawkę.

— *Per l'amore di Dio!* — krzyknął na niego znajomy głos. — Połącz mnie wreszcie, do cholery!

Drzwi do centrum dowodzenia gwardii szwajcarskiej otworzyły się z sykiem. Gwardziści pospiesznie się rozstępowali, gdy komendant pędził jak rakieta przez salę. Kiedy wyszedł zza narożnika swojego kantoru, stwierdził, że strażnik mówił prawdę — Vittoria Vetra stała przy biurku i rozmawiała przez jego prywatny telefon. *Che coglioni che ha questa!* — pomyślał. Co za uparta baba! Z wściekłością podszedł do drzwi i gwałtownie włożył klucz do zamka. Kiedy drzwi stanęły otworem, zapytał ostro:

— Co pani wyrabia?

Vittoria całkowicie go zignorowała.

— Tak — mówiła do słuchawki — i muszę ostrzec...

Olivetti wyrwał jej słuchawkę z ręki i podniósł do własnego ucha.

— Z kim, do cholery, rozmawiam? — Po chwili jego ramiona obwisły. — Tak, *camerlengo* — odparł. — Zgadza się... ale kwestie bezpieczeństwa wymagają... oczywiście, że nie... Trzymam ją tutaj, gdyż... oczywiście, ale... — Słuchał przez chwilę. — Tak, *signore* — odparł w końcu. — Przyprowadzę ich natychmiast.

Rozdział 39

Pałac Apostolski jest skupiskiem budynków tuż za Kaplicą Sykstyńską, w północno-wschodniej części Watykanu. Rozciąga się z niego wspaniały widok na plac Świętego Piotra, a mieszczą się w nim zarówno apartamenty prywatne papieża, jak i pomieszczenia oficjalne.

Vittoria i Langdon w milczeniu podążali za Olivettim, który prowadził ich długim, rokokowym korytarzem. Pulsowanie mięśni w jego szyi wyraźnie wskazywało, że jest wściekły. Weszli po trzech ciągach schodów i znaleźli się w szerokim, słabo oświetlonym korytarzu.

Langdon nie wierzył własnym oczom, oglądając dzieła sztuki zdobiące ściany — zachowane w nieskazitelnym stanie popiersia, gobeliny i fryzy — dzieła warte setki tysięcy dolarów. W dwóch trzecich długości korytarza minęli alabastrową fontannę. Olivetti skręcił w znajdującą się po lewej stronie wnękę i podszedł do największych drzwi, jakie Langdon kiedykolwiek widział.

— *Ufficio di Papa* — oświadczył, rzucając Vittorii zabójcze spojrzenie. Nieporuszona, ominęła go i mocno zapukała w drzwi.

Gabinet papieża, pomyślał Langdon, któremu trudno było pojąć, że stoi pod jednym z pokoi mających tak wielkie znaczenie dla wyznawców religii chrześcijańskiej.

— *Avanti!* — rozległ się głos ze środka.

Kiedy drzwi stanęły otworem, Langdon musiał zasłonić oczy, gdyż oślepił go blask słońca. Stopniowo jego wzrok się przyzwyczajał i zaczął dostrzegać szczegóły wnętrza.

Pomieszczenie przypominało bardziej salę balową niż gabinet. Podłogi z czerwonego marmuru rozciągały się we wszystkich kierunkach ku ścianom ozdobionym freskami o żywych barwach.

Z sufitu zwieszał się ogromny żyrandol, a za nim było widać szereg łukowo wykończonych okien, z których rozciągał się zapierający dech w piersiach widok na zalany słońcem plac Świętego Piotra. Mój Boże, pomyślał Langdon. To jest dopiero pokój z widokiem. Po drugiej stronie sali siedzący przy bogato rzeźbionym biurku mężczyzna pisał coś pospiesznie.

— *Avanti* — zawołał ponownie, odkładając pióro i przywołując ich gestem ręki.

Olivetti poprowadził ich w jego kierunku, poruszając się wojskowym krokiem.

— *Signore* — odezwał się przepraszającym tonem — *non ho potuto...*

Mężczyzna przerwał mu w pół słowa. Podniósł się zza biurka i przyjrzał dokładnie gościom.

Kamerling zupełnie nie przypominał kruchych, dobrotliwych staruszków, którzy w wyobraźni Langdona przechadzali się po Watykanie. Nie był też ubrany w bogate szaty liturgiczne ani nie trzymał różańca. Zamiast tego miał na sobie prostą, czarną sutannę, która podkreślała jego silną budowę. Wyglądał na niecałe czterdzieści lat, a więc był jeszcze dzieckiem, jeśli brać pod uwagę watykańskie standardy. Miał zaskakująco urodziwą twarz, kręcone, ciemne włosy i zielone oczy, z których bił taki blask, jakby zasilały je tajemnice wszechświata. Jednak kiedy mężczyzna zbliżył się do nich, Langdon dostrzegł w tych oczach przede wszystkim głębokie wyczerpanie — zupełnie jakby ostatnie piętnaście dni były dla tego człowieka najcięższymi w życiu.

— Nazywam się Carlo Ventresca — przedstawił się doskonałą angielszczyzną. — Jestem kamerlingiem zmarłego papieża. — Jego głos brzmiał skromnie i uprzejmie. Niemal nie było w nim słychać włoskiej modulacji.

— Vittoria Vetra — przedstawiła się dziewczyna, występując naprzód i podając mu rękę. — Dziękujemy, że zechciał nas ksiądz przyjąć.

Olivetti skrzywił się, gdy kamerling uścisnął jej dłoń.

— To jest Robert Langdon — przedstawiła swojego towarzysza. — Profesor historii religii na Uniwersytecie Harvarda.

— *Padre* — odezwał się Langdon, starając się, by zabrzmiało to z włoskim akcentem. Wyciągając rękę, nisko się skłonił.

— Nie, nie — zaprotestował kamerling i podniósł go. — To, że jesteśmy w gabinecie Jego Świątobliwości, nie dodaje mi świętości. Jestem zwykłym księdzem, kamerlingiem pełniącym swą służbę w chwilach potrzeby.

Langdon wyprostował się.

— Proszę usiąść. — Kamerling ustawił krzesła wokół biurka. Langdon i Vittoria usiedli, natomiast Olivetti wolał dalej stać.

Ich gospodarz również usiadł za biurkiem, splótł dłonie, westchnął i spojrzał na gości.

— Signore — odezwał się komendant. — Strój tej kobiety to moja wina. Ja...

— Nie interesuje mnie jej strój — odparł kamerling zmęczonym głosem. — Natomiast kiedy operator z centrali powiadamia mnie na pół godziny przed rozpoczęciem konklawe, że jakaś kobieta dzwoni z pańskiego prywatnego gabinetu, żeby mnie ostrzec o poważnym zagrożeniu dla bezpieczeństwa, o którym mnie nie poinformowano, to mnie rzeczywiście obchodzi.

Olivetti słuchał tego sztywno wyprostowany, jak żołnierz podczas inspekcji.

Postawa kamerlinga wywarła ogromne wrażenie na Langdonie. Mimo że ksiądz był taki młody i wyczerpany, roztaczał wokół siebie aurę mitycznego bohatera, promieniując charyzmą i autorytetem.

— Signore — komendant odezwał się wprawdzie przepraszającym tonem, ale nie ustępował. — Nie powinien ojciec obciążać się dodatkowo sprawami bezpieczeństwa. Ma ksiądz przecież inne obowiązki.

— Doskonale zdaję sobie sprawę ze swoich obowiązków. Mam też jednak świadomość, że jako *direttore intermediario*, odpowiadam za bezpieczeństwo i wygodę wszystkich obecnych na tym konklawe. Co tu się dzieje?

— Panuję nad sytuacją.

— Najwyraźniej nie.

— Ojcze — wtrącił się Langdon, wyjmując z kieszeni pognieciony faks i wręczając go księdzu. — Proszę.

Komendant ruszył do przodu, jakby chciał mu w tym przeszkodzić.

— Ojcze, proszę nie zaprzątać sobie myśli...

Jednak kamerling całkowicie go zignorował. Spojrzał na zdjęcie zamordowanego Leonarda Vetry i głośno wciągnął powietrze.

— Co to takiego?

— To mój ojciec — odparła Vittoria drżącym głosem. — Był księdzem i naukowcem. Ubiegłej nocy został zamordowany.

Twarz kamerlinga natychmiast złagodniała. Spojrzał na nią.

— Moje drogie dziecko... tak mi przykro. — Przeżegnał się i ponownie spojrzał na kartkę wzrokiem pełnym odrazy. — Kto mógłby... i to oparzenie na jego... — Urwał i dokładniej przyjrzał się zdjęciu.

— Napis na jego piersi to *Illuminati* — wyjaśnił Langdon. — Niewątpliwie ksiądz słyszał tę nazwę.

Na twarzy kamerlinga pojawił się dziwny wyraz.

— Owszem, słyszałem tę nazwę, ale...

— Iluminaci zamordowali Leonarda Vetrę, żeby ukraść nową technologię, którą on...

— *Signore* — wtrącił się Olivetti. — To przecież absurd. Iluminaci? To musi być jakaś wyszukana mistyfikacja.

Kamerling najwyraźniej rozważał jego słowa. Potem odwrócił się i przyjrzał Langdonowi tak uważnie, że ten miał wrażenie, jakby powietrze uchodziło mu z płuc.

— Panie Langdon, całe życie jestem związany z Kościołem katolickim. Nie jest mi obca wiedza o iluminatach... ani o tym symbolu. Jednak muszę pana ostrzec, że jestem człowiekiem, którego interesuje chwila obecna. Chrześcijaństwo ma dość prawdziwych wrogów, nawet bez ożywiania duchów.

— Ten symbol jest autentyczny — odparł Langdon, ale sam uznał, że powiedział to zbyt obronnym tonem. Wziął zdjęcie z rąk księdza i obrócił je do góry nogami.

Kamerling zamilkł, gdy zobaczył efekt.

— Nawet nowoczesne komputery — wyjaśniał dalej Langdon — nie zdołały opracować symetrycznego ambigramu tego słowa.

Kamerling założył ręce na piersi i przez dłuższą chwilę się nie odzywał.

— Iluminaci przestali istnieć — stwierdził wreszcie. — Już dawno temu. To fakt historyczny.

Langdon kiwnął potakująco głową.

— Jeszcze wczoraj zgodziłbym się z ojcem.

— Wczoraj?

— Zanim rozpoczął się ten ciąg wypadków. Teraz sądzę, że iluminaci wyszli z ukrycia i zamierzają zrealizować pewien dawny plan.

— Przepraszam, ale moja wiedza historyczna nieco zaśniedziała. Jaki plan ma pan na myśli?

Langdon odetchnął głęboko.

— Ten, w którym zobowiązali się do zniszczenia Watykanu.

— Zniszczenia Watykanu? — Głos kamerlinga wyrażał nie tyle strach, ile niedowierzanie. — Ale to przecież niemożliwe.

Vittoria potrząsnęła głową.

— Obawiam się, że mamy jeszcze gorsze wieści.

Rozdział 40

— Czy to prawda? — dopytywał się kamerling, przenosząc zdumiony wzrok z Vittorii na Langdona.

— *Signore* — wtrącił się Olivetti. — Przyznaję, że pojawiło się jakieś urządzenie. Widać je na jednym z naszych monitorów, ale co do twierdzeń panny Vetry o mocy tej substancji, to nie mogę...

— Chwileczkę — przerwał mu kamerling. — Można to zobaczyć?

— Tak, *signore*. To obraz z kamery bezprzewodowej numer osiemdziesiąt sześć.

— To dlaczego tego nie odszukacie? — W głosie kamerlinga zabrzmiał gniew.

— Byłoby to bardzo trudne, signore. — Olivetti, sztywno wyprostowany, zaczął mu wyjaśniać sytuację.

Kamerling słuchał uważnie, a Vittoria wyczuwała u niego coraz większe zaniepokojenie.

— Jesteście pewni, że to się znajduje w obrębie miasta? — spytał w końcu. — Może ktoś wyniósł kamerę i przekazuje obraz z innego miejsca?

— Niemożliwe — odparł komendant. — Zewnętrzne mury są ekranowane elektronicznie, żeby uniemożliwić podsłuch wewnętrznych środków łączności. Gdyby kamera była poza miastem, nie odbieralibyśmy sygnału.

— Zakładam zatem — stwierdził jego przełożony — że do szukania tej zaginionej kamery zostali skierowani wszyscy wolni strażnicy?

Olivetti potrząsnął przecząco głową.

— Nie, *signore*. Zlokalizowanie tej kamery może wymagać setek godzin poszukiwań. Mamy w tej chwili do wykonania kilka

161

ważnych zadań związanych z bezpieczeństwem, a z całym szacunkiem dla panny Vetra, ta kropelka, o której mówi, jest bardzo mała. Nie może spowodować takich skutków, jak ona twierdzi. Cierpliwość Vittorii się wyczerpała.

— Ta kropelka może zrównać z ziemią cały Watykan! Czy pan w ogóle słuchał, co do pana mówiłam?

— Proszę pani — odparł ostrym głosem. — Mam ogromne doświadczenie, jeśli chodzi o materiały wybuchowe.

— Pańskie doświadczenie jest przestarzałe — odparowała Vittoria równie twardo. — Pomijając mój wygląd, który najwyraźniej nie daje panu spokoju, jestem cenionym fizykiem zatrudnionym w najlepszym światowym ośrodku badań jądrowych. Osobiście wynalazłam tę pułapkę utrzymującą antymaterię w zawieszeniu i uniemożliwiającą jej anihilację. Ostrzegam pana, że jeśli nie znajdziecie tego pojemnika w ciągu najbliższych sześciu godzin, pańscy gwardziści przez następne sto lat nie będą mieli niczego do pilnowania, oprócz ogromnej dziury w ziemi.

Olivetti odwrócił się do kamerlinga, a w jego owadzich oczach płonął gniew.

— *Signore*, nie mogę dopuścić, żeby to trwało dalej. Ci żartownisie tylko marnują pański czas. Iluminaci? Kropelka, która zniszczy nas wszystkich?

— *Basta* — przerwał mu kamerling. Powiedział to cicho, a jednak mieli wrażenie, jakby jego głos rozniósł się echem po sali. Potem zapanowała cisza. Dalej mówił szeptem: — Niebezpieczna czy nie, podłożona przez iluminatów czy nie, czymkolwiek jest ta rzecz, z pewnością nie powinna się znajdować w obrębie Watykanu... a szczególnie tuż przed konklawe. Chcę, żeby to znaleziono i usunięto. Proszę natychmiast rozpocząć poszukiwania.

— *Signore*, nawet gdybym skierował do tego wszystkich gwardzistów — upierał się Olivetti — przeszukanie całego kompleksu zajmie dni, a nie godziny. Poza tym, po rozmowie z panną Vetra kazałem jednemu z moich ludzi przejrzeć nasz najnowszy podręcznik na temat balistyki, i nie ma w nim żadnej wzmianki na temat antymaterii. Nigdzie nic o niej nie znalazłem. Nigdzie.

Nadęty osioł, pomyślała Vittoria. Podręcznik balistyki? A sprawdzałeś w encyklopedii? Pod A?

Komendant nie przestawał mówić.

— *Signore*, jeśli chodzi o to, żebyśmy w dosłownym sensie przeszukiwali cały Watykan, to muszę zaprotestować.

— Komendancie — głos kamerlinga kipiał gniewem. — Czy

mógłbym panu przypomnieć, że kiedy zwraca się pan do mnie, to w istocie kieruje pan swoje słowa do tego urzędu? Wiem, że nie traktuje pan mojego stanowiska zbyt poważnie, niemniej jednak zgodnie z prawem ja tu rządzę. Jeśli się nie mylę, kardynałowie znajdują się teraz w Kaplicy Sykstyńskiej, gdzie są bezpieczni, a pan nie ma zbyt wiele do roboty, dopóki konklawe się nie zakończy. Gdybym nie znał pana lepiej, mógłbym pomyśleć, że celowo naraża pan to konklawe na niebezpieczeństwo.

Na twarzy Olivettiego odmalowała się uraza.

— Jak ojciec śmie! Służyłem temu papieżowi przez dwanaście lat! A poprzedniemu przez czternaście! Od tysiąc czterysta trzydziestego ósmego roku gwardia szwajcarska...

Przerwał mu głośny pisk dobywający się z krótkofalówki, którą miał umocowaną przy pasie.

— *Commandante?*

Olivetti wyjął ją gwałtownym ruchem i włączył nadajnik.

— *Sto occupato! Cosa vuoi?!*

— *Scusi* — z krótkofalówki odezwał się głos gwardzisty. — Otrzymałem wiadomość. Sądziłem, że chciałby pan zostać poinformowany, iż odebraliśmy groźbę na temat zamachu bombowego.

Olivetti nie przejawił nawet cienia zainteresowania.

— No, więc zajmijcie się tym. Zróbcie to, co zwykle, i napiszcie raport.

— Zrobilibyśmy, ale dzwoniący... — strażnik przerwał. — Nie przeszkadzałbym panu, komendancie, gdyby nie to, że wspomniał o substancji, na temat której kazał mi pan poszukać informacji. O antymaterii.

Wszyscy w pokoju wymienili osłupiałe spojrzenia.

— O czym wspomniał? — wyjąkał Olivetti.

— O antymaterii. W czasie, gdy staraliśmy się go namierzyć, jeszcze trochę poszukałem i znalazłem informacje na temat antymaterii, które są... cóż, szczerze mówiąc, dość niepokojące.

— Przecież powiedziałeś, że w podręczniku balistyki nie ma o niej wzmianki.

— Znalazłem w Internecie.

Alleluja, pomyślała Vittoria.

— To wyjątkowo wybuchowa substancja — wyjaśniał dalej gwardzista. — Aż trudno uwierzyć, że to może być prawda, ale tam twierdzą, że jeśli porównać takie same ilości antymaterii i rdzenia paliwowego, to antymateria ma sto razy większą moc wybuchu niż głowica jądrowa.

Olivetti zgarbił się nagle. Wyglądało to, jakby góra zaczęła się przewracać. Uczucie triumfu, które ogarnęło Vittorię, szybko zniknęło na widok przerażenia na twarzy kamerlinga.

— Namierzyliście rozmówcę? — zająknął się Olivetti.

— Nie udało się. To komórka z silnym kodowaniem. Linie satelitarne się przenikają i nie można wykorzystać triangulacji. Znacznik częstotliwości pośredniej wskazuje, że jest gdzieś w Rzymie, ale konkretnego miejsca nie zdołamy ustalić.

— Czy zgłosił jakieś żądania? — spytał Olivetti już spokojnym głosem.

— Nie. Ostrzegł nas tylko, że antymateria jest ukryta gdzieś w obrębie kompleksu. Był zdziwiony, że nic o tym nie wiem. Pytał, czy jeszcze jej nie widziałem. Ponieważ wcześniej pan pytał mnie o antymaterię, postanowiłem pana o tym poinformować.

— Dobrze zrobiłeś. Będę tam za chwilę. Proszę mnie natychmiast zawiadomić, gdyby jeszcze raz zadzwonił.

W krótkofalówce na chwilę zapanowała cisza.

— On wciąż jest na linii.

Olivettiego jakby poraził piorun.

— Nadal utrzymuje połączenie?

— Tak. Przez dziesięć minut próbowaliśmy go namierzyć, ale bez rezultatu. Musi wiedzieć, że nie zdołamy go złapać, gdyż nie chce się rozłączyć, dopóki nie połączymy go z kamerlingiem.

— Przełącz go — polecił kamerling. — Natychmiast!

Olivetti odwrócił się do niego gwałtownym ruchem.

— Ojcze, nie. Znacznie lepiej poradzi sobie z tym wyszkolony negocjator gwardii szwajcarskiej.

— Natychmiast!

Olivetti wydał odpowiedni rozkaz.

Chwilę później telefon na biurku Ventreski zaczął dzwonić. Kamerling przełączył telefon na tryb głośnomówiący.

— Kim pan jest, na miłość boską?

Rozdział 41

Głos dobiegający z głośnika był metaliczny i chłodny; pobrzmiewała w nim arogancja. Wszyscy obecni uważnie się w niego wsłuchiwali.

Langdon starał się ustalić pochodzenie akcentu dzwoniącego. Może Bliski Wschód?

— Jestem posłańcem starożytnego bractwa — oznajmił głos z obcą intonacją. — Bractwa, któremu od wieków wyrządzacie krzywdę. Jestem posłańcem iluminatów.

Langdon poczuł, jak naprężają mu się mięśnie i opuszczają go ostatnie wątpliwości. Przez moment odczuwał znajome zderzenie emocji, poczucia doniosłości chwili i śmiertelnego strachu, jakiego już doświadczył, kiedy dziś rano po raz pierwszy zobaczył ambigram.

— Czego chcesz? — spytał kamerling.

— Reprezentuję ludzi nauki. Ludzi, którzy podobnie jak wy, szukają odpowiedzi. Odpowiedzi na temat stworzenia człowieka, jego przeznaczenia i celu jego życia.

— Kimkolwiek jesteście — odparł kamerling — ja...

— Silenzio. Proszę lepiej posłuchać. Od dwóch tysięcy lat wasz Kościół uzurpuje sobie wyłączność do poszukiwania prawdy. Zmiażdżyliście opozycję kłamstwami i proroctwami zagłady. Manipulowaliście prawdą tak, aby służyła waszym potrzebom, mordując tych, których odkrycia nie odpowiadały waszej polityce. Czy dziwi was zatem, że staliście się celem oświeconych ludzi z całego świata?

— Oświeceni ludzie nie uciekają się do szantażu w walce o swoją sprawę.

— Szantażu? — Dzwoniący roześmiał się. — To nie jest

szantaż. Nie mamy żadnych żądań. Unicestwienie Watykanu nie jest sprawą do negocjacji. Czekaliśmy na ten dzień od czterystu lat. O północy wasze państwo przesatnie istnieć. Nic nie możecie zrobić, aby temu zapobiec.

Olivetti ruszył gwałtownie w stronę telefonu.

— Nie można się tutaj dostać! W żaden sposób nie uda wam się umieścić w Watykanie materiałów wybuchowych!

— Przemawiasz z pełnym ignorancji oddaniem członka gwardii szwajcarskiej. Może nawet jesteś oficerem? Z pewnością zdajesz sobie sprawę, że przez wieki iluminatom udało się przeniknąć do najbardziej elitarnych organizacji na całym świecie. Chyba nie sądzisz, że Watykan się przed tym uchronił?

Jezu, pomyślał Langdon, mają kogoś tu wewnątrz. Nie było tajemnicą, że infiltracja stanowiła niejako znak firmowy potęgi iluminatów. Zdołali przeniknąć do organizacji masońskich, głównych sieci bankowych i rządów. Churchill powiedział kiedyś dziennikarzom, że gdyby angielscy szpiedzy przeniknęli w szeregi faszystów w takim stopniu, w jakim iluminatom udało się zinfiltrować angielski parlament, wojna skończyłaby się w ciągu miesiąca.

— Przecież to oczywisty blef — warknął Olivetti. — Wasze wpływy nie mogą sięgać tak daleko.

— Dlaczego? Bo twoi gwardziści są czujni? Bo pilnują każdego zakątka waszego prywatnego świata? A co z samą gwardią szwajcarską? Czyż oni nie są ludźmi? Czy naprawdę sądzicie, że położą na szali swoje życie w obronie bajki o człowieku, który chodził po wodzie? Sami sobie odpowiedzcie, czy inaczej ten pojemnik mógłby się znaleźć w obrębie murów. A w jaki sposób dziś po południu zniknęły wasze cztery najcenniejsze aktywa.

— Nasze aktywa? — jęknął Olivetti. — O czym ty mówisz?

— Jeden, dwa, trzy, cztery. Jeszcze wam ich nie brakuje?

— O czym ty, do diabła... — Olivetti urwał nagle, oczy mu się rozszerzyły, jakby otrzymał cios prosto w brzuch.

— I co, już wam świta? Mam odczytać ich nazwiska?

— Co tu się dzieje? — spytał oszołomiony kamerling.

Dzwoniący roześmiał się głośno.

— Pański oficer jeszcze pana nie poinformował? To nieładnie. Nic dziwnego. Taki dumny. Wyobrażam sobie, jaką hańbą byłoby powiedzenie panu prawdy... że czterech waszych kardynałów, których przysięgał chronić, gdzieś zniknęło...

— Skąd masz tę informację?! — wybuchnął Olivetti.

— Niech ksiądz spyta swojego komendanta — napawał się

swoją przewagą dzwoniący — czy wszyscy kardynałowie znajdują się w Kaplicy Sykstyńskiej.

Kamerling spojrzał pytająco na Olivettiego.

— *Signore* — szepnął mu do ucha komendant — to prawda, że czterech kardynałów nie dotarło jeszcze do Kaplicy Sykstyńskiej, ale nie ma powodu do niepokoju. Każdy z nich zgłosił swoje przybycie w miejscu, gdzie będzie nocował, zatem wiemy, że znaleźli się bezpiecznie w obrębie miasta. Sam ojciec jadł z nimi podwieczorek zaledwie parę godzin temu. Po prostu się spóźniają na spotkanie przed konklawe. Szukamy ich, ale jestem pewien, że tylko stracili poczucie czasu, spacerując gdzieś po terenie Watykanu.

— Spacerując? — Z głosu kamerlinga zniknął spokój. — Mieli się stawić w kaplicy ponad godzinę temu!

Langdon spojrzał porozumiewawczo na Vittorię. Zaginęli kardynałowie? A więc już wiadomo, czego szukali gwardziści.

— Sądzę, że przekona was lista, którą mam przed sobą — ciągnął ich rozmówca. — Jest tu kardynał Lamassé z Paryża, kardynał Guidera z Barcelony, kardynał Ebner z Frankfurtu...

Olivetti sprawiał wrażenie, że przy każdym nazwisku coraz bardziej się kurczy.

Rozmówca przerwał, jakby szczególnie napawał się przyjemnością z ujawnienia ostatniego nazwiska.

— A z Włoch... kardynał Baggia.

Kamerling stracił całą energię, niczym żaglowiec, który dostał się w strefę ciszy. Jego sutanna nagle wydała się zbyt obszerna, a on osunął się bezwładnie na krzesło.

— *I preferiti* — wyszeptał. — Czterech faworytów... w tym Baggia... który był najbardziej prawdopodobnym kandydatem... Jak to możliwe?

Langdon czytał dość dużo na temat wyboru papieża, żeby zrozumieć, skąd wziął się wyraz rozpaczy na twarzy księdza. Wprawdzie formalnie każdy kardynał poniżej osiemdziesiątego roku życia mógł zostać papieżem, ale tylko nieliczni cieszyli się dostatecznym poważaniem, żeby uzyskać większość dwóch trzecich głosów w głosowaniu, w którym liczyły się wyłącznie osobiste preferencje. Nazywa się ich *preferiti*. I wszyscy zniknęli.

Na czole kamerlinga pojawił się pot.

— Co zamierzasz z nimi zrobić?

— A jak sądzicie? Jestem potomkiem Asasynów.

Langdon poczuł, że przechodzi go dreszcz. Dobrze znał tę nazwę. Kościół zdążył w minionych latach narobić sobie śmiertel-

167

nych wrogów — Asasynów, templariuszy, armie, które albo były prześladowane przez Watykan, albo przez nie zdradzone.

— Wypuśćcie kardynałów — poprosił kamerling. — Czy nie wystarczy groźba zniszczenia Miasta Boga?

— Zapomnijcie o swoich czterech kardynałach. Oni są już dla was straceni. Bądźcie pewni, że ich śmierć zapamiętają... miliony. To marzenie każdego męczennika. Dzięki mnie staną się gwiazdami mediów. Jeden po drugim. Do północy iluminaci pozyskają uwagę całego świata. Po cóż zmieniać świat, jeśli ten nie patrzy? Publiczne egzekucje mają w sobie jakąś upajającą grozę. Udowodniliście to już dawno temu... Inkwizycja, torturowanie templariuszy, wyprawy krzyżowe. — Przerwał na chwilę. — I oczywiście *la purga*.

Kamerling milczał.

— Nie pamięta ksiądz, co to była *la purga*? Oczywiście, że nie, jesteś zbyt młody. Księża są marnymi historykami. Może dlatego, że wstydzą się swojej historii.

— *La purga* — usłyszał Langdon własny głos. — Tysiąc sześćset sześćdziesiąty ósmy rok. Kościół naznaczył czterech uczonych z bractwa iluminatów piętnem w kształcie krzyża. Miało to odkupić ich grzechy.

— Kto to powiedział? — W głosie pytającego brzmiało raczej zaciekawienie niż zaniepokojenie. — Kto tam jeszcze jest?

Langdon poczuł się niepewnie.

— Moje nazwisko nie ma znaczenia — odparł, starając się, żeby jego głos nie drżał. Rozmowa z iluminatem wyprowadzała go z równowagi... zupełnie jakby rozmawiał z George'em Washingtonem. — Jestem naukowcem, który studiuje historię waszego bractwa.

— Świetnie — odparł głos. — Cieszę się, że żyją jeszcze osoby, które pamiętają zbrodnie, jakie przeciw nam popełniono.

— Większość z nas sądzi, że już nie istniejecie.

— To błędne przekonanie rozmyślnie rozpowszechniane przez bractwo. Co jeszcze wiesz o *la purga*?

Langdon zawahał się. Co jeszcze? Cała ta sytuacja to szaleństwo, tyle wiem!

— Po napiętnowaniu uczonych zamordowano, a ich ciała pozostawiono w publicznych miejscach w Rzymie jako ostrzeżenie dla innych, żeby nie przyłączali się do iluminatów.

— Tak, zatem my zrobimy to samo. Wet za wet. Uznajcie to za symboliczną karę za zamordowanie naszych braci. Wasi czterej kardynałowie zginą po jednym co godzina, poczynając od ósmej. O północy już cały świat będzie zainteresowany tą sprawą.

Langdon ruszył w kierunku telefonu.

— Naprawdę zamierzacie napiętnować i zabić tych czterech mężczyzn?

— Historia lubi się powtarzać, prawda? Oczywiście, my zachowamy się bardziej elegancko i odważnie niż Kościół. Oni zabijali dyskretnie, porzucając ciała w miejscach, gdzie nikt nie patrzył. To takie tchórzliwe.

— Co pan ma na myśli? — spytał Langdon. — Chcecie napiętnować i zabić tych ludzi publicznie?

— Brawo. Chociaż to zależy, co się uważa za publiczne. Wydaje mi się, że niewielu ludzi chodzi obecnie do kościoła.

Langdon nie wierzył własnym uszom.

— Chcecie ich zabić w kościołach?

— Gest uprzejmości. Dzięki temu Bóg będzie mógł szybciej zabrać swoje duszyczki do nieba. Wydaje się to jedynie słuszne. Oczywiście, mediom również się to spodoba.

— Blefujesz — odezwał się Olivetti, któremu powróciło opanowanie. — Nie możesz zabić człowieka w kościele i liczyć, że ujdzie ci to na sucho.

— Blefuję? Poruszamy się między twoimi gwardzistami jak duchy, zabieramy spośród was czterech kardynałów, podkładamy śmiertelnie niebezpieczny materiał w samym sercu waszej najświętszej świątyni, a ty sądzisz, że to blef? Kiedy zostaną dokonane zabójstwa, a ofiary odnalezione, zaroi się tu od przedstawicieli mediów. Do północy cały świat pozna krzywdy doznane przez iluminatów.

— A jeśli rozmieścimy strażników we wszystkich kościołach? — spytał Olivetti.

Dzwoniący roześmiał się.

— Obawiam się, że będzie to trudne zadanie. Nie liczyliście ostatnio? W Rzymie znajduje się ponad czterysta kościołów katolickich. Katedry, kaplice, kościoły, opactwa, klasztory, szkoły przyklasztorne, szkoły parafialne...

Olivetti nie zmienił twardego wyrazu twarzy.

— Za dziewięćdziesiąt minut się zacznie — oświadczył rozmówca tonem, w którym brzmiała nuta nieuchronności. — Jeden na godzinę. Kolejne ofiary w postępie arytmetycznym. Teraz muszę już iść.

— Poczekaj! — zawołał Langdon. — Powiedz mi, jakimi symbolami zamierzasz naznaczyć tych mężczyzn?

— Przypuszczam — w głosie zabójcy zabrzmiało rozbawienie — że sam już wiesz. A może jesteś sceptykiem? Już niedługo zobaczysz je na własne oczy. Dawne legendy okażą się prawdą.

Langdon poczuł zawroty głowy. Wiedział dokładnie, o czym ten człowiek mówi. Przypomniał sobie symbol wypalony na piersi Leonarda Vetry. Podania na temat iluminatów mówiły o pięciu symbolach. Zatem pozostały jeszcze cztery i zaginęło czterech kardynałów.

— Moim świętym obowiązkiem — odezwał się kamerling — jest doprowadzenie dziś wieczorem do wyboru nowego papieża. Jest to obowiązek zesłany przez Boga.

— Proszę księdza, świat nie potrzebuje nowego papieża. Po północy nie pozostanie tu nic, czym można by rządzić, poza stertą gruzów. Kościół katolicki się skończył. Wasze władanie się wypełniło.

Zapadła cisza.

Na twarzy kamerlinga malował się wyraz szczerego smutku.

— Myli się pan. Kościół to nie tylko kamienie i zaprawa. Nie można tak po prostu wymazać dwóch tysięcy lat wiary... jakiejkolwiek wiary. Nie da się zniszczyć wiary, usuwając jej ziemskie dowody. Kościół katolicki przetrwa nawet bez Watykanu.

— Cóż za szlachetne kłamstwo. Ale i tak pozostaje kłamstwem. Obaj znamy prawdę. Proszę mi powiedzieć, dlaczego Watykan jest otoczoną murami twierdzą?

— Lud boży żyje w świecie pełnym niebezpieczeństw — odparł kamerling.

— Ojciec jest jeszcze bardzo młody. Watykan jest fortecą, gdyż Kościół katolicki przechowuje za tymi murami połowę swoich bogactw: obrazy i rzeźby mistrzów, bezcenne klejnoty i księgi... a w podziemiach Banku Watykańskiego również złoto w sztabach i akty własności nieruchomości. Według waszych wewnętrznych szacunków, Watykan wart jest około czterdziestu ośmiu i pół miliarda dolarów. Trzeba przyznać, że siedzicie na niezłych oszczędnościach. Jutro to wszystko będzie już tylko popiołem. Nastąpi całkowita likwidacja majątku. Staniecie się bankrutem. Nawet duchowni nie mogą pracować za darmo.

Prawda stwierdzeń Asasyna wyraźnie odzwierciedliła się w zastygłych twarzach kamerlinga i Olivettiego. Langdon nie był tylko pewien, co go bardziej zdziwiło — że Kościół katolicki ma tak ogromny majątek, czy że iluminaci zdołali się tego dowiedzieć.

Kamerling westchnął ciężko.

— To wiara jest filarem naszego Kościoła, a nie pieniądze.

— Kolejne kłamstwo — odparł ich rozmówca. — W ubiegłym roku wydaliście sto osiemdziesiąt trzy miliony dolarów na pomoc dla borykających się z problemami diecezji na całym świecie.

Liczba wiernych uczęszczających do kościoła jest najniższa w dziejach; tylko w ostatniej dekadzie spadła o czterdzieści sześć procent. Dotacje w ciągu ostatnich siedmiu lat zmalały o połowę. Coraz mniej mężczyzn wstępuje do seminarium. Z pewnością tego nie przyznacie, ale wasz Kościół umiera. Teraz macie okazję odejść z hukiem.

Olivetti postąpił krok do przodu. Był już w mniej bojowym nastroju, jakby w końcu zrozumiał, że stoi przed realnym zagrożeniem. Wyglądał na człowieka, który szuka wyjścia. Jakiegokolwiek wyjścia.

— A co by się stało, gdyby część tych sztabek złota zasiliła fundusze waszej sprawy?

— Proszę nas obu nie obrażać.

— Mamy pieniądze.

— My też. Więcej, niż potraficie sobie wyobrazić.

Langdonowi przemknęło przez myśl wspomnienie opowieści o fortunach iluminatów, bogactwie dawnych masonów bawarskich, Rothschildów i Bilderbergerów, o legendarnym Diamencie Iluminatów.

— *I preferiti* — kamerling zmienił temat i mówił teraz błagalnym głosem. — Proszę im darować życie. Są już starzy. Oni...

— Oni są dziewiczą ofiarą — roześmiał się zabójca. — Proszę mi powiedzieć, wierzycie, że naprawdę są prawiczkami? Czy baranki będą piszczeć w chwili śmierci? *Sacrifici vergini nell' altare di scienza.*

Kamerling milczał teraz przez dłuższy czas.

— Są ludźmi wielkiej wiary — odezwał się w końcu. — Nie lękają się śmierci.

Dzwoniący prychnął pogardliwie.

— Leonardo Vetra też był człowiekiem wielkiej wiary, a jednak widziałem zeszłej nocy strach w jego oczach. Strach, który usunąłem.

Vittoria, która przez cały czas milczała, teraz gwałtownie zerwała się na nogi, a jej nienawiść widoczna była w napięciu całego ciała.

— *Assassino!* To był mój ojciec!

Z głośnika dobiegł chichot.

— Twój ojciec? Co to ma być? Vetra miał córkę? Powinnaś wiedzieć, że pod koniec twój ojciec kwilił jak dziecko. Doprawdy, to było żałosne. Żałosny człowiek.

Vittoria zatoczyła się, jakby pod ciosem, którym były dla niej te słowa. Langdon chciał ją podtrzymać, ale sama odzyskała równowagę i utkwiła palący wzrok w telefonie.

171

— Przysięgam na własne życie, że zanim ta noc dobiegnie końca, odnajdę cię. — Jej głos stał się ostry jak brzytwa. — A kiedy to nastąpi...

Zabójca roześmiał się ochryple.

— Kobieta z charakterem. Jestem poruszony. Być może, zanim ta noc się skończy, to ja znajdę ciebie. A wówczas...

Jego słowa zawisły jak miecz. Potem się rozłączył.

Rozdział 42

Kardynał Mortati czuł, że się poci pod czarną sutanną. Mało, że Kaplica Sykstyńska zaczynała powoli przypominać saunę, to na dodatek konklawe miało się rozpocząć za dwadzieścia minut, a nadal nie było żadnych wiadomości o czterech brakujących kardynałach. Wobec ich nieobecności inni kardynałowie, którzy początkowo tylko szeptali ze zdziwieniem, teraz zaczęli już otwarcie wyrażać niepokój.

Mortati nie miał najmniejszego pojęcia, gdzie mogli się podziać. Może są u kamerlinga? Wiedział, że wcześniej kamerling spotkał się z czterema faworytami na tradycyjnym podwieczorku, ale to było już całe godziny temu. Czyżby zachorowali? Zjedli coś, co im zaszkodziło? Jednak w to wątpił. Nawet gdyby znajdowali się na progu śmierci, też by tu przyszli. Zdarzało się raz w życiu, a najczęściej wcale, że kardynał miał szansę zostać papieżem, a zgodnie z Konstytucją Apostolską, w trakcie głosowania musiał się znajdować wewnątrz Kaplicy Sykstyńskiej. Inaczej nie mógł być wybrany.

Wprawdzie było czterech *preferiti*, ale prawie nikt nie miał wątpliwości, kto zostanie następnym papieżem. Przez ostatnie piętnaście dni trwała gorączkowa wymiana faksów, a w niezliczonych rozmowach telefonicznych omawiano potencjalne kandydatury. Jak to było w zwyczaju, wybrano cztery nazwiska *preferiti*, przy czym każdy z tych kardynałów musiał spełniać pewne niepisane wymagania.

Władać włoskim, hiszpańskim i angielskim.

Nie mieć żadnych wstydliwych tajemnic.

Mieć nie mniej niż sześćdziesiąt pięć i nie więcej niż osiemdziesiąt lat.

Jak zwykle jeden z tej czwórki się wyróżniał, jako ten, którego popierało najwięcej osób. Dziś tym człowiekiem był kardynał Aldo Baggia z Mediolanu. Nieskazitelny przebieg służby duszpasterskiej, niezwykłe zdolności językowe oraz umiejętność docierania do sedna kwestii duchowych czyniły z niego wyraźnego faworyta. Zatem, gdzie on, u licha, się podział? zastanawiał się Mortati. Mortatiego szczególnie denerwowała nieobecność kardynałów, gdyż to jemu przypadło zadanie nadzorowania przebiegu konklawe. Tydzień temu Kolegium Kardynałów jednogłośnie wybrało go na tak zwanego Wielkiego Elektora — czyli na wewnętrznego mistrza ceremonii konklawe. Wprawdzie w tym okresie na czele Kościoła stał kamerling, ale był on tylko księdzem i nie znał się na skomplikowanych procedurach wyborczych, w związku z czym wybierano jednego kardynała, żeby nadzorował ceremonię wewnątrz Kaplicy Sykstyńskiej.

Kardynałowie często sobie żartowali, że nominacja na Wielkiego Elektora była najokrutniejszym zaszczytem w Kościele. Wybraniec nie tylko nie może zostać papieżem, ale ponadto przez wiele dni poprzedzających konklawe musi przeglądać *Universi Dominici Gregis,* sprawdzając drobne szczegóły skomplikowanych rytuałów, aby dopilnować prawidłowego przeprowadzenia wyborów.

Jednak Mortatiemu to nie przeszkadzało. Zdawał sobie sprawę, że jego wybór był całkowicie logiczny. Nie tylko był najstarszym kardynałem, ale ponadto zaufanym człowiekiem zmarłego papieża, co zwiększało poważanie, jakim się cieszył. Wprawdzie formalnie mieścił się w dopuszczalnych granicach wiekowych, ale trochę za bardzo się postarał, aby być poważnym kandydatem. W wieku siedemdziesięciu dziewięciu lat przekroczył pewien próg, poza którym Kolegium nie ufało już, że ktoś ma wystarczająco silne zdrowie, aby znieść rygorystyczny harmonogram posługi papieskiej. Papież pracuje zazwyczaj po czternaście godzin na dobę przez siedem dni w tygodniu i umiera z wyczerpania średnio po 6,3 roku posługi. Wśród dobrze zorientowanych krążył żart, że wybór na papieża jest dla kardynała „najszybszą drogą do Nieba".

Wiele osób uważało, że Mortati mógłby zostać papieżem za swoich młodszych dni, gdyby nie miał tak szerokich horyzontów. Kiedy chodziło o stanowisko papieża, liczyła się tylko Święta Trójca — Konserwatysta, Konserwatysta, Konserwatysta.

Mortatiego nieodmiennie bawił fakt, że zmarły papież, Boże zbaw jego duszę, okazał się zadziwiająco liberalny, kiedy już objął swój urząd. Być może wyczuwając, że współczesny świat oddala się od Kościoła, wykonywał w jego kierunku przyjazne gesty,

174

łagodząc pozycję Kościoła na temat nauki, a nawet przeznaczając fundusze na wybrane kierunki badań naukowych. Niestety, okazało się to politycznym samobójstwem. Konserwatywni katolicy stwierdzili, że u papieża objawia się w ten sposób „zniedołężnienie starcze", podczas gdy puryści naukowi oskarżali go o próbę rozciągania wpływów Kościoła na dziedziny, które nie powinny go interesować.

— Zatem gdzie oni są?

Mortati odwrócił się.

Jeden z kardynałów poklepywał go nerwowo po ramieniu.

— Wiesz, gdzie oni są, prawda?

Mortati starał się nie okazywać swojego zdenerwowania.

— Może z kamerlingiem.

— O tej porze? To byłoby wysoce niewłaściwe! — Kardynał zmarszczył brwi z niedowierzaniem. — Chyba że kamerling stracił poczucie czasu.

Mortati w to nie wierzył, ale wolał się nie odzywać. Doskonale zdawał sobie sprawę, że większość kardynałów nie darzy sympatią kamerlinga, uważając, że jak na tak młodego człowieka, znalazł się zbyt blisko papieża. Mortati podejrzewał, że ich niechęć wypływała głównie z zazdrości. On sam podziwiał tego młodzieńca i w głębi ducha przyklaskiwał dokonanemu przez papieża wyborowi. Mortati widział w oczach kamerlinga wyłącznie gorliwą wiarę, a ponadto — w przeciwieństwie do wielu kardynałów — stawiał on wyżej sprawy Kościoła i religii niż drobne zabiegi polityczne. Był naprawdę sługą Bożym.

Niezachwiane oddanie kamerlinga stało się nawet legendarne. Wielu przypisywało je cudownemu zdarzeniu, które miało miejsce, gdy był jeszcze dzieckiem... zdarzeniu, które pozostawiłoby trwałe piętno w sercu każdego człowieka. To prawdziwy cud, że akurat nas to spotkało, pomyślał Mortati; on sam często żałował, że w dzieciństwie zabrakło zdarzenia, które obudziłoby w nim taką pozbawioną wątpliwości wiarę.

Jednak Mortati wiedział, że — ze szkodą dla Kościoła — kamerling nigdy nie zostanie papieżem, nawet w późniejszym wieku. Wymaga to bowiem pewnej politycznej ambicji, której młodemu księdzu najwyraźniej brakowało. Wielokrotnie odmawiał papieżowi, który chciał go mianować na wyższe stanowiska kościelne, twierdząc, że woli służyć Kościołowi jako zwyczajny kapłan.

— I co teraz? — Ten sam kardynał znowu poklepał Mortatiego, najwyraźniej czekając na odpowiedź.

Mortati podniósł wzrok.

— Słucham?

— Spóźniają się! Co powinniśmy zrobić?

— Cóż możemy zrobić? — odparł. — Musimy czekać i mieć wiarę.

Kardynał, rozczarowany odpowiedzią Mortatiego, wycofał się pomiędzy innych zgromadzonych.

Mortati stał przez chwilę, masując skronie i starając się odzyskać jasność myślenia. Rzeczywiście, co powinniśmy zrobić? Spojrzał za ołtarz na odnowiony fresk Michała Anioła *Sąd Ostateczny*. A jednak widok tego dzieła sztuki wcale nie złagodził jego lęku. Był to przerażający wizerunek Jezusa Chrystusa rozdzielającego ludzkość na prawych i grzeszników, i strącającego tych ostatnich do piekła. Widać było obdarte ze skóry lub płonące ciała, a nawet jednego z rywali Michała Anioła, jak siedzi w piekle z oślimi uszami na głowie. Guy de Maupassant napisał kiedyś, że malowidło to wygląda jak namalowane dla jarmarcznej budy przez jakiegoś prostego ładowacza węgla.

Kardynał Mortati musiał się z nim zgodzić.

Rozdział 43

Langdon stał bez ruchu przy kuloodpornym oknie w gabinecie papieża i spoglądał na krzątaninę przy wozach stacji telewizyjnych na placu Świętego Piotra. Po tej dziwnej rozmowie telefonicznej coś go rozpierało. W każdym razie nie czuł się sobą. Iluminaci wypełzli jak wąż z zapomnianych głębin historii i owinęli się wokół odwiecznego wroga. Żadnych żądań. Żadnych negocjacji. Tylko zemsta. Demonicznie proste. Wciskające w fotel. Przygotowywana przez czterysta lat zemsta. Wyglądało na to, że po latach prześladowań nauka brała odwet.

Kamerling stał przy biurku, patrząc niewidzącym wzrokiem na telefon. Olivetti pierwszy przerwał ciszę.

— Carlo — zwrócił się do kamerlinga po imieniu, co zabrzmiało, jakby mówił znużony przyjaciel, a nie oficer. — Przez dwadzieścia sześć lat poświęcałem życie ochronie tego urzędu. Dziś wygląda na to, że się zhańbiłem.

Kamerling pokręcił przecząco głową.

— Każdy z nas służy Bogu w inny sposób, zgodnie ze swoimi umiejętnościami, lecz służba zawsze jest honorem.

— To, co zaszło... nie umiem sobie wyobrazić, jak... ta sytuacja — Olivetti nie potrafił znaleźć słów.

— Zdajesz sobie sprawę, że pozostaje nam tylko jedno. Odpowiadam za bezpieczeństwo Kolegium Kardynalskiego.

— Obawiam się, że to był mój obowiązek, *signore*.

— W takim razie twoi ludzie dopilnują natychmiastowej ewakuacji.

— *Signore?*

— Dalsze działania, czyli poszukiwania urządzenia, kardynałów i ich porywaczy, podejmiemy później. Najpierw trzeba zapewnić bezpieczeństwo kardynałom. Świętość ludzkiego życia musi być na pierwszym miejscu. Ci ludzie stanowią fundament naszego Kościoła.

— Proponuje ojciec, żeby natychmiast odwołać konklawe?

— Czy mam jakiś wybór?

— A co z obowiązkiem wybrania nowego papieża?

Kamerling westchnął i odwrócił się w stronę okna, kierując spojrzenie na rozciągający się poniżej Rzym.

— Jego Świątobliwość powiedział mi kiedyś, że papież jest człowiekiem rozdartym pomiędzy dwoma światami... światem realnym i boskim. Przestrzegł mnie, że żaden Kościół, który ignorował rzeczywistość, nie przetrwał, żeby cieszyć się boską stroną życia. — Jego głos brzmiał zadziwiająco poważnie, jak na jego wiek. — Dzisiaj przyszło nam się zmierzyć ze światem rzeczywistym. Okazalibyśmy się nierozsądni, ignorując go. Duma i tradycja nie mogą górować nad rozsądkiem.

Olivetti kiwnął z uznaniem głową.

— Nie doceniałem ojca.

Kamerling jakby go nie słyszał. Nieobecne spojrzenie skierował ku oknu.

— Powiem otwarcie, *signore*. Świat rzeczywisty jest moim światem. Codziennie zanurzam się w jego brzydocie, żeby inni mogli nieskrępowanie poszukiwać czegoś czyściejszego. Proszę mi pozwolić doradzić sobie w sprawie obecnej sytuacji. Jestem odpowiednio do tego wyszkolony. Instynktowne działania ojca, choć godne pochwały, mogą przynieść katastrofalne skutki.

Kamerling odwrócił się.

Olivetti westchnął.

— Ewakuacja Kolegium Kardynalskiego z Kaplicy Sykstyńskiej jest obecnie najgorszym rozwiązaniem.

Ventresca nie oburzył się, ale na jego twarzy pojawił się wyraz zagubienia.

— Co zatem radzisz?

— Proszę o niczym nie mówić kardynałom, tylko otworzyć konklawe i zamknąć ich w kaplicy. To nam da trochę czasu na wypróbowanie innych możliwości.

— Mam zamknąć wszystkich kardynałów nad włączoną bombą zegarową?

— Tak, *signore*, ale tylko na razie. Później, jeśli zajdzie potrzeba, możemy zorganizować ewakuację.

Kamerling potrząsnął głową.

— Odłożenie ceremonii, zanim się rozpoczęła, już stanowiłoby powód do śledztwa, ale po zapieczętowaniu drzwi nic nie może jej przerwać. Procedury konklawe wymagają...

— Mówiliśmy o realnym świecie, *signore*. Właśnie dziś ojciec się w nim znalazł. Proszę słuchać uważnie. — Olivetti przemawiał teraz szybko i energicznie, jak oficer polowy. — Wprowadzenie do Rzymu stu sześćdziesięciu pięciu nieprzygotowanych i pozbawionych ochrony kardynałów byłoby bardzo lekkomyślne. Spowodowałoby zdenerwowanie i panikę wśród obywateli w podeszłym wieku, a jeden śmiertelny udar mózgu w tym miesiącu już nam wystarczy.

„Jeden śmiertelny udar". Słowa komendanta przypomniały Langdonowi nagłówki gazet, które czytał, jedząc z kilkoma studentami obiad w uniwersyteckiej stołówce: PAPIEŻ DOZNAŁ UDARU MÓZGU. ŚMIERĆ PAPIEŻA W CZASIE SNU.

— Ponadto — ciągnął Olivetti — Kaplica Sykstyńska przypomina twierdzę. Nie rozgłaszamy tego, ale jej konstrukcja została silnie wzmocniona, tak że oprze się każdemu atakowi, oprócz ciężkich pocisków. W trakcie przygotowań do konklawe przeszukaliśmy dziś po południu każdy jej centymetr pod kątem urządzeń podsłuchowych i innej aparatury inwigilacyjnej. Sprawdziliśmy, że jest pod tym względem czysta. Jestem też przekonany, że tam nie ukryto antymaterii. Stanowi zatem bezpieczne schronienie. Trudno byłoby znaleźć dla kardynałów lepsze miejsce. O ewakuacji możemy porozmawiać później, jeśli wystąpi taka potrzeba.

Na Langdonie ta wypowiedź zrobiła duże wrażenie. Chłodna logika Olivettiego przypominała mu Kohlera.

— Komendancie — odezwała się napiętym głosem Vittoria — są jeszcze inne powody do niepokoju. Nikt dotychczas nie wyprodukował tak dużej ilości antymaterii, toteż mogę tylko szacować promień wybuchu. Być może zagrożona jest również część Rzymu. Jeśli pojemnik znajduje się w centrum kompleksu watykańskiego lub głęboko pod ziemią, to skutki poza otaczającymi go murami mogą być niewielkie. Natomiast jeśli umieszczono go w pobliżu granic miasta... na przykład w tym budynku... — Wyjrzała ostrożnie na plac Świętego Piotra.

— Doskonale zdaję sobie sprawę ze swoich obowiązków wobec zewnętrznego świata — odparł Olivetti — ale to wcale nie pogarsza sytuacji. Ochrona tego sanktuarium jest moim jedynym obowiązkiem od ponad dwudziestu lat. Nie mam zamiaru dopuścić do tego, żeby ta substancja wybuchła.

Ventresca podniósł wzrok.

— Sądzi pan, że może ją znaleźć, komendancie?

— Muszę porozmawiać na ten temat z jednym ze specjalistów

179

od inwigilacji. Jest możliwość, że jeśli odetniemy dopływ prądu, uda nam się wyeliminować szumy i uzyskać na tyle czyste otoczenie, by wykryć pole magnetyczne tego pojemnika.

Widać było, że na Vittorii wywarło to wrażenie.

— Chce pan spowodować zaciemnienie?

— Jeszcze nie wiem, czy to możliwe, ale jest to jedna z opcji, które chciałbym zbadać.

— Kardynałowie będą się zastanawiali, co się stało — zauważyła dziewczyna.

Olivetti potrząsnął przecząco głową.

— Konklawe odbywa się przy świecach, tak że oni się nawet o tym nie dowiedzą. Po zapieczętowaniu konklawe mogę wysłać niemal wszystkich strażników na poszukiwania, zostawiając tylko kilku przy murach. Stu mężczyzn może przeszukać spory teren w ciągu pięciu godzin.

— Czterech — poprawiła go Vittoria. — Musimy jeszcze dolecieć z tym pojemnikiem z powrotem do CERN-u. Bez doładowania baterii nie unikniemy detonacji.

— Nie da się ich doładować tutaj?

— Interfejs jest bardzo skomplikowany. Gdybym mogła, przywiozłabym tutaj to urządzenie.

— Zatem cztery godziny. — Olivetti zmarszczył czoło. — To i tak sporo czasu. Panika zaszkodzi wszystkim. *Signore*, zostało dziesięć minut. Proszę iść do kaplicy i zapieczętować konklawe. Da to moim ludziom czas na wykonanie zadania. Kiedy zbliży się krytyczna pora, pomyślimy o rozwiązaniach kryzysowych.

Langdon zastanawiał się przez chwilę, kiedy komendant uzna, że pora stała się „krytyczna".

Na twarzy kamerlinga odmalowało się zmartwienie.

— Kardynałowie będą pytać, co się stało z czwórką *preferiti...* a przede wszystkim z Baggio.

— Zatem musi ojciec coś wymyślić. Proszę powiedzieć, że podczas podwieczorku zjedli coś, co im zaszkodziło.

Ta rada wyraźnie zirytowała kamerlinga.

— Mam stanąć przed ołtarzem Kaplicy Sykstyńskiej i kłamać przed Kolegium Kardynałów?

— Dla ich własnego bezpieczeństwa. *Una bugia veniale.* Kłamstwo w dobrej intencji. Zadaniem ojca będzie utrzymanie spokoju. — Olivetti ruszył ku drzwiom. — Teraz, jeśli ojciec pozwoli, muszę zacząć działać.

— Komendancie — odezwał się naglącym tonem kamerling — nie możemy zostawić zaginionych kardynałów samym sobie.

Olivetti zatrzymał się w progu.

— Baggia i pozostali są teraz poza sferą naszych wpływów. Musimy ich zostawić... dla dobra ogółu. W wojsku nazywamy to selekcją.

— A nie chodzi czasem o porzucenie?

Głos Olivettiego stał się twardszy.

— Gdyby był jakikolwiek sposób, żeby odnaleźć tych kardynałów, chętnie oddałbym za to życie. Jednak... — wskazał widok rozciągający się za oknem, gdzie popołudniowe słońce oświetlało niekończące się szeregi dachów Rzymu — nie leży w moich możliwościach przeszukanie miasta liczącego pięć milionów mieszkańców. Nie będę marnował cennego czasu, żeby uspokoić swoje sumienie działaniem z góry skazanym na niepowodzenie. Bardzo mi przykro.

Nagle odezwała się Vittoria.

— Gdyby udało nam się jednak złapać zabójcę, mógłby pan go zmusić do mówienia.

Komendant spojrzał na nią niechętnie.

— Żołnierze nie mogą sobie pozwolić na to, by odgrywać świętych. Proszę mi wierzyć, panno Vetra, że w pełni rozumiem osobiste względy, które mobilizują panią do schwytania tego człowieka.

— Nie chodzi tylko o sprawy osobiste — odparła. — Zabójca wie, gdzie jest antymateria... i zaginieni kardynałowie. Gdyby udało nam się go znaleźć...

— Mamy tańczyć, jak nam zagrają? — przerwał jej komendant. — Z pewnością iluminaci na to właśnie liczą... że pozbawimy Watykan ochrony, wysyłając gwardzistów do przeszukiwania setek kościołów. Zmarnujemy w ten sposób cenny czas i wysiłek ludzi, zamiast szukać antymaterii... a co gorsza, zostawimy zupełnie bez ochrony Bank Watykański, że już nie wspomnę o pozostałych kardynałach.

Trudno było temu zaprzeczyć.

— A co z rzymską policją? — spytał kamerling. — Możemy wprowadzić w mieście stan pogotowia kryzysowego i uzyskać ich pomoc w poszukiwaniu porywacza.

— To również byłby błąd — oświadczył Olivetti. — Wie ojciec, jaki stosunek mają do nas rzymscy *carabinieri*. Dano by nam do pomocy kilku ludzi, po czym nagłośniono wszystko w światowych mediach. O to właśnie chodzi naszym wrogom. I bez tego już wkrótce będziemy mieli do czynienia z dziennikarzami.

„Dzięki mnie staną się gwiazdami mediów — przypomniał

sobie Langdon słowa zabójcy. — Ciało pierwszego kardynała pojawi się o ósmej. Potem co godzina kolejny. Mediom spodoba się ten temat".

Znów odezwał się kamerling, tym razem z nutą gniewu w głosie.

— Komendancie, nie możemy ze spokojnym sumieniem nic nie robić w sprawie zaginionych kardynałów!

Komendant spojrzał mu prosto w oczy.

— Modlitwa świętego Franciszka, *signore*. Pamięta ją ojciec?

Młody ksiądz z bólem w głosie wyrecytował fragment.

— Boże, daj mi siłę, bym pogodził się z tym, czego nie mogę zmienić.

— Proszę mi wierzyć — stwierdził Olivetti. — To właśnie jest jedna z takich spraw. — I wyszedł.

Rozdział 44

Centrala BBC znajduje się w Londynie tuż koło Piccadilly Circus. Kiedy zadzwonił telefon, siedząca przy centralce młodsza redaktor programowa podniosła słuchawkę.

— BBC — powiedziała, gasząc dunhilla.

Głos, który odezwał się w słuchawce, był szorstki i brzmiał w nim akcent z Bliskiego Wschodu.

— Mam sensacyjną historię. Być może wasza telewizja będzie nią zainteresowana.

Kobieta wyjęła ołówek i standardowy arkusz tematów.

— Dotyczącą?

— Wyboru papieża.

Skrzywiła się z wyrazem znużenia. Wczoraj puścili wstępny materiał na ten temat, ale oddźwięk był marny. Telewidzowie najwyraźniej nie byli zainteresowani Watykanem.

— W czym tkwi haczyk?

— Czy macie w tej chwili w Rzymie reportera obsługującego konklawe?

— Tak.

— Muszę porozmawiać bezpośrednio z nim.

— Przykro mi, ale nie mogę podać panu jego numeru, nie wiedząc...

— Konklawe grozi niebezpieczeństwo. To wszystko, co mogę powiedzieć.

Zanotowała tę informację.

— Pańskie nazwisko?

— Moje nazwisko jest nieistotne.

Nie była tym zaskoczona.

— Ma pan jakiś dowód na poparcie tego twierdzenia?

183

— Tak.

— Chętnie wysłuchałabym pańskich informacji, ale nie mamy zwyczaju podawać numerów naszych reporterów, o ile nie...

— Rozumiem. W takim razie zadzwonię do innej stacji. Dziękuję za poświęcony czas. Do widz...

— Chwileczkę — przerwała mu. — Może pan zaczekać?

Odłożyła na chwilę słuchawkę i przeciągnęła się. Sztuka wykrywania ewentualnych pomyleńców nie była wprawdzie nauką ścisłą, ale ten człowiek przeszedł już pomyślnie dwa niepisane sprawdziany autentyczności źródła informacji. Odmówił podania nazwiska i chciał się rozłączyć. Pismaki i poszukiwacze sławy zazwyczaj jęczeli i błagali.

Szczęściem dla niej reporterzy żyją w ciągłym strachu, że ominie ich jakaś fantastyczna historia, toteż rzadko mieli do niej pretensje, nawet jeśli nieraz podesłała im psychotyka z urojeniami. Zmarnowanie pięciu minut czasu reportera było wybaczalne, natomiast przeoczenie sensacyjnego tematu — nie.

Ziewając, sięgnęła do klawiatury i wpisała „Watykan". Kiedy zobaczyła nazwisko dziennikarza obsługującego wybór papieża, zaśmiała się sama do siebie. Był nowy w BBC. Ściągnięto go z jakiegoś londyńskiego brukowca, żeby zajął się najbardziej prozaicznymi wydarzeniami. Najwyraźniej kazano mu zaczynać od najniższego szczebla.

Pewnie nudzi się tam śmiertelnie. Ma przed sobą perspektywę czekania przez całą noc, żeby potem nagrać dziesięciosekundowy materiał na żywo. Może nawet będzie jej wdzięczny za to urozmaicenie.

Spisała zatem numer, pod którym był uchwytny w Watykanie, po czym, zapalając kolejnego papierosa, podała go anonimowemu rozmówcy.

Rozdział 45

— To się nie uda — stwierdziła Vittoria, spacerując nerwowo po papieskim gabinecie. Spojrzała na kamerlinga. — Nawet jeśli gwardziści usuną ekranowanie, musielibyśmy się znaleźć nad samym pojemnikiem, żeby wykryć sygnał. Poza tym nawet nie wiemy, czy nie ma jeszcze innych barier. Przecież może być zakopany w metalowej skrzynce gdzieś w ziemi... albo schowany na górze, w metalowych przewodach wentylacyjnych. Wtedy w żaden sposób go nie znajdą. A co, jeśli tamci mają kogoś w szeregach gwardii? Nie mamy gwarancji, że nie utrudni poszukiwań.

Kamerling sprawiał wrażenie całkowicie wyczerpanego.

— W takim razie co pani proponuje?

Vittoria zdenerwowała się. Czy to nie oczywiste?!

— Proponuję, żeby natychmiast przedsięwziąć środki bezpieczeństwa. Możemy wbrew rozsądkowi mieć nadzieję, że komendantowi się uda i znajdzie pojemnik. Ale proszę wyjrzeć przez okno. Widzi ojciec tych ludzi? Te budynki po drugiej stronie placu? Te wozy telewizyjne? Turystów? Wszystko to może się znajdować w zasięgu wybuchu. Trzeba działać natychmiast.

Kamerling pokiwał głową z nieobecnym wyrazem twarzy.

Ręce jej opadły. Olivetti przekonał wszystkich, że mają dużo czasu. Jednak ona wiedziała, że jeśli wieści o trudnym położeniu Watykanu przedostaną się na zewnątrz, cały teren błyskawicznie zaroi się tłumem gapiów. Widziała już coś podobnego przed gmachem szwajcarskiego parlamentu. Kiedy wzięto tam zakładników i podłożono bombę, tysiące ludzi zgromadziły się w pobliżu, żeby zobaczyć, co z tego wyniknie. Pomimo ostrzeżeń policji o niebezpieczeństwie, tłum przysuwał się coraz bliżej budynku. Nic nie wzbudza takiego zainteresowania, jak cudza tragedia.

— *Signore* — podjęła jeszcze jedną próbę — człowiek, który zabił mojego ojca, jest tu gdzieś w pobliżu. Każda cząsteczka mojego ciała chciałaby stąd wyjść i go ścigać. Jednak stoję w tym gabinecie... bo uważam, że ponoszę odpowiedzialność. Wobec księdza i innych ludzi. Zagrożone jest w tej chwili życie ludzkie, *signore*. Czy ojciec mnie słyszy?

Kamerling nie odpowiedział.

Vittoria słyszała, jak wali jej serce. Dlaczego gwardia szwajcarska nie potrafiła namierzyć człowieka, który dzwonił? Przecież ten zabójca ma kluczowe znaczenie! Wie, gdzie jest antymateria... do licha, wie też, gdzie są kardynałowie! Trzeba go złapać, a wtedy obie sprawy będą załatwione.

Czuła, że się rozkleja; ogarniało ją dziwne, obce uczucie, pamiętane tylko mgliście z dzieciństwa, gdy przebywała jeszcze w sierocińcu, bardzo frustrujące, gdy nie ma się pod ręką żadnych narzędzi, by sobie z nim poradzić. Masz narzędzia, powiedziała sobie, zawsze masz narzędzia. Jednak nic to nie dało. Natrętne myśli dalej ją dręczyły i zaczynały ją już dławić. Jest przecież naukowcem, a jej praca polega na rozwiązywaniu problemów. Ale ten problem nie ma rozwiązania. Jakich danych potrzebuję? Czego chcę? Mówiła sobie, że musi głęboko oddychać, ale po raz pierwszy w życiu nie mogła. Zaczynała się dusić.

Langdona rozbolała głowa i miał wrażenie, jakby się prześlizgiwał po obrzeżach racjonalności. Patrzył na Vittorię i kamerlinga, ale ostrość widzenia zakłócały mu przerażające obrazy: wybuch, tłoczący się dziennikarze, filmujące kamery, cztery napiętnowane ciała ludzkie.

Szatan... Lucyfer... Niosący Światło...

Starał się wyrzucić z umysłu diabelskie wizerunki. Wykalkulowany terroryzm, przypomniał sobie, kurczowo chwytając się rzeczywistości. Zaplanowany chaos. Wrócił myślami do seminarium w Radcliffe, w którym kiedyś uczestniczył, kiedy badał symbole pretoriańskie. Od tamtej pory zupełnie zmieniło się jego pojęcie o terroryzmie.

— Terroryzm — wyjaśniał profesor — ma jeden cel. Jaki?

— Zabijanie niewinnych ludzi? — zaryzykował jeden ze studentów.

— Nie. Śmierć jest tylko produktem ubocznym terroryzmu.

— Demonstrację siły?

— Nie. Trudno o słabszą argumentację.

— Wywołanie przerażenia?

— Można to tak ująć. To proste. Celem terroryzmu jest wzbudzenie lęku. Lęk podważa wiarę w instytucje państwowe. Osłabia wroga od środka i wywołuje niepokoje społeczne. Proszę zapisać. Terroryzm nie jest wyrazem gniewu. Terroryzm jest bronią polityczną. Wystarczy skruszyć fasadę niezawodności rządu, a pozbawi się naród wiary. Utrata wiary...

Czyżby o to właśnie chodziło? Zastanawiał się, jak chrześcijanie na całym świecie zareagują, gdy ich kardynałowie zostaną po okaleczeniu wystawieni na pokaz. Jeśli wiara nie chroni nawet wyświęconego księdza przed sługami szatana, to na co może liczyć reszta z nas? Langdon miał wrażenie, że głowa mu puchnie... słyszał przekrzykujące się w niej cienkie głosiki.

Wiara nie jest od tego, żeby cię chronić. Chronią cię lekarstwa i poduszki powietrzne. Bóg cię nie chroni. Chroni cię inteligencja... wiedza. Zainwestuj swoją wiarę w coś, co da namacalne rezultaty. Kiedy ostatnio ktoś chodził po wodzie? Współczesne cuda są cudami nauki... komputery, szczepionki, stacje kosmiczne... nawet boski cud stworzenia. Materia z niczego... w laboratorium. Kto potrzebuje Boga? Nie! Nauka jest Bogiem.

W umyśle Langdona ponownie zabrzmiał głos zabójcy. „Północ... Kolejne ofiary w postępie arytmetycznym... *sacrifici vergini nell' altare di scienza"*.

I nagle, jak tłum rozproszony pojedynczym wystrzałem, głosy zniknęły.

Robert Langdon skoczył na nogi. Popchnięte przez niego krzesło przechyliło się i z trzaskiem upadło na marmurową posadzkę.

Vittoria i kamerling aż się wzdrygnęli.

— Umknęło mi to — szepnął w oszołomieniu Langdon. — A miałem to tuż przed nosem...

— Co ci umknęło? — dopytywała się Vittoria.

Langdon zwrócił się do księdza:

— Ojcze, od trzech lat składam do tego biura prośby o umożliwienie mi dostępu do archiwów watykańskich. Odmówiono mi już siedem razy.

— Panie Langdon, przykro mi z tego powodu, ale nie sądzę, żeby to był najlepszy moment na składanie zażalenia.

— Muszę się tam natychmiast dostać. Chodzi o czterech zaginionych kardynałów. Może uda mi się ustalić, gdzie mają być zamordowani.

Vittoria spojrzała na niego, przekonana, że musiała źle go zrozumieć.

Kamerling przybrał zmartwiony wyraz twarzy, jakby stał się ofiarą okrutnego żartu.

— Mam uwierzyć, że ta informacja znajduje się w naszych archiwach?

— Nie mogę obiecać, że odszukam ją na czas, ale jeśli będę mógł tam wejść...

— Panie Langdon, za cztery minuty muszę się znaleźć w Kaplicy Sykstyńskiej. Archiwa są po drugiej stronie Watykanu.

— Ty mówisz poważnie, prawda? — przerwała im Vittoria, zaglądając Langdonowi głęboko w oczy.

— To raczej nie pora na żarty.

— Ojcze — dziewczyna zwróciła się do kamerlinga. — Jeśli istnieje jakaś szansa... choćby najmniejsza szansa, że uda się odnaleźć miejsca, gdzie zostaną dokonane te zabójstwa...

— Ale archiwa? — zaprotestował kamerling. — Jakim cudem miałyby się tam znaleźć wskazówki?

— Wyjaśnienie tego — odezwał się Langdon — zabrałoby więcej czasu, niż mamy. Jednak jeśli się nie mylę, możemy wykorzystać te informacje do schwytania Asasyna.

Po wyrazie twarzy duchownego widać było, że chciałby mu uwierzyć, ale nie może.

— Znajdują się tam najcenniejsze rękopisy chrześcijańskie. Przechowywane są skarby, których nawet ja nie mam prawa oglądać.

— Zdaję sobie z tego sprawę.

— Zezwolenie może być udzielone wyłącznie na piśmie przez kustosza i Watykańską Radę Bibliotekarzy.

— Albo — dodał Langdon — na polecenie papieża. Tak było napisane na wszystkich odmowach, które przysłał mi kustosz.

Kamerling skinął głową.

— Nie chciałbym być niegrzeczny — ciągnął Langdon — ale jeśli się nie mylę, polecenie papieża wychodzi właśnie stąd. A dziś wieczorem ksiądz sprawuje pieczę nad tym urzędem. Biorąc pod uwagę okoliczności...

Kamerling wyciągnął z sutanny kieszonkowy zegarek.

— Panie Langdon, jestem dziś gotów oddać życie, i to w dosłownym sensie, żeby uratować ten Kościół.

Langdon dostrzegł w jego spojrzeniu wyłącznie szczerość.

— Czy pan naprawdę wierzy, że ten dokument tam jest? I że może pomóc zlokalizować te kościoły?

— Nie zabiegałbym tak usilnie o pozwolenie, gdybym nie był przekonany. Włochy są trochę za daleko, żeby przyjeżdżać tu sobie dla żartu, kiedy się żyje z uniwersyteckiej pensji. Dokument będący w waszym posiadaniu jest starą...

— Przepraszam — przerwał mu ksiądz. — Proszę mi wybaczyć, ale mój mózg nie przetworzy już dalszych informacji. Czy wie pan, gdzie mieszczą się tajne archiwa?

Langdon poczuł przypływ emocji.

— Tuż za bramą Santa Ana.

— Brawo. Większość naukowców sądzi, że wchodzi się do nich przez ukryte drzwi za tronem świętego Piotra.

— Nie. Tam znajduje się Archivio della Reverenda di Fabbrica di S. Pietro. To częsty błąd.

— Wchodzącym do archiwów zawsze towarzyszy specjalny przewodnik. Dzisiaj jednak ich nie ma, zatem prosi pan o *carte blanche*. Nawet kardynałowie nie wchodzą tam sami.

— Będę traktował te skarby z najwyższym szacunkiem i uwagą. Wasi bibliotekarze nawet nie zauważą, że tam byłem.

Z góry dobiegł ich głos dzwonu z Bazyliki Świętego Piotra. Kamerling ponownie spojrzał na zegarek.

— Muszę iść. — Milczał przez pełną napięcia chwilę, po czym spojrzał na Langdona. — Polecę jednemu z gwardzistów, żeby czekał na was przy archiwum. Okazuję panu pełne zaufanie. Proszę już iść.

Langdon nie mógł wykrztusić z siebie słowa.

Od młodego księdza biła teraz dziwna powaga. Schylił się ku niemu i ścisnął mu ramię z zaskakującą siłą.

— Chcę, żeby pan znalazł to, czego szuka. I znalazł to szybko.

Rozdział 46

Tajne archiwa watykańskie znajdują się na przeciwległym końcu dziedzińca Borgiów, na wzgórzu na wprost bramy Santa Ana. Liczą ponad dwadzieścia tysięcy tomów i podobno zawierają takie skarby, jak zaginione pamiętniki Leonarda da Vinci, a nawet niepublikowaną Biblię.

Langdon szedł energicznym krokiem opustoszałą Via della Fondamenta, nie mogąc wprost uwierzyć, że uzyskał pozwolenie. Vittoria bez trudu dotrzymywała mu kroku. Jej pachnące migdałami włosy powiewały lekko na wietrze i z przyjemnością wąchał ten zapach. Poczuł, że myśli zbaczają mu na manowce, więc stanowczo przywołał się do porządku.

— Powiesz mi, czego szukamy? — odezwała się Vittoria.

— Małej książeczki napisanej przez człowieka imieniem Galileusz.

W jej głosie zabrzmiało zaskoczenie.

— Nie tracisz czasu. Co w niej jest?

— Powinna zawierać coś, co nazywa się *il segno*.

— Znak?

— Znak, wskazówkę, drogowskaz... zależy, jak przetłumaczysz.

— Drogowskaz do czego?

Langdon nieco przyspieszył.

— Do tajnej siedziby. Iluminaci Galileusza musieli ukrywać się przed Kościołem, toteż znaleźli sobie w Rzymie supertajne miejsce spotkań. Nadali mu nazwę Kościół Iluminatów.

— To raczej bezczelność nazwać miejsce satanistycznego kultu kościołem.

Langdon potrząsnął głową.

— W czasach Galileusza iluminaci absolutnie nie byli satanistami. Byli to uczeni, którzy czcili oświecenie. Potrzebowali takiej siedziby, żeby móc się swobodnie spotykać i dyskutować o sprawach zabronionych przez Kościół. Jednak choć wiemy, że takie miejsce istniało, to do dziś nikomu nie udało się go zlokalizować.

— Najwyraźniej iluminaci umieli dotrzymywać tajemnic.

— Niewątpliwie. Nigdy nie ujawnili lokalizacji kryjówki nikomu spoza bractwa. Jednak choć tajemnica ich chroniła, to z drugiej strony stanowiła przeszkodę w naborze nowych członków.

— Nie mogli się rozwijać, skoro nikt nie wiedział o ich istnieniu — uzupełniła Vittoria, najwyraźniej nadążając nie tylko za jego krokami, ale i myślami.

— Właśnie. Informacje o iluminatach zaczęły się rozprzestrzeniać w latach trzydziestych siedemnastego wieku, a uczeni z całego świata udawali się na pielgrzymki do Rzymu, w nadziei, że uda im się do nich przyłączyć. Marzyli o tym, żeby spojrzeć przez teleskop Galileusza i posłuchać teorii mistrza. Niestety, z powodu utrzymywanej przez bractwo tajemnicy, nie wiedzieli, dokąd się udać, ani z kim można bezpiecznie porozmawiać. Z kolei iluminaci potrzebowali świeżej krwi, lecz nie mogli ryzykować i ujawniać swojej kryjówki.

Vittoria zmarszczyła brwi.

— Brzmi to jak *situazione senza soluzione*.

— Właśnie. Błędne koło.

— No i co zrobili?

— Byli przecież uczonymi. Przeanalizowali problem i znaleźli rozwiązanie. Prawdę mówiąc, genialne. Stworzyli coś w rodzaju bardzo pomysłowej mapy kierującej przybyszów do ich sanktuarium.

Na twarzy Vittorii pojawił się wyraz sceptycyzmu i zwolniła kroku.

— Mapy? To raczej nieostrożne. Gdyby jej kopia wpadła w niepowołane ręce...

— To niemożliwe — wyjaśnił Langdon. — Nie istniały żadne kopie. Mapy nie wykonano na papierze. Było to coś w rodzaju oznaczonego szlaku wiodącego przez miasto.

Dziewczyna jeszcze bardziej zwolniła.

— Strzałki wymalowane na chodnikach?

— W pewnym sensie tak, ale pomysł był znacznie subtelniejszy. Mapa składała się z serii starannie ukrytych symbolicznych znaków umieszczonych w miejscach publicznych. Jeden znak prowadził do kolejnego... i w końcu doprowadzały do sekretnej siedziby iluminatów.

Vittoria spojrzała na niego z ukosa.

— Zupełnie jak poszukiwanie skarbów.

Zaśmiał się.

— Można tak powiedzieć. Iluminaci nazwali ten ciąg oznaczeń Ścieżką Oświecenia i każdy, kto chciał wstąpić do ich bractwa, musiał nią przejść. Był to rodzaj testu.

— Skoro jednak Watykan chciał ich wytropić — zaoponowała dziewczyna — to również mógł wykorzystać ten szlak.

— Nie. Ścieżka była dobrze ukryta. Była to zagadka skonstruowana w ten sposób, że tylko niektórzy ludzie posiadali dostateczne umiejętności, żeby dostrzec wskazówki i odkryć położenie siedziby. Iluminaci traktowali to jako rodzaj inicjacji dla nowych członków. Szlak był nie tylko formą ochrony, ale i zabezpieczeniem służącym temu, żeby tylko najmądrzejsi uczeni dotarli pod ich drzwi.

— Coś mi tu nie pasuje. W siedemnastym wieku właśnie wśród duchowieństwa było bardzo wielu wykształconych ludzi. Skoro symbole znajdowały się w miejscach publicznych, to księża również mogli odgadnąć ich znaczenie.

— Oczywiście — zgodził się Langdon — gdyby wiedzieli o ich istnieniu. Ale tak nie było. Nie zdołali też ich zauważyć, gdyż zostały zaprojektowane w taki sposób, by duchowni nawet nie podejrzewali, czym naprawdę są. Iluminaci zastosowali metodę zwaną w symbolice dyssymulacją.

— Kamuflaż.

Na Langdonie zrobiło to wrażenie.

— Znasz to określenie.

— *Dissimulazione* — wyjaśniła. — W przyrodzie to najlepsza obrona. Spróbuj dostrzec fletnicę unoszącą się pionowo w trawie morskiej.

— W porządku. W każdym razie iluminaci wykorzystali ten pomysł natury. Stworzyli oznaczenie wtapiające się w tło dawnego Rzymu. Nie mogli wykorzystać ambigramów ani symboli naukowych, gdyż byłoby to zbyt oczywiste. Wezwali zatem pewnego artystę... tego samego, który stworzył dla nich ambigramy... i zlecili mu wykonanie czterech rzeźb.

— Rzeźby iluminatów?

— Tak, rzeźby, które musiały spełniać dwa warunki. Po pierwsze, musiały wyglądać podobnie do reszty dzieł sztuki w Rzymie... dzieł, które księżom zupełnie nie kojarzyłyby się z bractwem.

— Sztuka religijna.

Langdon skinął potakująco głową i, podniecony, zaczął mówić szybciej.

— Drugim warunkiem było to, że miały one konkretny temat. Każda z rzeźb miała być subtelnym hołdem złożonym jednemu z czterech pierwiastków.

— Czterech pierwiastków? — przerwała mu Vittoria. — Przecież jest ich ponad sto.

— Ale w siedemnastym wieku tak nie uważano — przypomniał jej Langdon. — Dawni alchemicy byli przekonani, że cały wszechświat składa się wyłącznie z czterech substancji: Ziemi, Powietrza, Ognia i Wody.

Jak Langdon wiedział, także krzyż był początkowo najpopularniejszym symbolem tych czterech żywiołów — cztery ramiona przedstawiały Ziemię, Powietrze, Ogień i Wodę. Jednak poza tym na przestrzeni dziejów pojawiały się dosłownie dziesiątki innych symbolicznych oznaczeń starożytnych pierwiastków: pitagorejskie cykle życia, chińskie Hong-Fan, pierwiastek męski i żeński Junga, ćwiartki Zodiaku... nawet muzułmanie czcili cztery starożytne pierwiastki, chociaż w islamie określano je jako „kwadraty, chmury, błyskawice i fale". Jednak Langdona najbardziej fascynowało współczesne użycie tych symboli — cztery masońskie mistyczne stopnie doskonałości: Ziemia, Powietrze, Ogień i Woda.

Na twarzy Vittorii malowało się zdziwienie.

— Zatem ten artysta iluminatów stworzył cztery dzieła sztuki, które wyglądały na religijne, ale w rzeczywistości były hołdem dla Ziemi, Powietrza, Ognia i Wody?

— Właśnie — potwierdził Langdon, szybko skręcając w Via Sentinel, prowadzącą w kierunku archiwów. — Rzeźby te zniknęły w morzu dzieł religijnych, których pełno jest w Rzymie. Bractwo postarało się, żeby znalazły się w starannie wybranych kościołach Rzymu. Po prostu podarowali je anonimowo odpowiednim świątyniom. Oczywiście, każda z rzeźb była znakiem... w zakamuflowany sposób kierującym ku następnemu kościołowi, gdzie czekał kolejny symbol. Zatem był to ciąg wskazówek ukryty pod pozorami sztuki religijnej. Jeśli kandydat na iluminata potrafił odnaleźć pierwszy kościół i symbol Ziemi, mógł podążyć do Powietrza... potem do Ognia... potem do Wody i w końcu do Kościoła Oświecenia.

Vittoria wyglądała na coraz bardziej zagubioną.

— A co to ma wspólnego ze złapaniem naszego zabójcy?

Langdon uśmiechnął się, wyciągając swojego asa z rękawa:

— Bardzo dużo. Iluminaci nadali tym kościołom szczególną nazwę, a mianowicie Ołtarze Nauki.

Vittoria zmarszczyła brwi.

— Przykro mi, ale co to ma za... — urwała. — *L'altare di scienza?!* — wykrzyknęła. — Zabójca przysłany przez iluminatów. Ostrzegł, że kardynałowie staną się dziewiczymi ofiarami na ołtarzach nauki!

Langdon uśmiechnął się do niej.

— Czterech kardynałów. Cztery kościoły. Cztery ołtarze nauki.

— Chcesz powiedzieć, że cztery kościoły, w których kardynałowie zostaną złożeni w ofierze, są tymi samymi czterema kościołami, które znaczyły dawną Ścieżkę Oświecenia? — spytała oszołomiona.

— Tak sądzę.

— Ale po co zabójca miałby nam udzielać wskazówek?

— Dlaczego nie? — odparł Langdon. — Bardzo niewielu historyków wie o tych rzeźbach. Jeszcze mniej wierzy, że one istnieją. A to, gdzie się znajdują, jest tajemnicą od czterystu lat. Dlaczego nie mieliby sądzić, że utrzyma się ona jeszcze przez pięć godzin? Poza tym, iluminaci nie potrzebują już Ścieżki Oświecenia. Ich tajna siedziba zapewne od dawna nie istnieje. Żyją w nowoczesnym świecie. Spotykają się w salach konferencyjnych banków, w klubach lub na prywatnych polach golfowych. Dzisiaj chcą ujawnić swoją tajemnicę. To jest ich chwila, ich wielkie wyjście z podziemia.

Langdon obawiał się, że z ujawnieniem się iluminatów będzie się wiązać szczególna symetria, o której dotychczas nie wspomniał. Cztery symbole. Zabójca przysiągł, że każdy z kardynałów zostanie napiętnowany innym symbolem. Dawne legendy okażą się prawdą. Legenda o czterech symbolach w formie ambigramów była równie stara, jak samo bractwo. Cztery słowa: ziemia, powietrze, woda i ogień przekształcone w idealnie symetryczne symbole. Tak samo jak słowo *Illuminati*. Każdy z kardynałów zostanie naznaczony symbolem jednego z czterech pierwiastków uznawanych przez starożytną naukę. Plotki głosiły, że do stworzenia ambigramów wykorzystano angielskie nazwy żywiołów, o co historycy do dziś się sprzeczają. Angielski wydawał się przypadkowym odchyleniem od ojczystego języka iluminatów... a oni niczego nie robili przypadkowo.

Langdon skręcił w brukowaną ścieżkę wiodącą do budynku archiwum. Nie mógł się pozbyć z myśli upiornych obrazów. Cały spisek iluminatów zaczynał ujawniać ich niesłychaną cierpliwość. Bractwo przysięgło pozostać w ukryciu tak długo, jak będzie to potrzebne, gromadząc w tym czasie dostateczną władzę i wpływy, żeby mogło ponownie wyjść z podziemia, bez żadnych obaw przedstawić swoje stanowisko i walczyć o swoją sprawę w pełnym świetle dnia. Iluminatom nie zależało już na ukrywaniu się. Chcieli pochwalić się swoją mocą i udowodnić, że tak wyszydzane teorie spiskowe są prawdą. Dzisiaj przyszedł czas na światowy rozgłos.

— Idzie nasza eskorta — odezwała się Vittoria.

Langdon podniósł wzrok i zobaczył gwardzistę idącego pospiesznie przez trawnik w kierunku wejścia do budynku. Kiedy strażnik ich dostrzegł, stanął jak wryty. Wpatrywał się w nich, jakby sądził, że cierpi na halucynacje. Odwrócił się bez słowa i wyjął krótkofalówkę. Najwyraźniej nie mogąc uwierzyć, że rzeczywiście ma zrobić to, co mu kazano, odezwał się naglącym tonem do osoby po drugiej stronie. Z krótkofalówki dobyło się gniewne warknięcie, którego Langdon nie zrozumiał, ale jego przesłanie było jasne. Gwardzista spuścił ramiona, zrezygnowany, schował krótkofalówkę i odwrócił się do nich z wyrazem niezadowolenia na twarzy.

Kiedy wprowadzał ich do budynku, nie wymienili ani słowa. Przeszli przez czworo stalowych drzwi, dwa przejścia otwierane kluczem uniwersalnym, zeszli po długich schodach i znaleźli się w holu, do którego dostępu broniły dwie klawiatury zamków szyfrowych. Przechodząc przez ciąg elektronicznych bramek, dotarli do końca długiego korytarza, gdzie znajdowały się szerokie podwójne drzwi dębowe. Strażnik zatrzymał się, ponownie zmierzył ich wzrokiem, mrucząc coś pod nosem, po czym podszedł do metalowej skrzynki na ścianie. Otworzył ją kluczem, sięgnął do środka i wybrał kod. W drzwiach przed nimi rozległo się brzęczenie i usłyszeli odgłos otwierającego się zamka.

Gwardzista odwrócił się i po raz pierwszy się do nich odezwał.

— Archiwa są za tymi drzwiami. Miałem doprowadzić was tutaj i wrócić na odprawę.

— Zostawia nas pan? — spytała Vittoria.

— Gwardia szwajcarska nie ma dostępu do tajnych archiwów. Znaleźliście się tutaj tylko dlatego, że komendant otrzymał bezpośredni rozkaz od kamerlinga.

— Ale jak stąd wyjdziemy?

— Te zabezpieczenia działają tylko w jednym kierunku. Nie będziecie mieli najmniejszych trudności. — Zakończywszy w ten sposób rozmowę, odwrócił się na pięcie i odszedł korytarzem.

Vittoria wygłosiła jakąś uwagę, ale Langdon jej nie słyszał. W skupieniu wpatrywał się w znajdujące się przed nimi podwójne drzwi i zastanawiał się, jakie tajemnice mogą kryć się za nimi.

Rozdział 47

Kamerling Carlo Ventresca wiedział, że jest późno, ale mimo to szedł powoli. Musiał pobyć trochę w samotności, zanim wygłosi modlitwę otwierającą konklawe. Tyle się działo. Kiedy szedł przez mroczną pustkę Północnego Skrzydła, poczuł na barkach ciężar minionych piętnastu dni. Wypełnił co do joty swoje święte obowiązki. Zgodnie z watykańską tradycją, po śmierci papieża osobiście potwierdził jego zgon, przykładając palce do tętnicy szyjnej, nasłuchując oddechu i trzykrotnie wzywając go po imieniu. Zgodnie z prawem nie przeprowadzano autopsji. Potem zapieczętował papieską sypialnię, zniszczył Pierścień Rybaka i matryce użyte do wykonania pieczęci, a następnie wydał dyspozycje dotyczące pogrzebu. Kiedy wszystko zostało ustalone, rozpoczął przygotowania do konklawe.

Konklawe, pomyślał. Ostatnia przeszkoda. Była to jedna z najstarszych tradycji chrześcijańskich. Obecnie, kiedy wynik konklawe był coraz częściej znany już przed jego rozpoczęciem, krytykowano je jako przestarzały zwyczaj. Twierdzono, że to raczej burleska niż wybory. Jednak wynikało to po prostu z niezrozumienia istoty rzeczy. Konklawe to nie były wybory. Było to odwieczne, mistyczne przekazanie władzy. Obowiązujące rytuały były ponadczasowe: ścisła tajemnica, zwitki papieru z nazwiskami, palenie głosów, mieszanina starodawnych chemikaliów, sygnały dymne.

Idąc przez loggie Grzegorza XIII w kierunku kaplicy, zastanawiał się, czy kardynał Mortati wpadł już w panikę. Niewątpliwie zorientował się, że brakuje czterech *preferiti*. Bez nich głosowanie będzie trwało całą noc. Mimo to wyznaczenie Mortatiego na Wielkiego Elektora było słusznym wyborem. Jest to człowiek o otwartym umyśle, który potrafi wyrazić swoje zdanie. Na dzisiejszym konklawe, bardziej niż kiedykolwiek, niezbędna będzie obecność prawdziwego przywódcy.

Kiedy dotarł do szczytu Schodów Królewskich, poczuł się jak nad przepaścią. Nawet tutaj dobiegały dźwięki z Kaplicy Sykstyńskiej — niespokojny gwar głosów stu sześćdziesięciu pięciu kardynałów.

Stu sześćdziesięciu jeden, poprawił się.

Przez chwilę miał wrażenie, że spada, gwałtownie stacza się ku piekłu... ludzie krzyczą, płomienie strzelają w górę i go obejmują, kamienie i krew spadają z nieba.

A potem cisza.

Kiedy chłopiec się obudził, był w niebie. Wszystko wokół niego było białe. Światło czyste i oślepiające. Chociaż ktoś mógłby nie wierzyć, że dziesięciolatek rozumie, czym jest niebo, młody Carlo Ventresca doskonale to rozumiał. Właśnie teraz był w niebie. Cóż innego mogłoby to być? Nawet podczas tak krótkiego pobytu na ziemi Carlo zdążył odczuć majestat Boga — grzmiące dźwięki organów, ogromne kopuły, głosy wspólnie śpiewające pieśń, witraże, lśniące brązy i złoto. Mama Carla, Maria, codziennie zabierała go na mszę. Kościół stał się jego domem.

— Dlaczego codziennie przychodzimy na mszę? — spytał kiedyś, co nie znaczy, że mu to przeszkadzało.

— Bo obiecałam Bogu, że tak będę robić — odparła matka. — A obietnica uczyniona Bogu jest najważniejsza ze wszystkich. Pamiętaj, żebyś nigdy nie złamał obietnicy złożonej Bogu.

Carlo chętnie jej to obiecał. Kochał swoją matkę najbardziej na świecie. Czasem nazywał ją *Maria benedetta* — Błogosławiona Maria — chociaż jej się to nie podobało. Klękał przy niej, gdy się modliła, wdychając słodki zapach jej ciała i słuchając jej cichego głosu odmawiającego różaniec. „Święta Mario, Matko Boża... módl się za nami grzesznymi... teraz i w godzinę śmierci naszej".

— Gdzie jest mój ojciec? — pytał ją, chociaż wiedział już, że ojciec zmarł, zanim on się urodził.

— Bóg jest teraz twoim ojcem — odpowiadała zawsze. — Jesteś dzieckiem Kościoła.

Carlo uwielbiał to słyszeć.

— Kiedy będziesz czegoś się bał — tłumaczyła mu matka — pamiętaj, że Bóg jest teraz twoim ojcem. On zawsze będzie cię strzegł i chronił. Bóg ma co do ciebie wielkie plany, Carlo. — Chłopiec wiedział, że ma rację. Wierzył, że ma Boga we krwi.

Krew...

Krew padająca z nieba!

Cisza. Potem Niebo.

Jego niebo, jak się dowiedział, gdy wyłączono oślepiające światło, było w istocie oddziałem intensywnej opieki medycznej szpitala Santa Clara pod Palermo. Carlo jako jedyny przeżył zamach bombowy, który obrócił w ruinę kaplicę, gdzie on i matka uczestniczyli we mszy świętej podczas wakacji. Zginęło trzydzieści siedem osób, w tym matka Carla. Fakt, że on sam się uratował, gazety nazwały cudem świętego Franciszka. Chłopiec na krótko przed wybuchem z niewiadomej przyczyny oddalił się od matki i wszedł do osłoniętej wnęki, gdzie rozmyślał nad historią świętego Franciszka, przedstawioną na gobelinie.

Bóg mnie tam zawołał, stwierdził w duchu. Chciał mnie ocalić. Myślał, że oszaleje z bólu. Nadal widział swoją matkę, jak klęczy w ławce i posyła mu całusa, a potem rozległ się przerażający huk i jej słodko pachnące ciało zostało rozerwane na strzępy. Wciąż jeszcze wyczuwał ludzkie zło. Krew spływała z góry jak deszcz. Krew jego matki! Błogosławionej Marii!

„Bóg zawsze będzie cię strzegł i chronił" — powiedziała mu mama.

Ale gdzie teraz jest Bóg?!

Potem, jak ziemskie uosobienie prawdy słów matki, w szpitalu pojawił się ksiądz. Nie był to jednak zwykły ksiądz, tylko biskup. Modlił się za Carla. Cud świętego Franciszka. Kiedy chłopiec wyzdrowiał, biskup załatwił, żeby mógł mieszkać w małym klasztorze znajdującym się obok katedry, którą administrował. Carlo mieszkał i uczył się razem z mnichami. Potem został nawet ministrantem swojego protektora. Biskup radził mu, żeby zapisał się do szkoły publicznej, ale chłopiec odmówił. Tutaj czuł się najszczęśliwszy. Teraz naprawdę mieszkał w domu Bożym.

Co wieczór modlił się za swoją matkę.

Bóg mnie ocalił z jakiejś przyczyny, rozmyślał. Jaka to przyczyna?

Kiedy Carlo skończył szesnaście lat, zgodnie z włoskim prawem, musiał odsłużyć dwa lata szkolenia wojskowego. Biskup powiedział mu, że jeśli wstąpi do seminarium, będzie zwolniony z tego obowiązku. Jednak Carlo stwierdził, że choć zamierza wstąpić do seminarium, najpierw musi zrozumieć zło.

Biskup go nie zrozumiał.

Carlo wyjaśnił mu, że skoro zamierza przez całe życie zwalczać zło w służbie Kościoła, najpierw musi je zrozumieć. Trudno znaleźć do tego lepsze miejsce niż armia. Armie używają karabinów i bomb. Bomba zabiła moją błogosławioną matkę!

Jego opiekun próbował odwieść go od tego zamiaru, ale bezskutecznie. Carlo już podjął decyzję.

— Bądź ostrożny, mój synu — powiedział mu na pożegnanie biskup. — I pamiętaj, że Kościół czeka na ciebie, kiedy wrócisz. Dwa lata w wojsku były dla Carla straszne. Był z natury człowiekiem milczącym i skłonnym do refleksji. Jednak w wojsku nigdy nie było ciszy pozwalającej na refleksję. Panował tam nieustanny hałas. Wszędzie ogromne maszyny. Ani chwili spokoju. Żołnierze wprawdzie chodzili raz na tydzień na mszę w koszarach, ale Carlo nie wyczuwał obecności Boga w żadnym ze swoich kolegów. Ich umysły pogrążyły się w chaosie i nie umieli dostrzec Boga.

Carlo nie znosił swego nowego życia i pragnął wrócić do domu. Postanowił jednak wytrwać. Nadal jeszcze nie rozumiał zła. Odmówił strzelania, toteż nauczono go pilotować helikopter medyczny. Nie znosił jego hałasu i zapachu, ale przynajmniej mógł wzbijać się w niebo i być w ten sposób bliżej swojej matki. Kiedy powiedziano mu, że jego szkolenie obejmuje też skoki spadochronowe, był przerażony. Jednak nie miał wyboru.

Bóg będzie mnie chronił, powiedział sobie.

Pierwszy skok był najwspanialszym fizycznym doznaniem w jego życiu. Miał wrażenie, że unosi się w powietrzu z Bogiem. Nie mógł się nacieszyć... ta cisza... płynięcie... twarz jego matki w kłębiastych białych chmurach. „Bóg ma co do ciebie plany, Carlo". Kiedy wrócił z wojska, wstąpił do seminarium duchownego.

Było to dwadzieścia trzy lata temu.

Teraz, schodząc po Schodach Królewskich, kamerling Carlo Ventresca starał się zrozumieć, jaki łańcuch wydarzeń doprowadził go na te niezwykłe rozstaje.

Porzuć wszelki strach, powiedział sobie, i poświęć tę noc Bogu.

Widział już wielkie, wykonane z brązu drzwi Kaplicy Sykstyńskiej, których strzegło czterech gwardzistów. Strażnicy odciągnęli zasuwę i otworzyli przed nim drzwi. Wewnątrz wszystkie głowy obróciły się w jego kierunku. Kamerling przyjrzał się czarnym sutannom i czerwonym pasom przed sobą. Zrozumiał już, jakie Bóg miał wobec niego plany. Los Kościoła został złożony w jego ręce.

Przeżegnał się i przestąpił próg kaplicy.

Rozdział 48

Gunther Glick, dziennikarz BBC, siedział spocony w furgonetce transmisyjnej swojej sieci, zaparkowanej na wschodnim krańcu placu Świętego Piotra, i przeklinał redaktora, który przydzielił mu to zadanie. Mimo że jego pierwszy miesięczny przegląd wydarzeń wrócił opatrzony samymi superlatywami — pomysłowy, ostry, wiarygodny — on i tak wylądował w Watykanie na „papieskim patrolu". Tłumaczył sobie, że relacjonowanie wydarzeń dla BBC niosło ze sobą nieporównanie większe możliwości budowania wiarygodności dziennikarskiej niż produkowanie tych bzdur dla „British Tattlera", niemniej jednak to nie była jego wizja dziennikarstwa.

Zadanie miał proste. Upokarzająco proste. Miał tu siedzieć, czekając, aż gromada starych pryków wybierze swojego następnego głównego pryka, potem wyjść z furgonetki i nagrać piętnastosekundowy spot „na żywo" na tle budynków Watykanu.

Rewelacja.

Nie mógł wprost uwierzyć, że BBC nadal wysyła reporterów, żeby relacjonowali tę szopkę. Oczywiście sieci amerykańskich tu nie widać. Pewnie, że nie! Ci najlepsi wiedzieli, jak to robić. Oglądali CNN, robili sobie streszczenia, a potem nagrywali raport „na żywo" na tle błękitnego ekranu i nakładali obraz na realistyczne tło. Sieć MSNBC wykorzystywała nawet urządzenia do produkcji wiatru i deszczu w studio, żeby wszystko wyglądało autentycznie. Widzom wcale nie zależało już na prawdzie — chcieli po prostu rozrywki.

Glick wyglądał przez szybę i czuł coraz większe przygnębienie. Majestatyczna bryła Watykanu wyrastała przed nim jak ponury przykład, czego człowiek może dokonać, kiedy się naprawdę do tego przyłoży.

— A co ja osiągnąłem w życiu? — zastanawiał się głośno. — Nic.

— To daj sobie spokój — rozległ się za nim kobiecy głos.

Glick podskoczył. Niemal zapomniał, że nie jest tu sam. Obrócił się w stronę tylnego siedzenia, gdzie jego kamerzystka, Chinita Macri, siedziała w milczeniu, polerując okulary. Zawsze czyściła okulary. Chinita była Murzynką, chociaż wolała, żeby nazywać ją Afroamerykanką, odrobinę za tęga i inteligentna jak diabli. Dbała też, żeby wszyscy o tym wiedzieli. Była troszkę dziwna, ale Glick ją lubił, a teraz niewątpliwie przyda mu się towarzystwo.

— Masz jakiś problem, Gunth? — spytała Chinita.

— Co my tu robimy?

Nie przerwała polerowania.

— Jesteśmy świadkami emocjonującego wydarzenia.

— Starzy faceci zamknięci w ciemnościach mają być emocjonujący?

— Wiesz, że pójdziesz do piekła, prawda?

— Już w nim jestem.

— Porozmawiaj ze mną. — Zabrzmiało to, jakby słyszał matkę.

— Po prostu chciałbym coś po sobie zostawić.

— Pisałeś dla „British Tattlera".

— Pewnie, ale nic, co by miało jakiś rezonans.

— Och, przestań. Słyszałam, że napisałeś wstrząsający artykuł na temat sekretnych kontaktów seksualnych królowej z istotami pozaziemskimi.

— Dzięki.

— Głowa do góry. Dziś wieczorem stworzysz swoje pierwsze piętnaście sekund historii telewizji.

Glick jęknął. Już słyszał, jak prowadzący program mówi: „Dziękuję, Gunther, wspaniała relacja". Potem wzniesie oczy do góry i przejdzie do prognozy pogody.

— Trzeba było się starać o stanowisko prowadzącego.

Chinita roześmiała się.

— Bez żadnego doświadczenia? I z tą brodą? Daj sobie spokój.

Glick przeciągnął dłonią po rudawej kępce włosów na podbródku.

— Uważam, że dzięki niej wyglądam inteligentniej.

Nagle w furgonetce rozległ się dźwięk telefonu komórkowego, miłosiernie przerywając Glickowi wygłaszanie kolejnej błędnej opinii.

— Może to wydawca programu — powiedział, czując przypływ nadziei. — Sądzisz, że chcą, żebyśmy powiedzieli na żywo, jak w tej chwili wygląda sytuacja?

— Na ten temat? — Macri roześmiała się. — Jesteś niepoprawnym marzycielem.

Glick powitał dzwoniącego swoim najlepszym prezenterskim głosem.

— Gunther Glick, BBC na żywo z Watykanu.

Człowiek, który mu odpowiedział, miał wyraźny arabski akcent.

— Proszę posłuchać uważnie — powiedział. — Niedługo odmienię pańskie życie.

Rozdział 49

Langdon i Vittoria zostali sami przed podwójnymi dębowymi drzwiami prowadzącymi do sanktuarium tajnych archiwów. W wystroju tego obramowanego kolumnami korytarza mogli zaobserwować zupełnie niestosowne zestawienie dywanów pokrywających od ściany do ściany marmurowe posadzki i bezprzewodowych kamer bezpieczeństwa zerkających na dół spoza rzeźbionych cherubinów zdobiących sufit. Langdon nazwał to Sterylnym Renesansem. Obok łukowo sklepionego wejścia znajdowała się niewielka tabliczka z brązu.

ARCHIVIO VATICANO
Curatore, Padre Jaqui Tomaso

Ojciec Jaqui Tomaso. Langdon pamiętał to nazwisko z listów z odmowami, spoczywających teraz w jego biurku w domu. *Szanowny Panie Langdon, bardzo żałuję, że muszę Panu odmówić...* Żałuje. Akurat. Od kiedy Jaqui Tomaso rozpoczął urzędowanie, Langdon nie słyszał o żadnym amerykańskim naukowcu niekatoliku, który uzyskałby dostęp do tajnych archiwów watykańskich. Historycy nazywali go *Il guardiano*. Jaqui Tomaso był niewątpliwie najsurowszym bibliotekarzem na świecie.

Kiedy Langdon otworzył drzwi i wchodził przez łukowo wykończony portal do wnętrza tego tak strzeżonego przybytku, był prawie pewien, że w środku zobaczy ojca Jaqui w mundurze i hełmie, stojącego na straży z bazooką w rękach. Jednak wewnątrz nie było nikogo.

Cisza. Delikatne oświetlenie.

Archivio Vaticano. Jedno z jego największych marzeń.

Kiedy jednak obiegł spojrzeniem święte pomieszczenie, pierwszą reakcją było zażenowanie. Uświadomił sobie, jakim jest niepoprawnym romantykiem. Pielęgnowane latami wyobrażenia o tej sali nie miały nic wspólnego z rzeczywistością. Kiedy myślał o archiwach, wyobrażał sobie zakurzone półki ze stosami podniszczonych książek, księży katalogujących zbiory przy świetle świec i blasku wpadającym przez witrażowe okna, mnichów studiujących zwoje...

Nic podobnego.

Na pierwszy rzut oka sala przypominała zaciemniony hangar lotniczy, w którym wybudowano kilkanaście wolno stojących kortów do gry w racquetball. Oczywiście, Langdon wiedział, do czego służą te ogrodzone szklanymi ścianami pomieszczenia. Nie zaskoczył go ich widok — wilgoć i ciepło niszczą pergamin i papier welinowy, toteż stare księgi i dokumenty musiały być przechowywane w hermetycznych warunkach. Te szklane kabiny chroniły je przed wilgocią i naturalnymi kwasami obecnymi w powietrzu. Langdon już wielokrotnie miał okazję przebywać w takich hermetycznych pomieszczeniach, ale za każdym razem było to dla niego denerwujące przeżycie... Trochę niepewnie się czuł, wchodząc do kabiny, gdzie dopływ tlenu był regulowany przez bibliotekarza.

Szklane boksy były ciemne i przedstawiały dość upiorny widok, gdyż ich zarys podświetlały niewielkie lampki sufitowe umieszczone na końcu każdego regału. Jednak Langdon wiedział, że w mroku tych pomieszczeń ciągną się rząd za rzędem ogromne regały wypełnione historią. Miał przed sobą niesamowitą kolekcję.

Na Vittorii to wnętrze też wywarło ogromne wrażenie. Stała obok niego oniemiała, wpatrując się w ogromne, przejrzyste sześciany.

Mieli niewiele czasu, toteż Langdon, nie zwlekając, obiegł wzrokiem słabo oświetlone pomieszczenie w poszukiwaniu katalogu — opasłej księgi zawierającej spis zgromadzonej tu kolekcji. Jednak jedyne, co zobaczył, to blask płynący z ekranów terminali komputerowych rozsianych po sali.

— Najwyraźniej mają Biblion. Ich katalog jest skomputeryzowany.

Vittorii rozjaśniła się mina.

— To znacznie przyspieszy szukanie.

Chciałby podzielać jej entuzjazm, ale czuł, że to raczej niekorzystny obrót sytuacji. Podszedł do terminalu i zaczął pisać. Jego obawy natychmiast się potwierdziły.

— Dla nas lepsze byłyby staromodne metody.

— Dlaczego?

Odsunął się od monitora.

— Ponieważ katalogi w formie książek nie mają zabezpieczeń w postaci hasła. Przypuszczam, że fizycy nie są z natury hakerami?

Dziewczyna potrząsnęła przecząco głową.

— Potrafię otworzyć ostrygę, i to wszystko.

Langdon westchnął głęboko, po czym odwrócił się ku przejrzystym boksom. Podszedł do najbliższego i starał się coś dostrzec w mrocznym wnętrzu. Udało mu się rozpoznać, że w środku znajdują się regały, kosze na zwoje pergaminów i stoły do pracy. Spojrzał na błyszczące tabliczki umieszczone na końcu każdego regału. Jak w każdej bibliotece, prezentowały one zawartość danego rzędu półek. Idąc wzdłuż szklanej ściany, odczytywał kolejne napisy.

PIETRO IL ERIMITO... LE CROCIATE... URBANO II... LEVANT...

— Są oznaczone — odezwał się do Vittorii — ale nie alfabetycznie. — Nie zdziwiło go to. Zbiory bardzo starych dokumentów niemal nigdy nie były katalogowane alfabetycznie, gdyż często nie znano ich autorów. Nie sprawdzało się też porządkowanie według tytułów, ponieważ wiele dokumentów historycznych miało postać listów lub fragmentów pergaminów. W związku z tym, katalogowano je zazwyczaj chronologicznie. Niestety, ku swojemu zaskoczeniu nie dostrzegł tu porządku chronologicznego.

Zdenerwowany, czuł wyraźnie, jak ucieka im cenny czas.

— Watykan ma chyba własny system.

— A to niespodzianka.

Ponownie zaczął analizować tabliczki. Dokumenty na jednym regale pochodziły z kilku wieków, jednak zauważył, że słowa kluczowe wskazują na ich powiązanie.

— Wygląda na to, że są ułożone tematycznie.

— Tematycznie — powtórzyła Vittoria pełnym dezaprobaty tonem. — To mało praktyczne.

Właściwie... Zastanowił się nad tym głębiej. Kto wie, czy to nie najbardziej pomysłowy katalog, jaki widziałem. Zawsze zachęcał swoich studentów, żeby starali się zrozumieć ogólną atmosferę i motywy obecne w danym okresie sztuki, zamiast zagłębiać się w szczegóły poszczególnych dzieł i daty. Najwyraźniej archiwa watykańskie zostały uporządkowane w oparciu o podobną filozofię. Szerokie ujęcie...

— Wszystko w tym boksie — odezwał się z nagłym przypływem pewności siebie — choć jest przekrojem przez wieki, ma związek z wyprawami krzyżowymi. To temat przewodni w tym pomieszczeniu. — Wszystko tu jest, uświadomił sobie. Dawne relacje, listy, informacje o dziełach sztuki, informacje polityczne i społeczne, współczesne analizy. Wszystko w jednym miejscu... zachęca do głębszego zrozumienia zagadnienia. Genialne.

Vittoria zmarszczyła brwi.

— Jednak te same informacje mogą być powiązane z różnymi tematami.

— Dlatego umieścili odsyłacze. — Wskazał przez szybę kolorowe plastykowe tabliczki powstawiane pomiędzy tomy. — Wskazują one, gdzie znajdują się dodatkowe dokumenty, spoczywające na regałach dotyczących ich właściwego tematu.

— Oczywiście — odparła, najwyraźniej postanawiając dalej się tym nie zajmować. Oparła ręce na biodrach i zmierzyła wzrokiem ogrom rozciągającego się przed nimi pomieszczenia. Potem znów spojrzała na Langdona. — Zatem, profesorze, jaki tytuł ma ta praca Galileusza, której szukamy?

Langdon nie mógł powstrzymać uśmiechu. Nadal trudno mu było uwierzyć, że stoi w tym pomieszczeniu. To tu jest, pomyślał. Czeka gdzieś w ciemności.

— Chodź za mną. — Ruszył szybko pierwszym przejściem pomiędzy boksami, odczytując kolejne tabliczki. — Pamiętasz, co ci opowiadałem o Ścieżce Oświecenia? Jak iluminaci rekrutowali nowych członków, poddając ich swego rodzaju egzaminowi?

— Poszukiwanie skarbów — odparła, idąc tuż za nim.

— Problem iluminatów polegał na tym, że kiedy już rozmieścili w Rzymie swoje drogowskazy, musieli jakoś powiadomić innych uczonych o istnieniu tej ścieżki.

— Logiczne. Inaczej nikt by nie wiedział, że ma tego szukać.

— Tak, a nawet gdyby wiedziano o istnieniu szlaku, uczeni nie mieliby pojęcia, gdzie zacząć poszukiwania. Rzym jest przecież ogromny.

— Rozumiem.

Langdon szedł teraz następnym przejściem i mówiąc, sprawdzał jednocześnie tabliczki w każdym boksie.

— Jakieś piętnaście lat temu kilku historyków z Sorbony i ja odkryliśmy zbiór listów iluminatów, w których powtarzały się wzmianki o *segno*.

— O znaku. Wzmianki o istnieniu ścieżki i miejscu jej rozpoczęcia.

— Tak. A od tamtej pory wielu naukowców zajmujących się

207

iluminatami, ja również, natknęło się na jeszcze inne odniesienia do *segno*. Obecnie akceptowana powszechnie teoria głosi, że istnieją wskazówki dotyczące tajnej siedziby iluminatów, a Galileusz w tajemnicy przed Watykanem rozpowszechniał je na dużą skalę w społeczności uczonych.

— W jaki sposób?

— Nie jesteśmy pewni, ale najprawdopodobniej w swoich publikacjach. Galileusz opublikował wiele książek i broszur.

— Kościół na pewno wiedział o publikacjach, więc to było raczej niebezpieczne.

— To prawda. Niemniej jednak informacje o *segno* zostały rozpowszechnione.

— Nikt nigdy tego nie odkrył?

— Nie. Jednak, co ciekawe, wszędzie, gdzie pojawiały się aluzje do *segno*... w dziennikach masońskich, dawnych periodykach naukowych czy w listach iluminatów... wspominano o nim jako o liczbie.

— Sześćset sześćdziesiąt sześć?

Langdon uśmiechnął się.

— Nie, to było pięćset trzy.

— Co to oznaczało?

— Nie potrafiliśmy tego odgadnąć. Dostałem niemal obsesji na punkcie tej liczby i robiłem wszystko, żeby rozszyfrować jej znaczenie, korzystałem z numerologii, szukałem współrzędnych na mapach... — Dotarł do końca przejścia, skręcił i zaczął przeglądać następny rząd tabliczek. — Przez wiele lat jedyną wskazówką było to, że liczba pięćset trzy zaczyna się od piątki... świętej cyfry iluminatów. — Urwał.

— Coś mi się wydaje, że ostatnio udało ci się to rozwiązać i dlatego tu jesteśmy.

— Zgadza się — stwierdził Langdon, pozwalając sobie na rzadką chwilę dumy z własnej pracy. — Słyszałaś kiedyś o książce Galileusza zatytułowanej *Dialogo*?

— Oczywiście. Słynie wśród naukowców jako przykład krańcowego zaprzedania się uczonego.

Langdon nie użyłby słowa zaprzedanie, ale rozumiał, co Vittoria ma na myśli. Na początku lat trzydziestych siedemnastego wieku Galileusz zamierzał poprzeć w swojej książce heliocentryczny model Układu Słonecznego stworzony przez Kopernika. Jednak Kościół nie chciał się zgodzić na tę publikację, o ile Galileusz nie umieści w książce równie przekonujących dowodów na poparcie geocentrycznego modelu uznawanego przez Kościół — modelu,

208

o którym Galileusz doskonale wiedział, że jest błędny. Uczony nie miał innego wyboru niż podporządkować się tym żądaniom i poświęcić w książce tyle samo miejsca prawidłowemu i nieprawidłowemu modelowi.

— Jak zapewne wiesz — odezwał się — pomimo że Galileusz zgodził się na taki kompromis, *Dialogo* i tak został uznany za herezję i Watykan skazał uczonego na areszt domowy.

— Żaden dobry uczynek nie uchodzi bezkarnie.

Langdon się uśmiechnął.

— Święta prawda. Ale Galileusz był uparty. Mimo że przebywał w areszcie domowym, napisał w tajemnicy mniej znaną książkę, którą naukowcy często mylą z *Dialogo*. Nosi ona tytuł *Discorsi*.

Vittoria skinęła głową.

— Słyszałam o niej. *Rozmowy i dowodzenia matematyczne z zakresu dwóch nowych umiejętności.*

Langdon stanął jak wryty, zdumiony, że słyszała o tej mało znanej publikacji na temat ruchów planet i ich związku z przypływami i odpływami.

— Pamiętaj — odezwała się — że rozmawiasz z fizyczką i marynistką, której ojciec wielbił Galileusza.

Langdon roześmiał się. Jednak książką, której teraz szukali, nie była *Discorsi*. Wyjaśnił dziewczynie, że kiedy Galileusz przebywał w areszcie domowym, napisał również broszurkę zatytułowaną *Diagramma*.

— *Diagramma della Verità* — dodał. — Diagram prawdy.

— Nigdy o niej nie słyszałam.

— Nie dziwi mnie to. Galileusz napisał ją w największej tajemnicy. Był to rodzaj traktatu na temat znanych mu faktów naukowych, których rozpowszechnianie było zakazane. Podobnie jak wcześniejsze rękopisy uczonego, również ta książka została wywieziona z Rzymu przez jego przyjaciela i po cichu opublikowana w Holandii. Stała się bardzo popularna w europejskim podziemiu naukowym. Potem Kościół coś zwęszył i rozpoczął palenie książek.

Vittoria przybrała zaintrygowany wyraz twarzy.

— I sądzisz, że właśnie *Diagramma* zawiera wskazówkę? *Segno?* Informacje na temat Ścieżki Oświecenia?

— Na pewno za jej pośrednictwem Galileusz rozpowszechniał informacje o znaku. — Langdon wszedł za trzeci rząd boksów i kontynuował sprawdzanie tabliczek. — Archiwiści od lat szukają egzemplarza tej książki, ponieważ jednak Watykan spalił ich tyle, a broszurka miała niską ocenę trwałości, po prostu zniknęła z powierzchni ziemi.

— Ocenę trwałości?

— Archiwiści dają oceny dokumentom w skali od jeden do dziesięciu za ich strukturalną integralność. *Diagramma* była wydrukowana na papierze z turzyc... o trwałości papieru toaletowego. Żywotność nie dłuższa niż sto lat.

— A dlaczego nie wybrano czegoś trwalszego?

— Galileusz tak sobie zażyczył, w trosce o swoich zwolenników. Gdyby któremuś z nich groziło przyłapanie z tą książeczką, mógłby ją po prostu wrzucić do wody i nie zostałoby po niej śladu. O ile jednak było to doskonałe rozwiązanie pod względem bezpieczeństwa, o tyle fatalne z punktu widzenia archiwistów. Podobno po osiemnastym wieku został już tylko jeden egzemplarz książki.

— Jeden? — Na dziewczynie najwyraźniej zrobiło to wrażenie. Rozejrzała się dookoła. — I chcesz powiedzieć, że jest tutaj?

— Kościół skonfiskował ją w Holandii, krótko po śmierci Galileusza. Od lat składam prośby, żeby móc ją obejrzeć... od chwili, gdy uświadomiłem sobie, co zawiera.

Jakby czytając w jego myślach, Vittoria przeszła do następnego rzędu regałów i również zaczęła sprawdzać tabliczki, co podwoiło tempo poszukiwań.

— Dzięki — odezwał się. — Szukaj opisów mających coś wspólnego z Galileuszem, nauką, naukowcami. Domyślisz się, kiedy zobaczysz.

— Dobrze, ale nadal mi nie powiedziałeś, jak doszedłeś do tego, że to *Diagramma* zawiera wskazówki. Ma to coś wspólnego z liczbą powtarzającą się w listach iluminatów? Z pięćset trzy?

Langdon uśmiechnął się.

— Tak. Zabrało mi to nieco czasu, ale w końcu zrozumiałem, że pięćset trzy to prosty kod. Wyraźnie wskazuje na *Diagramma.*

Na chwilę wrócił myślami do dnia, kiedy niespodziewanie doznał tego objawienia. Szesnastego sierpnia. Zaproszono go na ślub syna jednego z kolegów. Uroczystość odbywała się na brzegu jeziora. Przy dźwiękach dud, niosących się daleko po wodzie, młoda para nadpływała przez jezioro na barce ozdobionej girlandami i wieńcami kwiatów. Na kadłubie łodzi widniała rzymska liczba DCII.

Langdon, nieco zaskoczony taką nazwą, zwrócił się do ojca panny młodej:

— Dlaczego sześćset dwa?

— Sześćset dwa?

Wskazał na barkę.

— DCII to rzymska liczba sześćset dwa.

Mężczyzna roześmiał się.

— To nie jest rzymska liczba. To nazwa łodzi.

— DCII?

— Tak. *Dick i Connie II.*

Langdon poczuł się jak idiota. Dick i Connie to były imiona młodej pary, a łódź nazwano na ich cześć.

— A co się stało z *DCI?*

— Zatonęła. Wczoraj, podczas próbnego wodowania.

Langdon roześmiał się.

— Przykro mi to słyszeć. — Ponownie spojrzał na barkę. *DCII*, pomyślał, jak miniaturowa *QEII* *. W chwilę później przyszło mu na myśl to skojarzenie dotyczące liczby pięćset trzy.

Teraz zwrócił się do Vittorii.

— Arabskie pięćset trzy było, jak wspomniałem, pewnego rodzaju kodem. Krył się pod nim symbol, który można było uznać za rzymską liczbę. Pięćset trzy w rzymskiej numeracji to...

— DIII.

Langdon oderwał wzrok od półek.

— Szybko ci poszło. Tylko nie mów, że też należysz do iluminatów.

Roześmiała się.

— Stosuję numerację rzymską do oznaczania stref pelagicznych.

Oczywiście, pomyślał. Czyż wszyscy tego nie robimy?

Vittoria spojrzała na niego.

— No, więc, co oznacza DIII?

— DI, DII i DIII to bardzo stare skróty. Dawni uczeni stosowali je dla odróżnienia trzech dzieł Galileusza, które najczęściej mylono.

Dziewczyna gwałtownie wciągnęła oddech.

— *Dialogo... Discorsi... Diagramma.*

— D-jeden, D-dwa, D-trzy. Wszystkie naukowe i kontrowersyjne. Pięćset trzy to DIII, czyli *Diagramma*. Trzecia z tych książek.

Na twarzy Vittorii odmalował się wyraz niepewności.

— Nadal jednak czegoś nie rozumiem. Jeśli *segno...* ta wskazówka czy informacja o istnieniu Ścieżki Oświecenia, rzeczywiście znajdowała się w tej książce, to dlaczego księża tego nie zauważyli, skoro mieli w swoich rękach wszystkie egzemplarze?

— Może widzieli, ale nie zwrócili uwagi. Pamiętasz, co mówiłem o tych rzeźbach wskazujących drogę? Ukrywaniu rzeczy na

---

* QEII — (ang.) *Queen Elisabeth II.*

widoku? Dyssymulacji? *Segno* najwyraźniej ukryto w podobny sposób. Przedstawiono je otwarcie, ale było niewidoczne dla tych, którzy go nie szukali. No, i dla tych, którzy go nie zrozumieli.

— To znaczy?

— To znaczy, że Galileusz dobrze je ukrył. Zgodnie z przekazami historycznymi było ono przedstawione w *pura lingua*, jak to nazywali iluminaci.

— W czystym języku?

— Tak.

— W formie matematycznej?

— Tak się domyślam. Wydaje się to logiczne, skoro Galileusz był uczonym i przekazywał wiadomość innym uczonym. Na dodatek broszurka ma tytuł *Diagramma*, więc może zawierać diagramy matematyczne, które stanowią część kodu.

— Przypuszczam, że Galileusz rzeczywiście mógł stworzyć jakiś matematyczny szyfr, którego księża nie zauważyli — zgodziła się, jednak dość niepewnie.

— Chyba cię nie przekonałem — zauważył Langdon, cały czas posuwając się wzdłuż rzędu regałów.

— Nie bardzo, ale głównie dlatego, że ty sam nie jesteś o tym przekonany. Inaczej byś to opublikował. Wówczas ktoś, kto ma dostęp do archiwów watykańskich, mógłby tu przyjechać i już dawno przejrzeć tę książeczkę.

— Nie chciałem tego publikować — odparł. — Wiele się namęczyłem, żeby zgromadzić te informacje i... — urwał, zakłopotany.

— Pragnąłeś sławy.

Langdon poczuł, że się czerwieni.

— W pewnym sensie... po prostu...

— Nie wstydź się. Mówisz do naukowca. Publikuj albo giń. W CERN-ie mówimy o tym „Udowodnij albo udław się tym".

— Nie chodziło mi tylko o to, żeby być pierwszym. Martwiłem się też, że jeśli niewłaściwi ludzie odkryją wskazówki, książka może zniknąć.

— Niewłaściwi ludzie, to znaczy Watykan?

— Kościół zawsze stara się bagatelizować publicznie zagrożenie ze strony iluminatów. Na początku dwudziestego wieku posunął się do tego, żeby twierdzić, że bractwo było wytworem nazbyt żywej wyobraźni. Watykan uważał, i zapewne słusznie, że ostatnią rzeczą, jakiej potrzebują wierni, jest świadomość, że istniał potężny antychrześcijański ruch, którego członkowie infiltrowali ich banki, politykę i uniwersytety. — Powinienem użyć czasu teraźniejszego, pomyślał. ISTNIEJE potężna, antychrześcijańska siła, infiltrująca te instytucje.

— Czyli uważasz, że Watykan ukryłby wszelkie dowody potwierdzające zagrożenie ze strony iluminatów? — podsumowała Vittoria.

— To bardzo prawdopodobne. Każde zagrożenie, prawdziwe czy wyimaginowane, osłabia wiarę w moc Kościoła.

— Jeszcze jedno pytanie. — Vittoria zatrzymała się i spojrzała na niego, jakby był przybyszem z innej planety. — Czy ty to wszystko mówisz poważnie?

Langdon również stanął.

— Co masz na myśli?

— Chodzi mi o to, czy naprawdę na tym polega twój plan, który ma nas wszystkich uratować?

Nie był pewien, czy w jej oczach dostrzegł politowanie czy strach.

— To znaczy na znalezieniu tej książeczki?

— Nie. To znaczy na znalezieniu *Diagramma*, zidentyfikowaniu czterystuletnich wskazówek, złamaniu jakiegoś matematycznego szyfru i odnalezieniu starodawnego szlaku znaczonego dziełami sztuki, który tylko nielicznym, najmądrzejszym uczonym udało się przebyć... a wszystko to w ciągu następnych czterech godzin.

Wzruszył ramionami.

— Chętnie wysłucham innych propozycji.

Rozdział 50

Robert Langdon stał przed boksem numer dziewięć i odczytywał kolejne tabliczki.

BRAHE... CLAVIUS... COPERNICUS... KEPLER... NEWTON... Odczytując te nazwiska po raz drugi, poczuł nagłe zdenerwowanie. Tu są uczeni zajmujący się tą samą dziedziną... ale gdzie się podział Galileusz?

Odwrócił się do Vittorii, która sprawdzała zawartość pobliskiego boksu.

— Znalazłem właściwy temat, ale Galileusza tu nie ma.

— Nie ma, bo jest tam — wskazała na następne pomieszczenie. — Mam nadzieję, że zabrałeś okulary, bo cały ten boks należy do niego.

Langdon podbiegł do wskazanej szklanej klatki. Rzeczywiście. Na wszystkich tabliczkach w boksie dziesiątym widniał ten sam napis.

IL PROCESO GALILEANO

Gwizdnął przeciągle, uświadamiając sobie, dlaczego dla Galileusza przeznaczono aż tyle miejsca.

— Sprawa Galileusza. — Zaglądał z podziwem przez szybę, dostrzegając ciemne zarysy tomów. — Najdłuższy i najkosztowniejszy proces w historii Watykanu. Czternaście lat i sześćset milionów lirów. A wszystko to jest tutaj.

— Trzeba przyznać, że nazbierało się trochę tej dokumentacji.

— Najwyraźniej prawnicy od wieków są tacy sami.

— Podobnie jak rekiny.

Langdon podszedł do dużego żółtego przycisku na bocznej ścianie boksu. Nacisnął go i zapalił się rząd lamp na suficie.

Dawały one ciemnoczerwone światło, tak że cały boks rozjarzył się karmazynowym blaskiem, prezentując labirynt wysokich regałów.

— Mój Boże — odezwała się Vittoria z lekkim przestrachem w głosie. — Będziemy się opalać czy pracować?

— Litery na papirusie i papierze welinowym łatwo blakną, toteż zawsze oświetla się je ciemnym światłem.

— Można tu zwariować.

Albo i gorzej, pomyślał Langdon, kierując się ku jedynemu wejściu do boksu.

— Muszę cię jeszcze o czymś uprzedzić. Tlen jest utleniaczem, więc w takich hermetycznych boksach jest go mniej niż w powietrzu. Będziesz miała kłopoty z oddychaniem.

— Ale skoro starzy kardynałowie to wytrzymują...

Prawda, pomyślał. Może nam też się uda.

Wejście do boksu stanowiły pojedyncze drzwi obrotowe sterowane elektronicznie. Langdon zwrócił uwagę na rozmieszczenie czterech przycisków wewnątrz drzwi — po jednym w każdej ćwiartce. Po naciśnięciu guzika włączał się silnik i przesuwał drzwi o pół obrotu, po czym się zatrzymywał. Była to standardowa procedura zabezpieczająca przed napływem powietrza z zewnątrz.

— Kiedy znajdę się w środku — wyjaśniał dalej — naciśnij przycisk i wejdź za mną. Wewnątrz panuje tylko ośmioprocentowa wilgotność, więc przygotuj się na to, że zaschnie ci w ustach.

Nacisnął przycisk. Drzwi szczęknęły głośno i zaczęły się obracać. Posuwając się wraz z nimi, przygotowywał się na wstrząs, jaki zawsze towarzyszył pierwszym sekundom pobytu w hermetycznym pomieszczeniu. Wejście do takiego boksu przypominało nagłe przeniesienie się z poziomu morza na wysokość sześciu tysięcy metrów. Często towarzyszyły temu mdłości i zawroty głowy. Kiedy zaczniesz podwójnie widzieć, zegnij się wpół, przypomniał sobie przykazanie archiwistów. Poczuł ucisk w uszach, usłyszał świst powietrza i drzwi się zatrzymały.

Był w środku.

Od razu poczuł, że powietrze jest tu rozrzedzone jeszcze bardziej, niż się spodziewał. Najwyraźniej Watykan traktował swoje archiwa znacznie poważniej niż inne instytucje. Langdon opanował odruch wykrztuśny i starał się rozluźnić czekając, aż się rozszerzą naczynia włosowate w klatce piersiowej. Duszność szybko minęła. Mógłbym pływać z delfinami, stwierdził w duchu, zadowolony, że przepływanie pięćdziesięciu długości basenu dziennie jednak się na coś przydało. Oddychając już znacznie swobodniej, rozejrzał się po wnętrzu. Pomimo przejrzystych ścian, poczuł znajome ukłucie lęku. Jestem w pudełku, pomyślał. Cholernym czerwonym pudełku.

Drzwi za jego plecami wydały świst i kiedy się obrócił, zobaczył Vittorię wchodzącą do środka. Oczy natychmiast zaczęły jej łzawić, oddychała z trudem.

— Postój spokojnie przez chwilę — poradził jej. — Jeśli zrobi ci się słabo, pochyl się nisko.

— Czu... czuję się — dławiła się — jakbym... nurkowała... z nie... niewłaściwą... mieszanką.

Langdon czekał, aż się zaaklimatyzuje. Był pewien, że nic jej nie będzie. Vittoria Vetra była w doskonałej formie fizycznej. Nie to, co pewna sędziwa absolwentka Radcliffe, której kiedyś towarzyszył w hermetycznych pomieszczeniach Widener Library. Skończyło się na tym, że musiał udzielać jej pierwszej pomocy metodą usta-usta, a starsza dama o mało nie udławiła się sztuczną szczęką.

— I co, lepiej się czujesz? — spytał.

Vittoria skinęła głową.

— Leciałem waszym piekielnym samolotem kosmicznym, więc coś ci byłem winien.

Uśmiechnęła się lekko.

— *Touché.*

Langdon sięgnął do znajdującej się koło drzwi skrzynki i wyjął parę białych bawełnianych rękawiczek.

— To oficjalna wizyta? — spytała Vittoria.

— Kwas, który mamy na skórze palców. Bez rękawiczek nie możemy dotykać dokumentów. Też musisz nałożyć.

Posłusznie wzięła jedną parę.

— Ile mamy czasu?

Langdon sprawdził na zegarku z Myszką Miki.

— Właśnie minęła siódma.

— Musimy to odnaleźć w ciągu godziny.

— Niestety muszę cię zmartwić. — Wskazał na znajdujący się nad ich głowami przewód wentylacyjny zakończony filtrem. — Normalnie kiedy ktoś jest w środku, kustosz włącza system uzupełniający tlen w powietrzu. Dziś kustosza nie ma. Za dwadzieścia minut nie będziemy mogli złapać tchu.

Vittoria wyraźnie pobladła.

Langdon uśmiechnął się do niej i wygładził rękawiczki.

— Udowodnimy albo się udławimy, panno Vetra. Miki tyka.

Rozdział 51

Gunther Glick jeszcze przez dziesięć sekund po zakończeniu rozmowy wpatrywał się w telefon komórkowy, zanim go w końcu wyłączył.

Chinita Macri przyglądała mu się z tylnej części furgonetki.

— Co się stało? Kto to był?

Odwrócił się do niej, mając wrażenie, jakby właśnie otrzymał prezent gwiazdkowy i obawiał się, że przeznaczony on był dla kogoś innego.

— Właśnie dostałem cynk. Coś się dzieje w Watykanie.

— To się nazywa konklawe — wyjaśniła. — Też mi cynk.

— Nie, coś innego. — Coś potężnego. Ciekawe, czy to, co właśnie opowiedział mu jego rozmówca, może być prawdą. Poczuł wstyd, kiedy uświadomił sobie, że modli się o to, żeby było. — Co ty na to, jeśli ci powiem, że czterech kardynałów zostało porwanych i zostaną dziś wieczorem zamordowani w różnych kościołach?

— Powiedziałabym, że namieszał ci w głowie, ktoś od nas... ktoś z chorym poczuciem humoru.

— A co, jeśli ci powiem, że obiecano mi podanie dokładnej lokalizacji kościoła, w którym odbędzie się pierwsze morderstwo?

— Chciałabym wiedzieć, z kim ty, u diabła, rozmawiałeś.

— Nie przedstawiał się.

— Pewnie dlatego, że ci wciskał kit.

Glick spodziewał się, że Chinita podejdzie do tego sceptycznie. Ona jednak nie brała pod uwagę, że dla niego łgarze i wariaci byli chlebem powszednim przez niemal dziesięć lat pracy w „British Tattlerze". Ten facet nie był ani jednym, ani drugim. Jego słowa pełne były chłodnego rozsądku. Logiczne. „Zadzwonię tuż przed ósmą, zapowiedział, i powiem, gdzie zostanie popełnione pierwsze

217

zabójstwo. Obrazy, które sfilmujecie, przyniosą wam sławę". Kiedy Glick dopytywał się, dlaczego rozmówca podaje mu te informacje, usłyszał odpowiedź równie chłodną jak bliskowschodni akcent dzwoniącego. Media są prawą ręką anarchii.

— Powiedział mi coś jeszcze — oznajmił.

— Co? Że Elvis Presley został właśnie wybrany na papieża?

— Połącz się z bazą danych BBC, dobrze? — Glick czuł przypływ adrenaliny w żyłach. — Chciałbym sprawdzić, jakie materiały robiliśmy o tych facetach.

— Jakich facetach?

— Zrobisz mi tę przyjemność?

Macri westchnęła i zaczęła się łączyć.

— To chwilę potrwa.

Miał wrażenie, że kręci mu się w głowie.

— Koniecznie chciał wiedzieć, czy mam kamerzystę.

— Operatora kamery wideo.

— I czy możemy transmitować na żywo.

— Z częstotliwością zero przecinek pięćset trzydzieści siedem megaherców. O co w tym wszystkim chodzi? — Usłyszeli piśnięcie. — No, jesteśmy połączeni. Czego szukamy?

Glick podał jej hasło.

Macri odwróciła się i wlepiła w niego wzrok.

— Mam cholerną nadzieję, że żartujesz.

Rozdział 52

Rozmieszczenie dokumentów na regałach nie było tak intuicyjne, jak tego oczekiwał Langdon, i nie odnalazł *Diagramma* wśród innych podobnych publikacji Galileusza. Okazało się, że bez dojścia do skomputeryzowanego Biblionu ich zadanie będzie bardzo trudne.

— Jesteś pewien, że ta książka tu jest? — spytała Vittoria.

— Tak. Znajduje się w katalogu zarówno w *Ufficio della Propaganda delle Fede...*

— W porządku. Skoro jesteś pewien, to dobrze. — Ruszyła w lewo, a on w prawo.

Langdon zaczął sprawdzać kolejne dzieła. Musiał zmobilizować całą silę woli, żeby nie zatrzymywać się i nie czytać każdego dostrzeżonego skarbu. Był to niesamowity zbiór. *Probierca złota... Gwiezdny zwiastun... Listy dotyczące plam na Słońcu... Listy do królowej Krystyny... Apologia pro Galileo...* I tak dalej, i tak dalej.

Tymczasem to Vittoria natrafiła na obiekt ich poszukiwań. Znajdował się przy samym końcu regału i gdy go znalazła, zawołała:

— *Diagramma della Verità!*

Langdon natychmiast podbiegł do niej przez karmazynową mgiełkę.

— Gdzie?

Pokazała mu i wówczas zrozumiał, dlaczego nie znaleźli jej wcześniej. Nie leżała na półce, tylko w specjalnym pojemniku używanym do przechowywania luźnych kartek. Tabliczka na przedniej ściance pojemnika nie pozostawiała wątpliwości co do jego zawartości.

DIAGRAMMA DELLA VERITA
Galileo Galilei, 1639

Langdon opadł na kolana, czując, jak wali mu serce.
— *Diagramma.* — Uśmiechnął się do dziewczyny. — Dobra robota. Pomóż mi to wyciągnąć.
Vittoria uklękła przy nim i wspólnie pociągnęli. Metalowa półka, na której stał pojemnik, wysunęła się ku nim na rolkach, odsłaniając jego wieko.
— Nie ma kłódki ani zamka?
— Nigdy. Utrudniałyby szybką ewakuację w czasie pożaru lub powodzi.
— Więc otwórz.
Langdonowi niepotrzebne były żadne zachęty. Nie miał zamiaru się ociągać, mając przed sobą spełnienie swych naukowych marzeń, tym bardziej że powietrze w boksie było coraz gorsze. Odsunął skobel i podniósł wieko. Płasko na dnie leżał czarny woreczek z tkaniny drelichowej, która musiała mieć ściśle określoną zdolność przepuszczania powietrza. Sięgnął do środka obydwoma rękami i trzymając woreczek poziomo, wyjął go z pojemnika.
— Spodziewałam się skrzyni ze skarbami — odezwała się Vittoria — a to wygląda jak poszewka na poduszkę.
— Idź za mną — poprosił. Trzymając przed sobą woreczek jak świętą ofiarę, podszedł do umieszczonego w środkowej części boksu stołu o szklanym blacie. Centralne umieszczenie stołu było podyktowane chęcią ograniczenia odległości, na jaką będą przenoszone dokumenty, ale naukowcy cenili to sobie również z tego powodu, że stojące wokół regały zapewniały im odosobnienie. Dzięki badaniom prowadzonym w takich archiwach można było dokonać przełomowych odkryć, toteż nie chcieli, by ktoś zerkał przez szybę na ich pracę.
Langdon położył woreczek na stole i otworzył. Vittoria stała obok. Na tacy z narzędziami, jakimi posługują się archiwiści, wyszperał wykładane filcem szczypczyki — wyjątkowo dużych rozmiarów pęsetę z płaskimi krążkami na końcu. Czuł narastające podniecenie, ale jednocześnie obawę, że za chwilę obudzi się z powrotem w Cambridge, mając przed sobą stos sprawdzianów do poprawienia. Wciągnął głęboko powietrze i rozchylił woreczek. Trzęsącymi się palcami wsunął do środka szczypce.
— Spokojnie — odezwała się Vittoria. — To tylko papier, nie pluton.
Langdon objął końcami szczypców plik kartek w środku, starając

się naciskać równomiernie. Potem, trzymając dokumenty, zaczął z nich zsuwać worek, co jest jednym ze sposobów stosowanych przez archiwistów, by zmniejszyć siły działające na cenne egzemplarze. Dopiero, kiedy tkanina zsunęła się z kartek i zapalił światło pod stołem, zaczął ponownie oddychać.

Vittoria, podświetlona blaskiem lampy znajdującej się pod szkłem, wyglądała teraz jak zjawa.

— Małe kartki — odezwała się pełnym nabożeństwa głosem. Kiwnął potakująco głową. Leżące przed nimi kartki wyglądały, jakby wypadły z kieszonkowego wydania jakiejś powieści. Zauważył, że kartka na wierzchu jest stroną tytułową — bogato zdobioną ornamentami wykonanymi piórem i atramentem, z tytułem, datą i nazwiskiem autora wypisanymi jego ręką.

W tej chwili Langdon zapomniał o ciasnocie pomieszczenia, zapomniał o wyczerpaniu i o przerażającej sytuacji, która ich tu przywiodła. Patrzył tylko z zachwytem. Bliskie zetknięcie z historią zawsze wprawiało go w niemy podziw... jak widok śladów pędzla na portrecie Mony Lizy.

Wyblakły, żółty papirus był niewątpliwie autentyczny, a jednocześnie zdumiewająco dobrze zachowany, poza nieuniknionym zblaknięciem atramentu. Lekko wyblakły barwnik, nieznaczne rozwarstwienie papirusu. Ale ogólnie... w zadziwiająco dobrym stanie. Przyglądał się niezwykle ozdobnej grafice, którą ręcznie pokryto okładkę, lecz z powodu małej wilgotności powietrza widział coraz mniej wyraźnie. Vittoria nie odzywała się.

— Proszę, podaj mi łopatkę. — Wskazał na znajdującą się koło dziewczyny tacę z wykonanymi ze stali nierdzewnej narzędziami używanymi przez archiwistów. Wybrała łopatkę i wręczyła mu. Trzymał ją przez chwilę w dłoni. Dobra. Przesunął palcami w rękawiczce po twarzy, żeby usunąć z nich ładunki elektrostatyczne, a potem niezwykle ostrożnie wsunął narzędzie pod okładkę. Następnie, unosząc łopatkę, odwrócił ją.

Pierwsza strona była napisana ręcznie, drobnymi, ozdobnie kaligrafowanymi literami, niemal niemożliwymi do odczytania. Langdon natychmiast zauważył, że nie ma na niej żadnych wykresów ani liczb. To był traktat.

— Heliocentryzm — odezwała się Vittora, tłumacząc tytuł. Przejrzała szybko cały tekst. — Wygląda na to, że Galileusz raz na zawsze odrzuca model geocentryczny. Jednak to jest pisane dawnym włoskim, więc nie gwarantuję przekładu.

— Nie szkodzi, szukamy matematyki — odparł Langdon. — Czystego języka. — Odłożył łopatką kolejną kartkę. Znowu traktat.

Żadnych liczb ani diagramów. Poczuł, że dłoń w rękawiczce zaczyna mu się pocić.

— Ruchy planet — stwierdziła Vittoria.

Langdon skrzywił się. W normalnej sytuacji byłby zachwycony, że może to przeczytać. Niewiarygodne, ale znajdujący się w NASA współczesny model orbit planetarnych, obserwowanych przez niezwykle silne teleskopy, jest prawdopodobnie niemal identyczny z przewidywanym przez Galileusza.

— Nie ma tu liczb — stwierdziła Vittoria. — Galileusz pisze o ruchach wstecznych i eliptycznych orbitach czegoś tam.

Eliptyczne orbity. Langdon przypomniał sobie, że początkiem kłopotów Galileusza z prawem było opisanie przez niego ruchów planet jako obiektów eliptycznych. Kościół zachwycał się doskonałością koła i twierdził, że ruchy ciał niebieskich muszą odbywać się po okręgu. Jednak Galileusz i iluminaci dostrzegali doskonałość również w kształcie elipsy. Elipsa iluminatów była również wyraźnie widoczna na masońskich tablicach, przedstawiających rytuały kolejnych wtajemniczeń, i w inkrustacjach.

— Następna — powiedziała Vittoria.

Langdon odwrócił kartkę.

— Fazy Księżyca i pływy. Żadnych liczb. Żadnych diagramów. Przełożył następną. Nic. Przełożył kilkanaście kolejnych kartek. Nic. Nic. Nic.

— Myślałam, że ten facet był matematykiem — zauważyła Vittoria — a tu przez cały czas jest tekst.

Langdon czuł, że w pomieszczeniu jest coraz mniej tlenu. Jego nadzieje równie szybko malały. Stosik kartek był coraz niższy.

— Nic tu nie ma — stwierdziła Vittoria. — Nic matematycznego. Trochę dat, kilka standardowych liczb, ale nic, co by wyglądało na wskazówkę.

Langdon odwrócił ostatnią kartkę i westchnął. Tu również był tylko tekst.

— Krótka ta książka — skrzywiła się Vittoria.

Kiwnął potakująco głową.

— *Merda*, jak mówimy w Rzymie.

Gówno, to dobre określenie, pomyślał Langdon. Własne odbicie, które widział w szybie, zdawało się go przedrzeźniać, tak jak to, które wpatrywało się w niego dzisiejszego ranka w domu. Starzejący się duch.

— Musi coś być — upierał się, a ton desperacji w jego głosie zaskoczył nawet jego samego. — *Segno* gdzieś tu jest. Jestem tego pewien!

— Może to nie chodziło o DIII?

Odwrócił się i zmierzył ją spojrzeniem.

— No, dobrze — zgodziła się. — To, co mówiłeś, jest logiczne. Ale może wskazówka nie ma postaci matematycznej.

— *Lingua pura.* Co innego mogłoby to oznaczać?

— Sztukę?

— Tyle że w tej książce nie ma żadnych wykresów ani rysunków. Jedyne, co wiem, to że *lingua pura* odnosi się do czegoś innego niż język włoski. Matematyka wydawała się logicznym rozwiązaniem.

— Zgadzam się.

Langdon nie zamierzał się poddawać.

— W takim razie liczby muszą być napisane słownie. Matematyka wyrażona słowami, a nie równaniami.

— Przeczytanie tych kartek zajmie mi trochę czasu.

— Czasu to akurat nie mamy. Będziemy musieli podzielić się pracą. — Langdon odwrócił cały stosik kartek, tak że okładka znalazła się znów na wierzchu. — Znam na tyle włoski, żeby zauważyć liczby. — Łopatką rozdzielił stos i położył część kartek przed Vittorią. — To gdzieś tu jest. Jestem pewien.

Vittoria odwróciła pierwszą kartkę.

— Łopatką! — zawołał Langdon, podając jej narzędzie z tacy. — Używaj łopatki.

— Przecież mam rękawiczki — zbuntowała się. — Co mogę zniszczyć?

— Po prostu mnie posłuchaj.

Dziewczyna wzięła od niego łopatkę.

— Czy ty czujesz się tak samo jak ja?

— Spięty?

— Nie. Czy brakuje ci powietrza.

Rzeczywiście, on również to odczuwał. Tlen zużywał się znacznie szybciej, niż przewidywał. Wiedział, że muszą się pospieszyć. Archiwalne zagadki nie były dla niego niczym nowym, lecz zazwyczaj miał znacznie więcej czasu na ich rozwiązanie. Bez słowa pochylił głowę i zaczął tłumaczyć w myśli pierwszą stronę.

Pokaż się, do cholery! Pokaż się!

Rozdział 53

Gdzieś w podziemiach Rzymu ciemna postać schodziła ostrożnie kamienną pochylnią do tunelu. Wiekowe przejście oświetlały tylko pochodnie, toteż powietrze było tu ciężkie i gorące. Z przodu dobiegały go przerażone głosy mężczyzn, odbijające się echem w ciasnej przestrzeni.

Zobaczył ich, kiedy minął zakręt. Byli dokładnie tam, gdzie ich zostawił — czterej starsi, przestraszeni mężczyźni, zamknięci za zardzewiałymi żelaznymi prętami w kamiennej klatce.

— *Qui êtesvous?* — dopytywał się jeden z nich po francusku. — Co chcesz z nami zrobić?

— *Hilfe!* — wołał drugi po niemiecku. — Wypuść nas!

— Czy zdajesz sobie sprawę, kim jesteśmy? — spytał kolejny po angielsku, z hiszpańskim akcentem.

— Cisza — rzucił szorstkim głosem, tonem nieznoszącym sprzeciwu.

Czwarty więzień, milczący Włoch, zajrzał w atramentową głębię oczu porywacza i miał wrażenie, że zobaczył piekło. Boże, pomóż nam, pomyślał.

Zabójca spojrzał na zegarek, po czym znów przeniósł spojrzenie na swoich więźniów.

— No, i co? — spytał. — Który będzie pierwszy?

Rozdział 54

W boksie dziesiątym Robert Langdon powtarzał sobie w myślach włoskie liczby, przebiegając wzrokiem zapisane kartki. *Mille... cento... uno, duo, tre... cinquanta.* Muszę mieć jakieś matematyczne odniesienie. Cokolwiek, cholera!

Kiedy dotarł do końca strony, podniósł łopatkę, żeby ją odwrócić. Jednak zawahał się, gdyż nie potrafił utrzymać narzędzia nieruchomo. Gdy po kilku minutach skupił wzrok, stwierdził, że odłożył łopatkę i przekłada kartki rękami. Do licha, pomyślał, czując się jak przestępca. Brak tlenu sprawił, że zapomniał o zasadach. Archiwiści wyślą mnie do piekła.

— No, najwyższy czas — wykrztusiła Vittoria, kiedy dostrzegła, że Langdon nie używa łopatki. Sama również poszła za jego przykładem.

— I co?

Potrząsnęła głową.

— Nic, co by wyglądało na czystą matematykę. Czytam pobieżnie... ale nic mi się nie kojarzy ze wskazówką.

Langdonowi coraz trudniej było tłumaczyć kolejne kartki. Jego włoski nie był najlepszy, a archaiczny język i drobne pismo jeszcze utrudniały sprawę. Vittoria dotarła do końca swojej części i widać było zniechęcenie na jej twarzy, gdy odwracała kartki z powrotem. Przykucnęła, żeby przyjrzeć im się teraz z bliższej odległości.

Kiedy Langdon skończył czytać swoją porcję, zaklął pod nosem i spojrzał na dziewczynę. Ze zmarszczonymi brwiami wpatrywała się intensywnie w coś na jednej ze swoich kartek.

— Co tam masz? — spytał.

Nie podniosła wzroku.

— Czy w twojej części były jakieś przypisy?

— W każdym razie nie zauważyłem. Dlaczego?

— Bo na tej stronie jest przypis. W załamaniu kartki.

Langdon próbował dostrzec, w co dziewczyna się wpatruje, ale widział tylko numer strony w prawym górnym rogu kartki. *Folio 5.* Chwilę trwało, zanim zwrócił uwagę na ten zbieg okoliczności, a nawet wówczas związek wydał mu się dość mglisty. *Folio 5.* Pięć, Pitagoras, pentagram, iluminaci. Zastanawiał się, czy iluminaci wybraliby stronę piątą do umieszczenia wskazówki. W otaczającej go czerwonej mgle dostrzegł nikły promień nadziei.

— Czy przypis jest matematyczny?

Vittoria potrząsnęła głową.

— Nie, to tekst. Jedna linijka. Bardzo drobne literki, niemal nieczytelne.

Jego nadzieje się ulotniły.

— To powinna być matematyka. *Lingua pura.*

— Tak, wiem. — Zawahała się. — Mimo wszystko powinieneś tego posłuchać. — W jej głosie słychać było podniecenie.

— No, to czytaj.

Mrużąc oczy, odczytała:

— W Rzymie ścieżkę światła wskazano, to święta próba.

Takich słów Langdon zupełnie się nie spodziewał.

— Słucham?

Vittoria powtórzyła:

— W Rzymie ścieżkę światła wskazano, to święta próba.

— Ścieżkę światła? — Wyprostował się nagle.

— Tak tu jest napisane. Ścieżkę światła.

Kiedy te słowa w końcu do niego dotarły, miał wrażenie, że przez spowijające go otępienie przebiła się chwila jasności. „W Rzymie ścieżkę światła wskazano, to święta próba". Nie miał pojęcia, jak im to może pomóc, ale trudno o wyraźniejsze nawiązanie do Ścieżki Oświecenia. Ścieżka światła. Święta próba. Czuł się, jakby jego głowa była silnikiem dławiącym się na nieodpowiednim paliwie.

— Jesteś pewna, że dobrze przełożyłaś?

— Prawdę mówiąc... — zawahała się. Spojrzała na niego z dziwnym wyrazem twarzy. — To właściwie nie jest przekład. To zdanie napisano po angielsku.

Przez chwilę Langdonowi zdawało się, że uszy płatają mu figla.

— Po angielsku?

Vittoria przesunęła kartkę w jego stronę i osobiście przeczytał tekst napisany maleńkimi literkami na dole strony.

— „W Rzymie ścieżkę światła wskazano, to święta próba". Angielski? Co angielski robi we włoskiej książce?

Vittoria wzruszyła ramionami. Ona też wyglądała na oszołomioną.

— Może właśnie angielski mieli na myśli, mówiąc o *lingua pura*? Jest on uważany za międzynarodowy język nauki. Wszyscy w CERN-ie nim mówimy.

— Ale to było w siedemnastym wieku — zaoponował Langdon. — Wtedy we Włoszech nikt nie mówił po angielsku, nawet... — Urwał, uświadamiając sobie, co ma zamiar powiedzieć. — Nawet nie... duchowieństwo. — Akademicki umysł Langdona pracował na najwyższych obrotach. — W siedemnastym wieku — ciągnął teraz szybciej — angielski był jedynym językiem, którego Watykan nie używał. Korzystali z włoskiego, łaciny, niemieckiego, a nawet hiszpańskiego i francuskiego, ale angielski był im zupełnie obcy. Uważali go za nieczysty język, dobry dla wolnomyślicieli i profanów, takich jak Szekspir czy Chaucer. — Nagle uderzyła go myśl o symbolach Ziemi, Powietrza, Ognia i Wody, stworzonych przez iluminatów. Legendy o tym, że ich podstawą stały się angielskie nazwy żywiołów, zaczynały mieć sens.

— Zatem chcesz powiedzieć, że Galileusz uważał angielski za *la lingua pura*, ponieważ był to jedyny język, którego Kościół nie mógł kontrolować.

— Tak. Możliwe również, że miało to ograniczyć czytelników tych wskazówek do osób mieszkających z dala od Watykanu.

— Ale to przecież nawet nie jest wskazówka — zaprotestowała Vittoria. — „W Rzymie ścieżkę światła wskazano, to święta próba". Co to, u licha, ma znaczyć?

Ona ma rację, pomyślał Langdon. To zdanie w niczym im nie pomogło. Jednak kiedy powtarzał je w kółko w myślach, dokonał dziwnego spostrzeżenia. Zadziwiające. Czy to w ogóle jest możliwe?

— Musimy się stąd wynosić — ponagliła go dziewczyna ochrypłym głosem.

On jednak jej nie słuchał. „W Rzymie ścieżkę światła wskazano, to święta próba" *.

— Przecież to pentametr jambiczny — odezwał się nagle i ponownie policzył sylaby. — Pięć par sylab, w każdej parze sylaba nieakcentowana i akcentowana.

---

* Oryginał angielski tego zdania brzmi: *The path of light is laid, the sacred test*. W tej postaci jest to pentametr jambiczny, natomiast w polskim tłumaczeniu nie udało się zachować tej stopy metrycznej, a jednocześnie przekazać wszystkich informacji zawartych w dalszej części wiersza.

Vittoria najwyraźniej nic nie rozumiała.

— Co jambicznego?

Langdon miał wrażenie, że wrócił na chwilę do Phillips Exeter Academy i siedzi w sobotni poranek ma zajęciach z angielskiego. Piekło na ziemi. Peter Greer, szkolna gwiazda futbolu, ma problemy z przypomnieniem sobie, z ilu par sylab składał się pentametr jambiczny w poezji Szekspira. Ich profesor, niezwykle spontaniczny nauczyciel nazwiskiem Bissell, wskakuje na stół i ryczy:

— Pentametr, Greer! Pomyśl o bazie domowej! Pentagon! Pięć boków. Penta! Penta! Penta!

Pięć par, pomyślał. Każda para z definicji zawiera dwie sylaby. Nie mógł uwierzyć, że dotychczas nie zwrócił uwagi na ten związek. Pentametr jambiczny jest przecież symetryczną miarą wiersza opartą na świętych dla iluminatów liczbach pięć i dwa! Naciągane! tłumaczył sobie, starając się uwolnić od tych skojarzeń. Przypadkowy zbieg okoliczności! Jednak ta myśl nie chciała go opuścić. Pięć... Pitagoras i pentagram. Dwa... ze względu na dwoistość wszystkich rzeczy.

Po chwili uświadomił sobie coś jeszcze, co sprawiło, że poczuł nagłe odrętwienie w nogach. Pentametr jambiczny, ze względu na swoją prostotę, bywał nazywany „czystym wierszem" lub „czystą miarą". *La lingua pura?* Czyżby to był czysty język, o którym wspominali iluminaci? „W Rzymie ścieżkę światła wskazano, to święta próba...".

— Ooo — usłyszał westchnienie dziewczyny.

Zwrócił się w jej stronę i zobaczył, że obraca kartkę do góry nogami. Poczuł ukłucie w żołądku. Nie.

— Niemożliwe, żeby to był ambigram!

— Nie, to nie jest ambigram... ale... — dalej obracała kartkę, po dziewięćdziesiąt stopni za każdym razem.

— Co to jest?

Podniosła wzrok.

— To nie jedyny wers.

— Jest jeszcze jeden?

— Na każdym marginesie inny. Na górze, na dole, po prawej i po lewej stronie. Wydaje mi się, że to wiersz.

— Cztery wersy? — Langdon gwizdnął cicho z podniecenia. Galileusz był poetą? — Pokaż mi!

Vittoria jednak nie wypuściła kartki z dłoni. Dalej ją obracała.

— Wcześniej nie dostrzegłam tych zdań, bo są na samym brzegu. — Przy ostatnim wersecie przechyliła głowę na bok. — No, no. Wiesz co? Galileusz wcale tego nie napisał.

— Co?!

— Wiersz jest podpisany przez Johna Miltona.

— Johna Miltona? — Wpływowy angielski poeta i działacz polityczny, autor *Raju utraconego*, żył współcześnie z Galileuszem. Miłośnicy teorii spiskowych wymieniali go na czele swojej listy osób podejrzewanych o przynależność do iluminatów. Langdon był zawsze zdania, że ta akurat legenda może być prawdziwa. Przemawiała za tym zarówno dobrze udokumentowana podróż Miltona do Rzymu, aby „nawiązać bliski kontakt z oświeconymi ludźmi", jak i to, że spotykał się z Galileuszem, gdy ten został skazany na areszt domowy. Ich spotkania przedstawiło wielu renesansowych malarzy, a obraz *Galileo and Milton* Annibale Gattiego wisi obecnie w Muzeum Historii Sztuki we Florencji.

— Milton znał Galileusza, tak? — spytała Vittoria, popychając w końcu kartkę do Langdona. — Może napisał dla niego ten wiersz, żeby wyświadczyć mu przysługę?

Langdon zacisnął zęby, przysuwając do siebie dokument. Nie podnosząc go ze stołu, przeczytał górną linijkę tekstu. Potem obrócił kartkę o dziewięćdziesiąt stopni i przeczytał zdanie z prawego marginesu. Kolejny obrót i odczytał dolny wers, znowu obrócił, przeczytał lewy. Razem były cztery zdania. Słowa, które Vittoria najpierw odczytała, były trzecim wersem wiersza. Langdon z otwartymi ustami czytał te cztery zdania od nowa — góra, prawa strona, dół, lewa strona. Kiedy skończył, odetchnął głośno. Nie miał już wątpliwości.

— Znalazła to pani, panno Vetra.

Uśmiechnęła się z napięciem.

— Świetnie, czy możemy wreszcie się stąd wynosić?

— Muszę przepisać te zdania. Trzeba znaleźć papier i ołówek.

Potrząsnęła przecząco głową.

— Nie ma mowy, profesorze. Nie ma teraz czasu bawić się w skrybę, Miki tyka. — Odebrała mu kartkę i ruszyła ku drzwiom.

Langdon podniósł się.

— Nie możesz wynosić tego na zewnątrz. To jest...

Vittoria wyszła.

Rozdział 55

Langdon i Vittoria wybiegli na dziedziniec przed budynkiem archiwum. Świeże powietrze jak lekarstwo wypełniło im płuca. Czerwone plamy przed oczyma Langdona szybko zniknęły, jednak poczucie winy pozostało. Właśnie stał się wspólnikiem kradzieży bezcennego zabytku z najbardziej tajnych światowych archiwów. A przecież kamerling powiedział: „Okazuję panu pełne zaufanie".

— Szybciej — ponagliła go Vittoria, która nadal trzymała w ręce zabytkową kartkę i niemal biegła w poprzek Via Borgia w kierunku biura Olivettiego.

— Jeśli choć kropla wody dostanie się na ten papirus...

— Uspokój się. Kiedy to rozszyfrujemy, możemy im zwrócić to święte *Folio 5*.

Langdon przyspieszył, żeby dotrzymać jej kroku. Oprócz tego, że czuł się jak przestępca, był nadal oszołomiony wnioskami, które wynikały z tego, co odczytali. John Milton był iluminatem. Ułożył dla Galileusza wiersz, który ten umieścił na piątej karcie książki, która miała być wydana z dala od Watykanu.

Kiedy wyszli poza dziedziniec, Vittoria wyciągnęła ku niemu zabytkową kartkę.

— Sądzisz, że uda ci się to rozszyfrować? Czy też na darmo uśmierciliśmy tyle komórek mózgowych?

Langdon wziął od niej ostrożnie dokument i bez wahania wsunął go do jednej z górnych wewnętrznych kieszeni marynarki, która zabezpieczy go przed słońcem i wilgocią.

— Już to rozszyfrowałem.

Vittoria stanęła jak wryta.

— Co takiego?

Langdon szedł dalej.

Podbiegła, żeby go dogonić.

— Przecież tylko raz to przeczytałeś! To miało być trudne! Wiedział, że dziewczyna ma rację, ale naprawdę rozszyfrował *segno* po jednym przeczytaniu. Zwrotka napisana jambicznym pentametrem była tak klarowna, że pierwszy ołtarz nauki ukazał mu się z całkowitą jasnością. Prawdopodobnie łatwość, z jaką wykonał to zadanie, pozostawiła w nim pewien niepokój, gdyż wychowywano go w purytańskiej etyce pracy. Słyszał głos ojca wygłaszającego popularny w Nowej Anglii aforyzm: „Jeśli nie było to mozolne i trudne, zrobiłeś to źle". Miał nadzieję, że to powiedzenie nie zawsze jest prawdziwe.

— Rozszyfrowałem to — odparł, idąc jeszcze szybszym krokiem. — Wiem, gdzie ma nastąpić pierwsze morderstwo. Musimy ostrzec Olivettiego.

Vittoria zbliżyła się do niego.

— Ale jak to możliwe, że już wiesz? Pokaż mi to jeszcze raz. — Ze zwinnością boksera wsunęła smukłą dłoń do jego kieszeni i wyciągnęła kartkę.

— Ostrożnie! — zawołał. — Nie możesz...

Vittoria jednak go zignorowała. Przepłynęła obok niego i odwróciła kartkę w stronę wieczornego słońca, wpatrując się uważnie w marginesy. Kiedy zaczęła czytać na głos, ruszył, żeby jej odebrać dokument, ale oczarował go jej głęboki alt wypowiadający sylaby dokładnie w rytm kroków.

Słysząc te wersety czytane na głos, poczuł się przeniesiony w czasie... jakby był jednym ze współczesnych Galileuszowi i słuchał wiersza po raz pierwszy... wiedząc, że jest on sprawdzianem i jednocześnie wskazówką odsłaniającą cztery ołtarze nauki... cztery rzeźby znaczące tajemną ścieżkę biegnącą przez Rzym. Słowa płynęły z ust Vittorii jak pieśń.

Od ziemskiego grobu Santiego z otworem demona
Mistycznych czterech pierwiastków zaczęła się odsłona
W Rzymie ścieżkę światła wskazano, to święta próba,
Anioły krzyżem niech cię prowadzą, a wzniosła wędrówka się uda.

Vittoria przeczytała wiersz dwukrotnie, po czym umilkła, jakby dając czas słowom, by przebrzmiały.

„Od ziemskiego grobu Santiego", powtórzył Langdon w myślach. To było całkowicie jasne. Ścieżka Oświecenia rozpoczynała się przy grobie Santiego. Stamtąd kolejne oznaczenia wskazywały drogę przez Rzym.

Od ziemskiego grobu Santiego z otworem demona
Mistycznych czterech pierwiastków zaczęła się odsłona

Mistyczne pierwiastki. To również zrozumiałe. Ziemia, Powietrze, Ogień, Woda. Pierwiastki uznawane przez dawną naukę, cztery znaki wskazujące iluminatom drogę, zamaskowane jako rzeźby religijne.

— Pierwszym znacznikiem — odezwała się Vittoria — ma być grób Santiego.

Langdon uśmiechnął się.

— Mówiłem ci, że to nie było takie trudne.

— Zatem, kim jest ten Santi? — spytała podekscytowanym tonem. — I gdzie jest jego grób?

Langdon zachichotał w duchu. Bawił go fakt, że tak niewiele osób wie, że Santi to nazwisko jednego z najsłynniejszych artystów renesansu. Jego imię znał cały świat... imię geniusza, który już w wieku dwudziestu pięciu lat wykonywał zlecenia dla papieża Juliusza II, a kiedy umarł, mając zaledwie trzydzieści osiem, pozostawił po sobie największy na świecie zbiór fresków. Santi był nadzwyczajnym artystą, a to, że znano go głównie z imienia, świadczyło o osiągnięciu sławy, jaka stała się udziałem tylko nielicznych... ludzi takich jak Napoleon, Galileusz i Jezus... no, i oczywiście współcześni półbogowie, których głosy dobiegały go ze studenckich akademików — Sting, Madonna, Jewel i artysta znany niegdyś jako Prince, który zmienił imię na niewymawialny symbol, odczytywany przez Langdona jako „Krzyż Tau Przecięty Hermafrodytycznym Krzyżem Ankh".

— Santi — wyjaśnił — to nazwisko wielkiego mistrza renesansu, Rafaela.

Vittorię to najwyraźniej zaskoczyło.

— Rafaela? Tego Rafaela?

— Tego jedynego Rafaela — potwierdził, pospiesznie idąc dalej w kierunku komendy gwardii szwajcarskiej.

— Zatem ścieżka rozpoczyna się przy grobie Rafaela?

— To by się idealnie zgadzało — wyjaśnił. — Iluminaci często traktowali wielkich malarzy i rzeźbiarzy jako honorowych członków swojego bractwa. Mogli wybrać grób Rafaela jako pewnego rodzaju hołd dla niego. — Langdon wiedział też, że Rafaela podejrzewano, iż podobnie jak wielu innych artystów religijnych, jest w istocie ateistą.

Vittoria wsunęła ostrożnie kartkę z powrotem do kieszeni Langdona.

— To gdzie jest pochowany?

Langdon wziął głęboki oddech.

— Wierz w to lub nie, ale w Panteonie.

— W tym Panteonie? — Nie wyglądała na przekonaną.

— Ten Rafael w tym Panteonie. — Langdon musiał przyznać, że on też nie spodziewałby się umieszczenia pierwszego symbolu w Panteonie. Sądził raczej, że pierwszy ołtarz nauki znajdzie się w jakimś spokojnym kościółku na uboczu, że będzie to bardziej dyskretna wskazówka. Tymczasem Panteon ze swoją ogromną kopułą i znajdującym się w niej otworem nawet w siedemnastym wieku był jednym z najlepiej znanych miejsc w Rzymie.

— Czy Panteon to w ogóle kościół? — spytała Vittoria.

— Najstarszy kościół katolicki w Rzymie.

— Ale czy naprawdę sądzisz, że pierwszy kardynał mógłby być zamordowany w Panteonie? Przecież to jedno z miejsc, gdzie roi się od turystów.

Langdon wzruszył ramionami.

— Iluminaci oświadczyli, że chcą, aby cały świat na nich patrzył. Morderstwo kardynała w Panteonie z pewnością zwróci na nich uwagę.

— Jednak jak ten człowiek może się spodziewać, że zabije kogoś w Panteonie i ucieknie niezauważony? Przecież to niemożliwe.

— Tak samo niemożliwe, jak porwanie czterech kardynałów ze środka Watykanu. Wiersz bardzo dokładnie wskazuje to miejsce.

— A jesteś pewien, że Rafael jest pochowany w środku Panteonu?

— Wiele razy widziałem jego grób.

Vittoria skinęła głową, ale nadal miała zmartwiony wyraz twarzy.

— Która godzina?

Sprawdził.

— Siódma trzydzieści.

— Czy to daleko stąd?

— Około półtora kilometra. Mamy dość czasu.

— W wierszu wspomniano o ziemskim grobie. Czy to ci się z czymś kojarzy?

Pędzili teraz w poprzek Cortile Sentinella.

— Ziemski? Szczerze mówiąc, trudno o bardziej ziemskie miejsce w Rzymie niż Panteon. Jego nazwa pochodzi od pierwotnej religii, którą tu praktykowano: panteizmu, czyli kultu wszystkich bogów, a szczególnie pogańskiej bogini Matki Ziemi.

Jako student architektury Langdon był zachwycony, gdy dowiedział się, że wymiary głównej rotundy były hołdem złożonym

Gai — bogini Ziemi. Została ona wykonana tak pieczołowicie, że w środku można by umieścić gigantyczną kulę, która dokładnie by pasowała.

— W porządku — w głosie Vittorii słychać teraz było więcej przekonania — a co z otworem demona? „Od ziemskiego grobu Santiego z otworem demona"?

Co do tego nie był przekonany.

— Otwór demona musi chyba oznaczać oculus — stwierdził. — Słynny okrągły otwór w szczycie kopuły Panteonu.

— Skoro to jest kościół — ciągnęła dziewczyna, bez wysiłku dotrzymując mu kroku — to dlaczego nazwali to otworem demona?

Langdon sam już się nad tym zastanawiał. Nigdy wcześniej nie słyszał określenia „otwór demona", ale przypomniał sobie słynną szesnastowieczną krytykę Panteonu, krytykę której słowa wydawały mu się niejako wyjaśniać tę zagadkę. Venerable Bede napisał kiedyś, że dziura w sklepieniu Panteonu została zrobiona przez demony usiłujące uciec z budynku, gdy został on poświęcony przez papieża Bonifacego IV.

— Jeszcze jedno — dodała Vittoria, gdy przechodzili przez mniejszy podwórzec. — Dlaczego iluminaci użyli nazwiska Santi, skoro był on powszechnie znany jako Rafael?

— Zadajesz mnóstwo pytań.

— Mój tata też tak mówił.

— Mogły być dwa powody. Jeden to ten, że słowo Rafael ma zbyt wiele sylab i zepsułoby pentametr jambiczny wiersza.

— Dość naciągana teoria.

— W porządku — zgodził się z nią. — To może wykorzystano nazwisko, żeby bardziej zakamuflować wskazówkę, tak żeby tylko najbardziej oświeceni zrozumieli odniesienie do Rafaela.

To tłumaczenie też jej nie przekonało.

— Jestem pewna, że w czasach, gdy Rafael żył, jego nazwisko było powszechnie znane.

— O dziwo, nie. Rozpoznanie kogoś na podstawie imienia stanowiło oznakę wysokiego statusu. Rafael wystrzegał się używania swojego nazwiska, tak jak dzisiejsze gwiazdy popu. Podobnie jak na przykład Madonna. Ona nigdy nie posługuje się swoim nazwiskiem Ciccone.

Na twarzy dziewczyny pojawił się wyraz rozbawienia.

— Znasz nazwisko Madonny?

Langdon pożałował, że użył tego przykładu. Zadziwiające, ile śmieci człowiek potrafi zgromadzić w pamięci, kiedy przebywa na co dzień z dziesięcioma tysiącami nastolatków.

Kiedy przeszli wraz z Vittorią przez ostatnią bramę na drodze do komendy gwardii szwajcarskiej, zostali nagle zatrzymani.

— *Para!* — rozległ się jakiś głos za ich plecami.

Odwrócili się gwałtownie i stwierdzili, że patrzą prosto w lufę karabinu.

— *Attento!* — krzyknęła Vittoria, odskakując do tyłu. — Uważaj...

— *Non vi muovete!* — odszczeknął strażnik, repetując broń.

— *Soldato!* — usłyszeli rozkaz dobiegający z drugiej strony dziedzińca. Olivetti wychodził właśnie z centrali sił ochrony. — Puść ich!

Na twarzy strażnika pojawił się wyraz zdumienia.

— *Ma, signore, è una donna...*

— Do środka — krzyknął do niego komendant.

— *Signore, non posso...*

— Natychmiast! Macie nowe rozkazy. Za dwie minuty kapitan Rocher rozpocznie odprawę. Będziemy organizować poszukiwania.

Zaskoczony strażnik ruszył szybko w stronę komendy. Tymczasem Olivetti, sztywny i wściekły, szedł w kierunku Langdona i Vittorii.

— Nasze najtajniejsze archiwa? Oczekuję wyjaśnienia.

— Mamy dobre wieści — uspokajał go Langdon.

Olivetti zmrużył oczy.

— Niech lepiej będą cholernie dobre.

Rozdział 56

Cztery nieoznaczone alfa romeo 155 T-Sparks pędziły z rykiem Via dei Coronari, niczym odrzutowe myśliwce rozpędzające się na pasie startowym. Wiozły dwunastu strażników ubranych po cywilnemu i uzbrojonych w półautomatyczne pistolety Cherchi-Pardini, pojemniki z gazem paraliżującym i broń obezwładniającą dalekiego zasięgu. Trzej strzelcy wyborowi mieli karabiny z celownikiem laserowym.

Olivetti, siedzący obok kierowcy w pierwszym samochodzie, odwrócił się do Langdona i Vittorii. Jego oczy pałały gniewem.

— Obiecaliście mi sensowne wyjaśnienia i tyle się od was dowiaduję?

Langdonowi trudno było się poruszyć w ciasnym samochodzie.

— Rozumiem pańskie...

— Nie, nie rozumie pan. — Olivetti wprawdzie nie podniósł głosu, ale wypowiedział te słowa z naciskiem. — Właśnie zabrałem z Watykanu dwunastu moich najlepszych ludzi, i to tuż przed rozpoczęciem konklawe. Zrobiłem to, żeby obstawić Panteon, opierając się tylko na twierdzeniach nieznanego mi Amerykanina, który właśnie zinterpretował liczący czterysta lat wiersz. Na dodatek przekazałem poszukiwania antymaterii w ręce niższych rangą oficerów.

Langdon oparł się pokusie wyciągnięcia z kieszeni zabytkowej kartki i pomachania nią komendantowi przed nosem.

— Jedyne, co wiem, to że odnalezione przez nas informacje dotyczą grobu Rafaela, a ten znajduje się w Panteonie.

Strażnik prowadzący samochód pokiwał potakująco głową.

— On ma rację, komendancie. Moja żona i ja...

— Prowadź — warknął Olivetti. Znowu odwrócił się do Langdona. — Jak ten człowiek mógłby dokonać zabójstwa w tak zatłoczonym miejscu i uciec niezauważony?

— Nie wiem — odparł Langdon. — Ale nie ulega wątpliwości, że możliwości iluminatów są ogromne. Przeniknęli i do CERN-u, i do Watykanu. Tylko szczęściu zawdzięczamy, że wiemy, gdzie ma się odbyć pierwsze zabójstwo. Panteon to pańska jedyna szansa, żeby schwytać zabójcę.

— Znowu nic się nie zgadza — odparował Olivetti. — Jak to jedyna szansa? Mówił pan przecież, że jest jakaś ścieżka. Cały cykl znaczników. Jeśli Panteon jest właściwym miejscem, to możemy od niego dotrzeć do następnych symboli. Będziemy mieli cztery szanse złapania tego faceta.

— Miałem wcześniej taką nadzieję — odparł Langdon — i tak by było... jeszcze sto lat temu.

Kiedy Langdon uświadomił sobie, że to w Panteonie znajduje się pierwszy ołtarz nauki, była to dla niego chwila zarówno radosna, jak i gorzka. Historia płatała nieraz okrutne żarty tym, którzy starali się ją odkrywać. Oczywiście wyrazem wielkiego optymizmu było zakładanie, że Ścieżka Oświecenia pozostała nietknięta przez te wszystkie lata, ale Langdon pozwalał sobie czasem na marzenia o tym, jak przebywa cały szlak aż do końca i odnajduje tajną siedzibę iluminatów.

— Pod koniec dziewiętnastego wieku Watykan kazał usunąć i zniszczyć wszystkie posągi z Panteonu.

Ta informacja najwyraźniej wstrząsnęła Vittorią.

— Dlaczego?

— Posągi przedstawiały pogańskich bogów olimpijskich. Niestety, w ten sposób zniknął pierwszy znak... a wraz z nim...

— Ulotniła się nadzieja na odnalezienie Ścieżki Oświecenia i kolejnych znaczników? — dokończyła Vittoria.

— Właśnie. Mamy tylko tę jedną próbę. Panteon. Potem szlak znika.

Olivetti przyglądał im się przez dłuższą chwilę, po czym obrócił się z powrotem do przodu.

— Zatrzymaj się — polecił kierowcy.

Gwardzista posłusznie podjechał do krawężnika i wcisnął hamulec. Pozostałe trzy samochody poszły za ich przykładem i cały konwój zatrzymał się z piskiem opon.

— Co pan wyrabia?! — wrzasnęła Vittoria.

— Wykonuję swoją pracę — odparł komendant z kamiennym spokojem, ponownie się do nich odwracając. — Panie Langdon, kiedy powiedział pan, że wyjaśni mi sytuację po drodze, zakładałem, że podjeżdżając do Panteonu, będę dokładnie wiedział, co moi ludzie mają tam robić. Tak się nie stało. Zaniedbuję obecnie swoje najważniejsze obowiązki, a ponieważ nie widzę specjalnego sensu w waszych opowieściach o dziewiczych ofiarach i dawnej poezji, nie mogę z czystym sumieniem kontynuować tej akcji. Odwołuję ją natychmiast. — Wyjął krótkofalówkę i włączył.

Vittoria pochyliła się do przodu i złapała go za rękę.

— Nie może pan!

Olivetti odłożył z trzaskiem radiotelefon i zmierzył ją pałającym wściekłością spojrzeniem.

— Była pani w Panteonie, panno Vetra?

— Nie, ale...

— W takim razie coś pani wyjaśnię. Panteon to jedno pomieszczenie. Rotunda wykonana z kamienia i zaprawy. Prowadzi do niej tylko jedno wejście. Nie ma okien, a wejście jest wąskie. O każdej porze stoi przy nim co najmniej czterech uzbrojonych włoskich policjantów, którzy strzegą tej świątyni przed wandalami, terrorystami i oszustami czyhającymi na turystów.

— Co z tego wynika? — spytała zimno.

— Co wynika? — Palce Olivettiego zacisnęły się na oparciu siedzenia. — Mianowicie, że to, co opowiadacie, absolutnie nie ma prawa się tutaj zdarzyć! Możecie mi podać jakiś wiarygodny scenariusz zamordowania kardynała wewnątrz Panteonu? Przede wszystkim, jak ktoś zdołałby wprowadzić zakładnika do środka, skoro stoją tam strażnicy? A tym bardziej zabić go i uciec? — Komendant przechylił się przez siedzenie, chuchając Langdonowi prosto w twarz zapachem kawy. — No, jak, panie Langdon? Choć jeden wiarygodny scenariusz.

Langdon miał wrażenie, że mały samochód jeszcze bardziej się wokół niego kurczy. Nie mam pojęcia! Nie jestem zawodowym mordercą! Skąd mam wiedzieć, jak on to zrobi! Jedyne, co wiem...

— Jeden scenariusz? — odezwała się Vittoria niewzruszonym tonem. — Proszę bardzo. Zabójca przylatuje helikopterem i zrzuca krzyczącego kardynała z piętnem wypalonym na piersi przez otwór w dachu. Kardynał pada na marmurową posadzkę i umiera.

Wszyscy w samochodzie odwrócili się, żeby na nią spojrzeć. Langdon nie wiedział, co myśleć. Masz chorą wyobraźnię, ale trzeba przyznać, że jesteś szybka.

Olivetti zmarszczył brwi.

— To możliwe, przyznaję... lecz...

— Albo... zabójca podaje kardynałowi środki nasenne — ciągnęła dziewczyna. — Przywozi go do Panteonu na wózku inwalidz-

238

kim, udając, że obwozi niesprawnego staruszka. Wjeżdża z nim do środka, niepostrzeżenie podcina mu gardło i wychodzi.

Ta wizja nieco wstrząsnęła Olivettim.

Nieźle, pomyślał Langdon.

— Albo mógłby...

— Dobrze już, dobrze — przerwał jej komendant. — Wystarczy. — Odetchnął głęboko. Ktoś zastukał ostro w szybę, na co wszyscy podskoczyli. Okazało się, że to żołnierz z jednego z pozostałych samochodów. Olivetti opuścił okno.

— Wszystko w porządku, komendancie? — Gwardzista miał na sobie cywilne ubranie. Odsunął rękaw dżinsowej koszuli i spojrzał na czarny wojskowy zegarek. — Siódma trzydzieści, komendancie. Potrzebujemy czasu, żeby rozstawić się na pozycjach.

Olivetti skinął głową z nieobecnym wyrazem twarzy, ale nic nie odpowiedział. Przesuwał palcem po desce rozdzielczej, zostawiając ślad na zakurzonej powierzchni. Przez dłuższą chwilę przyglądał się uważnie Langdonowi w bocznym lusterku. W końcu odwrócił się znów do podwładnego.

— Pojedziecie oddzielnie. Po jednym samochodzie na Piazza della Rotunda, Via degli Orfani, Piazza Sant'Ignacio i Sant'Eustachio. Zatrzymać się w odległości co najmniej dwóch przecznic. Kiedy zaparkujecie, macie wysiąść i czekać na moje rozkazy. Trzy minuty.

— Tak jest. — Żołnierz ruszył do swojego samochodu.

Langdon skinął Vittorii głową z podziwem. Uśmiechnęła się w odpowiedzi, a on przez chwilę poczuł z nią niespodziewaną więź... jakby coś między nimi zaiskrzyło.

Komendant znów odwrócił się do nich i wbił spojrzenie w Langdona.

— Panie Langdon, mam nadzieję, że nie skończy się to katastrofą.

Langdon uśmiechnął się niepewnie. Jakim cudem?

Rozdział 57

Kiedy dyrektor CERN-u Maximilian Kohler otworzył oczy, kromoglikan i lek antyleukotrienowy wykonywały swoje zadanie w jego organizmie, rozszerzając oskrzela i naczynia włosowate w płucach. Znów oddychał normalnie. Zorientował się, że leży w jednoosobowym pokoju CERN-owskiego szpitala, a jego wózek stoi obok łóżka.

Ocenił sytuację. Na sobie miał koszulę z fizeliny, ale na krześle koło łóżka dostrzegł swoje ubranie. Na zewnątrz słyszał kroki pielęgniarki robiącej obchód. Leżał jeszcze przez chwilę, uważnie nasłuchując, po czym jak najciszej podciągnął się do brzegu łóżka i sięgnął po swoje rzeczy. Walcząc z bezwładną nogą, ubrał się z wysiłkiem. W końcu wciągnął się na wózek.

Kiedy opanował kaszel, podjechał do drzwi, nie włączając silnika. Wyjrzał ostrożnie... na szczęście korytarz był pusty.

Starając się robić jak najmniej hałasu, wyjechał ze szpitala.

Rozdział 58

— Siódma trzydzieści sześć i trzydzieści... już. — Olivetti nawet rozmawiając przez krótkofalówkę, nie mówił głośniej niż szeptem. Langdon poczuł, że się poci w swojej tweedowej marynarce. Tkwił na tylnym siedzeniu alfy romeo, która stała przy Piazza de la Concorde, o trzy przecznice od Panteonu. Vittoria siedziała obok niego, pochłonięta obserwowaniem Olivettiego wydającego ostatnie rozkazy.

— Rozstawić się w ośmiu punktach — mówił komendant — na całym obwodzie, ze szczególnym zwróceniem uwagi na wejście. Cel może znać was z widzenia, więc nie pokazywać się. Muszę mieć go żywego. Niech ktoś obserwuje dach. Cel jest najważniejszy. Obiekt drugi w kolejności.

Boże, pomyślał Langdon i poczuł dreszcz na myśl o chłodnym profesjonalizmie, z jakim Olivetti powiedział swoim ludziom, że śmierć kardynała jest dopuszczalna. Obiekt drugi w kolejności.

— Powtarzam. Cel musi pozostać przy życiu. Jest nam potrzebny. Ruszać. — Wyłączył krótkofalówkę.

Vittoria miała zdumiony, niemal rozgniewany wyraz twarzy.

— Komendancie, czy nikt nie wchodzi do środka?

Olivetti odwrócił się do niej.

— Do środka?

— Do Panteonu! Tam, gdzie to ma się wydarzyć.

— *Attento.* — Rzucił jej lodowate spojrzenie. — Jeżeli doszło do infiltracji naszych szeregów, to moi ludzie mogą być znani zabójcy z widzenia. Pani kolega niedawno mnie ostrzegał, że to będzie nasza jedyna szansa schwytania celu. Nie chcę go spłoszyć, wchodząc z ludźmi do środka.

— A jeśli zabójca już tam jest?

241

Olivetti spojrzał na zegarek.

— Cel wyrażał się bardzo konkretnie. Ósma godzina. Mamy jeszcze piętnaście minut.

— On powiedział, że zabije kardynała o ósmej. Jednak mógł już go jakoś wprowadzić do środka. Co z tego, że wasi ludzie zobaczą go, jak wychodzi, skoro nie będą wiedzieli, że to on? Ktoś musi się upewnić, że w środku jest wszystko w porządku.

— W tym momencie to zbyt ryzykowne.

— Wcale nie, jeśli nie będzie znał osoby, która tam wejdzie.

— Charakteryzacja zajmuje dużo czasu i...

— Mam na myśli siebie — wyjaśniła Vittoria.

Langdon odwrócił się i wpatrzył w nią z niedowierzaniem. Olivetti potrząsnął głową.

— Mowy nie ma.

— On zabił mojego ojca.

— Właśnie. Dlatego może wiedzieć, kim pani jest.

— Przecież pan słyszał, co mówił przez telefon. Nawet nie wiedział, że Leonardo Vetra miał córkę. Z pewnością nie ma pojęcia, jak ja wyglądam. Mogę wejść do środka jako turystka. Jeśli zauważę coś podejrzanego, wyjdę na plac i dam wam znać, żebyście weszli.

— Przykro mi, ale nie mogę na to pozwolić.

W tej chwili odezwał się radiotelefon komendanta.

— *Commandante?* Mamy pewien problem od północnej strony. Jest tu fontanna, która zasłania nam widok. Żeby mieć wejście na oku, musimy stanąć na widoku na placu. Co pan rozkaże? Mamy być ślepi czy wystawić się celowi?

Vittoria uznała, że ma tego dość.

— Właśnie. Idę. — Otworzyła drzwi i wysiadła.

Olivetti rzucił krótkofalówkę i wyskoczył z samochodu, odcinając jej drogę.

Langdon też wysiadł. Co ona, u diabła, wyrabia?

Olivetti blokował dziewczynie przejście.

— Panno Vetra, myśli pani słusznie, ale nie mogę pozwolić, żeby cywil przeszkadzał nam w akcji.

— Przeszkadzał? Przecież działacie na ślepo. Pozwólcie sobie pomóc.

— Bardzo bym chciał mieć zwiadowcę w środku, ale...

— Ale co? — nalegała Vittoria. — Ale jestem kobietą?

Olivetti nie odpowiedział.

— Mam nadzieję, że nie to chciał pan powiedzieć, komendancie. Doskonale pan wie, że to dobry pomysł, a jeśli pozwoli pan, żeby jakieś szowinistyczne bzdury...

242

— Proszę nam pozwolić wykonywać naszą pracę.

— Proszę mi pozwolić pomóc.

— To zbyt niebezpieczne. Nie będziemy mieli z panią kontaktu. Nie mogę dać pani radiotelefonu, bo panią zdradzi.

Vittoria sięgnęła do kieszeni szortów i wyjęła telefon komórkowy.

— Wielu turystów je nosi.

Olivetti zaczął się zastanawiać.

Dziewczyna otworzyła klapkę telefonu i udawała, że rozmawia.

— Cześć, kotku, właśnie stoję w Panteonie. Powinieneś zobaczyć to miejsce! — Zamknęła telefon i spojrzała gniewnie na komendanta. — I kto, do cholery, się domyśli? Tu nie ma żadnego ryzyka. Proszę mi pozwolić zostać pańskimi oczami! — Wskazała na telefon komórkowy przy pasku Olivettiego. — Jaki jest pański numer?

Komendant nie odpowiedział.

Kierowca przez cały czas obserwował sytuację i najwyraźniej doszedł do własnych wniosków. Wysiadł z samochodu i odwołał dowódcę na bok. Przez dziesięć sekund rozmawiali przyciszonym tonem. W końcu Olivetti skinął głową i wrócił do Langdona i Vittorii.

— Niech pani wpisze ten numer — zaczął dyktować cyfry.

Dziewczyna zaprogramowała swój telefon.

— Teraz proszę zadzwonić.

Nacisnęła automatyczne wybieranie numeru i po chwili telefon przy pasku komendanta zaczął dzwonić. Wziął go do ręki i powiedział do słuchawki:

— Panno Vetra, proszę wejść do budynku, rozejrzeć się, potem wyjść i zadzwonić, co pani widziała.

Vittoria zamknęła telefon.

— Dziękuję panu.

Langdon niespodziewanie poczuł nagły przypływ instynktu opiekuńczego.

— Chwileczkę — zwrócił się do Olivettiego. — Wysyła ją pan tam samą.

Dziewczyna zrobiła w jego kierunku grymas.

— Robercie, nic mi nie będzie.

Kierowca ponownie zaczął rozmawiać z komendantem.

— To niebezpieczne — powiedział Langdon do Vittorii.

— On ma rację — wtrącił się Olivetti. — Nawet moi najlepsi ludzie nie pracują w pojedynkę. Porucznik właśnie mi zwrócił uwagę, że ta maskarada będzie bardziej przekonująca, jeśli obydwoje tam pójdziecie.

Obydwoje? zawahał się Langdon. Prawdę mówiąc, chodziło mi o...

— Wchodząc razem, będziecie wyglądali jak para na wakacjach — wyjaśnił komendant. — Jednocześnie będziecie nawzajem się osłaniać. Dzięki temu będę spokojniejszy.

Vittoria wzruszyła ramionami.

— Dobrze, ale musimy się pospieszyć.

Langdon jęknął w duchu. Świetne posunięcie, kowboju.

Olivetii pokazał im kierunek.

— Pierwsza przecznica, do której dojdziecie, to będzie Via degli Orfani. Skręćcie w lewo. Doprowadzi was prosto do Panteonu. To najwyżej dwie minuty marszu. Ja zostanę tutaj. Będę kierował swoimi ludźmi i czekał na wasz telefon. Chciałbym, żebyście mieli coś do obrony. — Wyciągnął własny pistolet. — Czy któreś z was potrafi posługiwać się bronią?

Langdonowi zamarło serce. Nie potrzebujemy broni!

Vittoria wyciągnęła rękę.

— Potrafię z czterdziestu metrów oznakować wyskakującego nad wodę morświna, stojąc na dziobie kołyszącej się łodzi.

— W porządku. — Olivetti wręczył jej broń. — Trzeba ją gdzieś ukryć.

Vittoria spojrzała na swoje szorty, a potem na Langdona.

O nie! — pomyślał, ale dziewczyna była szybsza. Odchyliła mu marynarkę i wsunęła pistolet do jednej z wewnętrznych kieszeni. Miał wrażenie, że wpadł mu tam wielki kamień. Jedyna pociecha, że zabytkowa kartka była w innej kieszeni.

— Wyglądamy niewinnie — stwierdziła Vittoria. — Możemy iść. — Wzięła Langdona pod rękę i ruszyła ulicą.

Kiedy już odchodzili, kierowca krzyknął za nimi:

— Dobrze, że idziecie pod rękę. Pamiętajcie, że jesteście turystami. Albo nowożeńcami. A gdybyście tak wzięli się za ręce?

Kiedy skręcali w przecznicę, Langdon mógłby przysiąc, że dostrzegł na twarzy Vittorii cień uśmiechu.

Rozdział 59

Sala odpraw gwardii szwajcarskiej znajduje się przy koszarach Corpo di Vigilanza i służy zazwyczaj do planowania zabezpieczeń w czasie publicznych pojawień się papieża oraz uroczystości watykańskich. Dziś jednak wykorzystano ją w innym celu. Do zgromadzonych w sali gwardzistów przemówił zastępca komendanta, kapitan Elias Rocher. Kapitan był człowiekiem barczystym, z miękką, nalaną twarzą. Miał na sobie tradycyjny granatowy mundur kapitański, któremu starał się nadać nieco własnego stylu, wkładając na bakier czerwony beret. Z jego potężną budową kontrastował zadziwiająco dźwięczny głos, przypominający czystością tonu instrument muzyczny. Natomiast oczy Rochera były zamglone, jak u niektórych zwierząt nocnych. Podwładni nazywali go „orso", czyli grizzly, i żartowali czasem, że jest niedźwiedziem, który dostał się w cień żmii. Żmiją był oczywiście komendant Olivetti. Rocher był tak samo niebezpieczny jak żmija, ale przynajmniej było słychać, gdy nadchodził.

Podwładni Rochera słuchali go z napiętą uwagą, stojąc całkowicie nieruchomo, chociaż informacje, które przekazywał, gwałtownie podniosły im ciśnienie krwi w żyłach.

Porucznik Chartrand, stojący w tylnej części sali, żałował, że nie znalazł się wśród tych dziewięćdziesięciu dziewięciu procent kandydatów, których gwardia odrzuciła. W wieku dwudziestu lat był tu najmłodszy. Przebywał w Watykanie zaledwie od trzech miesięcy. Podobnie jak wszyscy gwardziści, przeszedł przeszkolenie w armii szwajcarskiej, potem dwa lata dodatkowego *ausbilding* w Bernie i dopiero wówczas zakwalifikował się na wyczerpujące watykańskie *prove*, odbywające się w tajnych koszarach poza

Rzymem. Jednak wszystkie te szkolenia nie przygotowały go na kryzys, jaki teraz miał miejsce.

Początkowo Chartrand sądził, że odprawa jest częścią jakichś dziwacznych ćwiczeń. Broń przyszłości? Starodawny kult? Porwani kardynałowie? Potem jednak Rocher pokazał im obraz przekazywany przez jedną z kamer — przekaz na żywo demonstrujący tę futurystyczną broń. Najwyraźniej nie były to ćwiczenia.

— Będziemy sukcesywnie wyłączać prąd w wybranych sektorach — mówił Rocher — żeby wyeliminować niezwiązane z pojemnikiem zakłócenia magnetyczne. Będziemy pracować w czteroosobowych zespołach i korzystać z okularów na podczerwień. Poszukiwania będą prowadzone za pomocą tradycyjnych urządzeń do wykrywania podsłuchu, skalibrowanych tak, by wykrywały minimalny strumień magnetyczny. Są jakieś pytania?

Nikt się nie odezwał.

Chartrand miał wrażenie, że za chwilę pęknie mu głowa.

— A co się stanie, jeśli nie znajdziemy tego na czas? — zapytał, natychmiast żałując, że się odezwał.

Grizzly zmierzył go ponurym wzrokiem spod czerwonego beretu. Potem dał wszystkim sygnał do rozejścia się, żegnając ich poważnie wypowiedzianym słowem:

— Powodzenia.

Rozdział 60

W odległości dwóch przecznic od Panteonu Langdon i Vittoria szli właśnie wzdłuż szeregu zaparkowanych taksówek, których kierowcy spali spokojnie na przednich siedzeniach. Pora drzemki była odwiecznym zwyczajem w Wiecznym Mieście — powszechne tu publiczne drzemanie stanowiło udoskonaloną wersję popołudniowej sjesty Hiszpanów.

Langdon starał się zebrać myśli, ale sytuacja, w jakiej się znalazł, była zbyt dziwaczna, by rozsądnie rozumować. Sześć godzin temu spał sobie smacznie we własnym domu w Cambridge. Teraz znajdował się w Europie, wmieszany w surrealistyczną walkę starodawnych potęg. W kieszeni marynarki miał pistolet i szedł za rękę z kobietą, którą dopiero poznał.

Spojrzał na Vittorię. Patrzyła prosto przed siebie. Trzymała go zdecydowanie — był to uścisk niezależnej i pewnej siebie kobiety. Jej palce splatały się z jego ze spokojem wynikającym z wewnętrznej akceptacji tej sytuacji. Żadnego wahania. Langdon czuł coraz większe zafascynowanie tą dziewczyną. Wróć do rzeczywistości, upomniał się.

Vittoria wyczuła jego niepokój.

— Odpręż się — powiedziała, nie odwracając głowy. — Mamy wyglądać na nowożeńców.

— Jestem odprężony.

— To dlaczego miażdżysz mi rękę?

Zaczerwienił się i rozluźnił uścisk.

— Oddychaj oczami — poradziła mu.

— Co takiego?

— To pomaga rozluźnić mięśnie. Nazywa się to *pranayama*.

— Jaka jama?

— Ach, mniejsza o to.

247

Minęli narożnik i znaleźli się na Piazza della Rotunda, a wówczas Panteon pojawił się przed nimi w całej okazałości. Langdon jak zwykle wpatrywał się w niego z nabożnym podziwem. Panteon. Świątynia wszystkich bogów. Pogańskich bogów. Bogów Natury i Ziemi. Z zewnątrz budowla wydawała mu się bardziej kanciasta, niż pamiętał. Wysokie kolumny i trójkątny tympanon zasłaniały kulistą kopułę, niemniej jednak nieskromny napis nad wejściem upewnił go, że znaleźli się we właściwym miejscu. M. AGRIPPA L. F. COS TERTIUM FECIT. Langdon przetłumaczył to sobie, jak zawsze, z rozbawieniem: „Marek Agrypa, konsul po raz trzeci, to zbudował".

To tyle, jeśli chodzi o pokorę, pomyślał, przenosząc wzrok na otoczenie Panteonu. Widział wielu turystów wędrujących z kamerami po placu. Inni siedzieli w ogródku kawiarni La Tazza di Oro, delektując się najlepszą mrożoną kawą w Rzymie. Przed wejściem do Panteonu stali na straży czterej uzbrojeni policjanci, tak jak zapowiedział Olivetti.

— Wygląda spokojnie — zauważyła Vittoria.

Langdon skinął głową, ale dręczył go niepokój. Kiedy już naprawdę się tu znalazł, cały scenariusz wydał mu się nierealny. Vittoria wierzyła w słuszność jego teorii, ale on uświadomił sobie nagle, ile osób postawił na nogi, żeby ją sprawdzić. Raz jeszcze powtórzył sobie werset z wiersza iluminatów. „Od ziemskiego grobu Santiego z otworem demona". TAK, upewnił się, to musi być to miejsce. Grób Santiego. Przecież już wiele razy miał nad głową oculus Panteonu i stał przed grobowcem wielkiego Rafaela.

— Która godzina? — spytała Vittoria.

Sprawdził.

— Siódma pięćdziesiąt. Zostało dziesięć minut.

— Mam nadzieję, że ci faceci są naprawdę dobrzy — stwierdziła dziewczyna, przyglądając się turystom wchodzącym do Panteonu. — Jeśli coś się wydarzy wewnątrz, wszyscy znajdziemy się w krzyżowym ogniu.

Langdon odetchnął głośno i ruszyli w kierunku wejścia. Pistolet ciążył mu w kieszeni. Zastanawiał się, co zrobi, jeśli któryś z policjantów zechce go przeszukać i znajdzie broń, jednak ci wcale im się nie przyglądali. Najwyraźniej ich kamuflaż był przekonujący.

— Czy kiedykolwiek strzelałaś czymś innym niż pociskami usypiającymi? — zapytał szeptem Vittorię.

— Nie ufasz mi?

— Ufać? Przecież ledwo cię znam.

Dziewczyna skrzywiła się.

— A ja myślałam, że jesteśmy nowożeńcami.

Rozdział 61

Powietrze wewnątrz Panteonu było chłodne i wilgotne, przesiąknięte historią. Ogromne sklepienie rozpościerało się nad ich głowami, jakby nic nie ważyło. Kopuła o średnicy 43,3 metra większa jest nawet od kopuły Bazyliki Świętego Piotra. Langdon poczuł, że przechodzą go dreszcze, jak zawsze, gdy wchodził do ogromnej rotundy, łączącej w sobie mistrzowską inżynierię i wspaniałą sztukę. Słynny okrągły otwór w dachu wpuszczał do środka smugę wieczornego słońca. Oculus, pomyślał Langdon. Otwór demona.

Dotarli na miejsce.

Podążył spojrzeniem wzdłuż sklepienia schodzącego łukiem ku obramowanym kolumnami ścianom, po czym przeniósł je na wypolerowaną marmurową posadzkę, na której stali. W ogromnym pomieszczeniu niosły się echem odgłosy kroków i cichych rozmów turystów. Kilkanaście osób przechadzało się w ciemnym wnętrzu. Jesteś tu?

— Zupełnie spokojnie — odezwała się Vittoria.

Skinął potakująco głową.

— Gdzie jest grobowiec Rafaela?

Zastanawiał się przez chwilę, starając się ustalić swoje położenie. Obiegł wzrokiem ściany rotundy. Nagrobki. Ołtarze. Kolumny. Nisze. Wskazał jej szczególnie ozdobny grobowiec po drugiej stronie pomieszczenia, nieco z lewej strony.

— Myślę, że tam.

Victoria przyjrzała się uważnie reszcie wnętrza.

— Nie widzę nikogo, kto by przypominał terrorystę mającego za chwilę zabić kardynała. Rozejrzymy się dookoła?

— Tak. W zasadzie niewiele jest tu miejsc, gdzie można się schować. Sprawdźmy zatem *rientranze*.

— Nisze?

— Tak, nisze w ścianach.

Na całym obwodzie rotundy znajdują się półokrągłe nisze poprzedzielane grobowcami. Wprawdzie nie są one zbyt duże, ale wystarczające, żeby człowiek mógł się ukryć w ich cieniu. Niegdyś stały w nich posągi bóstw olimpijskich, ale pogańskie rzeźby zniszczono, gdy Panteon został przekształcony w świątynię chrześcijańską. Langdon poczuł frustrację na myśl, że udało mu się dotrzeć do pierwszego ołtarza nauki, choć dalsze wskazówki zniknęły. Zastanawiał się, która z rzeźb mogła być znacznikiem Ścieżki Oświecenia i jaki kierunek wskazywała. Jakież to by było wspaniałe przeżycie — odkryć tajemną wskazówkę iluminatów. Raz jeszcze przyszło mu na myśl pytanie, kto był tym tajemniczym artystą bractwa.

— Ja pójdę lewą stroną — wskazała Vittoria — a ty idź prawą. Spotkamy się za sto osiemdziesiąt stopni.

Langdon uśmiechnął się niewesoło.

Kiedy Vittoria odeszła, znów zaczęło do niego powracać dziwne poczucie grozy związane z tą sytuacją. Odwrócił się i ruszył wzdłuż ściany, mając wrażenie, że w pustce wokół niego rozbrzmiewa głos mordercy. Ósma godzina. Dziewicze ofiary na ołtarzach nauki. Kolejne ofiary w postępie arytmetycznym. Ósma, dziewiąta, dziesiąta, jedenasta... i o północy. Spojrzał na zegarek: siódma pięćdziesiąt dwie. Zostało osiem minut.

W drodze do pierwszej niszy mijał grobowiec jednego z katolickich królów włoskich. Sarkofag, podobnie jak wiele innych w Rzymie, był ustawiony ukośnie w stosunku do ściany, co sprawiało dziwne wrażenie. Grupa turystów właśnie się nad tym zastanawiała. Jednak nie zatrzymał się, żeby im to wyjaśnić. Groby ważnych chrześcijan często umieszczano w sposób niepasujący do elementów architektonicznych, gdyż chodziło o to, żeby zmarły leżał twarzą na wschód. Był to starożytny zabobon, o którym Langdon dyskutował ze studentami na swoich zajęciach z symboliki nie dalej jak miesiąc temu.

— Przecież to zupełnie absurdalne! — wybuchnęła jedna ze studentek z pierwszego rzędu, kiedy wyjaśnił grupie przyczyny, dla których groby były zwrócone na wschód. — Dlaczego chrześcijanom miałoby zależeć, żeby po śmierci być zwróconym w stronę wschodzącego słońca? Mówimy przecież o chrześcijaństwie... a nie o kulcie Słońca!

Langdon uśmiechnął się, spacerując przed tablicą i pogryzając jabłko.

— Panie Hitzrot! — krzyknął.

Młody człowiek drzemiący w tylnej ławce podskoczył przestraszony.

— Co?! Ja?

Langdon wskazał na plakat z renesansowym obrazem, wiszący na ścianie.

— Kim jest ten człowiek klęczący przed Bogiem?

— Hmm... jakimś świętym?

— Świetnie. A skąd pan wie, że to święty?

— Bo ma aureolę?

— Doskonale. A czy ta złota aureola coś panu przypomina?

Hitzrot uśmiechnął się szeroko.

— Taa! Te egipskie rzeczy, o których się uczyliśmy w poprzednim semestrze. Te... yyy... słoneczne dyski!

— Dziękuję, Hitzrot, możesz spać dalej. — Langdon zwrócił się teraz do całej grupy: — Aureola, podobnie jak wiele innych chrześcijańskich symboli, została zapożyczona ze staroegipskiego kultu Słońca. W chrześcijaństwie można znaleźć mnóstwo przykładów oddawania czci Słońcu.

— Przepraszam — odezwała się ponownie dziewczyna z pierwszego rzędu — ale ja przez cały czas chodzę do kościoła i nie widzę, żeby czczono tam Słońce.

— Naprawdę? A co świętujecie dwudziestego piątego grudnia?

— Boże Narodzenie. Dzień narodzin Jezusa Chrystusa.

— Tyle że zgodnie z Biblią Jezus urodził się w marcu, więc dlaczego świętuje się to pod koniec grudnia?

Cisza.

Langdon uśmiechnął się.

— Dwudziesty piąty grudnia jest, moi drodzy, starożytnym pogańskim świętem *sol invictus*, Słońca Niezwyciężonego, które zbiega się z przesileniem zimowym. Jest to ten wspaniały okres roku, kiedy Słońce powraca, a dni zaczynają się robić coraz dłuższe.

Ponownie ugryzł jabłko.

— Zwycięskie religie — ciągnął — zazwyczaj przejmują istniejące już święta religii podbijanych, żeby zmiana była mniej gwałtowna. Nazywa się to transmutacją i pomaga ludziom przyzwyczaić się do nowej wiary. Wierni mają święta religijne w te same dni, co dotychczas, modlą się w tym samych świętych miejscach, używają podobnej symboliki... i po prostu zastępują dotychczasowego boga nowym.

Dziewczyna, która wcześniej z nim dyskutowała, teraz była już wściekła.

— Sugeruje pan, że chrześcijaństwo jest tylko swego rodzaju... przerobionym kultem Słońca!

— Absolutnie nie. Chrześcijaństwo nie ograniczyło się do zapożyczeń z kultu Słońca. Na przykład chrześcijańska kanonizacja jest wzorowana na starożytnym rytuale „tworzenia bogów", opisanym przez Euhemera. Z kolei „jedzenie boga", czyli komunia święta, zostało zapożyczone od Azteków. Nawet koncepcja Chrystusa umierającego na krzyżu za nasze grzechy prawdopodobnie nie jest wyłącznie chrześcijańska, gdyż poświęcenie się młodego człowieka dla zmazania grzechów swojego ludu pojawia się w najwcześniejszych podaniach związanych z kultem Quetzalcoatla.

Oczy dziewczyny zapłonęły gniewem.

— A czy chrześcijaństwo w ogóle ma cokolwiek oryginalnego?

— Żadna zorganizowana wiara nie ma zbyt wielu elementów oryginalnych. Religie nie rodzą się z niczego. Wyrastają jedna z drugiej. Współczesna religia jest kolażem... ciągnących się od zarania dziejów poszukiwań człowieka starającego się zrozumieć istotę boskości.

— Ale... chwileczkę — włączył się Hitzrot, któremu najwyraźniej minęła senność. — Wiem, co jest oryginalnego w chrześcijaństwie. Co pan powie o wizerunku Boga? Chrześcijanie nie przedstawiają Boga jako dysku słonecznego z sokolimi skrzydłami, węża czy innego dziwactwa. Bóg jest zawsze starym człowiekiem z białą brodą. Czyli nasz wizerunek Boga jest oryginalny, co?

Langdon uśmiechnął się.

— Kiedy pierwsi ludzie nawróceni na chrześcijaństwo zrezygnowali ze swoich dotychczasowych bóstw — bogów pogańskich, greckich, rzymskich, Słońca, Mitry i tak dalej — spytali Kościół, jak wygląda ich nowy chrześcijański Bóg. Przedstawiciele Kościoła bardzo mądrze wybrali jednego z najpotężniejszych, wzbudzających największy strach... a jednocześnie najbardziej znanych bogów w historii.

Hitzrot spojrzał na niego sceptycznie.

— Starego człowieka z białą, bujną brodą?

Langdon wskazał poczet bogów greckich na ścianie. Na samym szczycie siedział stary człowiek z białą, bujną brodą.

— Czy Zeus ci kogoś nie przypomina?

Lekcja zakończyła się dokładnie w tym momencie.

— Dobry wieczór — rozległ się za nim męski głos.

Langdon wzdrygnął się. Znowu był w Panteonie. Odwrócił się

i ujrzał starszego mężczyznę w niebieskiej pelerynie z czerwonym krzyżem na piersi. Nieznajomy uśmiechnął się do niego, prezentując pożółkłe zęby.

— Jest pan Anglikiem, prawda? — spytał z wyraźnym toskańskim akcentem.

Zaskoczony Langdon zamrugał oczami.

— Prawdę mówiąc, nie. Jestem Amerykaninem.

Na twarzy mężczyzny pojawił się wyraz zakłopotania.

— O Boże, proszę mi wybaczyć. Jest pan tak elegancko ubrany, że sądziłem... bardzo przepraszam.

— Czy mogę panu w czymś pomóc? — spytał Langdon, czując, jak szaleńczo bije mu serce.

— Właściwie to myślałem, że ja mógłbym pomóc panu. Jestem tutaj *cicerone*. — Wskazał z dumą na wydawaną przez miasto odznakę. — Moim zadaniem jest zapewnienie, żeby pański pobyt w Rzymie był bardziej interesujący.

Bardziej interesujący? Obecna wizyta w Rzymie była dla niego wystarczająco interesująca.

— Wygląda pan na wyjątkowego człowieka — pochlebiał mu przewodnik — niewątpliwie bardziej zainteresowanego kulturą niż większość turystów. Chciałbym przedstawić panu historię tego fascynującego budynku.

Langdon uśmiechnął się do niego uprzejmie.

— Bardzo to miłe z pana strony, ale sam jestem historykiem sztuki i...

— To wspaniale! — Oczy mężczyzny zapłonęły, jakby wygrał na loterii. — W takim razie niewątpliwie to pana zaciekawi!

— Przepraszam, ale wolałbym...

— Panteon — zaczął niezrażony jego słowami przewodnik — został wzniesiony przez Marka Agrypę w dwudziestym siódmym roku przed naszą erą.

— Tak — wtrącił Langdon — i przebudowany przez cesarza Hadriana w sto dziewiętnastym roku naszej ery.

— Miał największą na świecie kopułę na wolno stojącym budynku aż do tysiąc dziewięćset sześćdziesiątego roku, kiedy przyćmiła ją kopuła hali Superdome w Nowym Orleanie!

Langdon jęknął w duchu. Tego człowieka trudno było powstrzymać.

— Pewien teolog z piątego wieku nazwał Panteon Domem Diabła, ostrzegając, że otwór w dachu stanowi wejście dla demonów.

Langdon przestał go słuchać. Powędrował wzrokiem ku oculusowi, a wówczas wyobraźnia nasunęła mu przed oczy obraz, o którym wspomniała Vittoria... kardynał z piętnem wypalonym na piersi wpada przez otwór i uderza w marmurową posadzkę. To niewątpliwie byłoby wydarzenie medialne. Przebiegł wzrokiem po wnętrzu rotundy w poszukiwaniu reporterów. Nikogo nie ma. Odetchnął głęboko. Przecież to absurdalny pomysł. Przeprowadzenie takiej akcji byłoby niemal niemożliwe.

Kiedy Langdon ruszył dalej i sprawdzał kolejne nisze, opowiadający bez przerwy przewodnik podążał za nim jak spragniony uczucia szczeniak. Zapamiętaj sobie, pomyślał Langdon, że nie ma nic gorszego niż nadgorliwy historyk sztuki.

Po drugiej stronie świątyni Vittoria była zajęta własnymi poszukiwaniami. Kiedy została sama — po raz pierwszy od chwili, gdy usłyszała o śmierci ojca — miała wrażenie, że rzeczywistość coraz bardziej ją przytłacza. Ojciec został nagle i okrutnie zamordowany. Niemal równie bolesna była myśl, że jego dzieło zostało niewłaściwie wykorzystane i stało się narzędziem w rękach terrorystów. Dręczyło ją poczucie winy, gdyż to przecież jej wynalazek sprawił, że można było transportować antymaterię... a skonstruowany przez nią pojemnik odliczał teraz gdzieś w Watykanie czas do wybuchu. Starając się pomóc ojcu w jego dążeniu do odkrycia prostoty prawdy, stała się współtwórczynią chaosu.

Co ciekawe, jedynym, co w tej chwili przynosiło jej pociechę, była obecność zupełnie obcego człowieka. Roberta Langdona. Znajdowała niewytłumaczalne ukojenie, patrząc w jego oczy... Znajdowała w nich harmonię oceanu, którą pozostawiła za sobą dzisiejszego ranka. Cieszyła się, że jest tutaj. Nie tylko dodawał jej sił i budził nadzieję, ale na dodatek dzięki jego bystremu umysłowi mieli teraz szansę na schwytanie zabójcy ojca.

Vittoria oddychała głęboko, kontynuując swoje poszukiwania. Czuła się przytłoczona nieoczekiwanymi wizjami osobistej zemsty; zajmowały jej myśli przez cały dzień. Ona, zaprzysiężona obrończyni wszelkiego życia, pragnęła śmierci zabójcy. Żadna ilość dobrej *karmy* nie skłoniłaby jej dzisiaj do nadstawienia drugiego policzka. Z zaniepokojeniem i podnieceniem uświadomiła sobie uczucie, jakiego nigdy dotąd nie doznała... najwyraźniej odzywała się w niej krew sycylijskich przodków, broniących honoru rodziny za pomocą brutalnych środków. *Vendetta*, pomyślała, i po raz pierwszy w życiu zrozumiała.

Wizje odwetu dodały szybkości jej krokom. Dochodziła właśnie do grobowca Rafaela Santiego. Nawet z pewnej odległości widziała, że został on potraktowany w specjalny sposób. Tylko jego sarkofag był zabezpieczony przejrzystą osłoną z plastyku i cofnięty w głąb ściany. Widziała stąd jego przednią część.

Przyglądała się przez dłuższą chwilę grobowcowi, po czym przeczytała opis umieszczony na tabliczce obok grobu.

Potem przeczytała go jeszcze raz.

I ponownie.

W chwilę później pędziła przerażona przez rotundę.

— Robercie! Robercie!

Rozdział 62

Langdona nieco opóźniał podążający za nim przez cały czas przewodnik, niezmordowanie kontynuujący swoje opowiadanie. Jednak przygotowywał się już do sprawdzenia ostatniej niszy.

— Widzę, że bardzo się panu podobają te nisze — zauważył jego *cicerone*, najwyraźniej zachwycony. — Czy wie pan o tym, że właśnie dzięki nim kopuła wydaje się taka lekka?

Langdon skinął głową, nie słysząc z tego ani słowa, gdyż myślał już o swoim zadaniu. Nagle ktoś chwycił go od tyłu. To była Vittoria. Nie mogąc złapać oddechu, ciągnęła go za rękę. Widząc wyraz przerażenia na jej twarzy, potrafił sobie wyobrazić tylko jedno. Znalazła ciało. Poczuł, jak ogarnia go strach.

— O, pańska żona! — wykrzyknął przewodnik, zachwycony, że ma nowego słuchacza. Wskazał na jej szorty i sportowe buty. — No, ale pani na pewno jest Amerykanką!

Oczy Vittorii się zwęziły.

— Jestem Włoszką.

Uśmiech przewodnika przygasł.

— O, Boże.

— Robercie — szepnęła dziewczyna, obracając się plecami do przewodnika. — Daj *Diagramma* Galileusza. Muszę zobaczyć tę kartkę.

— *Diagramma*? — Mężczyzna wcisnął się z powrotem między nich. — No, no! Wy naprawdę znacie historię! Niestety, tego dokumentu nie można obejrzeć. Znajduje się w tajnych archiwach Waty...

— Czy mógłbym pana na chwilę przeprosić? — przerwał mu Langdon. Nie wiedział, co sądzić o panice Vittorii. Odszedł z nią nieco na bok i ostrożnie wyjął zabytkową kartkę. — Co się stało?

— Jaka jest na tym data? — spytała dziewczyna, szybko przebiegając wzrokiem po kartce.

Przewodnik znów był przy nich, z otwartymi ustami wpatrując się w *Folio 5*.

— To... to nie jest...

— To reprodukcja dla turystów — rzucił szybko Langdon. — Dziękujemy panu za pomoc. Chcielibyśmy pobyć trochę sami.

Mężczyzna zaczął się wycofywać, ale nie spuszczał wzroku z kartki.

— Data — powtórzyła Vittoria. — Kiedy Galileusz to opublikował...

Langdon wskazał jej rzymską liczbę na dole strony.

— To jest data publikacji. Co się dzieje?

Dziewczyna odcyfrowała datę.

— Tysiąc sześćset trzydziesty dziewiąty?

— Tak. Co się stało?

W jej oczach pojawił się przestrach.

— Mamy kłopoty, Robercie. Wielkie kłopoty. Te daty nie pasują.

— Jakie daty?

— Na grobie Rafaela. Pochowano go tutaj dopiero w tysiąc siedemset pięćdziesiątym dziewiątym roku. Ponad sto lat po opublikowaniu *Diagramma*.

Langdon wpatrywał się w nią, usiłując zrozumieć, o co jej chodzi.

— Nie — odparł. — Rafael umarł w tysiąc pięćset dwudziestym roku, na długo przed tą publikacją.

— Tak, ale nie był tu pochowany. To się stało dopiero później.

Langdon nic nie rozumiał.

— O czym ty mówisz?

— Właśnie to przeczytałam. Prochy Rafaela przeniesiono do Panteonu w tysiąc siedemset pięćdziesiątym ósmym roku. Było to wyrazem hołdu dla wybitnych Włochów.

Kiedy znaczenie jej słów wreszcie do niego dotarło, miał wrażenie, że ziemia usuwa mu się spod stóp.

— Kiedy powstał ten wiersz — wyjaśniała dalej Vittoria — grób Rafaela był gdzie indziej. W tamtych czasach między Panteonem a Rafaelem nie było żadnego związku!

Langdon nie mógł złapać tchu.

— Ale to... oznacza...

— Tak! Oznacza, że jesteśmy w złym miejscu!

Czuł, że się chwieje. Niemożliwe... Byłem pewien...

Vittoria podbiegła do przewodnika i przyciągnęła go z powrotem.

— *Signore*, przepraszamy bardzo. Gdzie w siedemnastym wieku znajdował się grób Rafaela?

— Urb... w Urbino — zająknął się, zdumiony. — W miejscu jego urodzenia.

— Niemożliwe! — zaklinał się Langdon. — Ołtarze nauki iluminatów były tutaj, w Rzymie. Jestem tego pewien!

— Iluminatów? — wykrztusił mężczyzna. — Ludzie, kim wy jesteście?

Vittoria przejęła inicjatywę.

— Szukamy czegoś, co można nazwać ziemskim grobem Santiego. W Rzymie. Czy wie pan, co to może być?

Przewodnik jeszcze się nie uspokoił.

— To jest jedyny grób Rafaela w Rzymie.

Langdon starał się skupić, ale jego umysł odmawiał współpracy. Skoro w tysiąc sześćset pięćdziesiątym piątym roku grobowiec Rafaela nie znajdował się w Rzymie, to czego dotyczyły słowa wiersza? „Ziemski grób Santiego z otworem demona". Co to, u diabła, może być? Myśl!

— A czy był inny artysta nazwiskiem Santi? — próbowała dalej Vittoria.

Przewodnik wzruszył ramionami.

— Nic mi o tym nie wiadomo.

— A może jakiś inny sławny człowiek? Uczony, poeta albo astronom nazywający się Santi?

Mężczyzna sprawiał teraz wrażenie, jakby chciał jak najszybciej odejść.

— Nie, proszę pani. Jedyny Santi, o jakim kiedykolwiek słyszałem, to Rafael architekt.

— Architekt? — powtórzyła dziewczyna. — Myślałam, że był malarzem!

— Jednym i drugim, oczywiście. Tak jak wszyscy wtedy. Michał Anioł, da Vinci i Rafael.

Langdon nie był pewien, czy sprawiły to słowa przewodnika, czy widok otaczających ich ozdobnych nagrobków, ale nagle oświeciła go pewna myśl. Santi był architektem. Od tej chwili kolejne myśli pociągały jedna drugą jak kostki domina. Architekci renesansu żyli tylko dla dwóch celów — sławienia Boga za pomocą ogromnych kościołów i sławienia dygnitarzy za pomocą pełnych przepychu grobowców. Grób Santiego. Czy to możliwe? W jego myślach coraz szybciej przesuwały się obrazy...

Mona Liza Leonarda da Vinci.

Lilie wodne Moneta.
Dawid Michała Anioła.
Ziemski grób Santiego...
— Santi zaprojektował grobowiec — odezwał się na głos.
Vittoria odwróciła się do niego.
— Co?
— Nie chodzi o to, gdzie Rafael jest pochowany, tylko o grobowiec, który zaprojektował.
— O czym ty mówisz?
— Źle zrozumiałem wskazówkę. Nie szukamy miejsca pochówku Rafaela, tylko grobowca, który zaprojektował dla kogoś innego. Nie mieści mi się w głowie, że o tym zapomniałem. Połowa rzeźb stworzonych w Rzymie w okresie renesansu i baroku to była sztuka nagrobkowa. — Uśmiechnął się, gdy przyszła mu do głowy następna myśl: — Rafael musiał stworzyć setki nagrobków!
Vittoria nie podzielała jego radości.
— Setki?
Uśmiech Langdona zbladł.
— Och.
— Czy któreś z nich były ziemskie, profesorze?
Poczuł nagle, że jego wiedza jest dalece niedostateczna. Zawstydzająco mało wiedział na temat dzieł Rafaela. Gdyby chodziło o Michała Anioła, mógłby pomóc, ale twórczość Santiego nigdy do niego nie przemawiała. Potrafił wymienić kilka słynnych nagrobków Rafaela, ale nawet nie wiedział, jak wyglądają.
Najwyraźniej wyczuwając, że znalazł się w trudnej sytuacji, Vittoria zwróciła się do przewodnika, który starał się dyskretnie oddalić. Chwyciła go za rękę i przyciągnęła z powrotem.
— Potrzebny mi nagrobek. Zaprojektowany przez Rafaela. Grobowiec, który można uznać za ziemski.
Widać było, że mężczyzna jest już zdenerwowany.
— Nagrobek zaprojektowany przez Rafaela? Nie wiem, tyle ich stworzył. A poza tym, zapewne macie na myśli kaplicę Rafaela. Architekci zawsze projektowali kaplicę w połączeniu z grobem.
Langdon uświadomił sobie, że przewodnik ma rację.
— A czy są jakieś nagrobki lub kaplice Rafaela, które można uznać za ziemskie?
Mężczyzna wzruszył ramionami.
— Przykro mi, ale nie wiem, o co wam chodzi. Słowo „ziemski" nie określa niczego, co znam. Muszę już iść.
Vittoria przytrzymała go za rękę i przeczytała górną linijkę z zabytkowej kartki.

— „Od ziemskiego grobu Santiego z otworem demona". Czy to panu coś mówi?

— Absolutnie nic.

Langdon podniósł nagle wzrok. Na chwilę zupełnie zapomniał o drugiej części tego zdania. Otwór demona?

— Tak! — odezwał się do przewodnika. — W tym rzecz! Czy któraś z kaplic Rafaela ma oculus?

Mężczyzna potrząsnął przecząco głową.

— Z tego, co wiem, Panteon jest jedyny. — Przerwał. — Ale...

— Ale co?! — krzyknęli jednocześnie Vittoria i Langdon.

Przewodnik przechylił w zamyśleniu głowę i ponownie się do nich przysunął.

— Otwór demona? — mruknął do siebie i postukał się po zębach. — Otwór demona... to jest... *buca del del diavolo*?

Vittoria skinęła głową.

— Dosłownie, tak.

— No, więc jest takie określenie, którego dawno już nie słyszałem. — Uśmiechnął się lekko. — Jeśli się nie mylę, to *buca del del diavolo* odnosi się do krypty.

— Do krypty? — powtórzył Langdon. — Takiej pod kościołem?

— Tak, ale to szczególnego rodzaju krypta. Wydaje mi się, że otwór demona to dawna nazwa obszernej komory grobowej znajdującej się w kaplicy... ale pod innym grobem.

— Ossuarium? — zapytał Langdon, natychmiast domyślając się, o czym mówi przewodnik.

Na jego rozmówcy wywarło to duże wrażenie.

— Właśnie! Tego określenia szukałem!

Langdon zaczął się zastanawiać nad tym, co usłyszał. Tego rodzaju ossuaria były tanim rozwiązaniem kłopotliwego problemu. Kościół często honorował swoich najwybitniejszych członków ozdobnymi nagrobkami w świątyniach. Jednak pozostali członkowie rodziny często żądali, żeby rodzina była pochowana razem... chcąc sobie w ten sposób zapewnić miejsce pochówku wewnątrz kościoła. Jednak jeśli dany kościół nie miał dość miejsca lub funduszy na grobowce dla wszystkich, wykonywano ossuarium — otwór w posadzce w pobliżu głównego grobu i chowano w nim mniej zasłużonych członków rodziny. Otwór przykrywano następnie renesansowym odpowiednikiem dzisiejszej pokrywy włazu. Pomimo wygody takiego rozwiązania, zostało ono dość szybko zarzucone z powodu fetoru, jaki się wydobywał z tych otworów, zanieczyszczając powietrze w świątyni. Otwór demona, pomyślał. Nigdy nie spotkał się z tym określeniem, lecz uznał, że doskonale pasuje.

Serce waliło mu gorączkowo. „Od ziemskiego grobu Santiego z otworem demona". Pozostaje teraz zadać tylko jedno pytanie.

— Czy Rafael zaprojektował jakiś grobowiec mający taki otwór demona?

Przewodnik podrapał się po głowie.

— Właściwie... przykro mi, ale przychodzi mi na myśl tylko jeden.

Tylko jeden! Trudno było marzyć o lepszej odpowiedzi.

— Gdzie? — niemal krzyknęła Vittoria.

Przewodnik przyjrzał im się dziwnym wzrokiem.

— Jest to kaplica Chigich. Nagrobek Agostino Chigiego i jego brata, bogatych patronów sztuki i nauki.

— Nauki? — powtórzył Langdon, wymieniając z Vittorią spojrzenie.

— Gdzie? — dopytywała się dziewczyna.

Mężczyzna zignorował jej pytanie, radośnie podniecony tym, że znów może pomóc.

— Nie wiem, czy ten grób jest ziemski, ale z pewnością jest... no, nazwijmy to... *differente.*

— W jakim sensie inny?

— Niespójny z architekturą. Rafael był tylko jego architektem. Ktoś inny rzeźbił wewnętrzne ozdoby. Nie pamiętam kto.

Langdon cały zamienił się w słuch. Może nieznany artysta iluminatów?

— Ktokolwiek wykonywał to wnętrze, był całkowicie pozbawiony gustu — stwierdził przewodnik. — *Dio mio! Atrocitàs!* Kto chciałby zostać pochowany pod piramidami?

Langdon ledwo wierzył własnym uszom.

— Pod piramidami? W kaplicy znajdują się piramidy?

— Wiem, wiem — potwierdził mężczyzna szyderczym tonem. — Okropne, prawda?

Vittoria złapała go za rękę.

— *Signore*, gdzie jest ta kaplica Chigich?

— Około mili na północ, w kościele Santa Maria del Popolo.

Dziewczyna odetchnęła głośno.

— Dziękujemy. Chodź...

— Chwileczkę — zawołał przewodnik. — Właśnie coś mi się przypomniało. Ależ głupiec ze mnie.

Vittoria stanęła jak wryta.

— Tylko niech pan nie mówi, że się pomylił.

Potrząsnął przecząco głową.

— Nie, ale dziwne, że wcześniej o tym nie pomyślałem. Kaplica

Chigich była dawniej znana pod inną nazwą. Nazywano ją Capella della Terra.

— Ziemska kaplica? — spytał Langdon.

— Nie — odparła Vittoria, ruszając ku drzwiom. — Kaplica Ziemi.

Wybiegając na Piazza della Rotunda Vittoria gwałtownym ruchem wyjęła swoją komórkę.

— Komandorze Olivetti — zawołała — to nie to miejsce! W głosie komendanta zabrzmiało zdumienie.

— Jak to nie to?

— Pierwszy ołtarz nauki znajduje się w kaplicy Chigich!

— Gdzie? — spytał gniewnie Olivetti. — Ale pan Langdon mówił...

— Santa Maria del Popolo. Półtora kilometra na północ. Niech pan natychmiast zabiera tam swoich ludzi! Mamy cztery minuty!

— Ale moi ludzie są rozstawieni tutaj! Nie jestem w stanie...

— Ruszajcie! — Vittoria z trzaskiem zamknęła telefon.

Za jej plecami z Panteonu wynurzył się całkowicie oszołomiony Langdon.

Złapała go za rękę i pociągnęła w kierunku szeregu taksówek, które stały przy krawężniku, pozornie bez kierowców. Załomotała w maskę pierwszej. Obudzony gwałtownie kierowca wyprostował się z okrzykiem zaskoczenia. Dziewczyna otworzyła tylne drzwi i wepchnęła Langdona do środka, po czym wskoczyła w ślad za nim.

— Santa Maria del Popolo — poleciła. — *Presto!*

Oszołomiony i nieco przestraszony taksówkarz nacisnął mocniej na pedał gazu i ruszył.

Rozdział 63

Gunther Glick odsunął od komputera Chinitę Macri, która stała teraz pochylona w tylnej części zagraconej furgonetki BBC i zaglądała mu przez ramię ze zdumioną miną.

— Mówiłem ci — stwierdził Glick, wpisując kolejne hasła — że nie tylko „British Tattler" pisze o tych facetach.

Chinita wpatrzyła się w ekran. Gunther miał rację. Baza BBC ujawniała wyraźnie, że ta szanowana stacja sześciokrotnie w ciągu minionych dziesięciu lat zajmowała się bractwem o nazwie iluminaci. Pewnie, najlepiej mnie napiętnuj, pomyślała.

— A kto przygotowywał te tematy? — spytała. — Jacyś łowcy taniej sensacji?

— BBC takich nie zatrudnia.

— Ciebie zatrudnili.

Glick jęknął.

— Nie wiem, dlaczego z ciebie taki niedowiarek. Istnienie iluminatów jest dobrze udokumentowane.

— Tak samo jak czarownic, UFO i potwora z Loch Ness.

Glick przebiegał wzrokiem listę tytułów.

— Słyszałaś kiedyś o facecie nazwiskiem Winston Churchill?

— Coś mi to mówi.

— Jakiś czas temu BBC przygotowała historyczny materiał na temat Churchilla, nawiasem mówiąc, zagorzałego katolika. Czy wiesz, że w tysiąc dziewięćset dwudziestym roku Churchill opublikował oświadczenie, w którym potępiał iluminatów i ostrzegał Brytyjczyków o istnieniu wszechświatowego spisku przeciwko moralności?

Chinita nadal miała wątpliwości.

— I gdzie to wydrukowali? W „British Tattlerze"?

Glick uśmiechnął się.

— W „London Herald", ósmego lutego tysiąc dziewięćset dwudziestego roku.

— Niemożliwe.

— Proszę, możesz się napatrzyć do woli. Pochyliła się w stronę ekranu. „London Herald, 8 lutego 1920". Nie miałam pojęcia.

— W takim razie Churchill był paranoikiem.

— To znalazł się w dobrym towarzystwie — stwierdził Glick, czytając dalej. — W tysiąc dziewięćset dwudziestym pierwszym roku Woodrow Wilson w trzech wystąpieniach radiowych ostrzegał, że iluminaci przejmują coraz większą kontrolę nad systemem bankowym USA. Chcesz dokładny cytat z transkrypcji tego przemówienia?

— Niekoniecznie.

I tak jej przeczytał.

— Wilson powiedział: „Istnieje siła tak zorganizowana, tak dyskretna, tak kompletna i tak rozprzestrzeniona, że ktokolwiek chciałby ją potępiać, niech odzywa się tylko najcichszym szeptem".

— Nigdy o tym nie słyszałam.

— Może dlatego, że w tysiąc dziewięćset dwudziestym pierwszym roku byłaś jeszcze dzieckiem.

— Jak to miło z twojej strony. — Przyjęła ten docinek z udawaną obojętnością. Wiedziała, że jej czterdzieści trzy lata dają o sobie znać. W bujnych, dotychczas czarnych lokach pojawiły się smużki siwizny. Była zbyt dumna, żeby je farbować. Jej mama, baptystka z Południa, uczyła ją zadowolenia i szacunku dla samej siebie. „Kiedy jesteś czarną kobietą — powtarzała — nie ma ukrywania, kim jesteś. Dzień, w którym zaczniesz to robić, będzie twoim końcem. Chodź z wysoko podniesioną głową, szeroko się uśmiechaj, a oni niech się zastanawiają, co cię tak bawi".

— Słyszałaś kiedyś o Cecilu Rhodesie? — zagadnął ją Glick. Podniosła wzrok.

— Tym brytyjskim finansiście?

— Tak. Ufundował stypendium Rhodesa.

— Tylko mi nie mów...

— Iluminat.

— Bzdury.

— BBC, szesnastego listopada tysiąc dziewięćset osiemdziesiątego czwartego roku.

— To my podaliśmy, że Cecil Rhodes był iluminatem?

— Oczywiście. Poza tym, według naszej sieci, stypendia Rho-

desa już wieki temu przeznaczano na rekrutowanie najinteligent-
niejszych młodych umysłów do szeregów iluminatów.

— Przecież to śmieszne. Mój wujek był stypendystą Rhodesa.

Glick mrugnął do niej.

— Bill Clinton też.

Chinitę ogarniała powoli wściekłość. Nigdy nie znosiła alarmis-
tycznego, szukającego taniej sensacji dziennikarstwa. Z drugiej
strony wiedziała, że BBC nadaje tylko starannie zbadane i potwierdzone materiały.

— O, tu jest coś, co możesz pamiętać — zauważył Glick. —
BBC, piątego marca tysiąc dziewięćset dziewięćdziesiątego ósmego. Przewodniczący komisji parlamentarnej Chris Mullin zażądał, żeby wszyscy parlamentarzyści należący do masonerii ujawnili
swoją przynależność.

Rzeczywiście to pamiętała. Wymóg rozciągnięto ostatecznie
także na policjantów i sędziów.

— Czemu to miało służyć?

Glick zacytował:

— ...z troski, że tajne frakcje wewnątrz masonerii sprawują
silną kontrolę nad systemami politycznymi i finansowymi.

— Zgadza się.

— Było z tego sporo hałasu. Parlamentarzyści masoni wpadli
we wściekłość. Mieli prawo. Większość z nich okazała się zupełnie
niewinnymi ludźmi, którzy przyłączyli się do wolnomularstwa ze
względu na możliwość nawiązania nowych kontaktów lub działal-
ność charytatywną. Nie mieli pojęcia o powiązaniach z dawnym
bractwem iluminatów.

— Rzekomych powiązaniach.

— Nazwij to, jak chcesz. — Glick przebiegał wzrokiem artykuły. — Spójrz na to. Tu wykazują związki iluminatów z Galileuszem, z Guerenets we Francji, z allumbrados w Hiszpanii,
nawet z Karolem Marksem i rewolucją październikową.

— Historia lubi się powtarzać.

— Dobrze, chcesz coś bardziej aktualnego? Patrz, tu jest
wzmianka o iluminatach w „Wall Street Journal".

To zwróciło jej uwagę.

— W „Wall Street Journal"?

— Zgadnij, jaka internetowa gra komputerowa jest teraz naj-
popularniejsza w Stanach?

— *Przyszpil Pamelę Anderson*?

— Ciepło. Nazywa się *Bawarscy iluminaci: Nowy Porządek
Świata*.

Macri zerknęła mu przez ramię na krótką notatkę reklamową. „Firma Steve Jackson Games wypuściła prawdziwy przebój... na poły historyczną grę przygodową, w której starodawne satanistyczne bractwo z Bawarii podejmuje próbę przejęcia władzy nad światem. Znajdziesz ją pod adresem...". Podniosła wzrok, czując się chora.

— A co ci iluminaci mają przeciwko chrześcijaństwu?

— Nie tylko chrześcijaństwu — wyjaśnił Glick. — W ogóle przeciw religii. — Przechylił głowę i uśmiechnął się. — Chociaż z tej rozmowy, którą przed chwilą miałem, wynika, że rzeczywiście zarezerwowali w sercu specjalne miejsce dla Watykanu.

— Och, przestań. Chyba nie sądzisz, że facet, który dzwonił, jest naprawdę tym, za kogo się podawał, co?

— Posłańcem iluminatów? Przygotowującym się do zabicia czterech kardynałów? — Uśmiechnął się. — Oczywiście, że mam taką nadzieję.

Rozdział 64

Taksówka Langdona i Vittorii przebyła półtora kilometra wzdłuż szerokiej Via della Scrofa w nieco ponad minutę. Zatrzymali się z poślizgiem przy południowej stronie Piazza del Popolo tuż przed ósmą. Langdon nie miał lirów, więc przepłacił, dając kierowcy dolary. Błyskawicznie wyskoczyli z samochodu. Na placu panował całkowity spokój — dobiegały do nich tylko śmiechy kilku osób siedzących w ogródku kawiarni Rosati Café — modnego miejsca spotkań włoskich literatów. Wietrzyk niósł zapach kawy espresso i potrawy z makaronu.

Langdon nadal nie mógł dojść do siebie po pomyłce, jaką popełnił w związku z Panteonem. Spojrzawszy jednak pobieżnie na plac, poczuł, że coś poruszyło jego szósty zmysł. Natychmiast rzuciły mu się w oczy elementy subtelnie kojarzące się z iluminatami. Nie tylko sam plac miał kształt idealnej elipsy, ale ponadto na jego środku wznosił się wysoki egipski obelisk — prostopadłościenny kamienny filar z czubkiem w kształcie piramidy. W całym Rzymie znajdowało się sporo podobnych obelisków, przywiezionych jako łupy przez żołnierzy Cesarstwa Rzymskiego. Symboliści nazywali je "wzniosłymi piramidami", gdyż wyglądały jak przedłużone ku niebu święte kształty piramid.

Kiedy przyglądał się kamiennemu monolitowi, jego wzrok przyciągnął element znajdujący się w tle — nawet jeszcze bardziej znaczący.

— Jesteśmy we właściwym miejscu — powiedział cicho, czując się nagle zupełnie odsłonięty. — Spójrz na to. — Wskazał na imponującą bryłę Porta del Popolo — wysokiego kamiennego łuku, który od wieków górował nad placem. W środku najwyższej części łuku znajdowała się symboliczna płaskorzeźba. — Coś ci to przypomina?

Vittoria podążyła wzrokiem za jego palcem.

— Świecącą gwiazdę nad trójkątnym stosem kamieni?

Langdon potrząsnął głową.

— Źródło oświecenia nad piramidą.

Dziewczyna odwróciła się do niego, oczy jej się rozszerzyły.

— Jak... na Wielkiej Pieczęci Stanów Zjednoczonych?

— Właśnie. Masoński symbol na jednodolarowym banknocie.

Vittoria odetchnęła głęboko i obiegła spojrzeniem plac.

— To gdzie jest ten cholerny kościół?

Kościół Santa Maria del Popolo stał jak wyrzucony na brzeg okręt wojenny, ukośnie w stosunku do podstawy wzgórza na południowo-wschodnim końcu placu. Jedenastowieczne kamienne orle gniazdo wyglądało niezgrabnie z powodu rusztowań pokrywających fasadę.

Kiedy biegli w kierunku budynku, Langdon czuł mętlik w głowie. Przyglądał się z niedowierzaniem kościołowi. Czy to możliwe, żeby w jego murach naprawdę miało się zdarzyć morderstwo? Czemu ten Olivetti się nie pospieszy? Czuł, jak w kieszeni na piersi ciąży mu pistolet. Frontowe schody kościoła miały formę *ventaglio* — zapraszająco wygiętego wachlarza — co w tym wypadku wyglądało na ironię, gdyż były zastawione rusztowaniami, sprzętem budowlanym i znakiem ostrzegającym: COSTRUZIONE. NON ENTRARE.

Langdon uświadomił sobie, że kościół zamknięty z powodu renowacji dawał zabójcy całkowitą swobodę działania; nie to co Panteon. Tutaj nie musiał się uciekać do żadnych sztuczek, tylko po prostu dostać się do środka.

Vittoria bez wahania prześlizgnęła się pomiędzy kozłami do piłowania i ruszyła schodami w górę.

— Vittorio — ostrzegł ją Langdon — jeśli on nadal tam jest...

Ona jednak go nie słuchała. Była już w głównym portyku i zbliżała się do jedynych drewnianych drzwi. Langdon popędził za nią po schodach. Zanim zdążył cokolwiek powiedzieć, chwyciła za klamkę i pociągnęła. Wstrzymał oddech. Drzwi ani drgnęły.

— Musi tu być jeszcze inne wejście — stwierdziła dziewczyna.

— Zapewne — odparł, wypuszczając w końcu powietrze — ale Olivetti za chwilę tu dotrze. Nie powinniśmy wchodzić, to zbyt niebezpieczne. Możemy obserwować kościół z zewnątrz, dopóki nie...

Vittoria odwróciła się do niego i zmierzyła go płonącym spojrzeniem.

— Skoro jest inne wejście, to jest i inne wyjście. Jeśli ten człowiek zniknie, to jesteśmy *funghi*.

Langdon na tyle znał włoski, by wiedzieć, że ma rację.

Alejka z prawej strony kościoła była ciasna i ciemna, ogrodzona z obu stron wysokim murem. Unosił się w niej zapach moczu, często spotykany w mieście, gdzie jest dwudziestokrotnie więcej barów niż toalet publicznych.

Vittoria i Langdon ruszyli biegiem w ten cuchnący mrok. Przebyli około piętnastu metrów, gdy dziewczyna pociągnęła Langdona za rękę, żeby mu coś pokazać.

On też już dostrzegł skromne drewniane drzwi na potężnych zawiasach. Rozpoznał w nich standardowe *porta sacra*, osobne wejście dla duchownych. Wiele z nich już dawno wyszło z użytku, gdyż przy rozbudowie kościołów na ograniczonym terenie przekształciły się w niewygodne pasaże.

Vittoria popędziła do drzwi, po czym stanęła i zaskoczona spojrzała na klamkę. Kiedy Langdon do niej doszedł, stwierdził, że zamiast normalnej klamki wisi tam dziwne kółko.

— Pierścień — szepnął. Delikatnie go podniósł i pociągnął w swoją stronę. W miejscu umocowania coś szczęknęło. Vittoria poruszyła się niespokojnie. Langdon zaczął obracać pierścień zgodnie z ruchem wskazówek zegara. Obrócił się swobodnie o trzysta sześćdziesiąt stopni i nic w nim nie zaskoczyło. Obrót w drugą stronę dał ten sam rezultat.

Vittoria spojrzała w alejkę.

— Myślisz, że może tam być jeszcze jedno wejście?

Langdon w to wątpił. Większość katedr renesansowych budowano jako namiastki fortec, na wypadek gdyby miasto zostało zaatakowane. W związku z tym robiono jak najmniej wejść.

— Jeśli jest jeszcze jakieś przejście — wyjaśnił — to prawdopodobnie z tyłu, zagłębione w tym grubym murze. Nie tyle wejście, co droga ucieczki.

Vittoria już pędziła dalej.

Langdon zagłębił się w ślad za nią w mrok alejki. Po obu stronach miał wznoszący się ku niebu mur. Gdzieś dzwon zaczął wybijać ósmą...

Robert Langdon nie usłyszał, kiedy Vittoria zawołała go po raz pierwszy. Zwolnił właśnie kroku przy zakratowanym oknie z witrażem i próbować dostrzec, co się dzieje wewnątrz kościoła.

— Robercie! — dobiegł go głośny szept.

Spojrzał w tym kierunku. Vittoria była na końcu alejki i wskazywała mu coś na tyłach kościoła, i machała, żeby do niej podszedł. Podbiegł niechętnie. U podstawy tylnej ściany kościoła kamienna podmurówka nieco wystawała i kryła w sobie wąskie zagłębienie — ciasne przejście, wcinające się bezpośrednio w fundamenty.

— Wejście? — spytała Vittoria.

Skinął potakująco głową. Ściślej mówiąc, wyjście, ale co to za różnica.

Dziewczyna uklękła i zajrzała do tunelu.

— Sprawdźmy drzwi. Zobaczmy, czy są otwarte.

Langdon chciał zaprotestować, ale wzięła go za rękę i pociągnęła w kierunku otworu.

— Zaczekaj — powiedział.

Odwróciła się ku niemu zniecierpliwiona.

— Ja pójdę pierwszy — westchnął.

Spojrzała na niego zaskoczona.

— Dalej bawisz się w rycerza?

— Wiek przed pięknością.

— Czy to komplement?

Uśmiechnął się. Minął ją i zagłębił się w ciemność.

— Uważaj na schodach.

Posuwał się powoli, trzymając jedną ręką muru. Pod palcami czuł szorstkość kamienia. Przypomniał mu się starożytny mit o Dedalu, który wiedział, że można dojść do końca labiryntu Minotaura, jeśli przez całą wędrówkę nie oderwie się ręki od ściany. Posuwając się teraz do przodu, wcale nie był pewien, czy chce odnaleźć koniec.

Tunel lekko się zwęził, więc zwolnił kroku. Wyczuwał, że Vittoria znajduje się tuż za nim. Kiedy ściana zakręciła w lewo, tunel rozszerzył się w półkoliste pomieszczenie. O dziwo, dochodziła tu odrobina światła, tak że widzieli zarys ciężkich drewnianych drzwi.

— O, o — westchnął.

— Zamknięte? — spytała Vittoria.

— Były.

— Były... — Podeszła do niego.

Wskazał jej, co ma na myśli. Smuga światła przebijającego z wnętrza kościoła ukazywała otwarte drzwi, których zawiasy zostały wyłamane łomem, nadal tkwiącym w drewnie.

Stali przez chwilę w milczeniu. Potem Langdon poczuł, jak ręka Vittorii niepewnie przesuwa się po jego piersi i wślizguje pod marynarkę.

— Spokojnie, profesorze — odezwała się dziewczyna. — Ja tylko wyjmuję broń.

W tym czasie w Muzeach Watykańskich zespoły gwardzistów rozchodziły się we wszystkich kierunkach. Wnętrza były ciemne, toteż żołnierzy wyposażono w okulary na podczerwień, takie jakich używa amerykańska piechota morska. Widzieli w nich wszystko w dziwnym odcieniu zieleni. Każdy strażnik miał na głowie słuchawki połączone z podobnym do anteny detektorem, którym poruszał rytmicznie przed sobą. Tych samych urządzeń używali dwa razy tygodniowo do przeszukiwania Watykanu, kiedy sprawdzali, czy nie umieszczono w nim urządzeń podsłuchowych. Posuwali się metodycznie, sprawdzając za posągami, w niszach, szafach, pod meblami. Gdyby natrafili na choćby bardzo słabe pole magnetyczne, detektory wydałyby pisk.

Jednak dziś wieczorem nie odbierali żadnych sygnałów.

Rozdział 65

Wnętrze kościoła Santa Maria del Popolo wyglądało jak ponura jaskinia pogrążona w półmroku. Bardziej przypominało na pół wykończoną stację metra niż katedrę. Główne sanktuarium zamieniło się w tor przeszkód pełen materiału zdartego z posadzki, palet z cegłami, kopczyków śmieci, taczek. Znalazła się tu nawet zardzewiała koparka. Gigantyczne kolumny wyrastające z posadzki wspierały sklepienie. W powietrzu dryfowały leniwie pyłki kurzu oświetlone przytłumionym blaskiem przesączającym się przez witraże. Langdon z Vittorią stanęli pod ogromnym freskiem Pinturicchia i przyglądali się zrujnowanemu wnętrzu świątyni.

Nic się nie poruszało. Panowała martwa cisza.

Vittoria trzymała pistolet oburącz przed sobą. Langdon sprawdził godzinę: 8.04. Chyba zwariowaliśmy, żeby tu wchodzić, pomyślał. Przecież to zbyt niebezpieczne. Jednak doskonale zdawał sobie sprawę, że jeśli zabójca jest w środku, to może wyjść dowolnymi drzwiami i jeden człowiek z pistoletem nie zdoła go powstrzymać. Jedyną szansą jest schwytanie go wewnątrz... o ile jeszcze tu jest. Langdona dręczyło poczucie winy z powodu popełnionego błędu, który zniweczył ich szansę na zapobieżenie zbrodni. Nie miał prawa nalegać na zachowanie ostrożności, gdyż to on ich wpędził w tę sytuację.

Vittoria ze zmartwioną miną przyglądała się wnętrzu.

— No, więc, gdzie jest ta kaplica Chigich?

Langdon spojrzał w mroczną przestrzeń w tylnej części katedry i przyjrzał się uważnie bocznym ścianom. Wbrew powszechnemu mniemaniu renesansowe katedry posiadały liczne kaplice — te wielkie, jak Notre Dame, nawet po kilkadziesiąt. Jednak takie

272

kaplice nie były osobnymi pomieszczeniami, tylko rozmieszczonymi na obwodzie wnękami, w których znajdowały się nagrobki. Niedobrze, pomyślał, widząc po cztery nisze z każdej strony. Było zatem osiem kaplic. Pozornie ta liczba nie wydawała się przytłaczająca, jednak każdy z ośmiu otworów był zakryty wielkimi arkuszami półprzejrzystej folii, która najwyraźniej miała chronić wnętrza przed kurzem budowy.

— To może być którakolwiek z tych zasłoniętych wnęk — odezwał się. — Nie da się jej znaleźć bez zajrzenia do każdej po kolei. Może warto jednak zaczekać na Olivettiego i...

— Która to jest pomocnicza lewa apsyda?

Spojrzał na nią, zaskoczony tą architektoniczną terminologią.

— Pomocnicza lewa apsyda?

Vittoria wskazała na ścianę za jego plecami. Znajdowała się tam ozdobna płyta wprawiona w kamień. Wyryty był na niej ten sam symbol, który widzieli na zewnątrz — piramida pod świecącą gwiazdą. Znajdująca się pod nią, pokryta brudem tabliczka głosiła:

HERB ALEXANDRA CHIGI
KTÓREGO NAGROBEK ZNAJDUJE SIĘ
W POMOCNICZEJ LEWEJ APSYDZIE
TEJ KATEDRY

Langdon pokiwał głową. Zatem herbem Chigiego była piramida i gwiazda? Odruchowo zaczął się zastanawiać, czy możny patron Chigi był iluminatem. Skinął z aprobatą głową w stronę Vittorii.

— Dobra robota, Nancy Drew*.

— Co?

— Mniejsza o to. Ja...

Kawałek metalu zagrzechotał na posadzce zaledwie o kilka metrów od nich. Metaliczny dźwięk poniósł się echem przez cały kościół. Langdon wciągnął Vittorię za kolumnę. Dziewczyna wycelowała pistolet w kierunku, skąd rozległ się odgłos. Cisza. Czekali. Znowu rozległ się dźwięk, tym razem szelest. Langdon wstrzymał oddech. Nie trzeba się było zgadzać, żebyśmy tu wchodzili! Dźwięk stopniowo się przybliżał. Było to przerywane szuranie, jakby zbliżał się do nich kulejący człowiek. Nagle zza podstawy kolumny wynurzył się sprawca hałasu.

---

* Nancy Drew — bohaterka popularnej w latach 30. w Ameryce serii filmów i powieści kryminalnych dla młodzieży, detektyw-amator.

— *Figlio di puttana!* — zaklęła Vittoria pod nosem, odskakując do tyłu. Langdon cofnął się wraz z nią.

Przy kolumnie pojawił się olbrzymi szczur ciągnący na pół zjedzoną kanapkę w papierze. Kiedy ich ujrzał, zatrzymał się i przez dłuższą chwilę wpatrywał w lufę pistoletu. Potem, najwyraźniej nie przejmując się ich obecnością, ruszył dalej, ciągnąc swoją zdobycz do jednej z nisz.

— Sukin... — wydusił z siebie Langdon, czując, jak gwałtownie bije mu serce.

Vittoria opuściła broń, szybko odzyskując równowagę. Langdon zajrzał za kolumnę i zobaczył na podłodze rozbite pudełko na lunch, najwyraźniej zrzucone tam z koziołka przez pomysłowego gryzonia.

Potem przez chwilę obiegał wzrokiem wnętrze kościoła, czy nie dostrzeże gdzieś ruchu. W końcu szepnął do dziewczyny:

— Jeśli ten facet gdzieś tu jest, to z pewnością to słyszał. Jesteś pewna, że nie chcesz zaczekać na Olivettiego?

— Pomocnicza lewa apsyda — powtórzyła w odpowiedzi Vittoria. — Gdzie to jest?

Langdon niechętnie się odwrócił, żeby ustalić swoje położenie. Terminologia stosowana w katedrach przypomina wskazówki sceniczne — jest zupełnie niezgodna z intuicją. Stanął twarzą do głównego ołtarza. Środek sceny. Potem wskazał kciukiem przez ramię do tyłu.

Obydwoje się obejrzeli, żeby sprawdzić, na co wskazuje.

Okazało się, że jest to trzecia z czterech wnęk po ich prawej stronie. Korzystne było to, że znajdowali się po właściwej stronie kościoła, ale niestety, na niewłaściwym końcu. Będą musieli przejść przez całą długość katedry, mijając po drodze dwie inne kaplice zakryte półprzejrzystymi osłonami.

— Poczekaj — odezwał się Langdon. — Pójdę pierwszy.

— Nie ma mowy.

— To ja spieprzyłem sprawę w Panteonie.

Odwróciła się.

— Ale ja mam broń.

Jednak w jej oczach mógł wyczytać, co naprawdę myśli... To ja straciłam ojca. To ja pomogłam stworzyć broń masowej zagłady. Ten facet należy do mnie...

Langdon wyczuł, że jego protesty na nic się nie zdadzą, toteż pozwolił jej ruszyć pierwszej. Sam szedł czujnie obok. Kiedy mijali pierwszą zasłoniętą niszę, poczuł nagłe napięcie, jakby brał udział w surrealistycznym teleturnieju. Wybieram bramkę numer trzy, pomyślał.

274

W kościele panowała cisza, gdyż grube kamienne ściany tłumiły wszelkie odgłosy z zewnątrz. Kiedy pędzili obok kaplic, widzieli za szeleszczącym plastykiem białe, podobne do ludzkich kształty poruszające się jak duchy. To marmurowe rzeźby, tłumaczył sobie Langdon, mając nadzieję, że się nie myli. Było już sześć po ósmej. Czy zabójca był punktualny i zdążył opuścić kościół, zanim oni tu weszli? A może nadal tu był? Sam nie wiedział, który scenariusz by wolał.

Minęli drugą apsydę, sprawiającą złowieszcze wrażenie w powoli mroczniejącym wnętrzu. Teraz już szybko zapadał zmrok, pogłębiany jeszcze przez ponury odcień witrażowych okien. Kiedy tak szli, jedna z zasłon za nimi nagle się wydęła, jakby od przeciągu. Langdon zastanawiał się, czy przypadkiem ktoś nie otworzył drzwi.

Gdy pojawiła się przed nimi trzecia nisza, Vittoria zwolniła kroku. Trzymając pistolet przed sobą, wskazała ruchem głowy stelę koło apsydy. Widniały tam dwa słowa wykute w granicie:

CAPELLA CHIGI

Langdon skinął głową. Bezszelestnie przesunęli się do narożnika niszy i zajęli miejsce za szeroką kolumną. Vittoria wystawiła pistolet za narożnik, celując w folię, i dała Langdonowi sygnał, żeby odciągnął zasłonę.

Pora zacząć się modlić, pomyślał. Z ociąganiem sięgnął ponad jej ramieniem i najostrożniej jak to możliwe zaczął odciągać folię na bok. Przesunęła się kawałek, po czym głośno zafalowała. Obydwoje zamarli. Cisza. Po chwili Vittoria pochyliła się naprzód i zajrzała przez wąską szparę. Langdon zerknął ponad jej ramieniem.

Na moment obydwoje przestali oddychać.

— Pusto — stwierdziła w końcu dziewczyna, opuszczając broń. — Przyszliśmy za późno.

Langdon jednak jej nie słyszał. Trwał w nabożnym podziwie, przeniesiony na chwilę do innego świata. Nigdy w życiu nie wyobrażał sobie, że kaplica może tak wyglądać. Cała wyłożona kasztanowym marmurem, dosłownie zapierała dech w piersiach. Wyszkolone oczy Langdona pożerały ją porcjami. Niewątpliwie była to najbardziej ziemska kaplica, jaką można było sobie wyobrazić, zupełnie jakby Galileusz i jego iluminaci sami ją zaprojektowali.

W górze widział kopułę ozdobioną świecącymi gwiazdami i siedmioma planetami. Poniżej umieszczono dwanaście znaków

Zodiaku — pogańskich symboli, powiązanych z astronomią. Zodiak jest też bezpośrednio związany z Ziemią, Powietrzem, Ogniem i Wodą — poszczególne ćwiartki odpowiadają tym żywiołom, a jednocześnie reprezentują siłę, intelekt, zapał i emocje. Ziemia to siła, przypomniał sobie.

Niżej na ścianie przedstawiono też cztery pory roku goszczące na Ziemi: *primavera, estate, autunno, invérno*. Jednak największe wrażenie wywarły na nim dwie wielkie rzeźby zdecydowanie dominujące w tym pomieszczeniu. Wpatrywał się w nie w niemym zdumieniu. To niemożliwe, powtarzał sobie. Po prostu niemożliwe! Po obu stronach kaplicy wznosiły się marmurowe piramidy mniej więcej trzymetrowej wysokości, ustawione symetrycznie względem osi pomieszczenia.

— Nie widzę kardynała — szepnęła Vittoria. — Ani zabójcy. — Odsunęła dalej foliową zasłonę i weszła do środka.

Langdon nie mógł oderwać oczu od piramid. Co robią piramidy w chrześcijańskiej kaplicy? A to jeszcze nie było wszystko. W samym środku przedniej ściany każdej z nich znajdowały się złote medaliony... medaliony, jakich niewiele zdarzyło się Langdonowi widzieć... idealne elipsy. Ich wypolerowana powierzchnia błyszczała w promieniach zachodzącego słońca przesączających się przez kopułę. Elipsy Galileusza? Piramidy? Kopuła z gwiazdami? W tym pomieszczeniu było więcej nawiązań do iluminatów, niż mógłby sobie wyobrażać w najśmielszych marzeniach.

— Robercie! — zawołała nagle Vittoria załamującym się głosem. — Spójrz!

Odwrócił się gwałtownie i natychmiast powrócił do rzeczywistości, gdy zobaczył, co mu pokazuje.

— Do diabła! — zaklął, odskakując.

Z podłogi uśmiechał się do nich szyderczo kościotrup — drobiazgowo wykonana, marmurowa mozaika przedstawiająca „śmierć w locie". Kościotrup trzymał przed sobą tablicę, na której przedstawiono te same piramidy i gwiazdy, które widział w kaplicy. Jednak to nie ta mozaika zmroziła krew w żyłach Langdona. Przerażający był fakt, że płaski, okrągły kamień, na którym ją wykonano — *cupermento* — został wyjęty z posadzki, jak pokrywa włazu, i leżał teraz obok ciemnego otworu w podłodze.

— Otwór demona — wykrztusił. Był tak pochłonięty widokiem sklepienia, że wcześniej go nie zauważył. Ostrożnie przesunął się w kierunku dziury, z której wydobywał się obezwładniający fetor.

Vittoria zakryła dłonią usta.

— *Che puzzo.*

— To wyziewy z rozkładających się kości — wyjaśnił Langdon. Zasłonił usta i nos rękawem, po czym schylił się nad otworem, próbując coś w nim dojrzeć. Kompletna ciemność. — Nic nie widzę.

— Myślisz, że ktoś tam jest?

— Skąd mogę wiedzieć?

Vittoria wskazała mu drugą stronę otworu, gdzie widać było starą drewnianą drabinę wpuszczoną w głąb tej studni.

Langdon potrząsnął głową.

— Mowy nie ma.

— Może gdzieś wśród tamtych narzędzi jest latarka. Pójdę zobaczyć. — Widać było, że Vittoria chętnie skorzysta z każdego pretekstu, żeby uciec przed strasznym fetorem.

— Uważaj! — ostrzegł ją. — Przecież nie wiemy, czy Asasyn... Ale jej już nie było.

Oto kobieta, która wie, czego chce, pomyślał.

Kiedy odwrócił się z powrotem w kierunku dziury, poczuł zawroty głowy od wydobywających się z niej wyziewów. Położył się przy otworze i, wstrzymując oddech, opuścił głowę poniżej jego krawędzi. W miarę jak jego wzrok dostosowywał się do ciemności, zaczął widzieć jakieś niewyraźne kształty. Studnia rozszerzała się na dole w niewielką komorę. Otwór diabła. Zastanawiał się, ile pokoleń rodu Chigich wrzucono bezceremonialnie do tej dziury. Zamknął oczy i czekał, aż rozszerzą mu się źrenice, żeby móc lepiej widzieć w ciemności. Kiedy je otworzył, w czeluści pod sobą zobaczył niewyraźnie majaczącą jasną postać. Wzdrygnął się, ale opanował odruchową chęć cofnięcia głowy. Czy mam omamy, czy to rzeczywiście ciało? Postać rozmyła się w ciemności. Langdon ponownie zamknął oczy i tym razem czekał jeszcze dłużej.

Zaczynały mu dokuczać mdłości, a myśli wędrowały gdzieś w mroku. Jeszcze kilka sekund. Nie wiedział, czy to od wyziewów, czy od tak niskiego trzymania głowy, ale było mu zdecydowanie niedobrze. Kiedy w końcu otworzył oczy, obraz, który ujrzał, był całkowicie niewytłumaczalny.

Krypta skąpana była w dziwnym niebieskawym świetle. W uszach rozbrzmiewał mu słaby syk. Na stromych ścianach studni widział migocący poblask. Nagle za jego plecami zmaterializował się długi cień. Przestraszony, zaczął niezdarnie się podnosić.

— Uważaj! — krzyknął ktoś za nim.

Poczuł palący ból przeszywający mu kark, a kiedy w końcu zdołał się odwrócić, zobaczył Vittorię odwracającą płomień lampy lutowniczej z dala od niego. Syczący płomień oświetlał na niebiesko całą kaplicę.

Langdon złapał się za szyję.

— Co ty, u diabła, wyrabiasz?

— Chciałam ci poświecić — usprawiedliwiała się. — Cofnąłeś się prosto w płomień.

Spojrzał ze złością na przenośną lampę lutowniczą w jej ręku.

— Nic lepszego nie znalazłam — wyjaśniła. — Nie było żadnej latarki.

Potarł bolącą szyję.

— Nie słyszałem, jak nadchodzisz.

Vittoria podała mu lampę, krzywiąc się na odór z krypty.

— Myślisz, że te wyziewy są palne?

— Miejmy nadzieję, że nie.

Wziął lampę i podszedł powoli do otworu. Ostrożnie zbliżył się do krawędzi, po czym skierował płomień w głąb studni, oświetlając jej ścianę. Przesuwał światło coraz niżej, podążając za nim wzrokiem. Krypta na dole miała okrągły kształt i około sześciu metrów średnicy. Jej dno znajdowało się na głębokości mniej więcej dziewięciu metrów. Stanowiła je ciemna, pocętkowana ziemia. Potem dostrzegł ciało.

W pierwszym odruchu chciał się cofnąć.

— Jest tutaj — powiedział do Vittorii, zmuszając się do dalszego patrzenia. Widział blady zarys postaci na tle ziemi. — Chyba został rozebrany do naga. — W myślach Langdona mignął obraz nagiego ciała Leonarda Vetry.

— Czy to jeden z kardynałów?

Nie miał pojęcia, ale któż inny mógłby to być. Wpatrywał się w bladą plamę na dnie. Nieruchoma. Bez życia. A jednak... Zawahał się. W pozycji tej postaci było coś dziwnego. Wyglądała, jakby...

Zdecydował się zawołać.

— Halo?

— Myślisz, że żyje?

Z dołu nie dobiegła ich żadna odpowiedź.

— Nie rusza się — wyjaśnił Langdon — ale wygląda, jakby... — Nie, niemożliwe.

— Jak wygląda? — Teraz Vittoria również zaglądała przez krawędź.

Langdon ponownie zerknął w mrok studni.

— Wygląda, jakby stał.

Dziewczyna wstrzymała oddech i schyliła się niżej nad otworem. Po chwili się wyprostowała.

— Masz rację. Stoi! Może żyje i potrzebuje pomocy! — Teraz ona zawołała w głąb otworu: — Halo? *Mi puoi sentirmi?*

Omszałe ściany otworu nie dawały echa, toteż odpowiedziała jej tylko cisza.

— Schodzę — oświadczyła dziewczyna i ruszyła w kierunku chwiejnej drabiny.

— Nie, to niebezpieczne. Ja zejdę — powiedział Langdon, łapiąc ją za rękę.

Tym razem się nie sprzeczała.

Rozdział 66

Chinita Macri była wściekła. Siedziała na fotelu pasażera w furgonetce BBC, stojącej właśnie na narożniku Via Tomacelli. Glick
studiował mapę Rzymu, gdyż najwyraźniej zgubił drogę. Tak jak
się obawiała, jego tajemniczy rozmówca odezwał się ponownie
i podał konkretne informacje.

— Piazza del Popolo — powtarzał Glick. — Tego szukamy.
Jest tam kościół, a w nim dowód.

— Dowód. — Chinita przestała polerować okulary i odwróciła
się do niego. — Dowód, że zamordowano kardynała?

— Tak powiedział.

— Wierzysz we wszystko, co ci powiedzą? — Chinita nieraz
już marzyła, żeby to ona mogła rządzić. Jednak operatorzy kamery
wideo są uzależnieni od kaprysów stukniętych reporterów, dla
których filmują materiał. Skoro Gunther Glick chciał podążyć za
jakąś niejasną wskazówką udzieloną mu przez telefon, ona musiała
iść za nim, jak pies na smyczy.

Spojrzała teraz na niego, jak siedzi na fotelu kierowcy i zaciska
szczęki. Jego rodzice musieli być nieźle sfrustrowanymi dowcipni-
siami, żeby nazwać go Gunther Glick, pomyślała. Nic dziwnego, że
facet stale chce coś udowadniać. Niemniej jednak, pomimo jego
denerwującej żarliwej chęci pozostawienia po sobie śladu na ziemi,
musiała przyznać, że jest słodki... nawet czarujący w taki trochę
mdły, brytyjski, nerwowy sposób. Jak Hugh Grant po zażyciu litu.

— Czy nie powinniśmy wracać na plac Świętego Piotra? —
spytała z największą cierpliwością, na jaką mogła się zdobyć. —
Możemy później sprawdzić ten tajemniczy kościół. Konklawe
rozpoczęło się godzinę temu. Co zrobimy, jeśli kardynałowie
podejmą decyzję, zanim wrócimy?

Glick najwyraźniej jej nie słuchał.

— Myślę, że tu skręcimy w prawo. — Obrócił plan miasta i ponownie mu się przyjrzał. — Tak, jeśli skręcimy w prawo... a potem zaraz w lewo. — Ruszył, kierując się ku wąskiej uliczce przed nimi.

— Uważaj! — krzyknęła. Przydała się spostrzegawczość charakterystyczna dla jej zawodu. Na szczęście Glick błyskawicznie zareagował i zdążył zahamować, zanim wpadli na skrzyżowanie, przez które właśnie pędziły cztery samochody alfa romeo. Kiedy tylko ich minęły, zaczęły hamować z piskiem opon i ostro skręcać w najbliższą przecznicę po lewej stronie, tę samą, gdzie zamierzał jechać Glick.

— Wariaci! — wrzasnęła Chinita.

Glick spojrzał na nią poruszony.

— Widziałaś to?

— Pewno, że widziałam! Prawie nas zabili!

— Nie, chodzi mi o auta — wyjaśnił podnieconym głosem. — Wszystkie były takie same.

— No, więc to byli wariaci bez wyobraźni.

— Wszystkie samochody były pełne.

— No i co z tego?

— Cztery identyczne samochody, po czterech pasażerów w każdym?

— Nigdy nie słyszałeś o systemie podwożenia się na zmianę?

— We Włoszech? — Glick sprawdził, czy skrzyżowanie jest puste. — Tu nawet nie słyszeli o benzynie bezołowiowej. — Nacisnął pedał gazu i ruszył gwałtownie w ślad za samochodami.

Chinitę wcisnęło w fotel.

— Co ty, do cholery, wyrabiasz?

Glick dotarł do przecznicy i skręcił w lewo, tak jak cztery alfy romeo.

— Coś mi mówi, że nie tylko my jedziemy w tej chwili do kościoła.

Rozdział 67

Schodzić trzeba było bardzo powoli. Langdon ostrożnie przenosił nogi z jednego trzeszczącego szczebla drabiny na drugi, coraz bardziej zagłębiając się pod posadzkę kaplicy Chigich. W otwór demona, pomyślał. Twarzą był zwrócony do bocznej ściany, a plecami do komory krypty i zastanawiał się, na ile jeszcze ciemnych, ciasnych przestrzeni można się natknąć w ciągu jednego dnia. Drabina jęczała przy każdym stąpnięciu, a gryzący fetor gnijących ciał i wilgoci niemal nie pozwalał mu oddychać. Zastanawiał się, gdzie się podział Olivetti.

Nad sobą nadal widział jeszcze sylwetkę Vittorii, która trzymała płomień lampy w otworze studni, oświetlając mu drogę. Jednak w miarę jak opuszczał się niżej, niebieskawe światło stawało się coraz słabsze. Silniejszy natomiast stawał się fetor.

Po przejściu kolejnych dwunastu szczebli stało się. Langdon trafił nogą na przegniłą deskę i stracił równowagę. Rzucił się naprzód i oburącz objął drabinę, żeby nie spaść na dno. Klnąc z powodu sińców, które sobie ponabijał na rękach, wciągnął się z powrotem na drabinę i zaczął schodzić dalej.

Po następnych trzech stopniach niewiele brakowało, żeby znowu spadł, ale tym razem zawinił strach. Schodząc, mijał wydrążoną w ścianie niszę, i nagle znalazł się twarzą w twarz z kilkoma czaszkami. Kiedy już złapał oddech i rozejrzał się dookoła, stwierdził, że mur na tej wysokości pełen jest wnęk tworzących półki, które służyły do pochówku, a teraz wypełnione są szkieletami. W dochodzącej z góry, migającej poświacie wyglądało to jak niesamowity kolaż pustych oczodołów i przegniłych żeber.

Szkielety przy blasku ognia, skrzywił się drwiąco, przypominając sobie, że przypadkowo przeżył podobny wieczór w zeszłym miesiącu. Wieczór kości i płomieni. Nowojorskie Muzeum Archeologiczne zbierało fundusze, wydając kolację przy świecach — płonący filet z łososia w cieniu szkieletu brontozaura. Został zaproszony przez Rebeccę Strauss, dawniej modelkę, a obecnie krytyka sztuki w „Timesie". Rebecca — czarny aksamit, papierosy i niezbyt dyskretnie poprawione piersi — dzwoniła do niego od tamtej pory dwa razy, jednak on nie odpowiedział. Bardzo nie po dżentelmeńsku, zbeształ się teraz. Ciekawe, jak długo Rebecca Strauss wytrzymałaby w takiej śmierdzącej dziurze.

Z ulgą zszedł z ostatniego stopnia na gąbczaste dno komory. Ziemia pod jego stopami wydawała się podmokła. Tłumacząc sobie, że ściany z pewnością się nad nim nie zamkną, odwrócił się w stronę krypty. Była okrągła i miała około sześciu metrów średnicy. Oddychając znowu przez materiał rękawa, spojrzał na ciało. W panującym tu mroku widział je dość niewyraźnie. Biały zarys zwrócony tyłem do niego. Nieruchomy i milczący.

Idąc w jego kierunku, starał się zrozumieć, co widzi. Mężczyzna naprawdę wyglądał, jakby stał.

— Halo? — zawołał, nadal zakrywając usta rękawem. Nic. Kiedy podszedł bliżej, stwierdził, że mężczyzna jest bardzo niski. *Zbyt niski...*

— Co się dzieje? — dobiegł go z góry głos Vittorii, która starała się odpowiednio skierować światło.

Nie odpowiedział jej. Podszedł już na tyle blisko, że widział wszystko dokładnie. Przeszedł go dreszcz obrzydzenia, kiedy zrozumiał. Miał wrażenie, że komora zaciska się wokół niego. Z ziemi tworzącej dno krypty wynurzał się stary mężczyzna... a przynajmniej jego połowa. Był do pasa zakopany w ziemi. Dlatego mieli wrażenie, że stoi. Zupełnie nagi, dłonie miał związane na plecach czerwonym kardynalskim pasem. Bezwładne ciało podparto tak, żeby utrzymywało pozycję pionową, ale kręgosłup był wygięty do tyłu do tego stopnia, że zwłoki wyglądały jak rodzaj strasznego worka treningowego. Głowa mężczyzny była odchylona do tyłu, a oczy skierowane ku niebu, jakby błagały o pomoc samego Boga.

— Czy on nie żyje? — zawołała Vittoria.

Podszedł bliżej. Mam nadzieję, dla jego własnego dobra. Spojrzał na zwrócone ku górze oczy. Były wybałuszone, niebieskie i zalane krwią. Pochylił się, żeby sprawdzić, czy nie usłyszy oddechu, ale natychmiast się odsunął.

— Na miłość boską!

— Co jest?!

Langdon o mało się nie udławił.

— Niewątpliwie jest martwy. Właśnie stwierdziłem przyczynę zgonu. — Widok był makabryczny. Usta mężczyzny zostały otwarte na całą szerokość i do pełna wypchane ziemią. — Ktoś wepchnął mu garść ziemi do gardła. Udusił się.

— Zie... ziemi — wyjąkała Vittoria.

Langdona uderzyło to słowo. Ziemia. Niemal zapomniał. Piętna. Ziemia, Powietrze, Ogień i Woda. Morderca groził, że napiętnuje każdą z ofiar symbolem starożytnego pierwiastka. Pierwszym z nich była Ziemia. „Od ziemskiego grobu Santiego". Czując zawroty głowy od unoszących się w komorze wyziewów, obszedł ciało, żeby spojrzeć na nie z przodu. W tym czasie tkwiący w nim symbolista twierdził, że niemożliwe byłoby stworzenie mitycznego ambigramu. Ziemia *? Jak? Jednak już w chwilę później miał się przekonać, że jest to możliwe. Wielowiekowa legenda iluminatów rozsadzała mu głowę, kiedy patrzył na symbol wypalony na piersi kardynała. Ciało w miejscu napiętnowania było spalone na węgiel. *La lingua pura...*

Kiedy tak stał i wpatrywał się w symbol, pomieszczenie wokół niego zaczęło coraz szybciej wirować.

— *Earth* — szepnął, przechylając głowę, żeby odczytać symbol do góry nogami. — *Earth*.

Potem, ogarnięty przerażeniem, coś sobie uświadomił. Istnieją jeszcze trzy dalsze.

---

* Jak wspomniano wcześniej, ambigramy stworzono z angielskich nazw żywiołów, zatem w przypadku Ziemi będzie to wyraz EARTH.

Rozdział 68

Delikatny blask świec w Kaplicy Sykstyńskiej wcale nie łagodził zdenerwowania kardynała Mortatiego. Konklawe oficjalnie się rozpoczęło, ale był to w najwyższym stopniu niepomyślny początek. Pół godziny temu, dokładnie o przewidzianej godzinie, w kaplicy pojawił się kamerling Carlo Ventresca. Podszedł do głównego ołtarza i wygłosił modlitwę rozpoczynającą konklawe. Potem przemówił do nich w sposób tak bezpośredni, jakiego Mortati nigdy jeszcze nie słyszał ze stóp ołtarza Kaplicy Sykstyńskiej.

— Doskonale zdajecie sobie sprawę — powiedział — że nie ma wśród was waszych czterech *preferiti*. Proszę was, w imieniu świętej pamięci Jego Świątobliwości, żebyście kontynuowali procedurę konklawe tak, jak musicie... z wiarą i wytrwałością. Niechaj tylko Bóg wami kieruje. — Potem odwrócił się, żeby odejść.

— Ale — wybuchnął jeden z kardynałów — gdzie oni są?

Kamerling przystanął.

— Tego nie potrafię uczciwie powiedzieć.

— Kiedy wrócą?

— Tego nie potrafię uczciwie powiedzieć.

— Czy nic im się nie stało?

— Tego nie potrafię uczciwie powiedzieć.

— Czy w ogóle wrócą?

Nastąpiła długa chwila ciszy.

— Miejcie wiarę — odpowiedział w końcu kamerling i wyszedł z kaplicy.

Drzwi do Kaplicy Sykstyńskiej zgodnie ze zwyczajem zapieczętowano za pomocą dwóch ciężkich łańcuchów założonych od zewnątrz. Czterech gwardzistów szwajcarskich stanęło przed nimi na straży. Mortati wiedział, że te drzwi mogą zostać otwarte przed wybraniem papieża jedynie wówczas, gdyby ktoś w środku poważnie zasłabł lub powrócili *preferiti*. Kardynał modlił się o tę drugą sytuację, ale sądząc po ciężarze, jaki czuł w żołądku, podświadomie nie bardzo wierzył w tę możliwość.

Postępujmy, jak musimy, powtórzył sobie Mortati, biorąc przykład ze zdecydowania w głosie kamerlinga. Wezwał zatem kardynałów do głosowania. Cóż innego mógł zrobić?

Rytuały przygotowawcze do pierwszego głosowania zajęły trzydzieści minut. Mortati czekał cierpliwie przy głównym ołtarzu, gdy każdy z kardynałów, w kolejności starszeństwa, podchodził i wykonywał czynności przewidziane procedurą.

W tej chwili już ostatni z zebranych klęczał przed nim przy ołtarzu.

— Powołuję na świadka — oświadczył kardynał, podobnie jak wszyscy pozostali przed nim — Chrystusa Pana, który mnie osądzi, że mój głos jest dany na tego, który, według woli Bożej, powinien być, moim zdaniem, wybrany.

Kardynał wstał i podniósł wysoko nad głowę kartę ze swoim głosem, tak żeby wszyscy mogli zobaczyć. Potem opuścił ją i podszedł bliżej do ołtarza, gdzie na dużym kielichu umieszczono talerz. Położył kartę na talerzu, po czym wziął talerz i zsunął ją do kielicha. Głosy wrzucane są za pomocą talerza, żeby uniemożliwić potajemne umieszczenie kilku kart w urnie.

Kiedy już oddał swój głos, położył talerz z powrotem na kielichu, pokłonił się krzyżowi i wrócił na swoje miejsce.

W ten sposób wrzucono ostatnią kartę do głosowania.

Teraz przyszła kolej na Mortatiego.

Nie zdejmując talerza z kielicha, kardynał kilkakrotnie potrząsnął urną, żeby wymieszać głosy. Następnie usunął talerz i wyjął przypadkową kartę. Rozłożył ją. Miała pięć centymetrów szerokości. Odczytał jej treść na tyle głośno, by wszyscy go usłyszeli.

— *Eligo in Summum Pontificem* — przeczytał słowa nadrukowane w górnej części każdej karty do głosowania. „Jako papieża wybieram...". Potem odczytał nazwisko kandydata wpisane poniżej. Następnie wziął igłę z nitką i przekłuł kartę dokładnie na słowie *Eligo*, starannie nawlekając ją na nitkę. Na koniec zapisał nazwisko kandydata w swoim dzienniku.

Potem znów powtórzył całą procedurę. Wybrał kartę z urny, odczytał głośno, nawlekł na nitkę i odnotował nazwisko. Już niemal na początku wyczuł, że to pierwsze głosowanie zakończy się niepowodzeniem. Nie będzie odpowiedniej większości głosów. Na siedmiu pierwszych kartach znalazł siedem różnych nazwisk kardynałów. Tak jak należało, charakter pisma był zamaskowany użyciem drukowanych liter, jednak w tym wypadku nie miało to znaczenia. I tak wiedział, że każdy z kardynałów zagłosował na siebie. Zdawał sobie jednak sprawę, że nie ma to nic wspólnego z zarozumiałością czy wygórowanymi ambicjami. Była to po prostu taktyka obronna. Jej celem było zagwarantowanie, że nikt nie uzyska w pierwszym głosowaniu wymaganej większości... co wymusi następne głosowanie...

Kardynałowie czekali na swoich *preferiti*...

Po odnotowaniu ostatniego głosu Mortati oznajmił zgromadzonym, że głosowanie zakończyło się niepowodzeniem.

Wziął nić, na którą były nawleczone karty do głosowania, i związał jej końce. Utworzony w ten sposób pierścień położył na srebrnej tacy. Dodał do kart odpowiednich chemikaliów i zaniósł tacę do niewielkiego kominka za ołtarzem. Tutaj podpalił kartki. Kiedy płonęły, związki chemiczne, których dodał, wytworzyły czarny dym. Dym popłynął rurą do otworu w dachu i wzniósł się ponad kaplicę, gdzie wszyscy mogli go zobaczyć. W ten sposób kardynał Mortati wysłał pierwszą wiadomość zewnętrznemu światu.

Jedno głosowanie. Brak papieża.

Rozdział 69

Langdon wspinał się z wysiłkiem po szczeblach drabiny, mając wrażenie, że za chwilę się udusi unoszącymi się tu wyziewami. Ponad sobą słyszał jakieś głosy, ale nic nie rozumiał. W głowie wirowały mu obrazy napiętnowanego kardynała.

Earth... Earth...

Parł w górę, ale coraz słabiej widział, i obawiał się, że za chwilę straci przytomność. Kiedy do końca zostały mu już tylko dwa szczeble, stracił równowagę. Wyrzucił ręce w górę, licząc, że dosięgnie krawędzi otworu, ale było za daleko. Dłonie ześlizgnęły mu się ze szczebli, poczuł ostry ból w rękach i nagle znalazł się w powietrzu, machając rozpaczliwie nogami.

Silne dłonie dwóch gwardzistów chwyciły go za ramiona i pociągnęły w górę. Po chwili jego głowa wynurzyła się z otworu demona. Dławił się i z trudem chwytał powietrze, gdy strażnicy przeciągali go przez krawędź otworu i układali na marmurowej posadzce.

Przez moment nie miał pojęcia, gdzie się znajduje. Nad głową widział gwiazdy... planety krążące po orbitach. Obok niego przebiegały jakieś mgliste postacie. Ludzie krzyczeli. Spróbował usiąść. Stwierdził, że leży u podstawy kamiennej piramidy. Potem gdzieś w pobliżu rozległ się znajomy gniewny ton, a wówczas wszystko sobie przypomniał.

Olivetti właśnie krzyczał na Vittorię:

— Dlaczego, do cholery, nie wpadliście na to wcześniej?!

Dziewczyna usiłowała wyjaśnić mu sytuację.

Komendant przerwał jej w pół słowa i zaczął rzucać rozkazy swoim ludziom:

— Wyciągnijcie stamtąd ciało! Przeszukać resztę budynku!

Langdon ponownie spróbował usiąść. Kaplica Chigich pełna była gwardzistów. Foliowe zasłony całkowicie odsunięto z wejścia i do środka napływało świeże powietrze, którym z przyjemnością napełniał płuca. Czuł, że jego zmysły powoli odzyskują sprawność. W tym momencie ujrzał zbliżającą się do niego Vittorię. Dziewczyna uklękła przy nim, a jej twarz wydała mu się twarzą anioła.

— Nic ci nie jest? — spytała i sprawdziła mu tętno. Miło było czuć jej delikatny dotyk na skórze.

— Dzięki — powiedział i usiadł zupełnie prosto. — Olivetti jest wściekły.

Skinęła głową.

— Trudno mu się dziwić. Spieprzyliśmy to.

— Chcesz powiedzieć, że ja to spieprzyłem.

— No, więc się zrehabilituj. Złap go następnym razem.

Następnym razem? Jak ona może tak okrutnie żartować? Przecież nie będzie następnego razu. Zmarnowaliśmy nasz jedyny strzał!

Vittoria spojrzała na zegarek Langdona.

— Miki mówi, że mamy czterdzieści minut. Zbierz swoją głowę do kupy i pomóż mi znaleźć następny znacznik.

— Mówiłem ci przecież, że rzeźby zostały zniszczone. Ścieżka Oświecenia... — urwał.

Vittoria uśmiechnęła się do niego łagodnie.

Langdon zaczął niepewnie podnosić się na nogi. W głowie mu wirowało, kiedy spoglądał na otaczające go dzieła sztuki. Piramidy, gwiazdy, planety, elipsy. Nagle wszystko sobie przypomniał. Tu jest pierwszy ołtarz nauki, nie w Panteonie! Uświadomił sobie teraz, jak ta kaplica idealnie oddaje ducha iluminatów, o ile subtelniej i bardziej wybiórczo niż słynny na cały świat Panteon. Jest ona niszą w miejscu oddalonym od zgiełku świata, dosłownie „dziurą w murze", hołdem dla wielkiego patrona nauki, ozdobionym ziemskimi symbolami. Doskonała.

Langdon oparł się o ścianę i zaczął się przyglądać ogromnym rzeźbom piramid. Vittoria miała całkowitą rację. Skoro to ta kaplica była pierwszym ołtarzem nauki, to rzeźba iluminatów służąca jako pierwszy znacznik może nadal się tu znajdować. Poczuł elektryzujący przypływ nadziei, że mają jeszcze szansę. Jeśli znak jest nadal tutaj i odgadną dzięki niemu drogę do następnego ołtarza nauki, może uda im się schwytać zbrodniarza.

Vittoria przysunęła się bliżej.

— Odkryłam, kto był nieznanym rzeźbiarzem iluminatów.

Langdonowi zakręciło się w głowie.

— Co zrobiłaś?

— Teraz musimy tylko odgadnąć, która ze znajdujących się tu rzeźb jest...

— Chwileczkę! Wiesz, kto był rzeźbiarzem iluminatów? — Langdon spędził wiele lat na próbach odszukania tej informacji. Dziewczyna uśmiechnęła się.

— To był Bernini. Ten Bernini.

Natychmiast sobie uświadomił, że Vittoria się myli. W żadnym wypadku nie mógł to być Bernini. Gianlorenzo Bernini był drugim najsłynniejszym rzeźbiarzem w dziejach, a jego sławę przyćmił tylko Michał Anioł. Bernini stworzył w siedemnastym wieku więcej rzeźb niż jakikolwiek inny artysta. Niestety, człowiek, którego szukali miał być nieznanym artystą... nikim.

Vittoria zmarszczyła brwi.

— Nie wyglądasz na zachwyconego.

— To nie może być Bernini.

— Dlaczego? Żył w czasach Galileusza. Był genialnym rzeźbiarzem.

— Był bardzo sławnym człowiekiem i katolikiem.

— Wiem — odparła — tak samo jak Galileusz.

— Nie — zaoponował Langdon. — Jego sytuacja była całkowicie odmienna. Galileusz był cierniem w boku Watykanu, a Bernini cudownym artystą. Kościół go uwielbiał. Został uznany za największego artystę Watykanu. Praktycznie przez całe życie mieszkał w świętym mieście!

— Doskonały kamuflaż. Infiltracja iluminatów.

Langdon zdenerwował się.

— Vittorio, iluminaci nazywali swojego tajemniczego artystę *maestro ignoto*, czyli nieznanym mistrzem.

— Tak, bo im był nieznany. Pomyśl o tajemnicach utrzymywanych przez masonów; tylko członkowie o najwyższym stopniu wtajemniczenia znają całą prawdę. Galileusz po prostu prawie nikomu nie zdradził tożsamości artysty... dla bezpieczeństwa Berniniego. Dzięki temu Watykan nie potrafił jej odkryć.

Langdon nie był do końca przekonany, ale musiał przyznać, że dostrzega sens w logicznych wywodach Vittorii. Iluminaci słynęli z umiejętności zachowywania tajemnicy. Prawdę znali tylko najważniejsi członkowie. Dzięki temu, że tak nieliczne osoby wiedziały o wszystkim, udawało im się pozostać w ukryciu.

— Poza tym fakt przynależności Berniniego do iluminatów — dodała Vittoria z uśmiechem — wyjaśnia, dlaczego zaprojektował te dwie piramidy.

Langdon odwrócił się ku wielkim rzeźbom i potrząsnął głową.

— Bernini był rzeźbiarzem religijnym. On na pewno nie mógł wyrzeźbić tych piramid.

Vittoria wzruszyła ramionami.

— Powiedz to tym, którzy umieścili tutaj tę tablicę.

Obejrzał się za siebie i rzeczywiście ujrzał tablicę, na której widniał napis:

SZTUKA KAPLICY CHIGICH
Architektura kaplicy jest dziełem Rafaela,
natomiast cały wystrój wewnętrzny został stworzony
przez Gianlorenza Berniniego

Langdon dwukrotnie przeczytał tę informację, ale nadal nie był przekonany. Przecież Gianlorenzo Bernini zasłynął dzięki swoim pełnym wyrazu rzeźbom Matki Boskiej, aniołów, proroków i papieży. Dlaczego miałby rzeźbić piramidy?

Ponownie spojrzał na górujące nad nimi rzeźby i poczuł się całkowicie zagubiony. Dwie piramidy, każda z błyszczącym eliptycznym medalionem. Trudno o bardziej niechrześcijańskie rzeźby. Piramidy, gwiazdy, znaki Zodiaku. „Cały wystrój wewnętrzny został stworzony przez Gianlorenza Berniniego". Jeśli to prawda, uświadomił sobie, to znaczy, że Vittoria musi mieć rację. Siłą rzeczy, to Bernini był nieznanym mistrzem iluminatów — nikt inny nie ozdabiał tej kaplicy! Wynikające z tego wnioski nasuwały się zbyt szybko, żeby zdążył je przetrawić.

Bernini był iluminatem.

Bernini zaprojektował ambigramy iluminatów.

Bernini wytyczył Ścieżkę Oświecenia.

Langdon przez chwilę nie mógł wykrztusić słowa. Czy to możliwe, że w tej niewielkiej kapliczce Chigich światowej sławy Bernini umieścił rzeźbę, która wskazywała, gdzie szukać w Rzymie następnego ołtarza nauki?

— Bernini — odezwał się w końcu. — Nigdy bym się nie domyślił.

— A kto, jeśli nie słynny watykański artysta, miałby dostateczną siłę przebicia, żeby umieścić swoje dzieła w konkretnych chrześcijańskich przybytkach w całym Rzymie i stworzyć Ścieżkę Oświecenia? Z pewnością nie mógłby to być ktoś nieznany.

Rzeczywiście, było w tym wiele słuszności. Langdon przyjrzał się piramidom, zastanawiając się, czy któraś z nich może być znacznikiem. Może obie?

— Piramidy wskazują przeciwne kierunki — odezwał się, nie bardzo wiedząc, co o nich myśleć. — Są identyczne, więc nie wiem...

— Nie sądzę, żeby chodziło o piramidy.

— Ale tutaj nie ma innych rzeźb.

Vittoria przerwała mu, wyciągając rękę ku Olivettiemu i kilku jego strażnikom zgromadzonym nad otworem demona.

Langdon podążył wzrokiem w tym kierunku i spojrzał na przeciwległą ścianę. Początkowo niczego nie dostrzegł. Potem jednak ktoś się poruszył i ukazał się kawałek białego marmuru. Ręka. Tułów. W końcu wyrzeźbiona twarz, częściowo ukryta w niszy. Dwie splecione postaci naturalnych rozmiarów. Poczuł, że serce bije mu szybciej. Wcześniej tak był pochłonięty piramidami i otworem demona, że nawet nie zauważył tej rzeźby. Przeszedł teraz na drugą stronę pomieszczenia, przeciskając się między strażnikami. Kiedy się zbliżył, od razu dostrzegł cechy charakterystyczne dla dzieł Berniniego — intensywność kompozycji, psychologiczną głębię twarzy i powłóczyste szaty, a wszystko wykonane z najbielszego marmuru, jaki udało się kupić za watykańskie pieniądze. Jednak rozpoznał tę rzeźbę dopiero, gdy bezpośrednio przed nią stanął. Wpatrzył się w twarze dwóch posągów i głośno wciągnął powietrze.

— Kim oni są? — spytała Vittoria, która szła tuż za nim.

— To *Habakuk i anioł* — odparł zdumiony, niemal niedosłyszalnym głosem. Było to dzieło dość znane i wspominały o nim różne książki dotyczące historii sztuki. On jednak zapomniał, że właśnie tu się znajduje.

— Habakuk?

— Tak. Prorok, który przewidywał unicestwienie Ziemi.

Vittoria spojrzała na niego niepewnie.

— Myślisz, że to jest znacznik?

Kiwnął potakująco głową, nadal nie mogąc wyjść z osłupienia. Nigdy w życiu nie był niczego tak pewien. To jest pierwszy znacznik ścieżki iluminatów. Nie ma wątpliwości. Wprawdzie oczekiwał, że rzeźba w jakiś sposób wskaże następny ołtarz nauki, ale nie sądził, że tak dosłownie. Tymczasem zarówno Habakuk, jak i anioł mieli wyciągnięte ręce, którymi wskazywali w dal.

Langdon niespodziewanie się uśmiechnął.

— Niezbyt subtelne, co?

Vittoria była podekscytowana odkryciem, ale jednocześnie nie wiedziała, co o tym myśleć.

— Widzę, że na coś wskazują, ale zaprzeczają sobie nawzajem. Anioł wskazuje w jedną stronę, a prorok w drugą.

Roześmiał się. Rzeczywiście wskazywali w przeciwnych kierunkach, ale on już rozwiązał ten problem. Czując nagły przypływ energii, ruszył ku drzwiom.

— Dokąd idziesz? — zawołała Vittoria.

— Na zewnątrz! — Nogi przestały już mu ciążyć i bez trudu biegł w kierunku wyjścia. — Muszę sprawdzić, w jakim kierunku wskazuje ta rzeźba!

— Zaczekaj! Skąd wiesz, czyim palcem się kierować?

— Z wiersza — rzucił jej przez ramię. — Ostatnia linijka!

— „Anioły krzyżem niech cię prowadzą, a wzniosła wędrówka się uda"? — Spojrzała na wyciągnięty palec anioła i oczy jej się zamgliły. — A niech mnie licho!

Rozdział 70

Gunther Glick i Chinita Macri siedzieli w furgonetce BBC zaparkowanej w cieniu na krańcu Piazza del Popolo, naprzeciw kościoła. Przybyli tuż po czterech alfa romeo, tak że zdążyli jeszcze zobaczyć niewiarygodne zdarzenia, które się tam rozegrały. Chinita nadal nie miała pojęcia, co to wszystko może oznaczać, ale przez cały czas filmowała.

Kiedy tylko dotarli do placu, ujrzeli, jak z czterech samochodów wysypuje się mała armia młodych mężczyzn, którzy natychmiast otoczyli kościół. Niektórzy mieli już w ręku broń. Jeden z nich, starszy mężczyzna o zdecydowanej postawie, wbiegł z małą grupką po schodach kościoła. Żołnierze zdołali przestrzelić zamek w głównych drzwiach. Macri nie słyszała strzałów, toteż doszła do wniosku, że mieli tłumiki. Potem weszli do środka.

Chinita zaproponowała Glickowi, żeby trzymali się na uboczu i filmowali z ukrycia. W końcu broń to broń, a stąd, gdzie stali, wszystko było wyraźnie widać. Glick tym razem się z nią nie sprzeczał. Teraz po drugiej stronie placu jedni mężczyźni wchodzili do kościoła, inni z niego wychodzili. Wykrzykiwali coś do siebie. Chinita ustawiła odpowiednio kamerę, żeby sfilmować grupę przeszukującą otoczenie kościoła. Chociaż wszyscy byli ubrani po cywilnemu, w ich ruchach dawała się dostrzec wojskowa precyzja.

— Jak sądzisz, kim oni są? — spytała.

— Skąd niby mam wiedzieć. — Glick nie odrywał wzroku od widoku przed nimi. — Masz to wszystko?

— Co do klatki.

— I co, wciąż uważasz, że powinniśmy wracać na papieski

posterunek? — W głosie Glicka wyraźnie brzmiało zadowolenie z siebie.

Chinita nie była pewna, co odpowiedzieć. Niewątpliwie coś się tu działo, ale pracowała już na tyle długo w mediach, żeby wiedzieć, iż interesujące wydarzenia często znajdują całkiem nudne wyjaśnienie.

— Nie wiadomo, czy coś z tego będzie — odparła. — Ci ludzie mogli dostać cynk od tego samego faceta, co ty, i przyjechali sprawdzić. To może być fałszywy alarm.

Glick złapał ją za rękę.

— Patrz tam! Kręć. — Wskazał na kościół.

Chinita obróciła kamerę na szczyt schodów.

— Cześć, chłopaczku — powiedziała, ustawiając ostrość na mężczyznę wychodzącego właśnie z kościoła.

— Co to za elegancik?

Zrobiła zbliżenie.

— Pierwszy raz go widzę — odparła. Wyostrzyła twarz mężczyzny i dodała:

— Ale chętnie jeszcze raz go zobaczę.

Robert Langdon zbiegł po schodach kościoła i wybiegł na środek placu. Zaczynało się ściemniać. Wprawdzie wiosenne słońce późno zachodziło w leżącym na południu Rzymie, ale schowało się już za pobliskimi budynkami i plac przecinały długie cienie.

— Dobra, Bernini — powiedział na głos — na co, do diabła, wskazuje twój anioł?

Odwrócił się i przyjrzał ustawieniu kościoła, z którego właśnie wyszedł. Wyobraził sobie położenie znajdującej się w nim kaplicy Chigich i anioła w środku. Bez wahania zwrócił się prosto na zachód, ku blaskowi coraz niżej schodzącego słońca. Czas gwałtownie się kurczył.

— Południowy zachód — stwierdził, zirytowany, że sklepy i budynki mieszkalne zasłaniają mu widok. — Następny znacznik jest tam.

Rozpaczliwie wysilając umysł, przebiegał myślą strona po stronie włoską historię sztuki. Wprawdzie znał dość dobrze prace Berniniego, ale zdawał sobie sprawę, że był to artysta zbyt płodny, żeby człowiek niespecjalizujący się w jego dziedzinie mógł znać wszystkie jego prace. Z drugiej strony, biorąc pod uwagę, że *Habakuk i anioł* to dość znana rzeźba, miał nadzieję, że drugi znacznik też będzie dziełem, które zdoła sobie przypomnieć.

Ziemia, Powietrze, Ogień, Woda, pomyślał. Ziemię już znaleźli — w Kaplicy Ziemi rzeźba Habakuka, proroka, który przewidywał unicestwienie naszej planety.

Teraz kolej na Powietrze. Langdon popędzał się, żeby myśleć szybciej. Rzeźba Berniniego, która ma związek z powietrzem! Miał kompletną pustkę w głowie, ale mimo wszystko rozpierała go energia. Jestem na Ścieżce Oświecenia. Przetrwała nietknięta!

Spoglądając na południowy zachód, wysilał wzrok, żeby dostrzec jakąś kościelną iglicę lub wieżę wystającą ponad inne budynki. Niczego takiego nie widział. Musiał zdobyć mapę. Jeśli ustalą, jakie kościoły znajdują się na południowy zachód od tego miejsca, to coś mu się skojarzy i przypomni sobie. Powietrze, naciskał. Powietrze. Bernini. Rzeźba. Powietrze. Myśl!

Obrócił się i ruszył z powrotem ku schodom kościoła. Nie doszedł jeszcze do rusztowań, kiedy Vittoria i Olivetti wyszli mu naprzeciw.

— Południowy zachód — odezwał się do nich, ciężko dysząc. — Następny kościół jest na południowym zachodzie.

— Tym razem jest pan pewien? — spytał go chłodnym tonem Olivetti.

Langdon nie chciał wdawać się w sprzeczki.

— Potrzebna nam mapa. Taka, która pokazywałaby wszystkie kościoły w Rzymie.

Komendant przyglądał mu się przez chwilę uważnie, nie zmieniając wyrazu twarzy.

Langdon spojrzał na zegarek.

— Mamy tylko pół godziny.

Olivetti wyminął go i ruszył w kierunku swojego samochodu zaparkowanego dokładnie przed kościołem. Langdon miał nadzieję, że poszedł po mapę.

Vittoria nie kryła podniecenia.

— Więc anioł wskazuje na południowy zachód? Nie wiesz, jakie są tam kościoły?

— Nic nie widać przez te przeklęte budynki. — Odwrócił się i znów stanął twarzą do placu. — Poza tym, nie znam na tyle dobrze rzymskich koś... — Urwał.

— Co się stało? — dopytywała się zaskoczona Vittoria.

Uświadomił sobie, że teraz, kiedy wszedł na schody, widzi znacznie więcej. Wprawdzie to jeszcze nie było to, o co mu chodziło, ale obrał dobry kierunek. Spojrzał na górujące nad nim chwiejne rusztowanie. Wznosiło się na sześć pięter, sięgając niemal do górnej części rozety, czyli znacznie wyżej niż inne budynki na placu. Od razu zrozumiał, gdzie powinien się skierować.

Po drugiej stronie placu Chinita Macri i Gunther Glick siedzieli z twarzami przylepionymi do przedniej szyby furgonetki.

— Łapiesz to wszystko? — spytał Gunther.

Chinita podążała kamerą za mężczyzną wspinającym się teraz po rusztowaniu.

— Jak dla mnie, to jest trochę zbyt elegancki na Człowieka-Pająka.

— A kim jest pani Pająkowa?

Chinita zerknęła na atrakcyjną kobietę stojącą u stóp rusztowania.

— Założę się, że chciałbyś to wiedzieć.

— Myślisz, że pora zadzwonić do redakcji?

— Jeszcze nie. Na razie popatrzmy. Lepiej mieć coś konkretnego, zanim się przyznamy, że olaliśmy konklawe.

— Myślisz, że naprawdę ktoś zabił jednego z tych starych pryków?

— Z pewnością pójdziesz do piekła — zirytowała się Chinita.

— Ale zabiorę ze sobą Pulitzera.

Rozdział 71

Im wyżej Langdon się wspinał, tym mniej stabilne wydawało mu się rusztowanie. Z drugiej strony, z każdym krokiem miał lepszy widok na Rzym, toteż piął się dalej.

Kiedy dotarł do końca, trudniej mu było złapać oddech, niż się spodziewał. Podciągnął się na najwyższy poziom, otrzepał z cementu i wyprostował. Wysokość wcale mu nie przeszkadzała, a nawet dodawała energii.

Przed sobą miał oszałamiający widok. Kryte czerwoną dachówką zabudowania Rzymu rozciągały się przed nim jak ocean w ogniu, oświetlone szkarłatnym blaskiem zachodzącego słońca. Z tego miejsca po raz pierwszy w życiu miał okazję ujrzeć Rzym nieskażony zanieczyszczeniami i szaleńczym ruchem ulicznym — starożytna *Città di Dio,* miasto Boga.

Mrużąc oczy, przebiegał wzrokiem dachy w poszukiwaniu iglicy kościelnej lub dzwonnicy. Jednak mimo że patrzył coraz dalej w stronę horyzontu, niczego nie dostrzegł. Przecież w Rzymie są setki kościołów, pomyślał. Musi być jakiś na południowy zachód od tego miejsca! Tak, tylko może nie być stąd widoczny, przypomniał sobie. O ile w ogóle jeszcze stoi!

Wytężając wzrok, rozpoczął poszukiwania od nowa. Wiedział, oczywiście, że nie wszystkie kościoły mają wysokie iglice, szczególnie te mniejsze, na uboczu. Poza tym Rzym ogromnie się zmienił od siedemnastego wieku, kiedy prawo określało, że kościoły muszą być najwyższymi budowlami. Teraz widział wysokie budynki mieszkalne, biurowce i wieże telewizyjne.

Po raz drugi dotarł do linii horyzontu, nie dostrzegając niczego, co by go interesowało. Ani jednej iglicy. W oddali, już na samej granicy Rzymu, ogromna kopuła stworzona przez Michała Anioła zasłaniała zachodzące słońce. Bazylika Świętego Piotra. Watykan. Zastanawiał się przez chwilę, jak sobie radzą kardynałowie i czy gwardii szwajcarskiej udało się odnaleźć antymaterię. Przeczucie mówiło mu, że nie i że prawdopodobnie wcale jej nie znajdą.

W głowie rozbrzmiewały mu słowa wiersza. Analizował go starannie, linijka po linijce. „Od ziemskiego grobu Santiego z otworem demona". Odnaleźli grób Santiego. „Mistycznych czterech pierwiastków zaczęła się odsłona". Mistyczne pierwiastki to Ziemia, Powietrze, Ogień i Woda. „W Rzymie ścieżkę światła wskazano, to święta próba". Ścieżka Oświecenia wyznaczona za pomocą rzeźb Berniniego. „Anioły krzyżem niech cię prowadzą, a wzniosła wędrówka się uda".

Anioł wskazuje na południowy zachód...

— Frontowe schody! — krzyknął Glick, pokazując gwałtownie palcem przez przednią szybę furgonetki BBC. — Coś się tam dzieje!

Chinita ponownie skierowała kamerę na główne wejście do kościoła. Rzeczywiście coś tam się działo. Wyglądający na wojskowego mężczyzna podjechał jednym z samochodów tuż do podnóża schodów i otworzył bagażnik. Teraz uważnie przyglądał się placowi, jakby sprawdzał, czy nie ma żadnych gapiów. Przez chwilę myślała, że ich zauważył, ale jego wzrok powędrował dalej. W końcu, najwyraźniej uspokojony, wyjął radiotelefon i coś do niego powiedział.

Niemal natychmiast z kościoła wysypała się mała armia. Jak zawodnicy podczas meczu amerykańskiego futbolu mężczyźni uformowali zwarty, prosty szereg przez całą szerokość górnego podestu schodów. Następnie zaczęli po nich jednocześnie powoli schodzić. Za ich osłoną posuwało się czterech mężczyzn, niemal całkowicie ukrytych, którzy coś nieśli. Coś ciężkiego... i niewygodnego.

Glick pochylił się najdalej, jak mógł.

— Czy oni coś kradną z kościoła?

Chinita starała się uzyskać maksymalne zbliżenie i z pomocą teleobiektywu sondowała ten ludzki mur, szukając w nim jakiejś szczeliny. Chociaż na ułamek sekundy, zaklinała. Jedna klatka. To mi wystarczy. Jednak mężczyźni posuwali się, jakby stanowili jedno ciało. No, dalej! Nie odrywała od nich obiektywu i wreszcie doczekała się nagrody. Kiedy zaczęli podnosić to, co nieśli, do bagażnika, Macri znalazła swoją szczelinę. Jak na ironię, zachwiał się ten starszy mężczyzna. Trwało to tylko chwilkę, ale wystarczyło. Miała swoją klatkę, a nawet miała ich kilkanaście.

— Dzwoń do redakcji — poleciła Glickowi. — Mamy trupa.

Z dala od tego miejsca, w CERN-ie, Maximilian Kohler wjechał wózkiem inwalidzkim do gabinetu Leonarda Vetry. Dokładnie przeszukał jego dokumenty. Nie znalazł jednak tego, czego szukał, toteż skierował się do sypialni zmarłego. Górna szuflada w nocnym stoliku Vetry była zamknięta na klucz. Kohler otworzył ją kuchennym nożem.

W środku znalazł to, czego szukał.

Rozdział 72

Langdon zszedł szybko z rusztowania i zeskoczył na ziemię. Otrzepał betonowy pył z ubrania. Vittoria czekała na niego na dole.

— Nic? — spytała.

Potrząsnął głową.

— Włożyli kardynała do bagażnika.

Spojrzał na stojący przy schodach samochód, gdzie Olivetti i kilku gwardzistów rozłożyli teraz na masce plan miasta.

— Sprawdzają południowy zachód?

Skinęła potakująco głową.

— Nie ma żadnych kościołów. Patrząc od tego miejsca, pierwszym jest Bazylika Świętego Piotra.

Langdon chrząknął. Przynajmniej raz byli zgodni. Ruszył w kierunku Olivettiego, a żołnierze rozstąpili się, żeby go przepuścić. Komendant podniósł wzrok.

— Nic. Jednak ten plan nie pokazuje wszystkich kościołów, tylko te większe. Jest ich około pięćdziesięciu.

— Gdzie jesteśmy? — spytał Langdon.

Olivetti pokazał mu Piazza del Popolo i wytyczył linię prostą skierowaną dokładnie na południowy zachód. Przebiegała w dość znacznej odległości od czarnych kwadratów symbolizujących główne rzymskie kościoły. Co gorsza, te najważniejsze były również najstarszymi... tymi, które istniały już w siedemnastym wieku.

— Muszę podjąć jakieś decyzje — oznajmił Olivetti. — Czy jest pan pewien co do kierunku?

Langdon przywołał w myślach obraz wyciągniętego palca anioła, znowu czując, jak jego własny umysł go ponagla.

— Tak. Jestem.

Olivetti wzruszył ramionami i znów przebiegł palcem wzdłuż

301

wyznaczonej linii. Przecinała ona most Margherity, biegła Via Cola di Rienzo, przechodziła przez Piazza del Risorgimento, nie trafiając po drodze na żadne kościoły, i kończyła się na środku placu Świętego Piotra.

— A dlaczego nie może to być Bazylika Świętego Piotra? — spytał jeden z żołnierzy, z głęboką blizną pod lewym okiem. — Przecież to kościół.

Langdon potrząsnął głową.

— To musi być miejsce publiczne, a bazylikę trudno tak w tej chwili nazwać.

— Ale linia przechodzi przez plac Świętego Piotra — zauważyła Vittoria, zaglądając Langdonowi przez ramię. — A plac jest miejscem publicznym.

Sam się już nad tym zastanawiał.

— Ale tam nie ma rzeźb.

— Czy nie stoi tam czasem jakiś monolit na środku?

Miała rację. Na placu Świętego Piotra rzeczywiście znajdował się egipski obelisk. Langdon spojrzał na monolit, który teraz mieli przed sobą. Wzniosła piramida. Dziwny zbieg okoliczności, pomyślał. Jednak odpędził tę myśl.

— Tamten obelisk nie jest dziełem Berniniego. Został przywieziony do Rzymu przez Kaligulę. Poza tym nie ma nic wspólnego z Powietrzem. — Był jeszcze inny problem. — Ponadto, w wierszu jest mowa o Rzymie, a plac Świętego Piotra należy do Watykanu.

— Zależy kogo spytać — wtrącił się jeden ze strażników.

Langdon podniósł na niego wzrok.

— Słucham?

— Plac był zawsze kością niezgody. Większość map traktuje go jako część Watykanu, ale ponieważ znajduje się poza częścią ogrodzoną murem, władze Rzymu od wieków twierdziły, że należy do Rzymu.

— Niemożliwe — zdziwił się Langdon. Pierwszy raz o tym słyszał.

— Wspominam o tym tylko dlatego — wyjaśnił gwardzista — że komendant Olivetti i panna Vetra pytali o rzeźbę, która ma coś wspólnego z Powietrzem.

Langdon nie wierzył własnym uszom.

— A pan wie o jakiejś na placu Świętego Piotra?

— Niezupełnie. To właściwie nie jest rzeźba. Prawdopodobnie to nie ma związku.

— Chcielibyśmy jednak usłyszeć — ponaglił go Olivetti.

Strażnik wzruszył ramionami.

— Wiem o niej tylko dlatego, że zazwyczaj pełnię służbę właśnie na placu. Znam każdy jego zakątek.

— Rzeźba — ponaglił go Langdon. — Jak ona wygląda? — Zaczynał się zastanawiać, czy iluminaci mogli się wykazać aż taką brawurą, żeby umieścić swój drugi znacznik tuż przed Bazyliką Świętego Piotra.

— Przechodzę koło niej codziennie podczas patrolu — ciągnął strażnik. — Stoi na środku, dokładnie tam, gdzie przebiega ta linia. Dlatego w ogóle o niej pomyślałem. Jak mówiłem, to właściwie nie jest rzeźba... raczej kamienny blok.

Olivetti gotował się ze złości.

— Blok?

— Tak, sir. Marmurowy blok całkowicie wpuszczony w ziemię. U podstawy monolitu. Tyle że nie jest prostokątny. To raczej elipsa. Wyryty jest na niej wizerunek podmuchu wiatru. — Urwał. — Jeśli ująć to naukowo, to jest właśnie Powietrze.

Langdon wpatrywał się ze zdumieniem w młodego strażnika.

— Relief! — wykrzyknął nagle.

Wszyscy na niego spojrzeli.

— Relief — wyjaśnił — to druga połowa definicji rzeźby! Rzeźba to sztuka polegająca na formowaniu kształtu nie tylko ze wszystkich stron, ale również i na płaskiej powierzchni. — Od tylu lat wypisywał studentom to stwierdzenie na tablicy. Płaskorzeźba to dzieło, w którym pozostawiono tło, przykładem może być profil Abrahama Lincolna na monecie pensowej. Doskonale ilustrują to medaliony Berniniego w kaplicy Chigich.

— *Bassorelievo?* — spytał strażnik, używając włoskiego określenia.

— Tak, płaskorzeźba! — Langdon zabębnił knykciami w maskę samochodu. — W ogóle nie myślałem w takich kategoriach! Ten relief z placu Świętego Piotra nosi nazwę *West Ponente* — Zachodni Wiatr. Znany jest również jako *Respiro di Dio*.

— Oddech Boga?

— Tak! Powietrze! Poza tym został wyrzeźbiony i umieszczony tam przez pierwotnego architekta.

Vittoria spojrzała na niego niepewnie.

— A ja myślałam, że bazylikę projektował Michał Anioł.

— Bazylikę tak! — wykrzyknął triumfalnym głosem Langdon. — Ale plac Świętego Piotra został zaprojektowany przez Berniniego!

Kiedy kolumna czterech alfa romeo wyjeżdżała w pośpiechu z Piazza del Popolo, nikt nie zwracał uwagi na furgonetkę BBC ruszającą za nimi.

Rozdział 73

Gunther Glick nacisnął maksymalnie pedał gazu i lawirował wśród innych pojazdów, śledząc cztery alfa romeo, pędzące nad Tybrem po Ponte Margherita. Normalnie starałby się zachowywać bezpieczną odległość, ale tym razem ledwo mógł nadążyć za śledzonymi obiektami. Ci faceci niemal płynęli w powietrzu.

Chinita siedziała w swoim miejscu pracy w tylnej części samochodu i kończyła właśnie rozmowę telefoniczną z Londynem. Rozłączyła się i zawołała do Glicka, przekrzykując hałas ruchu ulicznego:

— Chcesz najpierw dobre czy złe wieści?

Gunther skrzywił się. Kiedy człowiek miał do czynienia z szefami, nic nie mogło być proste.

— Złe.

— W redakcji są wściekli, że opuściliśmy swoje stanowisko.

— Też mi niespodzianka.

— Poza tym myślą, że twój informator to oszust.

— Oczywiście.

— I szef właśnie mnie ostrzegł, że niewiele brakuje, żeby ci się porządnie oberwało.

Glick jęknął.

— A gdzie te dobre wieści?

— Zgodzili się obejrzeć to, co właśnie nakręciliśmy.

Glick poczuł, że jego skrzywienie zamienia się w uśmiech. Zobaczymy, komu się oberwie.

— No to wysyłaj.

— Nie mogę, dopóki nie zatrzymamy się i nie nawiążę połączenia.

Glick wjeżdżał właśnie w Via Cola di Rienzo.

— Nie mogę teraz stanąć. — Twardo trzymał się czterech alf romeo, gdy ostro skręcały w lewo w Piazza Risorgimento.

Marci złapała swoje oprzyrządowanie komputerowe, gdy wszystko zaczęło ześlizgiwać się na bok.

— Jeśli zniszczysz mój nadajnik — ostrzegła go — będziemy musieli zanieść ten materiał do Londynu.

— Trzymaj się, kotku. Coś mi mówi, że jesteśmy już prawie na miejscu.

Chinita rozejrzała się.

— To znaczy gdzie?

Glick spojrzał na znajomą kopułę majaczącą teraz bezpośrednio przed nimi.

— Dokładnie tam, skąd wyjechaliśmy.

Cztery alfy romeo wślizgnęły się zręcznie między pojazdy poruszające się wokół placu Świętego Piotra. Rozdzieliły się i ruszyły po obwodzie, dyskretnie wysadzając ludzi w wybranych punktach. Natychmiast po wyjściu z samochodu gwardziści wchodzili w tłum turystów lub pomiędzy furgonetki mediów i stawali się niewidoczni. Niektórzy chowali się między filarami kolumnady otaczającej plac i również jakby rozpływali się w powietrzu. Langdon, obserwujący sytuację zza przedniej szyby samochodu, miał wrażenie, że wokół placu zaciska się pętla.

Olivetti nie ograniczył się do rozstawienia ludzi, z którymi przyjechał, lecz porozmawiał przez radiotelefon z centralą i wysłał jeszcze dodatkowych strażników po cywilnemu na środek placu, gdzie znajduje się płaskorzeźba Berniniego. Kiedy Langdon rozejrzał się po rozległej przestrzeni, znów zaczęły go dręczyć uporczywe pytania. Jak zabójca planuje to zrobić, żeby go nie złapano? Jak zamierza przeprowadzić kardynała w tym tłumie ludzi i zabić go na widoku? Sprawdził godzinę. Była ósma pięćdziesiąt cztery. Zostało sześć minut.

Siedzący na przednim siedzeniu Olivetti odwrócił się do nich.

— Wy dwoje podejdźcie do samego bloku Berniniego, czy co to tam jest. Zasady te same, co przedtem. Jesteście turystami. Dzwońcie, jeśli cokolwiek zauważycie.

Zanim Langdon zdążył zareagować, Vittoria wzięła go za rękę i już wyciągała z samochodu.

Wiosenne słońce zachodziło za bazyliką, która rzucała potężny cień obejmujący swym zasięgiem coraz większą część placu. Langdon poczuł złowieszczy dreszcz, gdy wraz z Vittorią weszli w środek tej chłodnej, czarnej plamy. Kiedy kluczyli wśród tłumu, uświadomił sobie, że przygląda się każdej mijanej twarzy i zastanawia, czy któryś z tych ludzi nie jest mordercą. Ręka Vittorii, którą ściskał, był bardzo ciepła.

Przechodząc przez otwartą przestrzeń placu, Langdon poczuł, że to miejsce wywiera dokładnie takie wrażenie, jakie Berniniemu polecono osiągnąć — „aby każdy, kto wejdzie na ten plac, poczuł się mały". On z pewnością czuł się w tej chwili mały. Mały i głodny, stwierdził, zdziwiony, że tak przyziemne potrzeby mogą mu zaprzątać myśli w takiej chwili.

— Do obelisku? — spytała Vittoria.

Skinął głową, kierując się łukiem w lewo.

— Godzina? — Vittoria szła obok niego szybko, ale swobodnie.

— Za pięć.

Nic nie odpowiedziała, ale poczuł, że mocniej ścisnęła mu dłoń. Broń nadal była u niego. Miał nadzieję, że dziewczyna jej nie zażąda. Nie potrafił sobie wyobrazić, że mogłaby wyciągnąć pistolet na placu Świętego Piotra i strzelać do zbrodniarza, podczas gdy wszystko to będą obserwowały światowe media. Z drugiej strony to i tak byłoby niczym w porównaniu z publicznym napiętnowaniem i zamordowaniem kardynała.

Powietrze, rozmyślał. Drugi z pierwiastków starożytnej nauki. Próbował sobie wyobrazić, jak może wyglądać jego ambigram, jak ma zostać popełnione morderstwo. Ponownie rozejrzał się po ogromnej płaszczyźnie granitu, którym wybrukowany jest plac Świętego Piotra — strzeżony przez gwardię szwajcarską. Jeśli Asasyn rzeczywiście ośmieli się spełnić swoją groźbę, to Langdon nie miał pojęcia, jak zamierza stąd uciec.

Na środku placu wznosi się trzystupięćdziesięciotonowy egipski obelisk Kaliguli. Sięga na ponad dwadzieścia cztery metry w niebo, po czym przechodzi w wierzchołek o piramidalnym kształcie, w którym umocowano wydrążony żelazny krzyż. Zawiera on podobno relikwie z krzyża, na którym umarł Chrystus, a znajduje się tak wysoko, że oświetlały go jeszcze ostatnie promienie zachodzącego słońca, nadając mu magiczny blask.

Na placu znajdują się również dwie fontanny umieszczone symetrycznie w stosunku do obelisku. Historycy sztuki wiedzą, że fontanny dokładnie wyznaczają ogniska elipsy, jaką jest zaprojektowany przez Berniniego plac, jednak do tej pory Langdon jakoś nie pomyślał o tej architektonicznej osobliwości. Dopiero od dzisiejszego dnia Rzym wydał mu się nagle wypełniony elipsami, piramidami i zadziwiającą symetrią.

Kiedy zbliżyli się do obelisku, Vittoria zwolniła kroku. Głośno wydychała powietrze, jakby zachęcając Langdona, żeby również się odprężył. Postarał się zatem zrobić, co mógł — opuścił ramiona i rozluźnił zaciśnięte szczęki.

Gdzieś w okolicy obelisku znajdował się drugi ołtarz nauki, umieszczony śmiało tuż przed największym kościołem świata — eliptyczna płaskorzeźba *West Ponente*.

Gunther Glick obserwował plac Świętego Piotra z cienia otaczającej plac kolumnady. Normalnie mężczyzna w tweedowej marynarce i kobieta w szortach khaki absolutnie by go nie zainteresowali. Wyglądali jak zwykli turyści zwiedzający plac. Ale dzisiejszy dzień nie był normalny. Był to dzień udzielanych telefonicznie wskazówek, zwłok, nieoznakowanych samochodów pędzących przez Rzym i mężczyzn w marynarkach, wspinających się po rusztowaniach w poszukiwaniu Bóg wie czego. Toteż Glick zamierzał trzymać się tej pary.

Spojrzał dalej i dostrzegł Chinitę Macri. Znajdowała się tam, gdzie jej kazał — szła po drugiej stronie obserwowanej pary, trzymając się w odpowiedniej odległości. Starała się sprawiać wrażenie znudzonej i niedbale trzymać kamerę, ale i tak wyróżniała się bardziej, niż pragnął. Żaden inny reporter nie znajdował się w tej części placu, a literki BBC na kamerze przyciągały zaciekawione spojrzenia niektórych turystów.

Taśma, na której Chinita nakręciła wcześniej nagie ciało wrzucone do bagażnika, obracała się w tej chwili w wideoodtwarzaczu nadajnika. Glick wiedział, że uwiecznione na niej obrazy lecą nad jego głową do Londynu. Ciekaw był, co na to powiedzą w redakcji.

Żałował, że nie dotarli do ciała wcześniej, zanim włączyła się do tego grupa ubranych po cywilnemu żołnierzy. Zdawał sobie sprawę, że ta sama grupa obstawiła obecnie plac. Niewątpliwie szykowało się coś specjalnego.

„Media są prawą ręką anarchii" — powiedział zabójca. Glick zastanawiał się, czy nie stracił swojej szansy na wielką sensację. Wyjrzał, żeby spojrzeć na furgonetki innych stacji, zaparkowane w dużej odległości od tego miejsca, po czym dalej obserwował Chinitę towarzyszącą jak cień tajemniczej parze. Coś mu mówiło, że mimo wszystko jest w grze...

Rozdział 74

Langdon ujrzał to, czego szukał, o jakieś dziesięć metrów przed sobą. Pomiędzy sylwetkami turystów widać było elipsę z białego marmuru odbijającą się wyraźnie od szarego tła kostki granitowej, którą wyłożona była reszta placu. Vittoria najwyraźniej też ją dostrzegła, gdyż mocniej zacisnęła palce na jego dłoni.

— Spokojnie — szepnął. — Zrób tę swoją prana-coś-tam.

Vittoria rozluźniła uścisk.

Kiedy podeszli bliżej, wszystko wydawało się zadziwiająco normalne. Turyści spacerowali, zakonnice gawędziły na skraju placu, mała dziewczynka karmiła gołębie pod obeliskiem.

Langdon powstrzymał się od sprawdzenia godziny. Wiedział, że już niemal czas.

Eliptyczny kamień znalazł się teraz tuż przed ich stopami, więc zatrzymali się, starając się nie okazywać zbytniego podniecenia — po prostu dwoje turystów przyglądających się z obowiązku średnio interesującemu zabytkowi.

— West Ponente — odczytała Vittoria inskrypcję na kamieniu.

Langdon spojrzał na płaskorzeźbę i poczuł się nagle bardzo naiwny. Ani książki poświęcone historii sztuki, ani jego wielokrotne wizyty w Rzymie nigdy dotychczas nie uświadomiły mu znaczenia tej płaskorzeźby.

Dopiero teraz wyraźnie je dostrzegł.

Relief był eliptyczny, miał niecały metr długości i przedstawiał zarysy twarzy — przedstawienie Wiatru Zachodniego jako oblicza podobnego do anioła. Z ust anioła wydobywał się potężny podmuch wiatru wiejącego w stronę przeciwną do Watykanu... oddech Boga. W ten sposób Bernini uczcił drugi z pierwiastków. Powietrze... wieczny zefir wiejący z ust anioła. Kiedy Langdon wpatrywał się w płaskorzeźbę, stwierdził, że artysta zawarł w niej znacznie więcej znaczeń. Bernini wyrzeźbił powietrze w postaci pięciu oddzielnych podmuchów... pięciu! Co więcej, po obu stronach medalionu umieścił dwie świecące gwiazdy. Langdon pomyślał o Galileuszu. Dwie gwiazdy, pięć podmuchów, elipsy, symetria... Czuł pustkę w środku. Serce go bolało.

Vittoria niemal natychmiast ruszyła dalej, pociągając go za sobą.

— Chyba ktoś nas śledzi — oznajmiła.

Langdon podniósł wzrok.

— Gdzie?

Dziewczyna przeszła jeszcze około trzydziestu metrów, zanim odpowiedziała. Wyciągnęła rękę w stronę Watykanu, jakby pokazywała mu kopułę.

— Ta sama osoba chodzi za nami przez cały plac. — Od niechcenia zerknęła przez ramię do tyłu. — Nadal tam jest. Idźmy dalej.

— Sądzisz, że to Asasyn?

Potrząsnęła przecząco głową.

— Nie, chyba że iluminaci zatrudniają kobiety z kamerami BBC.

Kiedy dzwony bazyliki rozpoczęły swój ogłuszający hałas, Vittoria i Langdon aż podskoczyli. Nadeszła już pora. Dotychczas zataczali koła, oddalając się od *West Ponente*, żeby zgubić reporterkę, jednak teraz skierowali się ponownie ku płaskorzeźbie.

Pomimo dźwięku dzwonów panował tu całkowity spokój. Turyści wędrowali powoli. Jakiś pijany bezdomny drzemał oparty niewygodnie o podstawę obelisku. Mała dziewczynka karmiła gołębie. Langdon zastanawiał się, czy czasem widok reporterki nie przestraszył zabójcy na tyle, że zrezygnował. Mało prawdopodobne, stwierdził w końcu, przypominając sobie obietnicę tamtego. Sprawię, że wasi kardynałowie staną się gwiazdami mediów.

Kiedy przebrzmiało echo dziewiątego uderzenia, na plac spłynęła błoga cisza.

A potem... mała dziewczynka zaczęła krzyczeć.

Rozdział 75

Langdon pierwszy do niej podbiegł.

Przerażone dziecko stało jak skamieniałe, wskazując na podstawę obelisku, gdzie siedział na schodkach obszarpany, bezwładny pijak. Mężczyzna wyglądał okropnie... najwyraźniej był to jeden z rzymskich bezdomnych. Siwe włosy zwisały mu tłustymi strąkami, zasłaniając twarz, a całe ciało spowijała brudna szmata. Dziewczynka, nie przestając krzyczeć, wycofała się w tłum.

Langdon rzucił się ku skulonej postaci, czując, jak ogarnia go przerażenie. Na łachmanach mężczyzny dostrzegł ciemną, stale rozszerzającą się plamę. Świeża, jeszcze płynąca krew.

Potem wszystko zaczęło się dziać jednocześnie. Starzec jakby złamał się w połowie i zatoczył do przodu. Langdon skoczył ku niemu, ale nie zdążył. Mężczyzna runął do przodu, stoczył się ze schodów i uderzył twarzą o ziemię. Znieruchomiał.

Langdon rzucił się na kolana, a Vittoria znalazła się tuż przy nim. Wokół gromadził się tłum.

Vittoria przyłożyła mężczyźnie palce do szyi.

— Czuję puls — stwierdziła. — Odwróć go.

Natychmiast jej posłuchał. Złapał mężczyznę za ramiona i zaczął odwracać. Kiedy to robił, luźne łachmany osunęły się. Wyglądało to tak, jakby odpadały płaty martwego ciała. Ranny opadł bezwładnie na plecy. Na środku jego nagiej piersi duża część ciała była spalona na węgiel.

Vittoria głośno wciągnęła powietrze i odskoczyła do tyłu.

Langdon czuł się jak sparaliżowany. Ogarnęły go jednocześnie mdłości i pełen lęku podziw. Symbol miał w sobie przerażającą prostotę.

— *Air* — zająknęła się Vittoria. — To on.

Wokół nich pojawili się nagle gwardziści. Zaczęli wykrzykiwać rozkazy, część rzuciła się na ślepo w pogoń za zabójcą.

Stojący wokół turyści wyjaśniali, że zaledwie kilka minut temu ciemnoskóry mężczyzna był tak uprzejmy, że przeprowadził tego chorego, bezdomnego biedaka przez plac... nawet posiedział z nim chwilę na schodach, a potem zniknął w tłumie.

Vittoria odsunęła resztę łachmanów z brzucha mężczyzny. Miał dwie głębokie rany kłute poniżej żeber, po obu stronach piętna. Przechyliła mu głowę do tyłu i rozpoczęła sztuczne oddychanie metodą usta-usta. Langdon zupełnie nie był przygotowany na to, co po chwili nastąpiło. Kiedy Vittoria wdmuchnęła powietrze do płuc rannego, z ran dobiegł syk i w powietrze wytrysnęły dwa strumienie krwi, jak z nozdrzy wieloryba. Słona ciecz trafiła Langdona prosto w twarz.

Przerażona Vittoria natychmiast przerwała sztuczne oddychanie.

— Jego płuca... — zająknęła się. — Przebił mu płuca.

Langdon wytarł oczy i przyjrzał się otworom, w których gulgotała krew. Płuca kardynała nie funkcjonowały. Po chwili już nie żył.

Vittoria nakryła ciało, właśnie gdy podchodzili do niej gwardziści.

Langdon stał nieruchomo, zupełnie zdezorientowany, i wówczas ją zobaczył. Kobieta, która wcześniej ich śledziła, teraz kucała w pobliżu. Kamerę miała założoną na ramię, wycelowaną na nich i włączoną. Na chwilę ich oczy się skrzyżowały i zrozumiał, że udało jej się to wszystko sfilmować. Chwilę później umknęła jak kot.

Rozdział 76

Chinita Macri uciekała najszybciej, jak mogła. Miała przy sobie film swego życia.

Kamera na ramieniu działała jak kotwica, gdy przepychała się wśród tłumu wypełniającego plac. Wszyscy szli w przeciwnym kierunku niż ona... w kierunku zamieszania. Chinita starała się jak najbardziej oddalić. Mężczyzna w tweedowej marynarce zwrócił na nią uwagę, i teraz z pewnością inni ruszyli już w pogoń. Wprawdzie nie potrafiła ich dostrzec, ale wyczuwała ich obecność... wyczuwała, że osaczają ją ze wszystkich stron.

Jeszcze nie mogła dojść do siebie po tym, co przed chwilą zobaczyła i nagrała. Zastanawiała się, czy zmarły był rzeczywiście tym, za kogo go brała. Nagle okazało się, że tajemniczy informator Glicka wcale nie był takim wariatem.

Kiedy pędziła w kierunku furgonetki BBC, z tłumu przed nią wynurzył się młody mężczyzna o zdecydowanie wojskowym wyglądzie. Ich oczy się spotkały i obydwoje przystanęli. Mężczyzna błyskawicznie podniósł do ust radiotelefon i wypowiedział kilka słów. Potem ruszył w jej kierunku. Macri obróciła się na pięcie i z bijącym sercem wpadła z powrotem w tłum.

Potykając się co chwila w tej masie rąk i nóg, wyjęła nagraną kasetę z kamery. Celuloidowe złoto, pomyślała, wpychając taśmę pod pasek. Przesunęła ją do tyłu i zakryła marynarką. Po raz pierwszy była zadowolona ze swojej tuszy. Glick, gdzie ty, do cholery, jesteś!

Po lewej stronie pojawił się drugi żołnierz, odcinając jej drogę. Wiedziała, że zostało jej niewiele czasu. Znowu ukryła się w tłumie. Wyjęła czystą kasetę i szybko włożyła do kamery. Potem została jej już tylko modlitwa.

Znajdowała się zaledwie o trzydzieści metrów od furgonetki, kiedy obaj mężczyźni wyrośli tuż przed nią, jak spod ziemi. Nie miała gdzie uciekać.

— Film — warknął jeden z nich. — Natychmiast.

Chinita cofnęła się, obejmując obronnie kamerę rękami.

— Mowy nie ma.

Jeden z mężczyzn odchylił marynarkę, prezentując pistolet.

— No, to mnie zastrzel — oświadczyła, sama zdumiona odwagą, która zabrzmiała w jej głosie.

— Film — powtórzył pierwszy.

Gdzie, do diabła, jest Glick? Macri tupnęła nogą i zawołała najgłośniej, jak umiała:

— Jestem profesjonalnym operatorem kamery w BBC! Zgodnie z artykułem dwunastym Ustawy o wolności prasy ten film jest własnością British Broadcasting Corporation!

Mężczyźni stali nieporuszeni. Ten z bronią zrobił krok w jej kierunku.

— Jestem porucznikiem gwardii szwajcarskiej, a zgodnie ze Świętą Doktryną, której podlega własność, na której pani stoi, może pani zostać poddana przeszukaniu, a film konfiskacie.

Wokół nich zaczynał gromadzić się tłum.

Chinita krzyknęła z całych sił:

— W żadnym wypadku nie oddam filmu z tej kamery bez porozumienia ze swoją redakcją w Londynie. Proponuję, żeby pan...

Strażnicy postanowili zakończyć przedstawienie. Jeden z nich wyrwał jej kamerę. Drugi złapał ją mocno za rękę i obrócił w kierunku Watykanu.

— *Grazie* — powiedział, prowadząc ją przez kłębiący się tłum.

Modliła się, żeby nie zaczęli jej przeszukiwać. Jeśli uda się uchronić film na tyle długo, żeby...

Nagle stało się coś nie do pomyślenia. Ktoś z tłumu macał ją pod marynarką. Poczuła, że kaseta wysuwa się jej spod paska. Odwróciła się, ale powstrzymała słowa cisnące się jej na usta. Zobaczyła zadyszanego Gunthera Glicka, który mrugnął do niej i rozmył się w tłumie.

Rozdział 77

Robert Langdon wszedł chwiejnym krokiem do prywatnej łazienki sąsiadującej z gabinetem papieża. Zmył krew z twarzy i ust. Była to krew kardynała Lamassé, który właśnie zginął straszną śmiercią na pełnym ludzi placu przed bazyliką. „Niewinne ofiary na ołtarzach nauki". Jak dotąd, Asasyn realizował swoje groźby.

Langdon spojrzał w lustro, czując się zupełnie bezsilny. W jego oczach malowało się wyczerpanie, a policzki pociemniały już od zarostu. Pomieszczenie, w którym się znajdował, było nieskazitelnie i bogato urządzone — czarny marmur, złota armatura, bawełniane ręczniki i perfumowane mydło do rąk.

Próbował wyrzucić z myśli obraz krwawego piętna, które niedawno oglądał. Powietrze. Nie mógł odpędzić tego widoku. Od chwili przebudzenia widział już trzy ambigramy... a wiedział, że istnieją jeszcze dwa.

Za drzwiami słyszał głosy Olivettiego, kamerlinga i kapitana Rochera, którzy naradzali się nad dalszymi działaniami. Najwyraźniej poszukiwania antymaterii nic do tej pory nie dały. Albo gwardziści przeoczyli pojemnik, albo intruz przeniknął znacznie głębiej, niż komendant był skłonny przyznać.

Langdon wytarł twarz i ręce, po czym rozejrzał się za pisuarem. Nie znalazł go jednak. Była tylko muszla. Podniósł deskę.

Stojąc tam, czuł, jak napięcie odpływa z jego ciała, mdląca fala wyczerpania wstrząsa wnętrzem. Tyle dziwnych uczuć ściskało mu piersi. Był zmęczony, głodny i niewyspany, szedł Ścieżką Oświecenia, przeżył wstrząs spowodowany dwoma brutalnymi morderstwami. Czuł coraz większe przerażenie na myśl o możliwym rozwiązaniu tego dramatu.

Myśl, powtarzał sobie. Jednak w umyśle miał kompletną pustkę. Kiedy spłukiwał toaletę, uderzyła go nagła myśl. Przecież to toaleta papieża. Właśnie się wysikałem do toalety papieża. Musiał się roześmiać. Święty tron.

Rozdział 78

W siedzibie BBC w Londynie pracownica techniczna wyjęła kasetę wideo z odbiornika satelitarnego i ruszyła biegiem przez sterownię. Wpadła do gabinetu kierownika redakcji, wcisnęła kasetę do jego magnetowidu i włączyła odtwarzanie.

Kiedy taśma się kręciła, opowiedziała mu o rozmowie, jaką właśnie odbyła z Guntherem Glickiem z Watykanu. Poza tym, z archiwów fotografii otrzymała już potwierdzenie tożsamości ofiary z placu Świętego Piotra.

Kierownik wyszedł z gabinetu, uderzając w dzwonek. Wszyscy w redakcji zamarli.

— Na żywo za pięć minut — zagrzmiał. — Prezenter, przygotować się! Koordynatorzy do spraw mediów, połączyć się ze swoimi kontaktami! Mamy historię na sprzedaż! I film!

Koordynatorzy natychmiast sięgnęli po swoje kartoteki wizytówek.

— Dane o filmie — krzyknął jeden z nich.

— Trzydziestosekundowy skrót — odparł ich szef.

— Treść?

— Zabójstwo na żywo.

Ta wiadomość dodała koordynatorom ducha.

— Cena za wykorzystanie i licencję?

— Milion dolarów.

Podniosły się wszystkie głowy.

— Co?

— Słyszeliście! Chcę mieć samą górę. CNN, MSNBC i wielką trójkę! Zaoferuj im możliwość obejrzenia zwiastuna przez łącze modemowe. Daj im pięć minut, żeby zdążyli wejść w ten temat, zanim BBC to puści.

— A co właściwie się stało? — spytał ktoś. — Obdarli premiera żywcem ze skóry?

Kierownik potrząsnął przecząco głową.

— Jeszcze lepiej.

W tym samym czasie gdzieś w Rzymie Asasyn delektował się krótką chwilą wypoczynku w wygodnym fotelu. Podziwiał legendarną komnatę, w której się znajdował. Siedzę w Kościele Oświecenia, myślał. W miejscu tajnych spotkań iluminatów. Nie mógł uwierzyć, że po upływie tylu wieków wszystko to przetrwało.

Po chwili sięgnął po telefon, żeby zadzwonić do reportera BBC, z którym wcześniej rozmawiał. Nadeszła odpowiednia pora. Świat miał jeszcze usłyszeć wieści najbardziej szokujące ze wszystkich dotychczasowych.

Rozdział 79

Vittoria Vetra popijała wodę i skubała z nieobecną miną jeden z rogalików przyniesionych przed chwilą przez gwardzistę. Wiedziała, że powinna jeść, ale zupełnie nie miała apetytu. Gabinet papieża rozbrzmiewał teraz gwarem napiętych głosów. Kapitan Rocher i komendant Olivetti wraz z kilkoma innymi gwardzistami oceniali poniesione straty i dyskutowali nad następnym posunięciem.

Robert Langdon stał w pobliżu, wyglądając z przygnębioną miną na plac Świętego Piotra. Vittoria podeszła do niego.

— Masz jakiś pomysł?

Potrząsnął przecząco głową.

— Rogalika?

Na widok jedzenia jego nastrój nieco się poprawił.

— Pewnie. Dzięki. — Zaczął łapczywie jeść.

Rozmowa za ich plecami nagle przycichła, kiedy do pokoju wszedł kamerling Ventresca eskortowany przez dwóch gwardzistów. Przedtem kamerling wyglądał na wyczerpanego, pomyślała Vittoria, ale teraz sprawia wrażenie, jakby był całkowicie pusty w środku.

— Co się stało? — zapytał Ventresca, zwracając się do Olivettiego. Z jego miny było jednak widać, że najgorsze już mu powiedziano.

Sprawozdanie komendanta brzmiało jak raport o poniesionych stratach. Przedstawił fakty jasno i beznamiętnie.

— Kardynała Ebnera znaleziono martwego w kościele Santa Maria del Popolo tuż po godzinie dwudziestej. Został uduszony i wypalono mu na piersi ambigram utworzony ze słowa *Earth*. Kardynał Lamassé został zamordowany na placu Świętego Piotra dziesięć minut temu. Przyczyną śmierci mogły być rany kłute klatki piersiowej. Napiętnowano go ambigramem słowa *Air*. W obu wypadkach sprawca uciekł.

Kamerling przeszedł przez pokój i usiadł ciężko za biurkiem papieża. Pochylił głowę.

— Jednak kardynałowie Guidera oraz Baggia nadal żyją.

Ventresca gwałtownie uniósł głowę. Na jego twarzy malował się wyraz cierpienia.

— To ma być dla nas pociechą? Dwaj kardynałowie zostali zamordowani, komendancie. A pozostali dwaj też długo nie pożyją, jeśli pan ich nie znajdzie.

— Znajdziemy ich — zapewnił go Olivetti. — Jestem tego pewien.

— Pewien? Dotychczas ponosimy same porażki.

— Nieprawda. Przegraliśmy dwie potyczki, ale wygrywamy wojnę. Iluminaci chcieli zamienić ten wieczór w cyrk dla mediów, lecz jak dotąd, udaje nam się psuć im szyki. Ciała obu kardynałów zabraliśmy bez żadnej sensacji. Poza tym — ciągnął — kapitan Rocher informuje mnie, że robi bardzo duże postępy w poszukiwaniach antymaterii.

Kapitan Rocher w swym nieodłącznym czerwonym berecie wystąpił krok naprzód. Vittoria pomyślała sobie, że wygląda on bardziej ludzko niż pozostali strażnicy. Też jest surowy, ale nie tak sztywny. Głos kapitana był dźwięczny i czysty, jak głos skrzypiec.

— Mam nadzieję, że odnajdziemy pojemnik w ciągu godziny, *signore*.

— Kapitanie — odparł kamerling — przykro mi, że nie wyrażam entuzjazmu, ale zrozumiałem wcześniej, że przeszukanie Watykanu zajmie znacznie więcej czasu, niż w ogóle posiadamy.

— Pełne przeszukanie, owszem. Jednak po analizie sytuacji jestem przekonany, że antymaterię umieszczono w jednej z naszych białych stref, czyli sektorów dostępnych dla publiczności, takich jak bazylika i Muzea Watykańskie. Wyłączyliśmy już zasilanie elektryczne w tych strefach i prowadzimy poszukiwania.

— Czyli zamierzacie przeszukać tylko niewielką część miasta?

— Tak, *signore*. Jest raczej nieprawdopodobne, żeby intruz przedostał się do zamkniętych stref Watykanu. Brakująca kamera została ukradziona z publicznego miejsca.. klatki schodowej jednego z muzeów... co sugeruje, że intruz ma ograniczony dostęp. Dlatego mógł umieścić kamerę i antymaterię tylko w innym powszechnie dostępnym miejscu. Nasze poszukiwania skupiamy na tych właśnie strefach.

— Ale ten intruz uprowadził czterech kardynałów. Przecież to wskazuje na głębszą infiltrację, niż nam się wydawało.

— Niekoniecznie. Należy pamiętać, że kardynałowie spędzili większość dzisiejszego dnia w Bazylice Świętego Piotra i w Muzeach Watykańskich, chcąc wykorzystać to, że nie ma w nich tłumów. Prawdopodobnie zostali porwani z jednego z tych miejsc.

— Ale jak ich wyprowadzono poza obręb murów?

— Nadal to analizujemy.

— Rozumiem. — Kamerling odetchnął głęboko i wstał. Podszedł do Olivettiego. — Komendancie, czy mógłby mi pan przedstawić plan na wypadek ewakuacji?

— Nadal go jeszcze dopracowujemy, *signore*. Ufam, że w tym czasie kapitan Rocher znajdzie pojemnik.

Kapitan stuknął obcasami, jakby w podziękowaniu za okazane zaufanie.

— Moi ludzie przeszukali już dwie trzecie białych stref. Szanse są bardzo duże.

Jednak kamerling najwyraźniej nie podzielał tej pewności.

W tej chwili do gabinetu wszedł gwardzista z blizną pod okiem, niosąc tablicę i mapę. Podszedł do Langdona.

— Pan Langdon? Mam informacje na temat *West Ponente*, o które pan prosił.

Langdon przełknął kęs rogalika.

— Świetnie. Spójrzmy na nie.

Pozostali nadal rozmawiali, natomiast Vittoria dołączyła do strażnika i Langdona, którzy rozkładali właśnie mapę na biurku papieża.

Gwardzista wskazał na mapie plac Świętego Piotra.

— Tutaj jesteśmy. Linia poprowadzona przez środek oddechu *West Ponente* wskazuje dokładnie na wschód, w stronę przeciwną niż Watykan. — Mężczyzna pokazał palcem linię wiodąca od placu przez Tyber prosto do serca starego Rzymu. — Jak widać, linia ta przechodzi przez niemal cały Rzym. Po drodze można znaleźć około dwudziestu kościołów katolickich.

Langdonowi opadły ręce.

— Dwudziestu?

— Może nawet więcej.

— Czy któryś z nich wypada dokładnie na linii?

— Niektóre są bliżej niż inne — wyjaśnił gwardzista — ale nie da się na tyle dokładnie określić położenia *West Ponente* na planie, żeby nie pozostał margines błędu.

Langdon wyjrzał ponownie przez okno na plac. Potem skrzywił się, pocierając w zamyśleniu podbródek.

— A co z ogniem? Czy w którymś z nich znajdują się dzieła Berniniego mające coś wspólnego z ogniem?

Odpowiedziało mu milczenie.

— A obeliski? — próbował dalej. — Czy któreś z tych kościołów znajdują się w pobliżu obelisków?

Strażnik zaczął sprawdzać na mapie.

Vittoria dostrzegła w oczach Langdona błysk nadziei i zrozumiała, o czym myśli. Ma rację! Dwa pierwsze znaczniki znajdowały się w sąsiedztwie obelisków! Może obeliski to temat przewodni tych poszukiwań? Wydłużone piramidy znaczące ścieżkę iluminatów? Im dłużej o tym myślała, tym bardziej przekonujący wydawał się ten pomysł... zupełnie jak cztery latarnie morskie wznoszące się nad Rzymem, by pokazać, gdzie znajdują się ołtarze nauki.

— To dość luźne skojarzenie — stwierdził Langdon — ale wiem, że wiele rzymskich obelisków zostało ustawionych lub przeniesionych w czasach Berniniego. Niewątpliwie miał swój udział w decyzjach o ich rozmieszczeniu.

— Albo — zauważyła Vittoria — Bernini mógł umieścić swoje znaczniki w pobliżu już istniejących obelisków.

Langdon skinął głową.

— To prawda.

— Niedobrze — odezwał się strażnik. — Na tej linii nie ma żadnych obelisków. — Przesunął palcem po mapie. — Nie ma też w pobliżu. Nic.

Langdon westchnął.

Vittoria przygarbiła się. Była przekonana, że to obiecujący pomysł. Najwyraźniej to nie będzie takie proste, jak liczyli. Mimo wszystko, starała się zachować pozytywne nastawienie.

— Robercie, myśl. Z pewnością znasz jakąś rzeźbę Berniniego mającą związek z ogniem. Cokolwiek.

— Wierz mi, że cały czas myślę. Bernini był jednak niesamowicie płodny. Stworzył setki dzieł. Miałem nadzieję, że *West Ponente* wskaże na konkretny kościół albo na coś, co obudzi jakieś skojarzenia.

— *Fuoco* — naciskała. — Ogień. Żadna nazwa dzieła ci się nie kojarzy?

Langdon wzruszył ramionami.

— Jest jego słynny szkic zatytułowany *Fajerwerki*, ale to nie rzeźba, a poza tym znajduje się w Lipsku, w Niemczech.

Vittoria zmarszczyła czoło.

— A jesteś pewien, że to właśnie oddech wskazuje kierunek?

— Sama widziałaś ten relief. Reszta była symetryczna, tylko oddech miał coś wspólnego z kierunkiem.

Wiedziała, że ma rację.

— Nie wspominając już o tym — dodał — że ponieważ *West Ponente* oznacza Powietrze, to wydaje się właściwe podążanie właśnie za oddechem.

Vittoria skinęła głową. To podążajmy za oddechem. Tylko dokąd?

W tej chwili podszedł do nich Olivetti.

— I co znaleźliście?

— Zbyt wiele kościołów — odparł jego podwładny. — Dwadzieścia kilka. Przypuszczam, że moglibyśmy rozmieścić po czterech ludzi w każdym kościele...

— Mowy nie ma — odparł komendant. — Ten facet już dwa razy nam uciekł, i to kiedy wiedzieliśmy, gdzie ma być. Gdybyśmy wysłali tylu ludzi, Watykan zostałby bez ochrony i opóźniłyby się poszukiwania antymaterii.

— Potrzebny nam jakiś informator — odezwała się Vittoria. — Spis dzieł Berniniego. Może przejrzenie tytułów nasunęłoby odpowiednie skojarzenie.

— No, nie wiem — stwierdził Langdon. — Jeśli Bernini stworzył to dzieło specjalnie dla iluminatów, może być bardzo mało znane. Jego tytułu może wcale nie być w takim indeksie.

Vittoria nie zgodziła się z nim.

— Tamte dwie rzeźby były dość znane. O obydwóch słyszałeś.

— No, niby tak.

— Jeśli przejrzymy tytuły, szukając związku z ogniem, może znajdziemy rzeźbę, która znajduje się w odpowiednim kierunku.

Langdon dał się przekonać, że warto spróbować. Zwrócił się do Olivettiego.

— Potrzebny mi spis dzieł Berniniego. Zapewne nie macie tu podręcznego albumu na jego temat?

— Podręcznego albumu?

— Mniejsza o to. Muszę mieć obojętne jaką listę. A co z Muzeami Watykańskimi? Tam z pewnością mają coś o Berninim.

— Jest tylko jeden problem — odezwał się gwardzista z blizną pod okiem. — W muzeum wyłączyliśmy prąd, a sala z rejestrami jest ogromna. Bez pomocy pracowników trudno będzie...

— Te prace, o których mowa — przerwał mu Olivetti — zostały stworzone w okresie, kiedy Bernini był zatrudniony tutaj, w Watykanie?

— Raczej tak — odparł Langdon. — On mieszkał tu niemal przez cały czas, gdy tworzył. A z całą pewnością w okresie, gdy miał miejsce konflikt z Galileuszem.

Komendant skinął z zadowoleniem głową.

— To w takim razie są jeszcze inne rejestry.

Vittoria poczuła przypływ nadziei.

— Gdzie?

Olivetti nie odpowiedział. Wziął na bok swojego podwładnego i przez chwilę rozmawiali przyciszonym tonem. Na twarzy gwardzisty malowała się niepewność, ale kiwał posłusznie głową. Kiedy komendant umilkł, strażnik zwrócił się do Langdona:

— Tędy, proszę, panie Langdon. Jest dziewiąta piętnaście. Musimy się pospieszyć.

Ruszyli ku drzwiom.

Vittoria chciała iść z nimi.

— Pomogę wam.

Nie zdążyła, gdyż Olivetti złapał ją za ramię.

— Nie, panno Vetra. Muszę z panią porozmawiać. — Jego uścisk był bardzo stanowczy.

Langdon z gwardzistą wyszli. Olivetti z kamiennym wyrazem twarzy odprowadził dziewczynę na bok. Jednak nie miał okazji powiedzieć jej tego, o co mu chodziło. Jego radiotelefon szczęknął głośno.

— *Commandante?*

Wszyscy zebrani w gabinecie obrócili się w jego kierunku.

Głos dobiegający z telefonu brzmiał ponuro.

— Myślę, że powinien pan włączyć telewizor.

Rozdział 80

Kiedy przed dwiema godzinami Langdon wychodził z tajnych archiwów, nawet na myśl mu nie przyszło, że jeszcze kiedyś je zobaczy. Teraz zadyszany — gdyż przez całą drogę biegli — znalazł się znowu pod znajomym budynkiem.

Eskortujący go strażnik z blizną pod okiem prowadził teraz pomiędzy rzędami półprzejrzystych boksów. Cisza panująca w pomieszczeniu wydawała się Langdonowi złowieszcza i ucieszył się, kiedy jego przewodnik ją przerwał.

— Myślę, że to tam — zaprowadził go na koniec pomieszczenia, w którym pod ścianą znajdował się szereg mniejszych boksów. Przebiegł spojrzeniem po tabliczkach i w końcu wskazał Langdonowi jeden z nich. — Tak, to jest tutaj. Dokładnie tu, gdzie mówił komendant.

Langdon odczytał napis. ATTIVI VATICANI. Aktywa watykańskie? Przejrzał pobieżnie spis zawartości. Nieruchomości... waluta... Bank Watykański... starożytności... Lista ciągnęła się i ciągnęła.

— Dokumenty całego watykańskiego majątku — wyjaśnił gwardzista.

Langdon przyjrzał się boksowi. Jezu. Nawet przy panującej w nim ciemności widać było, że jest dokładnie wypełniony.

— Komendant powiedział, że wszystko, co Bernini stworzył pod patronatem Watykanu, musi być tu wymienione jako majątek.

Langdon skinął głową i uświadomił sobie, że komendant może mieć rację. W czasach Berniniego wszystko, co artyści tworzyli pod patronatem papieża, stawało się, zgodnie z prawem, własnością Watykanu. Przypominało to bardziej rządy feudalne niż patronat, ale najlepsi artyści żyli w doskonałych warunkach i nie uskarżali się specjalnie na ten system.

— Włącznie z dziełami znajdującymi się poza granicami Watykanu? — spytał.

Strażnik rzucił mu dziwne spojrzenie.

— Oczywiście. Wszystkie katolickie kościoły w Rzymie są własnością Watykanu.

Langdon spojrzał na trzymaną w ręku listę. Zawierała ona nazwy ponad dwudziestu kościołów znajdujących się na linii wyznaczonej przez powiew *West Ponente*. Jeden z nich stanowił trzeci ołtarz nauki i Langdon miał tylko nadzieję, że zdąży odgadnąć który. W innych okolicznościach chętnie sprawdziłby osobiście wszystkie kościoły po kolei. Dziś jednak miał około dwudziestu minut, żeby odkryć to, czego szuka — kościół, w którym mieści się hołd Berniniego dla ognia.

Podszedł do obracanych elektronicznie drzwi boksu, natomiast strażnik został tam, gdzie stał. Langdon wyczuł w jego zachowaniu niepewność, więc uśmiechnął się do niego uspokajająco.

— Powietrze jest tam w porządku. Trochę rzadkie, ale można nim oddychać.

— Otrzymałem rozkaz, żeby zaprowadzić pana tutaj i bezzwłocznie wrócić do komendy.

— Pan odchodzi?

— Tak. Gwardia szwajcarska nie ma zezwolenia na wchodzenie do archiwów. Złamałem przepisy, odprowadzając pana tak daleko. Komendant mnie o tym uprzedził.

— Złamał pan przepisy? — Czy ty w ogóle masz pojęcie, co tu dzisiaj się dzieje? — Po czyjej stronie jest pański cholerny komendant?!

Z twarzy strażnika zniknął przyjacielski wyraz. Blizna pod okiem się wykrzywiła, a on wpatrzył się gniewnie w Langdona, do złudzenia przypominając teraz Olivettiego.

— Przepraszam — odezwał się Langdon, który zdążył już pożałować swojej uwagi. — Po prostu... przydałaby mi się pomoc.

Gwardzista nawet nie mrugnął.

— Zostałem wyszkolony tak, by słuchać rozkazów, a nie o nich dyskutować. Kiedy pan znajdzie to, czego szuka, proszę natychmiast skontaktować się z komendantem.

Langdon zdenerwował się.

— A gdzie mam go szukać?

Strażnik odpiął od paska radiotelefon i położył na stojącym obok stoliku.

— Kanał pierwszy — oznajmił i zniknął w mroku.

Rozdział 81

Telewizor w gabinecie papieża okazał się ogromnych rozmiarów odbiornikiem marki Hitachi. Normalnie stał ukryty w szafce ściennej naprzeciw biurka. Teraz drzwi szafy otwarto i wszyscy zebrali się wokół niej. Vittoria również się przysunęła. Kiedy ekran się rozjaśnił, ukazała się młoda reporterka — brunetka o sarnich oczach.

— Dla wiadomości MSNBC — oznajmiła — mówi Kelly Horan-Jones, na żywo z Waszyngtonu. — W tle widać było rzęsiście oświetloną Bazylikę Świętego Piotra.

— Wcale nie jesteś na żywo — warknął Rocher. — To nagrane zdjęcia! Światła bazyliki są teraz wyłączone.

Olivetti uciszył go syknięciem.

Reporterka mówiła dalej, a w jej głosie słychać było napięcie.

— Szokujące zdarzenia podczas dzisiejszego wyboru papieża. Otrzymaliśmy doniesienie, że dwóch członków Kolegium Kardynalskiego zostało dziś brutalnie zamordowanych w Rzymie.

Olivetti zaklął pod nosem.

Kiedy dziennikarka kontynuowała swoją relację, w drzwiach ukazał się zadyszany gwardzista.

— Komendancie, z centrali telefonicznej zawiadomili, że wszystkie linie są zajęte. Wszyscy żądają od nas oficjalnego stanowiska na temat...

— Rozłączcie ich — polecił Olivetti, nie odrywając wzroku od ekranu.

Gwardzista spojrzał niepewnie.

— Ale, komendancie...

— Idź!

Strażnik wybiegł.

Vittoria wyczuła, że kamerling chciał coś powiedzieć, ale się powstrzymał. Zamiast tego przez dłuższą chwilę przyglądał się Olivettiemu surowym wzrokiem, zanim znów przeniósł spojrzenie na ekran.

MSNBC prezentowała teraz film. Gwardziści szwajcarscy znosili ciało kardynała Ebnera po schodach kościoła Santa Maria del Popolo i wkładali je do alfy romeo. Obraz zamarł i pokazano zbliżenie, gdy nagie ciało kardynała stało się widoczne tuż przed włożeniem go do bagażnika.

— Kto, u diabła, to nakręcił? — spytał zdenerwowany Olivetti.

— Prawdopodobnie jest to ciało kardynała Ebnera z Frankfurtu w Niemczech — relacjonowała dalej reporterka. — Mężczyźni wynoszący jego ciało z kościoła to najprawdopodobniej członkowie gwardii szwajcarskiej. — Reporterka sprawiała wrażenie, jakby usilnie starała się wyglądać na odpowiednio poruszoną. Pokazano zbliżenie jej twarzy, która przybrała jeszcze poważniejszy wyraz. — Obecnie MSNBC pragnie przestrzec swoich odbiorców. Materiały, które za chwilę pokażemy, są wyjątkowo drastyczne i mogą nie odpowiadać niektórym widzom.

Vittoria chrząknęła pogardliwie na myśl o udawanej trosce stacji o wrażliwość widzów. Od razu zorientowała się, czym ona w istocie jest — najwyższym stopniem zachęty. Nikt nigdy nie zmieniał kanału po takiej zapowiedzi.

Po chwili dziennikarka stwierdziła to całkiem wyraźnie:

— Jeszcze raz powtarzam, że zdjęcia, które za chwilę pokażemy, mogą się okazać zbyt szokujące dla niektórych widzów.

— Jakie zdjęcia? — dopytywał się Olivetti. — Przecież przed chwilą pokazaliście...

W tym momencie na ekranie pojawiła się para przemykająca się przez tłum na placu Świętego Piotra. Vittoria natychmiast rozpoznała siebie i Langdona. W narożniku ekranu widniał napis: DZIĘKI UPRZEJMOŚCI BBC. Słychać było bicie dzwonu.

— O, nie — odezwała się na głos Vittoria. — O, nie.

Na twarzy kamerlinga odmalowało się zdziwienie. Odwrócił się do komendanta:

— Przecież mówił pan, że skonfiskowaliście tę taśmę!

Nagle z telewizora rozległ się krzyk dziecka. Obraz przeszedł w ujęcie panoramiczne, które ukazało małą dziewczynkę wskazującą na zakrwawionego mężczyznę wyglądającego na bezdomnego. Następnie w kadrze pojawił się Robert Langdon, próbujący pomóc dziewczynce. Kamera pokazała zbliżenie.

Wszyscy zebrani w gabinecie papieża przyglądali się w pełnym grozy milczeniu scenom rozgrywającym się przed ich oczami. Ciało kardynała upadło twarzą prosto na chodnik. Pojawiła się Vittoria wykrzykująca rozkazy. Widać było krew. Potem wypalone piętno. Upiorna, nieudana próba sztucznego oddychania.

— Ten szokujący materiał został sfilmowany zaledwie kilka minut temu przed Watykanem — mówiła dalej reporterka. — Nasze źródła podają, że jest to ciało kardynała Lamasségo z Francji. Jak doszło do tego, że ubrany w ten sposób znalazł się na placu i dlaczego nie uczestniczył w konklawe, pozostaje tajemnicą. Na razie Watykan odmawia komentarzy. — Na ekranie pojawił się ten sam materiał od początku.

— Odmawia komentarzy? — odezwał się Rocher. — Dajcie nam cholerną minutę!

Reporterka mówiła nadal, marszcząc z przejęcia brwi.

— Chociaż MSNBC musi jeszcze potwierdzić, jakie motywy kryją się za tym atakiem, nasze źródła donoszą, że do odpowiedzialności za morderstwa przyznała się grupa o nazwie Iluminaci.

Olivetti wybuchnął:

— Co?!

— ...więcej o bractwie iluminatów na naszej stronie internetowej pod adresem...

— Non é possibile! — oświadczył Olivetti i przełączył kanał.

Ta stacja miała reportera mężczyznę o wyraźnie latynoskim pochodzeniu.

— ...kult satanistyczny noszący nazwę iluminaci, który według niektórych historyków...

Olivetti zaczął w szaleńczym tempie naciskać kolejne przyciski pilota. Na każdym kanale trafiał na relację na żywo, większość z nich po angielsku.

— ...gwardię szwajcarską wynoszącą ciało z kościoła wcześniej dzisiejszego wieczoru. Ciało jest prawdopodobnie ciałem kardynała...

— ...światła w bazylice i muzeach są wyłączone, co może sugerować...

— ...porozmawiamy ze znawcą teorii spiskowych, Tylerem Tingleyem, na temat tego szokującego ujawnienia się...

— ...plotki o dwóch następnych morderstwach zaplanowanych na późniejsze godziny dzisiejszego wieczoru...

— ...pojawia się pytanie, czy typowany na papieża kardynał Baggia jest również wśród zaginionych...

Vittoria odwróciła się. Wszystko działo się tak szybko. Za oknem w zapadającym zmroku surowy magnetyzm ludzkiej tragedii przyciągał ludzi do Watykanu. Tłum na placu gęstniał z chwili na chwilę. Piesi napływali całymi strumieniami, a nowe zastępy dziennikarzy rozładowywały furgonetki i wykłócały się o miejsce na placu Świętego Piotra.

Komendant odłożył pilota i zwrócił się do kamerlinga:

— *Signore*, nie mam najmniejszego pojęcia, jak mogło do tego dojść. Zabraliśmy taśmę, która znajdowała się w kamerze! Kamerling był chwilowo zbyt osłupiały, żeby mu odpowiedzieć. Nikt nic nie mówił. Gwardziści szwajcarscy stali sztywno na baczność.

— Wygląda na to — odezwał się w końcu kamerling, który wydawał się zbyt zdruzgotany, by się gniewać — że nie opanowaliśmy tego kryzysu w takim stopniu, jak mnie zapewniano. — Wyjrzał przez okno na gromadzący się tłum. — Muszę do nich przemówić.

Olivetti potrząsnął głową.

— Nie, *signore*. Iluminatom o to właśnie chodzi. Potwierdzi to i usankcjonuje ich istnienie. Musimy zachować milczenie.

— A ci ludzie? — Kamerling wskazał za okno. — Niedługo zbiorą się tu dziesiątki tysięcy. Potem setki tysięcy. Jeśli będziemy kontynuowali tę grę, narazimy ich na niebezpieczeństwo. Muszę ich ostrzec. Potem trzeba ewakuować nasze Kolegium Kardynalskie.

— Jeszcze mamy czas. Pozwólmy kapitanowi Rocherowi odnaleźć antymaterię.

Kamerling odwrócił się.

— Czy próbuje pan wydawać mi rozkazy?

— Nie, udzielam tylko rady. Jeśli martwi się pan o tych ludzi, możemy ogłosić, że nastąpił wyciek gazu, i opróżnić teren, ale przyznanie się, że staliśmy się zakładnikami, jest niebezpieczne.

— Komendancie, powiem to tylko raz. Nie wykorzystam tego urzędu jako ambony do wygłaszania kłamstw. Jeśli cokolwiek ogłoszę, będzie to prawda.

— Prawda? Powie ojciec, że terroryści sataniści grożą zniszczeniem Watykanu? To tylko osłabi naszą pozycję.

W oczach kamerlinga zapłonął gniew.

— Czy nasza pozycja może być jeszcze słabsza?

Nagle rozległ się okrzyk Rochera, który złapał pilota i zwiększał właśnie głośność w telewizorze. Wszyscy odwrócili się w tym kierunku.

Reporterka MSNBC była teraz naprawdę zdenerwowana. Na ekranie widniało obok niej zdjęcie zmarłego papieża.

— ...sensacyjną informację. Otrzymaliśmy ją przed chwilą z BBC... — Zerknęła poza kamerę, jakby szukając potwierdzenia, że rzeczywiście ma to powiedzieć. Najwyraźniej je otrzymała, gdyż z ponurą miną ponownie zwróciła się do widzów: — Iluminaci właśnie oświadczyli, że ponoszą odpowiedzialność za... — Zawahała się. — Twierdzą, że ponoszą odpowiedzialność za śmierć papieża, która miała miejsce piętnaście dni temu.

Kamerling zastygł z otwartymi ustami.

Rocher rzucił pilota.

Do Vittorii z trudem docierała treść informacji.

— Zgodnie z prawem watykańskim — ciągnęła dziennikarka — nigdy nie przeprowadza się oficjalnej autopsji papieża, toteż oświadczenie iluminatów nie może zostać potwierdzone. Niemniej jednak utrzymują oni, że przyczyną śmierci ostatniego papieża nie był udar, jak twierdzi Watykan, lecz otrucie.

W pokoju ponownie zapanowała całkowita cisza.

W końcu Olivetti nie wytrzymał:

— Przecież to szaleństwo! Łżą w żywe oczy!

Rocher zaczął przerzucać kanały. Oświadczenie rozprzestrzeniało się od stacji do stacji jak zaraza. Wszyscy relacjonowali to samo. Redakcje prześcigały się w jak najbardziej sensacyjnych nagłówkach.

MORDERSTWO W WATYKANIE
PAPIEŻ OTRUTY
SZATAN UDERZA W DOM BOŻY

Kamerling odwrócił wzrok.

— Boże, pomóż nam.

Rocher podczas przeskakiwania przez kanały natrafił w pewnej chwili na BBC.

— ...poinformował mnie o morderstwie w kościele Santa Maria del Popolo...

— Chwileczkę! — krzyknął Ventresca. — Cofnij!

Kapitan posłusznie wrócił na poprzedni kanał. Zobaczyli świętoszkowatego mężczyznę siedzącego za pulpitem studia wiadomości BBC. Nad jego ramieniem widniało nałożone zdjęcie dziwnie wyglądającego mężczyzny z rudą brodą z podpisem GUNTHER GLICK — NA ŻYWO Z WATYKANU. Glick najwyraźniej relacjonował przez telefon, na linii słychać było trzaski.

— ...towarzysząca mi operatorka sfilmowała wynoszenie kardynała z kaplicy Chigich.

— Pozwól, że podsumuję dla naszych widzów — przerwał mu prezenter z Londynu. — Reporter BBC Gunther Glick jako pierwszy ujawnił tę sprawę. Do tej pory dwukrotnie rozmawiał przez telefon z człowiekiem, który podaje się za mordercę działającego na zlecenie iluminatów. Gunther, mówiłeś, że zabójca dzwonił dosłownie chwilę temu, żeby przekazać informację od bractwa?

— Tak.

— A wiadomość brzmiała, że iluminaci są odpowiedzialni za śmierć papieża? — W głosie prezentera słychać było niedowierzanie.

— Zgadza się. Mój rozmówca oświadczył, że śmierć papieża nie była spowodowana udarem, tak jak sądzi Watykan, tylko że otruli go iluminaci.

Wszyscy obecni w gabinecie papieża zamarli.

— Otruli? — dopytywał się prowadzący. — Ale... ale jak?

— Nie podał szczegółów — odparł Glick. — Stwierdził tylko, że zabili go za pomocą lekarstwa o nazwie... — dał się słyszeć szelest wertowanych kartek — czegoś, co się nazywa heparyna.

Kamerling, Olivetti i Rocher wymienili pełne niedowierzania spojrzenia.

— Heparyna? — powtórzył wytrącony z równowagi kapitan. — Ale czy to nie...

Ventresca zbladł.

— To lekarstwo, które przyjmował papież.

— Papież był na heparynie? — spytała oszołomiona Vittoria.

— Miał zakrzepowe zapalenie żył — wyjaśnił kamerling. — Raz dziennie dostawał zastrzyk.

Rocher z wyrazem osłupienia na twarzy spytał:

— Ale przecież heparyna nie jest trucizną. Dlaczego iluminaci twierdzą...

— Heparyna jest śmiertelnie niebezpieczna przy nieodpowiedniej dawce — wyjaśniła Vittoria. — Jest bardzo silnym antykoagulantem. Nadmierna dawka powoduje rozległe krwawienie wewnętrzne i krwotok mózgowy.

Olivetti spojrzał na nią podejrzliwie.

— A skąd pani o tym wie?

— Biolodzy morscy podają ją ssakom morskim trzymanym w niewoli, żeby zapobiegać tworzeniu się skrzepów krwi w wyniku obniżonej aktywności. Zdarzało się, że zwierzęta umierały po zastosowaniu niewłaściwej dawki. — Urwała. — Przedawkowanie heparyny powoduje u ludzi objawy, które można łatwo wziąć za udar mózgu, szczególnie jeśli nie przeprowadza się autopsji.

Na twarzy kamerlinga pojawił się wyraz głębokiego zaniepokojenia.

— *Signore* — odezwał się Olivetti — wyraźnie widać, że to tylko chwyt zastosowany przez iluminatów, żeby zyskać rozgłos. Niemożliwe, żeby ktoś podał papieżowi nadmierną dawkę. Nikt nie miał dostępu. A nawet gdybyśmy złapali się na tę przynętę i próbowali odeprzeć ich twierdzenie, to jak mielibyśmy to zrobić? Prawo apostolskie zabrania autopsji. Zresztą nawet gdyby wykonać sekcję zwłok, niczego się nie dowiemy. W jego ciele będzie heparyna, którą dostawał w codziennych zastrzykach.

— Słusznie. — Głos kamerlinga nabrał ostrzejszych tonów. — Jednak martwi mnie coś jeszcze. Nikt z zewnątrz nie wiedział, że Jego Świątobliwość przyjmuje ten lek.

Zapanowała cisza.

Przerwała ją Vittoria.

— Jeżeli nastąpiło przedawkowanie heparyny, to jego ciało wykaże tego oznaki.

Olivetti gwałtownie zwrócił się w jej kierunku.

— Panno Vetra, na wypadek jeśli pani mnie nie słuchała, jeszcze raz powtórzę. Prawo watykańskie zabrania sekcji zwłok papieża. Nie mamy zamiaru bezcześcić ciała Jego Świątobliwości przez rozcinanie go tylko dlatego, że wrogowie wygłaszają jakieś absurdalne oświadczenia.

Vittoria zawstydziła się.

— Nie chciałam sugerować... — Nie zamierzała okazać braku szacunku. — Absolutnie nie chciałam sugerować ekshumacji ciała papieża... — Zawahała się, gdyż przez myśl przebiegło jej coś, co Robert powiedział w kaplicy Chigich. Wspomniał wówczas, że papieskie sarkofagi zawsze stawiano powyżej powierzchni ziemi i nigdy nie zamykano ich na stałe, co było pozostałością wierzeń z czasów faraonów, kiedy uważano, że zapieczętowanie trumny i pochowanie jej w ziemi powoduje uwięzienie duszy zmarłego. W rezultacie do zamknięcia trumny wykorzystywano siłę ciężkości, zakładając na sarkofagi wieka ważące setki kilogramów. Technicznie, uświadomiła sobie, byłoby możliwe...

— Jakie oznaki? — przerwał jej rozmyślania głos kamerlinga.

Vittoria poczuła, że serce zabiło jej mocniej z lęku.

— Nadmierna dawka powoduje krwawienie błon śluzowych w ustach.

— Błon śluzowych?

— Dziąsła ofiary krwawią. Po śmierci krew krzepnie, co spra-

332

wia, że wnętrze ust robi się czarne. — Vittoria widziała kiedyś zdjęcie zrobione w akwarium w Londynie, gdzie parze orek omyłkowo zaaplikowano nadmierną dawkę heparyny. Orki unosiły się bezwładnie w basenie, miały otwarte pyski, z których zwieszały się czarne jak sadza języki.

Kamerling nie odpowiedział. Odwrócił się i zaczął wyglądać przez okno.

Rocher stracił swój optymizm.

— *Signore*, jeśli to twierdzenie o otruciu jest prawdziwe...

— Nie jest prawdziwe — oświadczył Olivetti. — Nikt obcy nie mógł mieć dostępu do papieża.

— Jeśli to twierdzenie jest prawdziwe — powtórzył Rocher — i Ojciec Święty został otruty, to wynika z tego istotny wniosek, jeśli chodzi o poszukiwania antymaterii. Oznacza to bowiem, że infiltracja Watykanu jest znacznie głębsza, niż nam się wydawało. W takiej sytuacji przeszukanie białych stref nie wystarczy i możemy nie odnaleźć pojemnika na czas.

Olivetti zmierzył kapitana chłodnym spojrzeniem.

— Kapitanie, powiem panu, co będzie.

— Nie — odezwał się kamerling, odwracając się nagle od okna. — To ja powiem panu, co będzie. — Spojrzał wprost na Olivettiego. — To wszystko zaszło już za daleko. Za dwadzieścia minut podejmę decyzję, czy odwołać konklawe i ewakuować Watykan. Moja decyzja będzie ostateczna. Czy to jasne?

Olivetti nawet nie mrugnął. I nie odpowiedział.

Ventresca przemawiał teraz zdecydowanym tonem, jakby korzystał z ukrytych zasobów siły.

— Kapitanie Rocher, zakończy pan przeszukiwanie białych stref, a kiedy pan skończy, poinformuje bezpośrednio mnie.

Rocher skinął głową i rzucił komendantowi niepewne spojrzenie.

Kamerling wskazał na dwóch gwardzistów.

— Chcę mieć tu natychmiast tego reportera BBC, Glicka. Skoro iluminaci się z nim kontaktowali, może będzie mógł nam jakoś pomóc. Idźcie.

Obaj żołnierze natychmiast wyruszyli.

Ventresca odwrócił się teraz do pozostałych gwardzistów.

— Panowie, nie pozwolę, aby jeszcze ktokolwiek stracił życie dzisiejszego wieczoru. Do dziesiątej macie zlokalizować pozostałych dwóch kardynałów i pojmać potwora odpowiedzialnego za te morderstwa. Czy wyrażam się jasno?

— Ale, *signore* — zaoponował Olivetti — nie mamy pojęcia, gdzie...

333

— Pan Langdon już nad tym pracuje. On jest kompetentny. Wierzę w niego.

Z tymi słowy kamerling ruszył zdecydowanym krokiem w stronę drzwi. Po drodze wskazał trzech strażników.

— Wy trzej, chodźcie ze mną. Natychmiast.

Gwardziści posłusznie podążyli za nim.

Będąc już w drzwiach, Ventresca zatrzymał się jeszcze i zwrócił do Vittorii:

— Panno Vetra, pani też. Proszę iść ze mną.

Vittoria zawahała się.

— Dokąd idziemy?

Kamerling już wychodził.

— Zobaczyć starego przyjaciela.

Rozdział 82

W CERN-ie sekretarka Sylvie Baudeloque siedziała głodna i marzyła o pójściu do domu. Ku jej rozczarowaniu, Kohler przeżył swoją podróż do szpitala. Zdążył już zadzwonić i zażądać — nie poprosić, tylko zażądać — żeby została dłużej tego wieczoru. Oczywiście bez żadnych wyjaśnień.

Przez lata Sylvie nauczyła się ignorować dziwaczne zachowania i zmiany nastrojów dyrektora — nieodzywanie się do niej czy denerwującą skłonność do potajemnego filmowania spotkań za pomocą zamontowanej na wózku kamery wideo. Miała w duchu nadzieję, że któregoś dnia postrzeli się podczas cotygodniowych ćwiczeń na strzelnicy CERN-u, ale najwyraźniej był dobrym strzelcem.

Siedząc teraz samotnie przy biurku, Sylvie słyszała, jak burczy jej w brzuchu. Kohler jeszcze nie wrócił i nie zlecił jej żadnej dodatkowej pracy na wieczór. Do diabła, nie będę się tu nudziła i umierała z głodu, pomyślała. Zostawiła mu wiadomość i ruszyła do stołówki dla pracowników, żeby szybko coś przegryźć.

Jednak nie udało jej się tam dotrzeć.

Kiedy mijała wypoczynkowe *suites de loisir* CERN-u — długi korytarz z szeregiem niewielkich pomieszczeń wyposażonych w telewizory — zauważyła, że w pokojach tłoczno jest od pracowników, którzy najwyraźniej zrezygnowali z posiłku, żeby obejrzeć wiadomości. Musiało dziać się coś niezwykłego. Weszła do pierwszej z brzegu salki. Ta akurat pełna była „bajtogłowych" — szalonych młodych programistów komputerowych. Kiedy zobaczyła napis na ekranie, przez chwilę nie mogła złapać tchu.

TERROR W WATYKANIE

Z niedowierzaniem słuchała relacji. Starożytne bractwo zabija kardynałów? Co chcą w ten sposób udowodnić? Swoją nienawiść? Dominację? Ignorancję? Ku jej zdumieniu, nastrój panujący w tym pokoju daleki był od powagi.

Dwóch młodych techników przebiegło obok, powiewając koszulkami, na których widniała podobizna Billa Gatesa i napis: ALBOWIEM DZIWACY ODZIEDZICZĄ ZIEMIĘ!

— Iluminaci! — krzyknął jeden z nich. — Mówiłem, że ci faceci istnieją!

— Niewiarygodne! Myślałem, że to tylko gra!

— Zabili papieża, człowieku! Papieża!

— Ludzie! Ciekawe, ile punktów dostaje się za coś takiego?

Odbiegli ze śmiechem.

Sylvie słuchała tego z osłupieniem. Jako katoliczka pracująca wśród naukowców stykała się czasem z antyreligijnymi szeptami, ale u tych dzieciaków widziała dosłownie euforię z powodu przegranej Kościoła. Jak mogą być tak bezduszni? Skąd ta nienawiść?

Dla Sylvie Kościół nie miał w sobie nic groźnego... był miejscem wspólnoty duchowej i zadumy nad sobą... a czasem po prostu miejscem, gdzie mogła sobie głośno pośpiewać, nie przyciągając zaciekawionych spojrzeń. To z Kościołem były związane najważniejsze momenty jej życia — pogrzeby, śluby, chrzciny, święta — a w zamian niczego od niej nie żądano. Nawet ofiary pieniężne były dobrowolne. Jej dzieci co tydzień wychodziły ze szkółki niedzielnej podniesione na duchu, z pomysłami, jak być grzeczniejszymi i lepiej pomagać innym. Co w tym ma być złego?

Nigdy nie przestało jej zdumiewać, że te tak zwane „genialne umysły" pracujące w CERN-ie nie rozumiały znaczenia Kościoła. Czy oni naprawdę sądzą, że przeciętnego człowieka mogą zainspirować mezony i kwarki? Albo że równania zastąpią potrzebę wiary w coś świętego?

Oszołomiona Sylvie ruszyła dalej korytarzem. Wszystkie sale telewizyjne były pełne ludzi. Zaczęła się zastanawiać nad wcześniejszym telefonem, który Kohler odebrał z Watykanu. Czyżby zbieg okoliczności? Może. Od czasu do czasu telefonowano z Watykanu do CERN-u — „kurtuazyjnie", jak to nazywano — żeby uprzedzić o kolejnym ostrym oświadczeniu potępiającym prowadzone tu badania. Ostatnio dotyczyło to nanotechnologii, dziedziny, którą Kościół potępił ze względu na jej skutki dla inżynierii genetycznej. W CERN-ie nie przejmowano się tym. Po każdym watykańskim wystąpieniu telefon dosłownie się urywał, gdyż wszystkie inwestujące w zaawansowane technologie firmy koniecznie chciały wykupić licencje na nowe odkrycie. „Nie ma czegoś takiego, jak zła prasa" powtarzał zawsze Kohler.

Sylvie zastanawiała się teraz, czy powinna zadzwonić do dyrektora na pager i kazać mu włączyć telewizor. Czy go to obchodzi? A może już słyszał? Oczywiście, że słyszał. Pewnie nagrywa sobie całą relację tą swoją dziwaczną miniaturową kamerą i uśmiecha się po raz pierwszy od Bóg wie kiedy.

Kiedy przeszła jeszcze kawałek, znalazła w końcu pokój, gdzie nastrój był zgaszony... niemal smutny. Siedzieli tu jedni z najstarszych i najbardziej szanowanych naukowców CERN-u. Nawet nie oderwali wzroku od ekranu, kiedy Sylvie wślizgnęła się do środka i usiadła.

W innym końcu CERN-u, w wyziębionym mieszkaniu Leonarda Vetry, Maximilian Kohler skończył czytać oprawiony w skórę dziennik, który wyjął z nocnego stolika. Teraz oglądał relację w telewizji. Po kilku minutach odłożył dziennik na miejsce, wyłączył telewizor i opuścił mieszkanie.

Tymczasem w Watykanie kardynał Mortati niósł do kominka Kaplicy Sykstyńskiej kolejną tacę z kartami do głosowania. Podpalił je, a dym, który uniósł się nad kaplicą, był znowu czarny.

Dwa głosowania. Brak papieża.

Rozdział 83

Światło latarek niknęło w przepastnej ciemności Bazyliki Świętego Piotra. Czarna przestrzeń nad głową ciążyła jak bezgwiezdna noc i Vittoria miała wrażenie, że rozciąga się wokół niej pustka, jak na bezkresnej przestrzeni oceanu. Trzymała się jak najbliżej gwardzistów, podczas gdy kamerling pędził naprzód. Wysoko nad nimi zagruchał gołąb, a potem rozległo się trzepotanie jego skrzydeł.

Jakby wyczuwając jej niepokój, kamerling zwolnił, tak że znalazł się obok, i położył rękę na jej ramieniu. Dotyk ten napełnił ją niemal namacalną siłą, jakby mężczyzna w magiczny sposób przekazywał jej spokój niezbędny do wykonania tego, co ich czekało.

Co my robimy? — pomyślała. Przecież to szaleństwo.

A jednak doskonale zdawała sobie sprawę, że to zadanie — mimo że świętokradcze i przerażające — musi zostać wykonane. Zanim kamerling podejmie tak brzemienne w skutki decyzje, niezbędne mu są informacje... spoczywające w tej chwili w sarkofagu w Grotach Watykańskich. Zastanawiała się, co znajdą. Czy iluminaci naprawdę zamordowali papieża? Czy ich wpływy sięgają aż tak daleko? Czyżbym miała przeprowadzić pierwszą autopsję papieża?

Pomyślała z ironią, że z większymi obawami porusza się w tym nieoświetlonym kościele, niż gdyby pływała w nocy z barakudą. Jednak natura była jej schronieniem. Naturę rozumiała, podczas gdy sprawy ludzkie i duchowe pozostawały dla niej tajemnicą. Dziennikarze czekający na placu kojarzyli jej się ze stadem drapieżnych ryb czyhających w ciemności na ofiarę. Pokazany w telewizji materiał filmowy przypomniał jej widok zwłok ojca... oraz chrapliwy śmiech mordercy. Zabójca gdzieś tam był. Vittoria poczuła, że jej strach zostaje wyparty przez gniew.

Kiedy okrążali kolumnę — o obwodzie większym niż jakakolwiek sekwoja — zobaczyła w pewnej odległości przed sobą pomarańczowy blask. Światło wydobywało się spod podłogi, mniej więcej na środku bazyliki. Kiedy podeszli bliżej, uświadomiła sobie, co widzi. Było to słynne, wpuszczone w podłogę sanktuarium poniżej głównego ołtarza — okazała podziemna komora, w której znajdowały się najświętsze watykańskie relikwie. Kiedy zrównali się z barierką zabezpieczającą otwór, Vittoria spojrzała w dół i ujrzała złotą skrzynię otoczoną dziesiątkami płonących lampek oliwnych.

— Kości świętego Piotra? — spytała, wiedząc doskonale, że tak jest. Każdy, kto przybywał do bazyliki, wiedział, co się znajduje w złotej szkatule.

— Prawdę mówiąc, nie — odparł kamerling. — Takie panuje błędne przekonanie. Tymczasem to nie jest relikwiarz. Skrzynia zawiera paliusze — tkane pasy, które papież wręcza nowo mianowanym kardynałom.

— Ale ja myślałam...

— Jak wszyscy. W przewodnikach ta komora opisywana jest jako grób świętego Piotra, jednak prawdziwy grób znajduje się dwa piętra pod nami, w ziemi. Odkryto go podczas prac wykopaliskowych w latach czterdziestych dwudziestego wieku. Nikt tam nie ma wstępu.

Vittorią wstrząsnęła ta informacja. Kiedy poszli dalej i ponownie pogrążyli się w ciemności, rozmyślała o historiach, jakie słyszała na temat pielgrzymów przebywających tysiące kilometrów, żeby spojrzeć na tę złotą kasetę... przekonanych, że stanęli nad szczątkami świętego Piotra.

— Czy Watykan nie powinien tego wyjaśnić?

— Wszyscy czerpiemy korzyści z poczucia obcowania ze świętością, nawet jeśli tylko ją sobie wyobrażamy.

Vittoria, jako naukowiec, nie mogła walczyć z rzeczowymi argumentami. Czytała przecież niezliczone relacje o efekcie placebo — na przykład aspirynie leczącej raka u ludzi, którzy wierzyli, że przyjmują cudowny lek. Czymże w końcu jest wiara?

— Zmiany — wyjaśnił kamerling — sprawiają Watykanowi trudność. Od wieków Kościół stara się unikać modernizacji czy przyznawania się do dawnych win. Jego Świątobliwość próbował to zmienić. — Urwał. — Starał się nawiązywać kontakt z nowoczesnym światem. Szukał nowych ścieżek do Boga.

Vittoria skinęła w ciemności głową.

— Takich jak nauka.

— Szczerze mówiąc, nauka jest tu nieistotna.

— Nieistotna? — Vittoria mogłaby podać wiele słów charakteryzujących naukę, ale we współczesnym świecie określenie „nieistotna" z pewnością by do nich nie należało.

— Nauka może uleczyć albo zabić. Wszystko zależy od duszy człowieka, który ją wykorzystuje. Mnie interesuje właśnie dusza.

— Kiedy ksiądz usłyszał głos powołania?

— Zanim się urodziłem.

Vittoria spojrzała na niego.

— Przepraszam, ale to zawsze wydaje mi się dziwnym pytaniem. Chodzi mi o to, że zawsze wiedziałem, iż będę służył Bogu. Od chwili, gdy zacząłem myśleć. Jednak dopiero jako młody człowiek, będąc w wojsku, w pełni zrozumiałem, na czym polega moje powołanie.

Vittorię to zaskoczyło.

— Był ksiądz w wojsku?

— Dwa lata. Nie zgodziłem się strzelać, więc kazali mi latać. Prowadziłem helikopter medyczny. Prawdę mówiąc, do dziś od czasu do czasu latam.

Vittoria starała się wyobrazić sobie młodego księdza za sterami helikoptera. O dziwo, przyszło jej to bez trudu. Kamerling Ventresca miał w sobie determinację, która uwypuklała jego przekonania.

— Czy pilotował ksiądz kiedyś helikopter z papieżem?

— Na Boga, nie. Ten cenny ładunek pozostawialiśmy profesjonalistom. Jednak Jego Świątobliwość pozwalał mi czasem lecieć swoim helikopterem do letniej rezydencji w Castel Gandolfo. — Przerwał i spojrzał na nią. — Panno Vetra, dziękuję bardzo za pani dzisiejszą pomoc. Jest mi bardzo przykro z powodu pani ojca. Naprawdę.

— Dziękuję.

— Ja swojego nigdy nie znałem. Zmarł, zanim się narodziłem. Matkę straciłem, gdy miałem dziesięć lat.

Vittoria podniosła wzrok.

— Zatem był ksiądz sierotą? — Odczuła nagle pokrewieństwo ich losów.

— Wyszedłem cało z wypadku, który zabrał mi matkę.

— Kto się księdzem opiekował?

— Bóg — odparł. — Całkiem dosłownie zesłał mi innego ojca. Do szpitala, gdzie leżałem, przyszedł pewien biskup z Palermo i zaopiekował się mną. Wówczas wcale mnie to nie zdziwiło. Nawet gdy byłem chłopcem, czułem nad sobą opiekuńczą rękę Boga. Pojawienie się biskupa uznałem po prostu za potwierdzenie tego, co już przeczuwałem. Mianowicie, że Bóg wybrał mnie, abym mu służył.

— Wierzył ksiądz, że Bóg go wybrał?

— Tak. I nadal wierzę. — W głosie kamerlinga nie było ani cienia zarozumiałości, tylko wdzięczność. — Przez wiele lat pracowałem pod przewodnictwem tego biskupa. W końcu został on kardynałem. Mimo to nigdy o mnie nie zapomniał. To on jest ojcem, którego pamiętam. — W tym momencie na jego twarz padło światło latarki i Vittoria dostrzegła w jego oczach samotność.

Dotarli w końcu pod potężny filar, a wówczas światło latarek skupiło się na otworze w podłodze. Vittoria zajrzała do środka i na widok schodów prowadzących w przepaść poczuła nagle ochotę, żeby się wycofać. Tymczasem gwardziści pomagali już kamerlingowi dostać się na schody, a po chwili także ją podtrzymali.

— Co się z nim stało? — schodząc, kontynuowała poprzednią rozmowę, starając się, żeby głos jej nie drżał. — Z kardynałem, który się księdzem zaopiekował?

— Opuścił Kolegium Kardynalskie, żeby zająć inne stanowisko. Zaskoczyło ją to.

— A potem, przykro mi to mówić, odszedł.

— *Le mie condoglianze* — powiedziała. — Dawno?

Kamerling odwrócił się do niej, a cienie jeszcze podkreśliły ból malujący się na jego twarzy.

— Dokładnie piętnaście dni temu. Właśnie idziemy go zobaczyć.

Rozdział 84

Ciemne światła palące się w boksie archiwum nagrzewały wnętrze. To pomieszczenie było znacznie mniejsze od tamtego, w którym Langdon był poprzednio. Mniej powietrza. Mniej czasu. Żałował, że nie poprosił Olivettiego o włączenie systemu recyrkulacji powietrza.

Szybko odnalazł dział zawierający księgi katalogujące *Belle Arti*. Trudno go było nie zauważyć, gdyż zajmował niemal osiem pełnych regałów. Kościół katolicki był właścicielem milionów dzieł sztuki rozsianych po całym świecie.

Langdon przeglądał półki w poszukiwaniu Gianlorenza Berniniego. Zaczął mniej więcej w połowie wysokości pierwszego regału, gdzie, jak sądził, zaczynali się artyści na literę B. Przeżył chwilę panicznego strachu, że akurat tego katalogu brakuje, i dopiero gdy się uspokoił, uświadomił sobie, iż wcale nie są one ułożone alfabetycznie. Czemu mnie to nie dziwi?

Musiał jednak wrócić do początku i wejść po przesuwanej na kółkach drabinie aż na wysokość ostatniej półki, żeby zrozumieć, jak zorganizowano tu katalogi. Dopiero na najwyższej półce znalazł najgrubsze księgi dotyczące mistrzów renesansu — Michała Anioła, Rafaela, Leonarda da Vinci, Botticellego. Uświadomił sobie, że zgodnie z nazwą „Aktywa watykańskie", księgi ułożono według wartości finansowej całości spuścizny danego artysty. W końcu pomiędzy Rafaelem i Michałem Aniołem znalazł katalog poświęcony Berniniemu. Miał ponad dziesięć centymetrów grubości.

Oddychając z trudem, zszedł z nieporęcznym tomem na dół, gdzie jak dziecko z komiksem, położył się na podłodze i otworzył okładkę.

Księga była oprawiona w płótno i bardzo solidnie wykonana. Informacje zostały napisane ręcznie po włosku. Każda strona przedstawiała jedno dzieło i zawierała krótki opis, datę powstania, lokalizację, koszt materiału i czasem surowy szkic. Langdon przerzucił strony — ponad osiemset. Bernini był bardzo pracowitym człowiekiem.

Będąc jeszcze młodym studentem historii sztuki, Langdon zastanawiał się nieraz, jakim cudem jeden artysta mógł stworzyć tak dużo prac. Później dowiedział się, ku swojemu rozczarowaniu, że słynni artyści wykonywali własnoręcznie tylko nieliczne prace. Mieli oni studia, w których młodzi adepci sztuki uczyli się i realizowali ich projekty. Rzeźbiarze, tacy jak Bernini, tworzyli miniatury dzieł w glinie, a inni powiększali je w marmurze. Gdyby Bernini miał osobiście wykonać wszystkie swoje dzieła, pracowałby jeszcze do dzisiaj.

— Indeks — powiedział na głos, starając się odpędzić pajęczynę zasnuwającą mu umysł. Przerzucił kartki niemal do końca, zamierzając poszukać pod literą „F" tytułów zawierających wyraz *fuoco*, ale okazało się, że „F" też nie są razem. Zaklął pod nosem. Do cholery, co ci ludzie mają przeciw układowi alfabetycznemu?

Zorientował się, że hasła są ułożone chronologicznie, zgodnie z porządkiem, w jakim Bernini tworzył kolejne dzieła. W niczym mu to nie mogło pomóc.

Kiedy wpatrywał się w tę listę, przyszła mu do głowy jeszcze jedna zniechęcająca myśl. Tytuł rzeźby wcale nie musi zawierać słowa „ogień". Przecież tytuły poprzednich — *Habakuk i anioł* oraz *West Ponente* nie miały związku z Ziemią i Powietrzem.

Przez minutę czy dwie przerzucał kartki na chybił trafił, licząc, że któryś szkic obudzi w nim jakieś skojarzenia. Nic z tego. Obejrzał mnóstwo mało znanych dzieł, o których nigdy nie słyszał, ale było też wiele takich, które rozpoznał bez trudu: *Daniel i lew, Apollo i Dafne* oraz kilka fontann. Widząc te ostatnie, zamyślił się na chwilę. Woda. Ciekawe, czy czwarty ołtarz nauki okaże się fontanną. Byłby to doskonały hołd dla wody. Miał jednak nadzieję, że złapią zabójcę, zanim będzie musiał rozważać, gdzie jest Woda, gdyż Bernini wyrzeźbił dziesiątki rzymskich fontann, a większość z nich znajduje się przed kościołami.

Po chwili przywołał się do porządku i wrócił do tego, co teraz było najpilniejsze. Ogień. Kiedy przeglądał księgę, słowa Vittorii dodawały mu otuchy: „O tamtych dwóch rzeźbach słyszałeś... tę pewnie też znasz". Znowu zajął się indeksem, tym razem szukając znajomych tytułów. Znalazł ich trochę, ale nie nasunęło mu się żadne skojarzenie. Uświadomił sobie, że nie zdąży zakończyć poszukiwań, zanim wyczerpie się powietrze w boksie, toteż wbrew rozsądkowi zdecydował, że wyniesie księgę na zewnątrz. To tylko katalog, przekonywał sam siebie. To nie to samo, co wyniesienie oryginalnej książki Galileusza. Przypomniał sobie zabytkową kartkę spoczywającą w jego kieszeni i obiecał sobie odnieść ją na miejsce, zanim opuści archiwum.

Pospiesznie schylił się, żeby podnieść ciężki tom, ale wówczas dostrzegł coś, co go zatrzymało. Wprawdzie w indeksie znajdowały się liczne uwagi, ale ta, która teraz przyciągnęła jego wzrok, miała w sobie coś dziwnego.

W notatce napisano, że słynna rzeźba Berniniego *Ekstaza św. Teresy* krótko po odsłonięciu została przeniesiona ze swej pierwotnej lokalizacji w Watykanie w inne miejsce. Jednak nie to zwróciło uwagę Langdona, gdyż znane mu były burzliwe losy tego dzieła. Chociaż niektórzy uważali rzeźbę za arcydzieło, papież Urban VIII uznał, że ma ona zbyt erotyczny charakter. Kazał ją przenieść do jakiejś mało znanej kaplicy w Rzymie. Jednak Langdon zainteresował się tym dlatego, że umieszczono ją w jednym z kościołów z jego listy. Co więcej, w notatce podano, że rzeźbę przeniesiono tam *per suggerimento del artista*.

Zgodnie z sugestią artysty? Ciekawe. Jaki sens miałoby sugerowanie przez Berniniego, żeby jego arcydzieło umieścić gdzieś na uboczu. Każdy artysta pragnie, żeby jego pracę wystawiono w jakimś znanym miejscu, a nie w odległej...

Langdon zawahał się. Chyba że...

Aż się bał rozważyć tę myśl. Czy to możliwe? Czy Bernini celowo stworzył dzieło o tak wyraźnym podtekście erotycznym, by zmusić Watykan do ukrycia go w jakimś miejscu na uboczu? Miejscu, które artysta mógł sam zasugerować? Może odległy kościół na linii stanowiącej przedłużenie oddechu *West Ponente*?

Jego podniecenie rosło, ale nie znał zbyt dokładnie tej rzeźby i nie potrafił znaleźć jej związku z ogniem. Każdy, kto ją widział, mógł też stwierdzić, że nie widać w niej żadnego związku z nauką, co najwyżej z pornografią. Pewien angielski krytyk potępił kiedyś *Ekstazę św. Teresy*, pisząc, że jest to: „najbardziej nieodpowiednia ozdoba kościoła katolickiego, jaką można sobie wyobrazić". Langdon w pełni rozumiał kontrowersje wokół tego dzieła. Choć niewątpliwie wspaniałe, przedstawia ono świętą Teresę na plecach, wijącą się w wyginającym jej palce u stóp orgazmie. Rzeczywiście nie w stylu Watykanu.

Langdon zaczął szybko przerzucać kartki księgi w poszukiwaniu opisu dzieła. Kiedy zobaczył szkic, poczuł natychmiastowy i niespodziewany przypływ nadziei. Okazało się, że w skład rzeźby wchodzi jeszcze inna postać, o której zupełnie zapomniał. Anioł.

Nagle przypomniała mu się ta dwuznaczna legenda. Święta Teresa była zakonnicą, która twierdziła, że anioł składał jej błogie wizyty, gdy spała. Jednak krytycy doszli później do wniosku, że te spotkania miały charakter bardziej seksualny niż duchowy. Na dole stronicy Langdon dostrzegł znany sobie fragment relacji Teresy, który pozostawiał niewiele pola dla wyobraźni:

„...jego wielka złota strzała... napełniona ogniem... zatopił we mnie kilka razy... przeniknął aż do trzewi... słodycz tak ogromna, że nikt nie mógłby chcieć, aby się skończyła".

Langdon uśmiechnął się. Jeśli to nie jest metafora niezłego seksu, nie wiem, co to mogłoby być. Uśmiechał się także z powodu tego, co znalazł w opisie dzieła. Kilkakrotnie występowało tam słowo *fuoco*:

„...strzała anioła, zakończona ognistym punktem...".

„...z głowy anioła emanowały promienie ognia...".

„...kobieta rozpalona ogniem uczucia...".

Jednak nie był jeszcze całkowicie przekonany, dopóki nie spojrzał ponownie na szkic. Ognista strzała anioła była uniesiona i wskazywała kierunek. „Anioły krzyżem niech cię prowadzą, a wzniosła wędrówka się uda". Nawet rodzaj anioła wybrany przez Berniniego był znaczący. To serafin, uświadomił sobie Langdon. Serafin dosłownie znaczy „ognisty".

Robert Langdon nie był człowiekiem, który normalnie oczekiwałby potwierdzenia swoich odkryć przez siłę wyższą, jednak kiedy przeczytał, w jakim kościele umieszczono tę rzeźbę, doszedł do wniosku, że sam może jeszcze stać się człowiekiem wierzącym.

Santa Maria della Vittoria.

Vittoria, pomyślał z uśmiechem. Doskonale.

Podnosząc się z trudem na nogi, poczuł zawroty głowy. Spojrzał na drabinę i zastanowił się, czy odłożyć księgę na miejsce. Do diabła z tym, pomyślał. Ojciec Jaqui może ją odłożyć. Zamknął katalog i położył go starannie u dołu odpowiedniego regału.

Kiedy ruszył w kierunku świecącego przycisku przy drzwiach

boksu, oddychał już z trudem, tylko płytko zaczerpując powietrza. Mimo to czuł ożywienie na myśl, że tak mu się poszczęściło. Jednak jego szczęście skończyło się, zanim zdążył dojść do wyjścia. Bez najmniejszego ostrzeżenia w boksie rozległo się jakby bolesne westchnięcie. Światła przygasły i zniknęło podświetlenie przycisku otwierającego drzwi. Po chwili wnętrze archiwum pogrążyło się w całkowitej ciemności. Ktoś wyłączył zasilanie elektryczne.

Rozdział 85

Groty Watykańskie znajdują się pod główną nawą Bazyliki Świętego Piotra. Są miejscem pochówku wielu papieży. Vittoria dotarła do podstawy kręconych schodów i weszła do grot. Mroczny tunel przypominał jej Wielki Zderzacz Hadronowy — był tak samo ciemny i zimny. Oświetlony teraz tylko słabym światłem latarek wydawał się jej dziwnie niematerialny. Po obu stronach w ścianach znajdowały się płytkie nisze, a w nich majaczyły olbrzymie cienie sarkofagów, widocznych na tyle, na ile pozwalał blask latarek.

Przeszył ją gwałtowny chłód. To tylko zimno, tłumaczyła sobie, ale wiedziała, że nie jest to pełna prawda. Miała poczucie, że są obserwowani — nie przez kogoś realnego, lecz przez upiory kryjące się w ciemności. Na wierzchu każdego grobu znajdowała się naturalnej wielkości rzeźba papieża w pełnym liturgicznym stroju, przedstawiająca go po śmierci — w pozycji leżącej, z rękami złożonymi na piersi. Sprawiało to na niej wrażenie, jakby ich ciała próbowały się przebić przez marmurowe wieka, usiłując się wyzwolić z ziemskich ograniczeń. Procesja osób z latarkami poszła dalej, a sylwetki papieży podnosiły się i opadały na ścianach, rozciągając się i znikając w makabrycznym tańcu teatru cieni.

Wszyscy pogrążyli się w milczeniu, ale Vittoria nie była pewna, czy wynika to z szacunku, czy z lęku. Wyczuwała oba te uczucia. Kamerling szedł z zamkniętymi oczyma, jakby na pamięć znał każdy krok. Przypuszczała, że wiele razy pokonywał tę drogę od chwili śmierci papieża... być może, żeby modlić się u jego grobu o wskazówki.

„Pracowałem pod przewodnictwem kardynała przez wiele lat — mówił kamerling. Był dla mnie jak ojciec". Przypominała sobie, że słowa te padły w odniesieniu do biskupa, który „wybawił" go od wojska. Teraz jednak zrozumiała to wreszcie do końca. Ten sam kardynał, który wziął młodego księdza pod swoje skrzydła, został później papieżem i zabrał ze sobą swojego protegowanego, żeby mu służył jako kamerling.

To wiele wyjaśnia, pomyślała. Vittoria zawsze potrafiła wyczuwać skrywane uczucia innych, toteż przez cały dzień dręczyło ją pewne spostrzeżenie związane z kamerlingiem. Od chwili kiedy go poznała, wyczuwała w nim cierpienie znacznie głębsze i bardziej osobiste, niż mógł wywołać kryzys, wobec którego stanął. Za maską udawanego spokoju dostrzegała człowieka dręczonego przez własne demony. Teraz wiedziała, że intuicja jej nie zawiodła.

Kamerling nie tylko musiał zmierzyć się z najbardziej niebezpiecznym zagrożeniem w historii Watykanu, ale ponadto został sam, bez mentora i przyjaciela.

Gwardziści zwolnili, jakby niepewni, w którym dokładnie miejscu pochowano ostatniego papieża. Kamerling natomiast szedł dalej pewnym krokiem i w końcu zatrzymał się przed marmurowym grobowcem, jaśniejszym niż pozostałe. Na wierzchu znajdowała się rzeźba leżącego papieża. Kiedy Vittoria rozpoznała jego twarz widzianą niegdyś w telewizji, poczuła ukłucie strachu. Co my robimy?

— Wiem, że nie mamy zbyt wiele czasu — odezwał się kamerling — ale mimo to proszę was o chwilę modlitwy.

Wszyscy strażnicy pochylili głowy tam, gdzie stali. Vittoria poszła za ich przykładem, słysząc, jak bije jej serce. Kamerling ukłęknął przy grobie i modlił się po włosku. Kiedy słuchała jego słów, nieoczekiwanie ogarnął ją smutek, który w końcu znalazł ujście we łzach... łzach nad jej własnym mentorem... jej świętym ojcem. Słowa kamerlinga wydawały się równie dobrze pasować do jej ojca, jak do papieża.

— Najlepszy ojcze, przyjacielu, doradco. — Głos kamerlinga odbijał się głucho od ścian niszy. — Kiedy byłem młody, powiedziałeś mi, że głos, który słyszę w sercu, jest głosem Boga. Powiedziałeś mi również, że muszę za nim podążać, choćby wiódł mnie przez najbardziej bolesne drogi. Słyszę go teraz, jak domaga się ode mnie wykonania niemożliwych zadań. Daj mi siłę. Ześlij mi wybaczenie. To, co robię... robię w imię wszystkiego, w co wierzyłeś. Amen.

— Amen — szepnęli strażnicy.

Amen, ojcze, Vittoria wytarła oczy.

Kamerling powoli się podniósł i odszedł nieco od grobu.

— Odsuńcie pokrywę na bok — polecił.

Gwardziści zawahali się.

— *Signore* — odezwał się jeden z nich — zgodnie z prawem, jesteśmy pod ojca komendą. — Urwał. — Zrobimy, co nam ojciec poleci...

Kamerling jakby czytał w jego myślach.

— Pewnego dnia poproszę o wybaczenie za to, że postawiłem was w takiej sytuacji. Dzisiaj jednak proszę o posłuszeństwo. Prawa watykańskie istnieją po to, by chronić ten Kościół. To w ich duchu proszę, żebyście je dziś złamali.

Nastała chwila ciszy, po czym dowódca grupy wydał rozkaz. Trzej strażnicy położyli latarki na podłodze, a ich cienie natychmiast gwałtownie się wydłużyły na ścianie. Oświetleni od dołu podeszli do sarkofagu. Wsparli się rękami o marmurową pokrywę w głowach grobowca i ustawili odpowiednio stopy. Na sygnał wszyscy jednocześnie zaczęli pchać ogromny blok. Kiedy wieko nawet nie drgnęło, Vittoria uświadomiła sobie, że ma nadzieję, iż okaże się zbyt ciężkie. Nagle poczuła lęk przed tym, co mogą znaleźć w środku.

Mężczyźni pchnęli mocniej, ale pokrywa nie dała się ruszyć.

— *Ancora* — odezwał się kamerling, podwijając rękawy sutanny i przygotowując się do pchania wraz z nimi. — *Ora!* — Wszyscy naparli na kamienny blok.

Vittoria chciała już zaoferować swoją pomoc, ale właśnie w tym momencie pokrywa się poruszyła. Mężczyźni znowu pchnęli, rozległ się odgłos kamienia trącego o kamień i wieko w górnej części sarkofagu zaczęło odsuwać się na bok, aż w końcu spoczęło ukośnie w stosunku do podstawy. Wyrzeźbiona głowa papieża znalazła się teraz w głębi niszy, a stopy wysunęły się na korytarz.

Wszyscy odstąpili do tyłu.

Jeden ze strażników ostrożnie schylił się i podniósł swoją latarkę. Następnie skierował jej światło do wnętrza sarkofagu. Promień chwiał się przez chwilę, ale w końcu znieruchomiał. Pozostali gwardziści również podeszli bliżej. Nawet w ciemności Vittoria wyczuła, że się wzdrygnęli. Jeden po drugim zrobili znak krzyża.

Kamerling również się wstrząsnął, kiedy zajrzał do grobu; jego ramiona opadły, jak pod wpływem wielkiego ciężaru. Stał tak przez dłuższą chwilę, zanim się odwrócił.

Vittoria obawiała się, że szczęki zmarłego będą zaciśnięte wskutek *rigor mortis* i będzie musiała prosić o ich wyłamanie. Teraz przekonała się, że nie jest to potrzebne. Policzki papieża zapadły się i usta były szeroko otwarte.

Jego język był czarny jak śmierć.

Rozdział 86

Żadnych świateł. Żadnych dźwięków.

W tajnych archiwach watykańskich zapanowały kompletne ciemności.

Strach stanowi świetną motywację, uświadomił sobie Langdon. Z trudem chwytając oddech, ruszył niezdarnie w ciemności w kierunku obrotowych drzwi. Po omacku odnalazł na ścianie przycisk i wbił w niego palec. Nic. Spróbował ponownie. Drzwi ani drgnęły. Obrócił się na oślep i zaczął wołać, ale własny głos wydał mu się bardzo zduszony. Uświadomił sobie nagle grozę swojego położenia. Zwiększony dopływ adrenaliny przyspieszył pracę serca i płuca nie mogły nadążyć z dostarczaniem tlenu. Czuł się, jakby go ktoś uderzył w splot słoneczny.

Rzucił się całym ciężarem na drzwi i przez chwilę wydawało mu się, że drgnęły. Pchnął jeszcze raz, widząc przed oczyma gwiazdy. Uświadomił sobie jednak, że to nie drzwi, tylko cały pokój wokół niego wiruje. Cofając się chwiejnie, potknął się o podstawę przesuwanej drabiny i upadł, raniąc sobie kolano o ostrą krawędź regału. Przeklinając, podniósł się i zaczął po omacku szukać drabiny.

W końcu natrafił na nią. Miał nadzieję, że jest z ciężkiego drewna lub stali, ale okazało się, że to aluminium. Chwycił ją i trzymając jak taran, ruszył w ciemności biegiem ku szklanej ścianie. Była bliżej, niż się spodziewał. Drabina trafiła w nią i się odbiła, a z cichego dźwięku, jaki wywołało to zderzenie, wywnioskował, że jeśli chce stłuc grube szkło, musi użyć czegoś bez porównania cięższego.

Z nagłym przypływem nadziei sięgnął po pistolet, ale równie szybko przypomniał sobie, że go nie ma. Olivetti zabrał mu go w gabinecie papieża, argumentując, że nie chce, by ktoś chodził z naładowaną bronią w obecności kamerlinga. Wtedy wydawało się to rozsądne.

Znowu zaczął wołać, ale tym razem jego głos był jeszcze cichszy. Przypomniał sobie radiotelefon, który strażnik zostawił na stoliku przed boksem. Dlaczego, do cholery, nie wziąłem go do środka?! Przed oczyma widział już tańczące fioletowe plamy, więc ponaglał się do myślenia. Byłeś już uwięziony, powtarzał sobie. Przetrwałeś coś znacznie gorszego. Byłeś wtedy dzieckiem, a poradziłeś sobie. Ze wszystkich stron napierała na niego przytłaczająca ciemność. Myśl!

Położył się na podłodze. Przewrócił się na plecy i wyciągnął ręce wzdłuż ciała. Przede wszystkim musiał odzyskać panowanie nad sobą.

Rozluźnij się. Oszczędzaj energię.

Jego serce nie musiało już pokonywać siły ciężkości przy pompowaniu krwi, więc stopniowo zaczęło bić wolniej. Była to sztuczka, którą stosowali pływacy, by ponownie dotlenić krew, gdy kolejne wyścigi następowały krótko po sobie.

Tu jest mnóstwo powietrza, tłumaczył sobie. Mnóstwo. Teraz pomyśl. Podświadomie oczekiwał, że za chwilę światła ponownie się zapalą. Nie doczekał się tego. Kiedy tak leżał, oddychając już swobodniej, zaczęła go ogarniać dziwna rezygnacja. Musi z nią walczyć.

Ruszaj się, do cholery! Ale gdzie...

Myszka Miki na nadgarstku świeciła wesoło, jakby ciesząc się z ciemności. Dziewiąta trzydzieści trzy. Pół godziny do Ognia. Przedtem wydawało mu się, że jest o wiele później. Jego umysł, zamiast tworzyć plany ucieczki, zaczął teraz domagać się wyjaśnień. Kto wyłączył prąd? Czy Rocher rozszerza poszukiwania? Czyżby Olivetti nie ostrzegł kapitana, że ja tu jestem? Wiedział jednak, że w tym momencie nie ma to najmniejszego znaczenia.

Otworzył szeroko usta i odchylił głowę do tyłu, starając się oddychać najgłębiej, jak potrafi. Każdy kolejny oddech palił trochę mniej niż poprzedni. W głowie mu się przejaśniło. Zebrał w końcu myśli i zmusił mózg do dalszej pracy.

Ściana ze szkła, przypomniał sobie. Ale to cholernie grube szkło.

Zastanawiał się, czy jakieś książki są tu przechowywane w stalowych, ognioodpornych kasetach, które czasem widywał w innych archiwach. Jednak znalezienie czegokolwiek w tych ciemnościach pochłonęłoby zbyt dużo czasu, a i tak nie zdołałby jej unieść, szczególnie w tym stanie.

A co ze stołem? W tym boksie, tak samo jak w pozostałych, stał na środku stół do badania dokumentów. I co z tego! Nie dałby rady go podnieść, a poza tym nie zaciągnąłby go daleko. Regały ustawiono blisko siebie i przejścia pomiędzy nimi były zbyt wąskie.

Przejścia są zbyt wąskie...

Nagle wpadł mu do głowy pomysł.

W przypływie pewności siebie szybko poderwał się na nogi. Natychmiast zakręciło mu się w głowie i wyciągnął w ciemności rękę, szukając oparcia. Jego dłoń natrafiła na regał. Czekał chwilę, zmuszając się do bezruchu. Będzie potrzebował całej siły, żeby zrobić to, co zamierza.

Ustawił się przy półce, jak futbolista przy wózku treningowym, zaparł się nogami i zaczął pchać. Gdyby mi się jakoś udało przechylić regał. Ale ten nawet nie drgnął. Ustawił się ponownie i znowu pchnął. Stopy poślizgnęły mu się na podłodze. Regał skrzypnął, ale się nie ruszył.

Potrzebna mu dźwignia.

Odnalazł szklaną ścianę i wiódł po niej dłonią, spiesząc w ciemności ku przeciwległemu końcowi boksu. Tylna ściana pojawiła się znacznie szybciej, niż się spodziewał, i zderzył się z nią boleśnie ramieniem. Klnąc, okrążył regał i złapał się półki mniej więcej na wysokości oczu. Potem, opierając jedną nogę na szkle za sobą, a drugą na niższych półkach, zaczął się wspinać. Książki spadały wokół niego z furkotem, ale przestał się tym przejmować. Instynkt samozachowawczy już dawno wziął górę nad odpowiedzialnością historyka. Panująca wokół ciemność zakłócała mu poczucie równowagi, toteż zamknął oczy, żeby przyzwyczaić mózg do ignorowania sygnałów wzrokowych. Teraz posuwał się szybciej. Wyżej powietrze było rzadsze. Gramolił się na kolejne półki, depcząc po książkach, starając się znaleźć uchwyt dla rąk, podciągając się w górę. Potem jak alpinista zmagający się ze skalną ścianą uchwycił dłońmi ostatnią półkę. Trzymając się jej, przesunął jak najwyżej stopy po szkle, tak że znalazł się w pozycji niemal horyzontalnej.

Teraz albo nigdy, Robercie, ponaglał go wewnętrzny głos. To jak naprężanie nóg w siłowni Harvardu.

Zbierając wszystkie siły, wparł stopy w ścianę za sobą, oparł ręce i klatkę piersiową o półkę i pchnął. Nic się nie stało.

Przez chwilę ciężko dyszał, łapiąc powietrze, po czym ustawił się na nowo i pchnął, z całej siły naprężając nogi. Bardzo nieznacznie regał drgnął. Pchnął ponownie i regał odchylił się o jakieś dwa centymetry do przodu, a potem do tyłu. Wykorzystał ten ruch na zaczerpnięcie oddechu i kolejne pchnięcie. Półka wychyliła się bardziej.

To jest jak huśtawka, powiedział sobie. Utrzymuj rytm. Troszkę mocniej.

Kołysał regałem i za każdym pchnięciem musiał dalej wyciągać nogi. Mięśnie rąk go paliły, więc starał się nie myśleć o bólu. Wahadło zostało wprawione w ruch. Jeszcze trzy pchnięcia, mobilizował się.

Wystarczyły dwa.

Przez chwilę trwał zawieszony jakby w stanie nieważkości, po czym, z łomotem książek zsuwających się z półek, Langdon wraz z regałem runęli do przodu.

W połowie drogi ku podłodze półka uderzyła w następną. Langdon trzymał się mocno, przechylając się całym ciężarem do przodu i zaklinając następny regał, żeby się przechylił. Przeżył moment paniki, gdy nic się nie działo, ale w końcu, trzeszcząc pod ciężarem, drugi regał również zaczął się przechylać. Langdon znów spadał niżej.

Jak ogromne kostki domina kolejne regały przewracały się nawzajem. Słychać było zgrzyt metalu o metal, wszędzie wokoło spadały książki. Langdon mocno się trzymał, gdy jego półka osuwała się coraz niżej, jak zapadka na kółku zębatym. Zastanawiał się, ile w sumie jest tych regałów. Ile mogą ważyć? Szkło ściany jest bardzo grube...

Regał Langdona leżał już prawie w horyzontalnej pozycji, kiedy w końcu dobiegł go dźwięk, na który czekał — odgłos innego zderzenia. Z daleka. Z końca boksu. Ostry zgrzyt metalu po szkle. Cały boks się zatrząsł, toteż wiedział, że ostatni regał padający pod ciężarem poprzednich, musiał mocno uderzyć w szkło. Dźwięk, jaki potem usłyszał, był najbardziej niepożądanym, jaki mógł sobie wyobrazić.

Cisza.

Nie było słychać brzęku pękającego szkła, tylko rozchodzący się głuchy odgłos, gdy ściana przyjęła na siebie ciężar regałów, które teraz oparły się o nią. Leżał z szeroko otwartymi oczami na stosie książek. Gdzieś dalej rozległo się nagle trzeszczenie. Langdon wstrzymałby oddech, by lepiej słyszeć, ale nie miał już czego wstrzymywać.

Jedna sekunda. Dwie...

Potem, kiedy oscylował już na krawędzi nieświadomości, usłyszał jakby odległe westchnienie... falę rozchodzącą się w szklanej ścianie. I nagle szkło eksplodowało. Regał z Langdonem sięgnął podłogi.

Jak długo wyczekiwany deszcz na pustyni, kawałeczki szkła grzechotały, spadając w ciemnościach. Ze wspaniałym głośnym sykiem powietrze wpadło do wnętrza boksu.

Trzydzieści sekund później w Grotach Watykańskich Vittoria stała akurat przed ciałem papieża, kiedy ciszę przerwał skrzek dobywający się z krótkofalówki. Osoba, która się odezwała, wyraźnie miała trudności ze złapaniem oddechu.

— Mówi Robert Langdon. Czy ktoś mnie słyszy?

Vittoria podniosła wzrok. Robert! Nie mogła uwierzyć, że aż tak jej go tutaj brakuje.

Gwardziści wymienili zdumione spojrzenia. Jeden z nich wziął radiotelefon do ręki.

— Panie Langdon? Jest pan na kanale trzecim. Komendant czeka na wiadomość od pana na kanale pierwszym.

— Cholera, wiem, że on jest na pierwszym! Nie chcę z nim rozmawiać. Potrzebny mi kamerling. Teraz. Niech go ktoś odszuka.

Langdon stał w mroku archiwum, wśród potłuczonego szkła i starał się złapać oddech. Na lewej dłoni czuł ciepłą ciecz i domyślił się, że krwawi. Ku jego zaskoczeniu, głos kamerlinga odpowiedział mu niemal natychmiast.

— Tu kamerling Ventresca. Co się dzieje?

Langdon przełączył się na nadajnik. Serce nadal mocno mu waliło.

— Myślę, że przed chwilą ktoś usiłował mnie zabić!

Odpowiedziała mu cisza.

Próbował się uspokoić.

— Wiem też, gdzie ma mieć miejsce następne morderstwo.

Głos, który mu odpowiedział, nie należał do kamerlinga. Był to komendant Olivetti.

— Panie Langdon. Proszę nie mówić więcej ani słowa.

Rozdział 87

Kiedy Langdon przebiegał przez dziedziniec Belvedere i zbliżał się do fontanny przed komendą gwardii szwajcarskiej, jego ubrudzony krwią zegarek wskazywał dziewiątą czterdzieści jeden. Dłoń przestała mu już krwawić, ale bolała bardziej, niż na to wyglądała. Miał wrażenie, że wszyscy pojawili się przy nim naraz — Olivetti, Rocher, kamerling, Vittoria i kilku gwardzistów.

Vittoria natychmiast podbiegła ku niemu.

— Robercie, jesteś ranny.

Zanim zdążył odpowiedzieć, wyrósł przed nim Olivetti.

— Panie Langon, całe szczęście, że nic się panu nie stało. Bardzo mi przykro z powodu tej pomyłki związanej z archiwum.

— Pomyłki? — Langdon nie wierzył własnym uszom. — Doskonale pan wie...

— To była moja wina — odezwał się Rocher, występując naprzód. W jego głosie brzmiała skrucha. — Nie miałem pojęcia, że pan jest w archiwum. Część naszych białych stref ma wspólny obwód zasilania z tamtym budynkiem. Rozszerzamy zakres poszukiwań. To ja wyłączyłem zasilanie. Gdybym wiedział...

— Robercie — odezwała się Vittoria, podnosząc i badając jego zranioną dłoń. — Papież został zamordowany. Zabili go iluminaci.

Langdon słyszał jej słowa, ale nie docierało do niego ich znaczenie. Po prostu miał już dość. Potrafił jeszcze tylko odczuwać ciepło dłoni Vittorii.

Kamerling wyciągnął z sutanny jedwabną chustkę i podał mu, żeby się oczyścił. Nie odezwał się ani słowem. W jego zielonych oczach płonął nowy ogień.

— Robercie — naciskała Vittoria — mówiłeś, że odkryłeś, gdzie ma zostać zamordowany następny kardynał.

Langdon poczuł się nagle beztrosko.

— Rzeczywiście. To będzie w...

— Nie — przerwał mu Olivetti. — Kiedy prosiłem, żeby pan nic więcej nie mówił przez krótkofalówkę, miałem ku temu powód. — Zwrócił się do grupki gwardzistów, którzy koło nich stali. — Możecie nas zostawić samych, panowie?

Żołnierze natychmiast zniknęli wewnątrz budynku. Nie okazali najmniejszej urazy. Tylko posłuszeństwo.

Olivetti odwrócił się do pozostałych.

— Mimo że jest to dla mnie niezwykle bolesne, muszę przyznać, że morderstwo naszego papieża mogło zostać dokonane wyłącznie przy pomocy kogoś z wewnątrz. Dla dobra nas wszystkich nie możemy nikomu ufać. Mam tu na myśli również naszych gwardzistów. — Widać było, że cierpi, wypowiadając te słowa.

Na twarzy Rochera odmalował się niepokój.

— Wewnętrzna zmowa oznacza...

— Tak — przerwał mu komendant — nie mamy gwarancji, iż poszukiwania są prowadzone rzetelnie. Jednak musimy podjąć to ryzyko. Szukajcie dalej.

Rocher miał minę, jakby chciał coś powiedzieć, ale po namyśle zrezygnował i odszedł.

Kamerling odetchnął głęboko. Dotychczas nie wypowiedział ani słowa, a Langdon wyczuwał w nim pewną surowość, której wcześniej nie było, jakby dotarł do punktu zwrotnego.

— Komendancie? — odezwał się Ventresca nieprzeniknionym tonem. — Zamierzam przerwać konklawe.

Olivetti wydął usta z poważną miną.

— Odradzam takie posunięcie. Nadal mamy jeszcze dwie godziny i dwadzieścia minut.

— Cóż to jest!

— Co ojciec zamierza? — Ton komendanta zmienił się na zaczepny. — Samodzielnie ewakuować kardynałów?

— Mam zamiar uratować ten Kościół mocą, której Bóg mi udzielił. W jaki sposób... to już nie pańskie zmartwienie.

Olivetti wyprostował się.

— Cokolwiek ojciec zamierza... — Przerwał. — Nie leży w moich kompetencjach, żeby ojca powstrzymywać. Szczególnie w świetle porażki, jaką poniosłem jako dowódca sił bezpieczeństwa. Proszę tylko, żeby ksiądz jeszcze poczekał. Chociaż dwadzieścia minut... do dziesiątej. Jeśli pan Langdon ma rację, to nadal mogę jeszcze schwytać zabójcę. Istnieje szansa, by zachować protokół i odwieczne zwyczaje.

— Zwyczaje? — Kamerling nie mógł się powstrzymać od ironicznego śmiechu. — Już dawno pozostawiliśmy za sobą dbałość o formy, komendancie. Jeśli pan nie zauważył, to mamy wojnę.

Z budynku gwardii wyszedł jeden ze strażników i zawołał do kamerlinga:

— Właśnie mnie powiadomiono, że mamy tego reportera z BBC, Glicka.

Ventresca skinął głową.

— Niech on i jego kamerzystka spotkają się ze mną przed Kaplicą Sykstyńską.

Oczy komendanta się rozszerzyły.

— Co ojciec robi?

— Dwadzieścia minut, komendancie. To wszystko, co panu daję. — Potem odszedł.

Kiedy alfa romeo komendanta przedzierała się przez Watykan, nie jechała za nią tym razem kawalkada nieoznakowanych samochodów. Na tylnym siedzeniu Vittoria zawijała Langdonowi rękę bandażem znalezionym w samochodowej apteczce.

Olivetti patrzył prosto przed siebie.

— No, dobrze, panie Langdon. Dokąd jedziemy?

Rozdział 88

Nawet z syreną i migającym światłem samochód Olivettiego nie zwracał na siebie uwagi, gdy pędzili przez most prosto ku sercu starego Rzymu. Wszyscy inni jechali w przeciwnym kierunku, do Watykanu, tak jakby stał się on nagle miejscem najlepszej rozrywki w Wiecznym Mieście.

Langdon siedział na tylnym siedzeniu, a przez głowę przemykały mu niezliczone pytania. Zastanawiał się nad zabójcą, nad tym, czy tym razem go złapią, czy zdradzi im informacje, których potrzebują, czy może jest już za późno. Ile czasu zostało do chwili, gdy kamerling powie ludziom zgromadzonym na placu, że grozi im niebezpieczeństwo? Nadal też dręczył go incydent w archiwum. Pomyłka.

Olivetti wcale nie używał hamulców, przemykając się wyjącą alfą romeo w kierunku kościoła Santa Maria della Vittoria. W innej sytuacji Langdon kurczyłby się ze strachu, ale dziś było mu to obojętne. Tylko pulsujący ból w dłoni przypominał mu, gdzie się znajduje.

Nad ich głowami jęczała syrena. Nie ma to, jak powiadomić go, że nadjeżdżamy, pomyślał Langdon. Jednak dzięki temu jechali z niewiarygodną szybkością. Przypuszczał, że Olivetti wyłączy sygnał, gdy znajdą się bliżej.

Mając teraz chwilę na zastanowienie, Langdon ze zdumieniem rozważał informację o otruciu papieża, która w końcu dotarła do jego świadomości. Wydawało się to nie do pojęcia, ale jednocześnie logiczne. W końcu podstawą działalności iluminatów zawsze była infiltracja — zmiana władzy od środka. Ponadto zdarzały się już morderstwa papieży. Krążyło wiele pogłosek o zdradzie w łonie Watykanu, chociaż bez autopsji trudno je było potwierdzić. Aż do niedawna. Jakiś czas temu naukowcy uzyskali zezwolenie, aby prześwietlić promieniami rentgenowskimi grób papieża Celestyna V, który podobno zginął z rąk swojego nadmiernie niecierpliwego następcy Bonifacego VIII. Badacze liczyli, że znajdą jakiś ślad nieczystej gry, na przykład złamaną kość. Tymczasem odkryli dwudziestocentymetrowy gwóźdź wbity w czaszkę papieża.

Langdon przypomniał sobie teraz serię wycinków prasowych, przysłanych mu przez innych entuzjastów iluminatów kilka lat temu. Początkowo myślał, że ktoś robi mu dowcip, więc poszedł sprawdzić w harwardzkiej bibliotece, czy artykuły są autentyczne. O dziwo, były. Zawiesił je zatem na swojej tablicy ogłoszeń jako przykład dla studentów, że nawet szanowane agencje prasowe dają się czasem zwieść na manowce paranoi związanej z iluminatami. Nagle okazało się, że podejrzenia prasy nie były aż tak szalone, jak mu się zdawało. Nadal potrafił odtworzyć w myślach treść wycinków...

THE BRITISH BROADCASTING CORPORATION
14 CZERWCA 1998

Papież Jan Paweł I, który zmarł w 1978 roku, padł ofiarą spisku loży masońskiej P2... Tajne stowarzyszenie P2 postanowiło zamordować Jana Pawła I, kiedy przekonało się, że zamierza on zdymisjonować amerykańskiego arcybiskupa Paula Marcinkusa ze stanowiska prezesa Banku Watykańskiego. Bank był wmieszany w niejasne układy finansowe z lożą masońską...

THE NEW YORK TIMES
24 SIERPNIA 1998

Dlaczego świętej pamięci Jan Paweł I, leżąc w łóżku, miał na sobie dzienną koszulę? Dlaczego była ona podarta? Na tym pytania się nie kończą. Nie przeprowadzono żadnego badania lekarskiego. Kardynał Villot zabronił wykonania autopsji, zasłaniając się zasadą, że nigdy nie wykonuje się sekcji zwłok papieża. Tymczasem lekarstwa Jana Pawła w tajemniczy sposób zniknęły z jego sypialni, podobnie jak jego okulary, pantofle nocne oraz testament.

LONDON DAILY MAIL
27 SIERPNIA 1998

...spisek, w którym miała swój udział potężna, bezlitosna i nielegalna loża masońska, której macki sięgają aż do Watykanu.

Z kieszeni Vittorii dobiegł sygnał jej telefonu komórkowego, miłosiernie przerywając rozmyślania Langdona.

Vittoria podniosła telefon do ucha, a na jej twarzy malowało się zdziwienie, kto może teraz do niej dzwonić. Langdon nawet z odległości, w której siedział, rozpoznał ten ostry jak laser głos.

— Vittoria? Tu Maximilian Kohler. Czy odnaleźliście antymaterię?

— Max? Dobrze się czujesz?

— Widziałem wiadomości. Nie wspomniano o antymaterii ani CERN-ie. Bardzo dobrze. Co się dzieje?

— Nie udało nam się jeszcze zlokalizować pojemnika. Sytuacja jest skomplikowana. Robert Langdon okazał się bardzo pomocny. Mamy trop, który nam może pomóc schwytać mordercę kardynałów. Właśnie teraz jedziemy...

— Panno Vetra — przerwał jej Olivetti. — Dość już pani powiedziała.

Wyraźnie zirytowana, zakryła mikrofon.

— Komendancie, to dyrektor CERN-u. Z całą pewnością ma on prawo...

— Ma prawo — warknął Olivetti — być tutaj i starać się rozwiązać tę sytuację. Rozmawia pani przez ogólnie dostępną linię. Dość już pani powiedziała.

Vittoria odetchnęła głęboko.

— Max?

— Być może będę miał dla ciebie informacje — oznajmił Kohler. — Na temat twojego ojca... Chyba wiem, komu powiedział o antymaterii.

Vittoria nachmurzyła się.

— Max, ojciec zapewnił mnie, że nikomu nie powiedział.

— Obawiam się, Vittorio, że jednak komuś powiedział. Muszę jeszcze sprawdzić rejestry służby bezpieczeństwa. Wkrótce się z tobą skontaktuję. — Telefon umilkł.

Kiedy chowała go z powrotem do kieszeni, jej twarz była woskowo blada.

— Nic ci nie jest? — spytał Langdon.

Zaprzeczyła, jednak jej trzęsące się palce zdradziły prawdę.

— Ten kościół jest na Piazza Barberini — poinformował ich Olivetti, wyłączając syrenę i sprawdzając godzinę. — Mamy dziewięć minut.

Kiedy Langdon po raz pierwszy uświadomił sobie, gdzie jest trzeci znacznik, położenie kościoła obudziło w nim jakieś odległe wspomnienie. Piazza Barberini. Coś w tej nazwie brzmiało mu znajomo... coś, czego nie mógł sobie wówczas przypomnieć. Teraz jednak już wiedział. Znajdowała się tu kontrowersyjna stacja metra.

Dwadzieścia lat temu budowa tej stacji wywołała wzburzenie wśród historyków, którzy obawiali się, że wykopy pod placem spowodują osunięcie się wielotonowego obelisku stojącego na środku. Tymczasem miejscy decydenci kazali usunąć obelisk i zastąpili go niewielką fontanną o nazwie *Triton*.

Czyli w czasach Berniniego, uświadomił sobie, na Piazza Barberini znajdował się obelisk! Jeśli miał jeszcze jakiekolwiek wątpliwości, czy dobrze zlokalizował trzeci znacznik, to teraz całkowicie zniknęły.

Kiedy znaleźli się w odległości jednej przecznicy od placu, Olivetti skręcił w boczną alejkę i w połowie jej długości gwałtownie się zatrzymał. Zdjął marynarkę, podwinął rękawy i załadował broń.

— Nie możemy ryzykować, że zostaniemy rozpoznani — wyjaśnił. — Was pokazywali w telewizji. Chciałbym, żebyście się schowali po drugiej stronie placu, tak żeby was nie było widać, i obserwowali główne wejście. Ja idę od tyłu. — Wyjął znajomy pistolet i wręczył go Langdonowi. — Na wszelki wypadek.

Langdon skrzywił się. Już po raz drugi dawano mu broń. Wsunął ją do kieszeni na piersi. Jednocześnie uświadomił sobie, że nadal nosi przy sobie kartę z książki *Diagramma*. Nie mógł uwierzyć, że zapomniał zostawić ją w archiwum. Wyobrażał sobie kustosza, który dostaje ataku wściekłości na wieść, że jego bezcenny eksponat jest noszony po mieście jak mapa turystyczna. Potem jednak przypomniał sobie o masie potłuczonego szkła przemieszanego z dokumentami, jaką pozostawił po sobie w budynku archiwum. Kustosz będzie miał inne problemy. O ile archiwa przetrwają tę noc...

Olivetti wysiadł z samochodu i wskazał w stronę, skąd przyjechali.

— Plac jest tam. Miejcie oczy otwarte i uważajcie, żeby was nie zobaczył. — Stuknął w telefon komórkowy, który miał przy pasku. — Panno Vetra, sprawdźmy jeszcze raz automatyczne wybieranie mojego numeru.

Vittoria wyjęła swój telefon i wcisnęła przycisk, na którym wcześniej przed Panteonem zaprogramowała numer komendanta. Telefon Olivettiego zawibrował przy pasku, ale nie zadzwonił — przezornie wcześniej wyciszony.

Komendant skinął głową.

— Dobrze. Jeśli coś zobaczycie, zawiadomcie mnie. — Zarepetował broń. — Będę czekał wewnątrz. Ten poganin jest mój.

W tej chwili w pobliżu zadzwonił też inny telefon.
Asasyn odebrał.

— Tak?

— To ja — oznajmił głos w słuchawce. — Janus.

Asasyn uśmiechnął się.

— Witam, mistrzu.

— Prawdopodobnie znają twoją pozycję. Ktoś jedzie cię powstrzymać.

— Za późno. Już wszystko tu przygotowałem.

— Dobrze. Tylko wyjdź z tego żywy. Są jeszcze zadania do wykonania.

— Ci, którzy staną na mej drodze, zginą.

— Ci, którzy staną na twej drodze, są mądrzy.

— Mówisz o tym amerykańskim naukowcu?

— Wiesz o nim?

Asasyn zaśmiał się.

— Spokojny, ale naiwny. Rozmawiał ze mną wcześniej przez telefon. Jest z nim kobieta, która ma zgoła odmienny temperament. — Poczuł przypływ pożądania, gdy przypomniał sobie ognisty charakter córki Leonarda Vetry.

W telefonie na chwilę zapanowała cisza. Asasyn po raz pierwszy był świadkiem wahania swojego zleceniodawcy. W końcu Janus znów się odezwał.

— Jeśli będzie trzeba, zabij ich.

— Załatwione. — Zabójca uśmiechnął się. Poczuł, jak po całym ciele rozlewa mu się miłe uczucie oczekiwania. Chociaż może zatrzymam sobie kobietę jako nagrodę.

Rozdział 89

Na placu Świętego Piotra wybuchła wojna.

Stał się on świadkiem szaleńczej agresji. Wozy transmisyjne różnych stacji wpadały na plac jak wozy bojowe, zdobywające przyczółki. Reporterzy przygotowywali do pracy najnowsze urządzenia elektroniczne jak żołnierze zbrojący się do bitwy. Na całym obwodzie placu poszczególne sieci manewrowały, by zdobyć jak najkorzystniejszą pozycję dla ustawienia najnowocześniejszej broni w wojnie mediów — wielkich telebimów.

Są to ogromne ekrany wideo, które można zamocować na dachach wozów transmisyjnych lub przenośnych stelażach. Służą one jako rodzaj tablic reklamowych stacji telewizyjnych, wyświetlając zarówno materiał nadawany przez stację, jak i jej logo. Jeśli taki ekran uda się dobrze umieścić — na przykład tuż przed miejscem akcji — to konkurencyjna stacja, filmując wydarzenie, reklamuje przy okazji swojego rywala.

Jednak plac okupowały nie tylko media. Ze wszystkich stron ściągały tu tłumy gapiów, a wolna przestrzeń szybko stawała się cennym towarem. Ludzie gromadzili się wokół ogromnych ekranów, słuchając w podnieceniu i oszołomieniu przedstawianych na nich relacji na żywo.

Zaledwie o sto metrów dalej, za osłoną grubych ścian Bazyliki Świętego Piotra świat wydawał się zupełnie spokojny. Porucznik Chartrand wraz z trzema innymi gwardzistami poruszali się powoli w ciemności. Posuwali się wachlarzem wzdłuż nawy, mając na oczach gogle na podczerwień, a w rękach detektory, którymi poruszali przed sobą. Przeszukanie dostępnych dla publiczności sektorów Watykanu nie przyniosło, jak dotąd, żadnego rezultatu.

— Teraz lepiej zdejmijcie gogle — powiedział dowódca grupy. Chartrand już to zrobił. Zbliżali się do Niszy Paliuszy — wpuszczonej w posadzkę komory w środku bazyliki. Oświetlało ją dziewięćdziesiąt dziewięć lamp olejowych i wzmocnione promieniowanie podczerwone mogłoby poparzyć im oczy.

Chartrand ucieszył się, że może na chwilę pozbyć się ciężkich gogli. Rozglądał się pilnie, gdy schodzili do komory, żeby ją przeszukać. Pomieszczenie było naprawdę piękne... złote i rozjarzone światłami. Nigdy przedtem tu nie był.

Miał wrażenie, że od dnia przybycia do Watykanu codziennie dowiaduje się czegoś nowego o kryjących się tu tajemnicach. Jedną z nich były te lampki oliwne. Było ich dokładnie dziewięćdziesiąt dziewięć i paliły się przez cały czas. Taka panowała tradycja. Ktoś zawsze czuwał i dopełniał je świętymi olejami, tak żeby żadna nie wypaliła się do końca. Mówiono, że będą płonąć do końca świata.

A przynajmniej do północy, pomyślał Chartrand, znowu czując, jak zasycha mu w ustach.

Przesunął detektorem nad lampkami, ale nie odezwał się żaden sygnał. Nic dziwnego, skoro pojemnik jest ukryty w jakimś ciemnym miejscu, jak wynika z przekazu kamery.

Badając wnętrze komory, dotarł do kraty odgradzającej otwór w posadzce. Zagłębienie to wiodło do stromych, wąskich schodów prowadzących prosto w dół. Słyszał opowieści o tym, co się tam kryje. Na szczęście nie musiał tam schodzić. Rocher wydał wyraźne rozkazy. „Przeszukujcie tylko miejsca dostępne dla publiczności".

— Co to za zapach? — spytał, odwracając się od kraty. W niszy unosił się odurzająco słodki aromat.

— To dym z lamp — odparł jeden z jego kolegów.

Zaskoczyło go to.

— Pachnie raczej jak perfumy niż nafta.

— Bo to nie jest nafta. Te lampy palą się blisko papieskiego ołtarza, toteż napełniają je specjalną mieszanką etanolu, cukru, butanu i perfum.

— Butanu? — Chartrand spojrzał niespokojnie na lampki.

— Tak. Uważaj, żeby nie rozlać. Pachnie niebiańsko, ale pali się jak diabli.

Strażnicy skończyli już przeszukiwanie niszy i ponownie przesuwali się nawą bazyliki, kiedy odezwała się krótkofalówka.

Przekazywano im informacje o rozwoju sytuacji. Słuchali ich wstrząśnięci.

Najwyraźniej pojawiły się nowe, kłopotliwe okoliczności, których nie można było omawiać przez radio. Natomiast kamerling postanowił naruszyć tradycję i wejść na konklawe, żeby przemówić do kardynałów. Nigdy dotychczas to się nie zdarzyło. Z drugiej strony, pomyślał Chartrand, jeszcze nigdy w swojej historii Watykan nie znajdował się nad czymś w rodzaju nowoczesnej bomby nuklearnej.

Chartrand poczuł się spokojniejszy, gdy kamerling przejął nad wszystkim kontrolę, gdyż jego właśnie najbardziej szanował ze wszystkich osób w Watykanie. Niektórzy gwardziści uważali kamerlinga za *beato* — fanatyka religijnego, u którego miłość do Boga graniczy z obsesją. Jednak nawet oni byli zgodni, że jeśli chodzi o zwalczanie nieprzyjaciół Boga, to jest on człowiekiem, który najlepiej sobie z tym poradzi.

W minionym tygodniu ze względu na przygotowania do konklawe gwardziści często spotykali się z kamerlingiem i zauważyli, że jest on nieco zdenerwowany, a w jego zielonych oczach maluje się wyraz napięcia. Jednak nic w tym dziwnego, stwierdzano powszechnie, w końcu nie tylko ma na głowie zorganizowanie świętego konklawe, ale na dodatek musi się tym wszystkim zajmować tuż po stracie swojego mentora.

Chartrand dość szybko po przybyciu do Watykanu usłyszał historię zamachu bombowego, w którym matka kamerlinga zginęła na jego oczach. Bomba w kościele... a teraz to wszystko dzieje się od nowa. Niestety, wówczas władzom nie udało się odnaleźć zamachowców... prawdopodobnie jakiejś grupy antychrześcijańskiej, jak twierdzili, i cała sprawa się rozmyła. Nic dziwnego, że kamerling pogardzał biernością.

Dwa miesiące temu w spokojne popołudnie Chartrand wpadł na kamerlinga przechadzającego się po Watykanie. Ventresca najwyraźniej rozpoznał w nim nowicjusza i zaprosił go, żeby towarzyszył mu podczas spaceru. Nie rozmawiali o niczym szczególnym, ale kamerling stworzył taką atmosferę, że Chartrand od razu poczuł się swobodnie w jego towarzystwie.

— Ojcze — spytał w pewnej chwili — czy mogę zadać dziwne pytanie?

Kamerling uśmiechnął się.

— Tylko jeśli ja mogę udzielić dziwnej odpowiedzi.

Chartrand roześmiał się.

— Pytałem już o to wszystkich znanych mi księży, ale nadal nie rozumiem.

— A co takiego cię kłopocze? — Kamerling szedł krótkim, szybkim krokiem, przy którym przód sutanny podskakiwał mu do góry. Czarne buty na gumowej podeszwie doskonale do niego pasują, pomyślał Chartrand, odzwierciedlając niejako jego istotę... nowoczesne, ale skromne i widać na nich oznaki zużycia.

Chartrand wziął głęboki oddech.

— Nie rozumiem, o co chodzi z tym wszechmocnym i łaskawym Bogiem.

— Czytasz Pismo Święte — uśmiechnął się kamerling.

— Próbuję.

— Jesteś zagubiony, ponieważ Biblia opisuje Boga jako wszechmogącego i łaskawego.

— Właśnie.

— Oznacza to po prostu, że Bóg wszystko może i dobrze nam życzy.

— Rozumiem samo pojęcie.... tylko, że widzę pewną sprzeczność.

— Tak. Sprzecznością jest cierpienie. Głód, wojny, choroby, które dotykają ludzi.

— No, właśnie! — Chartrand wiedział, że kamerling go zrozumie. — Na świecie dzieją się straszne rzeczy. Ludzkie tragedie świadczą raczej o tym, że Bóg nie może być jednocześnie wszechmocny i mieć dobre intencje. Gdyby nas kochał i posiadał moc, by zmienić naszą sytuację, to uchroniłby nas przed cierpieniem, prawda?

Kamerling zmarszczył brwi.

— Czy rzeczywiście?

Chartrand zaniepokoił się. Czyżby przekroczył pewne granice? Może to jedno z tych religijnych pytań, których nie należy zadawać?

— No... jeśli Bóg nas kocha i potrafi nas chronić, to musiałby to robić. Wygląda na to, że jest On albo wszechmocny i o nas nie dba, albo łaskawy i nie ma mocy, by nam pomóc.

— Ma pan dzieci, poruczniku?

Chartrand zaczerwienił się.

— Nie, *signore*.

— Wyobraź sobie, że masz ośmioletniego syna... Kochałbyś go?

— Oczywiście.

— Czy zrobiłbyś wszystko, co w twojej mocy, żeby uchronić go przed cierpieniem w życiu?

— Oczywiście.

— Czy pozwoliłbyś mu jeździć na desce?

To pytanie go zaskoczyło. Kamerling zawsze był dziwnie „na czasie", jak na księdza.

— No, chyba tak — odparł. — Oczywiście, że bym mu pozwolił, ale przestrzegłbym go, żeby był ostrożny.

— Zatem jako ojciec tego dziecka udzieliłbyś mu pewnych podstawowych dobrych rad, a potem pozwoliłbyś mu odejść i popełniać błędy?

— Nie biegałbym za nim i nie rozpieszczał go, jeśli o to ojcu chodzi.

— A jeśli upadłby i zdarł sobie kolana?

— Nauczyłby się bardziej uważać.

Kamerling uśmiechnął się.

— Zatem chociaż posiadałbyś moc, żeby interweniować i uchronić swoje dziecko przed bólem, zdecydowałbyś się okazać mu miłość, pozwalając mu uczyć się samemu?

— Oczywiście. Cierpienie jest częścią dorastania. Dzięki niemu się uczymy.

Kamerling skinął głową.

— Właśnie.

Rozdział 90

Langdon i Vittoria obserwowali Piazza Barberini ukryci w cieniu alejki w zachodnim końcu placu. Kościół znajdował się naprzeciw nich — zamglona kopuła wyłaniała się z grupki słabo widocznych w mroku budynków po drugiej stronie placu. Wraz z nadejściem wieczoru zapanował miły chłód, toteż Langdon dziwił się, że tak mało osób przebywa na dworze. Jednak dobiegające z otwartych okien odgłosy z telewizorów przypomniały mu, gdzie wszyscy się podziali.

— ...nie otrzymaliśmy jeszcze żadnych komentarzy z Watykanu... zamordowanie dwóch kardynałów przez iluminatów... satanistyczny kult w Rzymie... spekulacje na temat dalszej infiltracji...

Wieści rozprzestrzeniały się równie błyskawicznie, jak pożar wzniecony przez Nerona, i przykuwały uwagę nie tylko Rzymu, ale i całego świata. Langdon zastanawiał się, czy rzeczywiście zdołają zapobiec katastrofie. Czekając, przyglądał się placowi i stwierdził, że pomimo wtargnięcia tu nowoczesnych budynków, wcale nie stracił on swego eliptycznego kształtu. Wysoko w górze na dachu luksusowego hotelu mrugał ogromny neon, jak nowoczesna świątynia ku czci dawnego bohatera. Vittoria zdążyła już mu wskazać ten zadziwiająco pasujący do sytuacji napis:

HOTEL BERNINI

— Za pięć dziesiąta — poinformowała go, najpierw jednak wciągając głębiej w cień. Przez cały czas obiegała wzrokiem plac i teraz pokazywała mu coś na środku.

Podążył wzrokiem za jej spojrzeniem i zesztywniał.

Na wprost nich szły ukośnie przez plac dwie ciemne postaci,

oświetlone teraz lampą uliczną. Obie były w pelerynach, a na głowach miały czarne mantyle, tradycyjne nakrycie głowy katolickich wdów. Langdonowi wydawało się, że to kobiety, ale trudno było mieć pewność w panującym mroku. Jedna z postaci wyglądała na starszą i posuwała się zgięta, z wyraźnym wysiłkiem. Druga — wyższa i silniejsza — wspierała ją.

— Daj mi broń — zażądała Vittoria.

— Nie możesz po prostu...

Błyskawicznym, kocim ruchem dziewczyna wsunęła mu dłoń pod marynarkę i już po chwili trzymała w niej pistolet. Potem bezgłośnie, zupełnie jakby nie dotykała stopami bruku, pomknęła w lewo, zataczając łuk, żeby znaleźć się za plecami idącej pary. Langdon stał przez chwilę osłupiały, po czym, klnąc pod nosem, ruszył za nią.

Para posuwała się bardzo powoli, tak że w ciągu pół minuty znaleźli się za nią. Vittoria założyła niedbale ręce na piersiach, ukrywając w ten sposób broń, a jednocześnie mogąc jej w każdej chwili użyć. W miarę jak się zbliżali, dziewczyna szła coraz szybciej, a Langdon usiłował za nią nadążyć. Kiedy natrafił stopą na kamyk, który zazgrzytał i wyprysnął mu spod buta, Vittoria spojrzała na niego gniewnie. Jednak osoby przed nimi chyba nie usłyszały, gdyż były zajęte rozmową.

Kiedy zbliżyli się do nich na jakieś dziesięć metrów, do Langdona dobiegły ich głosy, ale nie słyszał słów, tylko niewyraźne mamrotanie. Idąca obok niego Vittoria przyspieszała z każdym krokiem. Rozluźniła ramiona, tak że pistolet był teraz widoczny. Sześć metrów. Głosy stały się wyraźniejsze — jeden znacznie głośniejszy niż drugi. Gniewny. Pełen nacisku. Langdon wyczuwał, że to głos starej kobiety. Burkliwy. Niski. Starał się dosłyszeć, co mówi, ale w tej chwili inny głos przeciął ciszę.

— *Mi scusi!* — przyjazny ton Vittorii rozjaśnił plac jak pochodnia.

Langdon skurczył się w sobie, gdy para w pelerynach znieruchomiała i zaczęła się odwracać. Vittoria nie zwolniła kroku, szła prosto na nią, nie pozostawiając nieznajomym czasu na ewentualną reakcję. Langdon uświadomił sobie, że jego stopy przestały się poruszać. Widział od tyłu, jak Vittoria opuszcza ręce i wysuwa dłoń z pistoletem do przodu. Nagle ponad jej ramieniem dostrzegł twarz oświetloną teraz przez uliczną latarnię. Poczuł w nogach obezwładniający strach i rzucił się naprzód.

— Vittorio, nie!

Jednak dziewczyna była o ułamek sekundy szybsza od niego.

369

Szybkim, ale płynnym ruchem ponownie splotła ręce na piersi. Broń zniknęła, a ona wyglądała, jakby obejmowała się ramionami w ochronie przed zimnem. Langdon podbiegł niezdarnie do jej boku, niemal zderzając się ze stojącą przed nimi parą.

— *Buona sera* — powiedziała dość gwałtownie Vittoria, która jeszcze nie zdążyła się uspokoić.

Langdon odetchnął z ulgą. Stały przed nimi dwie starsze kobiety i przyglądały się im gniewnie spod mantyl. Jedna była tak stara, że z trudnością utrzymywała się na nogach. Druga ją podtrzymywała. Obie miały w rękach różańce, a na ich twarzach malowało się zakłopotanie.

Vittoria uśmiechnęła się, choć było jeszcze widać, że jest wstrząśnięta.

— *Dov'è la chiesa Santa Maria della Vittoria?* Gdzie jest kościół...

Obie kobiety jednocześnie wskazały w kierunku, z którego przyszły, na masywny zarys budynku przy spadzistej ulicy.

— *È là.*

— *Grazie* — odezwał się Langdon. Jednocześnie objął dziewczynę i zaczął ją delikatnie odciągać do tyłu. Nie mieściło mu się w głowie, że nieomal zaatakowali te dwie staruszki.

— *Non si puo entrare* — ostrzegła ich jedna z kobiet. — *È chiusa temporaneo.*

— Wcześniej zamknęli? — spytała zaskoczona Vittoria. — *Perchè?*

Obie kobiety jednocześnie zaczęły jej wyjaśniać, mamrocząc gniewnym tonem. Langdon tylko częściowo zrozumiał ich zrzędzenie. Piętnaście minut temu modliły się w kościele w intencji Watykanu, który znalazł się w potrzebie, kiedy pojawił się jakiś mężczyzna i oznajmił, że zamyka kościół wcześniej.

— *Hanno conoscete quest'uomo?* — dopytywała się Vittoria napiętym głosem. — Czy znacie tego mężczyznę?

Kobiety potrząsnęły przecząco głowami. To był *straniero crudo*, wyjaśniły, i zmusił wszystkich do opuszczenia kościoła, nawet młodego księdza i kościelnego, którzy powiedzieli, że wezwą policję. Na to intruz tylko się roześmiał i oświadczył, żeby policja koniecznie zabrała kamery. Na to intruz tylko się roześmiał i oświadczył, żeby policja koniecznie zabrała kamery.

Kamery? — zastanowił się Langdon.

Kobiety dalej gniewnie zrzędziły, używając w odniesieniu do mężczyzny określenia *bar-àrabo*. W końcu poszły w swoją stronę.

— *Bar-àrabo?* — spytał Langdon. — Barbarzyńca?

Na twarzy Vittorii pojawił się wyraz napięcia.

— Niezupełnie. *Bar-àrabo* to obraźliwa gra słów. Oznacza *Àrabo*... Araba.

Langdon poczuł, jak przechodzi go dreszcz. Odwrócił się w kierunku zarysu kościoła i dostrzegł wówczas coś dziwnego w jego witrażowym oknie. Ogarnęło go przerażenie.

Vittoria, nie zdając sobie z tego sprawy, wyjęła swój telefon komórkowy i wcisnęła automatyczne wybieranie numeru.

— Muszę ostrzec Olivettiego.

Langdon bez słowa dotknął jej ramienia. Trzęsącą się dłonią wskazał kościół.

Dziewczyna głośno wypuściła powietrze.

Przez witrażowe okna kościoła przebijał blask strzelających coraz wyżej płomieni.

Rozdział 91

Langdon i Vittoria ruszyli biegiem do głównego wejścia kościoła i stwierdzili, że drewniane drzwi są zamknięte. Vittoria trzykrotnie wystrzeliła do starodawnej zasuwy, która rozpadła się na kawałki. Kościół nie miał kruchty, toteż po otwarciu drzwi zobaczyli od razu całe wnętrze świątyni. Widok przed ich oczami był tak nieoczekiwany i niezwykły, że Langdon zamknął na chwilę oczy i otworzył je ponownie, żeby jego umysł mógł go sobie przyswoić. Kościół miał bogaty barokowy wystrój... złocone ściany i ołtarze. Na samym środku pod główną kopułą ustawiono wysoki stos z ław kościelnych i podpalono, zamieniając go w ogromny stos pogrzebowy. Płomienie strzelały wysoko w kierunku kopuły. Jednak dopiero kiedy Langdon podążył za nimi wzrokiem w górę, dotarła do niego w pełni groza sytuacji.

Wysoko w górze z lewej i prawej strony zwisały liny przeznaczone do zawieszania kadzielnicy i poruszania nią nad głowami wiernych. Teraz jednak nie przytrzymywały one kadzielnicy. Wykorzystano je do czegoś innego...

Z lin, umocowane za nadgarstki, zwisało ciało nagiego mężczyzny. Liny naciągnięto do tego stopnia, że niewiele brakowało, by go rozerwały. Ramiona były wyciągnięte na boki, tak że wyglądał, jakby go przybito do niewidzialnego krzyża unoszącego się w domu Bożym.

Langdon stał jak sparaliżowany. Po chwili zobaczył coś jeszcze okropniejszego. Mężczyzna żył i podniósł głowę. Para przerażonych oczu patrzyła na dół z niemym błaganiem o pomoc. Na piersi mężczyzny widniał wypalony symbol. Langdon nie widział go dokładnie, ale domyślał się, co przedstawia. Kiedy płomienie wzbiły się wyżej, sięgając do stóp ofiary, mężczyzna wydał z siebie krzyk bólu, a całe jego ciało zadrżało.

Langdon, jakby pchnięty niewidzialną ostrogą, ruszył nagle biegiem główną nawą w kierunku stosu. Kiedy się zbliżył, płuca wypełnił mu dym. Dotarł pędem na odległość około trzech metrów od tego piekła i tu zderzył się ze ścianą żaru. Z osmaloną twarzą odskoczył gwałtownie do tyłu, przewracając się ciężko na marmurową posadzkę. Podniósł się chwiejnie i osłaniając twarz rękoma, próbował podejść bliżej.

Od razu zrozumiał, że to niemożliwe. Temperatura był zbyt wysoka. Znowu się cofnął i zaczął przyglądać się ścianom. Przydałyby się grube gobeliny. Gdybym mógł jakoś zdusić... Ale wiedział, że nie znajdzie tu nic takiego. To barokowa kaplica, Robercie, a nie niemiecki zamek! Myśl! Zmusił się do ponownego spojrzenia na wiszącego mężczyznę.

Wysoko w górze dym i płomienie wirowały pod kopułą. Linki przymocowane do nadgarstków ofiary biegły do sufitu, gdzie przechodziły przez krążki i schodziły ponownie w dół do metalowych zacisków umocowanych na ścianach po obu stronach kościoła. Zaciski znajdowały się wysoko, ale Langdonowi przyszło na myśl, że gdyby zdołał się dostać choć do jednego, poluźniłby naciąg liny, a wówczas mężczyzna mógłby się rozhuśtać i oddalić poza zasięg ognia.

Płomienie z gwałtownym trzaskiem wystrzeliły wyżej i z góry rozległ się przerażający krzyk. Skóra na nogach mężczyzny zaczęła już pokrywać się bąblami. Kardynał piekł się żywcem. Langdon utkwił spojrzenie w zacisku na ścianie i ruszył biegiem w tamtym kierunku.

W tylnej części kościoła Vittoria uchwyciła się mocno oparcia ławki, usiłując dojść do siebie. Widok był przerażający. Zmusiła się do odwrócenia wzroku. Zrób coś! Zastanawiała się, gdzie jest Olivetti. Czy widział Asasyna? Może go złapał? Gdzie mogą teraz być? Ruszyła naprzód, żeby pomóc Langdonowi, ale zatrzymał ją dziwny dźwięk.

Trzask płomieni był z chwili na chwilę głośniejszy, jednak dotarł do niej jeszcze inny odgłos. Metaliczna wibracja. Gdzieś w pobliżu. Powtarzające się pulsowanie dobiegało chyba z końca ławek po lewej stronie. Był to suchy grzechot, jakby odzywał się telefon, ale twardo i bezdźwięcznie. Vittoria mocniej ujęła pistolet i ruszyła wzdłuż rzędu ławek. Dźwięk stał się głośniejszy. Powtarzająca się wibracja.

Kiedy zbliżyła się do końca nawy, doszła do wniosku, że dobiega on z podłogi, z miejsca, gdzie kończyły się już ławki. Idąc w tamtym kierunku z pistoletem w wyciągniętej dłoni, uświadomiła sobie, że w drugiej ręce również coś niesie — swój telefon komórkowy. Biegnąc w panice, zapomniała, że dzwoniła na numer komendanta, żeby wibracja telefonu ostrzegła go przed niebezpieczeństwem. Przyłożyła telefon do ucha. Nadal dzwonił, czyli Olivetti go nie odebrał. Z narastającym lękiem zrozumiała, skąd się bierze ten dziwny dźwięk. Drżąc ze strachu, zrobiła jeszcze krok do przodu i zajrzała za ławki.

Kiedy jej wzrok padł na leżącą bez ruchu postać, miała wrażenie, że podłoga usuwa jej się spod stóp. Nie było widać krwi ani oznak walki na ciele. Zauważyła natomiast przerażające położenie głowy komendanta... wykręcona do tyłu, obrócona o sto osiemdziesiąt stopni. Przed oczyma Vittorii znów pojawił się obraz zniekształconego ciała jej ojca.

Telefon zamocowany przy pasku komendanta opierał się na podłodze i raz za razem przekazywał zimnemu marmurowi swoje wibracje. Vittoria wyłączyła własny telefon, a wówczas dźwięk ustał. Jednak w ciszy, która zapadła, dobiegł ją jeszcze inny odgłos — odgłos czyjegoś oddechu tuż za jej plecami.

Zaczęła się odwracać, trzymając broń w uniesionej dłoni, ale było już za późno. Łokieć napastnika uderzył ją w kark i fala palącego żaru przebiegła ją od szczytu głowy aż po podeszwy stóp.

— Teraz jesteś moja — odezwał się jakiś głos.

Potem zapadła ciemność.

Po drugiej stronie sanktuarium Langdon balansował na oparciu ławki przy lewej ścianie, usiłując wdrapać się wyżej i dosięgnąć do zacisku. Jednak brakowało mu do niego jeszcze niemal dwa metry. Tego rodzaju mechanizmy specjalnie umieszczano tak wysoko, by nikt niepowołany ich nie ruszał. Langdon wiedział, że księża dostają się do nich za pomocą drewnianych drabin zwanych *piuòli*. Zabójca najwyraźniej posłużył się kościelną drabiną, żeby zawiesić w ten sposób swoją ofiarę. Więc gdzie, u diabła, jest teraz ta drabina?! Langdon rozejrzał się po podłodze wokół siebie, miał niejasne wrażenie, że gdzieś ją widział. Ale gdzie? W chwilę później przypomniał sobie i serce mu zamarło. Obrócił się w stronę szalejącego ognia i rzeczywiście... drabina leżała na samym szczycie stosu, objęta już płomieniami.

Zdesperowany rozglądał się ze swojego podwyższenia po całym kościele, usiłując znaleźć cokolwiek, co pomoże mu dosięgnąć do zacisku. Nagle jednak uświadomił sobie coś innego. Gdzie się podziała Vittoria? Nigdzie jej nie widział. Czyżby pobiegła po pomoc? Zawołał ją po imieniu, ale nie doczekał się odpowiedzi. I gdzie jest Olivetti?!

Z góry znowu dobiegł go jęk bólu, a wówczas zdał sobie sprawę z tego, że prawdopodobnie i tak już jest za późno. Kiedy patrzył na powoli przypiekającą się ofiarę, na myśl przychodziła mu tylko jedna rzecz. Woda. Potrzeba mnóstwo wody. Zgasi ogień, a przynajmniej przydusi płomienie.

— Potrzebuję wody, niech to szlag! — krzyknął na głos.

— Woda będzie następna — odpowiedział mu niski głos z końca kościoła.

Langdon błyskawicznie się obrócił, niemal spadając z oparcia. Środkiem bocznej nawy kroczył prosto ku niemu ciemny potwór. Nawet w blasku ognia jego oczy były zupełnie czarne. W ręku niósł pistolet, w którym Langdon rozpoznał broń wyjętą mu z kieszeni przez Vittorię... broń, z którą dziewczyna wchodziła do tego kościoła.

Fala paniki, która go nagle ogarnęła, była szaloną mieszaniną różnych obaw. Najpierw pomyślał o Vittorii. Co to zwierzę jej zrobiło? Czy była ranna? Albo gorzej? W tej samej chwili uświadomił sobie, że mężczyzna w górze krzyczy głośniej. Kardynał umrze — nie zdoła już mu pomóc. Potem, kiedy Asasyn wymierzył broń w jego pierś, o niczym już nie myślał. Zareagował instynktownie, rzucając się z oparcia z rękoma wyciągniętymi do przodu w morze kościelnych ław, akurat gdy rozlegał się strzał.

Zderzył się z jedną z ławek znacznie mocniej, niż to sobie wyobrażał, po czym natychmiast stoczył się na podłogę. Marmurowa posadzka bynajmniej nie złagodziła jego upadku. Z prawej strony słyszał zbliżające się kroki. Obrócił się ku przodowi kościoła i zaczął czołgać się pod ławkami, walcząc o życie.

Wysoko ponad posadzką kościoła kardynał Guidera przeżywał ostatnie, pełne straszliwego cierpienia chwile świadomości. Kiedy spojrzał w dół na swoje nagie ciało, zobaczył, że skóra na nogach pokryta jest pęcherzami i zaczyna odchodzić od ciała. Jestem w piekle, pomyślał. Boże mój, czemuś mnie opuścił? Wiedział, że musi być w piekle, gdyż patrzył do góry nogami na piętno wypalone na swojej piersi, a mimo to, jakby wskutek diabelskiej magii, słowo to miało sens *.

* Podobnie jak poprzednie ambigramy nazw żywiołów, także i ten został utworzony z angielskiego określenia FIRE, czyli Ogień.

Rozdział 92

Trzecie głosowanie. Nadal nie ma papieża.

W Kaplicy Sykstyńskiej kardynał Mortati zaczynał już modlić się o cud. Ześlij nam kandydatów! To spóźnienie trwało już zbyt długo. Gdyby nie przybył jeden z *preferitich*, można by to zrozumieć. Ale wszyscy czterej? Nie było żadnej możliwość manewru. W tych okolicznościach uzyskanie przez jednego kandydata dwóch trzecich głosów wymagałoby interwencji samego Boga.

Kiedy szczęknęły zamki głównych drzwi do kaplicy, Mortati i całe Kolegium Kardynalskie jednocześnie obrócili się ku wejściu. Mortati wiedział, że drzwi mogą zostać odpieczętowane tylko w jednej z dwóch sytuacji — żeby wynieść kogoś ciężko chorego lub wpuścić spóźnionych kardynałów.

Preferiti przyszli!

Jednak kiedy drzwi stanęły w końcu otworem, westchnienie, które uniosło się nad całą kaplicą, dalekie było od ulgi. Mortati wpatrywał się z nieopisanym zdumieniem w człowieka, który właśnie wszedł. Po raz pierwszy w historii Watykanu kamerling przekroczył święty próg konklawe po zapieczętowaniu drzwi.

Co on sobie myśli?!

Kamerling podszedł do ołtarza i odwrócił się do wstrząśniętych słuchaczy.

— *Signori* — zaczął. — Czekałem tak długo, jak mogłem. Teraz jednak muszę wam powiedzieć o czymś, co macie prawo wiedzieć.

Rozdział 93

Langdon nie miał pojęcia, dokąd zmierza. Jego jedynym kompasem był instynkt samozachowawczy odciągający go jak najdalej od niebezpieczeństwa. Piekły go łokcie i kolana, na których posuwał się pod ławkami. Mimo to nie przestawał się czołgać. Jakiś głos mówił mu, żeby skręcić w lewo. Jeśli dostaniesz się do głównej nawy, możesz pobiec do wyjścia. Jednak wiedział, że to niemożliwe. Główną nawę blokuje ściana płomieni! Gorączkowo myśląc nad jakimkolwiek wyjściem z sytuacji, pełzł na oślep dalej. Słyszał coraz bliższy odgłos kroków z prawej strony.

Był zupełnie nieprzygotowany na to, co się stało. Zakładał, że ma przed sobą jeszcze ze trzy metry ławek, zanim dotrze do przedniej części kościoła. Okazało się, że się mylił. Bez żadnego ostrzeżenia osłona nad jego głową się skończyła. Zamarł na chwilę, wysunięty do połowy ciała na otwartą przestrzeń. Nieco z tyłu po lewej stronie widział rzeźbę, która go tu przywiodła, gargantuiczną z tej perspektywy. Zupełnie o niej zapomniał. *Ekstaza św. Teresy* Berniniego wznosiła się jak pornograficzna martwa natura... święta leżąca na plecach, wygięta z rozkoszy, usta otwarte w jęku, a nad nią anioł celujący ognistą włócznią.

Nagle w ławce nad głową Langdona eksplodowała kula. Poczuł, że jego ciało unosi się jak ciało sprintera przygotowującego się do wyjścia z bloków startowych. Na pół świadom tego, co robi, napędzany tylko adrenaliną, pędził skulony, z pochyloną głową, przez przednią cześć kościoła, skręcając w prawo. Kiedy usłyszał za sobą huk kolejnych wystrzałów, ponownie zanurkował i ślizgał się bezwładnie po marmurowej podłodze, dopóki nie wpadł na balustradę niszy znajdującej się w prawej ścianie.

Wtedy ją zobaczył. W tylnej części kościoła leżała skulona

postać. Vittoria! Nogi miała dziwnie podgięte pod tułowiem, ale wydawało mu się, że żyje. Nie miał czasu jej pomóc.

Zabójca błyskawicznie okrążył ławki z lewej strony i szedł nieubłaganie w jego kierunku. Langdon pojął, że to już koniec. Napastnik podniósł pistolet, a Langdon zrobił jedyne, co mu jeszcze pozostało — przetoczył się nad balustradą do wnęki. Kiedy lądował na podłodze po drugiej stronie, marmurowe kolumny balustrady zatrzęsły się od uderzeń kul.

Langdon czuł się jak osaczone zwierzę, gdy starał się wcisnąć jak najgłębiej w półkolistą niszę. Znajdował się w niej tylko pojedynczy sarkofag — ironiczny komentarz do jego obecnej sytuacji. Kto wie, czy nie stanie się również moim, pomyślał. Nawet sama trumna zdawała się odpowiednia, gdyż była to *scàtola,* niewielka, pozbawiona ozdób marmurowa skrzynia. Pochówek na koszt miasta. Sarkofag wznosił się nad posadzką na dwóch marmurowych blokach. Langdon wypatrzył między nimi lukę, i oceniał przez chwilę, czy się w niej zmieści.

Za jego plecami rozległ się odgłos kroków.

Nie zastanawiając się dłużej, rozpłaszczył się na podłodze i zaczął pełznąć w kierunku otworu. Chwycił rękoma za marmurowe słupki i z całej siły wciągnął się w lukę pod sarkofagiem. Napastnik znów zaczął strzelać.

Tym razem Langdon po raz pierwszy w życiu przekonał się, jakie to uczucie, gdy pocisk przelatuje tuż koło ciała. Usłyszał syk powietrza, jak świst przy strzelaniu z bata, i kula, która chybiła dosłownie o włos, eksplodowała w marmurze, wzniecając chmurę pyłu. Czując nagły przypływ adrenaliny, przeciągnął się do końca pod trumną i wczołgał za sarkofag.

Znalazł się w ślepej uliczce.

Miał przed sobą tylną ścianę niszy. Był przekonany, że ta niewielka przestrzeń po drugiej stronie sarkofagu stanie się jego grobem. I to już wkrótce, uświadomił sobie, kiedy zobaczył lufę pistoletu wsuwającą się w otwór pod trumną. Asasyn trzymał ją równolegle do podłogi i celował dokładnie w brzuch Langdona.

Musiał trafić.

W tym momencie u Langdona zadziałał podświadomy instynkt samozachowawczy. Błyskawicznie przekręcił się na brzuch, równolegle do sarkofagu. Oparł dłonie płasko na podłodze, nie zważając na kłujący ból w otwierających się na nowo ranach po szkle z archiwum, i rozprostował ramiona. Jego ciało uniosło się w niezdarnej pompce i wygięło w łuk, tak że brzuch uniósł się z podłogi akurat, gdy broń wypaliła. Czuł falę uderzeniową pędzących pod nim pocisków, które obracały w pył porowaty trawertyn tylnej ściany. Zamknął oczy i walcząc z wyczerpaniem, modlił się, żeby ta kanonada wreszcie ustała.

I tak się stało.

Dobiegł go chłodny metaliczny szczęk pustej komory.

Otwierał oczy powoli, bojąc się niemal, że jego powieki wydadzą jakiś dźwięk. Wstrząsał nim ból biegnący od poranionych dłoni, ale trwał w tej samej pozycji, wygięty jak kot. Bał się nawet oddychać. Ogłuszony hukiem wystrzałów, nasłuchiwał jakiegokolwiek dźwięku, który świadczyłby, że napastnik odchodzi. Myślał o Vittorii i boleśnie pragnął jej pomóc.

Dźwięk, który po chwili się odezwał, był ogłuszający. Niemal nieludzki. Gardłowy ryk towarzyszący ogromnemu wysiłkowi. Sarkofag nad Langdonem zaczął przechylać się na bok. Langdon, widząc chwiejące się nad sobą setki kilogramów, natychmiast przywarł do podłogi. W końcu siła ciężkości przezwyciężyła tarcie i z trumny zsunęło się wieko, lądując ze strasznym trzaskiem na posadzce tuż obok niego. Potem sama trumna zsunęła się ze swoich podpór i runęła do góry nogami w jego stronę.

Patrząc na staczający się sarkofag, Langdon pojął, że za chwilę albo zostanie pod nim żywcem pogrzebany, albo zmiażdżony przez jedną z krawędzi. Podkurczył błyskawicznie nogi, przycisnął brodę do piersi i ręce do boków, żeby zajmować jak najmniej miejsca. Potem zamknął oczy i ze ściśniętym sercem czekał na uderzenie.

Kiedy nadeszło, zatrzęsła się pod nim podłoga. Górna krawędź sarkofagu wylądowała zaledwie o milimetry powyżej jego głowy z taką siłą, że zatrzęsły mu się zęby. Był przekonany, że prawa ręka zostanie zmiażdżona, jednak cudem ocalała. Kiedy otworzył oczy, zobaczył promień światła. Prawa krawędź trumny nie osunęła się całkowicie na podłogę, tylko wspierała się jeszcze częściowo na swoich podporach. Natomiast kiedy spojrzał w górę, stwierdził, że dosłownie patrzy śmierci w twarz.

Właściciel grobowca przywarł najwidoczniej do dna trumny, co nieraz się zdarza podczas rozkładu ciała, i znajdował się teraz tuż nad nim. Langdon przez chwilę obserwował szkielet, który trwał w zawieszeniu jak delikatny kochanek. Potem rozległ się przytłumiony trzask i szkielet uległ sile ciężkości, zasypując go cuchnącymi kośćmi oraz pyłem, który wypełnił mu usta i oczy.

Zanim zdążył cokolwiek zrobić, przez lukę pod trumną wślizgnęła się ręka macająca na oślep i lawirująca wśród szczątków kości jak głodny pyton. Ręka nie przestała szukać, dopóki nie odnalazła szyi Langdona, a wówczas objęła ją i ścisnęła. Langdon próbował uwolnić się od stalowego uścisku miażdżącego mu gardło, ale stwierdził wówczas, że jego lewy rękaw został przyciśnięty przez krawędź sarkofagu. Mając tylko jedną rękę wolną, był z góry skazany na przegraną. Skurczył nogi w niewielkiej wolnej przestrzeni, jaka mu jeszcze pozostała, i zaczął szukać stopami dna trumny nad sobą. Znalazł je, po czym wykręcił się tak, żeby odpowiednio zaprzeć się o nie stopami. Wreszcie, kiedy nacisk na szyi stawał się coraz silniejszy, zamknął oczy i z siłą tarana rozprostował nogi. Sarkofag zachwiał się lekko, ale to wystarczyło.

Z ostrym zgrzytem zsunął się do końca z podpór i wylądował na podłodze. Krawędź trumny uderzyła napastnika w rękę. Rozległ się stłumiony okrzyk bólu, dłoń rozluźniła uścisk na szyi Langdona i skręcając się i szarpiąc, zniknęła w ciemności. Kiedy zabójcy w końcu udało się wyciągnąć rękę, sarkofag z łomotem opadł na podłogę.

Zapanowała całkowita ciemność.

I cisza.

Nie było słychać kroków ani odgłosów przesuwania trumny. Napastnik nie próbował się do niego dostać. Nic się nie działo.

Langdon, leżąc wśród szczątków szkieletu, starał się zwalczyć wizję zaciskającej się wokół niego ciemności i powrócił myślami do dziewczyny.

Vittorio? Czy żyjesz?

Gdyby znał prawdę, gdyby wiedział, co ją czeka, kiedy się ocknie, wolałby może, dla jej własnego dobra, żeby nie żyła.

Rozdział 94

W Kaplicy Sykstyńskiej, siedząc wśród osłupiałych kardynałów, Mortati usiłował zrozumieć słowa, które właśnie usłyszał. Stojący przed nimi kamerling, oświetlony tylko blaskiem świec, opowiedział przed chwilą o tak strasznej nienawiści i zdradzie, że ciałem Mortatiego zaczęły wstrząsać dreszcze. Usłyszeli o porwaniu kardynałów, napiętnowaniu ich i zamordowaniu. Kamerling mówił o starodawnym bractwie iluminatów — a nazwa ta przywiodła na myśl dawno zapomniane lęki — o ich ponownym pojawieniu się i przysiędze zemsty na Kościele. Z bólem w głosie Ventresca wspomniał o zmarłym papieżu... otrutym przez iluminatów. Na koniec, niemal szeptem, poinformował ich o nowej śmiercionośnej technologii, antymaterii, która za niecałe dwie godziny może zniszczyć cały Watykan.

Kiedy kamerling skończył swoją opowieść, zebrani mieli wrażenie, jakby sam szatan wyssał całe powietrze z kaplicy. Nie byli zdolni się poruszyć. Słowa młodego księdza jakby zawisły w ciemności.

Jedynym dźwiękiem, który docierał teraz do uszu Mortatiego, był niezwykły w tym miejscu szum kamery pracującej w tylnej części kościoła. Żadne konklawe w historii nie musiało znosić obecności tego urządzenia, lecz tym razem znalazło się tu ono na wyraźne żądanie kamerlinga. Ku najwyższemu zdumieniu kardynałów Ventresca wszedł do Kaplicy Sykstyńskiej w towarzystwie dwójki reporterów BBC — kobiety i mężczyzny — i oznajmił, że będą oni transmitować jego oświadczenie... na żywo całemu światu.

Teraz, mówiąc bezpośrednio do kamery, kamerling postąpił nieco do przodu.

— Zwracam się do iluminatów — powiedział głębokim głosem — i do ludzi nauki. Chciałbym wam powiedzieć — przerwał na chwilę — że wygraliście tę wojnę.

W kaplicy zapadła kompletna cisza. Mortati słyszał rozpaczliwe bicie własnego serca.

— Machina już dawno została wprawiona w ruch — ciągnął kamerling. — Wasze zwycięstwo było nieuniknione. Nigdy przedtem nie było to tak wyraźnie widoczne jak obecnie. Nauka stała się nowym Bogiem.

Co on opowiada! — pomyślał Mortati. Czy on oszalał? Przecież cały świat tego słucha!

— Osiągnięcia medycyny, elektroniczne środki łączności, podróże kosmiczne, genetyczne modyfikacje... to są cuda, o których obecnie opowiadamy swoim dzieciom. To są cuda, które rozgłaszamy jako dowód, że nauka przyniesie nam odpowiedzi. Starodawne opowieści o niepokalanym poczęciu, gorejącym krzewie i rozstępującym się morzu przestały mieć znaczenie. Bóg stał się przestarzały. Nauka wygrała tę bitwę. My się poddajemy.

Przez kaplicę przetoczył się pomruk zaniepokojenia i zdumienia.

— Ale dla zwycięstwa nauki — Ventresca mówił teraz dobitniej — wszyscy ponieśliśmy koszty. A były to koszty bardzo wysokie.

Cisza.

— Nauka wprawdzie przyniosła nam ulgę w chorobach i znojnej pracy oraz dostarczyła urządzeń służących naszej wygodzie i rozrywce, ale jednocześnie stworzyła nam świat, w którym nie ma miejsca na podziw i zdumienie. Nasze zachody słońca zredukowano do długości fal i częstotliwości. Złożoność wszechświata została wtłoczona w równania matematyczne. Zniszczono nawet nasze poczucie wartości wynikające z bycia człowiekiem. Nauka twierdzi bowiem, że planeta Ziemia i jej mieszkańcy są nic nieznaczącym pyłkiem w wielkim schemacie. Kosmicznym zbiegiem okoliczności. — Przerwał na chwilę. — Nawet technologia, która obiecuje łączyć, w istocie nas dzieli. Każdy jest obecnie połączony elektronicznie z całym światem, a jednak czujemy się zupełnie samotni. Bombarduje nas przemoc, podziały, rozpady i zdrada. Sceptycyzm stał się zaletą. Cynizm i żądania dowodów są równoznaczne z oświeconym myśleniem. Czy może zatem dziwić, że ludzie czują się obecnie tak przygnębieni i przegrani, jak jeszcze nigdy na przestrzeni dziejów? Czy nauka szanuje jakiekolwiek świętości? Nauka szuka odpowiedzi, sondując nasze nienarodzone embriony, a nawet rozważa dokonywanie zmian w naszym własnym DNA.

Rozbija stworzony przez Boga świat na coraz mniejsze kawałeczki w ustawicznym poszukiwaniu znaczenia... a znajduje wyłącznie coraz więcej pytań.

Mortati obserwował kamerlinga w nabożnym zdumieniu. Ventresca wywierał teraz niemal hipnotyczny wpływ na zgromadzonych. W jego ruchach i głosie kryła się fizyczna siła, jakiej kardynał nigdy nie dostrzegł u innych duchownych. Był to głos przesycony niezłomnym przekonaniem i smutkiem.

— Odwieczna wojna pomiędzy nauką a religią dobiegła końca — oznajmił kamerling. — Wygraliście. Ale nie było to uczciwe zwycięstwo. Nie wygraliście dzięki dostarczeniu odpowiedzi. Zwyciężyliście dzięki tak gruntownej zmianie naszego społeczeństwa, że prawdy, które niegdyś wytyczały nam drogę w życiu, teraz wydają się tracić zastosowanie. Religia nie potrafi nadążyć za nauką, która rozwija się w tempie wykładniczym. Nauka karmi się sama sobą. Każdy przełom otwiera drzwi do kolejnych przełomów. Ludzkość potrzebowała tysięcy lat, żeby przejść od koła do samochodu, podczas gdy przejście od samochodu do podróży w kosmos zajęło już tylko kilkadziesiąt lat. Obecnie mierzymy postęp techniczny zaledwie tygodniami. Wymykamy się spod kontroli. Przepaść pomiędzy nami staje się coraz głębsza, a w miarę jak religia zostaje coraz bardziej w tyle, ludzie odkrywają, że znaleźli się w duchowej pustce. Łakniemy sensu w życiu. Wierzcie mi, naprawdę łakniemy. Widzimy UFO, porozumiewamy się ze zmarłymi za pośrednictwem mediów, entuzjazmujemy się spirytyzmem, doświadczamy przeżyć pozacielesnych — wszystkie te ekscentryczne koncepcje mają naukową otoczkę, ale są bezwstydnie irracjonalne. Są one po prostu rozpaczliwym krzykiem współczesnej duszy, samotnej i udręczonej, okaleczonej przez własne oświecenie, które doprowadziło do niemożności zaakceptowania sensu w czymkolwiek oderwanym od technologii.

Mortati nieświadomie pochylił się do przodu. On, pozostali kardynałowie i ludzie na całym świecie starali się nie uronić ani słowa z przemowy kamerlinga. Młody ksiądz nie posługiwał się wyszukaną retoryką ani jadowitą ironią. Nie wspominał o Piśmie Świętym ani Jezusie Chrystusie. Używał współczesnych sformułowań, prostych i jasnych. Jednak w pewien dziwny sposób, jakby jego słowa pochodziły od samego Boga, mówił językiem współczesnym... ale wyrażał nim odwieczne przesłanie. W tej chwili Mortati zrozumiał przynajmniej jeden z powodów, dla których zmarły papież tak cenił młodego księdza. W świecie apatii, cynizmu i ubóstwienia techniki ludzie tacy jak kamerling — realiści potrafiący dotrzeć do naszych dusz — byli jedyną nadzieją Kościoła.

Kamerling przemawiał teraz z jeszcze większą mocą.

— Mówicie, że nauka nas zbawi. Ja mówię, że nauka nas niszczy. Od czasów Galileusza Kościół usiłował spowolnić nieubłagany marsz nauki, czasami niewłaściwymi środkami, lecz zawsze kierując się dobrymi intencjami. Mimo to pokusy są zbyt wielkie, by człowiek zdołał się im oprzeć. Ostrzegam was, rozejrzyjcie się wokół siebie. Obietnice nauki nie zostały dotrzymane. Obietnice sprawności i prostoty przyniosły w rezultacie zanieczyszczenie środowiska i chaos. Jesteśmy okaleczonym i oszalałym gatunkiem... zmierzającym drogą wiodącą prosto do zniszczenia.

Ventresca przerwał teraz na dłuższą chwilę, po czym skupił wzrok na kamerze.

— Kim jest ten Bóg nauki? Kim jest Bóg, który daje swojemu ludowi siłę, ale nie zapewnia zrębów moralnych, które wskazałyby, jak ją wykorzystać? Co to za Bóg, który daje dziecku ogień, ale nie przestrzega go przed niebezpieczeństwami, jakie się z nim wiążą? Język nauki nie zawiera żadnych wskazówek na temat dobra i zła. Podręczniki naukowe wyjaśniają, jak przeprowadzić reakcję jądrową, ale nie rozważają, czy jest to dobry, czy zły pomysł.

— Tej nauce i naukowcom pragnę powiedzieć, co następuje. Kościół jest zmęczony. Jesteśmy wyczerpani rolą waszych drogowskazów. Nasze zasoby są coraz mniejsze, gdyż zużywamy je, starając się równoważyć waszą pogoń na oślep za mniejszymi procesorami i większymi zyskami. Nie pytamy, dlaczego nie trzymacie się w ryzach, lecz jak moglibyście to robić. Wasz świat pędzi tak szybko, że jeśli ktoś zatrzyma się choćby na chwilę, by rozważyć skutki swojego działania, inni natychmiast go przegonią. Toteż przecie naprzód. Rozprzestrzeniacie broń masowej zagłady, ale to papież podróżuje po świecie i błaga przywódców państw, by wprowadzali ograniczenia. Klonujecie żywe istoty, ale to Kościół przypomina nam, żebyśmy zastanowili się nad implikacjami swojego postępowania. Zachęcacie ludzi, by kontaktowali się za pomocą telefonów, ekranów telewizyjnych i komputerów, ale to Kościół otwiera swe podwoje i przypomina nam, żebyśmy komunikowali się ze sobą osobiście, gdyż tak zostaliśmy stworzeni. Nawet mordujecie nienarodzone dzieci w imię badań, które mają ratować życie. I znowu Kościół wskazuje błędność takiego rozumowania...

— A jednocześnie przez cały czas głosicie ignorancję Kościoła. Ale kto jest większym ignorantem? Człowiek, który nie potrafi podać definicji błyskawicy, czy ten, kto nie szanuje jej potężnej mocy? To Kościół wyciąga do was rękę. Wyciąga rękę do każdego. A jednak im bardziej się staramy, tym bardziej nas odpychacie. Pokażcie mi dowód na istnienie Boga, mówicie. A ja wam powiadam: spójrzcie przez swoje teleskopy w niebo i powiedzcie, jak mogłoby nie być Boga! — Kamerling miał teraz łzy w oczach. — Pytacie, jak wygląda Bóg. Skąd takie pytanie? Odpowiedź jest jedna i niezmienna. Czy nie dostrzegacie Boga w swojej nauce? Jak to możliwe! Twierdzicie, że nawet najmniejsza zmiana dotycząca siły ciężkości lub atomu zmieniłaby nasz wszechświat, nasze wspaniałe morze ciał niebieskich, w pozbawioną życia chmurę, a jednocześnie nie potraficie w tym dostrzec Bożej ręki? Czy naprawdę o tyle łatwiej jest wierzyć, że po prostu wyciągnęliśmy właściwą kartę z talii liczącej miliardy kart? Czy jesteśmy już takimi duchowymi bankrutami, że wolimy wierzyć w niemożliwość matematyczną niż w siłę potężniejszą od nas samych?

— Niezależnie od tego, czy wierzycie w Boga, czy nie — w głosie kamerlinga pojawiło się namaszczenie — musicie uwierzyć w jedno. Kiedy my, jako gatunek, zarzucimy wiarę w siłę potężniejszą od nas, stracimy poczucie odpowiedzialności. Wiara... każda wiara... jest przestrogą, że istnieje coś, czego nie potrafimy pojąć, coś, przed czym musimy się rozliczyć ze swojego postępowania... Posiadając wiarę, czujemy się odpowiedzialni wobec siebie nawzajem, wobec siebie samych oraz wobec wyższej prawdy. Religia jest ułomna, ale tylko dlatego, że człowiek jest ułomny. Gdyby świat zewnętrzny potrafił spojrzeć na ten Kościół moimi oczami... spoglądając poza rytuały odbywające się w tych ścianach... zobaczyłby współczesny cud... braterstwo niedoskonałych, prostych dusz pragnących tylko być głosem współczucia w świecie pędzącym tak szybko, że wymyka się spod kontroli.

Ventresca wskazał dłonią Kolegium Kardynałów, a kamerzystka BBC instynktownie podążyła kamerą za jego ręką i pokazała panoramiczne ujęcie zgromadzonych.

— Czy jesteśmy przestarzali? — zapytał kamerling. — Czy ci ludzie są dinozaurami? A ja? Czy świat potrzebuje kogoś, kto ujmie się za biednymi, słabymi, uciemiężonymi, za nienarodzonymi dziećmi? Czy potrzebujemy dusz takich jak te, które, choć niedoskonałe, poświęcają życie błaganiu nas, byśmy odczytywali drogowskazy moralności i nie zbłądzili?

Mortati uświadomił sobie, że kamerling, świadomie lub nieświadomie, dokonał genialnego posunięcia. Pokazując kardynałów, nadał Kościołowi ludzkie oblicze. Watykan to nie były już tylko budynki, ale ludzie — ludzie tacy jak kamerling, którzy oddali swe życie w służbę dobra.

— Dzisiaj znaleźliśmy się na krawędzi przepaści — mówił dalej kamerling. — Nikt z nas nie może pozwolić sobie na bierność. Niezależnie od tego, czy postrzegacie to zło jako szatana, korupcję czy niemoralność... siły ciemności żyją i rozrastają się z każdym dniem. Nie ignorujcie ich. — Ściszył głos niemal do szeptu, a kamera przysunęła się bliżej. — Te siły, choć potężne, nie są niezwyciężone. Dobro przeważy. Wsłuchajcie się w głos swojego serca. Słuchajcie Boga. Razem potrafimy odsunąć się od tej otchłani.

Teraz Mortati zrozumiał. To była przyczyna. Zasady konklawe zostały naruszone, ale to był jedyny sposób. Był to dramatyczny i rozpaczliwy apel o pomoc. Kamerling przemawiał zarówno do przyjaciół, jak i wrogów. Błagał jednych i drugich, by dostrzegli światło i położyli kres temu szaleństwu. Z pewnością ktoś ze słuchających uświadomi sobie, jak obłąkańczy jest cały ten spisek i zaoferuje pomoc.

Kamerling klęknął przy ołtarzu.

— Módlcie się ze mną.

Całe Kolegium Kardynalskie padło wraz z nim na kolana i przyłączyło się do modlitwy. Na placu Świętego Piotra i na całym świecie oszołomieni ludzie klękali wraz z nimi.

Rozdział 95

Asasyn położył swoje nieprzytomne trofeum w tylnej części furgonetki i przez chwilę podziwiał rozciągnięte ciało. Nie była tak piękna jak kobieta, za którą dzisiaj zapłacił, ale miała w sobie zwierzęcą siłę, która go podniecała. Jej ciało błyszczało, mokre od potu. Pachniała piżmem.

Kiedy tak stał i napawał się widokiem swojego łupu, nie zwracał uwagi na rwący ból w ręce. Stłuczenie w miejscu, gdzie uderzył go sarkofag, było bolesne, ale bez znaczenia... z pewnością warte zadośćuczynienia, które przed nim leżało. Poza tym pocieszała go myśl, że Amerykanin, który mu to zrobił, do tej pory zapewne już nie żyje.

Patrząc teraz na obezwładnioną ofiarę, wyobrażał sobie, co go czeka. Wsunął dłoń pod jej bluzkę. Piersi pod stanikiem były idealne w dotyku. Tak, uśmiechnął się do siebie. Jesteś nawet więcej warta. Przezwyciężając pragnienie, żeby wziąć ją od razu tutaj, zamknął drzwi samochodu i odjechał w mrok.

Nie musi powiadamiać o tym zabójstwie prasy... płomienie zrobią to za niego.

Sylvie była kompletnie oszołomiona przemową kamerlinga. Nigdy przedtem nie była tak dumna z tego, że jest katoliczką, i zawstydzona, że pracuje w CERN-ie. Wracając do swojego pokoju, zauważyła, że we wszystkich salkach telewizyjnych panuje nastrój powagi i oszołomienia. Kiedy weszła do gabinetu Kohlera, dzwoniło siedem telefonów. Ponieważ przedstawicieli mediów nigdy do niego nie przełączano, wiedziała, że muszą to być rozmówcy zainteresowani tylko jedną rzeczą.

Geld. Telefony związane z pieniędzmi.

Antymateria znalazła już pierwszych odbiorców.

W Watykanie Gunther Glick miał wrażenie, że unosi się na skrzydłach, kiedy szedł za kamerlingiem po jego przemówieniu w Kaplicy Sykstyńskiej. Glick i Macri przeprowadzili przed chwilą najbardziej sensacyjną transmisję dekady. I cóż to była za transmisja. Kamerling dosłownie zahipnotyzował wszystkich. Kiedy znaleźli się na korytarzu, kamerling odwrócił się do nich.

— Poprosiłem gwardzistów, żeby przygotowali dla was zdjęcia napiętnowanych kardynałów i Jego Świątobliwości. Muszę was jednak ostrzec, że nie jest to przyjemny widok. Straszne oparzenia. Poczerniały język. Mimo wszystko, chciałbym, żebyście pokazali je światu.

Glick pomyślał sobie, że to musi być wieczne Boże Narodzenie w Watykanie. Chce, żebym wyemitował fotografię zmarłego papieża?

— Jest ksiądz pewien? — spytał, starając się nie zdradzić swojego podniecenia.

Ventresca skinął głową.

— Gwardziści dostarczą też panu przekaz na żywo z kamery filmującej pojemnik z antymaterią, na którym widać odliczanie czasu do wybuchu.

Glick wpatrzył się w niego z niedowierzaniem. Święta. Święta. Święta!

— Iluminaci lada moment się przekonają — oświadczył kamerling — że bardzo się przeliczyli w tej rozgrywce.

Rozdział 96

Dławiąca ciemność powróciła, jak powtarzający się temat w jakiejś diabelskiej symfonii. Nie ma światła. Nie ma powietrza. Nie ma wyjścia. Langdon leżał uwięziony pod przewróconym sarkofagiem i czuł, że jego umysł niebezpiecznie balansuje na granicy niepoczytalności. Próbował zwrócić myśli w jakimkolwiek innym kierunku niż otaczająca go, przytłaczająca ciemność. Usiłował zająć umysł matematyką, muzyką, czymkolwiek. Ale w jego mózgu nie było miejsca na uspokajające myśli. Nie mogę się ruszyć! Nie mogę oddychać!

Na szczęście rękaw, który przedtem uwiązł pod krawędzią trumny, został uwolniony podczas jej ostatecznego upadku i Langdon miał teraz do dyspozycji obie ręce. Nic mu to jednak nie dało — kiedy wparł się nimi w sklepienie swojej miniaturowej celi, sarkofag nawet nie drgnął. O dziwo, pożałował wówczas, że rękaw nadal nie tkwi pod kamieniem. Może dzięki temu pozostałaby jakaś szczelina, którą dopływałoby powietrze.

Kiedy przy pchaniu podniósł ręce, opadł mu na dół rękaw i odsłonił świecące oblicze jego starego przyjaciela. Miki. Jednak miał wrażenie, że zielonkawa twarz komiksowej postaci wyśmiewa się z niego.

Rozejrzał się dokładnie, czy jeszcze gdzieś nie dostrzeże choćby odrobiny światła, ale krawędź sarkofagu ściśle przylegała do podłogi. Cholerni włoscy perfekcjoniści, zaklął pod nosem, wściekły na tę artystyczną doskonałość, którą jeszcze tak niedawno kazał podziwiać swoim studentom... nieskazitelne krawędzie, idealnie równoległe, wszystko wykonane z najdoskonalszego kararyjskiego marmuru, elastycznego i bez pęknięć.

Precyzja może mieć śmiertelne skutki.

— Podnieś to cholerstwo — powiedział do siebie na głos, naciskając jeszcze mocniej. Skrzynia nieznacznie się poruszyła. Zacisnął szczęki i pchnął ponownie. Zupełnie jakby miał do czynienia z ogromnym głazem... jednak tym razem sarkofag uniósł się o kilka milimetrów. Na chwilę otoczyło go migotliwe światło, ale po chwili skrzynia z łoskotem opadła. Langdon leżał, ciężko dysząc w ciemności. Próbował wykorzystać nogi, tak jak poprzednio, ale teraz, gdy skrzynia leżała płasko, było za mało miejsca, żeby wyprostować kolana.

Znów zaczęła go ogarniać klaustrofobiczna panika i miał wrażenie, że ściany sarkofagu kurczą się wokół niego. Starał się zwalczać to poczucie, czepiając się każdej logicznej myśli, którą udało mu się przywołać.

— Sarkofag — stwierdził głośno, usiłując nadać swojemu głosowi jak najbardziej uczone brzmienie. Jednak nawet erudycja stawała się dziś jego wrogiem. Sarkofag pochodzi od dwóch greckich słów: „sarx", czyli „ciało" i „phagein", czyli „jeść". Siedzę uwięziony w skrzyni, którą wykonano po to, żeby — biorąc dosłownie — „jadła ciało".

Obrazy ciała ogryzanego z kości przypomniały mu na dodatek, że leży wśród ludzkich szczątków. Na tę myśl ogarnęły go mdłości i poczuł dreszcze. Jednak po chwili przyszedł mu również do głowy pewien pomysł.

Macając na oślep we wnętrzu trumny, znalazł większy kawałek kości. Może to żebro? Nieważne. Po prostu potrzebny mu klin. Gdyby udało się choć odrobinę unieść skrzynię i wsunąć kość pod krawędź, może napłynęłoby tu dość powietrza...

Wziął w jedną rękę kość i, sięgając w poprzek ciała, ustawił jej węższą część w miejscu, gdzie sarkofag stykał się z posadzką. Jednocześnie drugą ręką oparł się o dno skrzyni i z całej siły pchnął je w górę. Ani drgnęło. Spróbował ponownie. Przez chwilę miał wrażenie, że trumna lekko się zatrzęsła, ale to było wszystko.

Uświadomił sobie, że przy panującym tu fetorze i niedoborze tlenu ma czas tylko na jeszcze jedną próbę. Poza tym musi użyć obydwóch rąk do pchania.

Zebrał siły i ponownie przyłożył zwężony brzeg kości do leżącej na podłodze krawędzi skrzyni, po czym ułożył się tak, żeby zaklinować ją ramieniem. Ostrożnie, aby nie przesunąć kości, uniósł obie dłonie w górę. Znowu wydawało mu się, że ściany zbliżają się do niego i poczuł przypływ jeszcze większej paniki. Dziś już po raz drugi został zamknięty bez dopływu powietrza.

Złorzecząc na głos, jednym gwałtownym ruchem pchnął dno skrzyni w górę. Krawędź oderwała się od podłogi zaledwie na chwilę, ale to wystarczyło. Kość zaklinowana przez jego ramię zdążyła się wsunąć w szczelinę. Kiedy sarkofag opadł z powrotem, skruszył ją na kawałki, ale pozostał nieznacznie uniesiony. Langdon widział maleńką oświetloną szparkę pod jego krawędzią. Całkiem wyczerpany, opadł bezwładnie na podłogę. Miał nadzieję, że dławienie w gardle za chwilę mu przejdzie, więc czekał. Tymczasem w miarę jak upływały sekundy, czuł się coraz gorzej. Jeśli przez szczelinę napływało powietrze, to było niewyczuwalne. Langdon zastanawiał się, czy wystarczy go, żeby zdołał utrzymać się przy życiu. A jeśli tak, to jak długo? Gdyby umarł, czy ktoś w ogóle by wiedział, że tu jest?

Ręce ciążyły mu, jakby były z ołowiu, ale uniósł jedną, żeby znów spojrzeć na zegarek. Dwudziesta druga dwanaście. Starając się pokonać opór drżących palców, zaczął manipulować przy zegarku, sięgając po ostatnie zagranie, jakie mu pozostało. Obrócił jedno z malutkich pokręteł i wcisnął przycisk.

W miarę jak opuszczała go przytomność i ściany zaciskały się coraz bliżej, objęły go w posiadanie dawne lęki. Próbował sobie wyobrażać, jak robił to już wielokrotnie, że znajduje się na otwartej przestrzeni. Jednak obraz, który stworzył, nie mógł mu pomóc. Powrócił koszmar prześladujący go od dzieciństwa...

Te kwiaty wyglądają, jakby były namalowane, pomyślał chłopiec, biegając po łące. Chciałby, żeby jego rodzice poszli razem z nim, ale oni byli zajęci rozbijaniem obozu.

— Nie odchodź zbyt daleko — powiedziała jego mama.

Udawał, że jej nie słyszy, kiedy zapuszczał się do lasku.

Teraz, idąc przez tę przepiękną łąkę, natrafił na stos polnych kamieni. Pomyślał, że muszą to być fundamenty jakiegoś dawnego domostwa. Postanowił nie podchodzić do nich zbyt blisko, w końcu był rozsądny. Poza tym, jego wzrok przyciągnęło coś innego — wspaniały okaz obuwika pospolitego — najrzadszy i najpiękniejszy kwiat w New Hampshire. Widywał je dotąd tylko w książkach.

Podekscytowany ruszył w kierunku kwiatka. Uklęknął przy nim. Ziemia pod nim była miękka i uginała się. Pomyślał, że kwiat znalazł sobie wyjątkowo żyzne miejsce. Pewnie wyrasta ze spróchniałego pnia.

Zachwycony wizją zabrania znaleziska do domu, wyciągnął rękę w kierunku łodygi.

Nie dosięgnął jej.

Z przerażającym trzaskiem ziemia zarwała się pod nim. Przez straszliwe trzy sekundy spadania chłopiec wiedział, że umrze. Przygotowywał się na straszny ból w chwili zderzenia z ziemią. Jednak kiedy to nastąpiło, nie odczuł bólu, tylko miękkość. I chłód.

Wpadł w głęboką, ciemną wodę głową naprzód. Kręcąc się zdezorientowany, macał na oślep gładkie ściany zamykające się wokół niego ze wszystkich stron. W końcu, kierowany instynktem, wyskoczył na powierzchnię.

Światło.

Słabe. Nad nim. O całe kilometry nad nim, jak mu się wydawało.

Jego ręce młóciły wodę, macały ściany w poszukiwaniu jakiegokolwiek otworu, którego mógłby się uchwycić. Jednak natykał się tylko na gładki kamień. Wpadł przez zmurszałe wieko do opuszczonej studni. Wołał o pomoc, ale jego głos odbijał się od ścian wąskiego szybu. Wołał i wołał, aż w końcu otwór nad nim zaczął ciemnieć.

Zapadła noc.

W ciemności czas jakby się zakrzywiał. Stopniowo ogarniało go odrętwienie, gdy mielił gwałtownie wodę rękami i nogami, krzycząc i płacząc. Dręczyły go wizje zapadających się ścian studni, pod którymi zostaje pogrzebany za życia. Ręce bolały go od wysiłku. Kilkakrotnie wydawało mu się, że słyszy głosy. Krzyczał, ale jego głos był zduszony jak we śnie.

W miarę upływu nocy miał wrażenie, że szyb studni się pogłębia. Ściany przesuwały się coraz bliżej do środka. Chłopiec naciskał na nie, starając się je odepchnąć. Wyczerpany, chciał się już poddać, ale czuł, że woda go kołysze i chłodzi jego palący strach... aż w końcu nic już nie czuł.

Kiedy przybyli ratownicy, chłopiec był niemal nieprzytomny. Okazało się, że utrzymywał się na powierzchni przez pięć godzin. W dwa dni później Boston Globe przedstawił na pierwszej stronie historię zatytułowaną „Mały pływak, który miał szczęście".

Rozdział 97

Asasyn uśmiechał się, gdy wjeżdżał furgonetką do środka monumentalnej kamiennej budowli nad Tybrem. Wziął swoją zdobycz na ręce i niósł ją w górę spiralnym kamiennym tunelem, coraz wyżej i wyżej... ciesząc się, że jest taka szczupła. Dotarł do drzwi.

Kościół Oświecenia. Napawał się tą myślą. Miejsce spotkań dawnych iluminatów. Któż mógłby sobie wyobrazić, że jest właśnie tutaj?

Kiedy wszedł do środka, położył swoją ofiarę na pluszowej kanapie. Potem sprawnie związał jej ręce na plecach i skrępował stopy. Zdawał sobie sprawę, że to, czego pragnie, będzie musiało jeszcze poczekać, dopóki nie wykona ostatniego zadania. Woda.

Mimo wszystko, pomyślał, może pozwolić sobie na chwilę przyjemności. Uklęknął przy dziewczynie i przesunął dłonią po jej udzie. Było bardzo gładkie. Przesunął rękę wyżej. Ciemne palce wślizgnęły się pod jej szorty. Wyżej.

Zatrzymał się. Cierpliwości, upomniał się, czując już podniecenie. Masz jeszcze coś do zrobienia.

Wyszedł na chwilę na przylegający do pokoju kamienny balkon. Wieczorna bryza powoli chłodziła jego pożądanie. Daleko w dole pienił się Tyber. Podniósł wzrok na kopułę Bazyliki Świętego Piotra znajdującą się w odległości około kilometra i wyraźnie widoczną w blasku setek reflektorów ustawionych na placu przez media.

— Wasza ostatnia godzina — powiedział na głos, wyobrażając sobie tysiące muzułmanów zamordowanych podczas wojen krzyżowych. — O północy spotkacie się ze swoim Bogiem.

Kobieta w pokoju zaczęła się ruszać. Asasyn odwrócił się

i zastanawiał przez chwilę, czy pozwolić jej się ocknąć. Wyraz przerażenia w kobiecych oczach był dla niego najlepszym afrodyzjakiem.

Uznał jednak, że musi być rozważny. Lepiej, żeby pozostała nieprzytomna, kiedy go nie będzie. Wprawdzie jest związana i nie ucieknie, ale nie chciał, żeby traciła siły na szarpanie się z więzami. Chcę, żebyś zachowała pełnię sił... dla mnie.

Uniósł jej lekko głowę, położył dłoń na szyi i odszukał otwór znajdujący się tuż pod czaszką. Ten receptor ucisku wykorzystywał już wiele razy. Z wielką siłą nacisnął kciukiem miękką chrząstkę i poczuł, jak ustępuje. Kobieta natychmiast opadła bezwładnie. Dwadzieścia minut, pomyślał. Będzie doskonałym zwieńczeniem idealnego dnia. Kiedy już go obsłuży i przy tym umrze, on wyjdzie na balkon i będzie oglądał watykańskie fajerwerki o północy.

Zostawił swoją nagrodę nieprzytomną na kanapie i zszedł na dół, do oświetlonego pochodniami podziemia. Ostatnie zadanie. Podszedł do stołu i przyglądał się z czcią starodawnym metalowym formom, które tu dla niego zostawiono.

Woda. To będzie ostatnie zadanie.

Wziął pochodnię ze ściany i, jak to już robił trzykrotnie, zaczął rozgrzewać końcówkę żelaza do piętnowania. Kiedy rozgrzała się do białości, zaniósł ją do celi.

Wewnątrz stał w milczeniu jeden człowiek. Stary i samotny.

— Kardynale Baggia — syknął. — Czy już się pomodliłeś?

W oczach Włocha nie było strachu.

— Tylko za twoją duszę.

Rozdział 98

Sześciu strażaków, którzy przybyli do kościoła Santa Maria della Vittoria, ugasiło pożar za pomocą halonu. Woda jest tańsza, ale powstająca przy jej użyciu para mogłaby zniszczyć freski, a Watykan płacił rzymskim *pompieri* spore sumy za szybkie i rozważne działania w należących do niego budynkach.

Ze względu na charakter swojej pracy *pompieri* niemal codziennie stykali się z tragediami, ale widok, jaki ujrzeli w tym kościele, miał im na zawsze pozostać w pamięci. Ofiara została częściowo ukrzyżowana, częściowo powieszona i częściowo spalona na stosie — trudno było uwierzyć, że to rzeczywistość, a nie scena z gotyckiego koszmaru.

Niestety, dziennikarze zdążyli przybyć przed nimi i nakręcić sporo materiału, zanim usunięto ich z kościoła. Kiedy strażacy w końcu odcięli ofiarę i ułożyli ją na podłodze, nikt nie miał wątpliwości, kto to jest.

— *Cardinale Guidera* — szepnął jeden z nich. — *Di Barcelona.*

Kardynał był nagi. Dolna połowa jego ciała przybrała czerwono--czarną barwę, a z pęknięć na udach sączyła się krew. Kości goleniowe wystawały ze spalonego ciała. Jeden ze strażaków zwymiotował. Inny wybiegł na zewnątrz, żeby złapać oddech.

Jednak prawdziwie przerażający był symbol wypalony na piersi ofiary. Dowódca strażaków okrążył ciało i przejęty grozą przyjrzał się piętnu z drugiej strony. *Lavoro del diavolo*, pomyślał. Sam szatan to zrobił. Przeżegnał się po raz pierwszy od czasów, gdy był dzieckiem.

— *Un' altro corpo!* — rozległ się krzyk z końca kościoła. Jeden ze strażaków znalazł drugie zwłoki.

Dowódca natychmiast rozpoznał drugą ofiarę. Surowy komendant gwardii szwajcarskiej nie cieszył się szczególną sympatią osób dowodzących siłami porządku publicznego. Strażak zatelefonował do Watykanu, ale wszystkie linie były zajęte. Wiedział jednak, że nie ma to żadnego znaczenia. Gwardia i tak się dowie o stracie już za kilka minut — z przekazów telewizyjnych.

Kiedy dowódca obchodził kościół, żeby ocenić straty i odtworzyć przypuszczalny przebieg wypadków, zauważył, że jedna z nisz poryta jest kulami. Ktoś zepchnął sarkofag z podpór i przewrócił go do góry nogami, najwyraźniej podczas walki. To sprawa dla policji i Stolicy Apostolskiej. Niech oni sobie z tym radzą, pomyślał i odwrócił się, żeby odejść.

Jednak natychmiast się zatrzymał. Od strony trumny dochodził dźwięk, którego żaden strażak nie chciałby usłyszeć.

— Bomba — krzyknął. — *Tutti fuori!*

Kiedy oddział saperów odwrócił sarkofag, odnaleźli źródło elektronicznych odgłosów. Przez chwilę przyglądali się temu ze zdumieniem.

— *Medico!* — zawołał w końcu jeden z nich. — *Medico!*

Rozdział 99

— Czy Olivetti się odzywał? — spytał kamerling Rochera, który eskortował go z Kaplicy Sykstyńskiej do gabinetu papieża. Kamerling wyglądał na całkowicie wyczerpanego.

— Nie, *signore*. Obawiam się najgorszego.

Kiedy dotarli do gabinetu, głos Ventreski zabrzmiał niezwykle ponuro.

— Kapitanie, nic już dziś nie mogę zrobić. Obawiam się, że i tak zrobiłem za dużo. Zostanę tutaj i będę się modlił. Proszę, żeby mi nie przeszkadzano. Reszta spoczywa w rękach Boga.

— Dobrze, *signore*.

— Jest późno, kapitanie. Znajdźcie ten pojemnik.

— Kontynuujemy poszukiwania. — Rocher zawahał się. — Okazuje się, że zbyt dobrze go ukryto.

Kamerling skrzywił się, jakby nie chciał o tym myśleć.

— Tak. Dokładnie o dwudziestej trzeciej piętnaście, jeśli zagrożenie nie zniknie, proszę ewakuować kardynałów. Powierzam panu troskę o ich bezpieczeństwo. Proszę tylko o jedno. Pozwólcie im opuścić kaplicę z godnością. Pozwólcie im wyjść na plac Świętego Piotra i stanąć ramię w ramię z resztą świata. Nie życzę sobie, żeby ostatnim obrazem związanym z tym kościołem był widok grupki starszych, przerażonych mężczyzn wymykających się bocznymi drzwiami.

— Oczywiście, *signore*. A ojciec? Po ojca też mam przyjść o dwudziestej trzeciej piętnaście?

— Nie będzie takiej potrzeby.

— *Signore?*

— Wyjdę, kiedy duch mnie do tego skłoni.

Rocher zastanawiał się przez chwilę, czy kamerling zamierza pójść na dno wraz z okrętem.

Ventresca otworzył drzwi do gabinetu papieża i wszedł do środka.

— Właściwie... — zawahał się i odwrócił — jest jedna rzecz...

— Tak?

— Zimno tu dzisiaj. Mam dreszcze.

— Grzejnik elektryczny nie działa, bo jest wyłączony prąd. Rozpalę ojcu w kominku.

Kamerling uśmiechnął się ze znużeniem.

— Dziękuję. Dziękuję bardzo.

Rocher wyszedł z gabinetu papieża, zostawiając kamerlinga modlącego się przy blasku ognia przed niewielką figurą Błogosławionej Matki Maryi. Był to dziwny widok. Czarny cień w migocącym świetle. Kiedy kapitan ruszył korytarzem, ujrzał biegnącego w jego stronę gwardzistę. Nawet przy blasku świec rozpoznał porucznika Chartranda. Młody, zielony i gorliwy.

— Kapitanie — zawołał Chartrand, wyciągając ku niemu telefon komórkowy. — Wydaje mi się, że apel kamerlinga odniósł skutek. Mamy tu rozmówcę, który twierdzi, że posiada informacje mogące nam pomóc. Zadzwonił na jeden z prywatnych wewnętrznych numerów watykańskich. Nie mam pojęcia, skąd go wziął.

Rocher zatrzymał się.

— Co takiego?

— Chce rozmawiać wyłącznie z dowódcą.

— Olivetti się odzywał?

— Nie, *sir*.

Wziął od niego telefon.

— Mówi kapitan Rocher. Jestem tu dowódcą.

— Rocher — rozległ się głos w słuchawce. — Wyjaśnię ci, kim jestem, a potem powiem, co masz zrobić.

Kiedy po pewnym czasie rozmówca skończył i rozłączył się, kapitan stał przez chwilę osłupiały. Teraz już wiedział, od kogo odbiera rozkazy.

Tymczasem w CERN-ie Sylvie Baudeloque wychodziła z siebie, usiłując nadążyć z odnotowywaniem wszystkich zapytań o licencję, przychodzących na pocztę głosową Kohlera. Kiedy zadzwonił prywatny telefon dyrektora, aż podskoczyła. Nikt nie znał tego numeru. Podniosła słuchawkę.

— Tak?

— Pani Baudeloque? Mówi dyrektor Kohler. Proszę się skontaktować z moim pilotem. Mój odrzutowiec ma być gotowy za pięć minut.

Rozdział 100

Kiedy Robert Langdon otworzył oczy, nie miał pojęcia, jak długo był nieprzytomny ani gdzie się znajduje. Nad sobą widział ozdobioną freskami kopułę, pod którą wirowały smugi dymu. Coś zasłaniało mu usta. Maska tlenowa. Ściągnął ją. W pomieszczeniu unosił się okropny zapach — jakby palonego mięsa.

Skrzywił się, czując dudnienie w głowie. Spróbował usiąść, a wówczas zobaczył, że klęczy obok niego ubrany na biało mężczyzna.

— *Riposati!* — polecił nieznajomy, układając go z powrotem na posadzce. — *Sono il paramedico.*

Langdon posłuchał go. Miał wrażenie, że głowa wiruje mu tak samo, jak ten dym w górze. Co, u diabła, się stało? W jego zamglonym umyśle pojawiły się delikatne ukłucia paniki.

— *Sorcio salvatore* — odezwał się sanitariusz. — Mysz... wybawca.

Langdon pomyślał, że jeszcze mniej rozumie. Mysz wybawca?

Mężczyzna wskazał na zegarek z Myszką Miki na jego przegubie. Myśli Langdona zaczęły się przejaśniać. Przypomniał sobie, że nastawiał budzik. Wpatrując się bezmyślnie w tarczę zegarka, zauważył także godzinę. Dwudziesta druga dwadzieścia osiem.

Gwałtownie się podniósł.

Potem wszystko powróciło.

Langdon stał przy głównym ołtarzu z dowódcą i kilkoma strażakami, którzy zasypywali go gradem pytań. Nie słuchał ich. Sam także potrzebował odpowiedzi na kilka pytań. Bolało go całe ciało, ale wiedział, że musi zacząć działać natychmiast.

Podszedł do niego jeden z *pompieri*.

— Sprawdziłem jeszcze raz, proszę pana. Jedyne zwłoki, jakie znaleźliśmy, to kardynała Guidery i komendanta gwardii szwajcarskiej. Nie ma śladu żadnej kobiety.

— *Grazie* — odparł Langdon, sam nie wiedząc, czy odczuwa ulgę, czy przerażenie. Pamiętał, że widział Vittorię nieprzytomną na podłodze. Teraz zniknęła. Jedyne wyjaśnienie, jakie przychodziło mu na myśl, nie było pocieszające. Kiedy zabójca dzwonił do Watykanu, nie bawił się w subtelności. Kobieta z charakterem. Jestem poruszony. Być może zanim ta noc się skończy, to ja znajdę ciebie. A wówczas...

Langdon rozejrzał się dookoła.

— Gdzie jest gwardia szwajcarska?

— Nadal nie mamy z nimi kontaktu. Linie watykańskie są przez cały czas zajęte.

Langdon poczuł się opuszczony i przytłoczony sytuacją. Olivetti nie żył. Kardynał nie żył. Vittoria zniknęła. Pół godziny jego życia minęło w mgnieniu oka.

Słyszał gwar przedstawicieli mediów okupujących teren przed kościołem. Podejrzewał, że materiał o przerażającej śmierci trzeciego kardynała wkrótce zostanie wyemitowany, o ile już to nie nastąpiło. Miał nadzieję, że kamerling założył najgorszy obrót wydarzeń i podjął odpowiednie działania. Ewakuujcie ten cholerny Watykan! Dosyć tych gierek! Przegrywamy!

Langdon uświadomił sobie nagle, że wszystkie motywy kierujące jego działaniem — pomoc w uratowaniu Watykanu, ocalenie kardynałów, spojrzenie w oczy bractwu, którego dzieje studiował od lat — wszystko to ulotniło się z jego myśli. Wojna została przegrana. Teraz czuł w sobie nowy przymus. Prosty. Ostry. Pierwotny.

Odnaleźć Vittorię.

Odczuwał nieoczekiwaną pustkę. Nieraz słyszał, że sytuacje ekstremalne zbliżają ludzi do siebie w sposób, jakiego można nie osiągnąć w ciągu dziesiątków lat znajomości. Teraz w to uwierzył. Kiedy Vittoria zniknęła, poczuł coś, czego nie odczuwał od lat. Samotność. Cierpienie dodało mu sił.

Odpychając wszystkie inne myśli, starał się skoncentrować. Modlił się, żeby Asasyn przedłożył obowiązki nad przyjemność. Inaczej byłoby już za późno. Nie, powiedział sobie, masz jeszcze czas. Zabójca ma jeszcze coś do zrobienia. Musi pojawić się raz jeszcze, zanim zniknie na zawsze.

Ostatni ołtarz nauki, pomyślał. Asasynowi pozostało jeszcze ostatnie zadanie do wykonania. Ziemia. Powietrze. Ogień. Woda.

Spojrzał na zegarek. Trzydzieści minut. Minął strażaków i podszedł do *Ekstazy św. Teresy*. Patrząc teraz na rzeźbę Berniniego, nie miał wątpliwości, czego szukać w tym znaczniku.

"Anioły krzyżem niech cię prowadzą, a wzniosła wędrówka się uda...".

Bezpośrednio nad leżącą świętą, na tle pozłacanego płomienia, unosił się anioł Berniniego. Ściskał w dłoni ostro zakończoną ognistą strzałą. Langdon podążył wzrokiem w kierunku, który wskazywała... ku prawej stronie kościoła. Jego spojrzenie zderzyło się ze ścianą. Nic tam nie było, jednak wiedział, oczywiście, że strzała wskazuje na coś daleko poza tymi ścianami... gdzieś w Rzymie.

— Jaki to kierunek? — zwrócił się do dowódcy, znowu czując zapał do działania.

— Kierunek? — Dowódca spojrzał we wskazaną przez niego stronę. — Nie wiem... chyba zachód — odparł niepewnie.

— Jakie kościoły się tam znajdują?

Zdumienie dowódcy jeszcze się pogłębiło.

— Jest ich wiele. A czemu pan pyta?

Langdon zmarszczył brwi. Oczywiście, że wiele.

— Potrzebny mi plan miasta. Natychmiast.

Dowódca posłał jednego ze strażaków do samochodu po mapę. Langdon odwrócił się ponownie ku rzeźbie. Ziemia... Powietrze... Ogień... VITTORIA.

Ostatnim znacznikiem jest Woda, pomyślał. Woda Berniniego. Musiała być w którymś z tych kościołów. Igła w stogu siana. Przebiegł w myślach wszystkie dzieła Berniniego, które zdołał sobie przypomnieć. Potrzebny mi hołd dla wody!

Przez chwilę myślał o posągu Trytona — greckiego boga morza. Jednak uświadomił sobie, że znajduje się on na placu przy tym właśnie kościele i w zupełnie innym kierunku. Zmusił się do dalszego myślenia. Jaką postać mógł wykuć Bernini dla uczczenia wody? Neptun i Apollo? Niestety, ta rzeźba znajduje się w Londynie, w Muzeum Alberta i Wiktorii.

— *Signore?* — Jeden ze strażaków przyniósł mu plan miasta.

Langdon podziękował i rozłożył mapę na ołtarzu. Natychmiast uświadomił sobie, że poprosił odpowiednich ludzi, gdyż nigdy jeszcze nie widział tak szczegółowego planu.

— Gdzie teraz jesteśmy?

Mężczyzna wskazał palcem.

— Przy Piazza Barberini.

Langdon ponownie spojrzał na włócznię anioła, żeby dokładnie ustalić kierunek poszukiwań. Okazało się, że dowódca ocenił go prawidłowo — według mapy włócznia wskazywała na zachód. Langdon wyznaczył linię prowadzącą od miejsca, gdzie się znajdowali, na zachód. Niemal od razu jego nadzieje gwałtownie zmalały. Kiedy przesuwał palcem po mapie, miał wrażenie, że co kawałek natrafia na budynek oznaczony niewielkim czarnym krzyżem. Kościoły. W tym kierunku miasto było wprost usiane kościołami. W końcu jego palec minął ostatnią świątynię i dotarł do przedmieść. Odetchnął głośno i odsunął się od mapy. Cholera.

Przyglądając się ponownie całemu Rzymowi, zwrócił uwagę na trzy kościoły, gdzie zostali już zamordowani trzej kardynałowie. Kaplica Chigich... Bazylika Świętego Piotra... i tutaj...

Widząc teraz wszystkie razem, dostrzegł coś zastanawiającego w ich lokalizacji. Dotychczas wydawało mu się, że są zupełnie przypadkowo rozrzucone po mieście. Tymczasem wyglądało na to, że wcale nie. Niewiarygodne, ale ich układ był przemyślany — wyznaczały one ogromny, symetryczny trójkąt! Sprawdził jeszcze raz. Jednak niczego nie wymyślił.

— Penna — odezwał się nagle, nawet nie podnosząc wzroku.

Ktoś podał mu długopis.

Langdon zakreślił wszystkie trzy kościoły. Czuł, że serce bije mu szybciej. Sprawdził po raz trzeci swoje odkrycie. Niewątpliwie, symetryczny trójkąt!

Pierwszą myślą, jaka przyszła mu do głowy, było Wszystkowidzące Oko znajdujące się na Wielkiej Pieczęci Stanów Zjednoczonych. Ale to było bez sensu. Przecież na razie ma trzy punkty, a przewidziane są cztery.

Więc gdzie, u diabła, jest Woda? Niezależnie od tego, gdzie umieści czwarty punkt, zepsuje trójkąt. Jedyną możliwość zachowania symetrii dawało umieszczenie czwartego markera w środku trójkąta. Spojrzał, gdzie to wypadnie na mapie. Nic tu nie ma. Mimo to pomysł nie dawał mu spokoju. Cztery pierwiastki starożytnej nauki były uważane za równorzędne. Woda nie mogła zostać potraktowana inaczej niż pozostałe — nie mogła się znaleźć w centrum wyznaczonym przez inne.

Mimo to instynkt mu podpowiadał, że ten staranny układ nie mógł być przypadkowy. Nie widzę jeszcze pełnego obrazu. Była tylko jedna możliwość. Punkty tworzyły jakiś inny kształt.

Ponownie spojrzał na mapę. Może kwadrat? Kwadraty nie mają wprawdzie symbolicznego znaczenia, ale przynajmniej są symetryczne. Langdon przyłożył palec do mapy w jednym z miejsc, gdzie czwarty punkt mógłby zamienić trójkąt w kwadrat. Od razu stwierdził, że jest to niemożliwe. Jeden z kątów trójkąta był rozwarty i mógł z niego powstać najwyżej równoległobok.

Kiedy przyglądał się innym możliwym punktom wokół trójkąta, zaszło coś nieoczekiwanego. Zauważył, że linia, którą wcześniej wyznaczył jako kierunek wskazywany przez anioła, przechodzi przez jedną z rozpatrywanych możliwości. Oszołomiony, zaznaczył ten punkt. Widział teraz przed sobą cztery punkty tworzące jakby wydłużony romb — figurę podobną do latawca.

Zmarszczył czoło. Romby także nie były symbolami iluminatów. Z drugiej strony...

Przypomniał mu się słynny Diament Iluminatów... może chodzi o jego przekrój... Ale to śmieszne. Odrzucił tę myśl. Poza tym to nawet nie był romb, więc trudno tu mówić o nieskazitelnej symetrii, z której słynął Diament Iluminatów.

Pochylił się, żeby dokładniej sprawdzić, gdzie umieścił ostatni znacznik, i stwierdził, że leży on w samym środku słynnego rzymskiego placu Piazza Navona. Wiedział, że przy placu znajduje się również duży kościół i już przed chwilą nawet się nad nim zastanawiał. Jednak z tego, co wiedział, nie było w nim żadnego dzieła Berniniego. Kościół nosi nazwę Sant' Agnese in Agone, a jego patronką jest święta Agnieszka, piękna nastoletnia dziewica, którą zesłano do domu publicznego za odmowę wyparcia się wiary chrześcijańskiej.

Musi tam coś być! Langdon wysilał umysł, wyobrażając sobie wnętrze kościoła, ale nie potrafił przypomnieć sobie niczego związanego z Berninim, a tym bardziej z wodą. Męczyła go nadal myśl o układzie punktów na mapie. Był zbyt regularny jak na przypadek. Jednocześnie trudno go było sensownie wyjaśnić. Latawiec? Langdon zaczął się zastanawiać, czy nie wybrał złego punktu. Czego nie dostrzegam?

Odpowiedź na to pytanie zajęła mu kolejnych trzydzieści sekund, ale kiedy ją znalazł, poczuł takie uniesienie, jakiego nie zaznał przez całą swoją naukową karierę.

Jednak geniusz iluminatów jest nieskończony.

Kształt, na który patrzył, wcale nie był w zamierzeniu rombem. Na mapie powstał kształt latawca, gdyż połączył ze sobą sąsiednie punkty. Iluminaci wierzyli w przeciwieństwa! Langdonowi trzęsły się palce, kiedy łączył punkty leżące naprzeciw siebie. Po chwili na mapie pojawił się ogromny krucyfiks. To krzyż! Przed oczami miał cztery pierwiastki starożytnej nauki, odkrywające się przed jego oczami w kształcie ogromnego krzyża przecinającego Rzym.

Kiedy wpatrywał się zdumiony w swoje odkrycie, w głowie

zadźwięczał mu wers z wiersza... jak dawny przyjaciel z nową twarzą.

„Anioły krzyżem niech cię prowadzą, a wzniosła wędrówka się uda".

„...krzyżem niech cię prowadzą...".

Mgła zaczynała się rozwiewać. Widział teraz, że przez cały czas miał odpowiedź przed oczami! Wiersz iluminatów mówił mu, w jaki sposób rozmieszczono ołtarze nauki. Krzyż!

„Anioły krzyżem niech cię prowadzą"!

Dotąd nie przykładał wagi do tego słowa, zakładając odruchowo, że jest to odniesienie do kościoła lub sposób na zachowanie odpowiedniej liczby sylab w wierszu. Tymczasem okazało się, że to coś więcej. Kolejna ukryta wskazówka!

Uświadomił sobie, że krzyż, który ma przed sobą, reprezentuje najwyższy stopień wyznawanego przez iluminatów dualizmu. Był to symbol religijny utworzony z elementów nauki. Ścieżka Oświecenia Galileusza była hołdem zarówno dla nauki, jak i dla Boga!

Resztę zagadki rozwiązał niemal natychmiast.

Piazza Navona.

Na samym środku Piazza Navona przed kościołem Sant' Agnese in Agone Bernini wykuł jedną ze swych najsłynniejszych rzeźb. Wszyscy odwiedzający Rzym przychodzą ją zobaczyć.

Fontanna Czterech Rzek!

Idealny hołd oddany wodzie, gdyż fontanna sławi cztery rzeki uważane w czasach Berniniego za największe — Nil, Ganges, Dunaj i Rio de la Plata.

Woda, pomyślał Langdon. Ostatni znacznik. Jest idealny.

A dopełnieniem tej doskonałości, uświadomił sobie, jest wyrastający ze środka fontanny obelisk.

Langdon zostawił zdezorientowanych strażników i pobiegł w kierunku zwłok Olivettiego.

Dwudziesta druga trzydzieści jeden, pomyślał. Mam jeszcze mnóstwo czasu. Po raz pierwszy tego dnia czuł, że ma przewagę nad przeciwnikiem.

Ukląkł przy ciele komendanta i pod osłoną ławek zabrał mu półautomatyczny pistolet i krótkofalówkę. Chciał wezwać pomoc, ale nie stąd. Nie chciał tu zdradzić położenia ostatniego ołtarza nauki, gdyż wozy transmisyjne i samochody strażackie z włączoną syreną pędzące na Piazza Navona z pewnością niewiele by pomogły.

Bez słowa wyślizgnął się z kościoła i przemknął koło dziennikarzy, którzy całą gromadą wchodzili teraz do świątyni. Przeszedł na ukos przez Piazza Barberini, a gdy znalazł się w cieniu, włączył radiotelefon. Próbował wywołać Watykan, ale słyszał tylko szum zakłóceń. Albo znalazł się poza zasięgiem, albo należało wprowadzić jakiś kod. Próbował ustawiać liczne pokrętła i wciskać przyciski, lecz bez rezultatu. Zrozumiał, że jego plan uzyskania pomocy spalił na panewce. Rozejrzał się wokół w poszukiwaniu publicznego telefonu, żadnego jednak nie dostrzegł. Poza tym i tak linie watykańskie były zablokowane.

Został sam.

Czując, jak opuszcza go pewność siebie, stał przez chwilę nieruchomo, oceniając żałosny stan, w jakim się znalazł — pokryty pyłem z ludzkich kości, pokaleczony, krańcowo wyczerpany i głodny.

Obejrzał się na kościół. Nad kopułą unosił się spiralami dym oświetlony reflektorami mediów. Zastanawiał się przez chwilę, czy wrócić tam i poprosić o pomoc. Instynkt ostrzegał go jednak, że nieprzygotowani do tego ludzie mogą stać się dla niego raczej obciążeniem niż pomocą. Jeśli Asasyn zobaczy, jak nadjeżdżamy... Pomyślał o Vittorii i o tym, że to ostatnia szansa, żeby dopaść jej porywacza.

Piazza Navona, pomyślał, uświadamiając sobie, że zdąży tam dotrzeć znacznie przed czasem i zająć odpowiednią pozycję. Rozejrzał się wokół w poszukiwaniu taksówki, ale ulice niemal całkiem opustoszały. Nawet taksówkarze woleli teraz siedzieć przed telewizorem. Plac znajdował się zaledwie o półtora kilometra stąd, ale nie zamierzał tracić resztek sił na pieszą wędrówkę. Znowu obejrzał się na kościół i zastanowił, czy nie mógłby tam pożyczyć od kogoś pojazdu.

Chcesz pożyczyć wóz strażacki czy transmisyjny? Bądź poważny.

Czując, jak uciekają cenne minuty, i widząc, że nie ma specjalnego wyboru, podjął desperacką decyzję. Wyciągnął pistolet z kieszeni i dokonał czynu tak nielicującego z jego charakterem, że sam uznał, iż musi być opętany. Podbiegł bowiem do samotnego citroena stojącego pod czerwonym światłem i przez otwarte okno wycelował do kierowcy.

— Fuori! — krzyknął.

Wystraszony mężczyzna natychmiast wysiadł.

Langdon wskoczył za kierownicę i ruszył pełnym gazem.

Rozdział 101

Gunther Glick siedział na ławce aresztu komendy gwardii szwajcarskiej i modlił się do wszystkich możliwych bogów. Proszę, niech to NIE będzie sen. To była sensacja jego życia. Dla każdego byłby to najbardziej sensacyjny przekaz w życiu. Każdy reporter na świecie chciałby być teraz na jego miejscu. Nie śpisz, tłumaczył sobie. I jesteś gwiazdą. Dan Rather teraz płacze.

Chinita Macri siedziała obok niego z osłupiałą miną. Mało, że jako jedyni transmitowali przemowę kamerlinga, przekazali ponadto światu makabryczne zdjęcia kardynałów i papieża — ten język! — oraz obraz z kamery filmującej na bieżąco pojemnik z antymaterią i odliczanie czasu do wybuchu. Niewiarygodne!

Oczywiście, wszystko odbyło się na żądanie kamerlinga, więc nie to stało się przyczyną ich uwięzienia. Dopiero śmiałe uzupełnienie przez Glicka wyemitowanych materiałów nie spotkało się z uznaniem gwardzistów. Glick zresztą doskonale wiedział, że rozmowa, którą przed chwilą zrelacjonował, nie była przeznaczona dla jego uszu, ale teraz było jego pięć minut. Kolejna sensacja Glicka!

— Dobry Samarytanin z jedenastej godziny? — mruknęła Chinita, nie okazując śladu podniecenia.

Glick uśmiechnął się.

— To było genialne, nie?

— Genialnie głupie.

Jest po prostu zazdrosna, dobrze o tym wiedział. Krótko po wystąpieniu kamerlinga Glick przypadkowo znowu znalazł się we właściwym miejscu o właściwym czasie. Podsłuchał, jak Rocher wydaje nowe rozkazy swoim ludziom. Kapitan przeprowadził przedtem rozmowę telefoniczną z tajemniczym rozmówcą. Ze słów kapitana wynikało, że ten człowiek ma przełomowe informacje dotyczące obecnego kryzysu i pragnie im pomóc. Rocher instruował swoich podwładnych, jak mają się przygotować na przyjęcie tajemniczego gościa.

Glick nie miał wątpliwości, że informacje te nie są przeznaczone do rozpowszechniania, ale zadziałał, jak każdy rasowy reporter — nie zważając na przyzwoitość. Znalazł ciemny kąt, kazał Chinicie włączyć kamerę i rozpoczął swoją relację.

— Wstrząsający rozwój wydarzeń w świętym mieście — zaczął, mrużąc oczy dla dodania większej intensywności swoim słowom. Potem przeszedł do relacji na temat tajemniczego gościa, który przybywa do Watykanu, żeby zaradzić kryzysowi. Glick nazwał go Dobrym Samarytaninem z jedenastej godziny — doskonałe określenie dla człowieka bez twarzy, zjawiającego się w ostatniej chwili, by zrobić dobry uczynek. Inne sieci podchwyciły to sformułowanie i Glick znów przeszedł do nieśmiertelności.

Jestem genialny, rozmyślał. Peter Jennings właśnie skoczył z mostu.

Oczywiście to nie wszystko. Skoro skupiona była na nim uwaga całego świata, nie omieszkał dorzucić nieco własnych teorii spiskowych.

Genialne. Nieskończenie genialne.

— Załatwiłeś nas — odezwała się Macri. — Kompletnie to spieprzyłeś.

— O co ci chodzi? Byłem wspaniały!

Chinita wpatrzyła się w niego z niedowierzaniem.

— Były prezydent George Bush? Jest iluminatem?

Uśmiechnął się. Przecież to chyba oczywiste. Wiadomo było, że George Bush jest masonem o trzydziestym trzecim stopniu wtajemniczenia — co było dobrze udokumentowane — i był on szefem CIA akurat wówczas, gdy agencja zaniechała dochodzenia w sprawie iluminatów ze względu na brak dowodów. A te jego przemówienia na temat „tysięcy punktów światła" i „Nowego Porządku Świata"... Bush niewątpliwie jest iluminatem.

— A te bzdury na temat CERN-u? — beształa go dalej. — Jutro będziesz miał pod drzwiami całą kolejkę prawników.

— CERN? Och, daj spokój. To takie oczywiste! Sama pomyśl! Iluminaci zniknęli z powierzchni ziemi w latach pięćdziesiątych dwudziestego wieku, a mniej więcej w tym samym czasie powstał CERN. Jest on przystanią najbardziej oświeconych ludzi na świecie. Prywatne fundusze płyną do niego strumieniami. W CERN-ie konstruują broń, która może zniszczyć Kościół, i proszę!... Tracą ją!

— Dlatego oznajmiłeś światu, że CERN jest nową bazą iluminatów?

— Oczywiście! Takie bractwa nie znikają. Iluminaci musieli się gdzieś schronić, a CERN był dla nich doskonałą kryjówką. Nie twierdzę, że wszyscy tam są iluminatami. Prawdopodobnie wygląda to tak, jak w przypadku dużych loży masońskich, gdzie większość ludzi to zupełnie niewinni członkowie, natomiast góra...

— Słyszałeś kiedyś o zniesławieniu, Glick? O odpowiedzialności prawnej?

— A ty słyszałaś kiedyś o prawdziwym dziennikarstwie?

— Dziennikarstwie? Wziąłeś te wszystkie bzdury z powietrza! Powinnam była wyłączyć kamerę! A co ci strzeliło do głowy z tym kitem o logo CERN-u? Symbolika satanistyczna? Kompletnie postradałeś rozum?

Glick ponownie się uśmiechnął. Przez Chinitę niewątpliwie przemawia zazdrość. Poruszenie kwestii logo CERN-u było naprawdę mistrzowskim posunięciem. Od chwili wystąpienia kamerlinga wszystkie stacje mówiły o CERN-ie i antymaterii. Niektóre w tle pokazywały logo ośrodka. Wydawało się ono zupełnie niewinne — dwa przecinające się okręgi symbolizujące przyspieszacze cząstek i pięć stycznych do nich linii przedstawiających iniektory. Cały świat patrzył na to logo, ale tylko Glick, uważający się poniekąd za symbolistę, zauważył w nim symbolikę iluminatów.

— Nie jesteś symbolistą — zrzędziła Macri — tylko po prostu miałeś trochę szczęścia. Symbolikę trzeba było zostawić temu facetowi z Harvardu.

— Ten facet nawet tego nie zauważył.

Przecież symbolika iluminatów w tym logo jest tak wyraźnie widoczna!

Był sobą zachwycony. Chociaż CERN miał wiele akceleratorów, jego logo przedstawia tylko dwa. Dwójka symbolizuje dualizm wyznawany przez iluminatów. Większość akceleratorów ma tylko jeden iniektor, tymczasem logo pokazuje pięć. Piątka odpowiada pentagramowi iluminatów. Ale najlepszym, najbardziej mistrzowskim posunięciem było zwrócenie uwagi na to, że zawiera ono dużą cyfrę 6, wyraźnie widoczną w przecinających się liniach, a kiedy logo się obróciło, pojawiała się druga szóstka... a potem trzecia. Razem trzy szóstki! 666! Diabelski numer! Liczba bestii!

A jednak jest geniuszem!

Chinita wyglądała, jakby miała ochotę mu przyłożyć.

Minie jej ta zazdrość, pocieszył się Glick, i zaczął rozważać kolejną kwestię, która przyszła mu na myśl. Skoro CERN jest

410

główną siedzibą iluminatów, to czyżby tam przechowywali swój słynny Diament? Glick czytał o nim w Internecie: „...diament bez skazy, zrodzony ze starożytnych pierwiastków i tak doskonały, że ci, którzy go ujrzeli, stali w niemym zachwycie".

Glick zastanawiał się, czy tajemnica ukrycia Diamentu Iluminatów nie jest jeszcze jedną zagadką, którą mógłby dzisiaj rozwiązać.

Rozdział 102

Piazza Navona. Fontanna Czterech Rzek.

Noce w Rzymie były zaskakująco chłodne, nawet po gorącym dniu, zupełnie jak na pustyni. Robert Langdon kulił się na skraju Piazza Navona, otulając się ciaśniej marynarką. Przez całe miasto niosła się kakofonia relacji telewizyjnych z najnowszych wydarzeń. Spojrzał na zegarek. Jeszcze piętnaście minut. Ucieszył się, że ma chwilę na odpoczynek.

Plac był opustoszały. Przed nim wspaniała fontanna Berniniego bulgotała niezmordowanie, jakby pod wpływem czarodziejskiej magii. Rozpylona woda unosiła się w górę, podświetlona lampami umieszczonymi na dnie. Langdon czuł, że powietrze naładowane jest elektrycznością.

W fontannie przyciągała uwagę jej wysokość. Centralna część ma około sześciu metrów — poszarpana góra trawertynu z niewielkimi grotami i tunelami, przez które przepływa woda, a na odłamkach skał postacie pogańskich bogów. Ze środka wystrzela wznoszący się na dwanaście metrów w górę obelisk. Langdon powędrował wzrokiem aż do jego końca i ujrzał tam cień na tle nieba. Najwyraźniej samotny gołąb przysiadł spokojnie na czubku.

Krzyż, rozmyślał, zdumiewając się układem znaczników na planie Rzymu. Fontanna Czterech Rzek Berniniego jest ostatnim ołtarzem nauki. Zaledwie kilka godzin temu Langdon stał w Panteonie, przekonany, że Ścieżka Oświecenia uległa zniszczeniu. Tymczasem okazało się to niemądrą pomyłką, a ścieżka przetrwała nietknięta. Ziemia, Powietrze, Ogień, Woda. I oto udało mu się nią przejść... od początku do końca.

Niezupełnie do końca, przypomniał sobie. Ścieżka ma pięć przystanków, nie cztery. Czwarty znacznik musi wskazywać na ostateczny cel tej wędrówki — Kościół Oświecenia, tajne miejsce spotkań iluminatów. Langdon zaczął się zastanawiać, czy ta kryjówka wciąż istnieje. Czy to tam Asasyn przetrzymuje Vittorię?

Uświadomił sobie, że przygląda się posągom fontanny, podświadomie szukając wskazówek prowadzących do siedziby iluminatów. „Anioły krzyżem niech cię prowadzą, a wzniosła wędrówka się uda". Jednak niemal natychmiast uświadomił sobie bardzo niepokojący fakt. Wśród rzeźb fontanny nie było żadnych aniołów. Nie widział ich teraz ze swego miejsca... ani nie przypominał sobie, żeby jakieś dostrzegł, kiedy dawniej tu bywał. Fontanna Czterech Rzek przedstawia wyłącznie świeckie rzeźby — postaci ludzi, zwierząt... nawet pancernika. Anioł byłby tu widoczny na pierwszy rzut oka.

Czyżby to było niewłaściwe miejsce? Raz jeszcze rozważył w myślach plan krzyża, na jakim rozstawione są cztery obeliski. Zacisnął pięści. Ta fontanna pasuje idealnie.

Była dopiero dwudziesta druga czterdzieści sześć, kiedy z alejki po przeciwnej stronie placu wynurzyła się czarna furgonetka. Langdon wcale nie zwróciłby na nią uwagi, gdyby nie to, że jechała bez świateł. Objeżdżała powoli plac, jak rekin przeszukujący zatokę przy świetle księżyca.

Langdon przykucnął, chowając się w cieniu wielkich schodów prowadzących ku wejściu kościoła Sant' Agnese in Agone. Wyjrzał stamtąd na plac, czując, jak gwałtownie przyspiesza mu puls.

Furgonetka dwukrotnie okrążyła plac, po czym skierowała się ku fontannie Berniniego. Podjechała tuż do jej basenu i zaczęła go objeżdżać, dopóki nie ustawiła się dokładnie bokiem przy krawędzi. Wówczas zatrzymała się, a jej boczne, odsuwane drzwi znalazły się w odległości zaledwie kilku centymetrów nad kotłującą się wodą.

Unosząca się nad fontanną mgiełka zafalowała.

Langdona ogarnęło niepokojące przeczucie. Czyżby Asasyn przybył wcześniej? Przyjechał furgonetką? Langdon wyobrażał sobie, że będzie on prowadził swoją ofiarę przez plac pieszo, tak jak to zrobił przed bazyliką. Liczył, że wówczas znajdzie możliwość oddania czystego strzału. Skoro jednak zabójca przyjechał samochodem, trzeba zmienić plan działania.

W tym momencie drzwi furgonetki się odsunęły.

Na podłodze leżał nagi mężczyzna, wygięty z bólu. Ciało miał okręcone długimi zwojami ciężkiego łańcucha. Usiłował wyzwolić się z więzów, ale ogniwa były zbyt grube. Część łańcucha przechodziła mu przez usta, jak wędzidło u konia, uniemożliwiając wołanie o pomoc. Dopiero w tej chwili Langdon dostrzegł w samochodzie drugą postać, która krzątała się z tyłu za ofiarą, jakby czyniąc ostatnie przygotowania.

Uświadomił sobie, że pozostały mu zaledwie sekundy na podjęcie działania.

Wyjął pistolet i zsunął z siebie marynarkę. Krępowałaby mu ruchy, a ponadto nie zamierzał zabierać *Diagramma* Galileusza w pobliże wody. Tutaj ta zabytkowa kartka będzie sucha i bezpieczna.

Skulony ruszył w prawo i okrążał fontannę, dopóki nie znalazł się dokładnie naprzeciw drzwi furgonetki, tak że przed wzrokiem zabójcy zasłaniała go centralna część rzeźby. Wyprostował się i pobiegł prosto ku basenowi, licząc na to, że hałas płynącej wody zagłuszy jego kroki. Kiedy dotarł do fontanny, wspiął się na jej krawędź i zsunął prosto w spienioną wodę.

Sięgała mu do pasa i była zimna jak lód. Zacisnął zęby i zaczął przez nią brodzić, posuwając się ostrożnie po śliskim dnie, podwójnie zdradliwym, gdyż zaścielała je gruba warstwa monet wrzucanych tu na szczęście. Langdon pomyślał, że jemu będzie potrzeba czegoś więcej niż szczęścia. Ze wszystkich stron otaczała go mgiełka rozpylonej wody, a on zastanawiał się, czy trzymany w dłoni pistolet drży z powodu zimna, czy strachu.

Doszedł do środka fontanny i skierował się w lewo. Brnął z trudem, wykorzystując osłonę kamiennych form. Wreszcie, schowany za figurą konia, wyjrzał ostrożnie. Furgonetka znajdowała się w odległości może czterech metrów. Asasyn kucał na podłodze, z rękami na ciele okręconego łańcuchem kardynała, najwyraźniej przygotowując się, żeby stoczyć go przez otwarte drzwi do basenu fontanny.

Langdon, zanurzony w wodzie po pas, uniósł pistolet i wyszedł zza osłony rozpylonych kropel, czując się jak wodny kowboj stający do finałowej walki.

— Nie ruszaj się. — Jego głos był znacznie pewniejszy niż dłoń trzymająca pistolet.

Asasyn podniósł wzrok. Przez chwilę na jego twarzy malowało się zdumienie, jakby zobaczył ducha. Potem wykrzywił usta w złośliwym uśmiechu. Podniósł ręce w geście poddania.

— Takie jest życie.

— Wysiadaj!

— Jesteś mokry.

— Jesteś za wcześnie.

414

— Bo nie mogę się doczekać, kiedy wrócę do swojej zdobyczy.

Langdon wycelował pistolet.

— Nie zawaham się strzelić.

— Już się zawahałeś.

Palec Langdona zaczął naciskać na spust. Kardynał leżał bez ruchu, wyczerpany, być może konający.

— Rozwiąż go.

— Daj sobie z nim spokój. Przyszedłeś po kobietę. Nie udawaj, że jest inaczej.

Langdon musiał stłumić pragnienie zakończenia sprawy natychmiast.

— Gdzie ona jest?

— Bezpiecznie schowana. Oczekuje na mój powrót.

Nadal żyje, Langdon poczuł przypływ nadziei.

— W Kościele Oświecenia?

Zabójca uśmiechnął się.

— I tak nigdy go nie znajdziesz.

Langdon nie mógł w to uwierzyć. Więc tajna siedziba nadal istnieje. Ponownie wycelował broń.

— Gdzie?

— Jego położenie pozostawało tajemnicą przez całe wieki. Mnie ujawniono je dopiero niedawno. Wolę umrzeć niż zawieść zaufanie, jakie mi okazano.

— Mogę go znaleźć bez ciebie.

— To aroganckie mniemanie.

Langdon wskazał w kierunku fontanny.

— Dotarłem aż tutaj.

— Tak jak wielu innych. Ostatni etap jest najtrudniejszy.

Langdon zaczął się przesuwać w kierunku zabójcy, ostrożnie stawiając stopy. Asasyn sprawiał dziwnie spokojne wrażenie, przykucnięty w tyle furgonetki z rękami nad głową. Langdon wycelował prosto w jego pierś i zastanawiał się, czy po prostu nie wystrzelić i mieć już z tym spokój. Nie. On wie, gdzie jest Vittoria i antymateria. Potrzebne mi jego informacje!

Asasyn skryty w mroku furgonetki przyglądał się napastnikowi. Nie mógł opanować uczucia pełnej rozbawienia litości. Amerykanin jest odważny, to już udowodnił, ale również niewyszkolony, co też już zademonstrował. Odwaga bez umiejętności to samobójstwo. Istnieją określone zasady przetrwania, a Amerykanin łamał je jedną po drugiej.

Miałeś przewagę — element zaskoczenia. Zmarnowałeś to. Amerykanin zachowywał się niezdecydowanie... może liczył na wsparcie... albo na to, że jakieś przejęzyczenie zdradzi mu potrzebne informacje.

Nigdy nie przesłuchuj, dopóki nie obezwładnisz ofiary. Wróg przyparty do muru jest śmiertelnie niebezpieczny.

Amerykanin znowu coś mówił. Starał się go wysondować, przechytrzyć.

Zabójca miał ochotę roześmiać się na głos. To nie jest jeden z waszych hollywoodzkich filmów... nie będzie długich dyskusji z ofiarą trzymaną na celowniku, zanim rozpocznie się finałowa strzelanina. To koniec. Teraz.

Utrzymując przez cały czas kontakt wzrokowy, zabójca przesuwał dłońmi milimetr po milimetrze po suficie furgonetki, dopóki nie natrafił na to, czego szukał. Nadal patrzył prosto na Langdona, kiedy to chwycił.

Potem wykonał swoje posunięcie w tej grze.

Ruch był gwałtowny i niespodziewany. Langdon miał przez chwilę wrażenie, że przestały obowiązywać prawa fizyki. Asasyn jakby zawisł w powietrzu w stanie nieważkości, podczas gdy jego nogi wystrzeliły do przodu, wysokie buty wparły się w bok kardynała i zepchnęły owinięte łańcuchami ciało do wody. Kardynał wpadł z pluskiem do basenu, rozpryskując na wszystkie strony strumienie wody.

Langdon, którego także dosięgły rozpryski, zbyt późno uświadomił sobie, co się dzieje. Zabójca złapał się jednego z pałąków zabezpieczających i z jego pomocą wyskoczył na zewnątrz. Teraz sunął ku niemu ślizgiem w rozpryskach wody, z nogami wysuniętymi do przodu.

Langdon nacisnął spust i kula trafiła w czubek lewego buta Asasyna. Niemal natychmiast po tym podeszwy butów napastnika zderzyły się z jego piersią, a potężne kopnięcie odrzuciło go do tyłu.

Obaj mężczyźni przewrócili się w fontannie wody zmieszanej z krwią.

Kiedy lodowata ciecz otoczyła ciało Langdona, jego pierwszym odczuciem był ból. Instynkt samozachowawczy odezwał się dopiero potem. Uświadomił sobie, że nie trzyma już broni. Najwyraźniej napastnik coś z nią zrobił. Zanurkował głębiej i zaczął macać na oślep śliskie dno. Jego dłoń natrafiła na metal. Garść monet. Rzucił je i otworzył oczy. Uważnie przyjrzał się oświetlonemu basenowi. Woda wokół niego bulgotała, jakby znajdował się w lodowatym jacuzzi.

416

Instynkt pchał go na powierzchnię, żeby złapać powietrze, ale strach zatrzymał go pod wodą. Cały czas się poruszał. Nie wiedział, z której strony może nadejść atak. Musi znaleźć broń! Obydwoma rękami rozpaczliwie macał dno przed sobą.

Masz przewagę, tłumaczył sobie. Znajdujesz się w swoim żywiole. Nawet w przemoczonym swetrze pływał całkiem zwinnie. Woda jest twoim żywiołem.

Kiedy palce Langdona ponownie natrafiły na metal, był przekonany, że tym razem ma szczęście. Z całą pewnością nie trzymał w ręku monet. Uchwycił mocniej znaleziony przedmiot i próbował go do siebie przyciągnąć, a wówczas stwierdził, że sam ślizga się w jego kierunku. Było to coś nieruchomego.

Jeszcze zanim znalazł się nad wijącym się ciałem kardynała, uświadomił sobie, że złapał za fragment łańcucha, który utrzymywał mężczyznę na dnie. Zamarł na chwilę w bezruchu, sparaliżowany widokiem przerażonej twarzy patrzącej na niego z dna fontanny.

Wstrząśnięty wyrazem życia w oczach mężczyzny, złapał za łańcuchy, próbując podciągnąć kardynała ku powierzchni. Ciało poruszało się bardzo powoli... jak kotwica. Pociągnął mocniej. Wreszcie głowa kardynała przebiła powierzchnię wody i starzec zdołał kilkakrotnie rozpaczliwie zaczerpnąć powietrza. Potem jednak jego ciało gwałtownie się obróciło, tak że śliski łańcuch wymknął się Langdonowi z rąk. Kardynał Baggia opadł na dół jak kamień i zniknął pod spienioną warstwą wody.

Langdon zanurkował za nim, szeroko otwierając oczy, żeby cokolwiek dojrzeć w ciemnej wodzie. Po chwili go znalazł. Tym razem, kiedy złapał za łańcuch, przesunęły się zwoje okręcone wokół piersi... rozdzieliły się, ukazując wypalony w żywym ciele symbol *.

W chwilę później w polu widzenia Langdona pokazała się para wysokich butów. Z jednego z nich płynęła krew.

---

* Podobnie jak poprzednio, symbol utworzono ze słowa angielskiego — WATER, czyli WODA.

Rozdział 103

Jako gracz w piłkę wodną Robert Langdon przeżył niejedną podwodną walkę. Dzikie potyczki odbywające się pod powierzchnią basenu, z dala od oczu sędziego, mogły śmiało rywalizować z najobrzydliwszymi meczami wrestlingu. Langdon był kopany, drapany, przytrzymywany pod wodą, a raz nawet został ugryziony przez wściekłego obrońcę, któremu stale się wyślizgiwał.

Teraz jednak, kotłując się w lodowatej wodzie fontanny Berniniego, doskonale zdawał sobie sprawę, że nie ma to nic wspólnego ze zmaganiami w harwardzkim basenie. Tu nie walczył o wygraną, tylko o własne życie. Po raz drugi dzisiaj starł się z Asasynem. Tu nie było sędziów ani szansy na rewanż. Ręce, które trzymały jego głowę, pchały ją w stronę dna z taką siłą, że nie było wątpliwości, iż zamierzają go zabić.

Langdon instynktownie okręcił się jak torpeda. Przerwać chwyt! Jednak uchwyt był tak silny, że wrócił do poprzedniej pozycji. Napastnik miał przewagę, jaka nie była dana obrońcom w piłce wodnej — stał obydwiema nogami na ziemi. Langdon wygiął się, usiłując także stanąć na nogach. Asasyn walczył głównie jedną ręką... ale i tak nie zwalniał uścisku.

Wówczas Langdon zrozumiał, że nie ma sensu wyrywać się ku powierzchni. Zrobił jedyną rzecz, jaka przyszła mu do głowy. Przestał się szarpać. Jeśli nie możesz iść na północ, idź na wschód. Zebrawszy resztki sił, odbił się od wody złączonymi nogami i podciągnął ręce pod siebie w nieco niezdarnej próbie stylu motylkowego. Jego ciało wystrzeliło naprzód.

Ta nagła zmiana kierunku całkowicie zaskoczyła Asasyna. Poziomy ruch Langdona odrzucił mu ręce na boki i zachwiał jego równowagą. Jego chwyt zelżał, a wówczas Langdon ponownie odbił się nogami. Doznał uczucia jak przy zerwaniu się liny holowniczej. Nagle był wolny. Wyrzucając z płuc zastałe powietrze, gramolił się ku powierzchni. Zdołał złapać tylko jeden oddech. Asasyn rzucił się na niego z miażdżącą siłą, wczepił ręce w jego ramiona i całym swoim ciężarem spychał na dół. Langdon szamotał się, usiłując postawić stopy na dnie, ale napastnik podciął mu nogi.

Znowu znalazł się pod wodą.

Mięśnie paliły go z wysiłku, gdy wykręcał się na wszystkie strony. Tym razem jednak wysilał się na próżno. Przez bulgocącą wodę przyglądał się uważnie dnu, szukając swojej broni. Wszystko było niewyraźne, gdyż bąbelki powietrza były tu gęściejsze. Kiedy napastnik wciągnął go głębiej, błysnęło mu w oczy oślepiające światło podwodnej lampy przymocowanej do dna fontanny. Langdon wyciągnął rękę i złapał za jej obudowę. Była gorąca. Myślał, że przytrzymując się jej, wyrwie się z uścisku napastnika, ale urządzenie było zamontowane na zawiasach i obróciło się w jego dłoniach, tak że natychmiast stracił oparcie.

Asasyn wpychał go jeszcze głębiej.

I wtedy Langdon go zobaczył. Wystawał spod warstwy monet tuż pod jego twarzą. Wąski, czarny cylinder. Tłumik od pistoletu Olivettiego! Wyciągnął rękę, ale kiedy palce zamknęły się wokół cylindra, poczuł, że to plastyk, nie metal. Kiedy go pociągnął, podpłynął do niego miękko kawałek gumowego węża, poruszający się jak niemrawa żmija. Miał ponad pół metra długości, a z jego końca wypływały banieczki powietrza. Okazało się, że nie znalazł pistoletu, tylko jeden z wielu nieszkodliwych *spumanti*... urządzeń do spieniania wody.

Zaledwie o kawałek dalej kardynał Baggia czuł, że jego dusza stara się opuścić ciało. Chociaż przygotowywał się na ten moment przez całe życie, nigdy nie sądził, że koniec będzie taki. Jego powłoka fizyczna umierała... poparzona, posiniaczona i trzymana pod wodą przez niemożliwy do ruszenia ciężar. Przypomniał sobie jednak, że jego cierpienie jest niczym, w porównaniu z tym, co musiał znosić Jezus.

On umarł za moje grzechy...

Baggia słyszał odgłosy toczącej się w pobliżu walki. Porywacz może za chwilę pozbawić życia jeszcze inną istotę... tego mężczyznę o dobrych oczach, który próbował mu pomóc.

Ból był coraz silniejszy. Leżał na plecach i patrzył przez wodę na czarne niebo nad sobą. Przez chwilę wydawało mu się, że widzi gwiazdy.

Już pora.

Wyzbywając się lęku i wątpliwości, otworzył usta i wypuścił resztę powietrza z płuc, wiedząc, że to ostatnie tchnienie. Obserwował, jak jego duch wznosi się ku niebu w postaci garści przejrzystych bąbelków. Potem wykonał wdech. Woda wlała się w niego mnóstwem lodowatych sztyletów. Ból trwał zaledwie kilka sekund. Potem... spokój.

Asasyn nie zwracał uwagi na piekący ból w stopie i skupił się na topieniu Amerykanina, którego teraz przycisnął swoim ciężarem w kotłującej się wodzie. Doprowadź sprawę do końca. Wzmocnił uścisk. Tym razem Robert Langdon nie ujdzie z życiem. Tak jak przewidywał, opór ofiary stawał się coraz słabszy.

Nagle ciało pod jego rękami zesztywniało i zaczęło gwałtownie się trząść.

Tak, pomyślał. Dreszcze. Kiedy woda po raz pierwszy dotrze do płuc. Wiedział, że potrwają około pięciu sekund.

Trwały sześć.

Potem, dokładnie tak, jak się spodziewał, jego ofiara nagle zwiotczała, jak wielki balon z którego uciekło powietrze. To był koniec. Asasyn przytrzymał go jeszcze przez trzydzieści sekund, żeby woda dokładnie wypełniła płuca. Poczuł, że ciało Langdona zaczyna powoli opadać własnym ciężarem na dno. W końcu go puścił. Media znajdą podwójną niespodziankę w Fontannie Czterech Rzek.

— Tabban! — zaklął, kiedy wyszedł z basenu i spojrzał na krwawiący palec u nogi. Kula rozdarła czubek buta i ścięła koniuszek dużego palca. Zły na siebie z powodu tej nieuwagi, oddarł mankiet od nogawki spodni i wcisnął materiał do dziury w bucie. Ból przeszył mu całą nogę. — Ibn alkalb! — Zacisnął pięści i głębiej wepchnął materiał. Palec krwawił coraz słabiej i w końcu krew już tylko lekko się sączyła.

Starał się nie myśleć o bólu i zamiast tego skupił się na czekającej go przyjemności. Wsiadł do furgonetki. Jego zadanie w Rzymie dobiegło końca. Wiedział dokładnie, co poprawi jego samopoczucie. Vittoria Vetra czekała na niego związana. Asasyn, mimo że przemoczony i zmarznięty, poczuł przypływ pożądania.

Zasłużyłem na tę nagrodę.

W innym miejscu Rzymu Vittoria ocknęła się, czując ból. Leżała na plecach. Była cała zesztywniała, zamiast mięśni miała kamienie. Ręce ją bolały. Kiedy próbowała się poruszyć, poczuła skurcz w ramionach. Dopiero po dłuższej chwili zrozumiała, że ma ręce związane na plecach. Jej początkową reakcją było niedowierzanie. Czyżby to był sen? Jednak kiedy spróbowała podnieść głowę, ból u podstawy czaszki przekonał ją, że to rzeczywistość. Teraz jej zdumienie zamieniło się w strach. Rozejrzała się po otoczeniu. Znajdowała się w surowej, kamiennej komnacie — dużej, dobrze umeblowanej i oświetlonej pochodniami. Coś w rodzaju starodawnej sali spotkań. Niedaleko dostrzegła też ustawione koliście staromodne ławy.

Poczuła na skórze chłodny powiew. Okazało się, że otwarte są podwójne drzwi, za którymi znajduje się balkon. Mogłaby przysiąc, że przez szpary w jego balustradzie widzi Watykan.

Rozdział 104

Robert Langdon leżał na warstwie monet wyściełającej dno Fontanny Czterech Rzek. Ustami nadal obejmował plastykowy wąż. Gardło go paliło, gdyż powietrze pompowane przez *spumanti*, żeby spienić wodę w fontannie, było zanieczyszczone przez pompę. Jednak wcale się nie uskarżał. W końcu nadal żył.

Nie był pewien, na ile dobrze udaje tonącego, ale mając przez całe życie do czynienia z wodą, nieraz słyszał relacje na ten temat. Zrobił, co mógł. Pod koniec wydmuchnął nawet całe powietrze z płuc i przestał oddychać, żeby masa mięśni mogła pociągnąć ciało na dno.

Na szczęście Asasyn uwierzył w to i puścił go.

Teraz Langdon leżał na dnie fontanny i czekał. Czekał najdłużej, jak mógł. Zaczynał już się dusić. Zastanawiał się, czy Asasyn nadal tam jest. Zaczerpnął spory haust kwaśnego powietrza z węża, po czym puścił go i popłynął blisko dna, dopóki nie natknął się na gładkie wybrzuszenie centralnej części fontanny. Starając się nie robić hałasu, wynurzył się powoli, schowany w cieniu ogromnych marmurowych figur.

Furgonetka zniknęła.

To mu wystarczyło. Wciągnął potężny haust świeżego powietrza i popłynął z powrotem do miejsca, gdzie kardynał Baggia poszedł na dno. Wiedział, że mężczyzna jest nieprzytomny i szanse ocucenia go są niewielkie, ale musiał spróbować. Kiedy odnalazł ciało, ustawił stopy po obu jego stronach i uchwycił łańcuchy, którymi było okręcone. Zaczął ciągnąć. Wreszcie głowa kardynała wynurzyła się ponad wodę, a wówczas zobaczył, że jego oczy są wywrócone w górę i wybałuszone. Nie był to dobry znak. Nie wyczuł u mężczyzny pulsu ani oddechu.

Wiedział, że nie starczy mu sił, żeby przełożyć ciało przez krawędź fontanny, toteż pociągnął je przez wodę ku znajdującemu się na środku kopcowi wykonanemu z odłamków skał. Widział tam rodzaj groty, gdzie woda była płytsza i schodziła do niej ukośnie położona półka skalna. Wciągnął kardynała na tę półkę tak wysoko, jak dał radę. Nie było to zbyt daleko.

Potem przystąpił do akcji ratowniczej. Naciskając owiniętą łańcuchem pierś mężczyzny, wypompował wodę z jego płuc i rozpoczął sztuczne oddychanie. Liczył uważnie. Powoli. Zwalczał odruchową chęć, by dmuchać mocniej i szybciej. Przez trzy minuty usiłował przywrócić kardynałowi życie. Po dalszych dwóch zrozumiał, że mu się nie uda. To był już koniec.

Il preferito. Człowiek, który miał zostać papieżem, leżał teraz przed nim martwy.

Jednak nawet teraz, rozłożony płasko na tym na pół zatopionym kawałku skały, kardynał Baggia sprawiał wrażenie człowieka pełnego spokojnej godności. Woda przepływała łagodnie przez jego pierś, niemal skruszona... jakby prosiła o wybaczenie, że stała się jego ostatecznym zabójcą... jakby próbowała oczyścić wypaloną na piersi ranę, która nosiła jej imię.

Langdon delikatnie przesunął dłonią po twarzy kardynała, zamykając mu oczy. Kiedy to robił, poczuł w swoim wnętrzu drżenie, które ogarnęło całe ciało. Potem, po raz pierwszy od wielu, wielu lat, zapłakał.

Rozdział 105

Mgła zrodzonych z wyczerpania emocji zaczęła powoli się rozrzedzać, gdy Langdon, brodząc z wysiłkiem w wodzie, oddalał się od martwego kardynała i kierował z powrotem ku głębszej wodzie. Był tak osłabiony, że obawiał się, iż może tu zemdleć. Jednak ze zdumieniem stwierdził, że osłabienie zostaje wyparte przez rodzący się w nim przymus. Nie do odparcia. Szaleńczy. Poczuł, że jego mięśnie ponownie się naprężają wraz z opanowującą go determinacją. Umysł, ignorując cierpienie serca, odsuwał na bok przeszłość i skupiał się na jednym jedynym desperackim zadaniu, które przed nim stało.

Odnajdź siedzibę iluminatów. Pomóż Vittorii.

Obrócił się zatem w kierunku centralnej części fontanny. Na nowo ożywiony nadzieją, zaczął szukać ostatniego znacznika iluminatów. Wiedział, że gdzieś w tej masie odłamków skał i figur musi znajdować się wskazówka. Jednak w miarę, jak przebiegał wzrokiem rzeźbę, jego nadzieje topniały. Miał wrażenie, że słowa *segno* bulgocą złośliwie wszędzie wokół niego. „Anioły krzyżem niech cię prowadzą, a wzniosła wędrówka się uda". Spojrzał gniewnie na znajdujące się przed nim posągi. Przecież to pogańska fontanna! Nie ma tu żadnych przeklętych aniołów!

Kiedy zakończył bezowocne przeszukiwanie centralnej części fontanny, jego oczy bezwiednie powędrowały w kierunku wysokiego kamiennego filara. Cztery znaczniki, pomyślał, rozrzucone po Rzymie na planie ogromnego krzyża.

Na widok hieroglifów pokrywających obelisk przyszło mu na myśl, że może wskazówka kryje się w tych egipskich symbolach. Natychmiast jednak odrzucił ten pomysł. Hieroglify były starsze od Berniniego o setki lat, a poza tym w tamtych czasach nie umiano ich jeszcze odczytać. Udało się to dopiero po odkryciu kamienia z Rosetty. A może, myślał dalej, Bernini ukrył wśród hieroglifów jakieś dodatkowe symbole?

Czując ponownie iskierkę nadziei, zaczął po raz kolejny obchodzić środek fontanny, przyglądając się uważnie wszystkim czterem ścianom obelisku. Zajęło mu to dwie minuty, a kiedy dotarł do ostatniej płaszczyzny, musiał pogodzić się z porażką. Nie dostrzegł wśród hieroglifów niczego, co by się w jakikolwiek sposób wyróżniało. A już z pewnością nie było tu żadnych aniołów.

Sprawdził godzinę. Była dokładnie jedenasta. Sam nie potrafił stwierdzić, czy czas się wlecze, czy ucieka. Kiedy obchodził fontannę, zaczęły go prześladować obrazy Vittorii i Asasyna. Czuł coraz większą frustrację, kończąc kolejny bezowocny obchód. Wyczerpanie i ból doprowadziły go na krawędź omdlenia. Odchylił głowę do tyłu, by wydać z siebie rozpaczliwy krzyk.

Dźwięk zamarł mu w gardle.

Wzrok miał teraz skierowany prosto na szczyt obelisku. Dostrzegł, że nadal znajduje się tam coś, co wcześniej zauważył i zignorował. Teraz jednak przyciągnęło to jego uwagę. Nie był to anioł. Bynajmniej. Prawdę mówiąc, nie uważał tego nawet za część rzeźby Berniniego. Sądził, że to żywa istota, jeden z miejskich padlinożerców, który przysiadł dla odpoczynku na tej wysmukłej wieży.

Gołąb.

Wpatrzył się teraz w niego z natężeniem, ale widok zakłócała podświetlona mgiełka wodna otaczająca go ze wszystkich stron. To przecież gołąb! Widział wyraźnie głowę i dziób na tle gwiazd. Ale ptak nie ruszył się stamtąd od chwili, gdy Langdon tu przybył. Nie spłoszyła go nawet rozgrywająca się na dole walka. Siedział teraz dokładnie w takiej samej pozycji, w jakiej Langdon widział go, wchodząc na plac. Przysiadł na samym czubku obelisku, zwrócony dziobem na zachód.

Langdon przyglądał mu się przez chwilę, po czym zanurzył dłoń w basenie i wydobył garść monet. Cisnął nimi w górę. Zabrzęczały gdzieś w górnych partiach obelisku. Ptak nawet się nie poruszył. Rzucił ponownie. Tym razem jedna z monet trafiła w gołębia, i przez plac poniosło się dźwięczne uderzenie metalu o metal.

Ten cholerny gołąb był z brązu.

Szukasz anioła, nie gołębia, upominał się. Na szczęście było już za późno. Zdążył dokonać pewnych skojarzeń. Uświadomił sobie, że nie jest to pospolity gołąb.

To była synogarlica.

Niezupełnie zdając sobie sprawę z tego, co robi, podbiegł z pluskiem do centralnej części fontanny i zaczął się wspinać na trawertynowe skałki. Depcząc po wielkich głowach i rękach, podciągał się coraz wyżej. W połowie drogi do obelisku jego głowa wynurzyła się z rozpylonych kropel wody i teraz widział ptaka wyraźniej.

Nie miał już wątpliwości. To była synogarlica. Zwodniczy czarny kolor był rezultatem silnego zanieczyszczenia powietrza w Rzymie, co doprowadziło do wytworzenia się ciemnej powłoki na oryginalnym brązie. Uświadomił sobie znaczenie tego, co widzi. Wcześniej w Panteonie również dostrzegł parę synogarlic. Jednak w parze nie kryło się żadne znaczenie, natomiast w jednym ptaku tak.

Samotna synogarlica jest pogańskim symbolem Anioła Pokoju.

Ta myśl dodała mu skrzydeł, tak że niemal nie zauważył, jak pokonał resztę drogi do obelisku. Bernini wybrał pogański symbol anioła, żeby ukryć go wśród pogańskich rzeźb zdobiących fontannę. „Anioły krzyżem niech cię prowadzą, a wzniosła wędrówka się uda". Synogarlica jest aniołem!. Trudno też byłoby znaleźć wyżej wyniesione miejsce dla ostatniego znacznika Ścieżki Oświecenia niż szczyt tego obelisku.

Ptak spoglądał na zachód. Langdon próbował spojrzeć w tym samym kierunku, ale widok zasłaniały mu budynki. Wspiął się wyżej. Z pamięci wyskoczyły mu nagle słowa świętego Grzegorza z Nyssy. Kiedy dusza doznaje oświecenia... przybiera piękny kształt synogarlicy.

Langdon uniósł głowę ku niebu. Ku synogarlicy. Miał wrażenie, jakby unosił się w powietrzu. Dotarł w końcu do platformy, z której wyrastał obelisk, i dalej nie mógł już się wspiąć. Jednak kiedy się rozejrzał, stwierdził, że nie ma takiej potrzeby. Cały Rzym rozciągał się przed jego oczami. Widok zapierał dech w piersiach.

Po lewej widział feerię świateł wozów transmisyjnych otaczających plac Świętego Piotra. Po prawej znajdowała się dymiąca kopuła kościoła Santa Maria della Vittoria. Daleko przed nim Santa Maria del Popolo, a pod nim czwarty i ostatni punkt. Ogromny krzyż wyznaczony obeliskami.

Drżąc z podniecenia, spojrzał na synogarlicę nad głową. Obrócił się tak, żeby stanąć dokładnie zgodnie ze wskazywanym przez nią kierunkiem i dopiero wówczas spojrzał przed siebie.

Natychmiast zrozumiał.

Takie oczywiste. Takie jasne. Takie zwodniczo proste.

Langdon nie mógł teraz uwierzyć, że tajna siedziba iluminatów przez tyle lat pozostała nieodkryta. Miał wrażenie, że całe miasto rozpływa się we mgle i widzi tylko tę monstrualną kamienną budowlę wyrastającą bezpośrednio przed nim po drugiej stronie rzeki. Była ona jedną z najsłynniejszych w Rzymie. Zamek stał nad samym Tybrem, w sąsiedztwie Watykanu. Architektura całego kompleksu była bardzo surowa — zamek na planie koła wewnątrz murów obronnych tworzących kwadrat, otoczonych z zewnątrz parkiem na planie pentagramu.

Starożytne kamienne obwarowania, które widział przed sobą, były ciekawie oświetlone specjalnymi reflektorami. Na szczycie zamku ogromny anioł z brązu wskazywał mieczem dokładnie w kierunku środka zamku. Jakby tego jeszcze było mało, bezpośrednio do głównego wejścia prowadził słynny most Aniołów... ozdobiony dwunastoma wielkimi figurami aniołów wyrzeźbionymi przez Berniniego.

Langdon uświadomił sobie coś jeszcze, co znów napełniło go podziwem dla geniuszu Berniniego: ogromny, wyznaczony obeliskami krzyż wskazywał na tę fortecę w typowym dla iluminatów stylu, gdyż dłuższe ramię krzyża przechodziło dokładnie przez środek mostu prowadzącego do zamku, dzieląc go na połowę.

Langdon wrócił do miejsca, gdzie zostawił marynarkę, i podniósł ją, trzymając z dala od siebie, gdyż cały ociekał wodą. Potem wskoczył do skradzionego citroena i nacisnął przemoczonym butem pedał gazu.

Rozdział 106

Była dwudziesta trzecia siedem. Samochód Langdona pędził przez nocne rzymskie ulice. Jadąc Lungotevere Tor Di Nona, równoległą do rzeki, Langdon widział cel swojej podróży, wznoszący się jak góra po prawej stronie. *Castel Sant' Angelo*. Zamek Świętego Anioła. Skręt na most Aniołów pojawił się zupełnie niespodziewanie. Langdon nacisnął gwałtownie na hamulce i zakręcił. Zdążył, ale okazało się, że most jest zamknięty. Przejechał ślizgiem kilka metrów, po czym zderzył się z szeregiem betonowych słupków blokujących wjazd. Szarpnęło nim gwałtownie do przodu, gdy pojazd z piskiem i dygotem się zatrzymał. Zupełnie zapomniał, że w celu ochrony tego zabytku dopuszczono tu wyłącznie ruch pieszy.

Wstrząśnięty, wydostał się z trudem z rozbitego samochodu, żałując, że nie wybrał innej drogi. Było mu zimno i zaczął się trząść. Sięgnął po marynarkę i włożył ją na przemoczoną koszulę, ciesząc się z podwójnej podszewki w tweedach Harrisa. Dzięki temu zabytkowa karta z *Diagramma* nie przemoknie. Po drugiej stronie mostu widział przed sobą kamienną fortecę wznoszącą się jak góra. Mimo że czuł się obolały i wyczerpany, ruszył susami w jej kierunku.

Biegł teraz szpalerem aniołów Berniniego, migających mu po obu stronach i prowadzących do ostatecznego celu poszukiwań. „Anioły krzyżem niech cię prowadzą, a wzniosła wędrówka się uda". W miarę jak się zbliżał, miał wrażenie, że zamek rośnie do niesamowitych rozmiarów. Czuł się tu znacznie mniejszy niż na placu Świętego Piotra. Dobiegając resztką sił do bastionu, przyjrzał się kolistej strukturze wznoszącej się w niebo aż do monumentalnego anioła z mieczem w ręce.

Zamek wyglądał na opustoszały.

Langdon wiedział, że na przestrzeni wieków Watykan wykorzystywał go jako fortecę, grobowiec, kryjówkę papieską, więzienie dla wrogów Kościoła oraz muzeum. Jak się okazało, zamek miał również innych mieszkańców — iluminatów. Widać w tym nawet było pewną logikę. Chociaż był własnością Watykanu, Kościół korzystał z niego tylko sporadycznie, a Bernini dokonywał w nim licznych przeróbek. Krążyły plotki, że obecnie jest pełen tajnych przejść, ukrytych wejść i komnat. Langdon nie wątpił, że anioł oraz otaczający budowlę pentagonalny park są również dziełem Berniniego.

Dotarł wreszcie do ogromnych podwójnych wrót i pchnął je silnie, ale tak jak się spodziewał, nawet nie drgnęły. Na wysokości oczu wisiały dwie wielkie metalowe kołatki, jednak nawet nie próbował ich ruszać. Cofnął się nieco i przyjrzał litej zewnętrznej ścianie. Te mury obronne oparły się najazdom Berberów, Maurów i pogan, więc wątpił, żeby jemu udało się je pokonać.

Vittorio, pomyślał. Jesteś tam?

Ruszył wzdłuż muru. Musi tu być inne wejście!

Minąwszy drugą basztę, dotarł niemal bez tchu do małego parkingu przy Lungotere Angelo. Tutaj odkrył drugie wejście do zamku — most zwodzony, teraz podniesiony i zamykający otwór w murze. Ponownie spojrzał w górę.

Jedynymi światłami, jakie zobaczył, były reflektory oświetlające fasadę. We wszystkich niewielkich oknach panowała ciemność. Przeniósł wzrok jeszcze wyżej. Na samej górze centralnej wieży, na wysokości może trzydziestu metrów, widoczny był pojedynczy balkon, bezpośrednio poniżej miecza anioła. Na jego marmurowy parapet padał słaby, migoczący odblask, tak jakby pomieszczenie za balkonem było oświetlone pochodnią. Langdon przyglądał się temu przez dłuższą chwilę, czując, że znowu zaczyna się trząść. Czyżby cień? Czekał w napięciu. Potem ponownie to dostrzegł. Poczuł ciarki na plecach. Ktoś tam jest!

— Vittoria! — zawołał, nie mogąc się opanować, ale jego głos zginął w huku wody kotłującej się w Tybrze. Okręcił się wokół własnej osi, zastanawiając się, gdzie się podziali gwardziści. Czy w ogóle odebrali jego wezwanie?

Po drugiej stronie parkingu stał duży wóz transmisyjny. Langdon podbiegł do niego i zobaczył w kabinie tęgiego mężczyznę w słuchawkach, który właśnie coś regulował w swojej aparaturze. Zabębnił w bok samochodu. Mężczyzna podskoczył. Zobaczył przemoczone ubranie Langdona i gwałtownym ruchem ściągnął słuchawki.

— W czym problem, stary? — Miał australijski akcent.
— Potrzebny mi twój telefon. — Langdon czuł, że za chwilę oszaleje.

Mężczyzna wzruszył ramionami.

— Nie ma sygnału. Cały czas próbuję. Linie są przeciążone.

Langdon zaklął głośno. ·

— Czy widziałeś, żeby tu ktoś wchodził? — wskazał na zwodzony most.

— Prawdę mówiąc, tak. Czarna furgonetka przez cały wieczór wjeżdża tu i wyjeżdża.

Langdon miał wrażenie, że otrzymał cios w żołądek.

— Ma szczęście, sukinsyn — stwierdził Australijczyk, podnosząc wzrok na wieżę. Potem skrzywił się na myśl o przeszkodach zasłaniających mu widok na Watykan. — Założę się, że stamtąd ma doskonały widok. Nie mogę przedostać się przez korek wokół placu, więc muszę filmować stąd.

Langdon go nie słuchał. Gorączkowo myślał, co może w tej sytuacji zrobić.

— I co powiesz? — spytał Australijczyk. — Sądzisz, że ten Dobry Samarytanin z Jedenastej Godziny to prawda?

Langdon obrócił się.

— Kto taki?

— Nie słyszałeś? Kapitan gwardii szwajcarskiej odebrał telefon od kogoś, kto twierdzi, że ma super informacje. Facet właśnie tu leci. Wiem tylko, że jeśli rzeczywiście na coś się przyda... to dopiero będzie oglądalność! — roześmiał się.

Langdon poczuł nagły niepokój. Dobry Samarytanin przylatujący na pomoc? Czyżby ta osoba rzeczywiście wiedziała, gdzie jest ukryta antymateria? Jeśli tak, to dlaczego po prostu nie powie gwardzistom? Po co przylatuje osobiście? Coś tu było nie w porządku, ale nie miał czasu głębiej się nad tym zastanawiać.

— Hej! — odezwał się Australijczyk, baczniej mu się przyglądając. — Czy to nie ty jesteś tym facetem, którego widziałem w telewizji? Próbowałeś ratować tego kardynała na placu Świętego Piotra?

Langdon nie odpowiedział. Jego oczy natrafiły nagle na urządzenie zamontowane na dachu wozu transmisyjnego — antenę satelitarną na składanym wysięgniku. Ponownie spojrzał na zamek. Zewnętrzny mur miał piętnaście metrów wysokości. Pozbawione okien mury wewnętrznej fortecy pięły się jeszcze wyżej. Ochrona przed ostrzałem artyleryjskim. Szczyt wieży wydawał się niewiarygodnie wysoko, kiedy stąd patrzył, ale może jeśli pokona pierwszy mur...

Odwrócił się ponownie do dziennikarza i wskazał na wysięgnik anteny.

— Jak wysoko to się rozkłada?

— Co? — Mężczyzna spojrzał na niego nierozumiejącym wzrokiem. — Piętnaście metrów. A dlaczego?

— Przestaw wóz. Stań tuż koło muru. Potrzebuję pomocy.

— Człowieku, o czym ty mówisz?

Langdon wyjaśnił mu swój pomysł.

Australijczyk wytrzeszczył na niego oczy.

— Zwariowałeś? To jest teleskopowy wysięgnik wart dwieście tysięcy dolarów. Nie żadna drabina!

— Chcesz mieć dobre wyniki oglądalności? Mam rewelacyjne informacje. — Langdon był już gotów na wszystko.

— Informacje warte dwieście tysiączków?

Langdon wyjaśnił mu, czego może się dowiedzieć w zamian za tę przysługę.

Półtorej minuty później Robert Langdon docierał do czubka wysięgnika kołyszącego się w podmuchach wiatru na wysokości piętnastu metrów nad ziemią. Wychylił się, uchwycił krawędzi pierwszego obwarowania, przyciągnął się bliżej i opadł na szczyt muru.

— Teraz dotrzymaj umowy! — zawołał z dołu Australijczyk. — Gdzie on jest?

Langdon miał poczucie winy, że ujawnia tę informację, ale umowa to umowa. Poza tym Asasyn zapewne i tak zadzwoni do prasy.

— Piazza Navona — krzyknął. — Jest w fontannie.

Australijczyk opuścił wysięgnik anteny i ruszył po największą sensację w swojej karierze.

W kamiennej komnacie wysoko nad miastem Asasyn zdjął ociekające wodą buty i zabandażował zraniony palec. Bolał go, ale nie na tyle, żeby zepsuć mu przyjemność.

Odwrócił się do swojej zdobyczy.

Znajdowała się w rogu pomieszczenia. Leżała na plecach na prostej otomanie. Ręce miała skrępowane z tyłu, a usta zakneblowane. Asasyn ruszył w jej kierunku. Była już przytomna, co go ucieszyło. O dziwo, w jej oczach nie dostrzegł strachu, tylko ogień.

Strach przyjdzie później.

Rozdział 107

Robert Langdon pędził po zewnętrznym murze obronnym, ciesząc się, że zamek jest oświetlony. Dziedziniec pod nim wyglądał jak muzeum starodawnej broni. Widział katapulty, stosy marmurowych kul armatnich i cały arsenał przerażających urządzeń. W ciągu dnia część zamku była otwarta dla turystów, toteż dziedziniec przywrócono w pewnej mierze do pierwotnego stanu. Langdon spojrzał ponad dziedzińcem na centralną budowlę fortecy. Okrągła cytadela wznosiła się na wysokość trzydziestu dwóch metrów, ozdobiona na szczycie aniołem z brązu. Na balkon nadal padał odblask światła z wewnątrz. Langdon miał ochotę zawołać Vittorię, ale rozsądek wziął górę. Musi znaleźć sposób, żeby się tam dostać.

Sprawdził godzinę.

Dwudziesta trzecia dwanaście.

Znalazł kamienną rampę prowadzącą w dół i zbiegł nią na dziedziniec. Kryjąc się w cieniu, zaczął okrążać zamek zgodnie z ruchem wskazówek zegara. Mijał po drodze trzy portale, ale wszystkie były zamknięte na stałe. Jak ten Asasyn się tam dostał? — rozmyślał. Przechodził też koło dwojga nowoczesnych drzwi, ale były z zewnątrz zamknięte na kłódkę. Nie tutaj. Pobiegł dalej.

Okrążył już niemal cały budynek, kiedy dostrzegł wysypany żwirem podjazd przecinający dziedziniec. Na jednym jego końcu, przy zewnętrznym murze, zobaczył tyły zwodzonego mostu prowadzącego na zewnątrz, teraz złożonego. Drugi koniec podjazdu znikał we wnętrzu fortecy. Wchodził tam do czegoś w rodzaju tunelu w zewnętrznej ścianie budowli. *Il traforo!* Langdon czytał o *traforo* tego zamku, gigantycznej spiralnej rampie, biegnącej wewnątrz warowni, którą dowódcy na koniach mogli szybko przebyć. Asasyn wjechał tam samochodem! Brama zamykająca tunel była uniesiona, zapraszając Langdona do środka. Uszczęśliwiony, pobiegł w tamtym kierunku, jednak kiedy dotarł do wejścia, jego radość zniknęła.

Tunel prowadził spiralnie w dół.

To nie ta droga. Ta część *traforo* najwyraźniej wiodła do lochów, a nie w górę.

Stojąc w wejściu do czarnego otworu, który schodził spiralnie coraz głębiej w ziemię, Langdon zawahał się i spojrzał ponownie w górę, na balkon. Mógłby przysiąc, że dostrzegł tam ruch. Decyduj się! Nie widząc innych możliwości, ruszył w głąb tunelu.

Wysoko nad jego głową Asasyn stał nad swoją zdobyczą. Przeciągnął dłonią po jej ręce. Miała skórę gładką jak jedwab. Upajał się myślą o poznawaniu skarbów jej ciała. Na ile sposobów mógłby ją zgwałcić?

Miał poczucie, że zasłużył sobie na tę kobietę. Dobrze wypełnił polecenia Janusa. Dziewczyna była łupem wojennym, a kiedy z nią skończy, zrzuci ją z otomany na podłogę i zmusi, żeby uklękła. Wówczas jeszcze raz go obsłuży. Krańcowe poddanie. Później, w chwili kiedy będzie szczytował, podetnie jej gardło.

Nazywają to *ghayat assa' adah* — najwyższą przyjemnością.

Potem, rozkoszując się swoimi dokonaniami, stanie na balkonie i będzie się napawał kulminacyjnym punktem triumfu iluminatów... zemsty, na którą tak wielu musiało tak długo czekać.

W tunelu było coraz ciemniej. Langdon schodził dalej.

Kiedy zatoczył pełne koło, światło całkowicie zniknęło. Po chwili poczuł, że tunel przestaje opadać. Zwolnił, gdyż domyślił się po echu swoich kroków, że wszedł do większego pomieszczenia. Wydawało mu się, że w mroku przed nim coś błysnęło... jakby niewyraźne odbicie w czymś błyszczącym. Ruszył w tym kierunku z wyciągniętymi do przodu rękami. W pewnej chwili jego dłonie dotknęły gładkiej powierzchni. Chrom i szkło. To był samochód. Przesunął po nim po omacku ręką, znalazł drzwi i je otworzył.

Rozbłysła lampa na suficie pojazdu. Cofnął się nieco i natychmiast rozpoznał czarną furgonetkę. Przyglądał się jej przez chwilę, czując gwałtowny przypływ nienawiści. Potem wskoczył do środka i rozejrzał się w poszukiwaniu broni, która mogłaby zastąpić pistolet stracony w fontannie. Niczego nie znalazł. Dostrzegł natomiast telefon komórkowy Vittorii, ale był pogruchotany i nie nadawał się do użytku. Na jego widok znów poczuł strach. Modlił się, żeby nie było za późno.

Włączył reflektory furgonetki i wreszcie ujrzał, gdzie się znajduje. Było to puste pomieszczenie, które dawniej prawdopodobnie służyło do trzymania koni i amunicji. Przy okazji przekonał się, że donikąd ono nie prowadzi.

Nie ma wyjścia. Poszedłem złą drogą!

Czując, że jego wytrzymałość się kończy, wyskoczył z samochodu i zaczął baczniej się przyglądać otaczającym go ścianom. Żadnych drzwi. Żadnych bram. Przyszedł mu na myśl wizerunek anioła nad wejściem do tunelu i zastanowił się, czy to przypadek. Nie! Przypomniał sobie swoją rozmowę z zabójcą przy fontannie. Jest w Kościele Oświecenia... oczekuje na mój powrót. Dotarł za daleko, żeby miało mu się nie udać. Serce waliło mu mocno. Frustracja i nienawiść zaczynały zakłócać sprawność zmysłów.

Kiedy zobaczył krew na podłodze, najpierw pomyślał o Vittorii. Jednak zorientował się, że są to krwawe odciski stóp, i to osoby idącej długimi krokami. Krwawe ślady zostawiała tylko lewa stopa. Asasyn!

Langdon ruszył tym tropem, z każdym krokiem czując większe zdumienie. Wyglądało na to, że krwawe ślady prowadzą prosto do narożnika pomieszczenia i tam znikają.

Gdy dotarł do narożnika, nie wierzył własnym oczom. Granitowy kamień posadzki nie miał tu kwadratowego kształtu, jak pozostałe. Najwyraźniej była to kolejna wskazówka. Płycie nadano kształt idealnego pentagramu skierowanego wierzchołkiem ku narożnikowi. Okazało się, że znajduje się tam wąski przesmyk, pomysłowo ukryty za nachodzącymi na niego ścianami. Langdon przecisnął się przez niego i znalazł się w korytarzu. Przed sobą ujrzał resztki drewnianej bariery, która niegdyś zamykała ten tunel.

Dalej widać było światło.

Langdon ruszył teraz biegiem. Przeskoczył nad barierką i skierował się ku światłu. Okazało się, że korytarz rozszerza się w komorę oświetloną tylko jedną mrugającą pochodnią. Znalazł się w części zamku, gdzie nie było elektryczności... części, której nigdy nie zobaczy żaden turysta. Pomieszczenie to byłoby przerażające nawet przy dziennym świetle, a przy pochodni robiło jeszcze bardziej makabryczne wrażenie.

Il prigione.

Znajdowało się tutaj kilkanaście małych cel, niegdyś zamkniętych żelaznymi prętami, dziś już całkowicie przerdzewiałymi.

434

W jednej z nich nadal jednak były kraty, a na widok tego, co leżało na podłodze, Langdonowi zamarło serce. Czarne sutanny i czerwone pasy. To tutaj trzymał kardynałów!

Obok tej celi znajdowały się metalowe drzwi — otwarte i ukazujące fragment jakiegoś korytarza. Langdon podbiegł do nich, ale po chwili się zatrzymał, gdyż nie było tam krwawych śladów. Kiedy zobaczył słowa wykute nad wejściem, zrozumiał dlaczego.

Il Passetto.

Był oszołomiony. Wiele razy słyszał o tym tunelu, ale nigdy nie wiedział dokładnie, gdzie znajduje się wejście do niego. *Il Passetto* — Małe Przejście — było wąskim tunelem, długości około kilometra, zbudowanym pomiędzy Zamkiem Świętego Anioła a Watykanem. Wielu papieży korzystało z niego, aby schronić się w bezpieczne miejsce podczas oblężeń Watykanu... a kilku mniej pobożnych papieży udawało się nim na schadzki z kochankami lub by dopilnować torturowania swoich wrogów. Obecnie oba końce tunelu miały być podobno zamknięte za pomocą niezawodnych zamków, do których klucze trzymane są gdzieś w watykańskich podziemiach. Langdon zaczął się zastanawiać, kto w środku zdradził Kościół i wszedł w posiadanie kluczy. Olivetti? Jeden z gwardzistów szwajcarskich? Nie miało to teraz znaczenia.

Ślady krwi na podłodze prowadziły do przeciwległej ściany więzienia. Langdon podążył za nimi i znalazł się przed zardzewiałą bramą, obwieszoną łańcuchami. Zamknięcie usunięto i brama stała otworem. Za nią widoczne były strome spiralne schody prowadzące w górę. Tutaj również w posadzce znajdował się blok w kształcie pentagramu. Langdon wpatrzył się w niego, zastanawiając się, czy to sam Bernini trzymał dłuto, które kształtowało tę płytę. Wejście ozdobiono małą płaskorzeźbą cherubina. To było to.

Krwawe ślady prowadziły w górę schodów.

Langdon uświadomił sobie, że zanim tam wejdzie, musi znaleźć sobie jakąś broń. Rozejrzał się i dostrzegł mniej więcej metrowej długości żelazny pręt, leżący w pobliżu jednej z cel. Miał on ostry, rozdwojony koniec. Był wprawdzie strasznie ciężki, ale nic lepszego nie mógł znaleźć. Liczył, że element zaskoczenia w połączeniu z raną Asasyna wystarczy, aby przechylić szalę zwycięstwa na jego stronę. Przede wszystkim jednak miał nadzieję, że nie jest jeszcze za późno.

Prowadzące spiralnie stopnie były mocno wydeptane i stromo skręcały w górę. Wchodząc po nich, nasłuchiwał, czy nie dotrą do niego jakieś dźwięki. Ale panowała cisza. W miarę jak się wspinał, światło dochodzące od strony więzienia bladło. W końcu poruszał się w zupełnej ciemności, trzymając się jedną ręką ściany. Wyżej i wyżej. W panującym tu mroku wyczuwał obecność ducha Galileusza, który wspinał się po tych samych schodach, pragnąc podzielić się swoją wizją nieba z innymi ludźmi nauki i wiary.

Langdon nadal nie mógł wyjść ze zdumienia nad położeniem tajnej siedziby iluminatów. Miejsce spotkań bractwa znajdowało się w budynku należącym do Watykanu. Nic dziwnego, że podczas gdy watykańscy gwardziści przeszukiwali piwnice i domy znanych uczonych, iluminaci spotykali się tutaj... tuż pod nosem Kościoła. Nagle wszystko zaczęło mu doskonale do siebie pasować. Bernini, jako główny architekt zajmujący się renowacją zamku, miał nieograniczony dostęp do tej budowli... mógł dostosowywać ją do własnych potrzeb, nie narażając się na żadne pytania. Ciekawe, ile tajnych wejść dobudował. Ile umieścił ozdób, dyskretnie wskazujących drogę?

Kościół Oświecenia. Langdon wiedział, że jest już blisko.

Kiedy schody zaczęły się zwężać, miał wrażenie, że przejście się zamyka. W ciemności szeptały cienie historii, ale on szedł dalej. Kiedy zobaczył przed sobą poziomy promień światła, uświadomił sobie, że stoi o kilka stopni poniżej podestu, na który pada blask ze szpary pod drzwiami. Resztę drogi przebył bardzo ostrożnie.

Nie miał pojęcia, w jakim miejscu zamku obecnie się znajduje, ale wiedział, że wspinał się dostatecznie długo, żeby być już blisko szczytu. Przywołał w myślach obraz gigantycznego anioła wieńczącego zamek i doszedł do wniosku, że jest tuż pod nim.

Czuwaj nade mną, Aniele! — pomyślał, silniej ujmując pręt. Potem cicho otworzył drzwi.

Vittoria leżąca na otomanie czuła dotkliwy ból rąk. Kiedy po raz pierwszy odzyskała przytomność i stwierdziła, że są związane na plecach, pomyślała, że uda jej się je uwolnić. Ale czas się skończył. Bestia wróciła. Teraz zabójca stał nad nią, prezentując nagą, potężną pierś, pokrytą bliznami po stoczonych walkach. Spoglądające na jej ciało oczy przypominały dwie czarne szparki. Vittoria wiedziała, że wyobraża sobie właśnie, co zamierza z nią zrobić. Powoli, jakby drażniąc się z nią, zdjął przemoczony pas i rzucił go na podłogę.

Vittoria poczuła pełne nienawiści przerażenie. Zamknęła oczy. Kiedy otworzyła je ponownie, w ręku Asasyna ujrzała sprężynowy nóż. Otworzył go jednym gwałtownym ruchem tuż przed jej twarzą.

W lśniącej stali zobaczyła swoje przestraszone odbicie.

Asasyn obrócił nóż ostrzem do góry, a drugą stroną przeciągnął jej po brzuchu. Od dotyku lodowatego metalu wstrząsnęły nią dreszcze. Oprawca rzucił jej pogardliwe spojrzenie i przesunął ostrze niżej, tak że znalazło się poniżej paska jej szortów. Wciągnęła powietrze. Przesuwał nóż w jedną i drugą stronę, powoli, groźnie... coraz niżej. Potem pochylił się nad nią i szepnął, owiewając jej ucho gorącym oddechem:

— Tym nożem wyciąłem oko twojego ojca.

W tej chwili Vittoria zrozumiała, że jest zdolna zabić.

Znów obrócił nóż i zaczął rozcinać materiał szortów. Nagle przestał. Podniósł wzrok. W pokoju był ktoś jeszcze.

— Odsuń się od niej — warknął niski głos od strony drzwi.

Vittoria nie widziała przybysza, ale rozpoznała ten głos. Robert! Żyje!

Asasyn sprawiał wrażenie, jakby zobaczył ducha.

— Panie Langdon, pan naprawdę musi mieć anioła stróża.

Rozdział 108

Langdon miał zaledwie chwilę, żeby przyjrzeć się otoczeniu, ale od razu zrozumiał, że znalazł się w świętym miejscu. Ozdoby owalnej komnaty, choć stare i wyblakłe, pełne były odniesień do znanej symboliki. Płytki w kształcie pentagramów. Freski z modelem planet. Synogarlice. Piramidy. Kościół Oświecenia. Prosty i czysty. Przybył do celu.

Dokładnie na wprost niego, na tle wyjścia prowadzącego na balkon, stał Asasyn. Był nagi do pasa i pochylał się nad Vittorią, która wprawdzie leżała związana, ale niewątpliwie żywa. Na jej widok zalała go fala ulgi. Ich spojrzenia na chwilę się spotkały, wymieniając między sobą całą burzę emocji — wdzięczność, desperację i żal.

— A więc ponownie się spotykamy — odezwał się Hassassin. — Spojrzał na pręt w rękach Langdona i roześmiał się głośno. — Zamierzasz mnie tym zaatakować?

— Rozwiąż ją.

Zabójca przyłożył Vittorii nóż do gardła.

— Zabiję ją.

Langdon nie miał wątpliwości, że jest do tego zdolny. Zmusił się, żeby nadać swojemu głosowi spokojne brzmienie.

— Przypuszczam, że będzie z tego zadowolona, jeśli zważyć na to, jaką ma alternatywę.

Asasyn uśmiechnął się na tę obelgę.

— Masz rację. Ona ma wiele do zaoferowania. To byłoby marnotrawstwo.

Langdon ruszył do przodu, mocniej ściskając zardzewiały pręt, i wycelował jego ostry koniec w przeciwnika. Rana na dłoni ostro go zabolała.

— Puść ją.

Asasyn wyglądał tak, jakby się nad tym zastanawiał. Odetchnął i opuścił ramiona, jak gdyby w geście poddania. Jednak w tej samej chwili jego prawa ręka niespodziewanie wzięła zamach. Mignęły ciemne mięśnie i w stronę piersi Langdona niespodziewanie poszybował nóż.

Langdon nie wiedział, czy spowodowało to wyczerpanie, czy instynkt, ale dokładnie w tym samym momencie przyklęknął i ostrze minęło o milimetry jego ucho, po czym z brzękiem upadło na podłogę za jego plecami. Na przeciwniku nie zrobiło to wrażenia. Uśmiechnął się, odsunął od Vittorii i ruszył w jego kierunku krokiem skradającego się lwa.

Kiedy Langdon niezdarnie podnosił się na nogi i starał się pewniej uchwycić pręt, poczuł nagle, jak bardzo przemoczone spodnie i sweter krępują mu ruchy. Przeciwnik, ubrany tylko do pasa, poruszał się znacznie zwinniej, a zraniona stopa wcale nie spowalniała jego ruchów. Najwyraźniej był to człowiek przyzwyczajony do znoszenia bólu. Po raz pierwszy w życiu Langdon pożałował, że nie trzyma w ręce bardzo dużego pistoletu.

Asasyn krążył wokół niego powoli, jakby doskonale się bawił. Stale znajdując się tuż poza zasięgiem ciosu, kierował się ku nożowi na podłodze. Langdon odciął mu drogę. Wówczas zaczął się przesuwać w stronę Vittorii. Langdon znowu go zablokował.

— Jest jeszcze dość czasu — Langdon postanowił spróbować negocjacji. — Powiedz mi, gdzie jest pojemnik z antymaterią. Watykan zapłaci ci więcej, niż mogliby zaoferować iluminaci.

— Jesteś naiwny.

Langdon z całej siły pchnął go prętem, ale Asasyn zdążył się uchylić. Langdon okrążał ławę, trzymając broń przed sobą, i starał się zagonić przeciwnika do kąta. Ten cholerny owalny pokój nie ma kątów! O dziwo, Asasyn nie próbował go atakować ani uciekać. Po prostu dostosował się do jego zasad gry i spokojnie czekał.

Czeka, ale na co? Zabójca nieprzerwanie krążył po pokoju, zawsze po mistrzowsku się ustawiając. Przypominało to niekończącą się partię szachów. Pręt zaczynał ciążyć mu w rękach i wówczas uświadomił sobie, na co czeka jego przeciwnik. Stara się mnie zmęczyć. Na dodatek mu się to udaje. Langdona opadła fala wyczerpania, a sama adrenalina już nie wystarczyła, żeby w pełni zachował czujność. Wiedział, że musi wykonać jakiś ruch.

Asasyn jakby czytał w jego myślach. Znów zmienił pozycję, tak jakby celowo kierował go w kierunku stołu stojącego na środku pomieszczenia. Langdon zdawał sobie sprawę, że na stole coś leży, gdyż widział, jak odbija się tam światło pochodni. Jakaś broń? Nie spuszczając wzroku z Asasyna, przesuwał się w stronę stołu. Kiedy jego przeciwnik rzucił przeciągłe, otwarte spojrzenie w tamtą stronę, usiłował nie dać się złapać na tę oczywistą przynętę. Jednak odruch zwyciężył. Zerknął tam i wyłom w jego czujności został dokonany.

To nie była broń, ale to, co zobaczył, natychmiast przykuło jego uwagę.

Na stole leżała prosta miedziana skrzynia pokryta patyną. Miała kształt pentagonu. Wieko było otwarte. Wewnątrz, w pięciu wyściełanych przegródkach znajdowały się żelaza do piętnowania — duże, kute elementy z grubymi drewnianymi rączkami. Langdon nie miał wątpliwości, jakie symbole przedstawiają.

ILLUMINATI, EARTH, AIR, FIRE, WATER

Langdon błyskawicznie odwrócił od nich głowę, obawiając się, że Asasyn zechce w tym czasie rzucić się na niego. Jednak nawet nie próbował. Czekał spokojnie, zupełnie jakby ta gra sprawiała mu przyjemność. Langdon starał się ponownie skupić uwagę na przeciwniku, nie spuszczać z niego wzroku i ponawiać ataki. Nie mógł jednak wyrzucić z myśli widoku skrzyni. Już same żelaza do piętnowania podziałały na niego hipnotyzująco — dotąd nie tylko nikt ich nie widział, ale ponadto niewielu naukowców zajmujących się iluminatami wierzyło w ich istnienie. Na dodatek uświadomił sobie, że jeszcze coś w tej skrzyni obudziło w nim złowieszcze przeczucia. Podczas gdy Asasyn wykonywał swoje manewry, Langdon pozwolił sobie na kolejne spojrzenie na stół.

Mój Boże!

Pięć żelaznych elementów rozmieszczonych było w przegródkach na obwodzie skrzyni. Jednak w środku znajdowała się szósta przegródka. Była pusta, ale najwyraźniej przeznaczona do przechowywania jeszcze jednego symbolu... znacznie większego od pozostałych, idealnego kwadratu.

Atak był błyskawiczny.

Asasyn rzucił się ku niemu jak drapieżny ptak. Langdon, którego uwagę udało mu się po mistrzowsku odwrócić, próbował odparować cios, ale pręt ciążył mu, jakby trzymał w rękach pień drzewa. Jego ruchy były zbyt powolne. Przeciwnik zdążył się uchylić, a kiedy Langdon cofał pręt, Asasyn błyskawicznie go złapał. Trzymał go bardzo mocno, a zraniona ręka najwyraźniej wcale mu w tym nie przeszkadzała. Obaj mężczyźni zaczęli gwałtownie się szarpać. Langdon czuł, że pręt wyślizguje mu się z ręki, a w dłoni poczuł palący ból. W chwilę później patrzył w rozdwojony koniec swojej broni. Myśliwy stał się zwierzyną. Miał wrażenie, jakby się znalazł w oku cyklonu. Asasyn krążył wokół niego z uśmiechem, przypierając go do muru.

— Jak brzmi to wasze amerykańskie *adàgio*? — zadrwił. — Coś o ciekawości i kocie?

Langdon nie mógł się skoncentrować. Przeklinał swoją nieostrożność. Wszystko to nie miało sensu. Szósty symbol iluminatów? Zdenerwowany, wybuchnął:

— Nigdy nie czytałem o szóstym symbolu iluminatów!

— Myślę, że jednak czytałeś. — Zabójca roześmiał się, zmuszając go do cofania się wzdłuż owalnej ściany.

Langdon nie wiedział, co o tym myśleć. Był przekonany, że z niczym takim się nie spotkał. Iluminaci mieli pięć ambigramów. Oparł się o ścianę i rozejrzał po pokoju w poszukiwaniu jakiejkolwiek broni.

— Doskonałe zjednoczenie pierwiastków starożytnej nauki — odezwał się Asasyn. — Ostatnie piętno jest najwspanialsze ze wszystkich, ale obawiam się, że nigdy go nie zobaczysz.

Langdon sam czuł, że jeszcze chwila, a niczego nie będzie oglądał. W dalszym ciągu usiłował znaleźć jakieś wyjście.

— A ty widziałeś ten szósty symbol? — spytał, starając się zyskać na czasie.

— Któregoś dnia może spotka mnie ten zaszczyt. Kiedyś się sprawdzę. — Dźgnął Langdona prętem, jakby bawiła go ta gra.

Langdon znowu przesunął się do tyłu, nie odrywając pleców od ściany. Miał wrażenie, że Asasyn kieruje go ku jakiemuś miejscu, którego nie mógł dostrzec. Dokąd? Nie mógł sobie pozwolić na obejrzenie się za siebie.

— To szóste żelazo do piętnowania — dopytywał się — gdzie ono jest?

— Nie tutaj. Najwyraźniej ma je Janus.

— Janus? — Langdon pierwszy raz słyszał to imię.

— Przywódca iluminatów. Niedługo ma tu przybyć.

— Przywódca iluminatów przybywa tutaj?

— Aby dokonać ostatecznego napiętnowania.

Langdon rzucił przerażone spojrzenie na Vittorię. Wyglądała dziwnie spokojnie. Oczy miała zamknięte i oddychała powoli... głęboko. Czy to ona miała być ostatnią ofiarą? A może on?

— Cóż za zarozumiałość — prychnął Asasyn, obserwując spojrzenie Langdona. — Wy dwoje jesteście niczym. Oczywiście umrzecie, to nie ulega wątpliwości. Ale ostatnia ofiara, o której mówię, to naprawdę niebezpieczny wróg.

Langdon usiłował znaleźć jakiś sens w jego słowach. Niebezpieczny wróg? Wszyscy najważniejsi kardynałowie nie żyli. Papież nie żył. Iluminaci pozbyli się ich wszystkich. Po chwili jednak znalazł odpowiedź w pustych oczach Asasyna. Kamerling.

Kamerling Ventresca był jedynym człowiekiem dającym światu promień nadziei podczas tych wszystkich strasznych wydarzeń. Zrobił dziś więcej dla potępienia iluminatów niż głosiciele teorii spiskowych dokonali przez dziesiątki lat. Najwyraźniej ma za to zapłacić. To on stał się ostatecznym celem bractwa.

— Nigdy go nie dostaniecie — odezwał się.

— Ja nie — odparł Asasyn, zmuszając go do dalszego posuwania się do tyłu. — Ten zaszczyt jest zarezerwowany dla samego Janusa.

— Przywódca iluminatów zamierza osobiście napiętnować kamerlinga?

— Z władzą wiążą się przywileje.

— Ale przecież w żaden sposób nie uda mu się teraz dostać do Watykanu!

Asasyn przybrał zadowoloną z siebie minę.

— Chyba że jest umówiony.

Langdon zastanowił się nad jego słowami. Jedyną osobą oczekiwaną teraz w Watykanie był człowiek nazwany przez media Dobrym Samarytaninem z Jedenastej Godziny, posiadający podobno informacje, które mogą uratować...

Dobry Boże!

Asasyn uśmiechnął się złośliwie, najwyraźniej rozbawiony przerażeniem Langdona.

— Ja też się zastanawiałem, jak uda mu się dostać do środka. Potem, jadąc furgonetką, usłyszałem w radiu relację o Dobrym Samarytaninie. — Znowu się uśmiechnął. — Watykan przyjmie Janusa z otwartymi ramionami.

Langdon niemal zatoczył się do tyłu. Janus jest Samarytaninem! To był wprost niewiarygodny podstęp. Przywódca iluminatów otrzyma królewską eskortę, która odprowadzi go wprost do gabinetu kamerlinga. Ale jak mu się udało zwieść Rochera? A może kapitan też jest w to wmieszany? Langdon poczuł, że przechodzi go dreszcz. Od czasu gdy niemal się udusił w tajnym archiwum, nie miał pełnego zaufania do Rochera.

Asasyn niespodziewanie dźgnął go prętem, trafiając lekko w bok. Langdon odskoczył gwałtownie do tyłu i rozgniewany zawołał:

— Janus nigdy nie wyjdzie z tego żywy!

Asasyn wzruszył ramionami.

— Niektóre sprawy są warte tego, by za nie umrzeć.

Langdon wyczuł, że mówi poważnie. Janus przybywa do Watykanu w samobójczej misji? To sprawa honorowa? Przez chwilę wyobrażał sobie cały przerażający cykl. Spisek iluminatów zatoczył pełne koło. Młody ksiądz, którego mimowolnie wynieśli na szczyty, zabijając papieża, okazał się godnym przeciwnikiem. Teraz przywódca iluminatów go zniszczy w końcowym akcie buntu przeciw Kościołowi.

Nagle Langdon poczuł, że nie ma już za plecami ściany. Uderzył w niego powiew zimnego powietrza i stwierdził, że znalazł się poza komnatą. Balkon! Wreszcie zrozumiał, do czego dążył jego przeciwnik.

Doskonale zdawał sobie sprawę, jaką przepaść ma za plecami, widział ją przecież, kiedy tu szedł. Groził mu upadek z wysokości ponad trzydziestu metrów prosto na dziedziniec zamkowy. Asasyn tymczasem nie marnował czasu. Błyskawicznym ruchem zrobił wypad do przodu, celując prętem prosto w jego brzuch. Udało mu się odskoczyć, tak że ostrze dosięgło tylko koszuli. Przeciwnik zadał następny cios. Langdon odskoczył jeszcze bardziej do tyłu i poczuł za sobą balustradę balkonu. Był pewien, że następny cios go zabije, toteż zdecydował się na rozpaczliwe posunięcie. Obrócił się w bok i złapał za pręt. Dłoń przeszył mu okropny ból, ale nie puścił.

Na Asasynie nie zrobiło to wrażenia. Przez chwilę szamotali się twarzą w twarz, tak że Langdon czuł jego cuchnący oddech. W końcu pręt zaczął mu się wyślizgiwać z rąk — przeciwnik był zbyt silny. Zdecydował się na ostatnie desperackie posunięcie. Ryzykując utratę równowagi, wyciągnął nogę, żeby nadepnąć Asasynowi na zraniony palec. Tamten jednak był profesjonalistą i ustawił się tak, by chronić swój słaby punkt.

Tak więc Langdon zagrał ostatnią kartą i przegrał.

Ręka przeciwnika wystrzeliła gwałtownie do przodu, zmuszając go do ponownego oparcia się o barierkę. Miał teraz za sobą tylko otwartą przestrzeń, gdyż balustrada sięgała mu poniżej pośladków. Asasyn trzymał pręt oburącz w poprzek jego klatki piersiowej i pchał z całej siły. Langdon, z plecami wygiętymi do tyłu, wisiał nad przepaścią.

— *Ma 'assalamah* — odezwał się szyderczo zabójca. — Żegnaj.

Patrząc na niego bez cienia litości, pchnął po raz ostatni. Tym razem część ciała Langdona znajdująca się powyżej barierki przeważyła. Jego stopy oderwały się od posadzki. Kiedy zaczął spadać, w desperackim odruchu uchwycił się balustrady. Lewa ręka się ześlizgnęła, ale prawą się utrzymał. W rezultacie zawisł głową na dół, zahaczony nogami i jedną ręką... starając się utrzymać w tej pozycji.

Nad nim Asasyn przygotowywał się do zadania morderczego ciosu. Kiedy pręt zaczął nabierać szybkości, Langdon miał wrażenie, że doznaje nadnaturalnej wizji. Nie wiedział, czy spowodowała to bliskość śmierci, czy po prostu ślepy strach, ale ujrzał w pewnym momencie poświatę otaczającą ze wszystkich stron postać Asasyna. Nie wiadomo skąd, za plecami zabójcy pojawił się stopniowo rozszerzający się blask... jakby nadlatywała ognista kula.

W połowie zamachu Asasyn wypuścił pręt z rąk i zawył z bólu. Żelazna sztaba przeleciała tuż koło Langdona i zniknęła w ciemnościach. Napastnik odwrócił się tyłem do niego, a wówczas Langdon zobaczył na jego plecach duże, pokryte pęcherzami oparzenie. Kiedy podciągnął się wyżej, ujrzał Vittorię stojącą naprzeciw Asasyna i mierzącą go wrogim spojrzeniem.

Dziewczyna wymachiwała trzymaną przed sobą pochodnią, a w świetle płomienia wyraźnie było widać straszliwy wyraz nienawiści na jej twarzy. Langdon nie miał pojęcia, jak udało jej się uwolnić, ale teraz było mu to obojętne. Musiał jak najszybciej dostać się z powrotem na balkon.

Ta walka nie może długo potrwać, Asasyn jest dla Vittorii zbyt groźnym przeciwnikiem. Teraz, rycząc z gniewu, błyskawicznie rzucił się na nią. Zdążyła zrobić unik, ale i tak już po chwili złapał pochodnię i próbował wyrwać ją dziewczynie z ręki. Langdon nie czekał dłużej. Przeskoczył przez barierkę i zaciśniętą pięścią uderzył prosto w oparzenie na jego plecach.

Krzyk, który wydał z siebie zabójca, słychać było chyba aż w Watykanie.

Asasyn zamarł na chwilę, garbiąc się z bólu. Puścił pochodnię, a wówczas Vittoria z całej siły wbiła ją w jego twarz. Rozległo się skwierczenie przypalanego ciała, gdy pochodnia trafiła go w lewe oko. Znowu straszliwie krzyknął i zasłonił się rękami.

— Oko za oko — syknęła Vittoria. Tym razem zamachnęła się pochodnią jak kijem do bejsbolu, a kiedy trafiła, Asasyn zatoczył się do tyłu, na barierkę. Langdon i Vittoria błyskawicznie znaleźli się przy nim i jednocześnie na niego naparli. Ciało zabójcy przekoziołkowało przez barierkę i runęło w ciemność. Tym razem nie było krzyku. Jedynym dźwiękiem, jaki do nich dobiegł, był trzask pękającego kręgosłupa, kiedy Asasyn wylądował na stosie kul armatnich na dziedzińcu poniżej.

Langdon odwrócił się do Vittorii i spojrzał na nią z niedowierzaniem. Rozluźnione więzy zwisały jej z ramion i brzucha. W oczach miała szatański blask.

— Houdini znał jogę — oświadczyła.

Rozdział 109

Tymczasem na placu Świętego Piotra szereg gwardzistów szwajcarskich wykrzykiwał rozkazy i rozstawiał się wachlarzem, usiłując odepchnąć ludzi na bezpieczną odległość. Bezskutecznie. Tłum był zbyt gęsty i znacznie bardziej zainteresowany zagładą zagrażającą Watykanowi niż własnym bezpieczeństwem. Wzniesione wysoko telebimy stacji telewizyjnych pokazywały obecnie — dzięki uprzejmości kamerlinga — pojemnik z antymaterią i jego wyświetlacz odliczający czas do wybuchu. Był to bezpośredni obraz z monitora gwardii szwajcarskiej. Niestety, ten widok wcale nie zniechęcał tłumów. Ludzie obecni na placu, widząc niewielką kropelkę w pojemniku, dochodzili do wniosku, że nie może ona być tak groźna, jak im się wydawało. Poza tym widzieli teraz zegar odliczający czas — było jeszcze prawie czterdzieści pięć minut do wybuchu. Mnóstwo czasu, żeby zostać i popatrzyć.

Niemniej jednak gwardziści jednogłośnie uznali, że odważna decyzja kamerlinga, żeby przemówić do świata, ujawniając prawdę, a następnie dostarczyć mediom namacalne dowody zdrady iluminatów, była bardzo rozsądnym posunięciem. Iluminaci niewątpliwie spodziewali się, że Kościół swoim zwyczajem zachowa milczenie w obliczu przeciwności. Jednak dziś tak się nie stało. Kamerling Ventresca okazał się godnym przeciwnikiem.

W Kaplicy Sykstyńskiej kardynał Mortati zaczynał odczuwać niepokój. Była godzina dwudziesta trzecia piętnaście. Wielu kardynałów nadal się modliło, ale pozostali zgromadzili się w pobliżu wyjścia, wyraźnie zdenerwowani, że jest już ta godzina. Niektórzy nawet bębnili w drzwi pięściami.

Porucznik Chartrand znajdował się po drugiej stronie tych drzwi. Słyszał łomotanie i nie bardzo wiedział, co ma zrobić. Spojrzał na zegarek. Nadeszła już pora ewakuacji, jednak kapitan Rocher wydał wyraźny rozkaz, żeby nie wypuszczać kardynałów, dopóki nie da znać. Łomotanie w drzwi stawało się coraz głośniejsze i Chartrand odczuł niepokój. Zastanawiał się, czy kapitan czasem o tym nie zapomniał. Od czasu tajemniczej rozmowy telefonicznej zachowywał się bardzo dziwnie.

Porucznik wyjął radiotelefon.

— Kapitanie? Mówi Chartrand. Już minęła ustalona pora. Czy mam otworzyć drzwi kaplicy?

— Te drzwi mają zostać zamknięte. Wydaje mi się, że wydałem już taki rozkaz.

— Tak, *sir*. Ja tylko...

— Niedługo przybędzie nasz gość. Weź kilku ludzi na górę i pilnujcie drzwi do gabinetu papieża. Kamerlingowi nie wolno nigdzie wychodzić.

— Słucham?

— Czego w tym nie rozumiecie, poruczniku?

— Wszystko rozumiem. Już ruszam.

Na górze, w gabinecie papieża, kamerling stał zamyślony przed kominkiem. Boże, daj mi siłę. Daj nam cud. Poruszył pogrzebaczem węgle, zastanawiając się, czy przeżyje tę noc.

Rozdział 110

Dwudziesta trzecia dwadzieścia trzy.
Rozdygotana Vittoria stała na balkonie Zamku Świętego Anioła i patrzyła na Rzym oczami pełnymi łez. Tak bardzo pragnęła objąć Roberta, ale nie mogła. Miała wrażenie, że całe jej ciało jest bez czucia. Dostosowuje się. Sprawdza skutki. Mężczyzna, który zabił jej ojca, leży martwy tam na dole, a niewiele brakowało, żeby ona również zginęła.

Kiedy Langdon dotknął jej ramienia, ciepło jego dłoni jakby w czarodziejski sposób skruszyło więżący ją lód. Jej ciało zadygotało i powróciło do życia. Rozwiała się mgła spowijająca umysł. Odwróciła się do niego. Wyglądał strasznie — mokry i zmięty. Musiał przejść przez piekło, dążąc jej na ratunek.

— Dziękuję... — wyszeptała.

Langdon uśmiechnął się do niej z wysiłkiem i przypomniał, że to raczej ona zasługuje na podziękowania. To jej umiejętność przemieszczania ramion w stawach uratowała ich oboje. Vittoria wytarła oczy. Chętnie stałaby tu z nim w nieskończoność, ale ta chwila wytchnienia nie trwała zbyt długo.

— Musimy się stąd wydostać — oświadczył Langdon.

Vittoria myślała w tym momencie o czym innym. Patrzyła w kierunku Watykanu. Najmniejsze państwo świata leżało niepokojąco blisko, zalane blaskiem reflektorów stacji telewizyjnych. Z przerażeniem stwierdziła, że większość placu Świętego Piotra wypełniona jest ludźmi! Gwardzistom udało się ich usunąć tylko z pasa około pięćdziesięciu metrów tuż przed samą bazyliką — a to mniej niż jedna trzecia. Pierścień ludzi otaczających plac był teraz nawet gęściejszy, gdyż osoby stojące w bezpiecznej odległości napierały na te przed nimi, żeby lepiej widzieć, i w ten sposób praktycznie więziły innych w środku. Są za blisko, pomyślała Vittoria. O wiele za blisko!

— Wracam tam — oznajmił beznamiętnym tonem Langdon. Vittoria spojrzała na niego z niedowierzaniem.

— Do Watykanu?

Langdon opowiedział jej o Dobrym Samarytaninie i jego podstępie. Przywódca iluminatów Janus przybywał osobiście, aby napiętnować kamerlinga. Końcowa demonstracja przewagi.

— Nikt w Watykanie o tym nie wie — wyjaśnił jej. — Nie mam jak się z nimi skontaktować, a ten człowiek przybędzie lada chwila. Muszę ostrzec strażników, zanim go wpuszczą do środka.

— Ale przecież nie przedostaniesz się przez te tłumy!

— Jest pewna droga, zaufaj mi. — W jego głosie brzmiała pewność siebie.

Vittoria ponownie poczuła, że wie on o czymś, o czym ona nie ma pojęcia.

— Też idę.

— Nie. Po co obydwoje mamy ryzykować...

— Muszę znaleźć jakiś sposób, żeby usunąć stamtąd tych ludzi! Grozi im ogromne niebezpie...

W tym momencie balkon, na którym stali, zaczął drżeć. Ogłuszający huk wstrząsnął całym zamkiem. Potem oślepiło ich białe światło od strony Watykanu. Vittorii przyszło na myśl tylko jedno. O mój Boże! Antymateria wybuchła wcześniej!

Jednak zamiast huku eksplozji dotarły do nich gromkie wiwaty zgromadzonego na placu tłumu. Vittoria zmrużyła oczy, żeby dostrzec coś w oślepiającym blasku. Okazało się, że jego źródłem są reflektory stacji telewizyjnych skierowane teraz, jak się wydawało, prosto na nich! Wszyscy na placu obracali się w ich stronę, wykrzykiwali coś i pokazywali. Gwar był coraz głośniejszy i na placu zapanowała nagle radosna atmosfera.

Langdon patrzył na to ze zdumieniem.

— Co, u diabła...

Nagły ryk rozdarł niebo tuż nad nimi.

Zza wieży wynurzył się papieski helikopter. Leciał na wysokości najwyżej piętnastu metrów nad nimi, kierując się prosto w stronę Watykanu. Kiedy przelatywał nad ich głowami, błyszcząc w świetle telewizyjnych reflektorów, zatrząsł się cały zamek. Światła podążyły w ślad za helikopterem, tak że Vittoria i Langdon znaleźli się niespodziewanie w ciemności.

Gdy ogromna maszyna zawisła nad placem Świętego Piotra, Vittorię ogarnęło mdlące przeczucie, że jest już za późno. Śmigłowiec, wzbijając tumany kurzu, opadł na pustą część placu pomiędzy bazyliką a tłumem, tuż przy schodach prowadzących do świątyni.

— To się nazywa wejście — stwierdziła. Na tle białego marmuru widziała maleńką figurkę wychodzącą z bazyliki i kierującą się do helikoptera. Nie rozpoznałaby jej, gdyby nie czerwony beret. — Uroczyste powitanie. To Rocher.

Langdon uderzył pięścią w balustradę.

— Ktoś musi ich ostrzec! — Odwrócił się, żeby odejść.

— Poczekaj! — Vittoria złapała go za rękę. Dostrzegła właśnie coś tak nieprawdopodobnego, że nie chciała wierzyć własnym oczom. Drżącą dłonią wskazała w kierunku śmigłowca. Nawet z tej odległości nie było mowy o pomyłce. Na trapie spuszczonym z maszyny znajdowała się jeszcze jedna postać... postać poruszająca się w tak wyjątkowy sposób, że mogła to być tylko jedna osoba. Osoba ta siedziała, ale opuściła trap i popędziła przez plac bez wysiłku i z zadziwiającą prędkością.

Król na ruchomym elektrycznym tronie.

Maximilian Kohler.

Rozdział 111

Bogactwo wystroju korytarza Belvedere przyprawiło Kohlera o mdłości. Złoty liść z sufitu wystarczyłby zapewne na sfinansowanie rocznych badań nad rakiem. Rocher prowadził Kohlera specjalną rampą dla niepełnosprawnych, wiodącą okrężną drogą do Pałacu Apostolskiego.

— Nie ma windy? — zagadnął Kohler.

— Zasilanie jest wyłączone. — Rocher wskazał ręką świece palące się wokół nich w zaciemnionym budynku. — To część naszego planu poszukiwań.

— Który niewątpliwie zawiódł.

Rocher potwierdził skinieniem głowy.

W tym momencie Kohlera dopadł kolejny atak kaszlu. Uświadomił sobie, że może to być jeden z ostatnich, i wcale nie była to niemiła myśl.

Kiedy dotarli na górne piętro i ruszyli korytarzem w kierunku gabinetu papieża, podbiegło ku nim czterech gwardzistów.

— Kapitanie, co pan tu robi? — odezwał się jeden z nich zaniepokojonym tonem. — Myślałem, że ten człowiek ma informacje, które...

— On chce rozmawiać wyłącznie z kamerlingiem.

Strażnicy odsunęli się, ale patrzyli na nich podejrzliwie.

— Zawiadomcie kamerlinga — odezwał się rozkazującym tonem Rocher — że przybył Maximilian Kohler, dyrektor CERN-u, i chce się z nim spotkać. Natychmiast.

— Tak jest, *sir*! — Jeden ze strażników pobiegł w kierunku gabinetu kamerlinga. Pozostali ani drgnęli. Przyglądali się z zaniepokojeniem Rocherowi. — Chwileczkę, kapitanie. Musimy zapowiedzieć pańskiego gościa.

Jednak Kohler nie zamierzał się zatrzymywać. Skręcił gwałtownie wózkiem i objechał całą grupkę.

Ruszyli za nim biegiem.

— *Fermati!* Proszę pana! Proszę się zatrzymać!

Poczuł do nich odrazę. Nawet najbardziej elitarne siły ochrony nie potrafiły się powstrzymać przed litością, którą wszyscy odczuwali wobec kalek. Gdyby był zdrowy, strażnicy z pewnością by go nie przepuścili. Kalecy są bezsilni, pomyślał Kohler. A przynajmniej tak się wszystkim wydaje.

Kohler wiedział, że ma niewiele czasu na wykonanie tego, po co tu przybył. Zdawał też sobie sprawę, że może dziś zginąć. Sam był zaskoczony, jak niewiele go to obchodzi. Śmierć była ceną, którą był skłonny zapłacić. Zbyt wiele przecierpiał w życiu, żeby pozwolić, by ktoś taki jak kamerling Ventresca zniszczył jego dzieło.

— *Signore!* — krzyczeli strażnicy, wyprzedzając go i blokując drogę. — Musi pan się zatrzymać! — Jeden z nich wyjął pistolet i wymierzył do niego.

Kohler stanął.

Rocher podszedł do niego z przepraszającą miną.

— Panie Kohler, bardzo proszę. To potrwa tylko chwilę. Nikt nie wchodzi do gabinetu papieża niezapowiedziany.

Kohler wyczytał w oczach Rochera, że nie ma wyboru. Dobrze, pomyślał, w takim razie poczekamy.

Strażnicy z mimowolnym okrucieństwem zatrzymali dyrektora tuż obok wielkiego lustra w złoconej ramie. Widok własnej wykrzywionej sylwetki wzbudził w Kohlerze obrzydzenie. Dawny, tłumiony przez lata gniew znów dał o sobie znać. Ale ten gniew dodawał mu sił. Znajdował się teraz wśród wrogów. To byli ludzie, którzy odebrali mu godność. To właśnie oni. Przez nich nigdy nie zaznał dotyku kobiety... nigdy nie mógł stanąć wyprostowany, gdy odbierał nagrody. Jaką prawdę posiadają ci ludzie? Jakie dowody, do cholery?! Księgę ze starożytnymi baśniami? Obietnice przyszłych cudów? Nauka codziennie przynosi nowe cudy!

Wpatrywał się przez chwilę we własne kamienne oczy. Dziś mogę zginąć z rąk religii, pomyślał. Ale to nie pierwszy raz zagraża ona mojemu życiu.

Przez chwilę znów miał jedenaście lat i leżał w łóżku w dworku swoich rodziców we Frankfurcie. Leżał na najlepszych lnianych prześcieradłach, ale były one mokre od potu. Max czuł się, jakby palił go żywy ogień; niewyobrażalny ból niszczył jego ciało. Przy jego łóżku już od dwóch dni klęczeli matka i ojciec, i przez cały czas się modlili.

Z boku stało trzech najlepszych frankfurckich lekarzy.

— Nalegam, żebyście to ponownie rozważyli! — odezwał się jeden z nich. — Spójrzcie na chłopca! Gorączka cały czas rośnie. On straszliwie cierpi. Jego życie jest zagrożone!

Jednak Max znał odpowiedź matki, zanim ją jeszcze wygłosiła.

— *Gott wird ihn beschuetzen.*

Tak, pomyślał Max. Bóg mnie ochroni. Przekonanie w głosie matki dodawało mu sił. Bóg mnie ochroni.

Godzinę później Max miał wrażenie, jakby całe jego ciało miażdżył samochód. Nie mógł nawet na tyle złapać oddechu, żeby krzyczeć z bólu.

— Wasz syn straszliwie cierpi — odezwał się drugi lekarz. — Pozwólcie mi chociaż złagodzić jego ból. Mam w torbie zastrzyk...

— *Ruhe, bitte!* — uciszył go ojciec Maxa, nawet nie otwierając oczu, i modlił się dalej.

„Ojcze, proszę! — chciał krzyknąć Max. — Pozwól im powstrzymać ten ból!". Ale jego słowa zdusił kolejny atak kaszlu.

Godzinę później ból był jeszcze straszniejszy.

— Wasz syn może zostać sparaliżowany — krzyczał jeden z lekarzy. — A nawet umrzeć! Mamy lekarstwa, które mogą mu pomóc!

Jednak *Frau* i *Herr* Kohler nie zamierzali na to pozwolić. Nie wierzyli w medycynę. Kimże oni są, żeby zakłócać boskie plany? Modlili się zatem jeszcze gorliwiej. W końcu Bóg pobłogosławił ich tym chłopcem, to dlaczego miałby im go odbierać? Matka szeptała Maxowi, żeby był silny. Wyjaśniała mu, że Bóg go sprawdza... jak w biblijnej opowieści o Abrahamie... sprawdza jego wiarę.

Max starał się zachować wiarę, ale ból był rozdzierający.

— Nie mogę na to patrzyć! — stwierdził w końcu jeden z lekarzy i wybiegł z pokoju.

O świcie Max był już półprzytomny. Wszystkie mięśnie kurczyły mu się z bólu. Gdzie jest Jezus? zastanawiał się. Czy mnie nie kocha? Czuł, jak życie z niego uchodzi.

Matka zasnęła przy jego łóżku, rękami nadal obejmując jego ciało. Ojciec stał po drugiej stronie pokoju, wpatrując się w okno. Wyglądał, jakby był w transie. Do Maxa dobiegał szmer jego nieustającej modlitwy o miłosierdzie.

Właśnie wówczas nad chłopcem pochyliła się jakaś postać. Anioł? Max prawie nic nie widział, tak miał spuchnięte powieki. Postać zaczęła szeptać mu do ucha, jednak nie był to głos anioła, tylko jednego z lekarzy... tego, który od dwóch dni siedział bez

453

przerwy w kącie pokoju i błagał jego rodziców, żeby pozwolili mu zaaplikować chłopcu nowy lek, który otrzymał z Anglii.

— Nigdy sobie nie wybaczę — szepnął lekarz — jeśli tego nie zrobię. — Ujął łagodnie kruchą rękę Maxa. — Żałuję, że nie zrobiłem tego wcześniej.

Chłopiec poczuł lekkie ukłucie w rękę, niemal niezauważalne przy bólu, który go dręczył.

Lekarz cicho spakował swoje rzeczy. Zanim odszedł, przyłożył jeszcze Maxowi dłoń do czoła.

— To uratuje ci życie. Bardzo wierzę w siłę medycyny.

Już po kilku minutach Max poczuł, jakby czarodziejska substancja płynęła przez jego żyły. Po całym ciele rozlewało się ciepło i łagodziło ból. W końcu, po raz pierwszy od wielu dni, udało mu się zasnąć.

Kiedy gorączka spadła, jego rodzice ogłosili, że to cud boski. Jednak gdy okazało się, że ich syn zostanie kaleką, wpadli w przygnębienie. Wozili Maxa na wózku do kościoła i błagali księży o pomoc.

— Wasz syn przeżył wyłącznie dzięki łasce Boga — oznajmił jeden z nich.

Max słuchał, ale się nie odzywał.

— Ale nasz syn nie może chodzić! — łkała *Frau* Kohler.

Ksiądz pokiwał smutnie głową.

— Tak. Widocznie Bóg ukarał go za to, że nie miał dostatecznej wiary.

— Panie Kohler? — wyrwał go z zamyślenia jeden z gwardzistów. — Kamerling powiedział, że udzieli panu audiencji.

Kohler chrząknął i ruszył szybko wzdłuż korytarza.

— Jest zaskoczony pańską wizytą — dodał strażnik.

— Z pewnością. — Jechał dalej. — Chcę się z nim zobaczyć sam na sam.

— Niemożliwe — odparł gwardzista. — Nikt nie...

— Poruczniku — warknął Rocher. — Spotkanie odbędzie się na takich zasadach, jak życzy sobie pan Kohler.

Strażnik spojrzał na niego z wyraźnym niedowierzaniem.

Przed drzwiami do gabinetu papieża Rocher zezwolił swoim ludziom na przeprowadzenie standardowej kontroli Kohlera. Wykrywacze metalu okazały się bezradne w obliczu niezliczonych urządzeń elektronicznych zamontowanych na wózku dyrektora. Gwardziści obszukali go też ręcznie, ale byli zbyt skrępowani jego kalectwem, żeby zrobić to dokładnie. Nie znaleźli zatem rewolweru umocowanego pod siedzeniem wózka ani urządzenia, które, jak liczył Kohler, dostarczy niezapomnianego zakończenia dzisiejszego ciągu wydarzeń.

Kiedy Kohler wjechał do gabinetu, kamerling Ventresca klęczał zatopiony w modlitwie przed dogasającym kominkiem. Nie otwierając oczu, spytał:

— Panie Kohler, przyjechał pan, aby zrobić ze mnie męczennika?

Rozdział 112

W tym czasie Vittoria i Langdon posuwali się wąskim tunelem o nazwie *Il Passetto*, prowadzącym do Watykanu. Langdon trzymał w ręku pochodnię, ale dawała ona tylko tyle światła, że widzieli kilka metrów przejścia przed sobą. Sufit zwisał nisko nad ich głowami. W powietrzu czuć było wilgoć. Langdon pędził przed siebie, a Vittoria przez cały czas dotrzymywała mu kroku.

Tunel ostro piął się w górę w miejscu, gdzie wychodził poza obręb zamku. Potem wznosił się jeszcze do przejścia pod kamiennymi murami obronnymi, a dalej utrzymywał się już na równym poziomie i kierował prosto ku Watykanowi.

Nawet biegnąc, Langdon bez przerwy obracał w myślach dręczące go obrazy — Kohler, Janus, Asasyn, Rocher... szósty symbol? „Na pewno słyszałeś o szóstym symbolu — twierdził zabójca. Jest najwspanialszy ze wszystkich". Langdon jednak był pewien, że nigdy o nim nie słyszał. Nawet miłośnicy teorii spiskowych nigdy o nim nie wspominali... prawdziwym czy wymyślonym. Owszem, były plotki o złotych sztabach i Diamencie Iluminatów, ale nigdy o szóstym ambigramie.

— Kohler nie może być Janusem! — wybuchnęła Vittoria, kiedy biegli. — To niemożliwe!

Jednak Langdon nauczył się dzisiaj, żeby nie używać więcej słowa „niemożliwe".

— Nie wiem — odkrzyknął. — Kohler ma ogromny żal do Kościoła, a posiada też poważne wpływy.

— Przez ten kryzys naukowcy z CERN-u wydają się potworami! Max nigdy nie zrobiłby niczego, co zniszczyłoby reputację ośrodka!

Z jednej strony, CERN rzeczywiście zebrał dzisiaj publiczne cięgi, a wszystko dlatego, że iluminaci uparli się, żeby zrobić z tego publiczny spektakl. Jednak Langdon zastanawiał się, do jakiego stopnia rzeczywiście zaszkodziło to ośrodkowi. Krytyka ze strony Kościoła nie była dla niego niczym nowym. Im dłużej o tym myślał, tym bardziej utwierdzał się w przekonaniu, że w istocie ten kryzys może się okazać raczej korzystny dla CERN-u. Jeśli chodzi o popularność, to antymateria była dziś niewątpliwym zwycięzcą. Cały świat o niej mówił.

— Wiesz, co twierdził P. T. Barnum, jeden z prekursorów reklamy? — zawołał do Vittorii przez ramię. — „Nieważne, co o mnie mówicie, tylko piszcie poprawnie moje nazwisko!". Założę się, że już w tej chwili ustawia się kolejka po licencję na antymaterię. A kiedy przekonają się dziś w nocy o jej rzeczywistej sile...

— To bez sensu — zauważyła dziewczyna. — Publiczna prezentacja przełomowych odkryć naukowych nie polega na pokazywaniu ich siły destrukcyjnej! Taki obrót sprawy jest bardzo niekorzystny dla antymaterii, naprawdę!

Pochodnia Langdona zaczynała przygasać.

— A może to jest znacznie prostsze. Może Kohler zakładał, że Watykan utrzyma w tajemnicy istnienie antymaterii, żeby nie zdradzić światu potęgi iluminatów, dysponujących taką bronią. Kohler oczekiwał, że Kościół, jak zwykle, będzie milczał na temat zagrożenia, tymczasem kamerling zmienił reguły gry.

Vittoria nie odpowiedziała i w milczeniu pędzili dalej tunelem.

Tymczasem Langdonowi ten scenariusz wydawał się coraz bardziej prawdopodobny.

— Tak! Kohler absolutnie nie spodziewał się takiej reakcji kamerlinga. Ventresca złamał dotychczasową tradycję milczenia i upublicznił kryzys. Był szczery do bólu. Przecież nawet pokazał antymaterię w telewizji. To było genialne posunięcie, a Kohler zupełnie się go nie spodziewał. Ironia polega na tym, że atak iluminatów obrócił się przeciw nim samym. Bezwiednie przyczynili się do tego, że kamerling wyrósł na nowego przywódcę Kościoła. A teraz Kohler przyjechał, żeby go zabić!

— Max jest sukinsynem — oświadczyła Vittoria — ale nie mordercą. I w żadnym wypadku nie wziąłby udziału w zabójstwie mojego ojca.

W głowie Langdona rozległ się głos Kohlera. „Wielu purystów naukowych, nawet w CERN-ie, uważało, że Leonardo jest niebezpieczny. Łączenie nauki i Boga jest największym naukowym świętokradztwem".

— Może Kohler odkrył wasze badania antymaterii już kilka tygodni temu i nie spodobały mu się religijne implikacje tego projektu?

— I z tego powodu zabił mojego ojca? Przecież to śmieszne! Poza tym, Max Kohler nawet nie wiedział o istnieniu tego projektu.

— Może, kiedy wyjechałaś, twój ojciec złamał się i konsultował się z Kohlerem. Sama mówiłaś, że martwił się moralnymi skutkami wyprodukowania tak niebezpiecznej substancji.

— Miałby prosić o moralne przewodnictwo Maxa Kohlera? — Vittoria prychnęła. — Nie sądzę!

Tunel lekko zakręcił na zachód. Biegli coraz szybciej, ale niestety, pochodnia już się dopalała. Langdon obawiał się, co będzie, kiedy zgaśnie. Znajdą się w kompletnych ciemnościach.

— Poza tym — argumentowała Vittoria — po co Kohler miałby zawracać sobie głowę dzwonieniem do ciebie i proszeniem cię o pomoc, jeśli to on stoi za całą sprawą?

Langdon już się nad tym zastanawiał.

— Dzwoniąc do mnie, stworzył sobie zasłonę dymną. Dzięki temu nikt nie mógł oskarżyć go o bierność w obliczu kryzysu. Zapewne nie spodziewał się, że dotrzemy aż tak daleko.

Myśl o tym, że został wykorzystany przez Kohlera, doprowadzała go do wściekłości. Wciągnięcie go w tę sprawę dodawało iluminatom wiarygodności. Media przez cały czas przytaczały jego publikację i powoływały się na jego osiągnięcia. Mimo że wydawało się to śmieszne, obecność profesora z Harvardu w pewnym sensie wyniosła całe to zamieszanie ponad poziom paranoicznych teorii spiskowych i przekonała sceptyków na całym świecie, że bractwo iluminatów nie tylko rzeczywiście istniało, ale jest nadal siłą, z którą należy się liczyć.

— Ten reporter z BBC — zauważył Langdon — sądzi, że CERN jest nową siedzibą iluminatów.

— Co takiego?! — Vittoria potknęła się za jego plecami, jednak już po chwili biegła dalej. — Tak powiedział?

— Na antenie. Porównał CERN do loży masońskiej... niewinnej organizacji, w której łonie rozwija się w tajemnicy bractwo iluminatów.

— Mój Boże, przecież to może zniszczyć CERN.

Langdon nie był tego taki pewien. Jakby na to nie spojrzeć, ta teoria nie wydawała się już tak bardzo nierealna. W końcu CERN był prawdziwym rajem dla naukowców. Stał się domem dla uczonych z kilkudziesięciu krajów. Napływają do niego bez przerwy prywatne fundusze. A Maximilian Kohler był tam dyrektorem. Kohler jest Janusem.

— Jeśli Kohler nie jest w to zamieszany — odezwał się — to po co tu przyleciał?

— Prawdopodobnie usiłuje powstrzymać to szaleństwo. Okazać pomoc. Może rzeczywiście działa jako Dobry Samarytanin! Mógł odkryć, kto wiedział o antymaterii, i przybył, żeby podzielić się tymi informacjami.

— Zabójca twierdził, że przylatuje, aby napiętnować kamerlinga.

— Sam posłuchaj, co opowiadasz! To byłaby samobójcza misja. Maxowi nie udałoby się wydostać stąd żywym.

Langdon zastanowił się nad jej słowami. Może o to właśnie chodzi.

W pewnej odległości przed sobą zobaczyli stalową furtkę blokującą przejście przez tunel. Langdonowi zamarło serce. Kiedy jednak podeszli bliżej, okazało się, że starodawna kłódka wisi otwarta. Furtka bez trudu się otworzyła.

Langdon odetchnął z ulgą i uświadomił sobie, że tak jak podejrzewał, ten tunel musiał być niedawno używany. Prawdopodobnie nawet dzisiaj. Nie miał już wątpliwości, że właśnie tędy wyprowadzono przerażonych kardynałów z Watykanu.

Pobiegli dalej. Langdon słyszał teraz dochodzące z lewej strony odgłosy zamieszania. To plac Świętego Piotra. Byli już blisko.

Dotarli do następnej furtki, tym razem cięższej, ale również otwartej. Odgłosy z placu Świętego Piotra ucichły już za ich plecami, a teraz Langdon czuł, że przechodzą pod zewnętrznym murem otaczającym Watykan. Zastanawiał się, w którym miejscu może wychodzić to starodawne przejście. W ogrodach? W bazylice? W rezydencji papieskiej?

Potem bez najmniejszego ostrzeżenia tunel się skończył. Ciężkie drzwi, które zablokowały im drogę, zostały wykonane z kutego żelaza. Nawet przy ostatnich błyskach gasnącej pochodni Langdon zauważył, że były one idealnie gładkie — żadnych klamek, gałek, dziurek od klucza czy zawiasów.

Poczuł przypływ paniki. W języku architektów ten rzadko spotykany rodzaj drzwi nosi nazwę *senza chiave*. Są to drzwi wykorzystywane do celów bezpieczeństwa, którymi przechodzi się zawsze w jedną stronę i tylko od tej strony można je otworzyć. Tym razem to była ta druga strona. Nadzieja Langdona zgasła równocześnie z pochodnią, którą trzymał w dłoni.

Spojrzał na świecącą tarczę zegarka.

Dwudziesta trzecia dwadzieścia dziewięć.

Z okrzykiem rozczarowania rzucił pochodnię na ziemię i zaczął walić pięścią w drzwi.

Rozdział 113

Coś było nie w porządku.

Porucznik Chartrand stał przed drzwiami gabinetu papieża i po niepewnej postawie żołnierzy, którzy wraz z nim pełnili tu służbę, poznał, że dręczy ich taki sam niepokój. Rocher powiedział, że spotkanie, które ochraniają, może uratować Watykan przed zniszczeniem. Porucznik nie rozumiał zatem, dlaczego instynkt ostrzega go przed niebezpieczeństwem. I dlaczego Rocher tak dziwnie się zachowuje?

Coś zdecydowanie było nie w porządku.

Kapitan Rocher stał po jego prawej stronie i nieruchomo wpatrywał się w przestrzeń. To nieobecne spojrzenie także było dla niego nietypowe. Chartrand ledwo go poznawał. Od godziny kapitan zupełnie nie był sobą. Jego decyzje były pozbawione sensu.

Ktoś powinien być obecny przy tej rozmowie! — myślał Chartrand. Słyszał, jak Maximilian Kohler zaraz po wjechaniu do gabinetu zamyka drzwi na klucz. Dlaczego Rocher na to pozwolił?

Jednak nie tylko to trapiło Chartranda. Kardynałowie. Kardynałowie byli nadal zamknięci w Kaplicy Sykstyńskiej. Przecież to kompletne szaleństwo! Kamerling kazał ich ewakuować piętnaście minut temu! Kapitan zmienił jego decyzję i nawet go o tym nie powiadomił. Chartrand wyraził swoje zaniepokojenie, a wówczas kapitan o mało nie urwał mu głowy. Jednak w gwardii szwajcarskiej nigdy nie kwestionowano hierarchii, a Rocher był teraz dowódcą.

Pół godziny, pomyślał Rocher, dyskretnie sprawdzając czas na swym szwajcarskim zegarku w przytłumionym blasku świec oświetlających korytarz. Proszę, pospiesz się.

Chartrand żałował, że nie może usłyszeć, co się dzieje po drugiej stronie drzwi. Mimo wszystko, był przekonany, że nikt nie poradzi sobie lepiej z tym kryzysem od kamerlinga. Ten człowiek został dziś poddany próbom przekraczającym ludzkie możliwości, a jednak się nie ugiął. Odważnie stawił czoło problemowi... szczery, budzący zaufanie, wspaniały przykład dla wszystkich. Chartrand odczuwał dumę, że jest katolikiem. Iluminaci popełnili duży błąd, rzucając wyzwanie kamerlingowi Ventresce.

W tej chwili myśli Chartranda zakłócił niespodziewany dźwięk. Łomotanie. Dochodziło gdzieś z dalszej części korytarza. Było stłumione i odległe, ale nieprzerwane. Rocher podniósł wzrok, odwrócił się do Chartranda i wskazał mu korytarz. Chartrand zrozumiał. Włączył latarkę i wyruszył, żeby zbadać sytuację.

Łomotanie brzmiało teraz bardziej rozpaczliwie. Chartrand przebył biegiem trzydzieści metrów, dzielące go od połączenia z następnym korytarzem. Hałas dochodził zza rogu, z jakiegoś miejsca za Salą Klementyńską. Zdumiało go to, gdyż znajdowało się tam tylko jedno pomieszczenie — prywatna biblioteka papieża. Od czasu śmierci Jego Świątobliwości była zamknięta. Niemożliwe, żeby ktoś tam był!

Przeszedł pospiesznie drugim korytarzem, okrążył następny narożnik i podbiegł do drzwi biblioteki. Ozdabiał je tylko szczątkowy drewniany portyk, ale w tym ciemnościach sprawiał wrażenie surowego strażnika. Łomotanie dochodziło ze środka. Chartrand zawahał się. Nigdy nie był wewnątrz prywatnej biblioteki. Niewielu miało tę okazję. Nikomu nie wolno było tam wchodzić bez papieża.

Niepewnie sięgnął do gałki w drzwiach i spróbował je otworzyć. Tak jak się spodziewał, były zamknięte na klucz. Przyłożył do nich ucho. Teraz walenie było głośniejsze. Jednak usłyszał coś jeszcze. Głosy! Ktoś coś krzyczał!

Nie rozumiał słów, ale w krzykach wyraźnie było słychać panikę. Czyżby ktoś został uwięziony w bibliotece? Czy gwardia szwajcarska niewłaściwie przeprowadziła ewakuację budynku? Chartrand zawahał się, czy nie powinien wrócić i skonsultować się z Rocherem. Do diabła z tym! Przecież szkolono go, by umiał podejmować decyzje, i teraz właśnie podejmie. Wyjął pistolet i oddał pojedynczy strzał do zamka w drzwiach. Drewno rozprysnęło się na wszystkie strony i drzwi stanęły otworem.

Za progiem panowała ciemność. Zapalił latarkę. W prostokątnym pokoju ujrzał orientalne dywany, wysokie dębowe regały pełne książek, skórzaną kanapę i marmurowy kominek. Nieraz słyszał opowieści o tym miejscu — trzy tysiące zabytkowych tomów stojących obok setek współczesnych czasopism i publikacji, wszystkiego, jakich Jego Świątobliwość sobie zażyczył. Stolik do kawy niknął pod czasopismami naukowymi i politycznymi. Łomotanie było teraz znacznie wyraźniejsze. Chartrand skierował światło latarki tam, skąd dochodził dźwięk. Na przeciwległej ścianie, za kącikiem do siedzenia, znajdowały się ogromne drzwi wykonane z żelaza. Zabezpieczały je cztery ogromne zamki. Kiedy jego wzrok padł na drobne litery wyryte na samym środku drzwi, zaparło mu dech w piersiach.

IL PASSETTO

Patrzył z niedowierzaniem. Sekretna droga ucieczki papieży. Chartrand oczywiście słyszał o *Il Passetto,* a nawet dochodziły go plotki, że wejście do niego znajduje się w papieskiej bibliotece, ale tunel nie był używany od wieków! Kto mógłby walić w te drzwi od drugiej strony?

Porucznik obrócił latarkę i zastukał nią w drzwi. Dobiegły go stłumione okrzyki radości. Walenie ustało, za to krzyki stały się głośniejsze. Chartrand miał trudności ze zrozumieniem słów dochodzących do niego przez zaporę drzwi.

— ...Kohler... kłamie... kamerling...

— Kto tam jest? — krzyknął.

— ...ert Langdon... Vittoria Ve...

Chartrand zrozumiał dosyć, żeby go to zaskoczyło. Myślałem, że nie żyjecie!

— ...drzwi! — wrzeszczały głosy. — Otworzyć...!

Porucznik przyjrzał się żelaznym drzwiom i pomyślał, że musiałby mieć dynamit, żeby się przez nie przedostać.

— Niemożliwe! — odkrzyknął. — Zbyt grube!

— ...spotkanie... przerwać... ing... niebez...

Pomimo że Chartranda uczono, jak groźna jest panika, poczuł nagły przypływ strachu, kiedy dobiegły go te ostatnie słowa. Czy dobrze zrozumiał? Serce mocno mu waliło, kiedy obracał się na pięcie, żeby pobiec z powrotem do Rochera. Jednak podczas tego obrotu zamarł nagle w bezruchu. Jego spojrzenie padło na coś na drzwiach... coś nawet bardziej wstrząsającego niż wiadomość, którą zza nich usłyszał. Ze wszystkich czterech masywnych zamków wystawały klucze. Chartrand patrzył na nie z niedowierzaniem. To one były tutaj? Przecież powinny być w jakimś schowku w podziemiach! Tego przejścia nigdy nie używano — od wieków!

Rzucił latarkę na podłogę. Chwycił pierwszy klucz i przekręcił. Mechanizm był zardzewiały, ale nadal działał. Ktoś musiał niedawno otwierać ten zamek. Przekręcił następny klucz i następny, a kiedy odskoczyła ostatnia zasuwa, pociągnął. Ciężka żelazna płyta skrzypnęła i odsunęła się. Chartrand podniósł latarkę i skierował jej światło do tunelu.

Robert Langdon i Vittoria Vetra wyglądali jak zjawy. Byli obszarpani i zmęczeni, ale z całą pewnością żywi.

— Co jest?! — wykrzyknął Chartrand. — Co tu się dzieje? Skąd żeście się tu wzięli?

— Gdzie jest Max Kohler? — zapytał pospiesznie Langdon.

Chartrand wskazał ręką.

— Na poufnym spotkaniu z kamer...

Langdon i Vittoria przepchnęli się obok niego i popędzili mrocznym korytarzem. Odwrócił się i odruchowo wycelował pistolet w ich plecy, ale po chwili go opuścił i pobiegł za nimi. Rocher prawdopodobnie ich usłyszał, bo kiedy dobiegli, stał z rozstawionymi nogami, w obronnej postawie, i celował do nich z pistoletu.

— *Alt!*

— Kamerling jest w niebezpieczeństwie! — krzyknął Langdon, podnosząc ręce w górę i zatrzymując się z poślizgiem. — Otwórzcie drzwi! Max Kohler zamierza zabić kamerlinga!

Rocher spojrzał na niego z gniewem.

— Otwórzcie drzwi! — przyłączyła się Vittoria. — Szybko!

Ale było już za późno.

W gabinecie papieża rozległ się mrożący krew w żyłach krzyk. Był to głos kamerlinga.

Rozdział 114

Konfrontacja trwała zaledwie parę sekund.

Ventresca jeszcze krzyczał, kiedy Chartrand odtrącił Rochera i wyważył drzwi do gabinetu. Strażnicy wpadli do środka, a Langdon i Vittoria pospieszyli za nimi.

Scena, którą ujrzeli, była wstrząsająca.

Pomieszczenie oświetlała tylko świeca i ogień dogasający na kominku. Kohler znajdował się w pobliżu kominka i stał na niepewnych nogach przed swoim wózkiem inwalidzkim. W ręce trzymał rewolwer wycelowany w kamerlinga, który wił się z bólu na podłodze. Sutanna księdza była rozdarta, a na nagiej piersi widniał wypalony czarny znak. Langdon nie potrafił z tej odległości rozpoznać, co przedstawia, ale duże, kwadratowe żelazo do piętnowania leżało na podłodze koło Kohlera. Metal nadal był rozżarzony do czerwoności.

Dwaj gwardziści działali bez wahania. Natychmiast otworzyli ogień. Kule trafiły Kohlera w pierś i odrzuciły do tyłu. Upadł na swój wózek, z ran na piersi popłynęła krew. Broń wypadła mu z ręki na podłogę.

Langdon stał osłupiały w drzwiach.

Vittoria również zatrzymała się jak sparaliżowana.

— Max... — szepnęła.

Kamerling, nadal skręcający się z bólu na podłodze, przetoczył się bliżej Rochera i z bliskim transu przerażeniem wycelował palcem wskazującym w kapitana, wykrzykując tylko jedno słowo:

— ILUMINAT!

— Ty sukinsynu! — wrzasnął Rocher, ruszając ku niemu. — Ty zakłamany sukin...

Tym razem to Chartrand zareagował instynktownie i posłał trzy kule w plecy Rochera. Kapitan upadł twarzą naprzód na wyłożoną płytkami podłogę, a jego martwe ciało ślizgało się jeszcze przez chwilę na własnej krwi. Chartrand i pozostali strażnicy pospieszyli natychmiast do kamerlinga, który obejmował się ramionami i zwijał z bólu. Strażnicy wydali okrzyk przerażenia, kiedy zobaczyli symbol wypalony na piersi księdza. Jeden z nich zobaczył go również od drugiej strony, do góry nogami, i natychmiast zatoczył się do tyłu ze strachem w oczach. Chartrand, na którym piętno zrobiło równie wielkie wrażenie, naciągnął rozdartą sutannę na piersi kamerlinga, żeby je zasłonić.

Langdon nie bardzo wiedział, co robi, kiedy ruszył na drugą stronę pokoju. Przerażony tą mieszaniną szaleństwa i przemocy, usiłował zrozumieć, co zobaczył. Kaleki naukowiec w ostatecznym akcie symbolicznej dominacji przyleciał do Watykanu i napiętnował symbolem iluminatów najwyższego dostojnika kościelnego. „Niektóre sprawy są warte tego, by za nie umrzeć" — powiedział Asasyn. Langdon zastanawiał się, jak kaleki mężczyzna mógł pokonać kamerlinga. Z drugiej strony, Kohler miał broń. Nieważne, jak to zrobił! W każdym razie spełnił swoją misję!

Langdon skierował się ku scenie makabrycznych wydarzeń. Strażnicy zajmowali się kamerlingiem, a jego ciekawość ciągnęła ku żelazu do piętnowania leżącemu przy wózku Kohlera. Szósty symbol? Im bliżej podchodził, tym większy czuł chaos w myślach. Piętno miało kształt kwadratu, było dość duże i niewątpliwie pochodziło z szóstej przegródki skrzyni, którą widział w tajnej siedzibie iluminatów. „Szósty i ostatni symbol — powiedział Asasyn. Najwspanialszy ze wszystkich".

Langdon przyklęknął przy Kohlerze i sięgnął po żelazo. Było jeszcze gorące. Złapał je za drewnianą rączkę i podniósł. Nie wiedział, co spodziewał się ujrzeć, ale z pewnością nie to.

Przypatrywał się symbolowi przez dłuższą chwilę, ale i tak nie widział w tym wszystkim sensu. Dlaczego strażnicy krzyczeli z przerażenia, kiedy go ujrzeli? Przecież był to tylko kwadrat wypełniony nic nieznaczącymi zawijasami. Najwspanialszy ze wszystkich? Owszem, był symetryczny, przekonał się o tym, obracając go na wszystkie strony, ale nic poza tym.

Kiedy poczuł dotyk czyjejś ręki na ramieniu, podniósł wzrok, pewien, że to Vittoria. Jednak ręka, którą zobaczył, była zakrwawiona. To Maximilian Kohler sięgał do niego z wózka. Langdon upuścił przyrząd i niepewnie wstał na nogi. Kohler jeszcze żył!

Skulony na wózku, nadal oddychał, choć już z wielkim trudem łapał powietrze. Spojrzał Langdonowi prosto w oczy i było to takie samo kamienne spojrzenie, jakim przywitał go wcześniej w CERN-ie. W chwili śmierci wyraz tych oczu był nawet twardszy, gdyż ujawniły się nienawiść i wrogość.

Ciało dyrektora zadrżało, a Langdon wyczuł, że usiłuje on się przesunąć. Wszyscy w pokoju zajmowali się kamerlingiem. Chciał ich zawołać, ale nie mógł wydobyć z siebie głosu. Sparaliżowała go siła bijąca od Kohlera w ostatnich sekundach jego życia. Dyrektor z ogromnym wysiłkiem podniósł w końcu rękę i wyjął z poręczy wózka niewielkie urządzenie. Miało wielkość pudełka od zapałek. Wyciągnął je trzęsącą się dłonią w jego kierunku. Przez chwilę Langdon obawiał się, że to jakaś broń, jednak było to coś innego.

— Ddaj... — Kohler wypowiadał swoje ostatnie słowa gulgoczącym szeptem. — Ddaj to... memediom. — Opadł i znieruchomiał, a urządzenie wylądowało na jego kolanach.

Wstrząśnięty Langdon przyjrzał mu się dokładniej. Było to urządzenie elektroniczne. Przez przednią część biegł napis SONY RUVI. Langdon rozpoznał w nim miniaturową, mieszczącą się w dłoni kamerę. Ten facet jednak miał jaja! — pomyślał. Kohler najwyraźniej nagrał swoje ostatnie przesłanie i chciał, by media je wyemitowały. Pewnie jakieś kazanie na temat znaczenia nauki i zła kryjącego się w religii. Langdon uznał, że dość już zrobił dla tego człowieka. Zanim Chartrand zdążył zauważyć kamerę, wsunął ją do najgłębszej kieszeni marynarki. Ostatnie przesłanie Kohlera może zgnić w piekle!

Panującą w pokoju ciszę przerwał nagle głos kamerlinga, próbującego usiąść.

— Kardynałowie — wykrztusił.

— Nadal są w Kaplicy Sykstyńskiej! — wykrzyknął Chartrand. — Kapitan Rocher rozkazał...

— Ewakuujcie... teraz. Wszystkich.

Chartrand wysłał jednego ze strażników z poleceniem wypuszczenia kardynałów.

Kamerling skrzywił się z bólu.

— Helikopter... jest przed... zabierzcie mnie do szpitala.

Rozdział 115

W kokpicie helikoptera stojącego przed bazyliką siedział pilot z gwardii szwajcarskiej i masował sobie skronie. Na placu Świętego Piotra panował taki hałas, że zagłuszał dźwięk obracających się na jałowym biegu wirników. Trudno to było nazwać uroczystym czuwaniem. Pilot był zdumiony, że jeszcze nie wybuchły tu rozruchy.

Mimo że do północy zostało zaledwie dwadzieścia pięć minut, na placu nadal stały tłumy ludzi. Niektórzy się modlili, niektórzy opłakiwali Kościół, inni wydawali wulgarne okrzyki i twierdzili, że Kościół ma to, na co sobie zasłużył, a jeszcze inni śpiewnie recytowali wersety z Apokalipsy.

Pilot czuł coraz boleśniejsze pulsowanie w głowie, gdy światła reflektorów stacji telewizyjnych odbijały się od przedniej szyby helikoptera. Spojrzał znowu na wrzeszczący tłum. Nad masą ludzi gdzieniegdzie wznosiły się transparenty.

ANTYMATERIA TO ANTYCHRYST
NAUKOWCY = SATANIŚCI
GDZIE TERAZ JEST WASZ BÓG?

Pilot jęknął, gdyż ból stawał się coraz bardziej dokuczliwy. Chętnie zaciągnąłby winylową zasłonę na szybie, żeby nie musieć na to wszystko patrzeć, ale wiedział, że za kilka minut będzie startował. Porucznik Chartrand właśnie przed chwilą przekazał mu przez radio okropne wieści. Maximilian Kohler zaatakował kamerlinga i poważnie go ranił. Amerykanin, Chartrand i ta kobieta nieśli właśnie kamerlinga do helikoptera, żeby go zawieźć do szpitala.

Pilot czuł się osobiście odpowiedzialny za tę napaść. Czynił sobie wyrzuty, że nie posłuchał swego instynktu. Wcześniej, kiedy odbierał Kohlera z lotniska, wyczuł coś dziwnego w martwym spojrzeniu tego człowieka. Nie potrafił tego zidentyfikować, ale mu się to nie podobało. Zresztą, to i tak nie miało znaczenia. Rocher kierował tym wszystkim i twierdził, że to właściwy człowiek. Najwyraźniej się mylił.

W tłumie podniosły się nowe okrzyki, a kiedy pilot wyjrzał, zobaczył szereg kardynałów wychodzących z godnością z pałacu na plac. Ulga, którą odczuli, opuszczając strefę wybuchu, szybko ustąpiła miejsca zdumieniu na widok szaleństwa, które rozgrywało się przed bazyliką. Wrzawa na placu stała się jeszcze głośniejsza. Głowa dosłownie mu pękała. Musiał wziąć aspirynę. Może nawet ze trzy. Nie lubił pilotować po zażyciu leków, ale z pewnością kilka aspiryn mniej mu zaszkodzi niż ten straszliwy ból głowy. Postanowił sięgnąć po apteczkę, którą razem z wybranymi mapami i instrukcjami trzymał w skrzynce przytwierdzonej pomiędzy przednimi siedzeniami. Kiedy jednak chciał ją otworzyć, przekonał się, że jest zamknięta na klucz. Rozejrzał się wokół, czy gdzieś go nie zobaczy, ale w końcu zrezygnował. Dzisiejsza noc z pewnością nie należała do szczęśliwych. Zrezygnowany, zajął się znowu masowaniem skroni.

W ciemnej bazylice Langdon, Vittoria i dwóch strażników posuwali się z wysiłkiem w kierunku głównego wejścia. Nie mogli znaleźć nic odpowiedniejszego, więc transportowali rannego kamerlinga na wąskim stole, starając się balansować ciałem, tak jakby nieśli je na noszach. Słyszeli już stłumiony ryk tłumów zebranych na zewnątrz. Kamerling był półprzytomny.

Czas się kończył.

Rozdział 116

Była godzina dwudziesta trzecia trzydzieści dziewięć, kiedy Langdon wraz z innymi wyszedł z Bazyliki Świętego Piotra. Natychmiast oślepiły go światła reflektorów, odbijające się od białego marmuru, jak słońce od zaśnieżonej tundry. Langdon zmrużył oczy i starał się schować przed tym blaskiem za wielkimi kolumnami przy wejściu, ale reflektory świeciły ze wszystkich stron. Przed sobą widział kolaż ogromnych telebimów wznoszących się ponad tłumem.

Stojąc na szczycie wspaniałych schodów prowadzących na plac, Langdon czuł się jak nieśmiały aktor na największej scenie świata. Zza błyszczących świateł dobiegał do niego odgłos wirników helikoptera i ryk setek tysięcy głosów. Z boku procesja kardynałów wychodziła właśnie na plac. Wszyscy oni zatrzymywali się zmartwieni, widząc scenę rozgrywającą się obecnie na schodach.

— Teraz ostrożnie — upomniał ich Chartrand, kiedy zaczęli schodzić w kierunku helikoptera.

Langdon miał wrażenie, jakby posuwali się pod wodą. Ręce go bolały od ciężaru kamerlinga i stołu. Myślał właśnie, że trudno o bardziej pozbawioną dostojeństwa chwilę, kiedy przekonał się, że jednak jest to możliwe. Dwójka reporterów BBC przechodziła przez plac, wracając na miejsce dla prasy. Kiedy jednak usłyszeli ryk tłumów, odwrócili się, żeby sprawdzić, co się dzieje. Teraz Glick i Macri biegli z powrotem w ich kierunku. Macri miała uniesioną kamerę i przez cały czas filmowała. Oto nadciągają sępy, pomyślał Langdon.

— Alt! — krzyknął Chartrand. — Cofnąć się!

Jednak reporterzy spieszyli już ze wszystkich stron. Langdon sądził, że inne sieci będą potrzebowały około sześciu sekund, żeby podjąć na nowo przekaz na żywo z BBC. Mylił się. Wystarczyły im dwie. Jakby połączone jakąś uniwersalną świadomością, wszystkie ekrany na placu przestały pokazywać odliczanie czasu do wybuchu oraz wypowiedzi ekspertów i zaczęły transmitować ten sam obraz — wstrząsające wydarzenia rozgrywające się na watykańskich schodach. Teraz wszędzie, gdziekolwiek Langdon spojrzał, widział bezwładne ciało kamerlinga prezentowane w technikolorze.

Nie powinni tego robić, pomyślał. Miał ochotę zbiec na dół i im przeszkodzić, ale nie mógł. Zresztą nic by to nie pomogło. Langdon nigdy się nie dowiedział, czy to ryk tłumów, czy chłodne nocne powietrze stało się przyczyną niewiarygodnego wydarzenia, które po chwili nastąpiło.

Kamerling gwałtownie otworzył oczy i usiadł sztywno wyprostowany, jak człowiek budzący się z koszmarnego snu. Langdon i inni zachwiali się, zaskoczeni nagłym przemieszczeniem ciężaru, i przednia część stołu przechyliła się w dół. Kamerling zaczął się z niego ześlizgiwać. Próbowali temu zapobiec, ale było już za późno. Kamerling ześlizgnął się do końca, ale jakimś cudem nie upadł. Stanął stopami na marmurowych schodach i chwiejnie się wyprostował. Stał tak przez chwilę zdezorientowany, po czym, zanim ktokolwiek zdążył go powstrzymać, rzucił się naprzód w kierunku Macri.

— Nie! — krzyknął Langdon.

Chartrand ruszył za kamerlingiem, ale ten odwrócił się do niego i patrząc na niego dzikim wzrokiem, krzyknął:

— Zostaw mnie!

Porucznik odskoczył do tyłu.

Z chwili na chwilę sytuacja stawała się coraz gorsza. Rozdarta sutanna kamerlinga, którą wcześniej Chartrand zakrył mu pierś, zaczęła się ześlizgiwać. Przez chwilę Langdon nawet myślał, że się utrzyma, ale się przeliczył. Sutanna zsunęła się z ramion i opadła aż do pasa.

Wydawało się, że westchnienie wydane przez tłum w jednej chwili obiegło cały świat i powróciło. Kamery filmowały, flesze błyskały. Na wszystkich ekranach widniała napiętnowana pierś kamerlinga w całej swej makabrycznej okazałości. Niektóre stacje nawet zatrzymywały obraz i obracały go o sto osiemdziesiąt stopni.

Ostateczne zwycięstwo iluminatów.

Langdon wpatrywał się w symbol przedstawiony na ekranach. Mimo że było to odbicie kwadratowego żelaza do piętnowania, które miał wcześniej w ręku, teraz symbol miał sens. Doskonale zrozumiały sens. Langdon czuł się, jakby dostał obuchem w głowę.

Ustawienie. Zapomniał o podstawowej zasadzie symboliki. Kiedy kwadrat przestaje wyglądać jak kwadrat? Ponadto nie pamiętał, że wykute z żelaza symbole, podobnie jak gumowe pieczątki, nigdy nie wyglądają jak ich odbicia. Są odwrócone. Patrzył przedtem na negatyw symbolu!

W głowie dźwięczał mu fragment starego mitu iluminatów, który teraz nabrał zupełnie nowego znaczenia: diament bez skazy, zrodzony ze starożytnych pierwiastków i tak doskonały, że ci, którzy go ujrzeli, stali w niemym zachwycie.

Teraz już wiedział, że ten mit jest prawdziwy.

Ziemia, Powietrze, Ogień, Woda.

Diament Iluminatów.

Rozdział 117

Robert Langdon nie miał wątpliwości, że chaos i histeria panujące w tej chwili na placu Świętego Piotra przewyższają wszystko, czego świadkiem było watykańskie wzgórze. Żadna bitwa, ukrzyżowanie, pielgrzymka czy mistyczna wizja... nic w ciągu dwóch tysięcy lat historii tej świątyni nie mogło się równać pod względem rozmachu i dramatyzmu z tym, co się działo teraz.

Jednak czuł się dziwnie odseparowany od rozgrywającego się przed jego oczyma dramatycznego spektaklu, jakby trwał w zawieszeniu na szczycie schodów z Vittorią u boku. Akcja rozciągała się w czasie, jakby upływ czasu się zawiesił... całe to szaleństwo zwolniło tempo i pełzło teraz powoli...

Napiętnowany kamerling... robiący wszystko, żeby świat to zobaczył...

Diament Iluminatów... odkryty i prezentujący diaboliczny geniusz swego twórcy...

Zegar odliczający ostatnie dwadzieścia minut historii Watykanu...

Jednak dramat dopiero się rozpoczynał.

Kamerling, prawdopodobnie pod wpływem pourazowego szoku, zaczął się zachowywać jak człowiek opanowany przez demony, pewien swojej niezwykłej mocy. Mamrotał coś i szeptał do niewidzialnych duchów, po czym spojrzał w niebo i wyciągnął ręce ku Bogu.

— Przemów! — krzyknął ku niebiosom. — Tak, słyszę cię!

W tym momencie Langdon zrozumiał, co się dzieje, i serce mu zamarło.

Vittoria najwyraźniej też zrozumiała, gdyż zbladła jak ściana.

— On jest w szoku. Ma halucynacje i wydaje mu się, że rozmawia z Bogiem!

Ktoś musi to przerwać, pomyślał Langdon. To żałosny i żenujący koniec. Zabierzcie tego człowieka do szpitala!

Pod nimi stała na schodach Chinita Macri, która najwyraźniej w tym miejscu znalazła idealną perspektywę, i przez cały czas filmowała. Obrazy z jej kamery natychmiast pojawiały się na wszystkich ekranach rozstawionych na placu... sprawiających wrażenie szeregu kin dla zmotoryzowanych, w których pokazują tę samą przerażającą tragedię. Cała scena miała wymiar zgoła epicki. Kamerling, w rozdartej sutannie i z piętnem wypalonym na piersi, wyglądał jak zmaltretowany wojownik, który przeszedł przez wszystkie kręgi piekieł dla tej jednej chwili objawienia. Teraz kierował swoje wołanie do niebios.

— *Ti sento, Dio!* Słyszę cię, Boże!

Chartrand cofnął się z wyrazem lęku na twarzy.

Tłumy obecne na placu w jednej chwili całkowicie umilkły. Wydawało się nawet, że cisza opanowała całą planetę... że zastygli wszyscy siedzący przed telewizorami, a cała światowa społeczność na moment wstrzymała oddech.

Kamerling stał na schodach, wyciągając ręce ku górze. Wyglądał niemal jak Chrystus, stając nagi i ranny wobec całego świata. Wzniósł ręce do nieba i patrząc w górę, wykrzyknął:

— *Grazie! Grazie, Dio!*

Tłumy dalej trwały w milczeniu.

— *Grazie, Dio!* — ponownie krzyknął kamerling. Na jego twarzy, jak słońce przebijające się przez burzowe niebo, rozlał się wyraz radości. — *Grazie, Dio!*

Dziękuję ci, Boże? — zastanawiał się zdumiony Langdon.

Kamerling teraz dosłownie promieniał, jego dziwna transformacja dobiegła końca. Spojrzał w niebo, kiwając gwałtownie głową, i zawołał:

— Na tej skale zbuduję Kościół mój!

Langdon znał te słowa, ale nie miał pojęcia, dlaczego kamerling je wykrzykuje.

Ksiądz tymczasem odwrócił się z powrotem ku tłumom i znowu zawołał:

— Na tej skale zbuduję Kościół mój! — Potem uniósł ręce do nieba i głośno się roześmiał. — *Grazie, Dio! Grazie!*

Ten człowiek najwyraźniej oszalał.

Cały świat patrzył na to oniemiały.

Jednak takiej kulminacji, jaka nastąpiła, nikt się nie spodziewał.

Wraz z ostatnim radosnym okrzykiem, kamerling obrócił się na pięcie i popędził z powrotem do wnętrza bazyliki.

Rozdział 118

Dwudziesta trzecia czterdzieści dwie.

Langdonowi nigdy nie przyszłoby do głowy, że stanie na czele szaleńczej pogoni, która wpadnie z powrotem do bazyliki, żeby schwytać kamerlinga. Był jednak najbliżej drzwi i zadziałał instynktownie.

On tu zginie, myślał, pędząc w mroczną pustkę.

— Ojcze! Zatrzymaj się!

Kiedy wbiegł do środka, natrafił na absolutną ciemność. Źrenice miał zwężone po blasku panującym na zewnątrz, toteż jego pole widzenia ograniczało się do dosłownie paru metrów. Zatrzymał się gwałtownie. Gdzieś w ciemności przed sobą słyszał szelest sutanny kamerlinga biegnącego na oślep w otchłań bazyliki.

Vittoria i gwardziści przybiegli zaraz za nim. Natychmiast włączyli latarki, ale baterie były już niemal wyczerpane i nie mogły rozjaśnić ogromnego wnętrza świątyni. Promienie wędrowały w różne strony, pokazując tylko fragmenty kolumn lub posadzki. Kamerlinga nigdzie nie było widać.

— Ojcze! — zawołał Chartrand ze strachem w głosie. — Zaczekaj! *Signore!*

Jakieś zamieszanie przy drzwiach wejściowych sprawiło, że wszyscy odwrócili się w tamtym kierunku. Na tle wejścia widoczna była potężna sylwetka Chinity Macri. Kamerę trzymała na ramieniu, a czerwone światełko sygnalizowało, że cały czas filmuje. Za nią biegł Glick z mikrofonem w ręku, krzycząc, żeby zwolniła.

Langdon nie mógł pojąć ich zachowania. Przecież nie pora na to!

— Wynosić się! — krzyknął Chartrand. — To nie jest przeznaczone dla waszych oczu!

Jednak oni nie zwracali uwagi na jego słowa.

— Chinito! — w głosie Glicka brzmiał strach. — To samobójstwo! Ja nie idę!

Macri zupełnie go zignorowała. Przekręciła wyłącznik w kamerze. Natychmiast oślepił wszystkich blask reflektora punktowego zamocowanego w górnej części urządzenia.

Langdon osłonił twarz rękami i odwrócił się, czując ból w oczach. Cholera! Jednak kiedy znów je otworzył, stwierdził, że wnętrze kościoła jest oświetlone na odległość jakichś trzydziestu metrów.

W tej chwili gdzieś przed nimi rozległ się ponownie głos kamerlinga:

— Na tej skale zbuduję Kościół mój!

Macri skierowała kamerę w kierunku dźwięku. Daleko z przodu, w szarym mroku poza zasięgiem reflektora, zafalował czarny materiał, zwracając ich uwagę na znajomą postać biegnącą główną nawą bazyliki.

Przez chwilę trwało wahanie, jakby przyswajali sobie ten dziwny widok. Potem tama pękła. Chartrand odepchnął Langdona i popędził za kamerlingiem. Langdon wystartował tuż za nim. Potem strażnicy i Vittoria.

Macri zajęła pozycję za nimi, oświetlając wszystkim drogę i transmitując światu ten niezwykły pościg. Niechętnie nastawiony Glick przeklinał głośno, ale biegł z nimi, przekazując przerywanym głosem szczegółową i pełną grozy relację.

Jak porucznik Chartrand kiedyś sprawdził, główna nawa Bazyliki Świętego Piotra jest dłuższa niż olimpijskie boisko do piłki nożnej. Dzisiaj ta odległość wydawała się dwa razy większa. Pędząc za kamerlingiem, zastanawiał się, dokąd ten człowiek zmierza. Kamerling niewątpliwie musi być w szoku — wpółprzytomny z bólu, wstrząśnięty masakrą w gabinecie.

Gdzieś z przodu, poza zasięgiem reflektora BBC, znów zabrzmiał radosny głos:

— Na tej skale zbuduję Kościół mój!

Porucznik wiedział, że kamerling wykrzykuje cytat z Pisma Świętego — Ewangelia według św. Mateusza, 16:18, jeśli dobrze pamiętał. „Na tej Skale zbuduję Kościół mój". Był to okrutnie nieodpowiedni fragment — ten Kościół za chwilę miał zostać zniszczony. Kamerling niewątpliwie oszalał.

A może nie?

Przez mgnienie oka dusza Chartranda się zatrwożyła. Przez całe

476

życie traktował święte wizje i boskie przesłania jako pobożne życzenia — produkty nadgorliwych umysłów, słyszących to, co chcą usłyszeć. A Bóg przecież nie kontaktuje się bezpośrednio! Jednak w chwilę później, jakby sam Duch Święty postanowił go przekonać o swojej mocy, Chartrand również miał wizję. Jakieś pięćdziesiąt metrów przed nim, w samym środku kościoła, pojawił się duch... przeświecający, błyszczący zarys. Jasny kształt miał postać półnagiego kamerlinga. Zjawa wydawała się przezroczysta i promieniowała światłem. Chartrand stanął jak wryty, czując, że zamiera mu serce. Kamerling jarzy się światłem! Świecił teraz jeszcze jaśniej. Potem postać zaczęła zanurzać się w ziemi... coraz niżej i niżej, aż w końcu, jakby za sprawą magii, zniknęła w czerni posadzki.

Langdon również widział tę zjawę. Przez chwilę też miał wrażenie, że jest świadkiem czarodziejskiego zjawiska. Jednak kiedy minął osłupiałego Chartranda i zbliżył się do miejsca, gdzie zniknął kamerling, uświadomił sobie, co się stało. Kamerling stał po prostu nad Niszą Paliuszy — zagłębionym w posadzce pomieszczeniem oświetlonym dziewięćdziesięcioma dziewięcioma lampkami oliwnymi. Lampki oświetliły go od spodu, tak że wyglądał jak jaśniejąca zjawa. Potem, kiedy schodził na dół, sprawiał wrażenie, jakby pogrążał się w podłodze.

Kiedy Langdon dotarł do tego miejsca, ledwo łapał oddech. Spojrzał w dół schodów. Kamerling, oświetlony złotym blaskiem lampek, spieszył przez marmurową komorę ku parze szklanych drzwi prowadzących do pomieszczenia, w którym spoczywała słynna złota skrzynka.

Co on tu robi? zastanawiał się Langdon. Z pewnością nie myśli, że złota skrzynka...

Kamerling gwałtownie otworzył drzwi i wbiegł do środka. O dziwo, na skrzynkę nie zwrócił najmniejszej uwagi. Minął ją, a o półtora metra dalej rzucił się na kolana i zaczął się zmagać z żelazną kratą wprawioną w podłogę.

Langdon patrzył na to z przerażeniem, gdyż zrozumiał już, dokąd kamerling chce się dostać. Boże, Boże, nie! Błyskawicznie zbiegł po schodkach.

— Ojcze! Nie!

Kiedy otwierał szklane drzwi i pędził w stronę księdza, zobaczył, że ciągnie on już w górę ciężką kratę. Po chwili zamocowana na zawiasach krata opadła z ogłuszającym trzaskiem obok otworu, odsłaniając wąski szyb i strome schody prowadzące w nicość. Gdy kamerling chciał zejść do otworu, Langdon złapał go za nagie ramiona i zaczął odciągać. Skóra mężczyzny była śliska od potu, ale udało mu się go przytrzymać.

Kamerling odwrócił się do niego z wyrazem zdumienia na twarzy.

— Co robisz?!

Langdon z zaskoczeniem stwierdził, że oczy księdza wcale nie mają szklistego wyrazu charakterystycznego dla transu. Patrzyły bystro, z trzeźwym zdecydowaniem. Symbol wypalony na jego piersi wyglądał przerażająco.

— Ojcze — nalegał Langdon, starając się mówić spokojnym tonem — nie możesz tam zejść. Musimy się ewakuować.

— Mój synu — odparł kamerling dziwnie rozsądnym tonem. — Właśnie otrzymałem przesłanie. Wiem...

— Ojcze! — To był Chartrand i pozostali. Wbiegali właśnie, oświetleni reflektorem kamery.

Kiedy Chartrand zobaczył otwartą kratę, w jego oczach pojawiło się przerażenie. Przeżegnał się i rzucił Langdonowi pełne wdzięczności spojrzenie za to, że nie puścił kamerlinga dalej. Langdon zrozumiał. Czytał dostatecznie dużo na temat architektury Watykanu, żeby wiedzieć, co leży pod tą kratą. Było to najświętsze miejsce chrześcijaństwa. *Terra Santa*. Święta Ziemia. Tego rodzaju miejsca noszą nazwę nekropolii lub katakumb. Zgodnie z relacjami nielicznych duchownych, którzy tam schodzili, ta nekropolia jest mrocznym labiryntem podziemnych krypt, które mogą wchłonąć zwiedzającego na zawsze, jeśli zgubi drogę. Z pewnością nie było to miejsce, w którym mieliby ochotę ścigać kamerlinga.

— *Signore* — błagał Chartrand. — Jesteś w szoku. Musimy stąd wyjść. Nie może ojciec tam schodzić. To samobójstwo.

Kamerling nagle całkowicie się opanował. Wyciągnął dłoń i położył ją na ramieniu porucznika.

— Dziękuję ci za twą troskę i wierną służbę. Nie potrafię wam powiedzieć, jak to się stało. Nie twierdzę, że to rozumiem. Jednak doznałem objawienia. Wiem, gdzie jest antymateria.

Wszyscy wpatrzyli się w niego ze zdumieniem.

Kamerling odwrócił się do całej grupy.

— Na tej skale zbuduję Kościół mój. Takie było przesłanie. Jego znaczenie jest jasne.

Langdon nadal nie potrafił zrozumieć, skąd bierze się przekonanie kamerlinga, że rozmawiał z Bogiem. Jeszcze mniej wiarygodna wydawała mu się interpretacja przesłania. „Na tej skale zbuduję Kościół mój"? To były słowa wypowiedziane przez Jezusa, kiedy wybrał Piotra na swojego pierwszego apostoła. Co to miało wspólnego z obecną sytuacją?

Macri przysunęła się, żeby zrobić ujęcie z bliska. Glick nie odzywał się ani słowem, jakby był w szoku.

Kamerling mówił teraz szybciej.

— Iluminaci umieścili swoje narzędzie destrukcji na samym kamieniu węgielnym tego Kościoła, na jego fundamencie. — Skinął ręką w stronę schodów. — Na tej samej skale, na której został zbudowany ten kościół. A ja wiem, gdzie się ona znajduje.

Langdon nabrał przekonania, że najwyższy czas obezwładnić kamerlinga i wyprowadzić go stąd siłą. Mimo pozorów całkowitej świadomości, opowiadał bzdury. Skała? Kamień węgielny w fundamentach? Schody przed nimi wcale nie prowadziły do fundamentów tego budynku, tylko do nekropolii!

— Te słowa są przenośnią, ojcze! — odezwał się. — Nie ma tu prawdziwej skały!

Kamerling dziwnie posmutniał.

— Jest tu skała, mój synu. — Wskazał na otwór. — *Pietro è la pietra.*

Langdon zamarł. W jednej chwili wszystko stało się jasne.

Surowa prostota tego rozwiązania przyprawiła go o dreszcze. Patrząc wraz z innymi na długie schody wiodące w głąb ziemi, uświadomił sobie, że rzeczywiście w ciemności pod tym kościołem znajduje się skała.

Pietro è la pietra. Piotr jest skałą.

Wiara Piotra w Boga była tak wielka, że Jezus nazwał Piotra „skałą" — niezachwianym w wierze uczniem, na którego ramionach zbuduje swój Kościół. Właśnie tutaj, na Wzgórzu Watykańskim, Piotr został ukrzyżowany i pochowany. Pierwsi chrześcijanie zbudowali nad jego grobem skromną kapliczkę. W miarę jak chrześcijaństwo rosło w siłę, wznoszono tu coraz większe świątynie, których kulminacją stała się ta ogromna bazylika. Cała wiara katolicka została całkiem dosłownie zbudowana na świętym Piotrze. Na Skale.

— Antymateria znajduje się na grobie świętego Piotra — oświadczył kamerling krystalicznie czystym głosem.

Pomimo pozornie nadnaturalnego pochodzenia tej informacji, brzmiała ona dla Langdona całkiem logicznie. W tej chwili miejsce ukrycia antymaterii wydawało mu się boleśnie oczywiste. Iluminaci w akcie symbolicznego buntu umieścili ją w samym sercu chrześcijaństwa — zarówno w sensie dosłownym, jak i metaforycznym. Najwyższy stopień infiltracji.

— A jeśli potrzebny wam ziemski dowód — dodał kamerling zniecierpliwionym tonem — to powiem wam, że zamek od tej kraty był otwarty. A przecież on nigdy nie jest otwarty. Ktoś tu niedawno schodził.

Wszyscy wpatrzyli się w otwór.

W chwilę później kamerling zaskakująco zwinnie obrócił się, złapał lampę oliwną i ruszył ku schodom.

Rozdział 119

Kamienne stopnie prowadziły stromo w głąb ziemi.

Zginę tutaj, pomyślała Vittoria, kiedy trzymając się poręczy z grubej liny, podążała za innymi ciasnym przejściem prowadzącym w dół. Chociaż Langdon chciał powstrzymać kamerlinga przed wejściem do szybu, przeszkodził mu w tym Chartrand, który go złapał i przytrzymał. Najwyraźniej młody porucznik uwierzył, że kamerling wie, co robi.

Po krótkiej szamotaninie Langdon wyrwał się z jego uścisku i ruszył za księdzem, a Chartrand tuż za nim. Vittoria instynktownie także za nimi pospieszyła.

Teraz pędziła na łeb na szyję urwistym zejściem, gdzie każdy mylny krok mógł się zakończyć śmiertelnym upadkiem. Daleko w dole widziała złoty blask lampy niesionej przez kamerlinga. Za sobą słyszała reporterów BBC, którzy starali się dotrzymać im kroku. Światło rzucane przez reflektor kamery docierało daleko przed nią, oświetlając Langdona i Chartranda. Przed nią biegł przez cały czas jej zdeformowany cień. Nie mogła uwierzyć, że cały świat ogląda to szaleństwo. Wyłączcie tę cholerną kamerę! Z drugiej strony, tylko dzięki temu światłu mają w ogóle pojęcie, gdzie stawiają nogi.

W głowie kotłowały się jej najrozmaitsze myśli, gdy kontynuowała ten dziwaczny pościg. Co kamerling może tam na dole zrobić? Nawet jeśli znajdzie antymaterię? Na nic już nie ma czasu!

Vittoria ze zdumieniem uświadomiła sobie, że wierzy w teorię kamerlinga. Umieszczenie antymaterii trzy piętra pod ziemią wydawało jej się niemal szlachetną i miłosierną decyzją. Tak głęboko pod ziemią skutki anihilacji zostaną w pewnym stopniu ograniczone. Nie będzie fali żaru ani fruwających w powietrzu szczątków, które mogłyby poranić gapiów. Tylko jak w Biblii — otworzy się ziemia, a ogromna bazylika runie do tego krateru. Czy to był przejaw poczucia przyzwoitości Kohlera? Chciał oszczędzić ludzkie życie? Vittoria nadal nie mogła uwierzyć, że dyrektor jest w to wmieszany. Zgadzała się, że nienawidził religii... ale ten przerażający spisek zupełnie do niego nie pasował. Czyżby jego nienawiść była aż tak głęboka? Zniszczenie Watykanu? Wynajęcie zabójcy? Zamordowanie jej ojca, papieża i czterech kardynałów? Nie mogła w to uwierzyć. A jak Kohler przeprowadził to wszystko, co trzeba było zrobić w samym Watykanie? Rocher był jego człowiekiem, wyjaśniła sama sobie. Rocher był iluminatem. Niewątpliwie kapitan miał klucze do wszystkiego — komnat papieża, *Il Passetto,* zejścia do nekropolii i grobu świętego Piotra. Mógł tam umieścić antymaterię — w miejscu, do którego niewielu miało dostęp — a potem rozkazać swoim ludziom, żeby nie tracili czasu na przeszukiwanie miejsc niedostępnych dla zwiedzających. Wiedział, że żaden z gwardzistów nie odnajdzie pojemnika.

Jednak Rocher absolutnie nie mógł się liczyć z tym, że kamerling otrzyma przesłanie z góry.

Przesłanie. Był to akt wiary, z którym nie mogła się jakoś pogodzić. Czy Bóg naprawdę przemówił do kamerlinga? Czuła, że to niemożliwe, ale przecież sama zajmowała się współzależnościami w przyrodzie, badając je z punktu widzenia fizyki. Niemal codziennie była świadkiem zakrawających na cud sposobów komunikacji — bliźniacze jaja żółwia morskiego, rozdzielone i umieszczone w odległych o tysiące kilometrów laboratoriach, wylęgające się dokładnie w tej samej chwili... albo całe akry meduz pulsujących w takim samym rytmie, jakby kierował nimi jeden mózg. Wszędzie znajdują się niewidzialne linie komunikacji, pomyślała.

Ale pomiędzy Bogiem a człowiekiem?

Żałowała, że nie ma przy niej ojca, który mógłby ją natchnąć wiarą. Kiedyś w naukowy sposób wytłumaczył jej, na czym polega boska komunikacja, i wówczas uwierzyła. Do dziś pamięta ten dzień, gdy zobaczyła, że się modli, i spytała go:

— Tato, po co się modlisz? Bóg i tak ci nie odpowie.

Leonardo Vetra przerwał swoje medytacje i spojrzał na nią z ojcowskim uśmiechem.

— Widzę, że moja córka jest sceptyczką. Zatem nie wierzysz, że Bóg przemawia do człowieka? Wyjaśnię ci to w twoim języku. — Wziął z półki model ludzkiego mózgu i postawił przed nią na stole. — Jak zapewne wiesz, człowiek zazwyczaj wykorzystuje tylko nieznaczny ułamek możliwości swojego mózgu. Jednak zdarza się, że w stanach szczególnego pobudzenia emocjonalnego — na przykład traumy fizycznej, najwyższej radości, ogromnego strachu lub głębokiej medytacji — nasze neurony nagle zaczynają pracować jak szalone, co powoduje niezwykłe zwiększenie jasności umysłu.

— I co z tego? — spytała Vittoria. — Przecież to, że jasno myślisz, nie oznacza jeszcze, że rozmawiasz z Bogiem.

— Aha! — wykrzyknął Vetra. — A jednak w takich chwilach szczególnej jasności często znajdujemy niezwykłe rozwiązania pozornie nierozwiązywalnych problemów. Według guru jest to stan wyższej świadomości, według biologów stan odmiennej świadomości, a według psychologów nadwrażliwości zmysłowej. — Przerwał. — A chrześcijanie nazywają go odpowiedzią na modlitwę. — Uśmiechając się szeroko, dodał: — Czasem boskie objawienie może oznaczać po prostu odpowiednie dostrojenie mózgu, tak żeby usłyszał to, o czym twoje serce dawno już wie.

Teraz, pędząc na oślep w ciemność, Vittoria poczuła, że być może ojciec miał rację. Czy tak trudno uwierzyć, że pod wpływem doznanego wstrząsu umysł kamerlinga znalazł się w stanie, w którym po prostu „uświadomił" sobie miejsce ukrycia antymaterii?

„Każdy z nas jest Bogiem — powiedział Budda. — Każdy z nas wie wszystko. Musimy tylko otworzyć swoje umysły, żeby usłyszeć własną mądrość".

I właśnie w tym momencie jasności, gdy Vittoria schodziła coraz głębiej pod ziemię, poczuła, że jej umysł również się otwiera... a jej mądrość wypływa na powierzchnię. Wyczuła bez cienia wątpliwości, jakie zamiary ma kamerling. Wraz z tą świadomością pojawił się strach, jakiego jeszcze nigdy nie doznała.

— Ojcze, nie! — krzyknęła najgłośniej, jak umiała. — Nie rozumiesz! — Vittoria wyobraziła sobie tłumy ludzi zgromadzone w tej chwili pod Watykanem i serce zamarło jej z przerażenia. — Jeśli wyniesiesz antymaterię na powierzchnię... wszyscy zginą!

Langdon pędził wielkimi susami, nadrabiając dystans dzielący go od kamerlinga. Pasaż był bardzo wąski, ale nie odczuwał klaustrofobii. Lęk, który jeszcze niedawno tak upośledzał mu życie, został wyparty przez stokroć silniejszy strach.

— Ojcze! — zawołał, widząc, że odległość między nimi maleje. — Musisz zostawić antymaterię tam, gdzie jest! Nie ma innego wyboru!

Sam nie wierzył, że to mówi. Nie tylko przyjął za dobrą monetę objawienie, którego doznał kamerling, ale na dodatek przekonywał go teraz do zniszczenia Bazyliki Świętego Piotra — jednego z największych osiągnięć architektonicznych na świecie... mieszczącej w sobie najwspanialsze skarby sztuki.

Ale ludzie na zewnątrz... to jedyne wyjście.

Była w tym okrutna ironia, że aby ocalić ludzi, trzeba zniszczyć kościół. Langdon wyobrażał sobie, że iluminatów rozbawiłaby symboliczna wymowa tej sytuacji.

Powietrze napływające z dna tunelu było zimne i wilgotne. Gdzieś tam na dole znajdowała się święta nekropolia... miejsce pochówku świętego Piotra i wielu innych pierwszych chrześcijan. Langdon poczuł, że przechodzi go dreszcz, i miał tylko nadzieję, że nie bierze udziału w samobójczej misji.

Nagle zauważył, że lampa kamerlinga się zatrzymała. Teraz już szybko się z nim zrównał.

Okazało się, że schody się tu kończą. Dalszą drogę zamykała jednak brama z kutego żelaza ozdobiona trzema rzeźbionymi czaszkami. Kamerling już zaczął ją otwierać. Langdon doskoczył do niego i popchnął furtę, blokując mu drogę. Po schodach zbiegała reszta grupki, wszyscy upiornie biali w świetle reflektora kamery... szczególnie Glick, który z każdym krokiem gorzej wyglądał.

Chartrand chwycił Langdona za rękę.

— Pozwól kamerlingowi przejść!

— Nie! — krzyknęła z tyłu Vittoria, z trudem łapiąc oddech. — Musimy natychmiast stąd uciekać! Nie może ksiądz wynieść stąd antymaterii. Jeśli wyniesie ją ksiądz na górę, wszyscy zebrani na zewnątrz zginą!

Kiedy kamerling się odezwał, jego głos był zadziwiająco spokojny.

— Posłuchajcie... my wszyscy musimy ufać... Mamy mało czasu.

— Ksiądz nie rozumie — nalegała Vittoria. — Eksplozja na poziomie ziemi będzie miała bez porównania gorsze skutki niż tutaj!

Kamerling spojrzał na nią zielonymi oczami, w których malował się wyłącznie rozsądek.

— A kto mówi o wybuchu na poziomie ziemi?

Vittoria patrzyła na niego z niedowierzaniem.

— Zostawia ją ksiądz tutaj?

Przekonanie, z jakim przemawiał kamerling, podziałało na nich niemal hipnotyzująco.

— Nikt więcej już dzisiaj nie zginie.

— Ojcze, ale...

— Proszę... trochę wiary. — Głos kamerlinga ścichł do zniewalającego szeptu. — Nie proszę nikogo, żeby szedł ze mną. Wszyscy możecie odejść. Jedyne, o co proszę, to żebyście nie mieszali się w Jego rozkazy. Pozwólcie mi zrobić to, do czego zostałem powołany. — Spojrzenie kamerlinga nabrało mocy. — Zostałem powołany, by zbawić ten Kościół. I potrafię to zrobić, przysięgam na swoje życie.

Cisza, która zapadła, była tak pełna napięcia, jakby miała za chwilę eksplodować.

Rozdział 120

Dwudziesta trzecia pięćdziesiąt jeden.

Nekropolia oznacza dosłownie miasto umarłych.

Nic, co Robert Langdon czytał o tej nekropolii, nie przygotowało go na widok, który rozciągnął się przed jego oczami. Ogromna podziemna przestrzeń pełna była kruszących się mauzoleów, przypominających małe domki ustawione na dnie jaskini. W powietrzu unosił się zapach śmierci. Sieć wąskich ścieżek wiła się pomiędzy niszczejącymi nagrobkami, wykonanymi w większości z popękanych cegieł z marmurową płytą. Wszędzie wokół wznosiły się kolumny utworzone przez niewybraną ziemię i podtrzymywały ziemne sklepienie, zwieszające się nisko nad tą mroczną wioską.

Miasto umarłych, powtórzył w myślach Langdon, czując się rozdarty pomiędzy ciekawością naukowca a zwykłym strachem. On i pozostali wchodzili teraz coraz głębiej w wijące się między grobami przejścia. Czy podjąłem złą decyzję?

Chartrand pierwszy uległ sile przekonywania kamerlinga. Otworzył bramę i zadeklarował, że mu ufa. Glick i Macri na prośbę księdza szlachetnie zgodzili się zapewnić mu oświetlenie podczas wędrówki — chociaż jeśli zważyć na to, jakie uznanie czeka ich na powierzchni, o ile wyjdą stąd żywi, to ich motywy mogły być dwuznaczne. Vittoria była najbardziej niechętna temu pomysłowi, a Langdon dostrzegł w jej oczach ostrożność, która mogła być wynikiem kobiecej intuicji.

Jest już zbyt późno, myślał, pędząc wraz z Vittorią za innymi. Jesteśmy skazani.

Vittoria nie odzywała się, ale wiedział, że myślą o tym samym. Dziewięć minut nie wystarczy, żeby uchronić Watykan przed katastrofą, jeśli kamerling się myli.

Kiedy biegli między grobami, Langdon czuł w nogach ogromne zmęczenie. Nic dziwnego, skoro już od pewnego czasu szli stale pod górę. Kiedy w końcu uświadomił sobie dlaczego, przeszył go dreszcz podniecenia. Ziemia pod ich stopami pamiętała czasy Chrystusa. Wspinali się obecnie na oryginalne Wzgórze Watykańskie! Langdon nieraz spotkał się z twierdzeniami naukowców zajmujących się Watykanem, że grób świętego Piotra znajduje się blisko szczytu Wzgórza Watykańskiego. Zawsze się zastanawiał, skąd wiedzą, a teraz w końcu zrozumiał. To wzgórze nadal tu jest!

Czuł się tak, jakby biegł przez karty historii. Gdzieś przed nim znajdował się grób świętego Piotra — chrześcijańskie relikwie. Trudno było sobie wyobrazić, że pierwotnie grób wskazywała tylko skromna kapliczka. Jednak to dawne czasy. W miarę jak znaczenie Piotra rosło, budowano nowe świątynie na starych, aż w końcu w hołdzie dla świętego wzniesiono gmach o wysokości ponad stu trzydziestu metrów, z kopułą Michała Anioła, której środek znajduje się dokładnie nad pierwotnym grobem, z dokładnością do ułamków centymetra.

Wspinali się dalej krętym przejściem. Sprawdził godzinę. Osiem minut. Zaczął się zastanawiać, czy wraz z Vittorią zostaną tu na stałe ze zmarłymi.

— Uważajcie! — krzyknął zza ich pleców Glick. — Dziury wężów!

Langdon zauważył je w porę. Ścieżka przed nimi podziurawiona była rzędami niedużych otworów. Odbił się i wylądował tuż za nimi.

Vittoria też skoczyła, ale niewiele brakowało, żeby w nie wpadła. Kiedy pobiegli dalej, miała niewyraźną minę.

— Dziury wężów?

— Właściwie to są dziury na przekąski — sprostował Langdon. — Wolałabyś tego nie wiedzieć, uwierz mi. — Uświadomił sobie właśnie, że były to rury libacyjne. Pierwsi chrześcijanie wierzyli w zmartwychwstanie ciała i wykorzystywali te otwory do dosłownego „karmienia zmarłych", gdyż wlewali przez nie do grobu mleko i miód.

Kamerling był osłabiony.

Pędził jednak dalej przed siebie, gdyż jego nogom dodawało sił poczucie obowiązku wobec Boga i ludzi. Prawie na miejscu, pomyślał. Straszliwie cierpiał. Umysł może być źródłem znacznie większego cierpienia niż ciało. Mimo wszystko czuł zmęczenie. Wiedział, że pozostało mu już bardzo mało czasu.

— Ocalę twój Kościół, Ojcze. Przysięgam.

Mimo że reflektor reporterów oświetlał drogę, za co był im wdzięczny, nadal niósł wysoko uniesioną lampkę oliwną. Ja jestem latarnią w ciemności. Ja jestem światłem. Gdy biegł, olej w lampie chlupotał i obawiał się nawet, że łatwopalna ciecz może się wylać i go poparzyć. Na dzisiaj miał już dość poparzeń.

Kiedy zbliżał się do szczytu wzgórza, był cały mokry od potu i z trudem łapał oddech. Jednak kiedy znalazł się już na wierzchołku, poczuł, jak wlewa się w niego nowe życie. Chwiejnie doszedł do płaskiego kawałka ziemi, gdzie stał już tyle razy. Tutaj ścieżka się kończyła — nekropolia dochodziła do ziemnej ściany. Na niewielkiej płycie widniał napis: *Mausoleum S.*

La tomba di San Pietro.

Na wysokości pasa miał przed sobą niszę w ścianie. Nie było tu złoconej tablicy czy innych ozdób. Tylko zwykły otwór, w którym widać było niewielką grotę i prosty, kruszący się sarkofag. Kamerling zajrzał do wnęki i uśmiechnął się ze znużeniem. Słyszał, że pozostali również się już zbliżają. Odstawił lampę i uklęknął do modlitwy.

Dzięki ci, Boże. To już prawie koniec.

Na placu Świętego Piotra kardynał Mortati w otoczeniu pozostałych zdumionych kardynałów wpatrywał się w ogromny ekran, obserwując rozgrywający się pod ziemią dramat. Nie miał już pojęcia, w co wierzyć. Czy cały świat był świadkiem tego, co on widział? Czy Bóg naprawdę przemówił do kamerlinga? Czy antymateria rzeczywiście zostanie wyniesiona na plac...

— Patrzcie! — Przez tłum przetoczyło się westchnienie.

— Tam! — Wszyscy teraz wskazywali na ekran. — To cud!

Mortati także spojrzał. Położenie kamery się zmieniało, ale obraz był dostatecznie dobrze widoczny. A był to obraz niezapomniany.

Kamerling, filmowany od tyłu, klęczał na ziemi, zatopiony w modlitwie. Przed nim znajdował się niezbyt dokładnie wyrąbany w ścianie otwór. Wewnątrz otworu wśród luźno leżących kamieni stała trumna z terakoty. Mortati widział ją wcześniej tylko raz w życiu, ale doskonale wiedział, co zawiera.

San Pietro.

Nie był na tyle naiwny, by sądzić, że okrzyki radości i zdumienia przewalające się jak huragan nad tłumem zostały wywołane możliwością ujrzenia jednej z najcenniejszych relikwii chrześcijaństwa.

To nie widok grobu świętego Piotra sprawił, że ci ludzie padali na kolana w spontanicznej modlitwie i dziękczynieniu. Przyczyną tego wszystkiego był przedmiot znajdujący się na trumnie świętego. Pojemnik z antymaterią. Był tam... gdzie spoczywał przez cały dzień... ukryty w mroku nekropolii. Smukły. Nieubłagany. Śmiertelnie niebezpieczny. Objawienie kamerlinga sprawdziło się.

Mortati wpatrywał się ze zdumieniem w przejrzysty cylinder. Kuleczka cieczy nadal unosiła się w środku. Grota wokół pojemnika regularnie rozświetlała się na czerwono, gdy diody odliczały ostatnie pięć minut swojego istnienia.

Na wierzchu nagrobka o kilka centymetrów od cylindra znajdowała się jeszcze bezprzewodowa kamera gwardii szwajcarskiej, wycelowana w pojemnik i przez cały czas transmitująca jego obraz.

Mortati przeżegnał się, przeświadczony, że jest to najbardziej przerażający obraz, jaki widział w swoim życiu. Jednak już w chwilę później przekonał się, że może być jeszcze gorzej.

Kamerling nagle podniósł się z kolan. Wziął do ręki cylinder z antymaterią i odwrócił się do pozostałych. Na jego twarzy malował się wyraz całkowitego skupienia. Przepchnął się pomiędzy stojącymi mu na drodze osobami i ruszył biegiem z powrotem, tą samą drogą, którą przyszedł.

Kamera pokazała Vittorię Vetrę, zmartwiałą z przerażenia.

— Dokąd ksiądz idzie?! Przecież mówił ksiądz...

— Miejcie wiarę! — rozległ się głos kamerlinga.

Vittoria obróciła się do Langdona.

— Co robimy?

Langdon usiłował zatrzymać księdza, ale przeszkodził mu Chartrand, który najwyraźniej w pełni ufał rozsądkowi kamerlinga.

Obraz z kamery BBC wyglądał teraz jak filmowany z kolejki górskiej — podskoki, kluczenie, krótkie ujęcia twarzy wyrażających niedowierzanie i przerażenie, gdy chaotyczny kondukt podążał wśród cieni z powrotem do bramy odgradzającej nekropolię.

Tymczasem na placu Mortati wydał z siebie przerażone westchnienie.

— Czy on to niesie tutaj?

Na ekranach telewizorów na całym świecie kamerling pędził teraz po schodach prowadzących z nekropolii w górę, trzymając przed sobą pojemnik z antymaterią.

— Nikt już dzisiaj nie zginie! — zapewniał.

Jednak się mylił.

Rozdział 121

Kamerling wypadł z drzwi Bazyliki Świętego Piotra dokładnie o dwudziestej trzeciej pięćdziesiąt sześć. Ruszył chwiejnie w kierunku oślepiającego blasku reflektorów, niosąc przed sobą antymaterię jak święty dar. Mrużąc piekące oczy, dostrzegł swoją własną postać, półnagą i poranioną, wznoszącą się jak olbrzym na ekranach stacji telewizyjnych. Ryk, jaki uniósł się nad tłumami zgromadzonymi na placu, nie mógł się równać z niczym, co dotychczas słyszał. Składały się na niego krzyki, płacz, śpiewy i modlitwy... mieszanina uwielbienia i przerażenia.

— Wybaw nas od złego — szepnął.

Czuł się zupełnie wyczerpany po swojej ucieczce z nekropolii. O mało nie skończyło się to katastrofą. Robert Langdon i Vittoria chcieli go zatrzymać, wrzucić pojemnik z powrotem do podziemnej kryjówki i uciec na zewnątrz. Ślepi głupcy!

Kamerling uświadomił sobie teraz z przerażającą jasnością, że normalnie w żadnym razie nie wygrałby tego wyścigu. Dziś jednak Bóg był przy nim. Langdon, który już prawie go chwytał, został powstrzymany przez Chartranda. Na szczęście porucznik nadal pokłada w nim zaufanie i posłuchał jego próśb o okazanie wiary. Natomiast reporterzy byli zbyt oszołomieni... i obciążeni swoim sprzętem, żeby mu przeszkodzić.

Pan ma swoje tajemnicze sposoby działania.

Słyszał teraz za sobą odgłosy świadczące, że pozostali też już przybiegli... widział ich na ekranie, jak go okrążają. Zebrał resztki sił i uniósł antymaterię wysoko nad głowę. Potem cofnął nagie ramiona do tyłu, by okazać, jak niewiele go obchodzi piętno iluminatów wypalone na piersi, i popędził na dół po schodach.

Został jeszcze jeden, ostatni akt.

Z Bożą pomocą, pomyślał. Z Bożą pomocą.

Cztery minuty...

Langdon prawie nic nie widział, kiedy wybiegł z bazyliki. Światła reflektorów wwierciły mu się w źrenice. Rozróżniał tylko niewyraźny zarys postaci kamerlinga, który dokładnie na wprost niego zbiegał ze schodów. Ksiądz, otoczony aureolą światła, wyglądał przez chwilę jak nieziemska istota, rodzaj współczesnego bóstwa. Zwisająca od pasa sutanna przypominała całun, a ciało nosiło ślady ran zadanych ręką wroga. Kamerling biegł wyprostowany, wzywając świat, by miał wiarę, a jednocześnie zbliżając się do tłumów z bronią masowej zagłady w rękach.

Langdon zbiegł za nim ze schodów. Co on wyrabia? Zabije ich wszystkich!

— Dla dzieła szatana — krzyczał Ventresca — nie ma miejsca w Domu Bożym! — Był coraz bliżej przerażonego teraz tłumu.

— Ojcze! — wołał za nim Langdon. — Tam nie ma dokąd pójść!

— Spójrz ku niebiosom! Zapominamy patrzeć ku niebu!

W tej chwili Langdon zrozumiał, dokąd kamerling zmierza, i ta wspaniała świadomość sprawiła, że zalała go fala ulgi. Wprawdzie nie widział tego z powodu jaskrawych świateł, ale wiedział, że ich zbawienie znajduje się bezpośrednio nad głową.

Usiane gwiazdami włoskie niebo. Droga ucieczki.

Helikopter, który miał zabrać kamerlinga do szpitala, stał tuż przed nimi. Pilot siedział w kabinie, a wirniki kręciły się na jałowym biegu. Obserwując kamerlinga zmierzającego prosto do śmigłowca, Langdon poczuł, jak ogarnia go uniesienie.

Myśli przelatywały mu przez umysł z szybkością błyskawicy...

Najpierw wyobraził sobie otwartą przestrzeń Morza Śródziemnego. Jak daleko stąd może się znajdować? Osiem kilometrów? Szesnaście? Wiedział, że do plaży Fiumicino jest zaledwie siedem minut jazdy pociągiem. W wypadku helikoptera lecącego z szybkością prawie pięciuset kilometrów na godzinę, bez przystanków... Gdyby udało się wywieźć pojemnik dostatecznie daleko nad morze i tam go wyrzucić... Są też jeszcze inne możliwości, uświadomił sobie, i poczuł się, jakby niemal nic nie ważył. *La Cava Romana!*

Kamieniołomy marmuru na północ od miasta znajdowały się o niecałe pięć kilometrów stąd. Jak duży obszar zajmują? Pięćset hektarów? Z pewnością są puste o tej porze! Gdyby tam zrzucić pojemnik...

— Cofnąć się wszyscy! — ryknął kamerling. Poparzona pierś piekła go, kiedy biegł. — Odsunąć się! Natychmiast!

Gwardziści otaczający helikopter patrzyli na niego z otwartymi ustami.

— Cofnąć się! — krzyczał.

Odsunęli się.

Cały świat obserwował ze zdumieniem, jak kamerling obiega śmigłowiec, dociera do drzwi pilota i otwiera je gwałtownie.

— Wychodź, synu! Natychmiast.

Pilot wyskoczył.

Kamerling spojrzał na umieszczony wysoko w kokpicie fotel pilota i zrozumiał, że w tym stanie będą mu potrzebne obie ręce, żeby się tam dostać. Odwrócił się do pilota, który stał za nim, trzęsąc się ze zdenerwowania, i wręczył mu pojemnik.

— Trzymaj to. Podasz mi, kiedy wsiądę.

Kiedy podciągał się w górę, słyszał głos Roberta Langdona, który wykrzykiwał coś z podnieceniem, biegnąc w stronę maszyny. Teraz zrozumiałeś, pomyślał. Teraz uwierzyłeś!

Usadowił się w fotelu, ustawił kilka znajomych dźwigni i obrócił się ku oknu, żeby odebrać cylinder.

Jednak strażnik, któremu go wręczył, miał puste ręce.

— On go zabrał! — krzyknął.

Ventresca poczuł, że serce mu zamiera.

— Kto?

Gwardzista wskazał ręką.

— On!

Robert Langdon był zaskoczony ciężarem pojemnika. Przebiegł na drugą stronę śmigłowca i wskoczył do tyłu, tam gdzie jeszcze kilka godzin temu siedział wraz z Vittorią. Drzwi zostawił otwarte i zapiął pas. Potem zawołał do kamerlinga siedzącego na przednim siedzeniu:

— Leć, ojcze!

Ventresca obejrzał się na niego z przerażeniem. Z jego twarzy odpłynęła cała krew.

— Co ty wyrabiasz?

— Ksiądz leci, ja wyrzucam. Nie ma czasu! Proszę po prostu pilotować ten błogosławiony helikopter!

Kamerling siedział przez chwilę jak sparaliżowany, a blask telewizyjnych reflektorów wpadający do kabiny podkreślał bruzdy na jego twarzy.

— Potrafię zrobić to sam — wyszeptał. — Powinienem zrobić to sam.

Langdon go nie słuchał. Leć! popędzał go w myślach. Szybko! Jestem tu, żeby ci pomóc! Spojrzał na pojemnik i gdy zobaczył, co pokazuje licznik, poczuł, że zamiera mu serce.

— Trzy minuty, ojcze. Trzy!

Ta informacja przywróciła kamerlingowi trzeźwość myślenia. Bez wahania odwrócił się z powrotem ku przyrządom pokładowym. Ze zgrzytliwym rykiem helikopter oderwał się od ziemi.

Przez wirującą chmurę kurzu Langdon dostrzegł nadbiegającą Vittorię. Ich oczy na chwilę się spotkały, a potem dziewczyna zaczęła się oddalać niczym spadający kamień.

Rozdział 122

W kabinie jęk silników i podmuch wiatru z otwartych drzwi zaatakowały zmysły Langdona obezwładniającym chaosem. Przygotował się na zwiększoną siłę ciążenia, kiedy kamerling rozpędzał maszynę wzbijającą się pionowo w górę. Oślepiająca iluminacja placu Świętego Piotra kurczyła się pod nimi, aż stała się amorficznie błyszczącą elipsą w morzu świateł miasta. Pojemnik z antymaterią ciążył mu jak balast. Ścisnął go mocniej dłońmi śliskimi teraz od potu i krwi. Kuleczka antymaterii unosiła się spokojnie w pułapce magnetycznej, odbijając pulsujące czerwone światło zegara odliczającego czas.

— Dwie minuty! — krzyknął, zastanawiając się, gdzie kamerling zamierza wyrzucić pojemnik.

Pod nimi we wszystkich kierunkach rozciągały się światła miasta. Patrząc na zachód, Langdon widział mrugający zarys wybrzeża Morza Śródziemnego — poszarpaną granicę blasku, za którą rozciągała się nieskończona czarna pustka. Morze wydawało mu się znacznie bardziej odległe, niż sobie przedtem wyobrażał. Poza tym linia świateł na wybrzeżu przypomniała mu z całą ostrością, że nawet eksplozja daleko w morzu mogłaby mieć tragiczne skutki. Wolał nawet nie myśleć, jakich spustoszeń dokonałaby fala pływowa pobudzona wybuchem dziesięciu kiloton.

Kiedy obrócił się i spojrzał przez przednią szybę kokpitu, na nowo obudziła się w nim nadzieja. Bezpośrednio przed nimi widniały w mroku zarysy wzgórz Rzymu. Wzgórza były usiane światłami willi najbogatszych mieszkańców, lecz o jakieś półtora kilometra dalej światła się kończyły. Panowała tam całkowita ciemność.

Kamieniołomy! przypomniał sobie. *La Cava Romana!*

Wpatrując się intensywnie w to pustkowie, miał wrażenie, że jest dostatecznie duże. Poza tym znajduje się blisko, znacznie bliżej niż morze. Czuł, jak ogarnia go podniecenie. Niewątpliwie kamerling właśnie tam zamierza wyrzucić antymaterię! Helikopter jest skierowany dokładnie w tamtym kierunku! Ku kamieniołomom! Jednak po chwili zastanowiło go, że choć silniki ryczą głośniej, a śmigłowiec z hukiem przecina powietrze, to kamieniołomy wcale się nie zbliżają. Zaskoczony, wyjrzał przez boczne okienko, żeby ustalić położenie. Kiedy zobaczył, gdzie się znajdują, jego podniecenie natychmiast wyparła fala paniki. Bezpośrednio pod nimi jaśniały światła reflektorów stacji telewizyjnych na placu Świętego Piotra.

Wciąż jesteśmy nad Watykanem!

— Proszę księdza! — Langdon krztusił się z pośpiechu. — Proszę lecieć naprzód! Jesteśmy już dostatecznie wysoko! Musimy teraz zacząć posuwać się naprzód. Nie możemy zrzucić pojemnika z powrotem na Watykan!

Kamerling nie odpowiedział. Wydawało się, że całkowicie koncentruje się na pilotowaniu maszyny.

— Mamy tylko niecałe dwie minuty! — krzyczał Langdon, unosząc pojemnik. — Widzę je stąd! *La Cava Romana!* O parę kilometrów stąd na północ. Nie musimy...

— Nie — odparł w końcu Ventresca. — To zbyt niebezpieczne. Przykro mi. — Podczas gdy helikopter wytrwale wzbijał się w górę, kamerling odwrócił się i obdarzył Langdona ponurym uśmiechem. — Przykro mi, że tu wsiadłeś, przyjacielu. Dokonałeś aktu najwyższego poświęcenia.

Langdon spojrzał w jego wyczerpane oczy i nagle zrozumiał. Krew ścięła mu się w żyłach.

— Ale... musi być jakieś miejsce, gdzie możemy się udać!

— W górę — odparł kamerling znużonym głosem. — To jedyna gwarancja.

Langdon nie mógł zebrać myśli. Całkowicie błędnie odczytał plan kamerlinga. Spójrz ku niebiosom!

Uświadomił sobie w końcu, że dosłownie zmierza w tej chwili do nieba. Kamerling wcale nie miał zamiaru wyrzucać antymaterii. Starał się tylko zabrać ją jak najdalej od Watykanu.

To była podróż bez powrotu.

Rozdział 123

Na placu Świętego Piotra Vittoria wpatrywała się w niebo. Helikopter wyglądał teraz jak niewielki punkcik, reflektory mediów już do niego nie sięgały. Nawet dudnienie wirników zmieniło się w odległy szum. W tej chwili wydawało się, że cały świat w milczącym oczekiwaniu skupia się na tym, co dzieje się w górze... głowy zadarte ku niebu... wszyscy ludzie, wszystkich religii... wszystkie serca bijące jak jedno.

W duszy Vittorii szalał huragan bolesnych emocji. Kiedy helikopter zniknął z pola widzenia, wyobraziła sobie twarz Roberta unoszącą się nad nią. O czym on myślał? Czy nie zrozumiał?

Rozstawione wokół placu kamery telewizyjne sondowały ciemność i czekały. Niezliczone twarze spoglądały w niebo, zjednoczone w milczącym odliczaniu. Na wszystkich ekranach rozstawionych na placu migotała ta sama spokojna scena — rzymskie niebo oświetlone błyszczącymi gwiazdami. Vittoria poczuła, że do oczu podchodzą jej łzy.

Za nią, na marmurowym podwyższeniu, stu sześćdziesięciu jeden kardynałów patrzyło w górę w milczącym podziwie zmieszanym z lękiem. Niektórzy złożyli dłonie do modlitwy. Większość stała bez ruchu, jak sparaliżowana. Niektórzy łkali. Mijały sekundy.

W domach, barach, firmach, szpitalach i na lotniskach całego świata dusze łączyły się, by wspólnie dać świadectwo prawdzie. Mężczyźni i kobiety trzymali się za ręce. Inni tulili swoje dzieci. Czas trwał jakby w zawieszeniu, a dusze w jedności.

Nagle ciszę boleśnie zakłócił dźwięk dzwonów bazyliki.

Vittoria nie hamowała już łez.

Potem... na oczach całego świata... czas się skończył.

Najbardziej przerażająca była cisza, w jakiej to się odbywało. Wysoko nad Watykanem ukazał się na niebie punkcik światła. Na ułamek sekundy powstało nowe ciało niebieskie... plamka światła tak czystego i białego, jakiego nikt nigdy nie widział. A potem się stało.

Błysk. Punkcik zaczął puchnąć, jakby karmił się samym sobą, rozszerzając się na niebie w krąg oślepiającej bieli. Rozrastał się we wszystkich kierunkach z niewyobrażalną prędkością, pożerając ciemność wokół siebie. Kula światła ogromniała, coraz potężniejsza, jak rozrastający się potwór, gotów pochłonąć całe niebo. Pędziło na dół, prosto na nich, nabierając prędkości.

Niezliczona rzesza ludzi, oślepionych, oświetlonych niesamowitym światłem, westchnęła jak jeden człowiek, zasłaniając oczy i krzycząc ze strachu.

Właśnie wówczas, gdy światło pędziło we wszystkich kierunkach, stało się coś niewyobrażalnego. Jakby ograniczone wolą samego Boga, pędzące promienie natrafiały na niewidoczną ścianę. Sprawiało to wrażenie, jakby eksplozja miała miejsce w gigantycznej szklanej kuli. Światło odbijało się i kierowało z powrotem do wewnątrz. Wyglądało to tak, jakby fala osiągnęła z góry założoną średnicę i zatrzymała się. Przez chwilę idealna kula światła płonęła w ciszy nad Rzymem. Noc stała się dniem.

Potem nastąpiło uderzenie.

Wstrząs był potężny — huraganowa fala uderzeniowa z niebios. Spadła na nich jak gniew piekieł, wstrząsając granitowymi fundamentami Watykanu, pozbawiając ludzi tchu w piersiach, odrzucając ich do tyłu. Łoskot obiegł kolumnadę, a za nim uderzył nagły podmuch gorącego powietrza. Wicher przeleciał przez plac, z grobowym jękiem uderzył w kolumny i ściany. Kurz wznosił się tumanami ponad głowy zbitej masy ludzkiej... świadków Armagedonu.

Potem, równie szybko, jak się pojawiła, kula zaczęła się zbiegać ku własnemu środkowi, kondensując się z powrotem do maleńkiego punkcika światła, z którego powstała.

Rozdział 124

Nigdy przedtem tyle osób nie trwało w takiej ciszy. Ludzie zgromadzeni na placu Świętego Piotra jeden po drugim odwracali twarze od pociemniałego nieba i opuszczali głowy, gdy każdy pogrążał się w osobistym rozpamiętywaniu tego, co zobaczył. Media poszły za ich przykładem i skierowały promienie reflektorów ku ziemi, jakby z szacunku dla ciemności, która nad nimi zapadła. Przez chwilę wydawało się, że cały świat jednocześnie skłania głowę w uszanowaniu.

Mortati uklęknął i zaczął się modlić, a pozostali kardynałowie przyłączyli się do niego. Gwardziści szwajcarscy opuścili halabardy i stali w odrętwieniu. Nikt się nie odzywał. Nikt się nie poruszał. Wszystkie serca dygotały, rozpierane spontanicznymi uczuciami żałoby, strachu, zdumienia, wiary... i pełnego lęku szacunku wobec tej nowej i przerażającej siły, której przed chwilą byli świadkami.

Vittoria Vetra stała, drżąc, u podnóża szerokich schodów bazyliki. Oczy miała zamknięte. Przez burzę emocji, które nią teraz targały, przebijało się jedno słowo, dźwięczące jak odległy dzwon. Pierwotne. Okrutne. Starała się je odepchnąć. A mimo to wciąż dźwięczało. Próbowała wypchnąć je ze świadomości. Ból, jaki sprawiało, był zbyt wielki. Próbowała pogrążyć się w rozpamiętywaniu obrazów, które wryły się w umysły innych: oszałamiająca moc antymaterii... ocalenie Watykanu... kamerling... bohaterskie czyny... cuda... bezinteresowność. Jednak słowo nadal dźwięczało... nawet w panującym tu chaosie przypominając jej boleśnie, że została sama.

Robert.

Przybył po nią do Zamku Świętego Anioła.

Uratował ją.

A teraz zginął przez jej wynalazek.

Kardynał Mortati modlił się i jednocześnie zastanawiał, czy on również usłyszałby głos Boga, tak jak kamerling. Czy trzeba wierzyć w cuda, żeby ich doświadczyć? Mortati był współczesnym człowiekiem wyznającym starodawną wiarę. Cuda nigdy nie miały istotnego znaczenia dla jego wiary. Oczywiście w jego religii była mowa o cudach — krwawiących dłoniach, wskrzeszeniu zmarłych, odciskach na całunach — jednak racjonalny umysł kardynała zawsze traktował je raczej jako część mitu. Były one skutkiem największej słabości człowieka — potrzeby znalezienia dowodów. Cuda to po prostu opowieści, w które wierzymy, gdyż pragniemy, żeby były prawdziwe.

A jednak...

Czy jestem tak nowoczesny, że nie potrafię zaakceptować tego, co moje oczy przed chwilą widziały? To był cud, czyż nie? Tak! Bóg interweniował, szepcząc kilka słów do ucha kamerlinga, i ocalił ten Kościół. Dlaczego tak trudno w to uwierzyć? O czym by to świadczyło, gdyby Bóg niczego nie zrobił? Że Wszechmogącego nie obchodzi los Kościoła? Że nie posiada dostatecznej mocy, aby powstrzymać to szaleństwo? Cud był jedyną możliwą reakcją!

Mortati klęczał i modlił się za duszę kamerlinga. Dziękował młodemu księdzu za to, że otworzył staremu człowiekowi oczy na cuda, jakie może przynieść nieugięta wiara.

Jednak kardynał nie miał jeszcze najmniejszego pojęcia, na jaką próbę zostanie wystawiona jego wiara.

Ciszę panującą na placu Świętego Piotra przerwał najpierw szmer. Potem szmer przerodził się w pomruk, a już po chwili w ryk. Rzesze ludzi krzyczały jednym głosem.

— Patrzcie! Patrzcie!

Mortati otworzył oczy i obrócił się w stronę tłumu. Wszyscy wskazywali na coś poza nim, w kierunku Bazyliki Świętego Piotra. Twarze patrzących były białe. Niektórzy padali na kolana. Inni mdleli. Jeszcze inni wybuchali niepohamowanym łkaniem.

— Patrzcie! Patrzcie!

Zdumiony Mortati obrócił się i spojrzał w kierunku, który wskazywały ich wyciągnięte ręce — na górną część bazyliki, gdzie z krawędzi tarasu, znajdującego się na dachu świątyni, czuwały nad tłumem ogromne posągi Chrystusa i jego apostołów.

Tam, po prawej stronie Jezusa, z rękami wyciągniętymi do świata... stał kamerling Carlo Ventresca.

Rozdział 125

Robert Langdon już nie spadał.

Skończył się strach i ból. Nie było nawet świstu pędzącego wiatru. Słyszał tylko miękkie pluskanie wody, jakby spał gdzieś wygodnie na plaży. W stanie paradoksalnej samoświadomości Langdon czuł, że to jest śmierć. Cieszył się z tego. Pozwolił, żeby leniwie posuwające się odrętwienie opanowało go całego. Pozwolił się nieść, gdziekolwiek był niesiony. Ból i strach zniknęły i nie chciał, żeby powróciły, za żadną cenę. Ostatnia rzecz, jaką pamiętał, była wspomnieniem, które mogło zostać stworzone tylko w piekle.

Zabierz mnie. Proszę...

Jednak to samo pluskanie, które przyniosło mu dawno nieznane uczucie spokoju, teraz ponaglało go do powrotu. Próbowało obudzić go z tego cudownego snu. Nie! Zostaw mnie! Nie chciał, żeby go budzono. Wyczuwał obecność demonów gromadzących się na krawędzi doświadczanej teraz błogości, słyszał, jak się dobijają, by zniszczyć jego zachwyt. Zawirowały zamazane obrazy. Jakieś głosy krzyczały. Wiatr huczał. Nie, proszę! Im bardziej z tym walczył, tym usilniej to szaleństwo przesączało się do jego świadomości.

W końcu nie zdołał dłużej się opierać i znów przeżywał to wszystko od nowa...

Helikopter kontynuował swoją śmiertelną wspinaczkę. Langdon był uwięziony w środku. Światła Rzymu widoczne za otwartymi drzwiami z każdą sekundą stawały się mniejsze. Instynkt samozachowawczy podpowiadał mu, żeby natychmiast wyrzucić pojemnik. Wiedział, że w ciągu dwudziestu sekund cylinder znajdzie się o kilometr niżej. Ale spadałby na miasto pełne ludzi.

Wyżej! Wyżej!

Zastanawiał się, jak wysoko się już wznieśli. Wiedział, że małe samoloty mają pułap około sześciu kilometrów. Ten helikopter z pewnością przebył już sporą część tej wysokości. Trzy kilometry? Pięć? Nadal jeszcze mieli szansę. Gdyby idealnie dobrali czas wyrzucenia pojemnika, przeleciałby on tylko część drogi do ziemi, a jednocześnie eksplodował w bezpiecznej odległości od ich helikoptera. Langdon wyjrzał na rozciągające się poniżej miasto.

— A jeśli mylisz się w swoich obliczeniach? — odezwał się nagle kamerling.

Langdon odwrócił się, zaskoczony. Kamerling nawet na niego nie patrzył. Widocznie obserwował jego odbicie w szybie i odgadł, o czym myśli. Przy okazji Langdon stwierdził, że ksiądz nie trzyma już sterów. Najwyraźniej przełączył helikopter na autopilota, ustawionego tak, by maszyna stale się wznosiła. Teraz sięgnął nad jego głową do sufitu kabiny i szukał czegoś za skrzynką na kable. W końcu wyjął kluczyk.

Zdumiony Langdon przyglądał się, jak kamerling szybko otworzył kluczem metalową skrzynkę zamocowaną pomiędzy przednimi siedzeniami. Wyjął z niej duży, czarny, nylonowy pakunek. Odłożył go na sąsiednie siedzenie. Wszystkie ruchy były przemyślane, jakby znalazł jakieś rozwiązanie. Teraz odwrócił się do Langdona.

— Daj mi pojemnik — odezwał się łagodnym tonem.

Langdon nie miał pojęcia, co o tym myśleć. Wcisnął mu pojemnik do ręki.

— Dziewięćdziesiąt sekund!

Ku jego całkowitemu zaskoczeniu kamerling ostrożnie umieścił cylinder wewnątrz metalowej skrzynki. Potem opuścił ciężką pokrywę i zamknął ją na klucz.

— Co ksiądz robi?! — krzyknął Langdon.

— Chronię nas przed pokusą. — Mówiąc to, wyrzucił kluczyk przez otwarte okno.

Kiedy klucz spadał w ciemną przepaść, Langdon miał wrażenie, że jego dusza leci wraz z nim.

Tymczasem kamerling wziął pakunek i włożył ręce w przymocowane do niego paski. Następnie przełożył na brzuch dwa kolejne paski i zapiął umocowaną do nich klamrę. Potem ponaciągał wszystkie paski jak w plecaku. Odwrócił się do osłupiałego Langdona.

— Przykro mi — zapewnił go. — To nie tak miało wyglądać. — Potem otworzył swoje drzwi i rzucił się w noc.

Obraz ten dręczył jego podświadomość, a wraz z tym pojawił się ból. Prawdziwy ból. Fizyczny. Błagał, żeby już nie żyć, żeby to się skończyło, ale w miarę jak plusk wody w uszach stawał się głośniejszy, zaczęły się pojawiać przebłyski innych obrazów. Jego męka dopiero się zaczynała. Widział na razie tylko skrawki. Pojedyncze ujęcia skrajnej paniki. Był zawieszony pomiędzy śmiercią a koszmarem i błagał o wyzwolenie, ale obrazy w jego umyśle stawały się coraz wyraźniejsze.

Pojemnik z antymaterią znalazł się poza jego zasięgiem. Odliczał nieubłaganie czas, podczas gdy helikopter wzbijał się coraz wyżej. Pięćdziesiąt sekund. Wyżej. Wyżej. Langdon miotał się dziko po kabinie, usiłując zrozumieć to, czego był świadkiem. Czterdzieści pięć sekund. Zaglądał pod siedzenia, czy nie znajdzie jeszcze jednego spadochronu. Czterdzieści sekund. Nie było! Ale musi być jakieś wyjście! Trzydzieści pięć sekund. Pospieszył ku otwartym drzwiom helikoptera i stał w podmuchach szalonego wiatru, patrząc na znajdujące się pod nim światła Rzymu. Trzydzieści dwie sekundy.

A potem podjął decyzję.

Niewiarygodną decyzję...

Bez spadochronu wyskoczył z helikoptera. Kiedy noc połknęła jego spadające ciało, śmigłowiec jakby szybciej pomknął ku górze, a dźwięk wirników zniknął, gdy ogłuszył go pęd własnego swobodnego spadania.

Pędząc w kierunku powierzchni ziemi, Langdon doznał uczucia, którego nie doświadczał od czasów, gdy skakał z trampoliny — nieuchronnego działania przyciągania ziemskiego. Wydawało mu się, że im szybciej leci, tym silniej ziemia go przyciąga, jakby zasysała go w dół. Jednak tym razem jego spadanie nie miało się zakończyć po piętnastu metrach w basenie. Miał przelecieć kilka tysięcy metrów i spaść gdzieś w mieście — nieskończonej przestrzeni pełnej chodników i betonu.

Gdzieś z tej mieszaniny wichru i rozpaczy dobiegło go nagle, jakby zza grobu, echo słów Kohlera... słów, które dyrektor CERN-u wypowiedział do niego tego ranka, kiedy stali przy komorze swobodnego spadania. „Materiał o powierzchni ośmiu dziesiątych metra kwadratowego zmniejsza szybkość spadania o prawie dwadzieścia procent". Dwadzieścia procent, uświadomił sobie teraz, to nic w porównaniu z tym, czego by potrzebował, żeby przeżyć upadek z takiej wysokości. Niemniej jednak ściskał teraz w rękach — bardziej z powodu paraliżu niż nadziei — jedyną rzecz, jaką złapał z helikoptera, gdy kierował się ku jego drzwiom. Była to dziwna pamiątka, ale przynajmniej choć przez krótką chwilę dawała mu nadzieję.

Brezentowa osłona na przednią szybę leżała w tylnej części helikoptera. Miała kształt wklęsłego prostokąta — jak prześcieradło dopasowane do kształtu materaca — o wymiarach mniej więcej cztery na dwa metry. Można ją było uznać za bardzo odległą krewną spadochronu. Oczywiście, nie było przy niej uprzęży, natomiast zaopatrzono ją na obu końcach w elastyczne pętle służące do przymocowania jej do wygiętej szyby. Langdon złapał ją, wsunął ręce w pętle, ścisnął je mocno i wyskoczył w pustkę.

Jego ostatni wielki akt młodzieńczego buntu.

Żadnych złudzeń co do przeżycia poza ten moment.

Spadał jak kamień, stopami do dołu. Ręce miał uniesione. Dłonie ściskały pętle. Brezent wydymał się nad jego głową jak grzyb. Szarpały nim gwałtowne podmuchy wiatru.

Kiedy spadał ku ziemi, gdzieś nad nim nastąpiła eksplozja — znacznie wyżej, niż się spodziewał. Niemal natychmiast dotarła do niego fala uderzeniowa, pozbawiając go tchu w piersiach. Potem nagle powietrze wokół niego zrobiło się ciepłe... z góry pędziła ku niemu ściana żaru. Wierzch brezentu zaczął się tlić... ale wytrzymał.

Langdon pędził w dół na krawędzi rozszerzającej się kuli światła, czując się jak surfer uciekający przed trzydziestometrową falą pływową. Potem niespodziewanie żar zniknął.

Znowu spadał przez chłodną ciemność.

Przez chwilę czuł przypływ nadziei, ale ulotniła się ona równie szybko jak to ciepło z góry. Po wysiłku ramion uczepionych płachty poznawał, że spowalnia ona jego spadek. Jednak uświadomił sobie, że powietrze nadal przepływa koło jego ciała z oszałamiającą szybkością. Wynikało z tego, że nadal porusza się zbyt szybko, żeby przeżyć upadek. Kiedy zderzy się z ziemią, zostanie po prostu zmiażdżony.

W głowie wirowały mu liczby, ale czuł się zbyt otępiały, żeby w pełni je zrozumieć... osiem dziesiątych metra kwadratowego... zmniejsza szybkość spadania o prawie dwadzieścia procent. Jedyne, co przychodziło mu do głowy, to że płachta, którą trzyma, jest na tyle duża, by spowolnić spadek o więcej niż dwadzieścia procent.

Niestety, sądząc po szybkości wiatru omiatającego jego ciało, nawet jeśli brezent mu pomagał, to z pewnością niedostatecznie. Nadal spada zbyt szybko... nie ma szans na przeżycie w zderzeniu z oczekującym w dole morzem betonu.

Pod nim światła Rzymu rozchodziły się we wszystkich kierunkach. Miasto wyglądało jak ogromna przestrzeń nieba rozświetlona gwiazdami. Ten idealny obraz szpecił tylko ciemny pas, który przecinał miasto na dwie części — szeroka, nieoświetlona wstęga wijąca się pomiędzy kropkami światła jak tłusty wąż. Langdon przyglądał się jej przez chwilę...

Nagle znowu poczuł przypływ nadziei.

Z niemal szaleńczym zapałem pociągnął płachtę prawą ręką w dół. Brezent załopotał głośniej, wydął się i skręcił w prawo, szukając linii najmniejszego oporu. Langdon poczuł, że znosi go nieco w bok. Pociągnął ponownie, jeszcze mocniej, nie zwracając uwagi na ból w ręce. Brezent wybrzuszył się, a on stwierdził, że jego ciało zaczęło ślizgać się poziomo. Niedługo, ale zawsze to było coś! Ponownie poszukał wzrokiem wijącej się wstęgi czerni pod sobą. Znajdowała się po prawej stronie, ale był jeszcze dość wysoko. Czyżby za długo czekał? Pociągnął tym razem z całych sił i pogodził się w pewnym sensie z tym, że reszta jest teraz w rękach Boga. Wycelował w najszersze miejsce węża i... po raz pierwszy w życiu modlił się o cud.

Reszta była tylko mglistym wspomnieniem.

Unosząca się w jego kierunku ciemność... obudzenie się odruchowych umiejętności nurka... zwrotne zablokowanie kręgosłupa i wyprostowanie palców u nóg... nabranie powietrza do płuc, żeby ochronić organy wewnętrzne... naprężenie mięśni nóg... i w końcu... radość, że Tyber jest tak wzburzony... dzięki temu woda jest spieniona i pełna powietrza... i trzy razy bardziej miękka niż woda stojąca.

Potem nastąpiło zderzenie... i ciemność.

Tylko dzięki ogłuszającemu łopotowi brezentowej płachty pewna grupka osób oderwała wzrok od ognistej kuli na niebie. Dzisiejszego wieczoru niebo nad Rzymem pełne było niezwykłych widoków... wzbijający się błyskawicznie w niebo helikopter, niesamowita eksplozja, a teraz ten dziwny obiekt wpadający do wzburzonych wód Tybru tuż przy brzegu niewielkiej rzecznej wyspy Tiburtina.

Od czasów gdy wyspa stanowiła miejsce kwarantanny podczas zarazy, która nawiedziła Rzym w 1656 roku, twierdzono, że ma ona niezwykłe właściwości lecznicze. Z tego powodu w późniejszych latach wybudowano tu szpital.

Kiedy wyciągnięto ciało na brzeg, było bardzo poobijane. Ku zdumieniu ratowników, u mężczyzny dało się wyczuć słaby puls. Zastanawiano się nawet, czy to mityczne lecznicze oddziaływania wyspy sprawiły, że serce tego człowieka nie przestało bić. Po kilkunastu minutach, gdy mężczyzna zaczął kaszleć i stopniowo odzyskiwać przytomność, wszyscy zgodnie stwierdzili, że wyspa naprawdę musi mieć czarodziejskie właściwości.

Rozdział 126

Kardynał Mortati zdawał sobie sprawę, że żadne słowa nie oddadzą tajemnicy tej chwili. Cisza, która zapadła nad placem Świętego Piotra, dźwięczała głośniej niż chóry anielskie. Patrząc na kamerlinga Ventrescę, Mortati doświadczył paraliżującego zderzenia serca i umysłu. To, co w tej chwili widział, wydawało się namacalne, prawdziwe. Jednak... jak to możliwe? Wszyscy widzieli kamerlinga wsiadającego do helikoptera. Wszyscy byli świadkami pojawienia się kuli światła na niebie. A teraz, jakimś cudem, Ventresca stał ponad nimi na tarasie na dachu. Przeniosły go tam anioły? Ożywiła go ręka Boga?

To jest niemożliwe...

Serce Mortatiego pragnęło w to uwierzyć, ale umysł domagał się wyjaśnień. A jednak wszędzie wokół niego kardynałowie stali z uniesionymi głowami, najwyraźniej widząc to samo co on, sparaliżowani zdumieniem.

To był kamerling. Co do tego nie było wątpliwości. Jednak wyglądał jakoś inaczej. Bosko. Jakby został oczyszczony. Duch? Czy człowiek? W świetle telewizyjnych reflektorów jego białe ciało wydawało się niematerialne.

Plac rozbrzmiewał teraz płaczem, okrzykami radości, spontanicznymi oklaskami. Grupa zakonnic upadła na kolana i zawodziła *saetas*. Stopniowo tłum wpadał w jeden rytm i po chwili cały plac skandował imię kamerlinga. Kardynałowie, niektórzy ze łzami w oczach, też się do tego przyłączyli. Mortati rozglądał się dookoła i usiłował to zrozumieć. Czy to się dzieje naprawdę?

Kamerling Carlo Ventresca stał na tarasie na dachu Bazyliki Świętego Piotra i spoglądał na rzesze ludzi, którzy wpatrywali się w niego z zadartymi głowami. Czy to jawa, czy sen? Czuł się tak, jakby przeżył przemianę, jakby oderwał się od tego świata. Zastanawiał się, czy to rzeczywiście jego ciało, czy dusza spłynęła z nieba na miękkie, pogrążone w ciemności przestrzenie Ogrodów Watykańskich... lądując jak samotny anioł na opustoszałym trawniku... podczas gdy ogromny cień rzucany przez bazylikę skrył jego spadochron przed oczami zgromadzonych. Czy to ciało, czy dusza znalazła dość siły, by wspiąć się po starodawnych Schodach Medalionowych aż na taras na dachu, gdzie teraz stał?

Czuł się lekki jak duch.

Chociaż ludzie na dole skandowali jego imię, wiedział, że to nie jest powodem tych okrzyków. Wiwatowali pod wpływem impulsywnej radości, takiej samej, jaką odczuwał codziennie, gdy rozmyślał o Wszechmogącym. Doświadczali teraz tego, za czym zawsze tęsknili... pewności istnienia życia pozagrobowego... dowodu mocy Stwórcy.

Kamerling Ventresca przez całe życie modlił się o tę chwilę, a jednak nawet on nie mógł uwierzyć, że Bóg znalazł sposób, aby nastąpiła. Pragnął krzyknąć do zgromadzonych na dole: Wasz Bóg jest żywym Bogiem! Dostrzeżcie cuda, które was otaczają!

Stał tak jeszcze przez chwilę i, mimo że był odrętwiały, doświadczał tak intensywnych uczuć, jak jeszcze nigdy w życiu. Kiedy w końcu poczuł, że może się ruszyć, pochylił głowę i odsunął się od krawędzi tarasu.

Samotnie klęknął na dachu i zaczął się modlić.

Rozdział 127

Otaczające go obrazy były zamazane, to przypływały, to od-
pływały. Langdon dopiero zaczynał odzyskiwać ostrość widzenia.
Całe ciało miał tak obolałe, jakby potrąciła go ciężarówka. Leżał
na boku na ziemi. Czuł silny fetor, jakby żółci. Nadal słyszał
nieustanne pluskanie wody. Jednak teraz już nie wydawało mu się
spokojne. Dochodziły do niego też inne dźwięki — ktoś w pobliżu
rozmawiał. Widział koło siebie rozmyte zarysy białych postaci.
Czy oni wszyscy ubierają się na biało? Musi zatem być albo
w niebie, albo w zakładzie dla chorych psychicznie. Sądząc po
tym, jak pali go gardło, w niebie z pewnością nie jest.

— Przestał wymiotować — powiedział męski głos po włosku. — Odwróćcie go. — Głos brzmiał stanowczo i profesjonalnie.

Langdon poczuł, że jakieś ręce powoli obracają go na plecy.
W głowie mu wirowało. Próbował usiąść, ale ręce delikatnie
zmusiły go do położenia się z powrotem. Jego ciało się podporząd-
kowało. Potem poczuł, że ktoś przeszukuje mu kieszenie i wyjmuje
ich zawartość.

Wówczas stracił przytomność.

Doktor Jacobus nie był człowiekiem religijnym; medycyna
dawno go tego oduczyła. Jednak dzisiejsze wydarzenia w Watykanie poddały jego chłodną logikę ciężkiej próbie. A teraz na dodatek
ludzie spadają z nieba?

Zbadał puls zmaltretowanemu mężczyźnie, którego właśnie
wyciągnęli z Tybru. Uznał, że Bóg musiał chyba osobiście interweniować, by ocalić temu człowiekowi życie. Zderzenie z wodą
pozbawiło go przytomności i gdyby Jacobus wraz z pracownikami

nie stali na brzegu, podziwiając spektakl na niebie, nikt by go nie zauważył i z pewnością by utonął.

— *É americano* — odezwała się pielęgniarka, przeszukująca portfel mężczyzny.

Amerykanin? Rzymianie często żartowali, że w ich mieście jest tylu Amerykanów, iż hamburgery powinny stać się oficjalną potrawą włoską. Ale Amerykanin spadający z nieba? Jacobus zaświecił mężczyźnie w oczy, żeby sprawdzić reakcję źrenic.

— Proszę pana? Czy pan mnie słyszy? Czy wie pan, gdzie się znajduje?

Mężczyzna znów stracił przytomność. Jacobusa to nie zdziwiło, gdyż po zabiegach reanimacyjnych Amerykanin zwymiotował mnóstwo wody.

— *Si chiama Robert Langdon* — oznajmiła pielęgniarka, odczytując nazwisko z prawa jazdy.

Cała grupka spojrzała na nią z niedowierzaniem.

— Niemożliwe! — stwierdził lekarz. Robert Langdon to był ten człowiek z telewizji, amerykański profesor pomagający Watykanowi. Jacobus sam widział, jak zaledwie kilka minut temu Langdon wsiadał do helikoptera na placu Świętego Piotra i wzbijał się na ogromną wysokość w niebo. Przecież obserwował potem wraz z pracownikami eksplozję helikoptera — ogromną kulę światła, jakiej nigdy przedtem nie widzieli. Jakim cudem mógłby to być ten sam człowiek?

— To on! — wykrzyknęła pielęgniarka, odgarniając mężczyźnie przemoczone włosy z twarzy. — Poza tym, poznaję tę tweedową marynarkę!

Nagle usłyszeli jakieś krzyki od strony wejścia do szpitala. Była to jedna z pacjentek. Wrzeszczała jak oszalała, wznosząc swoje przenośne radio ku niebu i chwaląc Boga. Kamerling Ventresca właśnie ukazał się w cudowny sposób na dachu bazyliki.

Doktor Jacobus postanowił, że kiedy o ósmej rano zakończy swój dyżur, uda się prosto do kościoła.

Światła nad głową Langdona były teraz jaśniejsze i miały sterylny wygląd. Leżał na stole zabiegowym. Czuł zapach różnych środków medycznych. Ktoś właśnie przed chwilą zrobił mu zastrzyk, a poza tym zauważył, że został rozebrany.

To z pewnością nie Cyganie, uznał w półprzytomnym majaczeniu. Może Obcy? Tak, słyszał o takich rzeczach. Na szczęście te istoty go nie skrzywdzą. Jedyne, czego chcą, to jego...

— W życiu! — Usiadł sztywno wyprostowany, szeroko otwierając oczy.

— *Attento!* — zawołała jedna z istot, przytrzymując go. Na jej identyfikatorze widniał napis „Doktor Jacobus" i wyglądała zadziwiająco podobnie do człowieka.

Langdon wykrztusił:

— Myśla... myślałem...

— Spokojnie, panie Langdon. Jest pan w szpitalu.

Mgła zaczęła się rozwiewać. Langdon poczuł, jak ogarnia go fala ulgi. Nienawidził szpitali, ale z pewnością było to lepsze niż istoty pozaziemskie pozbawiające go nasienia.

— Nazywam się doktor Jacobus — przedstawił się mężczyzna, po czym wyjaśnił mu, co zaszło. — Ma pan wiele szczęścia, że żyje.

Langdon wcale nie czuł się szczęśliwy. Nie potrafił do końca zrozumieć własnych wspomnień... helikopter... kamerling. Całe ciało miał obolałe. Podali mu wodę i przepłukał sobie usta. Założyli mu też nowy opatrunek na dłoń.

— Gdzie są moje rzeczy? — spytał, gdyż zauważył, że ma na sobie koszulę z fizeliny.

Jedna z pielęgniarek wskazała na ociekającą wodą kupkę tweedu i strzępów materiału khaki.

— Były przemoczone. Musieliśmy je na panu rozciąć.

Langdon spojrzał na kawałki swojej marynarki od Harrisa i skrzywił się.

— Miał pan w kieszeni chusteczki higieniczne — zauważyła pielęgniarka.

Dopiero wówczas dostrzegł strzępy pergaminu poprzylepiane do podszewki marynarki. Kartka z książki *Diagramma* Galileusza. Ostatni egzemplarz na ziemi właśnie się rozpuścił. Czuł się jednak zbyt otępiały, by jakoś zareagować, więc tylko patrzył.

— Udało nam się uratować pana rzeczy osobiste. — Podniosła plastykowy koszyk. — Portfel, miniaturowa kamera i pióro. Osuszyłam kamerę, na ile się dało.

— Ja nie posiadam kamery.

Pielęgniarka zmarszczyła czoło i podsunęła mu koszyk. Zajrzał do środka. Obok portfela i pióra leżała miniaturowa kamera Sony RUVI. Teraz sobie przypomniał. Kohler mu to dał i prosił o przekazanie mediom.

— Znaleźliśmy ją w pańskiej kieszeni. Myślę jednak, że będzie pan musiał kupić sobie nową. — Otworzyła dwucalowy ekran z tyłu. — Ekran pękł. — Po chwili się rozjaśniła. — Ale dźwięk nadal działa. Trochę słabo. — Przyłożyła urządzenie do ucha. —

Gra coś w kółko. — Posłuchała przez chwilę i skrzywiła się. — Dwóch facetów się kłóci.

Zdumiony Langdon wziął od niej kamerę i przyłożył do własnego ucha. Głosy były zduszone i metaliczne, ale można je było rozróżnić. Jeden brzmiał blisko. Drugi dochodził z większej odległości. Langdon rozpoznał je oba.

Siedząc w jednorazowej szpitalnej koszuli, przysłuchiwał się ze zdumieniem nagranej rozmowie. Wprawdzie nie widział, co się dzieje, ale kiedy usłyszał szokujący finał, cieszył się, że oszczędzono mu tego widoku.

Mój Boże!

Kiedy urządzenie zaczęło znów od początku odtwarzać rozmowę, odsunął je od ucha i siedział przez chwilę zbulwersowany i zdumiony. Antymateria... helikopter... Umysł Langdona ruszył pełną parą.

Ale to oznacza, że...

Znowu miał ochotę zwymiotować. Zdezorientowany, czując narastającą wściekłość, zsunął się ze stołu i stanął na chwiejnych nogach.

— Panie Langdon! — odezwał się lekarz, próbując go zatrzymać.

— Potrzebne mi jakieś rzeczy — poprosił, czując, jak marzną mu plecy w rozciętej z tyłu szpitalnej koszuli.

— Musi pan najpierw odpocząć

— Wypisuję się. Natychmiast. Potrzebuję ubrania.

— Ale, proszę pana, pan...

— Natychmiast!

Wszyscy wymienili zdumione spojrzenia.

— Nie mamy tu ubrań — wyjaśnił lekarz. — Może jutro jakiś kolega panu przyniesie.

Langdon odetchnął powoli i spojrzał mu prosto w oczy.

— Doktorze Jacobus, mam zamiar natychmiast stąd wyjść. Potrzebne mi ubranie. Wybieram się teraz do Watykanu. Nikt nie przechadza się po Watykanie z tyłkiem na wierzchu. Czy wyrażam się jasno?

Doktor Jacobus z trudem przełknął ślinę.

— Przynieście temu człowiekowi coś do ubrania.

Kiedy Langdon wychodził, kulejąc, ze szpitala Tiburtina, czuł się jak przerośnięty skaut. Miał na sobie niebieski kombinezon sanitariusza — zapinany z przodu na zamek błyskawiczny i ozdobiony naszywkami, które najwyraźniej symbolizowały rozmaite kwalifikacje.

Towarzyszyła mu silnie zbudowana kobieta ubrana w podobny strój. Jacobus zapewnił go, że dostarczy go ona do Watykanu w rekordowym czasie.

— *Molto traffico* — odezwał się, przypominając jej, że teren wokół Watykanu jest zatłoczony ludźmi i samochodami.

Na kobiecie nie zrobiło to wrażenia. Wskazała z dumą na swoje naszywki.

— *Sono conducente di ambulanza.*

— *Ambulanza?* — To wszystko wyjaśniało. Rzeczywiście, ambulansem może się udać.

Kobieta poprowadziła go wokół budynku. Na odsłoniętym kawałku terenu nad rzeką znajdowała się betonowa płyta, na której stał jej środek lokomocji. Kiedy Langdon go zobaczył, zatrzymał się jak wryty. Był to wiekowy helikopter medyczny. Na kadłubie widniał napis *Aero-Ambulanza.*

Zwiesił głowę.

Kobieta uśmiechnęła się do niego.

— Polecimy do Watykanu. Bardzo szybko.

Rozdział 128

Kardynałowie wchodzący z powrotem do Kaplicy Sykstyńskiej byli podekscytowani i wprost tryskali entuzjazmem. W przeciwieństwie do nich Mortati czuł coraz większe zakłopotanie. Myśli wirowały mu w głowie z taką szybkością, że niemal mogłyby unieść go w górę i ponieść gdzieś daleko stąd. Mortati wierzył w dawne cuda przedstawione w Piśmie Świętym, a jednak to, czego przed chwilą był świadkiem, wymykało się jakoś jego zdolności zrozumienia. Przez całe siedemdziesiąt dziewięć lat swojego życia był głęboko oddany religii, toteż te wydarzenia powinny rozpalić w nim pobożny entuzjazm... żarliwą i żywą wiarę. A jednak jedyne, co odczuwał, to coraz większy upiorny niepokój. Coś było nie w porządku.

— *Signor* Mortati! — zawołał jeden z gwardzistów, biegnąc ku niemu korytarzem. — Poszliśmy na dach, tak jak ekscelencja prosił. Kamerling jest... żywy. To prawdziwy człowiek! Nie duch! To ten sam człowiek, którego znaliśmy!

— Czy przemówił do was?

— Klęczy, zatopiony w modlitwie! Boimy się go dotknąć!

Mortati nie bardzo wiedział, co zrobić.

— Powiedzcie mu... że kardynałowie czekają.

— *Signore*, ale skoro on jest człowiekiem... — strażnik zawahał się.

— Tak, o co chodzi?

— Jego pierś... jest cała poparzona. Czy nie powinniśmy go opatrzyć? Na pewno strasznie cierpi.

Mortati zastanowił się. Nic, co dotąd robił w służbie dla Kościoła, nie przygotowało go na tę sytuację.

— Jest człowiekiem, więc postąpcie z nim jak z człowiekiem.

Wykąpcie go. Opatrzcie mu rany. Ubierzcie go w czyste rzeczy. Czekamy na jego przybycie w Kaplicy Sykstyńskiej.

Strażnik odbiegł.

Mortati skierował się do kaplicy. Reszta kardynałów była już w środku. Kiedy szedł korytarzem, ujrzał Vittorię Vetrę skuloną na ławce u stóp Schodów Królewskich. Rozumiał jej ból i samotność po stracie, jaką poniosła, i miał ochotę do niej podejść, jednak wiedział, że to musi poczekać. Miał w tej chwili inne zadanie do wykonania... chociaż tak naprawdę nie wiedział, jak będzie ono wyglądać.

Wszedł do kaplicy, gdzie panowało hałaśliwe ożywienie. Zamknął za sobą drzwi. Boże, pomóż mi.

Dwuwirnikowy helikopter szpitala Tiburtina wszedł w zakręt za murami Watykanu, a Langdon zacisnął zęby, przysięgając Bogu, że już nigdy w życiu nie wsiądzie do helikoptera.

Udało mu się przekonać pilotkę, że przepisy dotyczące obszaru powietrznego Watykanu nie interesują w tej chwili nikogo w tym państwie, i teraz podpowiadał jej, którędy ma przelecieć niezauważona nad tylnymi murami, żeby znaleźć się na lądowisku dla helikopterów.

— Grazie — podziękował jej, schodząc z trudem na ziemię.

Posłała mu ręką całusa i szybko wystartowała z powrotem, znikając po chwili w mroku nocy.

Langdon odetchnął głęboko, mając nadzieję, że trochę rozjaśni mu się w głowie i zdoła dokładniej sobie wyobrazić to, co zamierza zrobić. Trzymając kamerę Kohlera w dłoni, wsiadł do tego samego wózka elektrycznego, którym jechał wcześniej. Nikt go nie doładował i wskaźnik pokazywał, że akumulatory są niemal wyczerpane. Ruszył zatem bez świateł, żeby nie marnować resztek energii.

Poza tym wolał, żeby nikt nie widział, że nadjeżdża.

Kardynał Mortati stał na tyłach Kaplicy Sykstyńskiej i w oszołomieniu obserwował rozgrywające się przed nim pandemonium.

— To był cud! — wołał jeden z kardynałów. — Dzieło Boga!

— Tak! — poparli go inni. — Bóg pokazał swoją wolę!

— Kamerling powinien zostać naszym papieżem! — wykrzyknął jeszcze inny. — Nie jest kardynałem, ale Bóg zesłał ten cud jako znak!

— Tak! — zgodził się któryś z zebranych. — Zasady rządzące

konklawe zostały stworzone przez ludzi. Wola Boga jest ponad nami! Wzywam was, żebyśmy natychmiast przeprowadzili głosowanie!

— Głosowanie? — odezwał się Mortati, ruszając w ich kierunku. — Wydaje mi się, że to moja rola.

Wszyscy obrócili się w jego kierunku. Mortati czuł, że bacznie mu się przyglądają. Zachowywali się w stosunku do niego z dystansem. Czuli się zagubieni, a nawet obrażeni jego trzeźwym zachowaniem. A przecież Mortati marzył o tym, by jego serce pogrążyło się w radosnym uniesieniu, które widział na twarzach innych. Nic nie mógł poradzić na to, że go nie doświadcza. Czuł za to niewytłumaczalny ból w duszy... bolesny smutek, którego pochodzenia nie potrafił określić. Złożył przysięgę, że poprowadzi konklawe z czystą duszą, i nie mógł zaprzeczyć, że odczuwa teraz wahanie.

— Przyjaciele — odezwał się, pochodząc do ołtarza. Własny głos wydał mu się obcy. — Przypuszczam, że do końca życia będę usiłował zrozumieć znaczenie tego, czego byliśmy świadkami dziś wieczorem. Mimo to, wasza propozycja dotycząca kamerlinga... nie sądzę, żeby takie rozwiązanie było zgodne z wolą Bożą.

W kaplicy zapanowała cisza.

— Jak... jak można tak mówić? — spytał w końcu któryś z zebranych. — Przecież kamerling uratował Kościół. Bóg przemówił bezpośrednio do niego. Ten człowiek przeżył własną śmierć. Jakich więcej znaków nam potrzeba?!

— Kamerling za chwilę do nas przyjdzie — odparł Mortati. — Poczekajmy. Wysłuchajmy go, zanim przystąpimy do głosowania. Może istnieje jakieś wyjaśnienie.

— Wyjaśnienie?

— Jako wasz Wielki Elektor przysięgałem, że będę przestrzegał praw rządzących konklawe. Niewątpliwie zdajecie sobie sprawę, że zgodnie z Konstytucją Apostolską kamerling nie spełnia wymogów dotyczących kandydata na papieża. Nie jest kardynałem. Jest zwykłym księdzem. Poza tym pozostaje jeszcze kwestia nieodpowiedniego wieku. — Mortati czuł, że utkwione w nim spojrzenia twardnieją. — Już przez samo zezwolenie na głosowanie wymagałbym od was, żebyście poparli człowieka, który w świetle prawa watykańskiego nie może być papieżem. Byłoby to równoznaczne z namawianiem was do złamania świętej przysięgi.

— Ale to, co wydarzyło się tu dzisiaj — zawołał ktoś — z pewnością jest ponad nasze prawa!

— Doprawdy? — wybuchnął Mortati, sam nie wiedząc, skąd

biorą mu się te słowa. — Czy wolą Boga jest, żebyśmy odrzucili zasady Kościoła? Czy wolą Boga jest, byśmy zapomnieli o rozsądku i poddali się szaleństwu?

— Ale czyż nie widziałeś tego, co my widzieliśmy? — zawołał z gniewem inny z kardynałów. — Jak w ogóle śmiesz kwestionować taki rodzaj mocy?

Kiedy Mortati mu odpowiedział, jego głos brzmiał tak donośnie, jak nigdy przedtem:

— Nie kwestionuję mocy Boga! To właśnie Bóg dał nam rozum i rozwagę! To właśnie Bogu służymy, okazując roztropność!

Rozdział 129

Vittoria Vetra siedziała odrętwiała na ławce koło Kaplicy Syks-tyńskiej, u podstawy Schodów Królewskich. Kiedy zobaczyła człowieka wchodzącego tylnymi drzwiami, nie była pewna, czy nie widzi kolejnego ducha. Był zabandażowany, utykał i miał na sobie ubiór sanitariusza. Wstała... nie mogąc uwierzyć w to, co widzi.

— Ro... bert?

Nie odpowiedział. Podszedł prosto do niej i mocno ją objął. Kiedy przyciskał wargi do jej ust, był to impulsywny, długi pocałunek przesycony wdzięcznością.

Vittoria poczuła, że łzy podchodzą jej do oczu.

— Och, Boże... och, dzięki Bogu...

Pocałował ją ponownie, bardziej namiętnie, a ona przytuliła się do niego, zatapiając się w jego uścisku. Ich ciała się splotły, jakby znali się od lat. Zapomniała o lęku i cierpieniu. Zamknęła oczy, zapominając na chwilę o wszystkim.

— To wola Boża! — krzyczał ktoś, a jego głos odbijał się echem od sklepienia Kaplicy Sykstyńskiej. — Kto, poza wybranym, mógłby przeżyć tę piekielną eksplozję?

— Ja — odezwał się donośny głos z końca kaplicy.

Mortati i pozostali przyglądali się ze zdumieniem, jak zmaltretowana postać wychodzi na środek nawy.

— Pan... Langdon?

Langdon szedł w milczeniu w kierunku przedniej części kaplicy. Za nim pojawiła się Vittoria Vetra, a na końcu weszło dwóch gwardzistów, pchających wózek z dużym telewizorem. Stojąc twarzą do kardynałów, Langdon czekał, aż podłączą aparat. Potem gestem dłoni polecił im wyjść. Posłuchali go i zamknęli za sobą drzwi.

Teraz w kaplicy zostali tylko kardynałowie, Langdon i Vittoria. Langdon podłączył kamerę RUVI do telewizora i włączył odtwarzanie.

Ekran się rozjaśnił.

Scena, którą kardynałowie zobaczyli, rozgrywała się w gabinecie papieża. Obraz był trochę niewyraźny, jak filmowany z ukrytej kamery. Po prawej stronie ekranu widać było kamerlinga stojącego w mroku przed kominkiem. Wydawało się, że mówi bezpośrednio do kamery, ale szybko się okazało, że w istocie rozmawia z osobą, która nakręciła ten film. Langdon wyjaśnił kardynałom, że osobą tą jest Maximilian Kohler, dyrektor CERN-u. Zaledwie godzinę temu Kohler w tajemnicy zarejestrował na taśmie spotkanie z kamerlingiem, wykorzystując miniaturową kamerę schowaną pod oparciem swojego wózka inwalidzkiego.

Mortati i pozostali kardynałowie ze zdumieniem wpatrywali się w ekran. Chociaż rozmowa była już w toku, Langdon nie cofał taśmy. Najwyraźniej to, co chciał, żeby obejrzeli, miało dopiero nastąpić.

— Leonardo Vetra prowadził dzienniki? — mówił kamerling. — To chyba dobra nowina dla CERN-u. Jeśli zawierają opis procesów wytwarzania antymaterii...

— Nie zawierają — odparł Kohler. — Z pewnością ucieszy księdza wiadomość, że ta technologia zginęła wraz z Leonardem. Jednak w jego dziennikach jest mowa o czym innym. O księdzu.

Kamerling przybrał zakłopotany wyraz twarzy.

— Nie rozumiem.

— Opisane jest w nich spotkanie, które Leonardo odbył w zeszłym miesiącu. Z księdzem.

Kamerling zawahał się i spojrzał w stronę drzwi.

— Rocher nie powinien był pana tu wpuszczać bez uzgodnienia ze mną. Jak się panu udało tu dostać?

— Rocher zna prawdę. Zadzwoniłem wcześniej i powiedziałem mu, co ksiądz zrobił.

— Co ja zrobiłem? Cokolwiek mu pan opowiedział, Rocher jest gwardzistą i zbyt oddanym sługą tego Kościoła, żeby uwierzyć zgorzkniałemu naukowcowi zamiast swojemu kamerlingowi.

— Prawdę mówiąc, Rocher jest zbyt oddany, żeby nie uwierzyć.

Jest tak oddany, że pomimo dowodów, iż jeden z lojalnych gwardzistów zdradził Kościół, nie chciał się z tym pogodzić. Przez cały dzień rozmyślał nad innym rozwiązaniem.

— A pan mu go dostarczył.

— Powiedziałem mu prawdę. Rzeczywiście szokującą.

— Gdyby Rocher panu uwierzył, aresztowałby mnie.

— Nie. Nie pozwoliłbym mu. Zaproponowałem mu milczenie w zamian za to spotkanie.

Kamerling zaśmiał się dziwnie.

— Planuje pan szantażować Kościół za pomocą historyjki, w którą nikt nie uwierzy?

— Nie zamierzam nikogo szantażować. Chcę po prostu usłyszeć prawdę z księdza własnych ust. Leonardo Vetra był przyjacielem.

Kamerling w milczeniu wpatrywał się w Kohlera.

— To może ja zacznę — warknął Kohler. — Mniej więcej miesiąc temu Leonardo Vetra skontaktował się z księdzem, prosząc o pilne załatwienie audiencji u papieża. Zgodził się ksiądz na to, gdyż papież podziwiał pracę Vetry, no i Leonardo mówił, że to sprawa niecierpiąca zwłoki.

Kamerling odwrócił się do kominka. Nic nie odpowiedział.

— Leonardo przyjechał do Watykanu w ścisłej tajemnicy. Zdradzał w ten sposób zaufanie swojej córki, co bardzo go martwiło, ale czuł, że musi to zrobić. Badania, które prowadził, wywołały w nim konflikt wewnętrzny i potrzebował duchowego przewodnictwa ze strony Kościoła. Podczas prywatnego spotkania powiedział papieżowi i księdzu, że dokonał odkrycia naukowego o głębokich implikacjach religijnych. Udowodnił mianowicie, że stworzenie świata, tak jak opisano w Księdze Rodzaju, było fizycznie możliwe oraz że, korzystając z potężnego źródła energii, które Vetra nazwał Bogiem, można by powtórzyć moment Stworzenia.

Cisza.

— Na papieżu wywarło to ogromne wrażenie — ciągnął Kohler. — Chciał, żeby Vetra to opublikował. Jego Świątobliwość sądził, że odkrycie to mogłoby zapoczątkować zasypywanie przepaści pomiędzy nauką a religią, co było marzeniem papieża. Potem Leonardo wyjaśnił, na czym polega ujemny aspekt jego odkrycia i dlaczego zwraca się do Kościoła po radę. Podczas eksperymentu, tak jak to mówi Biblia, wszystko powstało w parach. Przeciwieństwa. Światło i mrok. Vetra stwierdził, że oprócz materii stworzył antymaterię. Mam mówić dalej?

Kamerling nie odpowiedział. Schylił się i przesunął węgle w kominku.

— Po wizycie Leonarda Vetry tutaj — kontynuował Kohler — ksiądz przyjechał do CERN-u, aby przyjrzeć się jego pracy. Leonardo napisał w dzienniku, że zwiedzał ksiądz jego laboratorium. Kamerling spojrzał na niego w milczeniu.

— Podróż papieża zwróciłaby uwagę mediów, więc wysłał księdza. Leonardo w tajemnicy oprowadził księdza po swoim laboratorium. Zaprezentował anihilację antymaterii... Wielki Wybuch... moc Stworzenia. Pokazał też dużą próbkę antymaterii, którą przechowywał jako dowód na to, że może ją wytwarzać na dużą skalę. Zrobiło to na księdzu ogromne wrażenie. Wrócił ksiądz do Watykanu i opowiedział papieżowi, co widział.

Kamerling westchnął.

— I to pana trapi? Że nie złamałem zaufania Vetry i udawałem dziś przed światem, iż nic nie wiem o antymaterii?

— Nie! Trapi mnie to, że Leonardo Vetra praktycznie udowodnił istnienie waszego Boga, a ksiądz kazał go zamordować!

Teraz kamerling odwrócił się do niego, ale jego twarz nie wyrażała żadnych uczuć.

Jedynym dźwiękiem rozlegającym się w pokoju było trzaskanie ognia.

Nagle kamera się poruszyła, a w kadrze pojawiła się ręka Kohlera. Dyrektor pochylił się do przodu i starał się wyjąć coś umocowanego pod wózkiem inwalidzkim. Kiedy znowu usiadł, trzymał w ręku pistolet. Widok był niezwykły, gdyż obiektyw kamery patrzył od tyłu... wzdłuż wyciągniętej broni... prosto na kamerlinga.

— Wyznaj swoje grzechy, ojcze. Teraz — polecił Kohler.

Ventresca spojrzał na niego z zaskoczeniem.

— Nie wydostanie się pan stąd żywy.

— Śmierć będzie dla mnie wybawieniem po cierpieniach, jakie przeżywam za sprawą waszej religii od czasów, gdy byłem chłopcem. — Kohler trzymał teraz pistolet dwoma rękami. — Daję księdzu wybór. Albo ksiądz wyzna swoje grzechy... albo natychmiast zginie.

Kamerling spojrzał w kierunku drzwi.

— Na zewnątrz jest Rocher — przestrzegł go Kohler. — On również jest gotów księdza zabić.

— Rocher jest zaprzysiężonym obrońcą...

— Rocher mnie tu wpuścił. Uzbrojonego. Kłamstwa księdza napawają go obrzydzeniem. Ma ksiądz tylko jedną możliwość. Wyznać mi wszystko. Muszę to usłyszeć z własnych ust ojca.

Kamerling zawahał się.

Kohler zarepetował broń.

— Wątpi ojciec, że go zastrzelę?

— Nie ma znaczenia, co panu powiem — odezwał się w końcu Ventresca. — Człowiek pańskiego pokroju i tak tego nie zrozumie.

— Proszę spróbować.

Kamerling stał przez chwilę nieruchomo — potężna sylwetka w słabym świetle padającym od kominka. Kiedy przemówił, w jego słowach brzmiała duma, bardziej pasująca do relacji o altruistycznych czynach niż do spowiedzi.

— Od zarania dziejów — zaczął — nasz Kościół walczył z nieprzyjaciółmi Boga. Czasem walczył słowami, czasem mieczem. I zawsze wygrywaliśmy.

Od kamerlinga biła wiara we własne słowa.

— Jednak dawne demony — ciągnął — kojarzyły się z ogniem piekielnym i wzbudzały wstręt... To byli wrogowie, z którymi mogliśmy walczyć, wrogowie wzbudzający lęk. Szatan jest jednak przebiegły. Z czasem zrezygnował ze swej diabolicznej twarzy na rzecz nowego oblicza... oblicza czystego rozumu. Przejrzystego i podstępnego, niemniej jednak bezdusznego. — W głosie kamerlinga zabrzmiał nagle gniew. — Niech mi pan powie, panie Kohler! Jak mógł Kościół potępiać coś, co wydaje się naszym umysłom całkowicie rozsądne?! Jak mogliśmy protestować przeciw czemuś, co stanowi obecnie sam fundament naszego społeczeństwa?! Za każdym razem, kiedy Kościół ostrzega, wy podnosicie wrzawę, nazywając nas ignorantami. Paranoikami. Twierdzicie, że chcemy wszystko kontrolować! I w ten sposób wasze zło stale się rozwija. Osłonięte welonem zarozumiałego intelektualizmu. Rozrasta się jak rak. Uświęcone cudami własnej technologii. Samo siebie czyni bogiem! W końcu niczego nie podejrzewamy, widząc w was czyste dobro. Nauka ratuje nas przed chorobami, głodem i bólem! Oto nauka — nowy Bóg nieskończonych cudów, wszechmocny i dobrotliwy! Nie zwracajmy uwagi na broń i chaos. Ignorujmy samotność, którą niesie, i nieskończone zagrożenia. Nauka jest z nami! — Kamerling zrobił krok w kierunku pistoletu. — Ale ja dostrzegłem kryjącą się pod nią twarz szatana... ja zauważyłem niebezpieczeństwo...

— O czym ksiądz mówi?! Badania Vetry praktycznie udowodniły istnienie waszego Boga! On był waszym sprzymierzeńcem!

— Sprzymierzeńcem? Nauka i religia nie idą w parze! Nie szukamy tego samego Boga, wy i ja! Kim jest wasz Bóg? Bogiem protonów, masy i ładunków cząsteczkowych? Do czego wasz Bóg inspiruje? Jak wasz Bóg dociera do serca człowieka i przypomina mu, że jest odpowiedzialny przed siłą wyższą? Przypomina, że jest odpowiedzialny również wobec innych ludzi. Vetra podążał błędną drogą. Jego dzieło nie było religijne, to było świętokradztwo! Człowiek nie może umieścić dzieła boskiego Stworzenia w probówce i demonstrować go światu! To nie gloryfikuje Boga, tylko go poniża! — Kamerling szarpał teraz paznokciami własne ciało, w jego głosie brzmiało obłąkanie.

— Zatem kazał ksiądz zabić Leonarda Vetrę!

— Dla Kościoła! Dla ludzkości! Przecież to było szaleństwo! Człowiek nie jest gotów, by wziąć moc Tworzenia we własne dłonie. Bóg w probówce? Kropelka cieczy, która może unicestwić całe miasto? Ktoś musiał go powstrzymać! — Zamilkł nagle. Ponownie odwrócił wzrok ku kominkowi. Wydawało się, że rozważa, jakie ma możliwości.

Ręka Kohlera wycelowała pistolet.

— Przyznał się ksiądz. Nie ma dla księdza ucieczki.

— Nie rozumie pan. — Kamerling roześmiał się smutno. — Wyznanie grzechów jest ucieczką. — Spojrzał ku drzwiom. — Kiedy Bóg jest po twojej stronie, masz możliwości, jakich człowiek pańskiego pokroju nie potrafiłby zrozumieć. — Ledwo skończył mówić te słowa, chwycił sutannę pod szyją i rozdarł ją jednym gwałtownym ruchem, odsłaniając nagą pierś.

Kohler poruszył się gwałtownie.

— Co ksiądz wyrabia?

Kamerling nie odpowiedział. Cofnął się w kierunku kominka i wyjął jakiś przedmiot z żarzących się węgli.

— Przestań! — krzyknął Kohler. — Co robisz, ojcze?

Kiedy kamerling się odwrócił, trzymał w ręku rozżarzone do czerwoności żelazo do piętnowania. Diament Iluminatów. Jego oczy nabrały nagle szalonego wyrazu.

— Zamierzałem zrobić to w samotności. — W jego głosie wrzała dzika pasja. — Ale teraz... widzę, że Bóg chciał, żebyś się tu znalazł. Jesteś moim zbawieniem.

Zanim Kohler zdążył zareagować, kamerling zamknął oczy, wygiął plecy w łuk i przycisnął sobie rozpalone żelazo do piersi. Jego skóra zasyczała.

— Matko Mario! Błogosławiona Matko... wejrzyj na swego syna! — Wydał z siebie okropny okrzyk bólu.

W kadrze pojawił się teraz Kohler... stał niepewnie na nogach, a pistolet drżał mu w rękach.

Kamerling krzyknął jeszcze głośniej, trzęsąc się w szoku. Rzucił żelazo pod nogi Kohlera. Potem upadł na podłogę, wijąc się z bólu.

Dalsze wydarzenia następowały po sobie tak szybko, że trudno było dokładnie im się przyjrzeć.

Najpierw zrobiło się wielkie zamieszanie, gdy do pokoju wpadli gwardziści. Rozległy się strzały, Kohlera odrzuciło do tyłu, chwycił się za pierś i krwawiąc, upadł na swój wózek.

— Nie! — krzyczał Rocher, próbując powstrzymać swoich ludzi, żeby nie strzelali do Kohlera.

Wijący się na podłodze kamerling przetoczył się w jego kierunku i szaleńczo wskazywał kapitana palcem, wołając:

— Iluminat!

— Ty sukinsynu — wrzasnął Rocher, ruszając ku niemu. — Ty zakłamany sukin...

Chartrand położył go trzema kulami. Martwy już Rocher ślizgał się przez chwilę po podłodze.

Potem strażnicy podbiegli do rannego kamerlinga i zgromadzili się wokół niego. Po chwili kamera pokazała osłupiałą twarz Roberta Langdona, który klęczał koło wózka, oglądając żelazo do piętnowania. Potem cały obraz zaczął gwałtownie się przechylać w różne strony. To wówczas Kohler na chwilę odzyskał przytomność. Wyjął kamerę z poręczy wózka i usiłował wręczyć Langdonowi.

— Ddaj... — wykrztusił. — Ddaj to... memediom.

Potem obraz zgasł.

Rozdział 130

Mgła zdumienia i adrenaliny zasnuwająca umysł kamerlinga zaczęła się rozwiewać. Kiedy z pomocą gwardzistów szwajcarskich schodził po Schodach Królewskich do Kaplicy Sykstyńskiej, usłyszał śpiewy dobiegające z placu Świętego Piotra, a wówczas już wiedział, że udało mu się przenieść góry.

Grazie Dio.

Modlił się o siłę i Bóg mu ją dał. W chwilach zwątpienia Bóg do niego przemawiał. Masz do wypełnienia świętą misję, mówił. Ja dam ci siłę. Nawet z Bożą pomocą, zdarzało mu się odczuwać strach i kwestionować słuszność obranej drogi.

Jeśli nie ty, rzucał mu Bóg wyzwanie, to KTO?

Jeśli nie teraz, to KIEDY?

Jeśli nie w ten sposób, to JAK?

Jezus, przypominał mu Bóg, zbawił ich wszystkich... zbawił ich od ich własnej bierności. Za pomocą dwóch czynów Jezus otworzył im oczy. Strach i nadzieja. Ukrzyżowanie i zmartwychwstanie. Zmienił wówczas świat.

Ale to było tysiące lat temu. Czas osłabił wymowę cudów. Ludzie zapomnieli. Zwrócili się ku fałszywym bożkom — technobóstwom i cudom umysłu. A co z cudami serca?!

Kamerling często się modlił, żeby Bóg pokazał mu, jak sprawić, aby ludzie znów zaczęli wierzyć. Jednak Bóg milczał. Dopiero gdy przeżywał chwilę najgłębszej ciemności, Bóg przyszedł do niego. Och, co to była za potworna noc!

Kamerling nadal doskonale pamiętał, jak leżał na podłodze w porozrywanej piżamie, szarpiąc paznokciami własne ciało, próbując uwolnić duszę od bólu spowodowanego przez ohydną prawdę, której właśnie się dowiedział.

— To niemożliwe! — krzyczał. A jednak wiedział, że to prawda. To oszustwo sprawiło mu tyle cierpienia, co ognie piekielne.

Biskup, który się nim zaopiekował, człowiek, który był dla niego jak ojciec, duchowny, przy którego boku stał, podczas gdy on dochodził aż do godności papieskiej... był oszustem. Pospolitym grzesznikiem. Kłamał wobec świata na temat czynu tak zdradzieckiego, że kamerling nie był pewien, czy nawet Bóg by mu wybaczył. — Przysięgałeś! — krzyknął do papieża. — Złamałeś przysięgę złożoną Bogu. I to właśnie ty, ze wszystkich ludzi!

Papież próbował coś wyjaśniać, ale kamerling nie mógł tego słuchać. Wybiegł z pokoju. Zataczając się, popędził korytarzami, wymiotując, orząc paznokciami własną skórę, aż znalazł się samotny i zakrwawiony na ziemi przed grobem świętego Piotra. Matko Mario, co mam robić? Właśnie w tej chwili bólu i zdrady, gdy leżał zdruzgotany na ziemi, modląc się, by Bóg zabrał go z tego pozbawionego wiary świata, Bóg do niego przybył.

Głos w jego głowie zabrzmiał jak łoskot gromu.

— Czy przysięgałeś służyć swojemu Bogu?

— Tak! — krzyknął.

— Czy oddałbyś życie za swojego Boga?

— Tak! Zabierz mnie teraz!

— Czy oddałbyś życie za ten Kościół?

— Tak! Proszę, wybaw mnie!

— Ale czy oddałbyś życie za... ludzkość?

Zapadła cisza, kiedy kamerling poczuł, że spada w otchłań. Koziołkował coraz dalej, szybciej, bezwładnie. A jednak znał już odpowiedź. Zawsze ją znał.

— Tak! — krzyknął przez otaczającą go mgłę szaleństwa. — Oddałbym życie za ludzi! Tak jak twój syn, mógłbym za nich umrzeć!

Wiele godzin później kamerling nadal leżał roztrzęsiony na ziemi. Ujrzał twarz swojej matki. Bóg ma wobec ciebie plany, mówiła. Pogrążył się jeszcze głębiej w szaleństwie. Wówczas Bóg przemówił ponownie, tym razem za pomocą milczenia. Ale Carlo zrozumiał. Przywróć im wiarę.

Jeśli nie ja... to kto?

Jeśli nie teraz... to kiedy?

Kiedy gwardziści otwierali drzwi do Kaplicy Sykstyńskiej, kamerling Carlo Ventresca poczuł, jak w jego żyły wlewa się siła... dokładnie tak samo jak wówczas, gdy był chłopcem. Bóg go wybrał. Dawno temu.

Niech się stanie jego wola.

Kamerling czuł się jak nowo narodzony. Gwardziści opatrzyli mu rany, wykąpali go i ubrali w czystą białą płócienną albę. Dali mu również zastrzyk z morfiny, żeby złagodzić ból oparzeń. Wolałby nie dostawać środków znieczulających. Jezus przez trzy dni znosił ból na krzyżu! Już czuł, że lek upośledza mu zmysły... osłabia go zawrotami głowy.

Kiedy szedł przez kaplicę, wcale się nie dziwił, że kardynałowie wpatrują się w niego ze zdumieniem. Okazują trwogę w obliczu Boga, przypomniał sobie. Nie chodzi o mnie, tylko o to, jak Bóg działa POPRZEZ mnie. Idąc środkiem nawy, widział oszołomienie na wszystkich twarzach. A jednak, wraz z każdą mijaną twarzą, wyczuwał, że w ich oczach kryje się coś jeszcze. Co to może być? Wcześniej usiłował sobie wyobrażać, jak go dziś wieczorem powitają. Radośnie? Z szacunkiem? Próbował teraz odczytać wyraz ich oczu i nie dostrzegał żadnego z tych uczuć.

I właśnie wówczas jego wzrok padł na ołtarz. Ujrzał Roberta Langdona.

Rozdział 131

Kamerling Carlo Ventresca stał na środku nawy Kaplicy Sykstyńskiej. Wszyscy kardynałowie zgromadzeni z przodu odwrócili się i patrzyli na niego. Robert Langdon znajdował się przy ołtarzu, obok telewizora pokazującego w kółko jakąś scenę, którą kamerling rozpoznawał, ale nie miał pojęcia, jak może być tu pokazywana. Obok Langdona stała też Vittoria Vetra. Twarz miała ściągniętą z bólu.

Ventresca przymknął na chwilę oczy, w nadziei, że są to halucynacje spowodowane przez morfinę i że kiedy je otworzy, będzie miał przed sobą inny widok. Jednak tak się nie stało.

Wiedzieli.

O dziwo, nie czuł strachu. Pokaż mi drogę, Ojcze. Ześlij mi słowa, które sprawią, że zrozumieją Twoją wizję.

Jednak nie usłyszał odpowiedzi.

Ojcze, zaszliśmy za daleko, żeby teraz to zniszczyć.

Cisza.

Oni nie rozumieją, czego dokonaliśmy.

Kamerling nie wiedział, czyj głos zabrzmiał w jego umyśle, ale przesłanie było jasne.

A prawda cię wyzwoli...

I tak oto kamerling Carlo Ventresca wysoko trzymał głowę, gdy szedł Kaplicą Sykstyńską. Patrzył na twarze kardynałów, ale nawet rozproszone światło świec nie zdołało złagodzić wyrazu ich wwiercających się w niego oczu. Wytłumacz się, zdawały się mówić te twarze. Pokaż jakiś sens w tym szaleństwie. Powiedz nam, że nasze obawy są niepotrzebne!

527

Prawda, powiedział do siebie. Tylko prawda. Te mury widziały już zbyt wiele tajemnic... a jedną z nich tak mroczną, że doprowadziła go do szaleństwa. Lecz z tego szaleństwa zrodziło się światło.

— Gdybyście mogli oddać swoją duszę, by zbawić miliony — zapytał zebranych, posuwając się dalej nawą — zrobilibyście to? Twarze w kaplicy uporczywie się w niego wpatrywały. Nikt się nie poruszył. Nikt się nie odezwał. Zza ścian kaplicy dobiegały radosne głosy ludzi śpiewających na placu.

Kamerling szedł dalej.

— Co jest większym grzechem? Zabicie wroga czy stanie bezczynnie, gdy ktoś zabija waszą prawdziwą miłość? — Śpiewają na placu Świętego Piotra! Kamerling zatrzymał się na chwilę i spojrzał w górę. Bóg Michała Anioła patrzył na dół ze sklepienia... i wydawał się zadowolony.

— Nie mogłem już dłużej stać z boku — wyjaśnił. Mimo wszystko, kiedy podszedł bliżej, nie dostrzegł błysku zrozumienia w ich oczach. Czy nie widzieli olśniewającej prostoty jego czynów? Czy nie dostrzegali najwyższej konieczności?

To było takie jasne.

Iluminaci. Nauka i szatan w jednym.

Przywrócić do życia dawne lęki. Potem je zdławić.

Strach i nadzieja. Sprawić, by ponownie uwierzyli.

Dziś moc iluminatów powróciła... ze wspaniałymi konsekwencjami. Apatia zniknęła. Strach uderzył w świat jak piorun, jednocząc ludzi. A potem Boży majestat rozproszył ciemność.

Nie mogłem stać bezczynnie!

Inspiracja pochodziła od samego Boga — objawiła się jak światło latarni morskiej tej nocy, gdy zwijał się z cierpienia. Och, ten pozbawiony wiary świat! Ktoś musi ich zbawić. Ty. Jeśli nie ty, to kto? Ocalałeś nie bez powodu. Pokaż im stare demony. Przypomnij im dawne lęki. Apatia to śmierć. Bez ciemności nie ma światła. Bez zła nie ma dobra. Każ im wybierać. Mrok albo światło. Gdzie jest lęk? Gdzie są bohaterowie? Jeśli nie teraz, to kiedy?

Szedł środkiem nawy prosto na tłum stojących kardynałów. Czuł się jak Mojżesz, gdy morze czerwonych pasów i piusek rozstępowało się przed nim, robiąc mu drogę. Przy ołtarzu Robert Langdon wyłączył telewizor, wziął Vittorię za rękę i odstąpił na bok. To, że Robert Langdon przeżył, mogło być wyłącznie skutkiem woli Bożej. Bóg go uratował. Kamerling zastanawiał się dlaczego.

Głos, który przerwał ciszę, należał do jedynej kobiety znajdującej się w tej chwili w kaplicy.

— Zabiłeś mojego ojca? — spytała, występując do przodu. Kiedy kamerling obrócił się do niej, ujrzał na jej twarzy wyraz, którego nie mógł zrozumieć — ból, to oczywiste, ale gniew? Przecież musi to rozumieć. Geniusz jej ojca był śmiertelny. Ktoś musiał go powstrzymać. Dla dobra ludzkości.

— On wykonywał dzieło Boże — odezwała się Vittoria.

— Dzieło Boże nie dokonuje się w laboratoriach, tylko w ludzkich sercach.

— Serce mojego ojca było czyste! A jego badania udowodniły...

— Jego badania raz jeszcze udowodniły, że umysł ludzki rozwija się szybciej niż dusza! — głos kamerlinga zabrzmiał ostrzej, niż się spodziewał. Już ciszej dodał: — Jeśli człowiek tak uduchowiony jak twój ojciec mógł stworzyć broń, której działanie dziś obserwowaliśmy, to wyobraź sobie, co mógłby zrobić zwykły człowiek, gdyby wpadła w jego ręce.

— Człowiek taki jak ty?

Kamerling odetchnął głęboko. Czyż ona nie rozumie? Ludzka moralność nie rozwija się tak szybko, jak nauka. Duchowa ewolucja ludzkości nie zaszła jeszcze dostatecznie daleko w stosunku do mocy, jaką posiadł człowiek. Nigdy nie stworzyliśmy broni, która nie zostałaby użyta! A jednak zdawał sobie sprawę, że antymateria nie miała wielkiego znaczenia — była tylko kolejną bronią w i tak bogatym arsenale ludzkości. Człowiek już potrafi niszczyć za pomocą tego, co posiada. Człowiek nauczył się zabijać dawno temu. A krew jego matki padała jak deszcz na ziemię. Geniusz Leonarda Vetry był niebezpieczny z innego powodu.

— Od wieków — przemówił ponownie kamerling — Kościół stał z boku, podczas gdy nauka powoli odbierała religii znaczenie. Deprecjonowała cuda. Uczyła umysł panować nad sercem. Potępiała religię jako opium dla mas. Twierdziła, że Bóg to halucynacje, zwodnicza podpora dla osób zbyt słabych, by pogodzić się z tym, że życie jest bezsensowne. Ja nie mogłem stać bezczynnie, gdy nauka postanowiła okiełznać moc samego Boga! Dowody, mówicie? Tak, dowody ignorancji nauki. Cóż jest złego w przyznaniu, że istnieją rzeczy wykraczające poza naszą zdolność rozumienia? Dzień, w którym nauka laboratoryjnie udowodni istnienie Boga, będzie dniem, w którym ludziom przestanie być potrzebna wiara!

— Masz na myśli, że ludziom przestanie być potrzebny Kościół — poprawiła go Vittoria, ruszając w jego kierunku. — Jedynie wątpliwości pozwalają wam jeszcze kontrolować sytuację. To wątpliwości sprowadzają do was dusze. Nasza potrzeba wiary w to, że życie ma znaczenie. Niepewność człowieka i szukanie oświeconej duszy, która go zapewni, że wszystko to jest częścią większego planu. Ale Kościół nie jest jedyną oświeconą duszą na naszej planecie! Wszyscy szukamy Boga w rozmaity sposób. Czego się boicie? Że Bóg ukaże się w innym miejscu, niż wewnątrz tych murów? Że ludzie odnajdą go we własnym życiu i odrzucą wasze przestarzałe rytuały? Religia się rozwija! Umysł znajduje odpowiedzi, a serce zmaga się z nowymi prawdami. Mój ojciec prowadził te same poszukiwania, co wy! Równoległą drogą! Dlaczego tego nie rozumiesz? Bóg nie jest wszechobecną potęgą spoglądającą na nas z góry i odgrażającą się, że ciśnie nas do ognistej otchłani, jeśli go nie posłuchamy. Bóg jest energią, przepływającą przez synapsy naszego układu nerwowego i komory naszego serca! Bóg jest we wszystkim, co nas otacza!

— Oprócz nauki — odparował kamerling. W jego oczach malowała się wyłącznie litość. — Nauka z samej definicji jest pozbawiona duszy. Odłączona od serca. Cuda intelektu, jak antymateria, pojawiają się na tym świecie bez instrukcji dotyczącej etyki ich stosowania. To samo w sobie jest zagrożeniem! Ale kiedy nauka nazywa swoje bezbożne poszukiwania ścieżką oświecenia? Obiecując odpowiedzi na pytania, których piękno polega na tym, że nie ma na nie odpowiedzi? — potrząsnął głową. — Nie, w nauce nie ma Boga.

Nastąpiła chwila ciszy. Kamerling poczuł nagle zmęczenie, wytrzymując nieugięte spojrzenie Vittorii. To nie tak miało być. Czy to ostateczna próba, którą Bóg na mnie zsyła?

Mortati pierwszy przerwał milczenie.

— Preferiti — odezwał się przerażonym szeptem. — Baggia i inni. Proszę, powiedz, że nie...

Kamerling odwrócił się ku niemu, zdumiony bólem, który brzmiał w jego głosie. Przecież Mortati z pewnością potrafi to zrozumieć. Gazety codziennie donosiły o cudach nauki. Kiedy ostatnio religia odnotowała jakiś cud? Chyba wieki temu. Religii potrzebny był cud! Coś, co obudzi drzemiący w apatii świat. Skieruje tych ludzi z powrotem na ścieżkę prawdy. Przywróci wiarę. Preferiti i tak nie byli liderami, tylko liberałami gotowymi przyjąć to, co oferuje współczesny świat i porzucić dawne drogi. To był jedyny sposób! Nowy lider. Młody. Silny. Pełen entuzjazmu. Cudowny. Preferiti znacznie więcej zrobili dla Kościoła dzięki swojej śmierci, niż zdołaliby zrobić za życia. Strach i Nadzieja. Ofiarowanie czterech dusz dla zbawienia milionów. Świat zapamięta ich na zawsze jako męczenników. Kościół wyniesie ich na ołtarze. Ile tysięcy zginęło dla chwały Boga? A to zaledwie cztery osoby.

— *Preferiti* — powtórzył Mortati.

— Odczułem ten sam ból, co oni — bronił się kamerling, wskazując na swoją poparzoną pierś. — Ja również oddałbym życie dla Boga, ale moja praca dopiero się rozpoczęła. Ludzie śpiewają na placu Świętego Piotra!

Ventresca ujrzał przerażenie w oczach Mortatiego i ponownie poczuł, że nie rozumie. Czy to działanie morfiny? Mortati patrzył na niego takim wzrokiem, jakby zabił tych ludzi własnymi rękami. Nawet to bym zrobił dla Boga, pomyślał kamerling, ale jednak nie musiał. Czynów tych dokonał Asasyn — pogańska dusza, którą udało mu się przekonać, że służy dziełu iluminatów.

— Ja jestem Janus — oznajmił mu kamerling. — Udowodnię, jaką posiadam moc.

I udowodnił. Nienawiść uczyniła Asasyna pionkiem w rękach Boga.

— Posłuchajcie, jak śpiewają — zwrócił się do kardynałów z uśmiechem, gdyż czuł w duszy radość. — Nic tak nie jednoczy serc, jak obecność zła. Spalcie kościół, a cała społeczność się zmobilizuje. Wezmą się za ręce i będą śpiewać hymny rzucające wyzwanie złu, i wspólnie przystąpią do odbudowy. Spójrzcie, jak dzisiaj ciągnęli tu ludzie ze wszystkich stron. Strach przyprowadził ich z powrotem do domu. Stwórzcie współczesne demony dla współczesnego człowieka. Apatia zniknęła. Pokażcie im oblicze zła: satanistów ukrytych wśród nas, obecnych w naszych rządach, bankach, szkołach... zagrażających istnieniu tego Domu Bożego za pomocą swej wynaturzonej nauki. Zepsucie posunęło się już bardzo głęboko. Człowiek musi zachować czujność. Szukać dobra. Stać się dobrem!

W ciszy, która zapadła, kamerling myślał z nadzieją, że teraz zrozumieli. Iluminaci nie wyszli z ukrycia. Iluminaci od dawna już nie istnieją. Tylko ich legenda jest wiecznie żywa. To on wskrzesił iluminatów jako przypomnienie. Ci, którzy znali historię iluminatów, ponownie dostrzegli ich zło. Ci, którzy o nich nie słyszeli, teraz się dowiedzieli i byli zdumieni własną ślepotą. Dawne demony zostały wskrzeszone, by obudzić obojętny świat.

— Ale... żelaza do piętnowania? — Głos Mortatiego dławiło oburzenie.

Ventresca nie odpowiedział. Mortati nie mógł tego wiedzieć, ale żelazne symbole zostały skonfiskowane przez Watykan ponad sto lat temu. Schowano je potem i leżały zapomniane i pokryte kurzem w papieskim skarbcu — prywatnym schowku papieża ukrytym w apartamentach Borgiów. Chowano tam przedmioty, które Kościół uznawał za zbyt niebezpieczne, by ktokolwiek, poza papieżem, mógł je oglądać.

Po co chowają przedmioty wzbudzające strach? Lęk przywodzi ludzi z powrotem do Boga!

Klucze do skarbca były przekazywane kolejnym papieżom. Kamerling wziął je w tajemnicy i wszedł do środka. Nie mógł się oprzeć ciekawości, słuchając legend o tym, co tam ukryto — oryginalne rękopisy apokryfów, czternastu ksiąg nieumieszczonych w kanonie Biblii, i trzecie proroctwo fatimskie — dwa pierwsze się sprawdziły, a trzecie było tak przerażające, że Kościół miał go nigdy nie ujawnić. Poza tym kamerling znalazł również kolekcję przedmiotów związanych z iluminatami. Były tu wszystkie ich tajemnice, odkryte, gdy Kościół wypędził ich z Rzymu: godna pogardy Ścieżka Oświecenia... przebiegłe oszustwo czołowego artysty Watykanu, Berniniego... najwięksi uczeni Europy drwiący sobie z religii, gdy spotykali się w sekrecie w należącym do Watykanu Zamku Świętego Anioła. W skład kolekcji wchodziła skrzynia w kształcie pentagramu, zawierająca żelaza do piętnowania, w tym słynny Diament Iluminatów. Przodkowie uznali, że tę część historii Watykanu najlepiej zapomnieć. Jednak kamerling nie zgadzał się z nimi.

— Ale antymateria... — dopytywała się Vittoria. — Ryzykował ksiądz zniszczenie całego Watykanu!

— Nie ma żadnego ryzyka, gdy Bóg stoi u twego boku — odparł. — Walczyłem o Jego sprawę.

— Jesteś obłąkany! — syknęła.

— Miliony zostały zbawione.

— Ludzie stracili życie!

— Dusze zostały uratowane.

— Powiedz to mojemu ojcu i Maxowi Kohlerowi!

— Arogancję CERN-u trzeba było ujawnić. Kropelka cieczy, która może unicestwić wszystko w promieniu kilometra? I ty mnie nazywasz szalonym? — Kamerling poczuł, że wzbiera w nim gniew. Czy oni sądzą, że to, czego się podjął, było prostym zadaniem? — Na tych, którzy wierzą, Bóg zsyła ciężkie próby! Bóg poprosił Abrahama, żeby złożył mu w ofierze własne dziecko! Bóg zażądał od Jezusa, żeby cierpiał ukrzyżowanie! Dlatego wieszamy dziś symbol ukrzyżowania, z zakrwawioną, udręczoną postacią Chrystusa, aby przypominał nam o potędze zła! Aby utrzymywał nasze serca w czujności! Rany na ciele Jezusa nieustannie przypominają nam o siłach ciemności! Moje blizny też są ich żywym przypomnieniem! Zło żyje, lecz moc Boga zwycięży!

Jego krzyk odbił się echem od tylnej ściany Kaplicy Sykstyńskiej, po czym zapadła głęboka cisza. Wydawało się, że czas się zatrzymał. *Sąd Ostateczny* Michała Anioła złowieszczo wyrastał za jego plecami... Jezus strącający grzeszników do piekła. Mortati poczuł łzy w oczach.

— Coś ty zrobił, Carlo? — spytał szeptem. Zamknął oczy, a wówczas łzy popłynęły mu po policzkach. — A Jego Świątobliwość?

Zebrani jednocześnie wydali z siebie bolesne westchnienie, jakby nie pamiętali o tym aż do tej chwili. Papież. Otruty.

— Nikczemny kłamca — odparł kamerling.

— O czym ty mówisz? — Mortati był wstrząśnięty. — To był uczciwy człowiek. On... cię kochał.

— Ja też go kochałem. — Och, jak bardzo go kochałem! Ale jego oszustwo! Złamane przysięgi złożone Bogu!

Kamerling uświadomił sobie, że na razie tego nie pojmują, ale to jeszcze nastąpi. Kiedy im powie, zrozumieją! Jego Świątobliwość był najbardziej niegodziwym oszustem, jakiego Kościół kiedykolwiek widział. Ventresca doskonale pamiętał tę straszną noc. Wrócił właśnie z CERN-u z informacjami o dokonanym przez Vetrę Stworzeniu i o przerażającej mocy antymaterii. Był przekonany, że papież dostrzeże, jakie się w tym kryją zagrożenia, ale Ojciec Święty widział w tym przełomowym odkryciu jedynie nadzieję. Wpadł nawet na pomysł, żeby Watykan finansował prace Vetry, jako gest dobrej woli w stosunku do badań naukowych o podtekście duchowym.

Szaleństwo! Kościół miałby inwestować w badania zagrażające jego istnieniu? W badania, których efektem będzie broń masowej zagłady? Bomba, która zabiła jego matkę...

— Ale... nie możemy! — wykrzyknął.

— Bardzo wiele zawdzięczam nauce — wyjaśnił papież. — Jest to coś, co ukrywałem przez całe życie. Kiedy byłem młody, otrzymałem od nauki wspaniały dar. Nigdy o tym nie zapomniałem.

— Nie rozumiem. Co takiego nauka może dać człowiekowi należącemu do Boga?

— To dość skomplikowane — odparł papież. — Trzeba czasu, żebym zdołał ci to dokładnie wytłumaczyć. Najpierw jednak powiem ci jedno. Prosty, dotyczący mnie fakt, który powinieneś poznać. Ukrywałem go przez wszystkie te lata, ale sądzę, że nadeszła pora, żebym ci powiedział.

Potem ujawnił mu tę szokującą prawdę.

Rozdział 132

Kamerling leżał zwinięty w kłębek na ziemi przed grobem świętego Piotra. W nekropolii było zimno, ale dzięki temu szybciej krzepła krew wypływająca z ran, które sam sobie zadał paznokciami. Jego Świątobliwość go tu nie znajdzie. Nikt go tu nie znajdzie...

— To dość skomplikowane — dźwięczał mu w głowie głos papieża. — Trzeba czasu, żebym zdołał ci to dokładnie wytłumaczyć...

Jednak Ventresca wiedział, że żadna ilość czasu nie sprawi, żeby to zdołał zrozumieć.

Kłamca! Wierzyłem w ciebie! BÓG w ciebie wierzył!

Tym jednym zdaniem papież zniszczył cały jego świat. Wszystko, co sądził o swoim mentorze, zostało zgruchotane na jego oczach. Prawda wwiercała się w serce z taką siłą, że wytoczył się chwiejnie z gabinetu papieża i zwymiotował na korytarzu.

— Poczekaj! — wołał papież, biegnąc za nim. — Proszę, pozwól mi wyjaśnić!

Jednak kamerling uciekł. Jak Jego Świątobliwość może oczekiwać, że ścierpi coś jeszcze? Cóż za ohydne zepsucie! Co będzie, jeśli jeszcze ktoś się o tym dowie? Przecież to zbezczeszczenie Kościoła! Czy święte przysięgi papieża nic nie znaczą?

Potem ogarnęło go nagłe szaleństwo, rozlegało się krzykiem w jego uszach, tak że ocknął się dopiero przed grobem świętego Piotra. To wówczas nawiedził go Bóg i kamerling poznał jego przerażająco srogie oblicze.

TWOIM JEST BÓG ZEMSTY!

Razem wszystko zaplanowali. Razem będą bronić Kościoła. Razem przywrócą wiarę w tym bezbożnym świecie. Zło czai się wszędzie. Tymczasem świat stał się na nie zupełnie niewrażliwy! Razem odsłonią oblicze ciemności, aby świat przejrzał na oczy... i Bóg zwycięży! Strach i nadzieja. Wówczas świat uwierzy!

Pierwsza próba, której poddał go Bóg, była mniej straszna, niż się spodziewał. Wślizgnął się do sypialni papieża... napełnił jego strzykawkę... zakrył dłonią usta kłamcy, gdy jego ciało skręcało się, zanim umarł. W świetle księżyca poznał po oszalałych oczach papieża, że chce on coś powiedzieć.

Ale było za późno.

Papież powiedział już dosyć.

Rozdział 133

— Papież miał dziecko.

Kamerling stał nieporuszony, kiedy to mówił. Trzy proste słowa odkrywające niewiarygodną prawdę. Kiedy padły, wszyscy zebrani jednocześnie się wzdrygnęli. Oskarżycielskie miny kardynałów ustąpiły miejsca skonsternowanym spojrzeniom, jakby każda dusza obecna w kaplicy modliła się, żeby kamerling się mylił.

Papież miał dziecko.

Dla Langdona to również był szok. Poczuł, że trzymana przez niego dłoń Vittorii zadrżała, a on sam, stale jeszcze oszołomiony pytaniami, na które nie znał odpowiedzi, musiał teraz walczyć o utrzymanie równowagi.

Mieli wrażenie, że słowa kamerlinga na zawsze zawisły w powietrzu. Mimo obłąkanego zachowania Ventreski, widać było po jego oczach, że mówi to z pełnym przekonaniem. Langdon pragnął wyłączyć się jakoś z tego wszystkiego, powiedzieć sobie, że to tylko zły sen, i obudzić się wkrótce w świecie, gdzie cokolwiek ma sens.

— To z pewnością kłamstwo! — zawołał jeden z kardynałów.

— Nie wierzę w to! — protestował inny. — Jego Świątobliwość był najbardziej pobożnym człowiekiem, jaki kiedykolwiek chodził po świecie!

Wówczas głos zabrał Mortati, tak zdruzgotany, że ledwo było go słychać.

— Moi przyjaciele. To, co powiedział kamerling, jest prawdą. — Wszyscy obecni obrócili się w jego kierunku, jakby Mortati powiedział coś wulgarnego. — Papież rzeczywiście miał dziecko.

Kardynałowie pobledli z przerażenia.

Ventresca osłupiał.

— Jego Ekscelencja wiedział? Ale... ale skąd?

Mortati westchnął.

— Kiedy Jego Świątobliwość został wybrany... to ja byłem adwokatem diabła.

Wszyscy głośno wciągnęli powietrze.

Langdon rozumiał ich zdumienie. Oznaczało to, że informacja o ojcostwie jest zapewne prawdziwa. Niesławny „adwokat diabła" był najlepiej poinformowaną osobą, jeśli chodziło o skandaliczne informacje dotyczące spraw Watykanu. Ewentualne kompromitujące sekrety papieża zagrażałyby Kościołowi, toteż przed konklawe przeprowadzano tajne badanie przeszłości najbardziej prawdopodobnych kandydatów. Śledztwo takie prowadził kardynał pełniący funkcję „adwokata diabła". Jego zadaniem było odkrycie powodów, dla których spełniający wymogi konstytucji kandydat nie powinien zostać papieżem. Takiego kardynała wyznaczał z wyprzedzeniem jeszcze żyjący papież. Adwokatowi diabła nie wolno było ujawnić swojej tożsamości. Nigdy.

— Byłem adwokatem diabła — powtórzył Mortati. — W ten sposób się dowiedziałem.

Zebrani patrzyli na niego z osłupieniem. Najwyraźniej dzisiejszego wieczoru wszystkie dotychczasowe zasady traciły znaczenie.

Kamerling poczuł, jak ogarnia go gniew.

— I nigdy... nikomu nie powiedziałeś?

— Rozmawiałem z Jego Świątobliwością — wyjaśnił Mortati. — Przyznał się. Wyjaśnił mi wszystko i poprosił tylko, żebym przy podejmowaniu decyzji, czy ujawnić jego sekret, kierował się sercem.

— I serce ci podpowiedziało, żeby ukryć tę informację?

— Był niemal pewnym kandydatem na papieża. Ludzie go kochali. Skandal poważnie zaszkodziłby całemu Kościołowi.

— Ale on był ojcem. Złamał świętą przysięgę zachowania celibatu! — Kamerling teraz już krzyczał. Słyszał wyraźnie głos swojej matki: „Obietnica uczyniona Bogu jest najważniejsza ze wszystkich. Pamiętaj, żebyś nigdy nie złamał obietnicy złożonej Bogu". — Papież złamał swą przysięgę!

W głosie Mortatiego słychać teraz było szalony lęk.

— Carlo, jego miłość... była czysta. Nie złamał żadnych przysiąg. Nie wyjaśnił ci tego?

— Czego nie wyjaśnił? — Kamerling przypomniał sobie, jak uciekał z gabinetu papieża, który coś za nim wołał. Pozwól mi wyjaśnić!

Powoli, ze smutkiem, Mortati opowiedział całą historię. Wiele lat temu papież, który był wówczas zwykłym księdzem, zakochał się w młodej zakonnicy. Obydwoje złożyli wcześniej śluby czystości i nawet nie·brali pod uwagę złamania swoich zobowiązań wobec Boga. Jednak kiedy ich miłość stawała się coraz głębsza, to choć potrafili się oprzeć pokusom ciała, obydwoje stwierdzili, że marzą o czymś, czego się nawet nie spodziewali — uczestnictwie w największym Bożym cudzie stworzenia — o daniu życia dziecku. Ich dziecku. Tęsknota ta stała się, szczególnie w jej wypadku, nieprzeparta. Mimo wszystko Bóg był najważniejszy. W rok później, kiedy ich frustracja stała się niemal nie do zniesienia, przyszła do niego bardzo podniecona. Przeczytała właśnie artykuł o nowym cudzie nauki — procesie, dzięki któremu dwoje ludzi może mieć dziecko bez odbycia stosunku płciowego. Uznała, że jest to znak od Boga. Ksiądz widział, jaka jest szczęśliwa, i zgodził się na to. W rok później urodziła dziecko dzięki cudowi sztucznego zapłodnienia...

— To nie może... być prawda — wykrztusił w panice kamerling, mając nadzieję, że to morfina mąci jego zmysły. Najwyraźniej miał omamy słuchowe.

Mortati mówił dalej ze łzami w oczach.

— Carlo, to dlatego Jego Świątobliwość przejawiał zawsze takie umiłowanie nauki. Czuł, że ma wobec niej dług. Nauka pozwoliła mu zaznać radości ojcostwa bez złamania przysięgi celibatu. Jego Świątobliwość powiedział mi kiedyś, że niczego nie żałuje, oprócz tego, iż jego coraz wyższa pozycja w Kościele uniemożliwia mu przebywanie z kobietą, którą kocha, i obserwowanie, jak jego dziecko dorasta.

Ventresca poczuł, że znów ogarnia go szaleństwo. Znowu miał ochotę rozdzierać paznokciami własne ciało. Skąd mogłem wiedzieć?

— Papież nie popełnił żadnego grzechu, Carlo. Żył w czystości.

— Ale... — Kamerling szukał w swym udręczonym umyśle jakiegokolwiek uzasadnienia. — Pomyśl o zagrożeniach... jakie niosły jego czyny. — Głos Ventreski brzmiał teraz słabo. — Co by było, gdyby wyszło na jaw istnienie tej jego dziwki? Lub, nie daj Boże, jego dziecka? Wyobrażasz sobie, jaki byłby to wstyd dla Kościoła?

Głos Mortatiego drżał.

— To dziecko już się ujawniło.

Wszystko zamarło.

— Carlo... — głos Mortatiego się załamał. — Dzieckiem Jego Świątobliwości... jesteś ty.

W tym momencie kamerling poczuł, jak ogień wiary słabnie w jego sercu. Trząsł się cały, stojąc przy ołtarzu na tle *Sądu Ostatecznego* Michała Anioła. Czuł, że przed chwilą zajrzał do samego piekła. Otworzył usta, żeby coś powiedzieć, ale jego wargi tylko bezgłośnie zadrżały.

— Nie rozumiesz? — Mortati z trudem wydobywał z siebie słowa. — To dlatego Jego Świątobliwość przybył po ciebie do szpitala w Palermo, kiedy byłeś chłopcem. To dlatego zaopiekował się tobą i cię wychowywał. Zakonnicą, którą kochał, była Maria, twoja matka. Maria opuściła stan zakonny, żeby cię wychować, ale jej oddanie Bogu nigdy nie zmalało. Kiedy papież usłyszał, że zginęła podczas wybuchu, a ty, jego syn, cudownie ocalałeś... przysiągł Bogu, że już nigdy nie zostawi cię samego. Carlo, obydwoje twoi rodzice żyli w czystości. Dotrzymali przysiąg złożonych Bogu. A mimo to znaleźli sposób, by powołać cię na ten świat. Byłeś ich cudownym dzieckiem.

Kamerling zasłonił sobie uszy, żeby nie słyszeć jego słów. Stał jak sparaliżowany przy ołtarzu. Potem, czując, jak świat usuwa mu się spod nóg, upadł gwałtownie na kolana i wydał z siebie pełne cierpienia łkanie.

Sekundy. Minuty. Godziny.

Czas jakby stracił swoje znaczenie w czterech ścianach Kaplicy Sykstyńskiej. Vittoria poczuła, że z wolna ustępuje paraliż, który zawładnął nimi wszystkimi. Puściła rękę Langdona i ruszyła przez tłum kardynałów. Miała wrażenie, że drzwi kaplicy znajdują się o całe kilometry przed nią, a ona porusza się powoli... jakby szła pod wodą.

Kiedy lawirowała pomiędzy sutannami, jej poruszenia budziły innych z transu. Niektórzy kardynałowie zaczęli się modlić. Inni płakać. Jeszcze inni odwracali się, by na nią spojrzeć, a na ich twarzach — początkowo bez wyrazu — pojawiało się stopniowo zaniepokojenie. Minęła prawie wszystkich, kiedy ktoś złapał ją za rękę. Dotyk był słaby, lecz zdecydowany. Odwróciła się i stanęła twarzą w twarz z leciwym kardynałem. Na jego obliczu malował się lęk.

— Nie — szepnął. — Nie może pani.

Vittoria wpatrzyła się w niego z niedowierzaniem.

Stanął przy niej drugi kardynał.

— Najpierw trzeba pomyśleć, zanim coś się zrobi.

Przyłączył się do nich kolejny.

— Cierpienie, jakie to może spowodować...

Była już otoczona ze wszystkich stron. Spojrzała na nich z osłupieniem.

— Ale to, co zdarzyło się tutaj dzisiaj... z pewnością świat powinien poznać prawdę.

— Moje serce się z tym zgadza — potwierdził leciwy kardynał, nadal trzymając ją za rękę — ale jest to droga, z której nie ma powrotu. Musimy wziąć pod uwagę zniweczone nadzieje. Cynizm. Jak ludzie mogliby kiedykolwiek zaufać nam ponownie? Coraz więcej kardynałów blokowało jej drogę. Widziała już przed sobą cały mur czarnych sutann.

— Posłuchaj tych ludzi na placu — odezwał się jeden z duchownych. — Wiesz, jak by to zraniło ich serca? Musimy działać rozważnie.

— Potrzebujemy czasu, aby pomyśleć i się pomodlić — nalegał inny. — Musimy być przewidujący. Reperkusje tego...

— On zabił mojego ojca! — krzyknęła Vittoria. — On zabił własnego ojca!

— Jestem pewien, że zapłaci za swe grzechy — dodał smutnym głosem kardynał, trzymający ją za rękę.

Vittoria też była tego pewna i zamierzała tego dopilnować. Próbowała przepchnąć się do drzwi, ale kardynałowie zacieśnili krąg, z wyrazem lęku na twarzach.

— Co zamierzacie zrobić? — wykrzyknęła. — Zabić mnie?

Starsi mężczyźni pobladli, a Vittoria natychmiast pożałowała swych słów. Wiedziała przecież, że są to dobrzy ludzie. Widzieli dzisiaj już dość przemocy. Wcale jej nie grozili, tylko czuli się schwytani w pułapkę. Byli przerażeni. Usiłowali ocenić, na czym stoją.

— Ja chcę — odezwał się leciwy kardynał — zrobić to, co słuszne.

— To w takim razie ją puścisz — odezwał się za jej plecami niski głos. Słowa te zostały wypowiedziane spokojnie, ale zabrzmiały nieodwołalnie. Robert Langdon podszedł do niej i poczuła, że bierze ją za rękę. — Panna Vetra i ja wychodzimy stąd. Natychmiast.

Niepewnie i z wahaniem kardynałowie zaczęli się rozstępować.

— Poczekajcie! — To był Mortati. Szedł w ich kierunku środkiem nawy, zostawiwszy samotnego i pokonanego kamerlinga przy ołtarzu. Nagle się postarzał. Poruszał się ociężale, jakby przytłaczał go wstyd. Kiedy do nich podszedł, położył jedną dłoń na ramieniu Langdona, a drugą na ramieniu Vittorii. Vittoria czuła szczerość w jego dotyku. Oczy mężczyzny były pełne łez.

— Oczywiście, że możecie odejść — powiedział. — Oczywiście. — Przerwał, a jego smutek był niemal namacalny. — Proszę tylko o jedno... — spuścił wzrok, wpatrując się przez dłuższą chwilę w swoje stopy, zanim znów spojrzał na Vittorię i Langdona. — Pozwólcie mi to zrobić. Wyjdę teraz na plac i znajdę odpowiedni sposób, aby im to powiedzieć. Nie wiem jak... ale znajdę sposób. Spowiedź Kościoła powinna wyjść od środka. Sami musimy ujawnić własne błędy.

Mortati odwrócił się ze smutkiem z powrotem do ołtarza.

— Carlo, doprowadziłeś Kościół do niezwykle trudnej sytuacji. — Przerwał, rozglądając się dookoła. Ołtarz był pusty.

Usłyszał szelest materiału i po chwili trzask zamykanych drzwi. Kamerling zniknął.

Rozdział 134

Biała alba falowała, kiedy kamerling szedł szybkim krokiem przez korytarz prowadzący od Kaplicy Sykstyńskiej. Gwardziści szwajcarscy byli zdumieni, kiedy wyszedł sam z kaplicy i powiedział, że potrzebuje chwili samotności. Jednak posłuchali go i pozwolili mu odejść.

Teraz, kiedy okrążył narożnik i zniknął z ich pola widzenia, poczuł, jak kotłują się w nim emocje tak silne, że nie sądził, iż w ogóle są możliwe. Otruł mężczyznę, którego nazywał Ojcem Świętym, mężczyznę, który zwracał się do niego słowami „mój synu". Sądził zawsze, że słów „ojciec" i „syn" używają zgodnie z tradycją religijną, ale teraz poznał szatańską prawdę — ich znaczenie było dosłowne.

Podobnie jak tej strasznej nocy kilka tygodni temu, poczuł, że zatacza się jak oszalały w ciemności.

Padało tego ranka, gdy kilku duchownych zastukało do drzwi kamerlinga, budząc go z niespokojnego snu. Przyszli mu powiedzieć, że papież nie otwiera drzwi ani nie odbiera telefonu. Byli przerażeni. Kamerling był jedyną osobą, która mogła wejść do pokojów papieża niezapowiedziana.

Ventresca wszedł sam do sypialni papieża i znalazł go martwego w łóżku, tak jak go zostawił w nocy. Twarz Jego Świątobliwości wyglądała jak twarz szatana. Jego język był czarny jak śmierć. Sam diabeł spał w łóżku papieża.

Kamerling nie czuł wyrzutów sumienia. Bóg przemówił.

Nikt nie zauważy zdradzieckiego działania... jeszcze nie teraz. To przyjdzie później.

Wyszedł i ogłosił straszliwą wieść: Jego Świątobliwość zmarł w wyniku udaru. Potem rozpoczął przygotowania do konklawe.

Matka Maria szeptała mu do ucha:

— Nigdy nie łam obietnicy uczynionej Bogu.

— Słyszę cię, matko — odparł. — To jest świat pozbawiony wiary. Trzeba ich sprowadzić z powrotem na właściwą ścieżkę. Strach i nadzieja. Nie ma innego sposobu.

— Tak — powiedziała. — Jeśli nie ty... to kto? Kto wyprowadzi Kościół z ciemności?

Z pewnością nie jeden z *preferitich*. Byli już starzy... chodząca śmierć... liberałowie, którzy poszliby w ślady papieża, popierając naukę, by uczcić jego pamięć. Szukaliby nowoczesnych wyznawców, rezygnując z tradycji. Starzy ludzie pozostający daleko w tyle za swoimi czasami i udający, że jest inaczej. Przegraliby, oczywiście. Siłą Kościoła jest jego tradycja, a nie jego przejściowość. Cały świat jest przejściowy. Kościół nie potrzebuje zmian. Musi po prostu przypomnieć światu, że jest mu potrzebny. Zło żyje! Bóg zwycięży!

Kościół potrzebuje przywódcy. Starzy mężczyźni nie potrafią zapewnić inspiracji! Jezus inspirował! Młody, potężny, pełen entuzjazmu... CUDOWNY.

— Pijcie spokojnie swoją herbatę — powiedział kamerling do czterech *preferitich*, zostawiając ich w prywatnej bibliotece papieża przed konklawe. — Wasz przewodnik za chwilę przybędzie.

Preferiti podziękowali mu, szalenie podnieceni szansą zwiedzenia słynnego *Il Passetto*. Niezwykła okazja! Kamerling, zanim wyszedł, otworzył zamki drzwi prowadzących do tajnego przejścia. Potem, dokładnie o zapowiedzianej porze drzwi się uchyliły i wyglądający na obcokrajowca ksiądz z pochodnią w ręku zaprosił ich, żeby weszli do środka.

Już nigdy stamtąd nie wyszli.

Oni będą strachem. Ja będę nadzieją.

Nie... ja jestem strachem.

Kamerling szedł teraz chwiejnie przez ciemne wnętrze Bazyliki Świętego Piotra. O dziwo, mimo obłąkania i poczucia winy, mimo obrazów jego ojca, mimo cierpienia i objawienia, a nawet pomimo działania morfiny... czuł niezwykłą jasność umysłu. Wrażenie przeznaczenia. Wiem, co jest moim przeznaczeniem, pomyślał, zdumiony klarownością tego przekonania.

Od samego początku nic dzisiaj nie poszło zgodnie z planem. Co chwila pojawiały się nieprzewidziane przeszkody, ale zdołał dostosowywać do nich swoje postępowanie, dokonując śmiałych zmian. Na myśl mu nie przyszło, że dzisiejszy wieczór zakończy się w ten sposób. A jednak teraz dostrzegał wspaniałość tego przewidzianego przez siłę wyższą rozwiązania.

To nie mogło się skończyć inaczej.

Och, jakie przerażenie czuł w Kaplicy Sykstyńskiej, zastanawiając się, czy Bóg go opuścił! Och, jakie próby na niego zesłał! Upadł na kolana, dręczony wątpliwościami, nastawiając uszy na głos Boga, ale słyszał tylko ciszę. Błagał o jakiś znak. Wskazówkę. Wytyczną. Czy to była wola Boga? Zniszczenie Kościoła przez obrzydliwy skandal? Nie! To Bóg chciał, żeby kamerling działał w ten sposób! Czyż nie?

Potem go zobaczył. Na samym ołtarzu. Znak. Boską wskazówkę — zwykłą rzecz dostrzeżoną w niezwykłym świetle. Krucyfiks. Skromny, drewniany. Jezus na krzyżu. W tej chwili wszystko stało się jasne... nie był już sam. Nigdy nie będzie sam.

To była wola Boża... Jego znaczenie.

Bóg zawsze wymagał wielkich poświęceń od tych, których najbardziej kochał. Dlaczego tak długo nie mógł tego zrozumieć? Czy był zbyt tchórzliwy? Zbyt skromny? To bez różnicy. Bóg znalazł sposób. Kamerling zrozumiał teraz nawet, dlaczego Robert Langdon został ocalony. Jego zadaniem było ujawnienie prawdy... aby wymusić takie zakończenie.

To była jedyna droga do zbawienia Kościoła! Kamerling miał wrażenie, że unosi się w powietrzu, kiedy schodził do Niszy Paliuszy. Czuł teraz nieubłagane działanie morfiny, ale wiedział, że Bóg go prowadzi.

Słyszał dobiegające z daleka głosy kardynałów, którzy wychodzili z kaplicy i wykrzykiwali rozkazy gwardzistom.

Ale nigdy go nie znajdą. Na pewno nie na czas.

Kamerling czuł, że coś go wciąga... coraz szybciej... po schodach do pomieszczenia pod posadzką, gdzie jasno płonęło dziewięćdziesiąt dziewięć lamp oliwnych. Bóg prowadzi go z powrotem na Świętą Ziemię. Kamerling skierował się ku kracie zakrywającej otwór wiodący do nekropolii. To w nekropolii zakończy się dzisiejsza noc. W świętej ciemności pod ziemią. Podniósł lampkę oliwną, przygotowując się do zejścia.

Jednak kiedy przechodził przez niszę, zatrzymał się nagle. Poczuł, że coś jest nie w porządku. W jaki sposób to ma przysłużyć się Bogu? Samotny i cichy koniec? Jezus cierpiał na oczach całego

Zaczął szeptać wersy z Księgi Sędziów. „A kiedy płomienie wzniosły się ku niebu, Anioł Pana wzniósł się w płomieniach".
Położył palec na zapalniczce.
Tłumy śpiewały na placu Świętego Piotra...

Po chwili świat stał się świadkiem widoku, którego nigdy nie miał zapomnieć.

Wysoko na balkonie z ciała kamerlinga buchnął świetlisty snop płomieni — jakby jego dusza usiłowała wyrwać się z oków. Ogień wystrzelił wysoko, natychmiast obejmując całą jego postać. Kamerling nie krzyczał. Uniósł ręce nad głową i spoglądał ku niebu. Płomienie szalały wokół niego, obejmując go kolumną światła. Wydawało się, że trwa to wieczność, a cały świat na to patrzył. Światło stawało się coraz jaśniejsze. Potem stopniowo płomienie zaczęły gasnąć. Kamerling zniknął. Nie wiadomo, czy wypadł przez balustradę, czy wyparował. Pozostała po nim tylko chmura dymu, unoszącego się spiralnie ku niebu.

Rozdział 135

Świt późno opadł na Rzym.

Poranna burza wypłoszyła tłumy z placu Świętego Piotra. Pozostali tylko dziennikarze, skuleni pod parasolami i w furgonetkach, komentujący wieczorne wydarzenia. Na całym świecie kościoły pękały w szwach. Nadszedł czas refleksji i dyskusji... dla wszystkich religii. Mnożyły się pytania, a odpowiedzi zdawały się przynosić tylko jeszcze większe wątpliwości. Watykan na razie zachowywał milczenie i nie wydał dotychczas żadnego oświadczenia.

Głęboko w Grotach Watykańskich kardynał Mortati klęczał samotnie przed otwartym sarkofagiem. Sięgnął do środka i zamknął sczerniałe usta starego człowieka. Jego Świątobliwość wyglądał teraz spokojnie. Ułożony do wiecznego spoczynku.

Przy Mortatim stała złota urna z prochami. Kardynał sam je zebrał i tu przyniósł.

— Szansa, by wybaczyć — powiedział do Jego Świątobliwości, kładąc urnę wewnątrz sarkofagu, przy boku papieża. — Nie ma miłości większej niż ojca dla syna. — Schował urnę pod szatami papieża, tak żeby nie było jej widać. Wiedział, że ta święta grota jest przeznaczona wyłącznie na szczątki papieży, ale czuł, że postąpił właściwie.

— *Signore?* — odezwał się ktoś, wchodząc do groty. Był to porucznik Chartrand. Towarzyszyło mu trzech gwardzistów. — Czekają na Jego Ekscelencję w kaplicy.

Mortati skinął głową.

— Za chwilę. — Zajrzał po raz ostatni do sarkofagu, po czym

wstał. Zwrócił się do strażników: — Najwyższa pora, żeby Jego Świątobliwość miał spokój, na który zasłużył.

Strażnicy podeszli do nich i z ogromnym wysiłkiem przesunęli wieko sarkofagu papieża z powrotem na miejsce. Zamknęło się z hukiem.

Mortati samotnie przechodził przez Dziedziniec Borgiów, kierując się ku Kaplicy Sykstyńskiej. Wilgotny wiatr targał jego sutanną. Z Pałacu Apostolskiego wyszedł jeden z kardynałów i po chwili go dogonił.

— *Signore*, czy mogę mieć ten zaszczyt, żeby odprowadzić cię na konklawe?

— To zaszczyt dla mnie.

— *Signore* — odezwał się z zakłopotaniem jego towarzysz — kolegium jest ci winne przeprosiny za ostatnią noc. Zaślepił nas...

— Proszę — odparł Mortati. — Nasze umysły czasem dostrzegają to, co nasze serca pragną uznać za prawdę.

Towarzyszący mu kardynał milczał przez dłuższy czas.

W końcu się odezwał.

— Czy powiedziano ci, *signore*, że nie jesteś już Wielkim Elektorem?

Mortati uśmiechnął się.

— Tak. Dziękuję Bogu za drobne błogosławieństwa.

— Kolegium zależało, żebyś znalazł się wśród kandydatów.

— Widać miłosierdzie nadal jest żywe w naszym Kościele.

— Jesteś mądrym człowiekiem. Dobrze nas poprowadzisz.

— Jestem starym człowiekiem. Będę prowadził was krótko.

Obaj się roześmiali.

Kiedy dotarli do końca dziedzińca, kardynał zawahał się. W końcu zwrócił się do Mortatiego w tak konspiracyjny sposób, jakby jeszcze nie opuścił go pełen niepewności lęk, który przeżywał w nocy.

— Czy wiesz, *signore* — szepnął — że na balkonie nie znaleźliśmy żadnych szczątków?

Mortati uśmiechnął się.

— Prawdopodobnie zmył je deszcz.

Mężczyzna spojrzał na zachmurzone niebo.

— Tak, być może...

Rozdział 136

Poranne niebo nadal zasnuwały ciężkie chmury, gdy nad kominem Kaplicy Sykstyńskiej pojawiły się pierwsze smużki białego dymu. Wznosiły się spiralnie w górę i powoli znikały.

Daleko na dole na placu Świętego Piotra reporter Gunther Glick obserwował je w zamyśleniu. Ostatni rozdział...

Od tyłu podeszła do niego Chinita Macri i założyła kamerę na ramię.

— Już pora — oświadczyła.

Skinął smutno głową. Odwrócił się do niej, przygładził włosy i wziął głęboki oddech. Moja ostatnia transmisja, pomyślał. Wokół nich zgromadził się niewielki tłumek gapiów.

— Na żywo za sześćdziesiąt sekund — oznajmiła Chinita.

Glick obejrzał się na znajdujący się za nim dach Kaplicy Sykstyńskiej.

— Możesz uchwycić dym?

Macri cierpliwie pokiwała głową.

— Wiem, jak kadrować ujęcie, Gunther.

Glick poczuł się głupio. Oczywiście, że wie. Zapewne to, czego dokonała dzisiejszej nocy ze swoją kamerą, przyniesie jej Pulitzera. Natomiast jego dokonania... wolał o tym nie myśleć. Był pewien, że wyrzucą go z BBC. Niewątpliwie będą mieli kłopoty prawne ze strony wielu potężnych podmiotów... w tym CERN-u i George'a Busha.

— Dobrze wyglądasz. — Chinita najwyraźniej roztaczała nad nim opiekę. Spojrzała teraz na niego zza kamery z lekkim zakłopotaniem. — Zastanawiam się, czy mogłabym ci... — Zawahała się i ugryzła się w język.

— Coś doradzić?

Westchnęła.

— Chciałam tylko powiedzieć, że nie musisz odchodzić z wielkim hukiem.

— Wiem — odparł. — Chcesz mieć proste, rzeczowe zakończenie.

— Najprostsze na świecie. Ufam ci.

Glick uśmiechnął się do niej. Rzeczowe zakończenie? Czy ona zwariowała? Taka historia, jak ta z dzisiejszej nocy, zasługuje na znacznie więcej. Zwrot. Ostatnią bombę. Nieprzewidziane ujawnienie szokującej prawdy.

Na szczęście Glick miał coś w zanadrzu.

— Wchodzisz... pięć... cztery... trzy...

Kiedy Chinita Macri spojrzała przez wizjer, dostrzegła w oku Glicka przebiegły błysk. Chyba oszalałam, że mu na to pozwoliłam, pomyślała. Co mi przyszło do głowy?

Jednak czas na zastanowienie już minął. Byli na wizji.

— Mówi Gunther Glick na żywo z Watykanu — oznajmił. Utkwił w kamerze poważne spojrzenie, podczas gdy za jego plecami wznosił się w górę biały dym z komina Kaplicy Sykstyńskiej. — Proszę państwa, to już jest oficjalna wiadomość. Siedemdziesięciodziewięcioletni kardynał Saverio Mortati został właśnie wybrany na następnego papieża. Mimo że Mortati wydawał się mało prawdopodobnym kandydatem, Kolegium Kardynalskie dokonało wyboru jednogłośnie, co jest sytuacją bez precedensu.

Obserwując go, Macri zaczęła swobodniej oddychać. Glick był dzisiaj zaskakująco profesjonalny. Nawet poważny. Po raz pierwszy w życiu naprawdę wyglądał i mówił jak prezenter telewizyjny.

— Jak relacjonowaliśmy wcześniej — dodał Glick, perfekcyjnie nasilając głos — Watykan nie opublikował jeszcze żadnego oświadczenia dotyczącego niezwykłych wydarzeń ostatniej nocy.

Dobrze. Obawy Chinity niemal zniknęły. Jak na razie nieźle.

Twarz Glicka przybrała teraz smutny wyraz.

— Lecz chociaż miniona noc była nocą cudów, była to również noc tragedii. We wczorajszym konflikcie straciło życie czterech kardynałów. Stracili je również komendant Olivetti i kapitan Rocher z gwardii szwajcarskiej, obaj podczas pełnienia obowiązków. Wśród ofiar znaleźli się także Leonardo Vetra, światowej sławy fizyk z CERN-u i pionier w dziedzinie otrzymywania antymaterii, oraz Maximilian Kohler, dyrektor CERN-u, który najwyraźniej przybył do Watykanu, aby udzielić pomocy, lecz podobno nie

Chartrandowi opadły ręce.

— Niczego pan nie pamięta?

Langdon westchnął.

— Obawiam się, że to na zawsze pozostanie tajemnicą.

Kiedy Langdon wrócił do pokoju, czekał na niego widok, który sprawił, że stanął jak wryty. Vittoria stała na balkonie, oparta plecami o barierkę i wpatrywała się w niego. Wyglądała jak niebiańska zjawa... promieniejąca sylwetka oświetlona blaskiem księżyca. Owinięta w miękki szlafrok ze ściągniętymi sznurkami, które podkreślały jej smukłą sylwetkę, mogłaby być rzymską boginią. Za nią jasna mgiełka wisiała jak aureola wokół Trytona Berniniego.

Langdon czuł do niej szalony pociąg... silniejszy niż do jakiejkolwiek kobiety w życiu. Ostrożnie odłożył Diament Iluminatów i list od papieża na stolik nocny. Później będzie czas, żeby się tym wszystkim zająć. Poszedł do niej na balkon.

Vittoria wyraźnie się ucieszyła, kiedy przyszedł.

— Obudziłeś się — powiedziała nieśmiałym szeptem. — Nareszcie.

Langdon uśmiechnął się do niej.

— To był długi dzień.

Dziewczyna przeczesała dłonią bujne włosy, a przy okazji szlafrok rozchylił jej się nieco pod szyją.

— A teraz... przypuszczam, że chcesz otrzymać swoją nagrodę.

Ta uwaga całkowicie go zaskoczyła.

— Słu... słucham?

— Jesteśmy dorośli, Robercie. Możesz to przyznać. Czujesz pragnienie, widzę to po twoich oczach. Silny, pierwotny głód. — Uśmiechnęła się. — Ja też go odczuwam. Ale ta żądza wkrótce zostanie zaspokojona.

— Naprawdę? — Potraktował to jako zachętę i zrobił krok w jej kierunku.

— Całkowicie. — Podniosła menu. — Zamówiłam wszystko, co mieli w karcie.

Uczta była naprawdę wystawna. Jedli wspólnie kolację przy świetle księżyca... siedząc na balkonie... delektując się endywią, truflami i risottem. Popijali Dolcetto i rozmawiali do późnej nocy.

Langdon nie musiał być symbolistą, żeby odczytać znaki, jakie